外国文艺理论丛书

卢那察尔斯基论文学

〔苏联〕 卢那察尔斯基 著

蒋 路 译

人民文学出版社

图书在版编目（CIP）数据

卢那察尔斯基论文学/（苏）卢那察尔斯基著；蒋路译. —北京：人民文学出版社，2015
（外国文艺理论丛书）
ISBN 978-7-02-010885-5

I. ①卢… II. ①卢…②蒋… III. ①卢那察尔斯基，A. B. （1875～1933）—文艺理论—文集 IV. ①I0

中国版本图书馆 CIP 数据核字（2015）第 078186 号

责任编辑　张福生
责任印制　王景林

出版发行　人民文学出版社
社　　址　北京市朝内大街 166 号
邮政编码　100705
网　　址　http://www.rw-cn.com

印　　刷　三河市宏盛印务有限公司
经　　销　全国新华书店等

字　　数　467 千字
开　　本　880 毫米×1230 毫米　1/32
印　　张　18.75　插页 2
印　　数　1—3000
版　　次　1978 年 12 月北京第 1 版
印　　次　2016 年 4 月第 1 次印刷

书　　号　978-7-02-010885-5
定　　价　45.00 元

如有印装质量问题，请与本社图书销售中心调换。电话:01065233595

出版说明

《外国文艺理论丛书》的选题为上世纪五十年代末由当时的中国科学院文学研究所组织全国外国文学专家数十人共同研究和制定,所选收的作品,上自古希腊、古罗马和古印度,下至二十世纪初,系各历史时期及流派最具代表性的文艺理论著作,是二十世纪以前文艺理论作品的精华,曾对世界文学的发展产生过重大影响。该丛书曾列入国家"七五""八五"出版计划,受到我国文化界的普遍关注和欢迎。

进入新世纪以来,随着各学科学术研究的深入发展,为满足文艺理论界的迫切需求,人民文学出版社决定对这套丛书的选题进行调整和充实,并将选收作品的下限移至二十世纪末,予以继续出版。

人民文学出版社编辑部
二〇一五年一月

目　　次

列宁与文艺学 …………………………………… 1
社会主义现实主义 ……………………………… 43

亚·谢·格利包耶陀夫 ………………………… 71
亚历山大·塞尔盖耶维奇·普希金 …………… 92
涅克拉索夫与诗人在生活中的地位 …………… 147
尼·加·车尔尼雪夫斯基的长篇小说 ………… 158
思想家和艺术家陀思妥耶夫斯基 ……………… 181
符·加·柯罗连科　总评 ……………………… 203
安·巴·契诃夫在我们今天 …………………… 216
〔《契诃夫文集》〕序 …………………………… 221
托尔斯泰与我们现代 …………………………… 235
艺术家高尔基 …………………………………… 267
　附　马克西姆·高尔基(摘录) ……………… 288
高尔基　创作四十周年纪念 …………………… 291
作家和政治家 …………………………………… 305
萨姆金 …………………………………………… 310
革新家马雅可夫斯基 …………………………… 355
〔《伊·列别杰夫选集》〕代序 ………………… 376
关于《恰巴耶夫》 ……………………………… 380
莎士比亚人物陪衬下的培根 …………………… 384
狄更斯 …………………………………………… 413

托马斯·哈代(1840—1928) ……………………………… 427
赫·乔·威尔斯 ……………………………………………… 431
〔评谢·谢·季纳莫夫《肖伯纳》一书〕 ………………… 437
　　附　肖伯纳(摘录) …………………………………… 440
〔肖伯纳《黑女寻神记》〕序 ……………………………… 442

司汤达　总评 ……………………………………………… 453
萧索时期的天才 …………………………………………… 460
阿那托尔·法朗士 ………………………………………… 466
《爱与死的搏斗》　罗曼·罗兰的新剧本 ………………… 476
写在亨利·巴比塞来访之前 ……………………………… 504
　　附　亨利·巴比塞　个人回忆片段(摘录) ………… 507
亨利·巴比塞论爱弥尔·左拉 …………………………… 512

歌德和他的时代 …………………………………………… 517

席勒与我们 ………………………………………………… 539
亨利希·海涅 ……………………………………………… 544
日出和日落之前　庆祝霍普特曼七十寿辰 ……………… 551

增补

罗曼·罗兰六十寿辰 ……………………………………… 561
在罗曼·罗兰家 …………………………………………… 572

译后记 ……………………………………………………… 576

列宁与文艺学[*]

1　问题的提法

马克思列宁主义是无产阶级唯一完整的观点体系，是无产阶级的世界观和宇宙观。马克思列宁主义是从人类积累的全部知识总和中成长起来的，但因为它植基于一些纯然由新兴阶级的特殊社会地位所形成的崭新原则之上，它在科学性方面超过了以前各个时代和阶级的人们的一切才智的产物。马克思列宁主义既是一幅自然和社会的哲学画卷，又是一种认识论、一种科学研究的总方法，同时，它也是一个作为无产阶级的纲领之基础、无产阶级推翻资本主义和建设新的社会主义社会的战略与策略之基础的指导原则体系。

马克思列宁主义是无产阶级的世界观，然而它并没有把全体无产阶级群众的意识包罗无遗。它是表现无产阶级的真正利益的阶级先锋队——无产阶级的共产党及其国际联合组织即第三共产国际——手中的武器。

十九世纪下半期，卡尔·马克思和弗里德里希·恩格斯为这个世界观奠定了基础，并且使它得到有力的深刻的发展。他们称它为"科学社会主义"或"辩证唯物主义"。无产阶级世界观的两

---

[*] 本篇初次刊印于一九三二年《文学百科全书》第六卷，后经作者修改，于一九三四年出单行本。根据《卢那察尔斯基文学论文集》（一九五七年）所收的本文修订版并参照《卢那察尔斯基八卷集》（一九六三至一九六七年）第八卷节译。

位伟大奠基人对理论、对过去的和他们当时周围的活生生的现实作了深入研究,以此作为他们的出发点。正如列宁所写的,"马克思是十九世纪人类三个最先进国家中三种主要思潮的继承人和天才的完成者。这三种主要思潮就是:德国古典哲学、英国古典政治经济学、同法国一般革命学说相连的法国社会主义。"① 马克思和恩格斯一方面精心研究资产阶级政治经济学、最高形态的空想社会主义、十八世纪资产阶级哲学家的战斗唯物主义、十九世纪初期德国思想家特别是黑格尔的唯心主义辩证法,另一方面又全面分析了他们当时一切形态的社会现实,论证了还很年轻的无产阶级运动的实践,考虑了十八和十九世纪资产阶级革命的经验,以及一八四八年和巴黎公社时期无产阶级革命的初步尝试的经验。

但是现在,撇开列宁主义,就根本谈不上任何真正的马克思主义。列宁主义是马克思和恩格斯事业在这样一个基础上的继续:既考虑了资本主义的进一步发展——一直到它的腐朽时代即帝国主义时代,又顾及了无产阶级的进一步发展——一直到一九一七年的伟大十月革命和近年来的社会主义建设经验。一个人假如不是马克思主义者,当然不能成为列宁主义者,因为列宁和他的党的全部理论与实践都建筑在马克思主义上面。而现在,假如不是列宁主义者,同样也不可能是马克思主义者,因为列宁主义是马克思学说的一个自然的和必然的阶段。按照斯大林的定义,"列宁主义是帝国主义和无产阶级革命时代的马克思主义。确切些说,列宁主义一般是无产阶级革命的理论和策略,特别是无产阶级专政的理论和策略。马克思和恩格斯是处在革命(我们指的是无产阶级革命)以前的时期,帝国主义还没有充分发展的时期,准备无产者去进行革命的时期,无产阶级革命还没有成为必不可免的直接

---

① 《卡尔·马克思》。《列宁选集》第二卷,第五八〇页,人民出版社,一九七二年。

实践问题的时期。而马克思和恩格斯的学生列宁却处在帝国主义充分发展的时期,无产阶级革命开展起来的时期,无产阶级革命已经在一个国家内获得了胜利、打破了资产阶级民主制、开辟了无产阶级民主制纪元即苏维埃纪元的时期。

"正因为如此,列宁主义是马克思主义的进一步的发展。"①

离开列宁主义,便不可能有马克思主义。一切类型的孟什维克的马克思主义,第二国际的马克思主义,是假马克思主义。这种世界观是僵死的,它正在我们眼前土崩瓦解,变成一幅涂画得颇费心机的布景,在布景后面则出现了无产者的蜕化和政客的阴谋,阴谋的目的在于损害工人阶级的独立发展,把它置于剥削者的思想影响之下。列宁主义"是在和第二国际机会主义搏斗中成长和巩固起来的,而和这个机会主义作斗争,向来就是对资本主义进行胜利斗争所必需的先决条件。"②

有的人,例如阿·莫·德波林③集团,企图这样表述马克思主义和列宁主义的相互关系,仿佛马克思主义是一套完善的无产阶级理论,列宁主义则是一种新的、适合于我们时代的无产阶级实践。对这个观点应该极其坚决地予以谴责,认为它是从孟什维克立场,有意无意地企图贬低列宁主义的意义,从而也就是歪曲全部马克思主义。列宁主义不仅仅是适合于现实的无产阶级革命时代的一种实践,而且也是无产阶级理论发展中一个新的阶段,这个理论仍然矢忠于自己的原则,但又由于拥有新的经验而发扬光大了。

有时候,人们并不否认列宁主义在政治、政治经济学、历史学基本原则,特别是革命实践等领域内具有头等意义,可是他们企图

---

① 《论列宁主义基础》。《斯大林全集》第六卷,第六三至六四页,人民出版社。
② 同上卷,第六四页。
③ 阿·莫·德波林(1881—1963),苏联哲学家,苏联科学院院士。一九三〇年,苏联哲学界发动对德波林学派的批判,认为他们犯了理论脱离实践、哲学脱离政治等唯心主义性质的错误。

证明,列宁主义并没有给哲学领域带来任何特别珍贵的东西。这一类型的理论家企图把格·瓦·普列汉诺夫同马克思和恩格斯并列,而忽视弗·伊·列宁的哲学著作,只是客客气气颂扬几句了事。对于这种完全错误、十分有害的看法应该断然加以批驳。列宁在他的《唯物主义和经验批判主义》中捍卫了马克思的唯物主义,使它不受所谓实证论的一切诡谲奇险、隐微幽曲的体系(恩·马赫、理·阿芬那留斯①等)的侵蚀,同时又发展了一个极其丰富的观念体系,从了解无产阶级哲学的唯物主义方面和辩证法方面的本质这一观点来看,这个体系是对马克思主义思想宝库的一项最珍贵的贡献。不仔仔细细钻研这本书,就不能成为一个有教养的马克思主义者。列宁没有完成其他的哲学巨著,但在他的稿本里留下大批黑格尔著作提要,和关于一系列各种哲学问题的短评,这些评语是无产阶级哲学思想中的宝贵的珍珠,好像——譬如说——马克思论费尔巴哈时的名言警句②一样。我们对这里的一

---

① 恩·马赫(1838—1916)和理·阿芬那留斯(1843—1896),十九世纪后半期奥地利和德国一个唯心主义哲学派别——马赫主义或经验批判主义或"第二实证论"——的创始人。一八九五年卢那察尔斯基考进瑞士苏黎世大学后,曾向在该校任教的阿芬那留斯学习自然科学和哲学,受影响颇深,以至在斯托雷平反动时期与俄国马克思主义者波格丹诺夫等合流,成为反马克思主义的文集《马克思主义哲学概论》的作者之一,鼓吹"造神说"。卢那察尔斯基在本文(《列宁与文艺学》)第二章《列宁的哲学观点》中论及列宁的《唯物主义和经验批判主义》一书的重大意义和他本人的错误时写道:"列宁详尽无遗地证明说,一切形式的实证论、经验批判主义、马赫主义等等,都是无可争辩的唯心主义,它们跟辩证唯物主义没有也不可能有任何共同之处。其所以必须证明这一点,是由于阿芬那留斯、马赫及其追随者和门徒的诡诈而混乱的哲学思想,诱惑了俄国和国外一小部分马克思主义者,而且被诱惑者中间还有一批布尔什维克,虽然他们当时在政治方面已经背离了党。阿芬那留斯、马赫等人以这种形式来贯彻唯心主义,在此基础上又生发出一套理论,它的创始人称之为'经验一元论'(亚·波格丹诺夫)或'经验符号论'(巴·尤什凯维奇),它有时竟达到了将马克思主义解释为一种特殊的'宗教'形态的不可容忍的地步(安·卢那察尔斯基)。"

② 指《关于费尔巴哈的提纲》。

字一句都应该细心钻研,使这份言简意赅的遗产中所包含的论断能够作为今后无产阶级哲学工作上一个指导性的路标,得到充分的运用。

由列宁论证过的马克思主义一般哲学原则,对于无产阶级科学的一个支脉的文艺学自然也有着奠基的意义。除了为着这个特殊目的而利用列宁的哲学遗产之外,还必须从这一特殊角度仔仔细细研究列宁主义的社会科学原则和资料。并且,列宁关于文化、关于过去的文化和无产阶级文化的相互关系,以及我国无产阶级的文化任务的学说,更是具有特别的意义。撇开社会史和文学本身的历史来研究文学是不可能的。列宁的遗产中有些宝贵的指示,揭明了我国经济史、政治史和文化史的精义,不懂得这个精义,就既不能认识文学的过去,也不能历史地了解文学的现在和未来。从如何用之于文艺学这一角度来阐述和解说列宁的全部巨大遗产,自然不是本文所能完成的事:这必须另作专题研究,说得更正确些,必须集体研究。在这里,我们只能按照下列篇目,扼要地论述一下列宁主义:一、列宁的哲学遗产;二、他关于文化的学说;三、帝国主义论;四、关于西方和我国的基本发展道路的学说;五、列宁的个别著作,在这种或那种程度上说明了文学现象的;六、他涉及文学领域的个别意见和言论,没有收入他的文集,但是保存在同时代人的回忆录中的;最后,七、列宁与现代马克思主义文艺学问题。①

5 俄国资本主义发展的两条道路论

列宁关于资本主义发展的两条道路的观点,对于理解十九世纪俄国历史起着很大的作用。

---

① 这里只选译了其中的两章。

把"两条道路"的观点运用于文学的时候,不能不注意到在列宁对待历史过程现象的态度中占有如此重要地位的反映论。反映论所注意的,与其说是作家隶属的家系,不如说是他对社会变动的反映,与其说是作家主观上的依附性和他同某个社会环境的联系,不如说是他对于这种或那种历史局势的客观代表性。

例如,白党幽默文人阿威尔岑柯①虽然对我们愤恨得"几乎要发疯",却写出了一本被列宁称为"极有才气"的书《插到革命背上的十二把刀子》,它所以有才气,则由于其中贯穿着"旧俄罗斯的代表人物——生活优裕、饱食终日的地主和工厂主"的感情。"在我看来,有几篇小说值得转载,"列宁讽刺地说,"应该奖励有才气的人。"②阿威尔岑柯反映了资产阶级对于把它抛出历史大船的十月革命的反响。

在农民革命的思想家别林斯基、赫尔岑、车尔尼雪夫斯基和民粹派的创作中,对现实的反映要深刻得多,其社会意义也重大得多。最后,托尔斯泰的创作更是反映论的一个特别突出的范例,列宁论述他的一篇文章的题目就叫《列夫·托尔斯泰是俄国革命的镜子》。"把这位伟大艺术家的名字同他显然不了解的、显然避开的革命联在一起,初看起来,会觉得奇怪和勉强。分明不能正确反映现象的东西,怎么能叫做镜子呢?然而我国的革命是一个非常复杂的现象;在直接进行革命、参加革命的群众当中,有许多社会分子也显然没有了解正在发生的事情,也避开了事变进程向他们提出的真正历史的任务。如果我们看到的是一位真正伟大的艺术家,那么他就一定会在自己的作品中至少反映出革命的某些本质的方面。"③由于对十九世纪末和二十世纪初的俄国政治实况作了

---

① 阿·季·阿威尔岑柯(1881—1925),俄国作家,十月革命后逃亡国外。
② 《一本有才气的书》。《列宁全集》第三三卷,第一〇二至一〇三页,人民出版社。
③ 《列夫·托尔斯泰是俄国革命的镜子》。《列宁选集》第二卷,第三六九页。

精辟分析,列宁得出结论说:"托尔斯泰反映了强烈的仇恨、已经成熟的对美好生活的向往和摆脱过去的愿望;同时也反映了幻想的不成熟、政治素养的缺乏和革命的软弱性。历史经济条件既说明发生群众革命斗争的必然性,也说明他们缺乏进行斗争的准备,像托尔斯泰那样不抵抗邪恶;而这种不抵抗是第一次革命运动失败的极重要的原因。"①当然,别林斯基、赫尔岑、民粹派、托尔斯泰反映着各个不同的斗争阶段,列宁从未忽视其中每个人的内心矛盾或这些阶段的特点。

列宁的反映论从来不是意味着同历史脱节,它从来不是用同一把钥匙去开启一切历史局势的抽象公式。相反地,它一向为阐明具体的阶级斗争形式服务,不管斗争中充满着多么复杂的内在的辩证矛盾。列宁写道:"我们决不把马克思的理论看做某种一成不变的和神圣不可侵犯的东西;恰恰相反,我们深信:它只是给一种科学奠定了基础,社会主义者如果不愿落后于实际生活,就**应当**在各方面把这门科学向前推进。我们认为,对于俄国社会主义者来说,尤其需要**独立地**探讨马克思的理论,因为它所提供的只是一般的**指导**原理,而这些原理的应用,**具体地说**,在英国不同于法国,在法国不同于德国,在德国又不同于俄国。"②

我们再回到"两条道路"的理论上来。列宁不但制定了两种倾向的历史斗争图,而且指出了俄国文学对这场斗争的从属关系。下面我们要引用列宁的一些论断,即赫尔岑、民粹派、列夫·托尔斯泰等文学巨人恰恰都从属于这些推动我国历史的重要力量。虽然列宁是就改革③后的俄国历史来发挥这个理论的,但同时,这个理论又大大加速了我们对更早的现象(大约从十八世纪起)的理解,并且使人能够把旧俄国崩溃以前在我们的敌对阶级中出现的

---

① 《列宁选集》第二卷,第三七三页。
② 《我们的纲领》。《列宁选集》第一卷,第二〇三页。
③ 指一八六一年的农民改革。

某些倾向剖析清楚。最后,列宁的观点还可以清晰地说明其他各国的情况,包括它们的文学发展在内。

"两条道路"论像一条红线贯串着列宁的全部政论活动,还在他的早期论战著作《什么是"人民之友"……》①中就具备了一个雏形。在列宁一九〇七年底所写的《社会民主党在一九〇五至一九〇七年俄国第一次革命中的土地纲领》一文里,这个理论表述得最为充分:

"斗争的关键是农奴制大地产,因为这是俄国农奴制残余最明显的代表、最坚固的支柱。商品经济和资本主义的发展,必然会消灭这种残余。在这方面,俄国只有按资产阶级方向发展一条道路。

"但是发展的形式可能有两种。消灭农奴制残余可以走改造地主经济的道路,也可以走消灭地主大地产的道路,换句话说,可以走改良的道路,也可以走革命的道路。按资产阶级方向发展,可能是逐渐资产阶级化、逐渐用资产阶级剥削手段代替农奴制剥削手段的大地主经济占主导地位,也可能是用革命手段割除农奴制大地产这一长在社会机体上的'赘瘤',然后按资本主义农场的道路自由发展的小农经济占主导地位。

"这两种客观上可能存在的资产阶级发展道路,可以叫做普鲁士式的道路和美国式的道路。在前一种情况下,农奴制地主经济缓慢地转化为资产阶级的容克式的经济,同时分化出少数'大农',使农民在几十年内受着最痛苦的剥夺和盘剥。在后一种情况下,地主经济已不再存在,或者已被没收和粉碎封建领地的革命捣毁了。农民在这种情况下占着优势,成为农业中独一无二的代表,逐渐转化为资本主义的农场主。在前一种情况下,演进的基本内容是农奴制转变为盘剥,转变为在封建主—地主—容克土地上

---

① 全称为《什么是"人民之友"以及他们如何攻击社会民主主义者?》。

的资本主义剥削。在后一种情况下,基本背景是宗法式的农民转变为资产阶级农场主。

"在俄国经济史中,这两种演进形式都表现得十分明显。就拿农奴制崩溃时代来说吧。当时地主同农民在改革的方法问题上进行过斗争。双方都主张创造资产阶级经济发展的条件(虽然没有意识到这一点),但是前者主张这种发展能最大限度地保存地主经济,保存地主的收入和地主的(盘剥性的)剥削手段。后者却要求这种发展在目前农业水平许可的范围内最大限度地保证农民的福利,消灭地主的大地产,消灭一切农奴制的和盘剥性的剥削手段,扩大农民自由的土地占有制。不言而喻,同地主实行农民改革的结局相比,在后一种结局下,资本主义的发展和生产力的发展要广阔得多,迅速得多。只有反对马克思主义的民粹派极力描绘的那种讽刺画中的马克思主义者,才会认为农民在一八六一年被剥夺土地是资本主义发展的保证。相反地,这一事实可能成为而且确实成为大大阻碍俄国农业资本主义发展、阻碍生产力增长的盘剥性的(半农奴制)租佃制的保证,成为工役制经济(徭役制经济)的保证。农民同地主的利害冲突,不是什么'人民生产'或'劳动原则'同资产阶级的斗争(像我国民粹派过去和现在所想象的那样),而是争取美国式资产阶级发展道路,反对普鲁士式资产阶级发展道路的斗争。"[①]

这几行文字中包含的指示在方法论上具有极大的价值,足以说明改革后整个时期的历史过程。"农民同地主的利害冲突,像一条红线贯串着俄国改革后的全部历史,它是我国革命最重要的经济基础,是争取这种或那种资产阶级农业演进形式的斗争。"[②]俄国历史进程走哪条道路——"革命"的道路还是"改良"

---

① 《列宁全集》第十三卷,第二一九至二二〇页。
② 《社会民主党在一九〇五至一九〇七年俄国第一次革命中的土地纲领》。同上卷,第二二一页。

的道路——的问题,始终是俄国工业资本主义发展的整个时期内极为迫切的问题,直到一九一七年十月才从议事日程上被撤销。

资产阶级史书尽量美化"大改革时代",美化农奴依附关系的消灭,用最自由主义的、温情脉脉的笔调去阐述民主主义法制对强暴派的胜利。孟什维克则把农民改革说成是急进资产阶级对地主的胜利。这两种人都歪曲了力量配置的实况,列宁对这两种人都作过最坚决的斗争。他证明俄国现实中有两个阵营:资产阶级化的贵族及其附和者资产阶级的阵营,——这是两个阶级的联盟,它们认为继续剥削农民对自己有利,由于不彻底的农奴制改革的结果,它们还继续这种剥削;与此对立的是另一个阵营——农奴的阵营,农奴经过改革,表面上、法律上已摆脱对地主的依附关系,其实仍然处于依附地位,他们失去了土地,被半农奴制的租佃和形形色色的工役制束缚着,不得不为完全彻底地消除农奴制度而斗争。照列宁的意见,这两个阵营——剥削者和被剥削者——之间的斗争,是俄国改革后全部历史的核心。

列宁的观点把我国发生的全部历史过程看作一个严整的统一体,使我们的现在和未来同我们的过去紧密地联系起来。以分散的、未受教育的农民为主要支柱的我国民主派有许许多多弱点,虽然它在思想和文学领域内也出过巨人。按照普鲁士式道路发展的可能性很大,这就决定了我国全部文化的可以说是公认的虚弱,只有经常占少数的、坚持第一条道路的英雄们是例外。我国又照德国的先例,产生了以可鄙的怯懦和变节而著称的资产阶级自由主义,代替农民—资产阶级的俄国,建立了一个容克—资产阶级的俄国。

但正是由于这个事实(这一点比任何其他地方更清楚地显示着列宁的辩证天才),"……乡村中的农奴制残余……引起了全国性的农民运动,把这一运动变成了整个资产阶级革命的试金石。"①于是发生一个问题:"既然破坏不能不是急遽的,不能不是资产阶级性的,②那就还有一个问题没有解决,也就是说在地主和农民这两个有直接利害关系的阶级中,究竟应该由哪个阶级来进行这种改造,或者指导这种改造,确定这种改造的形式。"③地主—资产阶级"革命"也有可能,但照列宁的说法,它"不过是流产,是早产儿,是发育不全的低能儿罢了。"④假如农民取得胜利,那么,"我们就能用雅各宾派的方式,或者说,用平民的方式来对付沙皇制度。"⑤农民革命虽然在知识界找到伟大的领袖和指导者,却终于失败了。列宁写道:"在现代的俄国,革命的内容不是两种斗争的势力,而是两种不同性质的社会战争:一种是在目前的专制农奴制度中发生的,⑥另一种是将在未来的、我们眼看就要诞生的资产阶级民主制度中发生的。一种是全体人民争取自由(资产阶级社会的自由)、争取民主,即争取人民专制的斗争,另一种则是无产阶级争取社会主义社会制度、反对资产阶级的阶级斗争。"⑦

我国革命发展的最后几十年的特色在于:这两种"战争"中的第一种没有得到结果,假如第二种"战争"的因素不来拯救它,它便要彻底失败。事实上,无产阶级一出场,既是农民争取完全摆脱专制制度和封建残余时的领导者,又是实现社会主义的战士,它在这方面也领导着农民,将农民引入集体农业形式。列宁就这一点写道:

---

① 《社会民主党在一九〇五至一九〇七年俄国第一次革命中的土地纲领》。《列宁全集》第十三卷,第二六九页。
② 既然资本主义正在确定不移地向俄国进攻。——卢那察尔斯基注。
③ 《"俄国土地问题"的实质》。《列宁全集》第十八卷,第六二页。
④ 《社会民主党在民主革命中的两种策略》。《列宁选集》第一卷,第五四九页。
⑤ 同上卷,第五五〇页。
⑥ 就是在两条道路的理论中所描叙的那种战争。——卢那察尔斯基注。
⑦ 《社会主义和农民》。《列宁全集》第九卷,第二九二至二九三页。

"无产阶级和农民的革命民主专政,同世界上一切事物一样,有它的过去和未来。它的过去就是专制制度、农奴制度、君主制度、特权制度。在和这种过去作斗争时,在和反革命作斗争时,无产阶级和农民的'意志的统一'是可能的,因为这里有利益上的一致。

"它的未来就是反对私有制的斗争,雇用工人反对业主的斗争,争取社会主义的斗争。在这里意志的统一是不可能的。那时,我们面前的道路就不是从专制制度进到共和制度,而是从小资产阶级的民主共和制度进到社会主义。"①

文艺学家应该从两条道路的理论中做出的结论,是非常重要的。列宁强调贵族阶级中的农奴主部分的重大影响,他们缩小和歪曲了那本来就很温和的改革;文艺学家应该紧跟列宁,第一,证实改革前后那段时期俄国文学中有过相当大一群主张农奴制的作家兼思想家。这个阵营本身人数不太多,可是其中包括着美化地主和农民间的封建关系的、多情善感的作家谢尔盖·阿克萨科夫(《家庭纪事》),封建贵族的死硬派如马尔凯维奇②,反动庄园主诗人如费特,以及其他一些人。这个阵营的人们否定任何资本主义发展道路,梦想恢复改革前的社会关系,赞成反动的农奴主的乌托邦。影响更大的是同一阵营里的自由派,其中包括资产阶级化的贵族作家和资产阶级代表,诸如列斯柯夫或冈察洛夫。列宁同自由派的民主主义奇谈作过无情的斗争,他用各种方法去揭露一切卡维林③之流的中庸之道,因为他们假惺惺地警告人们要提防革命运动太过火,实际上却在竭力给政府反动派助长声势。在五

---

① 《社会民主党在民主革命中的两种策略》。《列宁选集》第一卷,第五七五至五七六页。
② 包·米·马尔凯维奇(1822—1884),俄国小说家。
③ 康·德·卡维林(1818—1885),标榜自由主义的俄国政治家、历史家和法学家。

十年代的俄国文学界,拥护"普鲁士式的道路"的阵营是由屠格涅夫、冈察洛夫这些作家领头的。可是当然,直到资产阶级—贵族制度存在的最后几年,提倡自由主义改革的思想家还没有在资产阶级—贵族文学中绝迹。最后,同自由主义改良派相对立的,则是一个要求完全消灭农奴制度的阵营,是那种客观上反映农奴利益的、宣传"美国式的道路"的文学。

于是在六十年代俄国文学内部起了分化,于是出现了使人能够弄清社会斗争道路的阶级内部矛盾。费特同屠格涅夫之间无疑存在着分歧,但他们两人却在反对车尔尼雪夫斯基和民粹派的斗争中成了盟友。这两个阵营的斗争在直到十月革命为止的以后整个时期内仍然起着作用,只是在新的发展阶段上采取了新的形式而已。

列宁特别注意为拥护"美国式的"发展道路的文学恢复名誉。他对别林斯基、赫尔岑、车尔尼雪夫斯基和民粹派的评论虽然简短而又零碎,但它们同列宁的整个历史观点结合起来,无疑勾出了维护农民的斗争的各个基本阶段,这些阶段也应该成为俄国文学史上的路标。

6 列宁对个别俄国作家的看法

列宁认为,别林斯基和赫尔岑一贯拥护我国发展中的"美国式的道路"。为了证明只有"社会民主主义"——当然是指布尔什维主义——才能成为国内一切革命事物的思想领袖,列宁写道:"……我们只想指出一点,就是**只有以先进理论为指南的党,才能实现先进战士的作用**。读者如果想要稍微具体地了解这句话的意思,就请回想一下俄国社会民主主义的先驱者赫尔岑、别林斯基、车尔尼雪夫斯基以及七十年代的那一群光辉的革命家;就请想想俄国文学现在所获得的世界意义;就请……只要想想这些也就足够了！"①

别林斯基使列宁感到兴趣，首先因为他是一个民主主义思想的预言家。"他②的总结了自己的文学活动的著名的《给果戈理的信》，是一篇没有经过审查的民主出版界的优秀作品，直到今天，它仍具有巨大的、生动的意义。"③在列宁看来，别林斯基完全像后来的革命民粹派一样，表现了已经开始的农民抗议和斗争。列宁在批判《路标》文集④时说过：

"《路标》武断地说，别林斯基给果戈理的信'激烈地、典型地表达了知识分子的情绪'……'别林斯基以后的我国政论历史，从对生活的理解程度来看，简直是噩梦一场。'……

"不错，不错。农奴反对农奴制度的情绪显然是一种'知识分子的情绪'。最广大的人民群众从一八六一至一九〇五年反对俄国生活制度中农奴制残余的历史，显然是'噩梦一场'。照我们那些聪明的、有教养的作者们看来，别林斯基在给果戈理的信中所表达的情绪也许与农奴的情绪无关吧？我国的政论历史也许与农奴制压迫的残余所激起的人民群众的愤恨无关吧？"⑤

在列宁本人对它起过首要作用的那场最伟大的世界性革命的伟大先驱者中间，亚·伊·赫尔岑最受注意。列宁写他写得最频繁、最鲜明。这对我们也是一大幸运，因为列宁对赫尔岑的评语提供了一个分析革命作家的无比光辉的典范，他没有忘记赫尔岑的活动的重要缺点，但是绝没有把它们夸大到要抛弃先驱者所留下

---

① 《怎么办？》。《列宁选集》第一卷，第二四二页。
② 指别林斯基。——卢那察尔斯基注。
③ 《俄国工人报刊的历史》。《列宁全集》第二十卷，第二四〇至二四一页。
④ 《路标》是立宪民主党的自由派论客在一九〇九年出版的文集，他们反对唯物主义世界观和革命民主主义传统，污蔑一九〇五年革命，号召知识分子为专制制度效忠，列宁称《路标》是"自由主义叛变行为的百科全书"。
⑤ 《论〈路标〉》。《列宁全集》第十六卷，第一二二页。

的遗产的地步。我们现在常常看到,青年文艺学家们①在分析过去或现代某个未能超越本阶级的全部偏见、思想观点上未能达到纯正无瑕的境界的伟大先进艺术家时,总是带着一股特别的劲头,极力强调和夸张这些缺点,仿佛很少欣庆这个人物给我们的助益,而多半是害怕他成为我们的竞争者似的。对遗产抱这种"左"的态度,其害处正像右倾机会主义者讳言诸如此类"盟友"的缺点和粗疏一样。

列宁认为,赫尔岑一如任何其他作家,是时代的产物。"赫尔岑的精神悲剧,是资产阶级民主派的革命性**已在**消亡(在欧洲)而社会主义无产阶级的革命性**尚未**成熟的那个具有世界历史意义的时代的产物和反映。"②

列宁为纪念这位过去的伟大革命家诞生一百周年而写的文章,一开头便确定了赫尔岑的极其复杂的阶级属性:

"赫尔岑是属于十九世纪前半期贵族地主革命家那一代的人物。俄国贵族中间产生了比朗③和阿拉克切也夫④之流,产生了无数'酗酒的军官,暴徒,赌徒,闹集市的好汉,养猎犬的阔少,打手,刑吏,淫棍'以及痴心妄想的玛尼罗夫⑤之流。'但是在他们中间,——赫尔岑写道,——也出现了十二月十四日的人物⑥,出现了像罗穆洛和烈姆⑦那样由兽乳养大的一大群英雄……这是一些

---

① 指弗理契派、彼烈威尔泽夫派和拉普派等。
② 《纪念赫尔岑》。《列宁选集》第二卷,第四一七页。
③ 艾·约·比朗(1690—1772),安娜女皇的宠臣,利用职权巧取豪夺,专横暴戾,史称"比朗暴政"。
④ 阿·安·阿拉克切也夫(1769—1834),保罗一世和亚历山大一世的陆军大臣,以实行横暴的军阀统治著称。
⑤ 果戈理《死魂灵》中的人物。
⑥ 即十二月党人。
⑦ 罗穆洛,相传为古罗马城的建立者,罗马第一个国王。烈姆(又译瑞穆斯)是他的孪生兄弟。据说他们曾受母狼哺养。

从头到脚用纯钢铸成的英雄,是一些奋勇的战士,他们自觉地赴汤蹈火,以求唤醒年轻的一代走向新的生活,洗净在刽子手和奴才中间生长起来的子弟身上的污垢。'

"赫尔岑就是这些子弟中的一个。十二月党人的起义唤醒了他,并且把他'洗净'了。他在十九世纪四十年代农奴制的俄国,竟能达到当代最伟大的思想家的水平。他领会了黑格尔的辩证法。他懂得辩证法是'革命的代数学'。他超过黑格尔而跟着费尔巴哈走向了唯物主义。一八四四年写的《自然研究通信》的第一封信——《经验和唯心主义》,向我们表明,这位思想家甚至在今天也比无数现代经验论的自然科学家和一大群现时的哲学家、唯心主义者和半唯心主义者高出一头。赫尔岑已经走到辩证唯物主义跟前,可是在历史唯物主义前面停住了。"①

从社会的角度看,赫尔岑其人的长处和短处是紧密地交织在一起的。他差不多达到了辩证唯物主义,可是未能掌握它的方法,便停住了。"正因为赫尔岑这样'停住'了,所以他在一八四八年革命失败之后就陷入了精神破产的状态。赫尔岑当时已经离开俄国,直接观察过这次革命。当时他是一个民主主义者、革命家、社会主义者。但是,他的'社会主义'是盛行于一八四八年时代而被六月事件②彻底粉碎了的无数资产阶级和小资产阶级社会主义形式和变种的一种。其实,这完全不是社会主义,而是资产阶级民主派以及尚未脱离其影响的无产阶级用来表示他们**当时的**革命性的一种富于幻想的词句和善良愿望。

"一八四八年以后,赫尔岑的精神破产,他的深厚的怀疑论和悲观论,是表明**资产阶级的**社会主义**幻想**的破产。"③列宁从赫尔

---

① 《纪念赫尔岑》。《列宁选集》第二卷,第四一六至四一七页。
② 指卡芬雅克为首的法国反动政府对一八四八年六月巴黎工人起义的血腥镇压。
③ 《纪念赫尔岑》。《列宁选集》第二卷,第四一七页。

岑的复杂的内心矛盾中研究了他。一方面,"赫尔岑在国外创办了自由的俄文刊物,这是他的伟大功绩。《北极星》发扬了十二月党人的传统。《钟声》(1857—1867年)极力鼓吹农民的解放。奴隶般的沉默被打破了。"①另一方面,旧事物在他身上有着强烈的反应,给他的整个世界观留下了痕迹。"但是,赫尔岑是地主贵族中的人。他在一八四七年离开了俄国,他没有看见革命的人民,也就不能相信革命的人民。由此就产生了他对'上层'发出的自由主义呼吁。由此就出现了他在《钟声》上写给绞刑手亚历山大二世的无数封甜言蜜语的书信,这些信现在读起来真是令人作呕。车尔尼雪夫斯基、杜勃罗留波夫、谢尔诺—索洛维也维奇②是新的一代平民知识分子革命家的代表,他们责备赫尔岑从民主主义向自由主义的这种退却,这是万分正确的。"③不过列宁立刻声明说,这些矛盾中的主导因素依然是赫尔岑的革命性。"可是,平心而论,尽管赫尔岑在民主主义和自由主义之间动摇不定,民主主义毕竟还是在他身上占了上风。"④然后列宁从赫尔岑著作中引用许多光辉的字句来证实他这个论断,这些字句表现了赫尔岑对统治制度的憎恨、对卡维林型和屠格涅夫型的自由主义者的鄙薄。列宁愤慨地反对自由派攀附赫尔岑、称赞他的弱点而隐讳他的优点的意图,并在这篇鼓舞人心的论赫尔岑的文字的末尾,以圆熟的技巧和动人的笔力,绘出一幅从贵族革命初期到无产阶级革命初期的整个运动的图景:

"我们纪念赫尔岑时,清楚地看到先后在俄国革命中活动的三代人物、三个阶级。起初是贵族和地主,十二月党人和赫尔岑。这些革命者的圈子是狭小的。他们同人民的距离非常远。但是,

---

① 《列宁选集》第二卷,第四一九页。
② 亚·亚·谢尔诺—索洛维也维奇(1838—1869),革命民主主义者,曾参加六十年代反农奴制斗争,后侨居日内瓦,加入第一国际。
③④ 《列宁选集》第二卷,第四一九页。

他们的事业没有落空。十二月党人唤醒了赫尔岑。赫尔岑展开了革命鼓动。

"响应、扩大、巩固和加强了这种革命鼓动的,是平民知识分子革命家,从车尔尼雪夫斯基到'民意党'的英雄。战士的圈子扩大了,他们同人民的联系密切起来了。赫尔岑称他们是'未来风暴中的年轻舵手'。但是,这还不是风暴本身。

"风暴是群众自身的运动。无产阶级这个唯一彻底革命的阶级,起来领导群众了,并且第一次唤起了千百万农民进行公开的革命斗争。第一次风暴是在一九〇五年。第二次风暴正在我们眼前开始增长。"①

涅克拉索夫和萨尔蒂科夫—谢德林也获得列宁的深切同情,这两位过去的作家像赫尔岑一样出自贵族阶级,可是他们同拥护"美国式的道路"的战士队伍之间的结合更紧密得多。从一生经历看,涅克拉索夫是一个很复杂的人:论出身,他是贵族;论他的大部分青年时期,他是知识界的无产者;论他的杂志出版业的实践,他在许多方面又是大资产阶级手腕的代表。在这个问题上本来可以洋洋洒洒地纵论他的各种心理状态,我们也根本不是说,这样详细分析涅克拉索夫个性的形成,分析已经形成的个性的矛盾,是毫无意义的事,同时,列宁也绝不否定这些矛盾,甚至还加以强调。但在列宁心目中,这一切都是次要的。他认为最重要的是:涅克拉索夫正如萨尔蒂科夫一样,体现着农民的利益,他们施展、磨炼和运用他们的伟大才能,是为了捍卫俄国革命发展的"美国式的道路"。

列宁推崇涅克拉索夫和萨尔蒂科夫—谢德林,因为他们撕下了农奴制俄国的假面具。他在《纪念葛伊甸伯爵》一文中写道:"涅克拉索夫和萨尔蒂科夫曾经教导俄国社会要透过农奴制地主

---

① 《列宁选集》第二卷,第四二二页。

所谓有教养的乔装打扮的外表,识别他的强取豪夺的利益,教导人们憎恨诸如此类的虚伪和冷酷无情。可是,那些参加立宪民主党的,或者成为立宪民主党应声虫的现代俄国知识分子,却教导人民蛮横无礼,夸耀自己非党民主主义者的公正无私;这些人竟自称是民主遗产的保护者。这种情况难道不比杜巴索夫①和斯托雷平的劣绩更为可恶吗……"②列宁在反对现代自由派的斗争中也倚重过涅克拉索夫的创作。"这里谈的是遥远的过去的事情。然而当时的和现在的自由派('自由派的外表,官僚的灵魂'③)对阶级斗争的态度是同一性质的现象。"④还可以从《向民主派的又一次进攻》一文中引用一段讽刺性更强的话:

"特别令人难以容忍的是,像舍彼帖夫⑤、司徒卢威、格烈迭斯库尔⑥和伊兹哥也夫⑦等等这样一些人物,这帮立宪民主党的家伙们,经常抓住涅克拉索夫和谢德林等人的片言只字来大做文章。涅克拉索夫本人是很软弱的,在车尔尼雪夫斯基和自由派之间摇摆不定,但他是完全同情车尔尼雪夫斯基的。涅克拉索夫也正由于自己的软弱,向自由派弹了一些阿谀逢迎的调子,但他也因为自己犯的'罪过'而深深痛恨自己,并且公开表示忏悔:

我没有用竖琴做过买卖,但有时候,
由于执拗的厄运的威胁,

---

① 费·瓦·杜巴索夫(1845—1912),镇压一九〇五年革命的一个海军上将。
② 《列宁全集》第十三卷,第三八至三九页。
③ 这两句话是列宁根据涅克拉索夫《摇篮曲》中的诗句改写的,原诗为:
 "你有官僚的外表,
 坏蛋的灵魂……"
④ 《自由派粉饰农奴制的勾当》。《列宁全集》第十八卷,第五九三页。
⑤ 亚·舍彼帖夫,二十世纪初一个自由主义论客。
⑥ 尼·安·格烈迭斯库尔(1864—?),资产阶级法学家、教授,曾任国家杜马代表。
⑦ 伊兹哥也夫,论客亚·索·兰杰(1872—?)的笔名,右派立宪民主党人。

> 我的手在竖琴上弹出了
>
> **不正确的音响……**

"'不正确的音响'——涅克拉索夫自己就是这样说他对自由派的阿谀逢迎的罪过的。而谢德林是无情地嘲笑自由派,经常用'迎合卑鄙'一语来咒骂他们。"①

这段引文非常清楚地说明:涅克拉索夫和谢德林是车尔尼雪夫斯基领导的革命农民民主派的盟友,是资产阶级—贵族自由派的死敌,用列宁的公式来说,就是"美国式的道路"的拥护者。

萨尔蒂科夫—谢德林出于大贵族,做过朝廷大官,但这一切都被一个辉煌的事实抵销了:萨尔蒂科夫对农奴制度、沙皇制度和官僚政治充满着强烈的憎恨和极端的轻蔑,他还把这些情绪扩大到所有的自由主义清谈家身上,他对革命家感到深深的尊敬,并在他反映俄国现实的天才画卷中无情地、无比准确地描绘了这个现实,对它的弊端痛下针砭,号召人们向现实作斗争。

萨尔蒂科夫—谢德林是列宁最爱重的作家之一。回忆录作者们异口同声地证明了这一点。任何人都没有恰恰像萨尔蒂科夫那样经常为列宁所引用,在写作他那些热情蓬勃的雄文时作为提供绝妙的小说例证之泉源。甚至在看来特别富于学术性的著作如《俄国资本主义的发展》或《土地问题和"马克思的批评家"》里面,也引证了萨尔蒂科夫。"唯物主义如果不给自己提出这样的任务②并有步骤地去执行这个任务,它就不能成为战斗的唯物主义。用谢德林的话来说,它就不能打人,而只有挨打。"③"这种——用谢德林的说法——咬文嚼字怎能不叫人作呕呢?"④

---

① 《列宁全集》第十八卷,第三〇六至三〇七页。
② 指用唯物主义观点去解释黑格尔的辩证法。——卢那察尔斯基注。
③ 《论战斗唯物主义的意义》。《列宁选集》第四卷,第六〇九至六一〇页。
④ 《选举运动的几个原则问题》。《列宁全集》第十七卷,第三八三页。

谢德林笔下的主角,差不多全都以新的政治面貌在列宁著作中出现过。在那里,我们可以碰见照自由派的作风高谈阔论的庞巴杜尔①之流、成了抱有黑帮分子信念的高官显宦的乌黑溜—布尔切也夫②之流、其实是猥琐庸人的信奉理想主义的鲫鱼③、聪明绝顶的鲍鱼④、受虐待受压制的老马⑤—农民。这一系列形象是以能说会道的人物普尔菲莱·果洛夫廖夫煞尾的。列宁特别爱联想到谢德林的犹大什克⑥。"他们是些犹大什克,利用自己与农奴主的感情和联系来欺压工农,口头上说'保护经济上的弱者'免于富农和高利贷者的压迫,实际上却采取各种办法把劳动者压低到'贱民'的地位,使其受农奴主宰割,从而更加无法抵御资产阶级的进攻。"⑦这个农奴制地主的凶恶形象在列宁笔下出现得特别频繁。在一九〇五年革命遭到镇压而贵族反动派扬扬得意的时代,列宁慨叹道:"可惜,谢德林没有活到'伟大的'俄国革命时期。不然,他一定会给《果洛夫廖夫老爷们》添上新的一章,他会这样描写犹大什克:他安慰被鞭挞和被殴打的饥饿的受奴役的农夫说:你等待改善吗?你因为没有改变那个建立在饥饿、枪杀人民、笞打和鞭挞的基础上的制度而感到失望吗?你抱怨'没有做出事情'吗?真是忘恩负义!要知道,这种没有做出事情就是最重要的事情!要知道,这就是你的意志进行干预的有意识的结果——利德瓦里⑧们照样主宰着一切,农夫们心平气和地听凭鞭策,而不再沉湎

---

① 讽刺小说《庞巴杜尔和庞巴杜尔莎》的主角。
② 《一个城市的历史》中的市长。
③ 出自童话《信奉理想主义的鲫鱼》。
④ 出自童话《聪明绝顶的鲍鱼》。
⑤ 出自童话《老马》。
⑥ 即普尔菲莱·果洛夫廖夫,小说《果洛夫廖夫老爷们》中的人物。
⑦ 《什么是"人民之友"以及他们如何攻击社会民主主义者?》。《列宁全集》第一卷,第二六八页。
⑧ 利德瓦里,大投机商,一九〇六年曾在俄国各灾区出售粮食,谋取暴利。

于关于'斗争的诗篇'的有害的幻想了。"①

我们引用的文字是一个很好的范例,可以说明列宁写政论时多么善于利用文学形象。在他的著作里,我们能找到许多出自屠格涅夫、果戈理、格利包耶陀夫、克雷洛夫、民粹派、契诃夫等人的文学作品的引文。萨尔蒂科夫在他们中间占着第一位,这自然是完全因为这位拥护"美国式的道路"的著名战士的创作具有犀利的讽刺力量之故。

列宁对政论家车尔尼雪夫斯基抱着特别强烈的好感,也曾在评议时政的著作里一再引用他的言论。"我们记得,献身于革命事业的大俄罗斯民主主义者车尔尼雪夫斯基在半世纪以前说过:'可怜的民族,奴隶的民族,上上下下都是奴隶。'大俄罗斯人中的公开的和不公开的奴隶(沙皇君主制度的奴隶)是不喜欢想起这些话的。然而我们认为这是真正热爱祖国的话……"②"无论是谢德曼③式的,或者几乎是同一样的马尔托夫④式的现代'社会民主派',他们厌恶苏维埃,羡慕威风十足的资产阶级议会或立宪会议,正和六十年前屠格涅夫羡慕温和的君主制的和贵族的宪制,而厌恶杜勃罗留波夫和车尔尼雪夫斯基所主张的农夫民主制一样。"⑤"伟大的俄国革命家车尔尼雪夫斯基说过:历史活动并不是涅瓦大街的人行道。谁认为只有无产阶级革命一帆风顺,只有各国无产者一下子就采取联合行动,只有事先得到不会遭到失败的保证,只有革命的道路是宽阔、自由和笔直的,只有在取得胜利以前不会遭到暂时的重大牺牲,不会'被围困在碉堡内',或者不会

---

① 《得意扬扬的庸俗言论或立宪民主党化的社会革命党人》。《列宁全集》第十二卷,第三二七页。
② 《论大俄罗斯人的民族自豪感》。《列宁选集》第二卷,第六一〇页。
③ 菲·谢德曼(1865—1939),德国政客,社会改良主义代表人物之一。
④ 马尔托夫(1873—1923),孟什维克的一个头目。
⑤ 《苏维埃政权的当前任务》。《列宁选集》第三卷,第五二六页。

通过最窄狭、最难走、最曲折和最危险的山间小道,谁认为只有'在这种条件下'才'可以'进行无产阶级革命,谁就不是革命者,谁就没有摆脱资产阶级知识分子的迂腐气,谁就会在实际上常常滚入反革命的资产阶级阵营,像我国右派社会革命党人、孟什维克以及(虽然少些)左派社会革命党人那样。"①

还必须在这些引文——本来可以毫不费力地再增加一些——后面附上娜·康·克鲁普斯卡娅②的一段证词,她证明列宁对车尔尼雪夫斯基的小说抱着激切赞赏的态度。"他喜欢车尔尼雪夫斯基的小说《怎么办?》,虽然它的形式很纯朴,艺术性并不很高。当时我非常惊奇,他读得多么仔细,连小说中的许多细微的特点都注意到了。"③

毫无疑问,在列宁对车尔尼雪夫斯基的好感中,包含着这两位天才革命家之间一种前后相继的关系,列宁所以推崇车尔尼雪夫斯基,就因为他是最出色的马克思主义先驱者之一。"车尔尼雪夫斯基对自由主义的不可调和的态度感染了列宁。对自由派的言词、对自由主义的全部立场的不信任,像一根红线一样贯穿着列宁的全部活动。从他在西伯利亚流放地对《信条》④的抗议来看,从他和司徒卢威决裂以及后来对立宪民主党人、对那些甘愿和立宪民主党人勾结的孟什维克取消派所持的不可调和的态度来看,就可以看到,弗拉基米尔·伊里奇所坚持的不调和路线,正和车尔尼雪夫斯基对那些在一八六一年改革时出卖农民的自由派所坚持的路线一样……列宁在评价资产阶级自由派的民主主义和八十年代

---

① 《给美国工人的信》。《列宁选集》第三卷,第五九二页。
② 列宁夫人。
③ 克鲁普斯卡娅:《论列宁》,第七十页,人民出版社。
④ 《信条》,一八九九年一群经济派分子、伯恩斯坦主义者普罗柯波维奇、库斯柯娃等发表的宣言。列宁为首的十二个俄国社会民主党人写了《俄国社会民主党人抗议书》(《列宁全集》第四卷)予以反击。

的、同沙皇制度调和的、资产阶级化的民粹派的民主主义时,是用革命马克思主义的民主主义同它们对抗的。车尔尼雪夫斯基作出了对当时的制度进行不调和的斗争的榜样,在这个斗争中,民主运动同争取社会主义的斗争不可分割地联结在一起。"①

列宁敬重车尔尼雪夫斯基这个维护受骗农民的利益的最坚强、最光荣的战士,他在早期政论著作中借用沃尔根(车尔尼雪夫斯基的长篇小说《序幕的序幕》的男主角)的话来说明农民改革的意义,并不是偶然的,"车尔尼雪夫斯基通过沃尔根来表达自己的思想。"②

列宁对六十至七十年代的俄国民粹派评价甚高。这个评价比对列·托尔斯泰的评价更加肯定,因为民粹派在同样表现农民愿望的时候,是站在当时社会的左翼。但是这并未妨碍列宁指出这些伟大革命民主主义者的作品必然具有的、一定程度上的两重性,因为唯独无产阶级的观点(在文艺领域内,则是无产阶级文学)才能没有历史的两重性。

列宁关于民粹派小说家的论断有一个异乎寻常的特色,那就是使他对最大的民粹派作家们——这支非常重要的革命民主主义队伍——的评述直接从属于我们前面引用过的、对俄国革命道路的深刻分析。在列宁看来,民粹派首先是与"美国式的"革命发展道路之胜利有利害关系的各种力量的一贯代表。谁都知道,当时与此有利害关系的基本力量是农民。从下面列宁对于独特的伟大农民作家列·托尔斯泰的评论中,我们会看到,农民在思想意识上绝不是完全革命的,他们身上顽强地存在着空想的、倒退的倾向。

民粹派当它的鼎盛时代,在它由米海洛夫斯基开其端绪的合法化和庸俗化之前,它能够以比列·托尔斯泰纯正得多的方式代

---

① 克鲁普斯卡娅:《论列宁》,第六三至六四页。
② 《什么是"人民之友"以及他们如何攻击社会民主主义者?》。《列宁全集》第一卷,第二五九页。

表农民的利益;就这个意义说,民粹派是农民领袖,是农民革命民主主义代表。列宁论米海洛夫斯基的文章①对民粹派作了一次总的评述。从我们下面引用的评语中可以看出,米海洛夫斯基已经是一个堕落的民粹派分子典型,他远远不如那些伟大的民粹主义代表人物。不过这段评语只谈到革命民粹主义大山的支脉,大山本身却拥有车尔尼雪夫斯基这样令人仰止的高峰。

列宁同民粹主义的苗裔作过多次激烈斗争,因为他们用尽了一切办法辱骂马克思主义(参看他的文章《什么是"人民之友"……》、《民粹主义的经济内容》、《我们究竟拒绝什么遗产?》及其他)。可是,虽然他揭露了这个流派在马克思主义兴起时代的反动性,却丝毫无意贬低这些农民社会主义思想家在六十至七十年代所进行的社会主义宣传的力量。小资产阶级革命家的社会主义乌托邦主义显示了他们的叛逆思想的强度,而且使他们同我们靠拢了。这在列宁关于民粹派的全部言论上都有所反映:

"米海洛夫斯基是代表十九世纪最后三十多年的俄国资产阶级民主派观点并且发扬这种观点的主要人物之一。当时,俄国具有资产阶级民主主义思想的唯一严重的和广大的(不算城市小资产阶级)群众——农民群众,还在酣睡着;他们中间的优秀人物和对他们的困苦状况寄予无限同情的人们,即所谓平民知识分子——主要是青年学生、教师及其他知识分子代表——曾努力唤醒和启发酣睡的农民群众。

"米海洛夫斯基在有利于俄国解放的资产阶级民主主义运动中的伟大历史功绩在于:他热烈地同情农民的受压迫的境遇,坚决地反对农奴制压迫的各种各样的表现,一贯在合法的、公开的报刊上表示(虽然是用暗示的方式)同情和尊敬最彻底最坚决的平民知识分子民主主义者进行活动的'地下组织',甚至还亲自直接帮

---

① 指《民粹派论尼·康·米海洛夫斯基》(一九一四年)。

助这种地下组织。"①

最优秀的民粹主义者、车尔尼雪夫斯基和杜勃罗留波夫型的革命家、乌斯宾斯基和萨尔蒂科夫型的作家,都坚定不移地拥护民主革命。但这并不是说,既然他们是当时所能有的广大农民真正利益的最彻底的表现者,他们就不会犯下最严重的错误了。首先,他们美化了农民,往往不了解包含在农民身上的内在矛盾。他们也不了解,在纯农民的基础上面只能发生资产阶级革命,即使是十分坚决的纯"平民的"革命。他们极力把村社的社会主义强加于农民。自然,正如列宁一再指出的,从能否实现的观点看,这种社会主义不能不是十足的空想,同时,论它的性质本身,又必定是不彻底的、模模糊糊的。列宁谈到这一点的时候,用赞许的口吻引证了俄国一个最早的马克思主义者伊·阿·古尔维奇②的话。"古尔维奇很中肯地说:'七十年代的民粹派丝毫不了解农民内部的阶级对抗,把这种对抗只局限为"剥削者"(富农或寄生虫)与其牺牲品即浸透共产主义精神的农民之间的关系。唯有格列勃·乌斯宾斯基一人持怀疑态度,他用讽刺的微笑来回答一般幻想。他非常熟悉农民并具有洞悉事物本质的莫大艺术天才,所以他不能不看到,个人主义不仅已成为高利贷者和债务人之间的经济关系的基础,而且已成为一般农民之间的经济关系的基础。'"③

列宁对乌斯宾斯基怀有特殊的感情。他在《俄国资本主义的发展》中评论高加索的情况时,引用过这位民粹主义者一篇特写④。"在改革后时代初期居民稀少的或者与世界经济甚至历史

---

① 《民粹派论尼·康·米海洛夫斯基》。《列宁全集》第二十卷,第一〇七至一〇八页。
② 伊·阿·古尔维奇(1860—1924),经济学家,一八八九年迁居美国。
③ 《什么是"人民之友"以及他们如何攻击社会民主主义者?》。《列宁全集》第一卷,第二三三页。
④ 《在高加索》。

完全无关的山民所居住的地方,已经变成了石油工业者、酒商、小麦与烟草工厂主的地方,而息票先生①也就无情地把山民们的富有诗意的民族服装脱去,给他们穿上欧洲仆役的制服了(格·乌斯宾斯基)。"②

列宁的政论里有许多出自乌斯宾斯基作品的形象:"剪息票"的英雄③、岗警梅穆列佐夫和他的口号"只捉不放"④、"健忘的伊万"⑤及其他。

列宁一再指出,乌斯宾斯基不仅像其他最急进的民粹派分子一样,是彻底的民主主义革命家,而且他不同于兹拉托夫拉茨基⑥类型的民粹派分子,——他们为了符合自己的愿望,极力用特殊的民粹主义的方法去制造"农民标本",——清清楚楚地看出了农村的分化,他不仅了解乡村富农的一切特点,而且怀着那种后来使他发生个人惨剧⑦的莫大忧愁,确认了全体农民群众的小私有者倾向,在这方面他要比民粹派高明,他打破了民粹派的幻想,可惜他没有看见无产阶级能够给中农和贫农带来的新的"生路"。列宁对乌斯宾斯基的评述的基础,是我们下面会看到的、他在论列夫·托尔斯泰的全部文章中所运用的反映论。

列宁评论乌斯宾斯基的时候,再度采取了我们马上就看到的、他用之于托尔斯泰的那个方法。普列汉诺夫也著文论述过格·乌斯宾斯基,⑧他认为后者首先是一个小资产阶级知识分子。知识

---

① "息票先生"指资本和资本主义。这个名词是乌斯宾斯基在特写《罪孽深重》(一八八八年)中首次使用的,后来常见于八十至九十年代俄国文学。
② 《俄国资本主义的发展》。参看《列宁全集》第三卷,第五四四页。
③ 《俄国革命和无产阶级的任务》。《列宁全集》第十卷,第一一七页。
④ 《论民族自决权》。《列宁全集》第二十卷,第四一九页。
⑤ 《论苏维埃共和国的国内外形势》。《列宁全集》第三三卷,第一八七页。
⑥ 尼·尼·兹拉托夫拉茨基(1845—1911),民粹派作家。
⑦ 乌斯宾斯基晚年患精神病。
⑧ 指普列汉诺夫的《格·伊·乌斯宾斯基》(一八八八年)。

分子乌斯宾斯基走向农民的道路的本身也许很有意思,但列宁在他的一般文章(他没有写过专门著作来谈格·乌斯宾斯基)中可以说没有理会这种个人出身。他认为要害不在这里;在他看来,主要的是这个事实:乌斯宾斯基用全身心维护"美国式的"发展道路,主观上十分诚实地给它添加了社会主义的乌托邦主义成分,此外又——这却是乌斯宾斯基的一个使他有别于他的战友们的特征了——沾染了对民粹主义的怀疑,如果乌斯宾斯基能活到适当的时代,这份疑心便会成为转向马克思主义的一个良好的过渡点。当然,这里不能不指出乌斯宾斯基的磅礴的才能,而讲到底,才能也要归结为诚实、严肃、热情、锐气、观察力之类。

我们完全无意说,乌斯宾斯基的问题大致已经由列宁阐发无遗了。列宁一定会头一个起来狠狠地嘲笑诸如此类的"懒汉"之见。在这里正如在文艺学领域内每个地方一样,还需要做大量工作;不过这项工作只能根据列宁的指示来进行。

但列宁注意得最多的还是列·托尔斯泰的创作。在列宁对待这位"俄罗斯土地的伟大作家"[①]的态度本身中,有什么地方最令人惊叹不置呢?在列宁的文章以前和以后,我们有不少出自马克思主义者手笔的托尔斯泰研究著作,其中包括像普列汉诺夫的文章那样珍贵的作品。[②] 这批研究家当然都是用阶级观点看待托尔斯泰的。然而他们是怎样理解这个阶级观点的呢?他们认定托尔斯泰首先是贵族的代表,因而企图仅仅从贵族的破产和贵族对资本主义攻势的反应等情况去推论托尔斯泰主义。他们以为,托尔斯泰的"农民化"是一种奇思异想,仿佛是豪绅阶级辩护士一种虚妄的、事先准备好的阵地,当时豪绅们已被迫放弃第一道防线,即是放弃地主阶级的庄园文化和社会领导权了。这些意见中当然有

---

① 一八八三年屠格涅夫致托尔斯泰遗书中的用语。
② 普列汉诺夫写过五篇论托尔斯泰的文章。

不少真理。这个观点远胜于用"人类良心的活动"来解释托尔斯泰和托尔斯泰主义,①或者宣称那是特殊的个人天才的结果,或者像近年来形式主义者试做的那样,从托尔斯泰时代文学界表面的日常生活条件去推论他的创作。②但是如果同列宁的天才分析相比较,连这个相对正确的观点也会显得苍白黯淡。经过列宁的阐明,托尔斯泰对于我们仍然是贵族的子孙,但他一方面把他的贵族性当作一个次要的出发点保留下来,同时他的雄浑的创作又非常符合决定这创作的伟大社会时代,也符合这位"伯爵"实际上所表现的那个阶级——固然是个思想意识上有矛盾的、没有组织的阶级——的宏大规模。"乡村俄国一切'旧基础'的急剧的破坏,加强了他对周围事物的注意,加深了他对这一切的兴趣,使他的整个世界观发生了变化。就出身和所受的教育来说,托尔斯泰是属于俄国上层地主贵族的,但是他抛弃了这个阶层的一切传统观点,在他自己的晚期作品里,对现代一切国家制度、教会制度,社会制度和经济制度作了激烈的批判,而这些制度所赖以建立的基础,就是群众的被奴役和贫困,就是农民和一般小业主的破产,就是从上到下充满着整个现代生活的暴力和伪善。"③照列宁的看法,作为托尔斯泰创作之基础的社会事实,是旧的封建农奴制俄国为资本主义俄国所代替,而以其全部社会心理决定了列·托尔斯泰的内容丰富同时却极其矛盾、又革命又反动的思想的那个阶级,则是农民。

列宁写过不少谈托尔斯泰的著作。在这方面我们可以找到:论文《列夫·托尔斯泰是俄国革命的镜子》,最初刊载于一九〇八

---

① 俄国文学史家谢·文格罗夫(1855—1920)头一个把托尔斯泰看作"伟大的良心"。
② 例如包·艾亨巴乌姆(1886—1959)在其《列夫·托尔斯泰》一书(一九二八年)中所持的观点。
③ 《列·尼·托尔斯泰和现代工人运动》。《列宁全集》第十六卷,第三三〇页。

年日内瓦的俄国社会民主工党彼得堡和莫斯科委员会机关报《无产者报》；其次是那篇悼念托尔斯泰的名文①，伟大作家去世后立刻发表在俄国社会民主工党中央机关报《社会民主党人报》上（这两篇文章登出时未署名）；论文《列·尼·托尔斯泰和现代工人运动》，载一九一〇年《我们的道路报》；《"保留"的英雄们》，发表于同年的《思想》杂志，其中斥责了孟什维克—取消派分子对托尔斯泰的阿谀奉承，因为他们留下了一些"毫无原则的惊人典范"②；《列·尼·托尔斯泰和他的时代》，载一九一一年《明星报》杂志，这篇文章在某种程度上总括了列宁对托尔斯泰的见解。

列宁对托尔斯泰的看法对于今后整个文艺学的道路有着巨大意义，为了更严整地叙述他的看法，我们先谈这最后一篇文章。我们在那里读到：

"列·托尔斯泰的时代，在他的天才艺术作品和他的学说里非常突出地反映出来的时代，是一八六一年以后到一九〇五年以前这个时代。诚然，托尔斯泰的文学活动，是在这个时期开始以前开始，在这个时期结束以后结束的，但是作为艺术家和思想家的列·托尔斯泰，正是在这个时期完全形成的。这个时期的过渡性质，产生了托尔斯泰的作品和'托尔斯泰主义'的一切特点。

"在《安娜·卡列尼娜》里，托尔斯泰借康·列文的嘴，非常清楚地表明了这半世纪俄国历史的变动是什么。

关于收成、雇用工人等等的谈话，列文知道，通常都认为是一种很庸俗的事情……现在对于列文，却是一些重要的事情了.'在农奴制度下，或者在英国，这也许是不重要的。在这两种场合，条件本身已经是确定了的；可是现在在我们这里，当一切都翻了一个身，一切都刚刚开始安排的时候，这些

---

① 《列·尼·托尔斯泰》。
② 《"保留"的英雄们》。《列宁全集》第十六卷，第三六八页。

条件将怎样形成的问题,就是俄国唯一重要的问题了。'列文这样想道。(《托尔斯泰全集》第十卷,第一三七页)

"'现在在我们这里,一切都翻了一个身,一切都刚刚开始安排,'对于一八六一至一九〇五年这个时期,很难想象得出比这更恰当的说明了。那'翻了一个身'的东西,是每个俄国人都非常了解的,至少也是很熟悉的。这就是农奴制度以及与之相适应的整个'旧秩序'。那'刚刚开始安排'的东西,却是最广大的人民群众完全不熟悉的、陌生的、不了解的。托尔斯泰模模糊糊地觉得这个'刚刚开始安排'的资产阶级制度是一个像英国那样的吓人的怪物。的确是一个吓人的怪物,对于这个'英国'的社会制度的基本特点,这种制度同资本的统治、金钱的作用、交易的出现和发展等等之间的联系,可以说,托尔斯泰是根本不想弄明白的。他像民粹派一样,闭着眼睛,不愿意正视和考虑在俄国'开始安排'的东西正是资产阶级制度。

"真的,从俄国整个社会政治活动的迫切任务看来,这个在'英'、德、美、法等国采取了极不相同的形式的制度,即资产阶级制度'将怎样安排的问题,即使不是一八六一至一九〇五年这个时期(甚至现代)的'唯一重要的'问题,至少也是极为重要的问题。但是这样明确地、历史地、具体地提出问题,对于托尔斯泰来说,是一种完全陌生的事情。他总是抽象地谈问题,他只容许'永恒的'道德原则和永恒的宗教真理的观点,而没有认识到这个观点仅仅是旧的('翻了一个身'的)制度,即农奴制度、东方各民族的生活制度在思想上的反映。"①

列宁十分明确地强调说,应该把托尔斯泰的学说当作一种社会主义学说;但同时,他又认为它是空想的和反动的。他就这一点说道:"托尔斯泰主义的现实的历史内容,正是这种东方制度、亚

---

① 《列·尼·托尔斯泰和他的时代》。《列宁全集》第十七卷,第三二至三三页。

洲制度的思想体系。因此也就有禁欲主义,也就有不用暴力抵抗邪恶的主张,也就有深沉的悲观主义调子,也就有'一切都微不足道,一切物质的东西都微不足道'(《论生活的意义》第五二页)的信念,也就有对'精神'、对'万物本源'的信仰,而人对于这个本源不过是一个'被派来进行拯救自己灵魂的事业的''工作者'等等。"①"悲观主义、不抵抗主义、向'精神'呼吁,是这个时代必然要出现的思想体系,在这个时代,整个旧制度已经'翻了一个身',而群众是在这个旧制度下教养出来的,他们在吃母亲的奶的时候就吸取了这个制度的原则、习惯、传统和信仰,他们看不出也不可能看出'开始安排'的新制度是什么样子,是哪些社会力量在'安排'这种新制度以及怎样'安排'这种制度,哪些社会力量能够消除这个'变革'时代所特有的无数特别深重的灾难……托尔斯泰的学说无疑是空想的,就其内容来说是反动的(这里'反动'一词,是就这个词的最正确最深刻的含义用的)。但是决不应该因此得出结论说,这个学说不是社会主义的,这个学说里没有可以为启发先进阶级提供宝贵材料的批判成分。"②

在这篇论文写出以前,形形色色的自由主义者、民粹派分子和神秘论者,都企图利用列夫·托尔斯泰之死所引起的大规模运动以达到各自的目的,因此列宁下笔时特别明显地强调说,托尔斯泰主义的社会内容在过去是有意义的,然而在今天,这个学说的全部实质只能起反面作用,对于赞成无产阶级世界观的人们,任何向托尔斯泰主义献媚的做法都是一项真正的罪行:

"在二十五年以前,尽管托尔斯泰主义具有反动的和空想的特点,但是托尔斯泰学说的批判成分有时实际上还能给某些居民阶层带来好处。然而在最近十年中,就不可能有这种事情了,因为

---

① 《列宁全集》第十七卷,第三四页。
② 同上卷,第三四至三五页。

从上世纪八十年代到世纪末,历史的发展已经前进了不少。而在我们今天,当上述许多事变已经结束了'东方的'静止不动的状态以后,当'路标派'①的自觉的反动思想,在狭隘的阶级意义和自私自利的阶级意义上的反动思想在自由资产阶级中间得到这样广泛传播的时候,当这些思想甚至传染了一部分所谓马克思主义者并造成了'取消派'的时候,在我们今天这样的时候,任何想把托尔斯泰的学说理想化,想袒护或冲淡他的'不抵抗主义'、他的向'精神'的呼吁、他的向'道德的自我修养'的号召、他的关于'良心'和'博爱'的教义、他的禁欲主义和寂静主义的说教等等的企图,都会造成最直接和最严重的危害。"②

《列·尼·托尔斯泰和他的时代》一文,既从起源学方面(即是从产生托尔斯泰创作的各种力量的角度),又从功能的角度(即是就托尔斯泰作品在其存在的各个时代所能起的作用来说),对托尔斯泰作了明确的概括和总的评价。但是这并不意味着列宁的其他论文可以说都被上述文章掩盖和勾销了。这些论文内容丰富,需要加以特别的研究。其中发表最早的《列夫·托尔斯泰是俄国革命的镜子》所走的路子,跟刚才引用的那篇略有不同。在总括性的最后一篇文章里,列宁是从对时代的定义和评述出发的。在这里,在处理一个真正巨大的、具有重要社会意义的文学现象的方法上,他教导我们要确定发生这一现象的活生生的社会年代,也就是确定作为被研究对象的历史基础的、各社会现象之间的联系。其次,还必须抓住这些错综复杂的事件的基本环节,发现这主要环节究竟如何反映在所研究的作品的主要思想特点中,从而当然也反映在作品的形式中。但正是列宁论托尔斯泰的第一篇文章的实例,教导我们还可以采取另一种方法。在这里,列宁一开始就对托

---

① 即文集《路标》的作者们,参看本书第十四页注④。
② 《列·尼·托尔斯泰和他的时代》。《列宁全集》第十七卷,第三六页。

尔斯泰创作本身的构成作了天才的分析,揭示了他的创作的基本性质和基本矛盾,然后由此出发,去考察这一结果所由产生(而且不能不产生)的社会条件。

开头列宁叙述托尔斯泰学说原有的矛盾:不能淹没也淹没不了"人们要求对下列问题作直截了当答复的呼声:'托尔斯泰主义'的显著矛盾是由什么造成的,这些矛盾表现了我国革命中的哪些缺陷和弱点?

"托尔斯泰的作品、观点、学说、学派中的矛盾的确是显著的。一方面,是一个天才的艺术家,不仅创作了无与伦比的俄国生活的图画,而且创作了世界文学中第一流的作品;另一方面,是一个发狂地笃信基督的地主。一方面,他对社会上的撒谎和虚伪作了非常有力的、直率的、真诚的抗议;另一方面,是一个'托尔斯泰主义者',即是一个颓唐的、歇斯底里的可怜虫,所谓俄国的知识分子,这种人当众捶着自己的胸膛说:'我卑鄙,我下流,可是我在进行道德上的自我修养;我再也不吃肉了,我现在只吃米粉团子。'一方面,无情地批判了资本主义的剥削,揭露了政府的暴虐以及法庭和国家管理机关的滑稽剧,暴露了财富的增加和文明的成就同工人群众的穷困、野蛮和痛苦的加剧之间极其深刻的矛盾;另一方面,狂信地鼓吹'不用暴力抵抗邪恶'。一方面,是最清醒的现实主义,撕下了一切假面具;另一方面,鼓吹世界上最卑鄙龌龊的东西之一,即宗教,力求让有道德信念的僧侣代替有官职的僧侣,这就是说,培养一种最精巧的因而是特别恶劣的僧侣主义。真可以说:

俄罗斯母亲啊,
你又贫穷又富饶,
你又强大又软弱!"[①]

---

① 《列夫·托尔斯泰是俄国革命的镜子》。《列宁选集》第二卷,第三七〇页。

接着,列宁又指出,无论如何不能认为这个奇怪而杂乱的混合物是俄国工人革命的镜子,于是他就探究:这面不明亮、不平滑的镜子究竟照出了一场什么样的革命;他说:"……托尔斯泰的观点和学说中的矛盾并不是偶然的,而是十九世纪最后三十几年俄国实际生活所处的矛盾条件的表现。昨天刚从农奴制度下解放出来的宗法式的农村,简直在遭受资本和国库的洗劫。农民经济和农民生活的旧基础,那些确实保持了许多世纪的旧基础,在异常迅速地毁坏着。"①照列宁的意见,托尔斯泰创作的基本推动力是"那种对正在兴起的资本主义的抗议,对群众破产和丧失土地的抗议(俄国有宗法式的农村,就一定会有这种抗议)。"②这也就决定了作家托尔斯泰的意义。"作为一个发明救世新术的先知,托尔斯泰是可笑的,所以国内外的那些偏偏想把他学说中最弱的一面变成一种教义的'托尔斯泰主义者'是十分可怜的。作为俄国千百万农民在俄国资产阶级革命快到来的时候的思想和情绪的表现者,托尔斯泰是伟大的。托尔斯泰富于独创性,因为他的全部观点,总的说来,恰恰表现了我国革命是**农民**资产阶级革命的特点。"③这个抗议使托尔斯泰同农民接近起来,他心里充满着农民情绪的强大力量。

但这个立场是不是真正革命的立场呢?不,它带有两重性,于是列宁仍然通过辩证的分析说明了这两重性。他说:"一方面,几百年来农奴制的压迫和改革以后几十年来的加速破产,积下了无数的仇恨、愤怒和拼命的决心……另一方面,追求新的社会生活方式的农民,是用很不自觉的、宗法式的、宗教狂的态度来看待下列问题的:这种社会生活应当是什么样子,要用什么样的斗争才能给自己争得自由,在这个斗争中他们能有什么样的领导者,资产阶级

---

① ② ③ 《列夫·托尔斯泰是俄国革命的镜子》。《列宁选集》第二卷,第三七一页。

和资产阶级知识分子对于农民革命的利益采取什么样的态度,为什么要消灭地主土地占有制就必须用暴力推翻沙皇政权?农民过去的全部生活教会他们憎恨老爷和官吏,但是没有教会而且也不能教会他们到什么地方去寻找所有这些问题的答案。"[1]只有一小部分农民朝着革命方面去解决这些矛盾。"大部分农民则是哭泣、祈祷、空谈和梦想,写请愿书和派'请愿代表',——这一切完全符合列夫·尼古拉耶维奇·托尔斯泰的精神。"[2]然后是总括:"托尔斯泰反映了强烈的仇恨、已经成熟的对美好生活的向往和摆脱过去的愿望;同时也反映了幻想的不成熟、政治素养的缺乏和革命的软弱性。"[3]

写得最热情、对托尔斯泰肯定最多的是列宁那篇悼念文字。不过,假如以为弗拉基米尔·伊里奇仿佛被这位伟大老人之死的事实——就这么说吧——所感动,因而在对他的评价上偏高了一点,那可是一个大大的错误。这个评价正像列宁作出的其他一切评价一样,是全面的、辩证的。如果说,我们前面引用的列宁论托尔斯泰的文章特别着重于警告人们丝毫不要为托尔斯泰主义所迷惑,那也不能由此得出结论说,这样一来,悼文对托尔斯泰的艺术作品的激赏和好评都要被勾销了。《安娜·卡列尼娜》和民间故事作者描写了"……一八六一年以后仍然停滞在半农奴制度下的俄国,乡村的俄国,地主和农民的俄国。在描写这一阶段的俄国历史生活时,列·托尔斯泰在自己的作品里能以提出这么多重大的问题,能以达到这样大的艺术力量,使他的作品在世界文学中占了一个第一流的位子。由于托尔斯泰的天才描述,一个被农奴主压迫的国家的革命准备时期,竟成为全人类艺术发展中向前跨进的

---

[1][2] 《列夫·托尔斯泰是俄国革命的镜子》。《列宁选集》第二卷,第三七二页。
[3] 同上卷,第三七三页。

一步了。"①

这段评语中包含着一个论点,在方法论上具有很大的价值。在这里,"全人类艺术发展中向前跨进的一步"被认为是两个因素所造成的结果。基本因素是那份可以说强烈要求得到艺术表现的重大素材。从列宁的话里可以看出,凡是广泛准备一次深刻的革命的地方,都存在着这一类具有全人类价值的伟大的社会素材。第二个因素是"天才描述",即这份素材的高度艺术性的外形。

由此可以得出这样的结论:如果只有生物学意义上的天才,即是——譬如说——列·托尔斯泰拥有的全部禀赋,然而没有伟大的社会素材,那么人类艺术就不会向前跨进一步:我们最多也不过能得到一个灵巧的形式巨匠,他只会重复人所共知的某些东西,或者因为缺乏内容而追求形式的精美。好吧,但是假如有伟大的内容而没有适当的天才呢?

这样提问题是不正确的。从列宁本人的言论中已经看得出,使用过上述伟大素材的并不止托尔斯泰一人;如果只提第一流作家,那么我们可以仍旧根据列宁自己的评述,指出萨尔蒂科夫—谢德林和格列勃·乌斯宾斯基来。关于已在社会内部形成的新式思想感情的天才传播者的存在问题,一般是这样来解答:在生物学的意义上,从自然的观点看,人才的数量、天才的数量在任何特定的时代都应该是大致相等的;但只有萧条的、灰色的时代才会使它的大多数天才趋于枯萎,而在光明的革命时代——革命准备时期更是如此,那时,用艺术表达思想成为唯一可能的表达方式,因为广泛从事积极的政治活动的时机尚未到来,——却有特别众多的人才脱颖而出,他们从时代本身获取了丰富的创造力。

接着,列宁又写了两段寓意深长的文字称赞托尔斯泰:

"甚至在俄国也只是极少数人知道艺术家托尔斯泰。为了使

---

① 《列·尼·托尔斯泰》。《列宁全集》第十六卷,第三二一页。

他的伟大作品真正为全体人民所共有,必须进行斗争,为反对那使千百万人陷于愚昧、卑贱、苦役和贫穷境地的社会制度进行斗争,必须进行社会主义革命。

"托尔斯泰不但创造了可供群众在推翻了地主和资本家的压迫而为自己建立了人的生活条件的时候永远珍视和阅读的艺术作品,而且还能用卓越的力量表达被现代制度所压迫的广大群众的情绪,描绘他们的境况,表现他们自发的反抗和愤怒的情感。"①

而同时,列宁连一时一刻也没有忽视托尔斯泰的局限性。他说:"但是,这位激烈的抗议者、愤怒的揭发者和伟大的批评家,同时也在自己的作品里暴露了他不理解产生俄国所遭遇的危机的原因和摆脱这个危机的方法,这种不理解只是宗法制的天真的农民才会具有,而不是一个受过欧洲式教育的作家所应有的。"②

在这篇悼文中,我们还看到一个对我国全部文艺学异常重要的论点。列宁写道:"……只有从社会民主主义无产阶级的观点出发,才能对托尔斯泰作出正确的评价,因为无产阶级在最初解决这些矛盾的时候,在革命的时候,已经用自己的政治作用和自己的斗争,证明它的使命是在于担任领袖来领导争取人民自由和争取把群众从剥削制度中解放出来的斗争,证明它是绝对忠于民主主义事业的,证明它是能够同资产阶级的(也包括农民的)民主的局限性和不彻底性进行斗争的。"③

在这里,我们不能不从《列·尼·托尔斯泰和现代工人运动》一文中引用相当长一段,因为它通过有点隐晦的形式,表述了列宁关于文学创作的社会内容和艺术形式的相互关系的学说。列宁说道:

"托尔斯泰的批判并不是新的。他不曾说过一句那些早已在

---

① 《列·尼·托尔斯泰》。《列宁全集》第十六卷,第三二一至三二二页。
② 同上卷,第三二三页。
③ 同上卷,第三二三至三二四页。

他以前站在劳动者方面的人在欧洲和俄国文学中所没有说过的话。但是托尔斯泰的批判的特点和历史意义在于,他用天才艺术家所特有的力量,表现了这一时期的俄国——即乡村和农民的俄国——最广大人民群众的观点的急遽转变。托尔斯泰对现代制度的批判同现代工人运动的代表们对这些制度的批判有所不同,托尔斯泰是用宗法式的天真的农民的观点进行批判的,托尔斯泰把农民的心理放到自己的批判、自己的学说当中。托尔斯泰的批判所以有这样充沛的感情,这样的热情,这样有说服力,这样的新鲜、诚恳并有这样'追根究底'要找出群众灾难的真实原因的大无畏精神,是因为他的批判真正表现了千百万农民的观点的转变,这些农民刚刚摆脱农奴制度获得了自由,就发现这种自由不过意味着破产、饿死和城市'底层'的流浪生活等等新灾难罢了。托尔斯泰如此忠实地反映了他们的情绪,甚至把他们的天真,他们对政治的漠视,他们的神秘主义,他们逃避现实世界的愿望,他们的'对恶不抵抗',以及他们对资本主义和'金钱势力'的无力咒骂,都带到自己的学说中去了。千百万农民的抗议和他们的绝望,这就是溶合在托尔斯泰学说中的东西。"[①]

应该在这段精辟的引文中看出两个思想:托尔斯泰"如此忠实地"反映了他所代表的人们的情绪,从思想体系的观点看,他甚至损害了自己的学说,因为他的抗议同绝望交织在一起,这是跟充满着抗议精神而又并不绝望的工人运动不同的。从社会内容的观点、从效果的革命性和影响的纯洁性等观点来看,这样的"忠实"当然不好。可是这"忠实"却赋予托尔斯泰以充沛的感情、热情、说服力、锐气、诚恳、大无畏精神,照列宁的意见,这一切也就是托尔斯泰的主要功绩,因为"托尔斯泰的批判并不是新的",换句话说,如果托尔斯泰表述他的批判时没有这份热情的力量,他便不能

[①] 《列宁全集》第十六卷,第三三〇至三三一页。

给文化增添什么东西了。有了热情的力量,他那虽不算"新"但是异常重要的"批判",才成为"全人类艺术发展中向前跨进的一步"。列宁这个论断的重大意义,读者是不会忽略过去的。

列宁论托尔斯泰的几篇文章需要加以特别仔细的探讨:它们在一切主要方面透彻地阐明了托尔斯泰的创作和学说这样伟大的文学现象与社会现象,它们是把列宁的方法应用于文艺学的光辉典范。

列宁对现代作家论述较少。在这里,格外引起他注意的是马·高尔基的巨大形象。列宁认为他是一个伟大作家,照他的创作方向说,他基本上是无产阶级作家。列宁欣庆高尔基在组织上也归附了布尔什维克。他又感到非常痛心,因为高尔基在党内犯过一些错误(加入"前进报派"①,以及与此有关的事情)。然而列宁从来没有抛弃过高尔基,总是对他表示同志式的关切,即使有时要同他斗争,这斗争其实也是为了爱护高尔基。列宁在一九〇九年给阿列克塞·马克西莫维奇②的信上写道:"过去您用的艺术天才给俄国(而且不仅仅是俄国)的工人运动带来了如此巨大的益处,今后您还将带来同样的益处,无论如何您绝不要被国外斗争的枝节问题所引起的沉重心情压倒。有时候,实际的工人运动往往不可避免地产生这些国外的斗争、分裂以及小组间的争吵,这并不是因为工人运动内部薄弱或社会民主党内部有错误,而是因为工人阶级借以为自己铸造政党的成分过于复杂。无论如何俄国会铸造出一个优异的革命社会民主党,而且会比从可诅咒的侨居处境有时所设想的更快,可靠性也比从某些外部表现和个别情节出

---

① "前进报派"是由召回派、最后通牒派、造神派和马赫主义者组成的一个宗派组织,在亚·波格丹诺夫和格·阿列克辛斯基倡议下于一九〇九年成立,次年至一九一七年在国外发行机关报《前进报》,但其组织实际上已于一九一三年瓦解,参加者有巴札罗夫、卢那察尔斯基、波克罗夫斯基、高尔基等。

② 高尔基的教名和父名。

发所设想的更大。"①当资产阶级报刊把高尔基被开除出党的流言当作一个"最耸人听闻的新闻。"开始津津乐道的时候,列宁愤怒地回击道:"资产阶级报纸是白费气力的。高尔基同志用他的伟大的艺术作品把自己同俄国和全世界的工人运动结合得太牢固了,他对这些报纸只能报之以鄙视而已。"②列宁在思想上同高尔基分歧最严重的时期,还是毫不犹豫地写道:"而高尔基毫无疑问是无产阶级艺术的最杰出的代表,他对无产阶级艺术作出了许多贡献,并且还会作出更多的贡献。"③

不能由此推论说,列宁隐讳了高尔基在加入"前进报派"期间所犯的政治错误。谈到他当时一封公开信④的时候,列宁声明:"在我看来,高尔基这封信不仅反映了小资产阶级的极其流行的偏见,而且还反映了一部分受小资产阶级影响的工人的偏见。我们党的一切力量和觉悟工人的全部精力都应当放在同这种偏见作坚持不懈的全面的斗争上。"⑤列宁获悉高尔基向临时政府表示祝贺的事实以后,就这一点写得很有意思,笔下带着他所少有的抒情的调子,这也可以证明他多么器重高尔基:

"人们在读到这封充满了流行的庸俗偏见的信时,一定会感到沉痛。笔者有一次在喀普里岛同高尔基会晤时,曾经警告过他,并且责备过他在政治上所犯的错误。高尔基用他无比和蔼的微笑和坦率的声明挡回了这种责难,他说:'我知道,我是一个不好的马克思主义者。并且,所有我们这些艺术家,都是负不了多大责任的人。'要反驳这种话是不容易的。

---

① 《给阿·马·高尔基》。《列宁全集》第三四卷,第四一五页。
② 《资产阶级报纸关于高尔基被开除的无稽之谈》。《列宁全集》第十六卷,第一〇一至一〇二页。
③ 《政论家的短评》。《列宁全集》第十六卷,第二〇二页。
④ 指高尔基给俄国二月革命后成立的资产阶级临时政府的贺信。
⑤ 《远方来信》。《列宁全集》第二三卷,第三四二页。

"毫无疑问,高尔基是一个伟大的艺术天才,他给全世界无产阶级运动作出了而且还将作出很多贡献。

"但是,高尔基为什么要搞政治呢?"①

如果从列宁这段话里得出结论,仿佛"负不了多大责任"真是艺术家一个不可避免的特点,或者艺术家按其某种内在本质说必定是个拙劣的政治家,——那当然是糊涂。格·瓦·普列汉诺夫对高尔基就抱着这样的错误看法,瓦·瓦·沃罗夫斯基在很大程度上也是如此。② 相反地,列宁很重视艺术家的坚定明确的思想,他把车尔尼雪夫斯基的《怎么办?》看得那样高,不是没有缘故的。不过可以从列宁对高尔基的态度——正如从马克思和恩格斯对艺术家的态度——中得出一个结论:对艺术家必须相当宽容,能够原谅他的个别谬误含糊的说法以及思想上的毛病,只要他的才能足以弥补这一切,主要的是,只要他热烈希望为革命事业服务。

---

① 《列宁全集》第二三卷,第三四一至三四二页。
② 见普列汉诺夫的《论俄国的所谓宗教探寻》,沃罗夫斯基的《马克西姆·高尔基》和《再论高尔基》。

社会主义现实主义[*]

在所有的时代,艺术总是意识形态方面的社会上层建筑之一,在阶级斗争中起过积极的作用。统治阶级为了按照自己的利益来建设社会,曾经利用过艺术;被历史发展过程拿来同统治阶级对抗的那些阶级,也把艺术当作斗争工具使用过。所谓"为艺术的艺术"——逃避生活、离实际生活问题非常遥远,甚至对这类问题表示鄙薄的艺术,积极或消极地、自觉或不自觉地同各种社会力量隔绝开来的艺术,——也仍然是一种社会力量,有时候简直是很显然、很明确地为特定的利益服务的。

马克思主义艺术学和文艺学否决了一套虚伪的论调,仿佛艺术真能脱离社会生活似的。我们揭露说:脱离社会生活,就是你对这社会生活所抱的明确态度。

我们的时代是人类所曾碰到的最伟大的时代。我们的时代是为社会主义、为人类的未来、为这个实际上是唯一有存在价值的形态作英勇斗争的时代,也是对至今还残留着、然而对于人来说并无存在价值的陈旧事物作英勇斗争的时代。这些陈旧的事物还没有消灭干净,还在死死地缠住生活,极力想断送我们的未来。死人揪住活人。

我们正在经历一场极其伟大的世界性的变革。必须集中国内所有一切力量,才能实现我国从历史上秉承下来的纲领。我们在

---

[*] 本篇原名《苏联戏剧创作的道路和任务》,是一九三三年二月作者在苏联作家协会筹备委员会第二次全体会议上的报告记录,后改名《社会主义现实主义》,发表于同年第二至三期《苏联戏剧》杂志。节译自《卢那察尔斯基八卷集》第八卷。

任何一点上的努力,或者相反地,我们在任何一点上的草率、动摇,都可能造成重大的后果,足以影响胜利的日期的迟早,也许甚至影响到人类能否继续不断地向它的未来进展。在这个意义上说,每一个人,无论他在做什么工作,都是共同斗争的参加者。他的觉悟越高,他越是努力参加社会主义建设,他就越能成为他的时代的生气勃勃的儿子。他对我们的任务了解得越差,他越是漠然视之,他越是抗拒,他越是暗中阻挠,他为害越大,他就越是那种揪住活人不放的僵死力量的代表。

我们的艺术,只能是一支可以对斗争和建设的总进程起重大影响的力量。

当然,也有些过了时的旧集团的代表,包括一部分小市民知识分子在内,觉得我们把全部艺术整个儿看作我们社会主义斗争和社会主义建设大军的一个意义重大的支队,未免太狭隘。他们说:"怎么能这样呢?人类、个人、创造者、艺术、——这一切都是用大写字母起头的——无穷无尽的题材、玄思遐想……永恒的美……可是忽然发现,原来我们大家已经名列军籍,我们戴上了红军的军帽,我们都参与战略计划了,这个计划也许很重要,但是它毕竟要受时间的局限,而且比起真正的天才为之服务的东西来,无论如何总是暂时的现象。"这种论断表明他们太不了解历史,因为事实上问题并不是这样:"钻进我们今天的领导阶级——无产阶级——所要求于我的那些框框里去,我不是一定要变得太闭塞了吗?我不是一定要感到太憋气了吗?"而是这样:"我的个人主义毛病不是太深了吗?我陷在这个人主义里面,不是变成这么一个渺小的人了吗?——既不能把眼界扩大到无产阶级革命的规模,又不能上升到革命所提出的任务的高度,使我不单是奉命行事地去完成任务,而是对它有十分深刻的体会,使我自己的诗歌一开头就恰恰成为有利于这些任务的颂歌。"

我想,对于我今天的题目来说,我给我的报告所作的这篇短短的导言,已足够确定我们对艺术的社会意义的观点了。

我们的艺术的任务既然如此,我们就可以说,无产阶级以及同它联盟的各个集团的艺术,基本上不能不是现实主义的艺术。为什么是这样?普列汉诺夫早已指出过,一切积极的阶级都是现实主义的。马克思说,我们的使命不是仅仅理解世界,而是改造世界。可是,即使把我们的目的只局限于认识现实,这就已经是现实主义了。

当资产阶级登上世界历史舞台,取得领导权的时候,它是一个现实主义的阶级。在大资产阶级和中产阶级上层分子统治中有个时期,资产阶级由于它即将胜利或已经胜利而感觉心满意足(今天我没有工夫细谈资产阶级历史发展中这两个阶段的现实主义的差别),这时资产阶级现实主义表现得最为有力。这个时期,古典的资产阶级现实主义正在兴盛。它的内在乐音、它的基调是这样:自然是美的,生活便是幸福,万事万物,从太阳如何升到我们居住的大地的上空起,直到一只盛着清水、旁边摆着一把葱和一块面包的罐子为止,——这一切都是幸福,这一切都是美的。艺术家的任务,是帮助我们全心全意去爱我们的环境,去爱我们的这种生活,我们周围的这种气氛,我们的这种思想、感觉和感受的方式。

荷兰的现实主义绘画就是这样,黑格尔和马克思都先后承认过它是非常典型的现实主义艺术形式。①

---

① 黑格尔说:"荷兰画家的艺术表现的内容是从他们本身,从他们的当前现实生活中选择来的。 正是这种在无论大事小事上,无论在国内还是在海外所表现的市民精神和进取心,这种谨慎的清洁的繁荣生活,这种凭仗自己的活动而获得一切的快慰和傲慢,组成了荷兰画的一般内容。"见黑格尔《美学》第一卷,第二一〇至二一一页,人民文学出版社。

马克思和恩格斯在一八五〇年《新莱茵报·政治经济评论》第四期上发表的一篇书评中提到荷兰画家伦勃朗(1606—1669):"如果用伦勃朗的强烈色彩把革命派的领导人……终于栩栩如生地描绘出来,那就太理想了。在现有的一切绘画中,始终没有把这些人物真实地描绘出来,……"见《马克思恩格斯全集》第七卷,第三一三页。

可是,心满意足的资产阶级对周围世界只能采取静止的看法。它干脆说:活着就是幸福。在资产阶级获胜的另一个时期,当法国大革命的浪潮已经平静,真正的主宰大资产阶级取得政权的时候,又产生了同样的现实主义。伊波里特·泰纳①下面一段话,正是指它而言:真正的资产者要求艺术家把他描画得纤毫毕肖,要描画出他的常礼服和背心、他的重甸甸的金表链、他那同样笨重的妻子和他心爱的哈巴狗。这是静止的、肯定的现实主义。

不过资产阶级不是一个清一色的阶级。你们知道,其中还有小资产阶级,它对大资产阶级的胜利感到不满,它在革命时代把自己的旗帜举得很高,——它有时眼看就要取得政权,甚至暂时掌握过政权,但是后来又被事件的进程所抛弃,只好颇为勉强地服从大资产阶级的领导,而且它的某些阶层已被吞并,因为资本家是踩在独立的小生产者、小商人等等的身上前进的。这在小资产阶级中造成了极其强烈的苦闷和非常失望的情绪。小资产阶级对资产阶级现实主义有多大的好感,要看后者如何对抗旧的封建文化而定,封建文化极力将人锁闭在等级隔阂的监狱里,用各种冒充"神的语言"的无稽之谈,使他失去了改善他的尘世生活的最后一线希望。可是,小资产阶级从一般的资产阶级现实主义出发,却开拓了另一条道路,人们常常称之为否定的现实主义②。

否定的现实主义在所谓的小资产阶级自然主义上表现得特别有力。这个流派的领袖们自己对它的本质作过很好的暴露,他们说:我们没有纲领。他们又怎么能有纲领呢?像雨果那种集浪漫主义者和现实主义者于一身的作家,也许有过纲领,不过这样的世界观完全是个虚浮的东西,不是真正的现实主义。

---

① 泰纳,一译丹纳(1828—1893),法国文艺理论家。
② 即批判的现实主义。

小资产阶级分子说:"我们与政治无关。如果说无产阶级爱闹事的话,那是因为它是一个人多势众的阶级,我们却是个人主义者。我们的职责是写出世界的面貌多么丑陋。我们的职责是描写大资产阶级建立的制度多么恶劣,也许我们在笔调上会稍稍流于漫画化,可毕竟是抱着合乎科学的诚实态度来从事的。"

因此,纯粹是自然主义的,即客观地、非常诚实地描写资产阶级制度的那一部分否定的现实主义,可以归结成这样:描写主要是涉及现实中应该否定的方面,因为这一部分资产阶级觉得现实毫无可爱之处。"我们完全成了资产阶级的俘虏,我们诅咒它,我们到了发出真正的绝望的哀号的地步,可是我们无法解脱。"——这是小资产阶级自然主义的主旨。

如果我们拿俄罗斯文学中的现实主义形式来说,那么我们在这里找到的或者是反映了某种乌托邦的现实主义(如托尔斯泰),或者是被平庸的、没有骨气的自由主义之光照耀着的现实主义(屠格涅夫派),或者是自然主义的现实主义,最后,或者是把人引向浪漫主义的现实主义,——要超脱现实而又犹豫不决。

更坚决地超脱现实的是浪漫主义。资产阶级浪漫主义以空想、以对空想的渴望为核心。有些艺术家和理论家十分诚实,明白这是空想,他们创造了"为艺术的艺术"。这类人对我们说:"我逃避现实。即使我描写现实,我感到兴趣的也不是那对象,而是描写的本身、描写的技巧,我只对艺术的纯艺术方面感兴趣。"这种脱离现实任务的态度,显然来源于否定的现实主义。这一类型的艺术家有时确实写出了鞭挞资产阶级制度的现实主义作品(如福楼拜)。

但是也有人说:"问题与其说在于为艺术的艺术,不如说在于慰藉人、安抚人、引导人离开政治的幻想,——人类精神的优秀女儿——幻想能把人带进完全自由的想象的王国。"这里有各色各样的中间形态和等级。

最大的幻想家的实例是厄·台·阿·霍夫曼①,他像否定的现实主义者一样用讽刺笔法描写现实,可是同时又把纯幻想的典型移到现实中。他这些幻想的典型,是通过咖啡、通过啤酒、通过伏特加在生活里表现出来的。拿霍夫曼笔下的大学生来说吧,——在这里,我们看到了名士派式的超脱现实,看到了对于阁楼咖啡馆②和赏心悦目的幻影的赞美。如果您认为它们是梦想,那就是引导人们离开生活的浪漫主义幻想。如果您在这里面认出了同现实生活相对立、可又似乎是实实在在的另一个世界,您就陷入了神秘主义,就是不想依靠科学,而想依靠"别的东西"。这个"别的东西"非常庄严,其结果却像尼采论瓦格纳③时所说的,落到了"十字架底下"④。

资产阶级艺术的境界便是这样——静止的现实主义,否定的现实主义,要用各种程度的浪漫主义空想去对抗现实的愿望。

只有个别的微弱表现算是例外,它们使人想起了无产阶级艺术的倾向。这些作品的作者,是代表新兴资产阶级而又受到它践踏的少数人物,用列宁的术语说,他们是拥护美国式的发展道路的人。

社会主义现实主义是什么呢?

首先,这也是一种现实主义,是忠于现实的。

我们不脱离现实。我们认为现实是我们的活动场所,是素材,是课题。但是这种现实主义在描写人类的时候,要写到过去一切阴暗的事件,写到封建奴役制和资产阶级奴役制造成的一切灾祸,或者写到进攻中的或是正在苟延残喘的资本主义的残酷性。我们知道,社会要发展到能具备目前在我们苏联所创造的那些条件,并

---

① 霍夫曼(1776—1822),德国浪漫主义作家。
② 指寓居阁楼的大学生聚饮咖啡的生活。
③ 瓦格纳(1813—1883),德国作曲家。
④ 意即向宗教投降。语出尼采的《在善恶的彼岸》。

使人类进入自由王国,这两个制度是必经的阶段。小资产阶级式的否定现实,用逃入虚妄的自由幻想中去的方法来同现实作假想的斗争,是跟我们的志趣不合的。

我们接受现实,但是我们不用静止的态度接受它,——我们又怎么能承认它处于静止状态呢?——我们首先把它当作一项课题,当作一个发展过程来接受。

我们的现实主义特别富于动能。

无产阶级现实主义者观察现实的时候,看出过去、现在和最近的将来的历史的基本推动力是阶级斗争。当然,我们可以想象到,有的社会主义现实主义者对这一点还不十分明白。那是预备班的社会主义现实主义者,应该希望他们很快念完预备班,因为掌握这条真理并不太难,即:全部人类历史和它在任何个人的日常生活事件中显示的每个片段,都充满着阶级矛盾的"力线"(当然,要正确了解这项基本法则的具体表现,就困难得多了)。

社会主义现实主义者把现实理解为一种发展,一种在对立物的不断斗争中进行的运动。但他不仅不是静止论者,他也不是宿命论者:他看见自己处在这个发展、这个斗争中,他确定了他的阶级立场,确定了他属于某个阶级或者他走向这个阶级的道路,也确定了自己是谋求使过程这样进展而不是那样进展的一份积极力量。他确定自己一方面是历史过程的表现,另一方面又是能够决定这个过程的进展情况的积极力量。

孟什维克竟敢用他们的宿命论冒充马克思主义,那是假马克思主义,在马克思的著作中,没有一个字应该对它负责;实际上,孟什维克即使不是静止论者,至少也是宿命论者,因此他们认为可以把人的意志从现实中排除出去。孟什维克型的作家是那样的作家,他也谈发展,可是谈得又"冷静"又"客观"。

米海洛夫斯基曾经断言,马克思主义者(他指的是革命的马克思主义者)应该"冷静",因为他们本来认为一切都是按照一定

49

的法则发展的。列宁将他驳斥得体无完肤。参加斗争的人能看到何处是恶,何处是善,他清楚地了解他应走的途径,知道必须怎么样把还没有组织好的力量组织起来,以便加快进程,不走弯路,所以他充满着爱、憎、喜、怒,他浑身洋溢着感情。

真正革命的社会主义现实主义者是具有强烈的感情的人,这给他的艺术增加了热气和鲜明的色彩。

社会主义现实主义者不可能是静止论者,不可能是宿命论者,他充满着热情,他是战斗者。

这当然不是说,他的作品中一定要包括政论的、演说的或抒情的因素,——他可以非常客观,可以如实地描绘图画,但是图画的内在结构的本身,要出自他对现实的积极的看法。

我们可以设想有一种人,——我们中间也许有这种人,也许没有,如果没有,那我们太高兴了,——目前还是资产阶级型的现实主义者。他们对现实不可能满意,不可能同现实步调一致,因为我们国内的现实是社会主义的现实,资产阶级人士绝不可能同它步调一致。这样一来,他们就落到了不满分子、沮丧分子的地步。他们会创造出什么样的艺术呢?他们会创造我们革命的后院的艺术记录、艺术照片,他们会像克雷洛夫寓言中的猪一样,说他们"把整个后院翻查了一遍",什么好东西也没找到。[①] 在斗争异常紧张的时刻,在建设没有完成,还有许多荒地、许多未完工的建筑物和各种混乱现象的时刻去对革命的后院进行"现实主义的"翻查,——这对于资产阶级现实主义者是一个大有收获的时刻。他要用静止的眼光"如实地"写出这一切。请想象一下,人们正在兴建一所房子,等它建好,将是一座富丽堂皇的宫殿。可是房子还没有建成,您便照这个样子描写它,说道:"这就是你们的社会主义,——可是没有屋顶。"您当然是现实主义者,您说了真话;但是

---

① 见克雷洛夫的寓言《猪》(一八一一年)。

一眼可以看出来,这真话其实是谎言。只有了解正在兴建的是什么样的房子以及如何建造的人,只有了解这所房子一定会有屋顶的人,才能说出社会主义的真实。不了解发展过程的人永远看不到真实,因为真实并不像它本身,它不是停在原地不动的,真实在飞跃,真实就是发展,真实就是冲突,真实就是斗争,真实就是明天,我们正是要这样看真实,谁不这样看它,他便是资产阶级现实主义者,因而也是悲观主义者、牢骚家,而且往往是骗子和伪造者,而且无论如何是有意无意的反革命和暗害分子。他自己可能没有意识到这一点,有时还根据共产党人的"说真话"的要求,回答道:"这本来就是真话啊。"他心里可能没有反革命的仇恨,他做的也许是一件有益的事情,因为他说出了可悲的真实,但是他没有从发展中分析现实,所以这样的"真实"同社会主义现实主义毫不相干。从社会主义现实主义的观点看,这不是真实,——这是非现实、假话,是偷偷地用一具死尸来替换生活。

社会主义浪漫精神能不能存在呢?既然我们对现实满意,既然我们接受了现实,怎么还有浪漫精神呢?

我已经指出过,我们对现实是满意的,因为它是一个发展过程,因为它的发展趋势同我们有血缘关系,因为我们正在随着这个趋势一同前进,因为这个趋势活在我们的心胸中。我们接受现实,是由于今天的斗争已经把昨天和明天互相结合在一起,由于我们是为明天的斗争的代表者和参加者。

但是根据这同一个理由,我们对现实又不完全满意。从今天的角度看,我们对现实常常不满意,我们有许多敌人,我们也有许多不一定能分担我们的任务的合作者与同盟者。我们应该看到真正的困难,因为,谁如果以为我们在斗争中已经处于胜利的转折点上,大可以休息休息,他就要倒霉了。这种妄自尊大是罪过,正如那些爱说"我们哪行?我们算老几?"然后在这个借口下推卸艰巨任务的人的妄自菲薄一样。我们接受运动中的现实,希望它迅速发展。我们想把现实中的积极力量尽快组织起来,尽量团结起来。在这件事情上,艺术是我们手中一支巨大的力量。

艺术不仅有能力给人指示方向,并且有能力形成某种东西。问题不仅在于艺术家要向他的整个阶级指明世界的现状,还在于他要帮助人认清现实,帮助新人的培养。因此他希望加快现实的发展速度,他能够通过艺术创作的途径,创造一种高于这个现实、可以提高现实、使人能展望未来、从而加快发展速度的思想中心。

于是我们就有可能容纳这样一些因素,严格说来,它们在形式上已超出现实主义的范围,而实际上同现实主义毫不抵触,因为这不是逃入空想世界,却是反映现实——发展中的、未来的真正的现实——的方法之一。

气势雄伟的现实主义利用现实的因素,使之熔为一炉,形成一个极其真实的、为我们现实中存在着的或可能找到的种种因素和这些因素的相互关系所完全证实了的艺术复合体。可是现实主义也有权利塑造在现实中碰不到的、然而是集体力量之化身的伟大形象。

马克思对埃斯库罗斯推崇备至,①这很值得注意,而埃斯库罗斯正是这一类型的浪漫主义者,——虽然并非在他所有的作品中都是如此。埃斯库罗斯想在他的《普罗米修斯》里指明,连贵族及其社会道德的最伟大的反对者,最后也不得不敬仰贵族。但是他又想指明,贵族的敌人不是什么随便碰到的可怜的敌人,而是拥有强大精神力量的伟大的敌人。他觉得进攻中的民主派是危险的,他想深入研究一下这些人的心理,他要充分描写描写他那表示抗议的,用自己对理性、善、甚至对技术的新概念来对抗旧基础的普

---

① 保尔·拉法格在《忆马克思》一文中写道:"他每年总要重读一遍埃斯库罗斯的希腊原文作品,把这位作家和莎士比亚当作人类两个最伟大的戏剧天才来热爱他们。"见《回忆马克思恩格斯》第四页,人民出版社,一九七三年。

罗米修斯。因此,他在他的悲剧第一部中用绚烂的笔触描画了普罗米修斯。现实中并没有这样一位英雄,他又是伟大的技师、火的发现者,又是对本阶级怀着深厚的爱的人物,又是坚定不移的叛逆者和殉难者,而埃斯库罗斯却把他能够从他当时的俊杰之士那里看到的一切特点,都融合在这个宏伟的形象中,融合在不是凭空虚构出来的人物普罗米修斯身上。

命运毁灭了埃斯库罗斯所计划的三部曲中的其余两部,只留下它的第一部。后来歌德也写过普罗米修斯,那篇作品是他的作品中最富于革命精神的一篇。① 雪莱,就是马克思说他从头到脚都是革命家的那个雪莱,也写过普罗米修斯。②

这些资产阶级思想家在普罗米修斯的宏伟形象身上,描叙了当时鼓舞过新兴的革命资产阶级的一切因素。

为什么在我们的艺术中——即使不是在长篇小说和话剧中,那么至少也是在有数万人参加的盛大庆祝会上演出的歌剧中,——就不可以有宏伟的综合形象呢?这不是现实主义吧?不错,这里有浪漫的因素,因为各项因素的配合不像是真实的。但是它们却一丝不假地描述了真实。这种真实提出了发展过程的内在本质,成了一面旗帜,我们没有理由否定这样的艺术是我们需要的艺术。

描写现实中的伟大无产阶级领袖是一项极大的任务,必须在世界观上达到很高的水平,必须拥有磅礴的才气,才能完成。就是描写以综合形象的姿态出现的集体本身,也是大作家才能负担的一项重大的任务。

我们没有理由勾销艺术预测的方法。请回想一下列宁的话:

---

① 指歌德的诗剧《普罗米修斯》(一七七三年)。
② 马克思认为雪莱"是一个真正的革命家,而且永远是社会主义的急先锋"。见《马克思恩格斯论艺术》第二册,第二六一页,人民文学出版社,一九六三年。雪莱写过诗剧《解放了的普罗米修斯》(一八二〇年)。

一个不会幻想的共产党人,只能算是蹩脚的共产党人。

这并不是说,列宁号召我们作霍夫曼式的幻想。列宁的幻想是科学的幻想,是从现实中、从现实的趋向中产生出来的。无产阶级要展望未来,希望让他们亲眼看到,让他们感觉到真正的、包罗万象的共产主义是什么样子,这难道有什么不合理吗?

诗人能够而且应该这样做,——这很不容易,在这件事上可能出错:也许,我们描写二十五年或五十年后的情形,而那时候的人却说:"他们大错特错了。"可是问题在于这对我们今天有什么意义。我们应该试着登高远眺,展望未来。在这里,幻想和表面上不像真实的东西起着很大的作用,在这件事上可能出错,但是也能够有和应该有真实性,真实性首先在于:无产阶级的胜利、没有阶级的社会的胜利,以及个性大大发扬这一胜利,只有在集体主义的基础上才能达到。这就是真实。

否定的现实主义的形式对于我们很重要,只要它具有很大的、内在的、现实主义的真确性,它在外表上无论怎样不像真实都可以。我们应该用漫画、讽刺、讥诮去打击敌人,瓦解他们,贬低他们,——如果可能,就在他们自己眼前贬低他们,无论如何也要在我们眼前贬低他们,——揭穿他们视为神圣的东西,指出他们是多么可笑。

人在什么时候才笑呢?在他内心里获得了胜利,在他对他的最后胜利满怀信心的时候。即使是一个被押到绞刑架下的罪犯,也可以笑那些审判他的法官,如果他的笑使别人也能明白法官的可笑,那就表示这个罪犯在精神上胜利了。谢德林正是这样战胜了当时还很强大的俄国君主主义,因为他指出君主主义实质上已经遭到失败,原因就在于它虽然像鳄鱼似的横蛮,并且又残暴又丑恶,它却是可怜的。这样的笑不能不辛辣。我们现在对敌人的笑也是辛辣的,因为敌人还很强大。

在这场以笑为武器的斗争中,我们有权利用漫画笔法去描写敌人。当叶菲莫夫或其他漫画家把麦克唐纳①摆在他实际上从未经历过的、最出人意外的情节中的时候,谁也不感到惊奇。我们知道得很清楚,这比一幅摄制精良的麦克唐纳的照片更加真实,因为漫画用这种人为的情节、不像真实的情节,比用任何其他方法更能鲜明而锐利地说明内在的真实。

于是我们看到,同社会主义现实主义的巨大任务——绘出充满真实性的图画,从现实的对象出发来真确地描写它,阐明它,而又总是能使人感觉到对象的发展、运动、斗争,——并列着,同这个形式并列着,实际上还可以有一种社会主义浪漫主义,不过它跟资产阶级浪漫主义截然不同。由于我们拥有巨大的动能,社会主义浪漫主义使幻想、虚拟和描写现实时的各种自由发挥在其中起着很大作用的那些领域,活跃起来了。②

现在请想象一下吧,我们中间有一些——如果没有,那是最好,——资产阶级浪漫主义者。要是对他们说,社会主义现实主义并不否定浪漫精神,他们马上响应道:"哦,你们不否定?那叫人太高兴了。既然这样,我就要说:浪漫精神中使我感兴趣的是纯粹的遐思畅想。我要像放鸽子似的放出我的幻想,再来观察它如何飘上蔚蓝的天空。"有的人恐怕还会说:"对,现实主义不能包括一切。人都有一个灵魂,这个灵魂总想证明它是永生的,——为什么不能至少略微谈谈这个?现实主义是现实主义,可是还有永生的

---

① 詹·麦克唐纳(1866—1937),英国政客,工党头目。
② 当时苏联还有不少作家否定浪漫主义在社会主义文艺中的地位,其代表之一是法捷耶夫。他在一九二九年"拉普"理事会第二次全会上一篇题名《打倒席勒!》的发言里认为,浪漫主义就是唯心主义:"我们区别现实主义和浪漫主义这两种方法时,是把它们当作艺术创作中颇为彻底的唯物主义和唯心主义的方法的……席勒走的是将资产阶级英雄、资产阶级生活方式加以理想化和神秘化的道路。"卢那察尔斯基曾多次批评法捷耶夫这个论点,例如他在《维克多·雨果》一文(一九三一年)中提到:"法捷耶夫那篇轰动一时的文章《打倒席勒!》里对浪漫主义发出的咒骂,无疑是错误的。……我们不会放弃现实主义的道路。可是我们也不要脱离浪漫主义。"

灵魂,或者也可以说是对永生的灵魂的向往。我国已经宣布信教自由,如果我,比方说,得出一个结论,认为在正教教会中绝不是样样事都像表面上那么庸俗陈腐,那就让我用艺术的形式来说说我的见解吧。"

我们对这种"浪漫主义者"严厉到什么程度,要看我们在战斗时期所能提供的自由的范围有多大,如果国家机关认为必须允许这样的作品印行,或者也许是由于误解或不够警惕(虽然它是非常警惕的)而允许它们印行出来,那么,评论界无论如何应该对它们加以最有力的反击,因为凡是发出这类"浪漫"气味的地方,就会发出死尸的气味。况且还不仅发出死尸的气味。我们对于停放在墓地的死人可以不加理会,即使埋葬他们的是同样的死人,我们也只是说道:"就让死人去埋葬死人吧"。[①] 但是那些坐在编辑部办公椅子上的死人,那些写作像他们自己一样僵死的小说或剧本的、可恶透顶的死人,却在周围散布瘟疫,毒害生气蓬勃的生活。不,对不起,这是不可容忍的。

社会主义现实主义是一个广泛的纲领,它包括着我们现有的许多不同的手法,也包括我们还在觅取中的种种手法;可是社会主义现实主义一定要致全力于斗争,它完完全全是一个建设者,它对人类的共产主义前途满怀信心,相信无产阶级及其政党和领袖们的力量,它了解在我国进行的第一场主要战斗和世界社会主义建设的第一幕的伟大意义。

静止的现实主义和唯心主义倾向正在我们苏联国境以外繁荣滋长,它们支持世界上的恶势力,它们代表着昨天,它们是我们的敌人,我们要在这条战线上进行无情的斗争。

问题不在我们互相指责,譬如说,指责这里没有把十分真确的

[①] 《圣经·新约·马太福音》第八章:"又有一个门徒对耶稣说:'主啊,容我先回去埋葬我的父亲。'耶稣说:'任凭死人埋葬他们的死人,你跟从我吧!'"

现实主义贯彻到底,却容许了虚拟法,——在我们的阵营内部,我们应该互相尊重和支持。问题在于我们的创作界、我们的评论界,也像我们的整个工人界,也像我们全体战斗者和建设者一样,要联合一致反对共同的敌人,不管它是在国外,还是在这里,还是就在我们心中。因为,如果我们心中也出现了这个敌人,如果它在我们心中暗暗地散布由于对事物抱着静止的看法而产生的失望情绪,或者散布逃避生活的唯心主义观点,我们就要像马雅可夫斯基论及他的某些诗歌时所说的那样去对待它:踩住这个敌人的喉咙①……

戏剧创作在文学中占着一个十分特别的位置。每逢阶级斗争尖锐化的时候,戏剧创作总要被提到首要地位上来,这是因为,如果说全部文学都是为阶级斗争服务的,那么戏剧创作通过演出,就更是能发挥最积极的作用了。我们对这一层了解得很清楚,所以我们对于这个十分特殊的力量不可能漠然视之。演剧是直观性的东西、高度直观性的东西,因此它非常注重感性,可以有力地打动人的感情。此外,演剧还能对大集体发生直接的作用,使成千的人在同样的印象、同样的感情中融为一体。这一切,使得我们在考虑应该千方百计加强社会主义艺术对群众的影响的时候,不能不特别注意演剧。

演剧没有戏剧创作是不可想象的。当我们考察戏剧创作时,就会看出,它比任何其他艺术部门具有更多的辩证的性质,——甚至同辩证法南辕北辙的古典主义作家的戏剧创作,也是如此。请注意,我说的不是"辩证唯物主义的性质",因为有的剧本完全不是唯物主义的,却常常在或大或小的程度上,有时竟在很大的程度上,是辩证的。剧本向读者,主要是向观众,展示现实,展示现实如

---

① 马雅可夫斯基的原话为:"我抑制住了我自己的歌喉。"见《放开喉咙歌唱》。

何运行,它不用史诗般的平稳的方式来叙述,像叙述陈迹往事一样,而是直接写出事件的连续运行。亚里士多德早已说过,戏剧没有冲突和突转是不可想象的。① 剧本必须在一个晚上演完,必须从所描写的冲突的结果中得出一条结论、一个艺术的实质、一项在我们面前喧腾的事件的结果。因此,剧本可以是唯心主义或唯物主义的,但是它必然具有辩证性——通过矛盾的斗争而发展。没有发展、没有矛盾的冲突的剧本,简直是很拙劣的剧本。如果这样的剧本能叫人喜欢,那并非因为它是一出好戏,也许因为它是一篇很好的抒情作品的缘故。

由于社会主义艺术总是要在现象的奔流、冲突以及由此得出的结论或预测中描写现象,所以任何其他的艺术形式,都不能恰恰像话剧那样深切地符合社会主义现实主义的精神。同时,话剧中的冲突的阶级性,对于我们也自然是很明显的了。冲突可以发生在各别的人中间,可以发生在同一个人身上,用对白和独白表现出来。但是,如果您看到剧中人"心胸里有两种精神"②,这就是不同的社会思想、不同的感情状态在斗争,而那又是同参加斗争的各个阶级的某一思想感情相符合的。您可以用这种观点看一看许多最伟大的艺术作品,您随时都会发现这个。这样的研究,是我们的戏剧学和文艺学的任务之一。

---

① 亚里士多德在《诗学》中说:"悲剧所以能使人惊心动魄,主要靠'突转'与'发现',此二者是情节的成分。"见《诗学》第二二页,人民文学出版社,一九六二年。按"突转"指悲剧主角突然由顺境转入逆境,或由逆境转入顺境。

② 浮士德对瓦格纳说:
"有两种精神居住在我们心胸,
一个要想同别一个分离!
一个沉溺在迷离的爱欲之中,
执拗地固执着这个尘世,
别一个猛烈地要离去凡尘,
向那崇高的灵的境界飞驰。"
见《浮士德》第一部,第五四至五五页,人民文学出版社。

联系到这一点,我想提起一个使我们大大激动过的问题。有个时期流行一套说法,说是艺术家,包括剧作家在内,应该好好研究辩证唯物主义,了解辩证唯物主义在艺术创作中要采用什么形式,然后才可以根据这个来写作。① 对问题抱这种看法,当然是根本不对的。第一,认为仿佛只有完全掌握了辩证唯物主义哲学知识的人才能达到社会主义现实主义,是不正确的。这等于要找出一小群对马克思主义哲学有精湛研究的作家(如果有这样的人的话),认为只有他们才是"正统的"社会主义作家,相形之下,其他的人就都要失去作家的资格了。这是根本不对的。社会主义现实主义作家的创作,当然可以依靠经过透彻研究的马克思列宁主义理论。但是我们可以设想有这么一个人,他热烈希望为社会主义斗争,而且正在积极地为它斗争,可是他对辩证唯物主义懂得很少。当他用艺术手腕描写他全心全意地实际参加过的社会主义革命时,他可能凭着本能揭示出我国现实的许多极其重要的特点。这个人清楚地了解正在进行一场什么斗争,他在这场斗争中站在特定的一边,但是他的哲学素养差,使他没有权利希望做到辩证唯物主义才能提供的那种完整的生活概括。这样的作家落笔之际,难免要充分暴露出直接观察的朴素性来。可是,当他所写的东西送到无产阶级司令部——我们党内的时候,却可能成为一件供人做出正确的辩证唯物主义结论的优秀的、艺术性的半成品。

---

① 指一九三一年"拉普"分子提出的"辩证唯物主义的创作方法";他们认为艺术家的职责是掌握辩证法的抽象范畴,并在人物的意识和心理中反映这些范畴的"斗争"和运动,而艺术性的标准,则要看作品是否符合辩证逻辑的规律。这样就勾销了研究丰富多姿的现实生活的必要性,也抹煞了艺术创作的特点。毛主席在《在延安文艺座谈会上的讲话》里批判这种创作方法时深刻指出:"学习马克思主义,是要我们用辩证唯物论和历史唯物论的观点去观察世界,观察社会,观察文学艺术,并不是要我们在文学艺术作品中写哲学讲义。马克思主义只能包括而不能代替文艺创作中的现实主义,正如它只能包括而不能代替物理科学中的原子论、电子论一样。"《毛泽东选集》第三卷,第八三一页,一九六七年。

因此,在这里,在社会主义现实主义文学内部,可以有非常大的等差。

如果一位作家掌握了社会学和哲学方面的辩证唯物主义,那是一件很好的事,是大大的好事。我们可以向每一个有能力和机会掌握这项方法的人祝贺。不过这绝不是说,艺术家应该先花很多工夫去考虑怎样用辩证唯物主义的方法写作,怎样把辩证法的规律应用到艺术创作上,然后才写作。即使是在社会学和哲学方面造诣极深的艺术家,假如在创作过程中只是死死记住辩证唯物主义的个别原理,也要犯错误。对三段式的盲目崇拜,就是列宁在《什么是"人民之友"》中狠狠嘲笑过的那种盲目崇拜,① 曾经在我们这里大为流行。梅依林克有篇好童话,谈到一条蜈蚣。你们知道,蜈蚣是相当复杂的生物,有四十条腿,但是它虽然复杂,还是能够很好地行使它的生活机能。有这么一次,一只不怀好意的癞蛤蟆问它:"可不可以向你提个问题?"——"好吧。"——"当你往前伸出你的第一条腿子的时候,你还有哪几条腿子同时往前伸出?当你弯下第十四和第十九条腿子的时候,你那第二十七条腿子的脚掌在做什么?"蜈蚣专心思索这些问题,再也不会走路了。② 不要把创作过程弄得干巴巴的。您想根据社会主义的良心,用艺术手法记下某个过程,您想描写斗争中的丑恶的或美妙的一幕,——如果您不知道怎样"用辩证唯物主义"来干这个,难道您就得放弃这项任务吗?

---

① 详见《列宁全集》第一卷,第一四三至一六三页。黑格尔认为一切发展过程都经过正、反、合三个阶段,叫"三段式"。杜林和米海洛夫斯基断言,马克思之所以能证明社会主义必然胜利,似乎不是根据对社会发展的经济规律的研究,而是根据原始社会公有制(正)——私有制(反)——社会主义公有制(合)这个三段式。这同"辩证唯物主义的创作方法"一样,是把抽象的公式硬套到现实生活上去。

② 出自奥地利作家梅依林克(1868—1932)的童话《癞蛤蟆的诅咒——癞蛤蟆的诅咒》。所转述的细节与原作略有出入。

还是干吧,同志们,即使没有透彻了解辩证唯物主义。重要的是您必须有革命的感情,能了解现阶段的基本革命任务,具有真正的艺术敏感,您的文笔要能够真正激动读者,准确地表达您的思想和您的感情。为了做到这些,当然需要知识,需要知道那成为马克思列宁主义哲学的基础,而又从这哲学中吸取了那么多力量的革命实践,——没有这门知识,就不可能准确地描写现实。还必须想到适当的文学技巧,它可以使您毫不走样地表现出您所描写的现实。但是在行文时不必太注意一些近乎烦琐的哲学问题。

这并不是说,我们不应该关心辩证唯物主义是怎样进入或者被融合到艺术创作中去的,它在艺术创作中的发展以及过去和现在的情形如何。弄清这个问题很重要。再说,掌握辩证唯物主义当然能给艺术家带来很多好处,如果这种掌握是意味着适当的思想教育和完整的世界观的话。假如您不是这样,而是用"辩证唯物主义"的要求去看待每一行字、每一个形象,那么,您可就好像那只使蜈蚣深深苦恼过的癞蛤蟆了。

戏剧创作的任务很大,可是它的希望也很大。我们不认为所谓的戏剧创作体裁是一种固定不移的范畴,也不以为我们的剧作家在创作中应该用体裁这道板壁来束缚自己。不仅悲剧、喜剧和正剧可以互相渗透,并且在正剧里甚至也可以有史诗和抒情诗的因素。但是我们可以根据一个旧的名词问问自己,比方说:社会主义悲剧能不能存在呢?

不仅能够存在,而且应该存在。马克思说:过去最大的悲剧家描写了没落阶级、崩溃中的阶级的苦难,新时代的悲剧家要描写新世界的诞生的苦难。我们有伟大的先驱者在前,我们有很好的悲剧题材。拿托马斯·闵采尔[①]这类英雄来说吧,他达到了现实所

[①] 托马斯·闵采尔(约1490—1525),十六世纪德国农民和城市平民的领袖和思想家。

能容许他达到的远处,他依靠着当时社会中最先进的分子。马克思和恩格斯对拉萨尔说过:悲剧应当写的不是济金根①,是闵采尔。② 那么,我们的剧作家为什么不写闵采尔的悲剧,为什么不表现初期农民和无产阶级革命英雄的英勇牺牲,为什么不表现这样一种人,他既非自天而降的英雄,又非超尘绝俗的天才,而是一个阶级的领袖,他的阶级还不可能取得胜利,然而它的局部的失败,正如马克思论到公社③时所说的,却是后来的胜利的最大保证?要知道,这是歌颂高度悲剧性的形象的戏剧创作,这个形象能在我们心里引起热烈的同情、极大的敬意,同时又能激发新的锐气。我们从中摄取这种英雄的那个时代离我们今天越近,他就越是没有白白牺牲,他当时的现实离我们目下所面临的阶级斗争完成的局面也就越近。

但是就在我们今天,悲剧性的因素也还没有消除,因为牺牲不仅依然是可能的,而且是必要的。内战中的牺牲是必需的,在所有的国家发生的新旧世界之间的阶级冲突中的牺牲,是必需的。我们同国内敌人作斗争时经常有牺牲,目前他们正在顽抗,甚至钻到社会主义的新生活方式里来,极力歪曲它的内容。你死我活的斗争还在进行。如果我们不作充分的努力,我们的力量可能对付不了我们的任务。因此,歌颂我们的斗争中的牺牲者,描写这场日后会取得胜利的斗争中的牺牲者,——这无疑是现代悲剧的首要任务和良好基础。

那么现代喜剧呢?我们一位理论家发表意见说,幽默同无产

---

① 济金根(1481—1523),一五二二年德国骑士起义首领。
② 一八五九年四月十九日和五月十八日马克思、恩格斯分别致斐·拉萨尔的信,《马克思恩格斯全集》第二九卷,第五七一至五七五页,第五八一至五八七页。
③ 指巴黎公社。

阶级无缘。① 真的,什么是幽默呢?幽默是一种温和的笑,是这样一种情绪,就是您觉得您所嘲笑的人又可笑又可怜,或者您虽然觉得他可笑,但是又必须谅解和宽恕他。可见,——这位同志说,——畏畏缩缩和动摇不定的小资产阶级才不需要嘲笑,而需要微笑,不要讽刺,而要幽默。无产阶级却是铁面无情的,它不笑则已,一笑就得致人死命。

这位同志得出的结论错了,因为他立论的时候,只看到他面前有一个孤立抽象的无产阶级和孤立的无产阶级敌人。其实这是不对的。无产阶级是一个能发挥教育作用的伟大阶级。它正在教育贫农和中农,教育同自己很接近的雇农,教育它本身中的落后阶层,教育它自己,教育知识分子,啊,知识分子,一直到最博学的科学院院士②,是多么需要教育啊,院士们可以在例如电力问题上教给我们成千累万的东西,而电力也确实是我们万不可少的生活资料,可是谈到新的生活方式,谈到我们国家的建设问题,谈到对我们党内的偏差作斗争,——这时候,有许多院士简直是小孩子,并且还是认为自己本来就应当"不懂政治"的小孩子。向他们证明:这不是好事,而是很坏很坏的事,他们应该知道他们的精辟的见解和精辟的著作正在如何变成现实,把这些见解同我们今天的中心问题联系起来又是多么必要,——这是一件教育工作。而幽默也能很好地教育人。

当一个乡下人,我们自己的、很好的、在阶级上同我们接近的乡下人来到我们的红军兵营的时候,他是那样老实巴交,他什么也不懂,什么也不会,处处显得可笑,——需不需要对他顶礼膜拜,甚至同他开点儿小玩笑都不可以呢?或者,需不需要对他冷嘲热讽,

---

① 文艺学家伊·玛·努西诺夫(1889—1950)在题名《讽刺和幽默的社会根源》的报告中提出了这样的论点,这份报告于一九三一年送交给苏联科学院附设的、由卢那察尔斯基领导的一个讽刺体裁研究组。
② 卢那察尔斯基本人于一九三〇年当选为科学院院士。

叫人家伤心一辈子呢？两样都不需要。假如您曾经见过无产阶级出身的红军战士怎样对待从乡下来的新入伍的红军战士，您就知道这里有多少的幽默，他们取笑落后和拙笨取笑得多妙，这些戏谑对人们可以起到多么好的教育作用，——这样的教育作用，才过一个月，这个小伙子就完全变样了，对他发生影响的不只是学习，有时还有严厉的话语，在很大的程度上还有幽默。

对于无产阶级要加以教育的那些阶级，对于无产阶级内部那些基本良好的分子，幽默是一种极妙的潜移默化的手段。因此，指出缺点并且教人如何消除缺点的幽默的喜剧、亲切的调侃的喜剧，这是摆在人跟前的一面镜子，不是使他一照就大为惊慌、只好准备上吊的镜子，而是使他一照就能看出他需要洗洗脸、刮刮脸的镜子。

这是一件极为有益的事，也许比你们根据我这开玩笑的口吻所能推断出来的更深刻、更重要得多；无产阶级的教育工作是它的基本工作之一。无产阶级不仅应该改造它周围的世界，还应该改造它自己。改造人是造就现实中主要的生产和战斗人员，由于可以用笑声改造人，这就为喜剧开辟了一个广大的活动场所。

当我们极力尽可能具体地写出我们敌人的形象，这样来照亮他们，叫人看得见他们的腐朽和卑劣的时候，我们便完全达到了现实主义形式的辛辣的喜剧、冷嘲热讽的喜剧，从这里还可以进一步走向极其尖刻的漫画和夸张。请回想一下，谢德林怎样把两个官老爷安排到荒岛上去，使他们同一个庄稼人碰在一起，以便更鲜明地表现出寄生的支配阶级同这个供养别人的、被压迫的庄稼人的关系。①

我们的喜剧也可以转变为阿里斯托芬式的喜剧，就是说，可以利用任何虚构来特别鲜明地强调我们嘲笑的某些现象。

---

① 指谢德林的童话《一个庄稼人怎样养活两个官老爷的故事》（一八六九年）。

有段时期,反映平凡生活的戏剧是进步资产阶级一个非常重要的口号,在某种程度上说,也是对他们的一场考验。它是同以显贵为主角的悲剧相对立的;照封建主看来,只有显贵人物才能做悲剧主角,否则那就不算悲剧,因为平民的痛苦和斗争不能唤起崇高的感情。在贵族戏剧中,下层阶级的人只是被写成小丑。反映平凡生活的戏剧却把资产阶级日常生活的严肃精神同当时对下层阶级的鄙视态度对照起来。剧情的中心,是叙说一个可敬的资产者要嫁出他那没有陪嫁的女儿是多么困难这类事实。情节越简单,越能博得小市民观众的同情。我以为,描写平庸生活的戏剧的本身,未必能在我们的戏剧创作中找到一席地位,因为平庸的生活是静止的生活,我们只能把它当作坏的现象来描写。对于果戈理,亚法纳西·伊凡诺维奇和普尔赫利雅·伊凡诺芙娜①是幽默——虽然是充满同情的幽默的对象,对于我们,亚法纳西·伊凡诺维奇和普尔赫利雅·伊凡诺芙娜却是生活的垃圾。如果真的怜惜他们,就要从悲剧方面描写他们,是些什么条件把他们两人弄到这般境地,弄到这个可怕的、白痴似的对任何事都漠不关心的地步的?

总之,当我们接触小市民的戏剧(而"平庸生活"便是小市民的戏剧)的时候,我们会对这个世界抱某种否定态度,或者向它发出某种号召。正因为这个缘故,所以我们的反映平凡生活的戏剧应该不是成为喜剧,就是成为悲剧。……

苏联戏剧创作的任务,不能不是迫切的。不过对这个论题必须很仔细地研究。真正的大艺术作品很少是急就章。固然,格里尔帕第②最好的剧本《萨福》只写了二十天,而他那些写得比较长久的剧本,结果反倒不如它,——但这绝不是常有常见的事,要做到又快又好,必须具备杰出作家才能具有的创作特长。一般地说,

---

① 果戈理的小说《旧式地主》的主角。
② 格里尔帕第(1791—1872),奥地利剧作家。

把所写的东西反复阅读,加以检查、修改,使一切适得其所,对于一个作家是很重要的。可是生活在奔流。所以我们的剧作家常常说:"哪能做得完善?——我应该有一架内心的'柯达'照相机,咔嚓一声,——就成了,然后交给剧院……这种东西虽然不算尽善尽美,但是十分新鲜。"

眼界狭小常常是我们的评论家的缺点:凡是在狭小范围以外的事物,他们都觉得不正确。必须具有广大的眼界,看到任务的全部多样性。

可以设想有这样一家小型剧院,晚上就能表演早晨发生的事情,可以设想有一种活生生的喜剧和正剧,能反映我们每天每日的情形。苏联戏剧创作的一门绝技,便是笔头麻利。对这项任务不要置之不理,我们需要这种戏剧。不然的话:"我把火药紧紧地塞进大炮,我想:我要款待朋友了!"① 可是"朋友"已经不见了,溜掉了。

在膝盖上而不是在书桌上写出来的活报剧,是有益的东西,不过难得是真正的艺术品。有时候需要赶紧阐发一份素材,这类新闻记者似的剧作家非匆促从事不可:常有这样的事——等你写完这么一个临时性的小剧本,由于来了新的指示,你又得完全用另一套办法去解决问题。这一切,给这种政论剧的形式增添了许多不稳定的性质。

我不怪这样的人。注意新产生的任务并且立刻予以反应,是很重要的;那些顽固地停留在错误的立场上,而不管人家对它的错误作过多么充分的说明的人,他们的做法却坏得多,——我只是指出快手作家必须克服的种种困难罢了。

可是,正在写严肃的大作品的作家又怎么办呢?那么他们的命运就是永远落后于时代吗?不,同志们,并不是这样。当你乘火

---

① 引自莱蒙托夫的名诗《鲍罗金诺》(一八三七年)。"朋友"是"敌人"的戏称。

车的时候,紧靠着钢轨的小石子从旁边哧哧地飞跑过去,好像是联成一气的线条。而路基或者树木飞跑过去的时候,你却看得见它们的轮廓。更远的地方耸立着高山,能在你的视野中停留很久,因为山更大,因为山在这个地区占着主要地位。在我们一年间、在我们十年间、在我们百年间占主要地位的问题很多,我们在创作上必须予以注意。

要善于绘制巨幅油画。我们的政治生活中思想最敏捷的人物,当生活从旁飞逝时总是能抓住它的重要环节的革命组织家列宁,曾经用过一句话:"严肃地和长期地"①。对于我们严肃地和长期地做着的事情,——这样的事很多——应该加以严肃的和长期的研究,剧作家应该用严肃的、可以长期留存的剧本来表现它们。我们不能容忍这种情况,就是剧院抱怨没有上演剧目,或者虽然有好剧本,却是去年的东西。我们现在对一些并非临时性的戏剧问题已经有了许多解决办法,因此在这方面,剧作家的工作应该大力加强。可是必须记住,这绝不是说不必非常迅速地作出反应。有些急促间写成的应时的东西将在艺术中长期传留下去,如果作者具有艺术技巧和政治嗅觉的话,这两者可以帮助他用篇幅不多的鲜明的剧本反映我们的斗争中的紧要时刻。有人说这很难。这是实话。② 企图在"谦虚"的掩盖下甩脱这项基本任务的人,不能证明我们的时代的不幸,只能证明他自己的软弱。这样的东西是需要的,而且一定会有的……

从这个观点看,了解这一层非常重要:对于我所说的总任务,

---

① 列宁在一九二一年俄国共产党(布)第十次全俄代表会议上的讲话中,在同年第三次全俄粮食会议上的讲话中以及其他地方,都用过这两个词,见《列宁全集》俄文本第四三卷,第三二九、三三○、三五四、四○九等页。

② 在记录稿上,下面还有几句话:"然而就连兴盛时期的资产阶级都创造了一个口号:'Du sollst, also du kannst.'(德语:'你该做,因此你就能做。')我们应当牢牢记住这条规则。"

应该根据每个特定的时期来分别予以明确化、具体化。我说的不是本义上的"今天"的具体任务,我是说我们生活的这段时间的任务、我们所处的这个斗争阶段的任务。

第一,我们正处在敌我冲突中一个特殊的阶段。世界资本主义表现了极度的神经不安;虽然它已经奄奄待毙,可是还在顽强而疯狂地挣扎,从困境中寻求出路。必须懂得列宁的话:命中注定毫无出路的情况是不常有的。如果敌人的情况不妙,如果他已声嘶力竭,行将灭亡,你可不要指望他自己丧命,而要打死他,因为否则他还会苟延残喘,并且打死你。

我们经常在斗争,而不单单是确认事实。因此,当我们的世界在困苦中发展,而他们的世界在困苦中衰落的时候,我们应该通过戏剧把这一点教给人们。还有什么能比两个处于这样的情势中而且准备作最后斗争的世界更容易产生戏剧效果呢?我们的敌人不会自愿放下武器,——当他们在我们头上举起武器那一瞬间,武器可能从他们手里掉下来,但是也可能没有这种情形,却不免要发生冲突。这是我们的广义的国防艺术——不仅是在为军队、为我们这个最优良最主要的国防工具服务的意义上——的任务。我们的整个社会主义建设速度也是一条战线。

对于任何一次共产党中央全会或者什么苏维埃代表大会或党代表大会的召开,剧作家都不能说:"嗯,您知道吧,他们在谈政治,我却在完成我的剧本,——政治一向不是我的事,我的制服上佩戴着另一种领章。"党用信号来报告生活中的基本情况的时候,这是整个无产阶级斗争战线的信号。谁要想成为这条战线的一部分和这条战线上一名可敬的战士,他就应该急切地看一看:对我来说,从这里该得出什么结论?

我们的生活,特别是我们的农村、集体化农村的生活,还没有摆脱异己的富农分子,他们分散在各处,像细菌似的散播着传染病。参加争取社会主义集体化农村的胜利的斗争,是我们的戏剧创作的中心任务之一。我们知道这些细菌,——那就是腐朽的私有财产,就是为了对自己、对自己的家庭更好一点而极力捞它一把,即使这样做对整个集体有害。我们的大敌、劲敌——资本主义国家、银行、托拉斯说道:"天晓得,我们拿布尔什维克无可奈何,已经十五年了。可是他们内部有传染病。那里有我们一个小兄弟。他生活在隐蔽状态中,他在毒害和瓦解他周围的一切。您可以看到,过些时候,这座使我们望而生畏的堡垒,就要开始陷落了。"暴露这个敌人,在喜剧和正剧中用戏剧手法描写他的狡猾伎俩、他的假面具、他的暂时得逞和必不可免的、但是我们只有以最大努力为代价才能换到的他的失败,从心理上揣度和了解敌人内心发生的事情,了解他说话不是为了透露他的思想,而是为了隐瞒它,——这是艺术家的事,这是社会主义心理艺术家的事。

同敌对阶级势力相对立的,是群众的不断增长着的社会主义意识,是成为现在各种力量荟萃的真正中心的深刻进步,是社会主义财产的增长,是巩固社会主义经济就等于使我们大家成为富人这种意识的增长。我是富人,因为苏联是富裕的,目前我这里正在建设马格尼托戈尔斯克,我的生活上有正号或负号,这要看建设的成败而定,因此我有痛苦或喜悦,我正在为此献出我的生命。现在已经做出社会主义觉悟的榜样的人们,必须被摆在崇高的地位上,让那些还没有摆脱旧的、奴隶的感情、思想和习惯之压迫的人在争取社会主义新生时,能够从他们的典范中得到帮助。

我只谈到了一项最重要的任务。

恩格斯是一个卓绝的共产主义者。他也幻想过。固然,他没有幻想:"我真希望每个剧作家在写每一幕戏的时候都要预先考虑一下,怎样才能把辩证唯物主义运用到这方面来。"可是他说:"我幻想有这样的戏剧作品,它们充满着生命,正如莎士比亚那些真实的、有说服力的、引人入胜的作品充满着生命一样,但是,另一方面,它们对于所描写的历史时期又贯穿着深刻的理解。"然后他又补充道:"看来,德国不会有这类作品。"①

是的,看来,最早有这类作品的不是德国,而是我国。我国有相当近似的作品。

你们每个人都了解,我们是战线的一部分,是争取社会主义的战士的一个支队。在这条战线的上空飘扬着胜利的旗帜。在其中一面旗帜上,有斯大林同志手书的"为科学和技术而斗争"。②

戏剧创作应该为科学斗争,因为如果剧作家不了解现实,他就是一个浅薄的人,他的色彩永远极其贫乏。他应该为技术斗争,因为否则他不能成为现实的表现者,不能成为真正的、熟练的创造者。我们为科学和技术斗争,是要提高我们这个特殊部门的水平,使它跟别的部门一同为社会主义服务。

将来,当最后胜利已经取得的时候,我们的后代将怀着极大的敬意翻阅我们的生活史。但愿那时候,作为我们这个伟大过渡时代的纪念碑出现在他们面前的,不仅有我们的思想家和领袖们的思想,不仅有我们的群众的胜利,不仅有我们的社会主义劳动所创造的技术,而且有我们的艺术巨著、我们的剧本,那时我们的剧本还会在戏院上演,以便用时代本身的声音来讲述时代的历史。

---

① 一八五九年五月十八日恩格斯致拉萨尔的信上说:"而您不无根据地认为德国戏剧具有的较大的思想深度和意识到的历史内容,同莎士比亚剧作的情节的生动性和丰富性的完美的融合,大概只有在将来才能达到,而且也许根本不是由德国人来达到的。无论如何,我认为这种融合正是戏剧的未来。"见《马克思恩格斯选集》第四卷,第三四三页,人民出版社,一九七二年。

② 斯大林在《论经济工作人员的任务》(一九三一年)中说:"建设方面最重要的事情我们已经做到了。剩下的已经不多,这就是钻研技术,掌握科学。"《斯大林全集》第十三卷,第四十页。

亚·谢·格利包耶陀夫[*]

1

虽然过去了整整一个世纪,格利包耶陀夫的喜剧《智慧的痛苦》至今还是同果戈理的《钦差大臣》一样,被看作我国文学中的优秀喜剧。我真不知道能不能至少把一篇任何其他的喜剧,包括谢德林、奥斯特罗夫斯基、苏霍沃—柯贝林[①]和契诃夫的喜剧在内,同这两颗头号珍珠相并列。

然而这真是一篇喜剧吗?当格利包耶陀夫念到他那些以天才作家手笔展示在听众或读者面前的一针见血的文字,念到他那些非常突出而滑稽的形象的时候,他当然不止一次地听见过人们纵声大笑,——但是格利包耶陀夫本人却带着莫大的悲痛和莫大的苦恼,拒绝了快乐的作家的称号,尤其是快乐的人的称号。他问道:"我是一个快乐的作家吗?我创作过快乐的喜剧吗?"[②]他经常反复说:"这法穆索夫、斯卡洛茹布之流……"这表明他以多么憎

---

[*] 本文是作者在一九二九年二月十一日格利包耶陀夫逝世一百周年纪念大会上的报告记录,初次发表于同年第一期《苏联俄语教学》杂志。译自《卢那察尔斯基八卷集》第一卷。
[①] 亚·瓦·苏霍沃—柯贝林(1817—1903),俄国剧作家。
[②] 卢那察尔斯基凭记忆引用了一八二五年九月九日格利包耶陀夫给友人斯·尼·别吉切夫(1785—1859)的信上一段话,原信说:"来了一批旅客,他们从杂志上知我是法穆索夫和斯卡洛茹布的塑造者,可见是一个快乐的人。呸,可恶!其实我并不快乐,我烦闷,厌恶,受不了!"

恶的态度去看他的时代,他觉得生活在这种奴才中间是多么可怕。当生活迫使他浪迹于辽阔的祖国各地时,他又怀着无法形容的恐怖心情慨叹道:"什么国家!居住在这里的都是些什么人!它的历史多荒唐!"①

这篇喜剧叫做《智慧的痛苦》。在喜剧里,痛苦属于智慧,——被宣布为疯狂②的智慧,人人嫌弃的智慧,被出场的姑娘中最好、最美、最明智、最富于独立精神的一个③认为还不如奴性的智慧。这一切当然不会给人造成喜剧的印象。固然,"来马车呀,马车!"④这句话听起来颇有那个时代的风调,有点像地主口吻,可是恰茨基要坐上这部马车"走遍全世界,去找"⑤一个安身之处。谁也不知道他能否找到它。即使他出人意外地被准许离国,那也很值得怀疑,究竟恰茨基对新的环境会习惯到什么程度,这个环境能满足他的理性和良心的要求到什么程度。

喜剧《智慧的痛苦》其实是一篇描述人的智慧在俄国遭受摧残、智慧在俄国毫无用处、智慧的代表在俄国感到痛心的悲剧。

难道普希金没有发过"谁叫我这个有智慧和才能的人生在俄国呢!"的感慨吗!⑥ 恰达耶夫写成那本当时文学中最明智的书以后,难道没有被宣布为疯子吗?⑦ 整个上层社会——身居高位的

---

① 出自一八二五年一月四日格利包耶陀夫给别吉切夫的信,原信说,"什么世界!居住在这里的都是些什么人!而且它的历史多荒谬!"
② 即失去智慧(理智)。
③ 指恰茨基旧日的情人索菲亚。她后来爱上了阿谀奉承,奴性十足的莫尔恰林。
④ 恰茨基语,见《智慧的痛苦》第四幕第十四场。
⑤ 《智慧的痛苦》第四幕第十四场。
⑥ 一八三六年五月十八日普希金给妻子的信上说:"谁叫我这个有灵魂和才能的人生在俄国呢!"
⑦ 彼·雅·恰达耶夫(1794—1856),哲学家,普希金和格利包耶陀夫的朋友,所著《哲学书简》严厉批判了俄国社会制度,发表后作者被官方宣布为疯子,交给一个医生监视。

老朽的"涅斯托耳"①们、昏聩的老太婆们,——都凑搭在一起,反复谈论过这一疯狂行为。

这篇喜剧是一份精确的、十分精确的报告书,叙说一个明智之士在罗斯②是如何生活,讲得更确切些,是如何毁灭、如何死亡的。我们仔细看看格利包耶陀夫的传记,就能清楚地了解他为什么会产生这样的情绪。任何传记中都包含有重大的社会内幕。这种智慧是从哪里来到俄国的?它怎么出现的?这是什么样的智慧?虽然法穆索夫才智不足,可是法穆索夫周围还有一些不曾丧失智慧的高官显宦,一些间或"有出息"的机灵的商人、农民。不管怎么说,他们能够很好地判断任何事情,因为我们的民族不是一个无能的民族。

不过,被称为明智之士的人究竟有什么特色呢?这类人的特性在于批判,因为他比他的环境高明,比他周围的人来得明智。智者引人注目,正是由于他带来了新的东西,他不满意常人所满意的事物。

这种智慧是怎样出现在罗斯的?它是资本主义进入俄国这一深刻过程的结果。③ 原有的亚洲的封建生活方式,连同蓬勃发展的商业资本,在十九世纪初叶开始让位给私人生产的新兴资本主义方式,既然我国当时是一个农业国,也就是让位给农业资本主义。经营农业的当然主要是贵族。农业贵族多半是亚洲因素的代表:他们极力想仍旧靠农奴制发财,实际上却仍旧在破产。属于这个类型的最大的官员们也只能通过国家机器,以俸禄的形式另外从农民中榨取钱财,来维持自己的生活。同时,对欧洲的粮食贸易

---

① 涅斯托耳,荷马《伊利亚特》中一员大将,恰茨基在《智慧的痛苦》第二幕第五场中提到他。此处系泛指。
② 俄国的古称。
③ 原文"智慧"又作"理智"解。理智或理性是欧洲新兴资产阶级启蒙学家提出的主要口号,故云。

已经展开,提供了一幅很广阔的前景,这就使得更大一部分贵族不能不考虑如何逐渐接近西方,像彼得①时代以及叶卡捷琳娜②朝初期、亚历山大一世朝初期的专制政权为了自身利益而偶一为之的那样。政府本身有时也听从明智派的言论:"我们在军事方面也会被打垮,因为我们好比摆在铁罐旁边的一只瓦罐,今后在沿着历史大道摇摇晃晃地行进时,总要被铁罐碰得稀烂的。必须维新,必须欧化。"然而欧化是意味着给国家体制带来若干新的特点,意味着消灭或者至少在一定程度上削弱农奴制,使人能够相当自由地发挥主动性。

这便是那个以它所遵循的原则而论是外铄的,但对于我国文化的发展非常重要的西欧主义运动,它导致了当时的理智和自由运动,结果造成十二月党人起义。十二月党人的主张本身好像一条五颜六色的巨虹——从保守主义起,经过自由主义,一直到雅各宾主义。十二月党人的圈子自然不曾把具有自由主义思想和进步思想的俄国人包罗无遗,留在圈外的还有普希金、格利包耶陀夫等大人物,他们只是在一定程度上被运动触及过罢了。我们不应该被格利包耶陀夫身上表现的早期斯拉夫主义的特征所迷误。他所以有那些特征,是因为专制政权常常企图实行欧化,可又常常产生这样的局面:疯狂的反动势力露头,专制政权被本身的大胆所吓倒,认真的改革一概遭受压制,阿拉克切也夫式的统治时期以这个或那个形态出现。然而西方的表面的镀金如法语、家庭教师、假发、香水和来自巴黎的各种东西并没有被排斥,相反地,人人都认为这是良好风度的主要标志,是表明自己属于上等阶级的一个标志,是确定平民百姓同上层分子之间的正当的、真正的差距的一项方法。就是所谓的贵族、以西欧主义为时髦的上层分子的这种情

---

① 指彼得一世。
② 指叶卡捷琳娜二世。

况,引起了真正的进步人士的憎恨;他们产生了民族自豪心,因为他们感到他们的意向更接近人民中的基本群众。他们同那批用人为的办法建立起自己的文化、盲目崇拜西方、其实仍然又粗俗又野蛮的上层分子划清了界限。

因此,智慧表示有教养的资产阶级(虽然是贵族出身)的第一支先锋队已经出现,资产阶级开始提出使全部俄国生活欧化的严肃要求了。但是智慧的体现者所碰到的俄国生活不愿在上层分子以外实行欧化,而愿意停留在舒适的亚洲泥坑里面。由此产生出两种基本感情:一方面是对于从格利包耶陀夫起到果戈理为止的俄国先进作家周围的"猪脸"①的强烈愤怒,另一方面,同愤怒并列着,是极其深沉的悲伤。在那些能够相信革命、能够相信这场变革会使一切立刻改观的人,这悲伤是减弱了。当十二月党人看见一道光明的时候,曾经有过一段狂热的时期;格利包耶陀夫看不出这道光明。

别林斯基不相信农民革命的可能,看不到任何出路,他对自己和别人表示的最大希望,只是:也许会产生资产阶级,为实现今后俄国资本主义的进步方针创造某些前提。就拿作为别林斯基追随者的最成熟的阶层来说吧,例如车尔尼雪夫斯基,他终生都带着悲剧性的印记,——不仅在他被流放的时候,而且在他从事革命的时候,他在他的名著《序幕的序幕》中重复过千百次:真能有所作为吗?你什么也改变不了,只好提提抗议!

格利包耶陀夫是一个拥有绝大智慧和辉煌才能的人物。格利包耶陀夫是音乐家、数学家、外交家、文体家、心理学家。他独步一时,也许任何人都无法同他媲美。以他的禀赋的多样性而论,他是一个天才。格利包耶陀夫是光辉的巨人。正因为如此,他体验到两种强烈的感情。历久不息的天才的声音告诉他要揭露,同时,我

---

① 《钦差大臣》中的市长的用词,见第五幕第八场。

们又看到他怀有极其深沉的悲伤——悲叹自己无法冲出这座地狱,而必须寻求一条途径来迁就它。格利包耶陀夫在自己的生活道路方面便是这样迁就的。恰茨基说过:"担任公职我高兴,阿谀逢迎太恶心。"①他唯恐进入这个可怕的官场。格利包耶陀夫深知官场的可怕。他从波斯写信说:"人们来回逃窜。波斯人跑到俄国。俄国人跑到波斯。两处的官吏同样丑恶。"②他所说的官吏是指政治制度。俄国和波斯的制度相同。可是他为这个制度服务过,还服务得很出色。虽然他青云直上,而作为一个天才,他内心是认识自己的悲剧的罪过的。

为商业资本推行殖民政策;强迫溃败的波斯人签订丧权辱国的殖民地和约③;留在波斯,用警察的、军国主义的俄国的压力从该国榨出最后一份脂膏,为了索取赔款而从波斯后妃的衣服上拆下纽扣,从国王宝座上剥下镀金;——一个像格利包耶陀夫那样的人当然不能干这类勾当,于是随着职位的迁升,他的苦闷也增加了。例如,他最后一次赴波斯时,明明知道他去的是什么地方,他将遭遇到什么。他说那里是他的葬身之地。④ 是被刺客暗杀的,还是有一群人被故意唆使去发动反俄暴乱,对他产生了强烈的愤怒,——这倒不太重要。这是正当的报复。持剑者要死于剑下。谁若对邻国肆行暴虐,他就该知道自己会受到普遍的仇恨。格利包耶陀夫知道这一点。这是他的双重失败——不仅败于那把使天才人物身首异处的弯刀,而且也是精神上的失败,因为他作为最有

---

① 引自《智慧的痛苦》第二幕第二场。
② 引自一八一九年十月六日格利包耶陀夫给俄国驻波斯代办马扎罗维奇的报告,但与原文略有出入。这份报告发自梯弗利斯。
③ 指俄波战争(1826—1828)结束后缔结的土库曼彻条约。该约规定波斯须对俄国割地赔款,并容许俄国在军事和贸易方面享有许多特权。
④ 格利包耶陀夫对作家法·威·布尔加林说过:"那里是我的葬身之地!我感觉到我再也看不见俄国了。"

才干的、精力充足的早期殖民主义者之一,很了解他的"皇上"①的本质:格利包耶陀夫通常都用怀疑的审慎的态度评论他,其中蕴藏着不少的愤懑和憎恨。

有人说,格利包耶陀夫在他的诗歌道路上好像是一个失败者,他创造了《智慧的痛苦》这部在世界文学史,尤其是俄国文学史上的惊人之作以后,才力完全衰竭,因此他异常苦恼;②我想,这样说是不大正确的。他在《智慧的痛苦》之后很难再写别的东西,所以他企图创造新作而没有成功正是自然的事。不过格利包耶陀夫去世时才三十四岁。难道可以认为一个创作过《智慧的痛苦》的人竟毫无希望了吗?我们不敢说,如果格利包耶陀夫不是在三十四岁上被那把弯刀断送了生命,他还会给世界带来什么。但是我们不谈可能发生的事情;我们来看看他的诗歌生活怎样照旧进行,看看他知不知道这是对于他在现实生活中遭受的、肉体和精神上的深重灾难的一种报复吧。

格利包耶陀夫屡次提出,他的使命是干别的行业,他应该使用另一种语言,他原想把他的剧本写得更宏伟得多,但他在一定程度上把它从这个高处拉了下来,一直拉到我们现在所看见的水平,因为他希望它能够上舞台。我们知道格利包耶陀夫的一份预先取名为《一八一二年》的剧本纲要。我们知道该在剧中占主要地位的是什么样的情节:在贵族中间,农民一向只是被当作物品,最多也不过充当配角,可是一个农奴居然成了基本人物。他不在贵族中寻找恰茨基型的强人人物,来直接向贵族宣布一定程度上的阶级斗争,而在农民中去寻找。这个能干的农民被一八一二年的风暴③唤醒过来,参加了政治生活,他全神贯注地保卫着祖国,立下

---

① 指尼古拉一世。
② 指尼·基·皮克萨诺夫对格利包耶陀夫的看法,见所著《亚·谢·格利包耶陀夫传略》(一九一一年)和《格利包耶陀夫的内心悲剧》(一九一二年)。
③ 指抵抗拿破仑侵略的卫国战争。

77

丰功伟绩,从而受到贵族的奖赏,被尊为捍卫俄国的真正的战士。与此并列的则是对于地主的假爱国主义、"冒牌爱国主义"的描写,他们的各式各样的列彼季洛夫式的饶舌、靠人民的灾难大发横财的欲望。

就是应该塑造这样的典型,就是应该从这样的角度去刻画统治阶级。战争完了。像那位农民英雄似的能够独立思考、具有英雄意志的人们,再也没有用处了;他回到正常的农奴生活环境中,为了不死在野蛮的老爷的棍子之下,他用自杀结束了生命。

我应该讲,假如我们今天——一九二八至一九二九年——的作家中有人动手写这样的剧本,他可以写出一篇很符合现代精神的东西,所谓符合现代精神,并不是说要批判俄国的现状,而是说能够深刻地批判过去。如果说,对于那个数千年来把俄国抓在自己魔爪中的、被我们埋葬了的巫师,我们有时还需要在他的坟墓上再钉一根白杨橛子,①那么,这根橛子一定是很坚实的橛子。

然而这一切却是贵族格利包耶陀夫想到的,是从进步的资产阶级的抗议中滋长起来的,这个抗议产生在要求全国欧化的经济根柢上面,它不断增长,终于像美丽的花朵似的在作家头脑里开放出来,成为一项人道的要求,正如席勒和歌德要求把污染生活的陈腐的秽物清除掉一样。

2

《智慧的痛苦》究竟是什么呢?格利包耶陀夫再也不能将他的憎恨和厌恶憋在自己心里,他要当着大家的面,公开地高声说出、喊出他的愤怒。从前,当高尔基初次认识到法国剥削者的荒淫

---

① "巫师"喻地主贵族。据说在巫师的坟墓上钉一根白杨橛子镇着他,他才不再为害。

腐朽时,他所描写的正是那样的感情:"我要把胆汁和血啐在你这美丽的脸上。"①格利包耶陀夫要"把胆汁和血啐在"当时官方俄国的脸上,啐在当时的统治阶级、掌权的官僚的脸上。可是为此必须想出一个形式。这不太容易。你来啐吧,不但啐胆汁和血,简直是吐一口大唾沫!我们知道,恰达耶夫这样吐了一口就死了,——尽管肉体没有死,但在政治上,作为一个公民看,他是死了。可见必须采取那么一种声调,找到那么一种方法,既能用来对沙皇、又能用来对他的臣僚讲真话。在这一点上面,丑角的形式是大家早已熟悉了的;可以通过这个形式把某些东西夹带进去;因而格利包耶陀夫虽然给他的检察官恰茨基保留了充分的严肃性(后面我还会说到他在恰茨基身上运用了什么样的技巧),而在其余各方面他却极力要写一篇快乐的喜剧。为此他还借用了西欧的新形式,——例如在丽莎身上,我们就特别清楚地感觉到欧洲的影响。② 他的剧情结构并不十分精妙,剧情本身也不十分有趣;从这个观点看,可以很严厉地批评这篇作品,而且已经有人批评过它,但是他们一边批评,一边又加以称道和赞美。因为,格利包耶陀夫何必编写一部能够烘托每个事件、让结构突出到首要地位的精细的喜剧呢?他不需要这样做。他不是一个喜剧作家,而是走上广场、说出可怕的真话、表明自己如何热爱祖国和痛恨一切国耻的耶利米③型的伟大先知。因此照格利包耶陀夫看来,作为形式的喜剧完全是次要的,他自己也谈过这一点,他肯定说,当时的条件使他不得不降低他最初的构思。

他这种完全合法并且富于艺术性和鞭挞力的方法,恰恰既近乎丑角的打诨,又近乎愤怒。紧接着愤怒而来的则是厌恶。当然可以又愤怒而又对引起愤怒的事物感到尊敬,还可以置之不理,忘

---

① 出自高尔基的杂文《美丽的法兰西》(一九〇六年),但与原话略有出入。
② 女仆丽莎有点像博马舍笔下的费加罗。参看本书第一七九页注①。
③ 耶利米(约纪元前650—585),希伯来先知和爱国者,见《旧约·耶利米书》。

掉它。但是,假如不能忘掉和置之不理,那么紧接着厌恶和内心的愤怒的谴责,下一步便是轻蔑,轻蔑中已经含有嘲笑被轻蔑的事物的意向,因为笑表示某些内心矛盾得到了解决。你是一个可怕的怪物,然而我在你身上看不出任何可怕的或恐怖的因素,你只是一副可笑的假面具,你在道德和精神上早已被打败,你只配受嘲笑。每逢一个人感到自己的意志取得了完全胜利,那么面对着契诃夫笔下的古怪庸人,就会产生轻松的谐趣、活跃的戏谑的心情,甚至产生一种类似温和的笑的东西,那些庸人当然很丑恶,但是用得着认真对待他们吗?他们只配让人家撒撒达尔马提亚药粉①,因为归根结蒂,他们不过是一群臭虫罢了。

可是,当事情还没有取得这样的胜利,法穆索夫和斯卡洛茹布之流还统治着全国,他们的制度正在造成层出不穷的罪恶的时候,你可不要用随随便便的轻松的笑去作斗争。看来格利包耶陀夫是做得过分一点,en comique② 描写得太多一点;应该写得更严肃些。不过没有别的出路,他所找到的出路实在是很好的。那是一种令人震惊的笑,任何东西都不能像笑那样致人死命,因为每逢你生气的时候,人家还不知道到底谁是谁非,不知道谁胜谁败。而当笑的利箭——类似普希金的阿波罗的利箭③——发射出去,当这支放光的利箭扎进黑暗中的时候,我们看到的却是另一种情况了。用这种武器去同丑恶现象作战比较容易。

最后,这个剧本毕竟出版和上演了,它成了我国文学中一部最完美的经典杰作,不仅在文学上,而且在道德上也具有非常重大的意义。如果列举一下,各种喜剧的人物姓名在道德和政治方面、为了道德和政治的目的被引用过多少次,那么我们无疑会看到,占据

---

① 达尔马提亚在南斯拉夫。这种药粉是杀臭虫用的。
② 法语:从滑稽可笑的方面。
③ 普希金的《嘲讽短诗》(一八二七年)写到希腊神话中的阿波罗射死妖蟒的故事。

第一位的便是喜剧《智慧的痛苦》中的人物。我们至今——有时几乎是无意识地——还说"法穆索夫气质"或"莫尔恰林气质",仿佛这两个名称是我们俄罗斯语言所固有的名词似的。就这方面说,格利包耶陀夫是完全获得成功了。经过动摇,经过延宕,他终于在喜剧掩护下,运来满满的一船炸药,把它交给了人民。这个剧本成了一件有效的武器,尽管它没有为每个人所理解。这篇喜剧之所以具有特别重要的意义,是因为其中除了格利包耶陀夫创造的绝妙的假面具之外,还写出一个代表格利包耶陀夫本人的形象。恰茨基是格利包耶陀夫的代言人。普希金感到恰茨基不真实。①格利包耶陀夫是明智的,——普希金肯定说——而恰茨基并不明智:他怎么可以把珍珠投在猪猡面前②,它终归要被猪猡踩得粉碎的!普希金认为,恰茨基以一个单枪匹马的先锋挺身而出,长篇大论地指责别人,只落得一个在上流社会丢脸的下场。可是,面对着斯卡洛茹布气质和法穆索夫气质这一庞然大物,这个顽皮孩子还能拿它怎么办呢?普希金虽然拥有作为评论家的天才洞察力,却不曾看到(这也许是因为时间离得太近的缘故)当时并没有别的出路。

　　疯子往往能道出真理,从瓦西里·布拉任内依③起到柳比姆·托尔卓夫④和离我们更近的一些典型为止,都是如此。一个人在醉醺醺的状态中有时会变得大胆起来。他会说出他在清醒时所不肯说的话。恰茨基的疯狂和如醉如痴的劲头,原因在于他很年轻。他还太年轻,他还不成熟。他的智慧是一个优秀的顽皮孩

---

① 见一八二五年一月二十八日普希金给诗人和评论家彼·安·维亚赛姆斯基(1792—1878)的信,以及同月底给作家马尔林斯基(1797—1837)的信。
② 意谓对牛弹琴。
③ 瓦西里·布拉任内依(约1464—1552),莫斯科一个半疯半傻的"圣痴",据说能预卜吉凶,直言无忌,连伊凡雷帝对他也很敬畏。
④ 奥斯特罗夫斯基的剧本《贫非罪》(一八五四年)中的人物。

子的智慧。他落拓不羁,是由于他还没有长出白发,他还没有迁就过卑鄙的行为,没有碰过格利包耶陀夫本人和普希金所碰的钉子。因此他用不着小声小气地讲话。他不会达到十二月党人的政治言论的水平,他不需要那样。当时格利包耶陀夫自己也不相信十二月党人的主张。可是格利包耶陀夫作了一次前卫战,以便用艺术和道德的武器打倒妖孽。为了做到这一步,他只要有一个落拓不羁、具备大学生气派、由于年轻而容易狂热、并且正在恋爱的青年人就足够了。而爱情比任何美酒更能使人陶醉,尤其是不幸的爱情。恰茨基被不幸的爱情所陶醉,早已把小心谨慎忘得一干二净。但是,虽然恰茨基年轻,又是在不幸的恋爱中陶醉,他却没有说蠢话;他谈吐聪明,因为不但格利包耶陀夫要他聪明,他本来也就聪明,正如顽皮孩子常常比自己的祖父和父亲聪明一样。于是形成了一个极其真实的可取的情节。除了普希金,也许没有任何人特别怀疑过这一点,尤其是在审查机关批准剧本问世①之后。人们甚至没有注意恰茨基怎么敢于斗争的问题。

我希望,如果今后我们要上演《智慧的痛苦》,那么我们挑选来饰扮恰茨基一角的演员,最好能够表现出一个受到刺激的、由于年轻而"控制不住自己"的人的这种青年气概、这种良好的光明磊落的孟浪态度。

3

我不必专门分析《智慧的痛苦》中描写的各个巨大的形象。我只是详细地谈一谈,为什么一般地说能够产生《智慧的痛苦》或《钦差大臣》之类的创作,即是叙述日常生活、鞭挞当时的官吏和

---

① 《智慧的痛苦》初次上演于一八三一年,初次刊印于一八三三年,原先仅以手抄本流传于少数人之间。在上演和刊印前都经过审查机关的删节和窜改。

上流社会的喜剧创作,这种喜剧原不过是些有才气的宣传品,后来却发现它们是当时具有高度艺术性的佳篇,因而比那个时代存在得更久。

你们知道,阿里斯托芬写过宣传品。阿里斯托芬丝毫也不以为他应该编写有权利永垂不朽的、重大的艺术喜剧。他写的是类似今天的"时事短剧"、类似《太太与白熊》①——你们中间大概有许多人看过——的东西。那是一种机智的时事短剧,是一组充满俏皮话的即景剧,有时干脆指着观众厅说:某某人就坐在那里。一切都针对着当前的急务。可是阿里斯托芬还活着,并且大概还会活上很久,虽然我衷心希望所有的阿里斯托芬们和格利包耶陀夫们终有一死。我衷心希望,这些至今还想喝鲜血、靠鲜血活命的伟大亡魂有朝一日会说:"如今可以释放我了。"②于是躺进事先准备好的黄金陵墓,从此以后仅仅作为一份史料供我们这一代人利用。

然而很遗憾,这种情况还没有出现,很遗憾,他们还是我们的同胞,很遗憾,他们都活在我们中间,因为他们愤恨的东西都活着。使人感到厌恶的东西还活着,应该受蔑视的东西也活着。必须对这些加以嘲笑。这是怎么回事呢?假如一个人预先就考虑要写一部必定永垂不朽的艺术作品,煞费苦心去设想百年至五百年后它的读者是谁,观众是些什么人,那时的爱好如何,怎样才能使作品到时候不至于变得索然乏味,那么,这种作者通常只好仿照阿穆尔

---

① 一九二九年,莫斯科轻歌舞剧院上演了沃斯克列森斯基和季波特合编的一组时事短剧《到结冰的地方去》,其中的一个舞蹈节目叫《太太与白熊》。
② 据《圣经·新约·路加福音》第二章,耶路撒冷老人西面得圣灵启示,知道自己要等到看见基督(新时代诞生的象征)的时候,才会去世。一天,西面进入圣殿,遇见耶稣的父母抱着幼小的耶稣走来。西面就用手接过耶稣,称颂上帝说:"主啊,如今可以照你的话,释放仆人(即西面)安然去世了。"

和赛克①的传说来创作：永恒的人物、永恒的天空、永恒的女性；他把这一切全运用到他的情节中去，而实际上，这样的作品很快就会趋于凋萎。有时它以木乃伊的形态，装在有甲醛水②的历史罐子里被保存了下来，但是它只适于送进博物馆。从现实出发，笔锋所及，处处回答重大的迫切问题，你才是一个真正符合现代精神的人。如果你真正符合现代精神，你便会永垂不朽。我们所知道的每一篇伟大的喜剧都是宣传品。其所以是宣传品，是因为它讥笑自己时代的罪恶，使出全力打击了它。假如你不使出全力去打击，假如你不讥笑当代的罪恶，那么，无论你的喜剧在形式上写得多么有趣或生动，它仍然是一件空虚的消遣品。即使是滑稽歌剧，也只有具备一定的刺激性，能够抓住时代的坏的一面，才会长久存在。看样子又快乐又甜蜜，可是你尝一尝，——就要苦得撇起嘴巴来。这种宣传品有时会成为伟大的作品，但自然，如果它能给人以狠狠的打击的话。

一个时代有各式各样的目标，这些目标取决于各项不同的条件。当你乘火车出行的时候，要是你瞧一瞧窗外，就会看到电线杆在你面前奔驰，枕木一闪而过。假如你把眼光移到更远的地方去，又可以看见高山，你经过高山时觉得腻烦：它仿佛老是站在那里，一动也不动。历史上的情况也是如此：各种关系在更迭，事件在演变，帝王和整个整个的朝代在消失，但是在这一纵即逝的土层下面还有底土，还有一片伸展到异常遥远的历史前景去的基本的、坚实的硬地。例如仍旧拿文化，拿人们生活中那些与无法超越的特定发展阶段有关的畸形现象、畸形的反常现象来说吧。私有财产出现以前的"人的天堂生活"，无疑只是半饥饿的猴子的生活。这是

---

① 出自希腊神话。阿穆尔，爱神；赛克，"灵魂"的化身，形状为一美貌少女。这两个形象体现了所谓"永恒的爱和人性"的观念。
② 一种杀菌剂和去臭剂。

不可避免的,正如以后各个时代——资本主义、帝国主义和我们所处的斗争时代——是不可避免的一样。我们刚刚才到达这样一个地方,在这里,从悬崖中,从火山内部发出的力量,正在使千年的广大岩层发生剧烈的变化,焕然一新。但是当一个巨人用批判的鹤嘴锄去挖那旧的有文化遗迹的地层时,他能把这块土地挖得非常之深。格利包耶陀夫通过尼古拉的官吏鞭打了一般的官吏。他打得更远,——他还鞭打了一般的自私自利之徒。于是人们发现,他这使人流血和疼痛的鞭打的对象,虽然正在衰微,可是它还活着。总之,在经过许许多多时间以前,在历史列车离开我们的视野而驶到最最遥远的地方以前,他的鞭打始终是能治病救人的。

十月革命给了旧世界一个毁灭性的打击,打得它碎片纷飞。世界上曾经发生的任何一次革命,无论就它的急进程度说,就它的破坏力说,或者就它在大地上引起的熊熊烈火说,都不能同十月革命比较,哪怕是略微比较一下也罢。这场烈火还在燃烧,我们便在火光烛照之下,开始建设一幢新的壮丽的大厦、一座为人类苦苦企盼过那么多岁月的新城。目前它正在逐步升高。可是你环顾一下,准会看见你所熟识的爬虫怎样从各个穴洞和夹缝里爬出来。这些爬虫也在开始筑造它们的穴洞,编结它们的毒网。它们要爬行到什么时候呢?哪里才是止境呢?能不能画一个魔法圈,说道:在圈外,在那边,是庸俗的妖孽、"耐普曼"①和富农、新旧资产阶级、小市民,这边则是全体正直之士、一切投入我们阵营的人、用同一块钢铁打成的整个英勇的无产阶级、它的整个共产主义先锋队?如果你用敏锐的眼光仔细瞧一瞧,就能看出:并没有一个为这些爬虫所不应超越的圈子,它们爬进了目前兴修的临时建筑物的每一道夹缝,还极力想钻入新建的社会主义城市的大石块中间去。它们爬进各个窟窿的时候,到处散布灰尘和传染病菌。我们把它吸

---

① 苏联实行新经济政策时期的资本主义分子。

入体内,我们身上有时便会长出极其讨厌的脏东西。党原是我们的希望的依靠,连它有时也难免要受传染。

党所实行的定期清洗,表明我们是生活在一个什么样的有病菌的环境中。对于党来说是正确的,对于每个明智正直的人,对于每个进步分子,对于一切建设美好生活而又必须同传染病(尽管它曾经被认为是健康状态)患者相处的人来说,也是正确的。不过我们高兴的是,如今一切健康的因素都团结在红旗下面,一定会把这种疾病消灭掉。就这个意义讲,格利包耶陀夫在他的诗歌生涯中成了一个伟大的胜利者。他比他的时代活得长久,而且他的年寿大概还不止他今天所达到的高龄,因为他在其中有过卓越表现的那场斗争仍在继续进行,虽然列宁和共产党的武器已经使我国生活里一切龌龊的东西遭到决定性的失败。

4

今天我在一种报纸上看到一幅题名《苏维埃官员》的漫画[①]:一个人身穿睡衣,睡在沙发上面,人家用榴霰弹向他射击,可是他正在打鼾,什么也听不见。"玩忽职守"[②]这个词同法穆索夫的形象是分不开的。这是他的习气。他至今还活着,用鼾声回答生活的要求。生活使一个人登上高高的扶手椅,而他认为扶手椅很舒服,于是在那里打起瞌睡来。这类情况在各个办公室——有时甚至是主管着许多事务的办公室——里经常可以碰到。愈是远离最光辉的中心而去到昏暗的地方,这种现象也见得愈多。

我在昨天的报上读到,一个不是姓斯卡洛茹布,而是姓斯卡洛茹卞科之类的调解法官,自认为有理由不喜欢一位市苏维埃委员,

---

① 这幅漫画登在一九二九年二月十一日的《莫斯科晚报》上。
② 原文"玩忽职守"一词是从"睡衣"变来的。

他挑出了对方的错处(虽然事后证明这是没有道理的,应该承认对方无罪),就想让他在全市面前大大丢脸。当时他的仇人正在病中,而他竟不惜下令把这个发烧发到四十度的病号捆起来,带进法院,迫使他坐上被告席。① 这是发生在我们苏维埃俄罗斯的事情,这是一个苏维埃法官对市工农兵代表苏维埃的委员所干的事情。

你们会说:嘻,这个法官算得什么斯卡洛茹布呢?他没有任何肩章,任何奖章、缘饰、领章,②也没有任何武器。但是法官并非亲自动手,而是由苏维埃民警去把那个市苏维埃委员拉来的,在这种情况下,民警起了斯卡洛茹布所起的作用。

斯卡洛茹布是作为一切国家之显著特征的军事权力的体现者。恩格斯说过:国家是以一批武装人员为依靠的一个组织,统治阶级就在他们帮助下进行治理,以维护本身的利益。③ 我们也依靠着一批武装人员——红军、民警,以便在他们帮助下进行治理,维护我们无产阶级的利益。如果在我们的军事机关或民警机关中,有任何人为了执行某个虚张声势的大官的命令而歪曲了我们国家的性质,他无疑就是一个罪加三等的斯卡洛茹布。

我们曾不得不任用旧的官僚。这些官僚中既有法穆索夫,又有斯卡洛茹布之流,我们听到他们的事,也在报上读到他们的事。我们的任务是治好这类溃疡和毛病,而且往往得使用外科手术去医治它。

格利包耶陀夫笔下那些比较小的妖魔鬼怪也许不值一提,可是莫尔恰林、萨各列茨基、列彼季洛夫之流当然至今还活着。大家

---

① 一九二九年二月九日,《真理报》法律栏一篇题名《特殊案件》的文章记述了这件事。
② 斯卡洛茹布在第三幕第十二场提到过"军服的缘饰、肩章、领章"。
③ 卢那察尔斯基只引了个大意,请参看《家庭、私有制和国家的起源》,《马克思恩格斯选集》第四卷,第一六七页。

谈起有一种人的时候总是说：他有点卑鄙，不讲原则，不过还是可以起用他，因为他驯服、听话，叫他干什么就干什么，是个办事的好手。这样的话是常常可以听见的。这时格利包耶陀夫的亡魂会悄悄地对你说：你想想莫尔恰林吧。同莫尔恰林走在一起的是些八面玲珑、善于出谋划策的人。格利包耶陀夫的亡魂又提示说：你想想萨各列茨基吧。还可以碰到某个综合典型，你简直分辨不出他更像谁，——更像莫尔恰林、萨各列茨基还是更像列彼季洛夫：他喋喋不休，爱提方案，鞠躬哈腰，甜言蜜语，而同时，他却是个小型的靡非斯特匪勒司①或者彼列多诺夫②型的小鬼。

格利包耶陀夫还活着。等到讽刺作家格利包耶陀夫再也不能同我们一起工作的时候，——因为那时这项工作已经结束——我们可高兴了。

不过格利包耶陀夫又是一位伟大的戏剧创作导师，他在这方面还在发挥作用。我们不能单只上演格利包耶陀夫的戏。必须善于用现代的方法，在另一种条件下从事创作。在格利包耶陀夫创造的一群典型中，有的已经褪色，失去了原先的意义，然而又出现了其他的典型；还有的典型则依然如故。我们需要新的苏维埃的讽刺喜剧。它不会使我们想起一个人如何重重地碰在铁的峭壁上，它只会使我们想起一个人如何拿着铁扫帚，为了未来而扫除垃圾。在格利包耶陀夫时代，投身战斗的人要比他所抗击的黑暗势力来得弱小。而现在，战士却变成一个为未来奋斗的强大力量了。讽刺喜剧是能把空气消毒的臭氧，是一种万不可缺的笑。俄国戏剧创作是俄国文学中落后的一翼，喜剧创作又是这一翼最落后的部分。我国的伟大喜剧虽然不太多，但确实是存在着的。连冯维辛也不十分安于他的坟墓，格利包耶陀夫、谢德林和离我们较近的

---

① 《浮士德》中的魔鬼。
② 彼列多诺夫是费·库·索洛古勃（1863—1927）的长篇小说《小鬼》（一九〇五年）的主角，一个庸俗、反动、胆小和喜欢告密的人。

作家更是如此。不能忽略奥斯特罗夫斯基和苏霍沃-柯贝林对我们的教益。必须向他们全体学习,而格利包耶陀夫比任何人更值得学习。必须向格利包耶陀夫学习怎样塑造个别的形象。他在一封信上写道:"我有种种肖像,我不把自己贬低到去画漫画。"①但这完全不是说,他的剧中人是丝毫不差地照着真人描摹下来的。研究一下法穆索夫、莫尔恰林和斯卡洛茹布,大概就不会这么说了。这些人物是用综合法写成的。格利包耶陀夫笔下的一切都符合现实,一切都是纯粹的艺术上的现实主义,他拿出的货色不含杂质。只有当一幅肖像把整个人最突出的特点加以综合,使之成为广泛的典型的时候,它才是真正的、名副其实的肖像。文学中真实的典型也就是肖像,肖像概括得越广泛,便越具有艺术性和社会意义。

格利包耶陀夫用这样的方式,并且借助于台词和情节,刻画了肖像,这正是喜剧作家的使命。不作漫画式的描绘,运用综合法,通过笑来表现形象的最必要的本质,而这形象又能把现代社会的整个时期、整整一类人加以典型化,——这都是我们应该学习的,在这一点上,也许任何人都不像格利包耶陀夫那么适于我们学习。我很难说,我们能不能在任何人(甚至包括果戈理在内,——也许只有赫列斯塔科夫②的形象除外)的作品里找到具有同等综合力的形象。

其次是格利包耶陀夫的极其惊人的语言。固然有人说,我们的语言正处在创造过程中,我们很难或者不可能用格利包耶陀夫的语言写作。但是格利包耶陀夫写作的时候,语言也还在形成中,它直到普希金以后才真正形成了。格利包耶陀夫却是在语文熔炉

---

① 引文不甚准确。格利包耶陀夫在一八二五年一月给诗人、剧作家和评论家巴·亚·卡捷宁(1792—1803)的信上说:"肖像,而且只有肖像,才能构成喜剧和悲剧……我恨漫画,你在我的图卷中找不到一幅漫画。"

② 《钦差大臣》的主角。

本身里面从事创作的,他是一个大实验家、资源的积蓄者,我们今天也应该这样做。古典语言是能够最充分地反映自己时代的语言。格利包耶陀夫在创造他那伟大喜剧的转折时期,善于利用他凭着社会的、音乐家的听觉所发现的惊人的语言材料,创造出一种充满着生命的东西,即真正的戏剧对白,它比活人之间进行的、活跃在人类生活的每一个别时刻的谈话更为生动,而且常常能表现参加这场对白的人们所属的社会阶级。剧中的独白本身,只不过是当时处于孤独状态的灵魂的战栗罢了。可是由于同这个灵魂不久以前所处的社会环境有着密切关系,在格利包耶陀夫笔下的对白中,几乎每个单独的句子都是一块十分端正纯全的结晶体,因此一百年来我们完全吸收了这一切,借以润饰我们的语言,并且今后大概还要吸收。

我今天的发言绝不是一篇论述格利包耶陀夫的讲义,我不可能讲到格利包耶陀夫创造的每个形象,而只能谈谈这些小小的意见。

我很高兴,当代的一个光辉的人才,梅耶霍德,曾经试图在《钦差大臣》和《智慧的痛苦》中开创一项工作①:从笑的背后揭示出惨剧和愤怒,从剧本瞄准的目标——尼古拉的官吏——背后揭示出千年来的人世弊端。马克思说过,谁要是不了解古典文学(因而也包括格利包耶陀夫)对无产阶级具有多大的意义,他便是糊涂人,②因为假如一个人能够论述距今一百年前本省或本县的情形,那就表明他抓住了事件的历史原因,表明他在历史上发现了

---

① 符·艾·梅耶霍德(1874—1942),著名导演。一九二六和一九二八年,他在莫斯科先后上演了《钦差大臣》和《智慧的痛苦》。
② 马克思在未完成的著作《〈政治经济学批判〉导言(摘自一八五七——一八五八年经济学手稿)》中说,希腊艺术和史诗"仍然能够给我们以艺术享受,而且就某方面说还是一种规范和高不可及的范本。"然后又谈到古希腊人的艺术"对我们所产生的魅力"。见《马克思恩格斯选集》第二卷,第一一四页。

一些使人们终生蒙上可怕的暗影的东西,——例如必须予以变革的私有制的时期。所以我们不要从尊崇伟大的古人的角度,不要从按照我们的革命所应当承认的功绩来行赏的角度,总之是,不要从某种礼俗的角度,去看待格利包耶陀夫;如果说我们应该致力于发掘有关格利包耶陀夫的作品及其为人的一切,如果说我们应该想起格利包耶陀夫,那么,这是因为我们必须更好地了解他的情绪的根源、他那些至今还很重要的结论的根源的缘故。

对于他的作品,我们也不应该把它看成过时的废物,而应该想一想要用什么去污粉擦干净它,将它摆在什么地位上,用什么探照灯照耀它,使它在我们今天依然能发出最灿烂的光辉,成为一件具有非凡力量的东西。这是摆在我们面前的任务。格利包耶陀夫还完全活着,我们对格利包耶陀夫的最好的崇敬,就是接受上演《智慧的痛苦》的任务,像初次演出它一样(有人说那一次演得不好,不符合格利包耶陀夫的原意),走梅耶霍德的道路,——它另有许多蹊径——试着这样来公演格利包耶陀夫的剧本,让他的天才的威力在当代全部技术的帮助下,变得更明显,更引起人们的兴趣。

让我们说格利包耶陀夫还活着,我们应该使他变得更好、更有生气吧。我们要利用他的工作尚未完成这一令人惋惜的情况,叫他加入我们的机构、我们的人民团体,我们将同他们一起把这项工作做完。我们越过死亡,向格利包耶陀夫伸出我们无产阶级的手,对他说道:"你好,格利包耶陀夫同志!来跟我们一起工作吧。你为打扫'肮脏的马厩'作了良好的开端。我们还没有打扫完毕。这件工作虽然值得痛心,可是现在已经叫人愉快得多了。是结束它的时候了。亚历山大·谢尔盖耶维奇①,请到我们这里来吧!"

---

① 格利包耶陀夫的教名和父名。

亚历山大·塞尔盖耶维奇·普希金[*]

……列宁在他论托尔斯泰的天才文章里所确立的几个中心思想很重要,使我们不但能阐明列夫·尼古拉耶维奇的创作,而且能了解我国整个贵族文学,特别是了解其中最饶有兴趣的一部分,这一部分可以叫做探索的、惶恐不安的贵族的文学,以别于那种只是墨守成规的贵族的比较贫乏的文学。

惶恐情绪已深入那些相应的、人数众多而文化上又强大的贵族阶层,这种情绪的产生,是专制封建的、农奴制的、绅士加农民的旧俄国被经济、生活和意识上的新兴资本主义方式迅速取代的结果。

这个半亚洲的大国的巨大欧化过程对贵族的影响,是多式多样的、多方面的,它造成的结果,乍看之下也是形形色色的,不过这些结果有其共同的根柢:它们可以说都是人心惶惶的贵族的个别代表在大悲剧各个时期所探求的一系列出路,有时则是他们多多少少凭着空想所找到的出路,靠近那悲剧开头的是普希金,靠近结尾的为托尔斯泰。

同时,重要的是,贵族的惶恐、贵族的探索不仅反映了崩溃和分化中的、因为内心矛盾而战栗着的绅士阶级的悲剧,它们还(虽然比较间接地)反映了一个就其世界意义来说更重要得多的现象——农奴和一般旧农民的生活之遭受破坏。

---

[*] 本文是一九三〇年作者为他和诗人别德内依等主编的六卷《普希金全集》所写的序言。节译自《卢那察尔斯基八卷集》第一卷。

说到这里,我们要提示一下列宁几篇文章的若干片段,他对这个过程的本质看得很透彻。列宁在其中最早的一篇《列夫·托尔斯泰是俄国革命的镜子》里就已写过:

"……托尔斯泰的观点和学说中的矛盾并不是偶然的,而是十九世纪最后三十几年俄国实际生活所处的矛盾条件的表现。昨天刚从农奴制度下解放出来的宗法式的农村,简直在遭受资本和国库的洗劫。农民经济和农民生活的旧基础,那些确实保持了许多世纪的旧基础,在异常迅速地毁坏着。托尔斯泰观点中的矛盾,不应该从现代工人运动和现代社会主义的角度去评价(这样评价当然是必要的,然而是不够的),而应该从那种对正在兴起的资本主义的抗议,对群众破产和丧失土地的抗议(俄国有宗法式的农村,就一定会有这种抗议)的角度去评价。"①

列宁在这里谈到十九世纪最后三十几年全部俄国生活所处的矛盾条件。不过农奴制度初露裂缝是在更遥远得多的年代,即亚历山大一世时代,归根到底也就是十九世纪最初三十几年。当然,最后三十几年在这一点上更为悲惨,当时一切现象都加快了速度,惨剧的全部轮廓都历历可见了。但这仅仅是悲剧的后面几幕,第一幕(虽然它本身也有一个相当长的序幕)却是环绕着一八二五年十二月起义的那一切事情。

对于"十九世纪最后三十几年"同它赖以演进的、倒塌着的基础之间这种不可分割的关系,列宁了解得很清楚。

列宁在《列·尼·托尔斯泰和现代工人运动》一文中写道:

"……托尔斯泰的主要活动,是在俄国历史的两个转折点——一八六一年和一九〇五年——之间的那个时期进行的。在这个时期,俄国整个经济生活(特别是农村经济生活)和整个政治生活中充满着农奴制度的痕迹和它的直接残余。同时,这个时期

---

① 《列宁选集》第二卷,第三七一页。

正好是资本主义从下面蓬勃生长和从上面培植的时期。

"农奴制度的残余表现在什么地方呢?"①

接着,列宁列举了这些残余,并且直截了当地承认它们的力量,甚至承认它们的主导性。

他写道:

"……这个时期的俄国政治制度也完全渗透着农奴制度的精神。这可以从一九〇五年经过初步变动以前的政府结构中看出来,可以从贵族地主对于国事具有绝对的影响这一事实中看出来,可以从那些主要也是由贵族地主出身的官吏——特别是高级官吏——操有无上的权力这一事实中看出来。

"这个古老的宗法制的俄国,在一八六一年以后就开始在世界资本主义的影响下迅速地崩溃了,农民忍饥挨饿,大批死亡,遭到空前未有的破产,他们抛弃了土地,跑到城市里去。由于破产农民的'廉价劳动',铁路和工厂加紧地修建起来了。巨大的财政资本、大规模的工商业在俄国发展起来了。

"旧俄国的一切旧'基础'的这种迅速、激烈而急剧的破坏,也反映在艺术家托尔斯泰的作品中,反映在思想家托尔斯泰的观点中。

"托尔斯泰极其熟悉乡村的俄国,熟悉地主和农民的生活。他在自己的艺术作品里对这种生活描绘得这样出色,使这些作品列入世界最优秀的文学作品里。乡村俄国一切'旧基础'的急剧的破坏,加强了他对周围事物的注意,加深了他对这一切的兴趣,使他的整个世界观发生了变化。"②

普希金的自觉生活大致包括了十九世纪最初三十几年,正好是在这崩溃和破产的速度比较缓慢的时期,然而列宁描叙的现象

---

① 《列宁全集》第十六卷,第三二九页。
② 同上卷,第三三〇页。

在普希金时代大都已经发生;我们甚至看到,普希金本人的很多言论就明明白白地确认了贵族(特别是中等贵族)本身的破产、农民处境的异常艰苦,以及资产阶级的迅速成长。

对于普希金,当然不能说他的"世界观发生了变化";但托尔斯泰世界观的如此引人注目的变化也曾经历过连续不断的酝酿,眼光敏锐的人对此并不感到意外。不过托尔斯泰的变化毕竟是一个贵族对本阶级的一种惊人的、戏剧性的背离;托尔斯泰伯爵所达到的立场不仅同他出身的阶级的流行观点和生活处于对立状态,而且可以说正是为了要(一部分是自发地,一部分是自觉地)造成这样对立的印象。托尔斯泰已经懂得,维护绅士世界观和绅士生活是根本不可能的(从前他曾在几部伟大长篇小说中企图使出天才的绝招来维护它们);他毫无保留地彻底舍弃了他的绅士作风,连带着也舍弃了国家、教会、精湛的文化素养,乃至私有财产。可是同时,他并没有以新的盟友或者被解除武装的战俘的资格投入敌人阵营,他没有跟向他步步进逼的资产阶级讲和,——他打击资产阶级的时候,比抨击他所背弃的贵族阵营更为愤怒。他决不像他某些最有远见和最豁达的同阶级、同集团的伙伴所做的那样,采取超资本主义的、越出资产阶级范畴的革命方式,而巴枯宁、赫尔岑一类人根据对西方昌盛一时的资产阶级制度的剖析,对这种革命方式早已有了一定程度的了解。托尔斯泰又认为,跟新的资产阶级世界急进派结成任何同盟都是不可思议的,虽然他完全可以对这个急进派——在托尔斯泰活动初期由天才人物车尔尼雪夫斯基和杜勃罗留波夫领导,在他的活动结束时则表现为社会民主工党的形式,——作一番研究。

托尔斯泰从来不敢公然憎恨这个左派;有的时候他对这批人的英勇精神作了应有的评价,有时则借口他们会引起以下抗上的内战,用这样的危险去威胁豪绅社会;可是托尔斯泰内心憎恨他们,如同憎恨贵族中的上层财阀和官僚,憎恨残酷无情、孜孜为利的资产阶级一样。他、他的作品(多半是他羞于刊印的)和他的书信,常常对这种形态不一的"虚无主义"发出嘲笑和愤怒的反驳。

托尔斯泰在完成他的伟大变化时,来了一次从绅士立场到农民立场的大转向。被美化的农民成了一个庇护所,托尔斯泰便在它的荫庇之下,决定建立他的反资本主义的新堡垒。他的全部特点都导源于此:列宁那么明确指出过的、作为作家和个人的托尔斯泰的整个命运的伟大之处导源于此,他那整个说教体系而不仅是它的个别细节的一切极端渺小之处,也导源于此。

普希金可不同。

普希金站在以雷霆万钧之力改变了我国面貌、后来又用如此出人意表的速度导致新的激烈革命即十月革命的那场社会大变动的开端,他没有彻底背弃贵族立场,而处于摇摆不定的地位。他像托尔斯泰似的憎恨宫廷显贵和受"宠信"的官僚,憎恨专制政权依靠的一切新的镀金的俗流,可是他又时常想——或不能不想——把专制政权同这些挤在宝座旁边的奸佞之徒分开,希望专制政权成为全国或者——这更确切、更重要,——全体贵族的领袖。普希金千方百计地力图维护这"全体贵族",然而生活教导他说:这个阶级中享有发言权的只限于凭财富权势逞强的上层分子,和拥护他们的一伙保守渺小的恶棍;在这里,发言最少的恰恰是接受科学和艺术上、生活和经济上以及程度不同的政治上的进步的中等贵族——一个最引人兴趣、对一切人生忧患感受最深的集团;普希金自豪而又悲伤地把自己算在其内的破落名门贵族,恰恰就是该集团的一部分。

他甚至准备不只放弃他个人的政治影响,还替他的集团放弃政治影响,他准备独行其是,准备提出下列各点作为自己的任务(托尔斯泰也有过这样一个时期):归隐庄园、领地,好好经营产业,为了自己,为了最有教养的同时代人和后辈而用高度的文化将隐居生活装饰起来。

可是普希金栖落的那根树枝已经腐朽,正在他身子下面噼里啪啦地裂开。普希金抱着务农的良好心愿前往波尔金诺,然而他在他的阶级意识中经历了一场风暴,就连一位有教养的贵族心目中的这样一个小小的去处,他也不得不在很大程度上抛弃他对它的全部希望,而考虑——暂时也许是半自觉地——一些截然不同的、简直会把他引离贵族阵营的途径。

但是这条出路不像托尔斯泰的出路那么惊人和——可以说——富于戏剧性。这里恐怕不会有什么大转变,即使命运能让普希金享寿更高得多。就算那样,我们也只会看到普希金如何奋勇努力,使自己完全成为一个现实主义者、散文作家和杂志编辑,通过向市场卖文的办法,维持他的独立地位,这项办法也就是为不知名、无官职、门第不高的读者这一国内新兴力量自由服务,别林斯基早已开始大力地、虽然也是痛苦地为他们工作了;我们也许会看到往后普希金同别林斯基订交,我们也许会看到普希金走上赫尔岑的道路。

这一切当然不是托尔斯泰式的从绅士阶级投奔农民,倒不如说是小心翼翼、疑虑重重地从绅士立场转为资产阶级立场。不过可以有把握地说,普希金无论如何不致接受资产阶级的厚颜无耻和赤裸裸的资产阶级纲领,他以后的世界观或者会成为一种介乎西欧主义和斯拉夫主义中间的混合物之最有趣的结晶,或者甚至成为他对正在出现的社会主义曙光表示同情的一个形式,这一形态的社会主义具有空想性,同时在美学上却很富于吸引力,正如当时西方所产生的那样(圣西门等人)。但这一切只能是猜测。事实是,一方面,新的阶级、新的资产阶级读者、平民知识分子读者才刚刚开始形成,他们能否支持迎面而来的诗人还是问题,另一方面,敌对阵营——贵族中居统治地位的保守阶层、上流社会、宫廷、卞肯陀尔夫①、尼古拉②,——却强大得足以陷害和扼杀这个最伟

---

① 亚·赫·卞肯陀尔夫(1783—1844),尼古拉一世时代的宪兵头目。
② 指尼古拉一世。

大的俄国作家。

普希金之死包含着一出社会大悲剧。这一死完全合乎规律，它的阴影早已布满普希金所有的道路。他的死暴露了统治阶级对一个人的残酷的憎恨、难堪的轻蔑、刽子手的冷漠，这人分明是个叛逆者，虽然可惜他自己作了种种努力来缓和他的叛逆行为，使自己仍旧能够颇为合法地参加"欢乐、闲谈、双手沾满鲜血"①的社会。

读者已经看到，普希金的道路不同于托尔斯泰的道路，在普希金时代，对立还不那么触目惊心，速度还不那么快；当时对上层分子也有憎恨，对农民也有一定的同情，对资产阶级、小市民也有浓厚的兴趣，不过对于这个上升阶级的大大小小的表现还没有确定的看法而已；但是这一切加在一起，仅仅造成了幅度较小的痛苦的动摇；只能指望普希金稍稍超越这个幅度而走向某种自由主义，后者排斥资产阶级的敲骨吸髓的剥削性，却近乎爱自由、爱人民，也许甚至近乎同情空想社会主义，而这些是完全能够为普希金死后数年出现的先进贵族思想所容纳的（青年赫尔岑）。

我们不可能在我们这篇概括性的文章里作其他的对照，但是我们劝告大家一定要把莱蒙托夫的世界观和命运同普希金的世界观和命运对照起来考察一下。缜密的考察表明，这两位诗人中间的近似之处，要比乍看之下所见出的多得多。莱蒙托夫身上表现的规律性，几乎同普希金表现的一模一样。在我们刚才已经说过的话和我们还要说的话当中，有许多将在作这种对照时得到证实和社会学上的深化。

我们稍微缜密地考察一下我国欧化（资本化）过程中那个决定普希金命运的阶段吧。专制政权的成长本身及其对封建大贵族

---

① 引自涅克拉索夫《一时的英雄》一诗（一八六〇年）。

保持独立的意向,是一个由来甚久的过程,它发轫于十六世纪,但是无疑已加入这幅欧化总图景之中。

在俄国也像任何地方一样,商业资本和城市的增长造成一个主要社会现象,即新的商业城市生活方式和旧的封建农村生活方式之间的冲突。这样一来,作为各统治阶级的基本代表的君王便处于非常有利的地位,因为无论是最大的封建主、地主和贵族阶级或者上升中的商人阶级(并且大地主本身也有一部分人自然而然地开始滑到了"主要是商人"的立场上),都自认为是君王和整个中央一级的国家官僚机器的基本支柱和基本动力。

不过当时封建主义具有离心力,商业资本则具有向心力。

每逢资产阶级或它的某些个别阶层表现出过多的爱自由的精神时,法国、德国和俄国的君王就依靠封建主义,——愈往后愈是依靠小地主阶层、军人阶层,——来压制第三等级的这类过分要求。

然而君王又能利用官僚和军役人员——军役人员越来越成为君王宠信的阶层(各种特辖军[①])——的联合势力,利用资产阶级本身的力量去摧毁大封建主。

普希金喜欢把自己列为维护贵族特权、反对这样成长起来而且越来越专制的君权的在野世族的后裔。

彼得大帝时代,"开明专制政体"在我国表现得格外明显,所以普希金对彼得的看法也非常复杂。既然普希金本人大体是一个西欧主义者,竭力赞许文化及其对俄国保守习气的胜利,他在这方面不能不同情彼得;另一方面,他心目中的彼得又像是一个残酷的、最准确的意义上的——即不只就所使用的方法的果断性而言,也是就这些方法对旧统治阶级的破坏力而言,——革命家;普希金认为,使国家沦为骄横的官僚主义显贵的征服地这条愈演愈烈的

[①] 例如伊凡雷帝的特辖军。

路线，便是由彼得大帝开始的。普希金很明白，历史（不仅是彼得大帝或任何其他个人而已）在统治阶级本身中引起了分裂，不但能把一部分贵族投入反对派，甚至也能投入反专制的革命中，因为无论在政治影响上还是经济实力上，这一部分人的时运都急剧地衰败了。

可是，面对着成长中的资本主义，在商业资本主义形态的优势朝着工业资本主义形态转化这一明显的倾向之下，专制政权本身也处于充满两面性的境况中。专制机构即代表各统治阶级的贵族官僚机关的优秀首脑们，清清楚楚地了解欧化的必要——继承彼得事业的必要。但同时，这种欧化又不能不导致全部阶级力量的重新配置，导致阻碍农业资本主义，特别是阻碍工业资本主义之发展的农奴制度的灭亡，导致国内反对派的增长以及接踵而来的专制政权的崩溃。因此专制政权经常感到焦躁不安，它从这边跑向那边，从温和的自由主义走向极端的反动。叶卡捷琳娜朝的初期和末期、亚历山大一世朝的初期和末期，全是以这样的对照为特征的。

国内诸势力向两极分化的过程，反映到统治阶级内部来就是各种倾向——自由主义倾向和反动倾向——间的斗争。普希金的青年时期正当"亚历山大朝代的美好的初期"[①]。政府在受到一八一二年的教训和更清楚地认识西方之后，采取了自由主义态度；欧化的进程在加快。但是过了一些时候，普希金的锐气最盛的青春期还没有结束，他周围的人们和他自己便因为自由思想而遭受惩罚了；阿拉克切也夫的阴森森的形体，耸立在自由派贵族同那似乎要升起的太阳之间。

专制政权这一迅速右倾的过程，使许多贵族阶层陷入极其慌乱的状态。我们从当时的密谋家们的成分上知道，这次贵族叛乱

---

① 引自普希金的诗《给图书审查官的一封信》（一八二二年）。

的起因和形式是多么五花八门;从特鲁别茨科依①到彼斯捷尔②,战线是广阔的,专制政权所以能够那么轻易地对付贵族暴动,多多少少是因为这条战线太庞杂的缘故。然而贵族起义本身仍是一个极其重要的征兆。这里的主要动力当然是中小贵族。在这里,如同常有常见的那样,革命义愤的程度不但取决于小贵族的低劣的经济状况,还取决于他们的状况的迅速恶化。

二十年代的标记是:我国工业(例如纺织品)增长相当猛烈,土地使用法得到改进,农业技术有所提高,许多人为粮食出口而工作,同时,缴纳免役钱的农民和被解放的领有企业③工人也增多了,等等。但同时,由国际市场粮价跌落所引起的当时的经济危机,打退了这次资本主义繁荣的第一个浪潮,而且使同一时期猖獗起来的政治上的反动具有特别阴暗的性质。政治和经济状况恶化得最快的,是世袭贵族中没有沦为镀金的家仆、却迅速失去了自己的社会地位的那一部分人。普希金也属于这个集团。当我们进一步弄清普希金的社会政治见解和艺术创作的根源时,必须经常记住这一点;他的艺术创作对于我们更重要得多,它的意义卓然超越了普希金时代的范围。

让我们掉转笔锋,从这些总的社会情况的角度,来看看普希金个人以及与他个人密切相关的创作的某些演变的总轮廓吧。……

曾经长期传留一种奇谈,说普希金的创作个性像水晶一样纯洁透明,其主要特色是可贵的稳健,又说我们从普希金身上,可以看到一个爱美、寻求快乐、善于调和矛盾、高雅清逸能容忍矛盾的

---

① 谢·彼·特鲁别茨科依(1790—1860),十二月党人,但未参加起义。
② 巴·伊·彼斯捷尔(1793—1826),最坚定最优秀的十二月党人,南社领袖,起义失败后被判处绞刑。
③ "领有企业",十八至十九世纪一种使用强制性的农奴劳动的工业企业,常见于乌拉尔一带。

希腊人的完美典型。

如果真是这样,那么普希金对他的时代的意义,对后人、对我们今天的意义,就要比实际上具有的小得太多了。

然而关键恰恰在于,普希金所隶属并因而使他获得数十项最难得的特权的那一阶级,同时又是个四分五裂的阶级,它自身包含着某种悲剧,这悲剧——在社会上降落到近乎消亡的过程——把全部重量恰恰压在普希金所隶属的阶层身上,而贵族中的这个阶层,顺便说一句,由于其全部生活条件,又恰恰最容易接受文化。

因此,从普希金身上反映出来的不只是贵族在国内的统治地位,不只是他们的财富,不只是他们的文化素养的长进和由此而来的日益提高的敏感性、日益增强的思想敏锐性,——不,普希金还反映了破落世袭贵族、中等地主阶层里的古老贵族部分的惨重失败的感觉;普希金反映了这种退化所导致的深深的屈辱和设法战胜屈辱以保全自己的个人尊严与社会地位的热烈愿望;普希金也反映了对这行将到来的阶级灭亡的恐惧;——凡此种种,都给他那黄金似的乐章造成了不匀称、不谐调的音响,现在我们对它已经听得十分清楚了。作为外界风暴之反映的内心风暴,使普希金的思想意识恓惶不定,"他的心都破碎了"。他作过很大的努力,企图保全他的意识的统一,找到一条正确的道路。正是这一点,使普希金的作品充满着那样的多样性和光辉,具有那样招人喜爱的深度,以至能高出他的时代,成为流传千古的、不仅属于我国而且属于全人类的瑰宝。

在我们已经引证过的列宁的文章里①,无产阶级革命领袖如此确定托尔斯泰之伟大的原因、他对社会和艺术具有重要意义的原因道:

---

① 以下引文出自列宁的《列·尼·托尔斯泰》,卢那察尔斯基在前面并未引证这篇文章。

"早在农奴制度时代,列·尼·托尔斯泰就作为一位伟大的艺术家出现了。他在自己半世纪以上的文学活动中创造了许多天才的作品,在这些作品中,他主要是描写革命以前的旧俄国,即一八六一年以后仍然停滞在半农奴制度下的俄国,乡村的俄国,地主和农民的俄国。在描写这一阶段的俄国历史生活时,列·托尔斯泰在自己的作品里能以提出这么多重大的问题,能以达到这样大的艺术力量,使他的作品在世界文学中占了一个第一流的位子。由于托尔斯泰的天才描述,一个被农奴主压迫的国家的革命准备时期,竟成为全人类艺术发展中向前跨进的一步了。"[①]

我这里要特别强调最后几行的重要性。托尔斯泰向前和向上跨进了几步,这不仅对我们俄国文学,还对世界文学有着重大作用,但他所以能够如此,并非由于他那生物学意味上的天才(它当然是一项必要的前提),而是由于他反映了一个国家的革命准备时期,——同时请注意,不是什么一般的国家,而是我们幅员广大的俄国,这里的文化在成熟程度上也许(暂时!)比较低,但它却是一座建筑在更广阔得多的基础上的金字塔。这样一个泱泱大国的封建农奴制度崩溃的现象,对人类具有特殊意义,并且这个泱泱大国可以比其他国家更易于挑选适当的人才。例如我国工人运动刚开始的时候,便有上万的革命者脱颖而出,他们成了备选的材料,其中又有个别领导人即这一运动的领袖逐渐崛起,最后才出现了领袖的领袖和群众的领袖——列宁。

这当然不是说,在我国所有各部门中,天才人数一定都超过了西方,几乎同我国人口总数成正比。不过,发生在这么一个汪洋大海似的水库中的现象,它所提供的潜能和电压,显而易见要比那些只能囿于小国范围的现象所提供的来得更多。

无论如何,这条公式总应该说是正确的:托尔斯泰的伟大以其

[①] 《列宁全集》第十六卷,第三二一页。

独特的方式,反映了随着一场大革命(包括相当于托尔斯泰时代的那一革命阶段)而俱来的伟大和忧患(还有欢乐!)、过程和感受,这场革命终于把俄国从亚洲式的凝固状态引向了十月革命。

可是普希金也同样独特地反映了同一过程的一个阶段,当时他的阶级更年轻得多,这个阶级的艺术面临的任务更初步、更基本得多,虽则已经展开的冲突的悲剧成分当然也就少一些。

普希金的青春时期在很大程度上是同贵族社会的青春时期相吻合的。这种吻合很重要。它生动地反映在皇村学校时代的普希金的外貌上:一个身材小巧挺秀的黑孩子,卷发,眼睛里闪着亮光,像水银一样灵活好动,满腔热情,——这便是皇村学校的同学和教师所看到的普希金。

这位纨绔子弟怀着极大的渴望凑近了生活之杯,生活把自己整个儿向他伸展开来,使他得到快乐;生活的实际过程本身——美味的饮食,步步深入地展示在他面前的大自然,开始给他带来焦虑和欢悦的爱情,——对他充满着诱惑力。然后是,时而隽语风生、群芳竞艳,时而又触动他那藏在深处的心弦、使他整个的人久久激动不安的谈话,俄国和外国作品的阅读,最初的独立思想活动,独创精神的初步发扬。

当普希金同人家发生争执或者感到自己对不起人家的时候,他总是流露出无限的温柔,在对方身上拧一把,吻吻他,用这份深厚的好心善意使他和解,博得他的喜欢。一个年轻、温柔、醉心于生活、准备享受幸福的人,——这就是普希金。而亚历山大一世及其左右又仿佛是特意为他筹办了一所皇村学校,连同它的园林、绿水、雕像,它的半是感伤主义、半是自由主义的教学,它那些热情的同学,欢乐的、有时简直是放浪的风气,它对文学的雅好,它同全俄国最上层统治人物的接近,以及它的讲堂和寝室里对于贵族优秀分子的自由主义不满情绪和进步愿望的反响。

成熟中的普希金拥有足够雄厚的文化基础。机运使他立刻在前人走过的阶梯上占据了一个相当高的等级。

谁不知道"杰尔查文老人"怎样注意到普希金和他的诗才！杰尔查文老人体现着俄国古典主义的最高和最独特的成就，他是垫在普希金诗歌宝座下面的第一块大理石板。

然而贵族不仅仅满足于华丽词藻所构成的雄浑的喇叭声和婉妙的竖琴声；杰尔查文本人已经在节庆的醇酒①中掺入了温馨的香料——更多得多的内心的东西——来冲淡它。正是从冠冕堂皇转向内心，说得确切些，正是欧洲式的精雅的私生活和家庭生活——代替亚洲式的愚昧生活——在冠冕堂皇假面具掩盖下的逐步发展，成了少年普希金在其中生长的那几十年的标志。

茹科夫斯基的感伤主义和软绵绵的、有点萎靡的浪漫主义，正好标志着这种内心状态和内在世界的进展。

诗歌已在一定程度上获得"迷人的魅力"，茹科夫斯基也给他这位强得不可比拟的继承者②助了一臂之力。

虽然这一切给已经取得的成绩作了一定的综合，一定的辉煌的总结，但这项综合还只是初步的，这项总结也只是后来的建筑的一个基础。在那使意大利语言的第一位圣手但丁和德意志语言的伟大装饰者歌德能以成为巨人的最幸运的时刻，普希金进入俄国文学了。

在某种程度上说，普希金是作为一个新的亚当踏入生活的。周围的许多事物和人们的许多感情，可以说还没有定出称谓。固然，普希金周围经常在产生新词。可是关键不在新的名词，而在于新的形容语、新的表述法，在于用新的艺术手法去体现这些内心和外界的、往往是真正最元始的基本现象；普希金以后，人人都只得

---

① 喻庄严的颂诗。
② 指普希金。

长期做模仿者。任何国家的文学的第一批天才总是占据着最大的制高地,解决遣意表情和修辞琢句上最重大的问题。如果他们出生于较晚的时代,即使仍然拥有同等才力,他们也一定会发现许多事情早已由前人做过,他们在许多方面已不能成为凌驾一切的最高峰,倒是成了某种下降的阶磴。

当然,任何长久的时代(各个时代之间又存在着有机联系),正如俄国文化中的贵族时代一样,都有许多最高峰,有整个的山系;虽然如此,但正是其中出现最早的那座山才最美丽,对大家最重要,才带有极其迷人的新颖和青春的印记。

以普希金为首的一大批人奋起从事启蒙工作,并且可以说是为了贵族——说得更狭隘、更准确些,是为了贵族中间有文化的一部分人,——而对整个世界进行艺术加工。

这一部分有文化的贵族打起西方的旗号,欣然接受欧洲取得的成果。但是早在叶卡捷琳娜时代就已提出一个问题,即如何顾全自己的面子,如何在一般欧洲文化上形成特殊的俄罗斯的一面:特殊的语言、特殊的自然条件、特殊的风习、特殊的文化程度,——对于一个觉醒中的泱泱大国来说,这一切当然会使得单纯模拟欧洲气派成为不可能的、毫无实际意义的事情。即使有人情愿盲目模仿西方,他也办不到,而且必然要产生某种兼有文明与野蛮、法国味与尼席戈罗德①味的大杂烩。可是才分最高、教养最好的人根本不愿单纯做一个抄袭者。相反地,他们希望发现自己的独创性,但是他们决不否认这一点:不能撇开欧洲而在历来的亚洲式落后状态中去寻求独创性。

为了建立独创的文化,——但它毕竟还是一种文化——必须使西欧主义和斯拉夫主义保持适当的比例,关于这项比例的论争还久久地激动过贵族,至少激动过他们的继承者们。

---

① 即下诺夫戈罗德,一九三二年至一九九一年名为高尔基市。

政治不是普希金注意的中心,然而他不能同政治隔绝,因为政治使贵族,特别是使最有文化的一部分贵族感到强烈的激动。这一部分最有文化的人不同于宫廷显贵和官僚主义当局;他们亲自经受过逐步破产的压力,以其中的局部而论,却又相反地迅速转向了农业生产甚至工业生产的高级形式,充分认识到农奴制的危害性,但在这两种情况下,他们都由于专制政权的束缚而焦躁不安。在这个基础上面,当普希金生活的初期,自由派贵族同专制政权之间张开了一条越来越大的裂缝。活泼的、富有同情心的、像顽童似的孟浪的普希金,敢于在作品(当然是不拟发表的)中针对专制政权说出大不敬的话,这就使他逐渐获得了反对派情绪的传播者的美名。

普希金从皇村学校毕业那一年在《自由颂》里大声说:

> 我要对全世界歌唱自由,
> 声讨那皇位上的恶人。

他威胁专制政权:

> 世间的暴君!去发抖吧!
> 而你们,倒下的奴隶们,
> 鼓足勇气,集中精神,奋起吧!

不错,作为道地的贵族,这个十分年轻的普希金在他的幻想中只是达到了立宪自由主义的水平,尽管他措词很激烈:

> 要先低下你们的头
> 接受法律的可靠的保护,
> 人民的自由和安宁
> 才能把皇位永远守护。

——他训诫亚历山大及其同伙道。

可是稍晚,正当阿拉克切也夫暴政最猖獗的时候,普希金已经高呼道：

> 除暴惩恶的短剑啊，你是秘密的自由守护者，
> 羞辱和冤屈的最后裁判人。

他把这柄短剑——恐怖分子的武器——叫做"诅咒和愿望的实现者"①。

有个姓维斯科瓦托夫的人②写了一份文件，是在第三厅③发现的一批有关普希金的秘密资料的开头一篇，它可以当作某种标志，来说明社会上的反动分子如何对待青年时期的普希金：

"……以写作自由思想的、淫秽有害的歪诗闻名的九品官亚历山大·普希金，曾经遵照先皇亚历山大·巴夫洛维奇④的谕旨，发配到普斯科夫省奥波切茨县他母亲的领地，受当地长官监视，如今他除了狂放淫秽的行为以外，还公然鼓吹无神论和犯上之心，而在获悉亚历山大·巴夫洛维奇皇上崩逝这一全俄国最大的噩耗以后，他，普希金，又口出这样的恶言：'暴君终于死掉，而且他的遗族也活不长了。'但普希金的思想和精神是不朽的：他会离开人世，可是他激发出来的精神将千古长存，他的思想的硕果早晚一定会产生他所希望的作用。"⑤

秘密报告的最后几行甚至可能使人认为，它的草拟人对于接受告密的官府抱着嘲弄态度，只是掩盖得比较笨拙罢了。尼古拉一世的走卒们读着普希金的不朽精神早晚一定会起到"他所希望的作用"（即消灭罗曼诺夫王朝）一段时，恐怕是不大舒服的。

普希金虽然满怀着青年的孟浪气概，却不能不意识到这种立

---

① 引自《短剑》（一八二一年）。
② 斯·伊·维斯科瓦托夫（1786—1831），当时警察局一个职员。
③ 尼古拉一世为了镇压革命运动而设立的政治警察机关。
④ 即亚历山大一世。
⑤ 见莫扎列夫斯基（1874—1928）编著的《受秘密监视的普希金》，第十五页，一九二五年。

场的危险性,即使没有意识到,人家也很快就会提醒他。强烈渴望幸福的普希金当时已很担心,唯恐他的狂热气质和他周围的政治危机的气氛诱使他走得太远,也许要走向死亡。他那篇写得较晚、但仍然属于青年时期(不满二十五岁)的长诗《舍尼埃》①反映的情绪,是他早就具有了的,这里的关键不在于他对革命的仇视,而在于他对政治力量的恐惧本身;他笔下的舍尼埃说——

> 我为什么要抛下这懒散而单纯的生活,
> 却闯到了这个地方,这里只有致命的恐惧,
> 粗野的情欲,狂暴无知的人群,
> 以及愤恨和贪婪!我的希望啊,
> 你把我引向了何方!

这种对于过度峻烈的起义后果的绝望的恐惧,这种对于可能遭受的惩罚的恐惧,是好像生来为了享受幸福的普希金身上一个很重要的因素。

但是警觉的上司早已注意到这位爱自由的诗人。普希金处在失宠者的地位,他好容易才得以幸免于公开的流放,而被发遣南方,最初派给温和的英左夫②,后来改归沃朗卓夫③管辖;沃朗卓夫使他受尽煎熬,并且用达官贵人的骄横态度伤害了他的自尊心。

在那相当偏僻的外省,普希金举止乖戾,情绪激烈,他调皮、捣蛋,他的诗歌喷泉喷出珍珠和火星,溅射到四面八方。可是降临在他身上的、对他那柔嫩的肩膀来说颇为沉重的灾祸,特别是米海洛

---

① 全称为《安德列·舍尼埃》(一八二五年)。安德列·舍尼埃(1762—1794),法国诗人,大革命初期接近吉伦特派,后因反对革命深入发展,被罗伯斯庇尔逮捕处死。
② 伊·尼·英左夫(1768—1845),南俄边区殖民委员会主席,普希金谪居基什尼奥夫时的上级。
③ 米·谢·沃朗卓夫(1782—1856),诺沃罗西亚边区总督,普希金谪居敖德萨时的上级。

夫斯科耶村的长期流放、由此产生的在家庭里的痛苦心情等等,已经使普希金历来的乐观精神变得有点暗淡了。

如果说他在这段时期也像其他许多青年贵族一样,醉心于拜伦和拜伦主义,那么这该是十分自然的。

西方的拜伦主义潮流是怎么回事呢?这是被取得胜利的反动派的保守作风所突然遏制的力量之激发,这是急进的有产阶层面对着革命忽然流产的局势、面对着温和的资产阶级制度时的一种痛苦。富裕的循规蹈矩的小市民——中庸之道,当时资本主义的最初的假面具,——获得了胜利。企图建立某种广阔、光明、幸福的生活的人们无事可做,于是其中有些人,首先是拜伦,便在自己的可悲的处境中寻求安慰,装出一副百无一用、与世隔绝的样子,他们当然认为,这比随俗浮沉之辈的平凡的优点要强得太多了。离群特立成了天才和挺拔的标志;在这块对社会而言是极不正常的土壤上面,小资产阶级的才智之士、它的知识分子培植出一棵独特的作物——"多余的人"的悲观主义的、沁透着高傲的绝望情绪的世界观。

当阿拉克切也夫暴政时代,即亚历山大朝最后几年,贵族青年中的优秀分子在确定自己的地位时虽说没有这样浓重的悲剧成分,但是仍然怀有很大一份痛苦。拜伦主义勃发的原因也正在于此。普希金的《高加索的俘虏》、《茨冈》等作品里的拜伦式的人物,总是模糊不清的;只有一点很明显——他们在上流社会觉得不愉快,他们没有在那里安顿下来,同时普希金又强调说,这个情况的发生不是由于他们庸碌,不是由于他们无能,而恰恰是因为他们超过了他们的时代。

普希金从来没有把他的拜伦主义看得太认真。早在十二月的霹雳①以前所写的《茨冈》中,普希金就极力拿某种现实生活的力

---

① 喻指尼古拉一世对十二月党人革命的残酷镇压。

量来同拜伦式的高傲相对立了。我们对于他借着"鄙野的"茨冈老人的嘴说出的一段名言只能这样理解：

> 我们胆子小,却有一个善良的灵魂,
> 你可是又凶又横;……
> 离开我们吧!

——老人对阿列柯说,他把这位拜伦式的超人同整个病态的文明相提并论:

> 离开我们吧,骄傲的人!
> 我们很粗野,我们没有律法,
> 我们不折磨也不处死人,
> 我们不要流血和呻吟;
> 可是跟杀人犯一起过活却不甘心。
> 你生来不是这粗野的命,
> 你只要自由属于你个人;……

普希金对于"纯朴的生活"似乎已经有了一点概念,那种生活是既与束缚芸芸众生的严酷的律法即国法无缘,又与自私孤傲的个人主义者无缘的。

后来,克服拜伦主义的下一过程和从拜伦式人物的孤立状态中寻找出路的独特尝试(例如逃入平凡的庄园地主生活;有个短时期,普希金竟然觉得那是一种解脱),又在普希金的一系列作品里,顺便说说,也在他最伟大的佳作《叶甫盖尼·奥涅金》里,有所表现。

但是凝聚在青年普希金头顶上的云彩突然变成了真正的阴霾,终于爆发为十二月事件,它在很大程度上改变了普希金创作命运的全部进程。

十二月事件并没有使普希金的整个情绪根本改观;情况自然不是那样;但他心中已经开始产生的东西,——绝望、畏惧、设法同现实和解的意向,——在尼古拉做出"样板"以后自然是增长了。

普希金还没有背弃他的自由主义想法,不过一八二六年春他已写信给茹科夫斯基说:

"不论我对政治和宗教的想法如何,我都把它藏在自己心中,无意狂妄地违反公认的秩序和必然性。"①

此后他又写道,别人大概也会"醒悟过来",他们将认清"自己的意图和手段一无可取",从而能够"和解"。② 普希金使用了一些精辟的、几乎是黑格尔式的深刻词句。他谈到当时的自由派和急进派,说他们应该"了解必然性,原谅它"。③

在这里,正是专制政权被宣布为一种必然,正是专制政权所显示的力量,被普希金当作可以证明这"必然性"的"合理性"的一个不容争议的凭据。同这强有力的、独立自在的必然性和解,认清它的合理性,——成了普希金的任务之一。当年果戈理和陀思妥耶夫斯基在这一点上遭受过可怕的毁灭,新兴阶级④的伟大预言家别林斯基也在这一点上栽过跟头,⑤固然他及时觉悟过来了。同一项可怕的任务——设法同现实和解,赞美它,如果不能赞美,那就绕过它,避开它,同时不但不损害自己的生活,而且也不伤害自尊心,——我说,同一项可怕的任务也摆在普希金面前。

他究竟是怎样完成它的呢?

在普希金青春初期表现得足够激烈的他的自由主义,很快便

---

① 一八二六年三月七日信。
② 普希金在《论国民教育》一文(一八二六年)中说:"……应该希望那些赞成密谋家的想法的人醒悟过来;希望他们一方面能看到自己的意图和手段一无可取,另一方面又能看到政府以客观事物的力量为基础的无穷力量。"
③ 引自《论国民教育》。
④ 平民知识分子。
⑤ 在别林斯基的世界观发展中有一个"同现实和解"的时期(一八三八至一八三九年),和解的观点主要表现于他所写的两篇书评《纪念鲍罗金诺战役》和《鲍罗金诺战役速写》。

褪了色,不像原先那么鲜明了。

但是不能说普希金完全背弃了自由主义。他不仅在内心里,甚至表面上也没有这样做过。他后来的信念可以说是一种自由主义的保守主义。普希金在确立他对专制政权、对贵族统治地位等等的肯定态度时是很郑重的。他的思想经常回到这些总的政治问题上来。那无疑是懦弱的思想。它非但显示了他的贵族偏见,还流露了他对于他不断与之打交道的"秩序维护人"的毋庸置疑的畏惧。我们无论如何不可以认为:普希金那些有时发出十分浓重的贵族保守主义气味的政治主张,全是一副假面具。第一,它们常常见于他的私人文件如书信、日记等等;其次,它们在某种程度上同诗人的贵族自我意识的鲜明特点正相一致;最后,像普希金那样的人绝不可能在对待极其重大的问题时戴上虚伪的假面具。他们需要高度的自重,如果他们必须致力于"理解现实,原谅它",他们便会做得相当深入,虽然这要经过某种内心的波折。

普希金珍视他的自由主义的、人道的信念,并且引以自豪(这流露在他那首毫无疑问是真诚的、但却遭到各色各样无理的曲解的《纪念碑》中),因此,要根本破除它,自然使他非常难过。要制造出某种既有合乎人道的自由主义、又有忠君以及拥护贵族传统和特权的思想的混合物,也得经过同样的内心痛苦。

这类观点在普希金笔下刚刚得到阐明,与它同时,撇开棘手的题材而相当急速地退入到表现得颇为明显的纯艺术的领域这件事刚刚冒出来,——各种诗人的责备便接踵而至了。

谁都知道普希金同卡捷宁发生过一次很有趣的冲突,狄尼亚诺夫在他的《复古派和革新派》一书[①]中对此作了精当的论述。

卡捷宁在一篇诗札里猛烈指责普希金变节,这无疑是触到了

---

① 尤·尼·狄尼亚诺夫(1894—1943),作家和文艺学家。所著《复古派和革新派》出版于一九二九年。

普希金的痛处,但他却用貌似戏谑的方式,推开卡捷宁递给他的"酒杯",直率地声明说酒杯里盛着"毒剂",说他普希金决不想追求那种可以使人戴上殉教者花冠的"荣誉"。①

当时年轻的莱蒙托夫的信念虽然不成熟、很混乱,但是他无疑也被普希金的总退却所震惊了;对这件事是非加以沉痛的指责不可的:

啊,再也不要饶恕荒淫腐败!
难道皇袍可以成为坏人的盾牌?
让那些蠢货去盲目崇拜他们,
让别的七弦琴去对他们弹唱;
但是请你住口,诗人,
金冠可不是你的王冠。

你该把放逐出祖国
当作自由到处夸口;
造化老早赋予了你
崇高的思想和心灵;
你见过邪恶,在邪恶面前
你没有低下你那高傲的头。

当暴君怒吼,死刑扬威的时候,
你歌唱过自由;
你只畏惧永恒的审判,
在尘世间却毫无忌惮,
你歌唱着,这地方有一个人,

---

① 见普希金《答卡捷宁》一诗(一八二八年)。

他了解你的歌声。①

　普希金同周围的人们频频交往的时候,大概多次领略过这种冷峻的态度。他匆促之间提供了一些表明他同现实和解的确凿的证据,所以他那颗敏感的心由于自己地位不明确而受了不少创伤。

　　不,我不是一个献媚的人,虽然我
　　自由自愿地歌颂过沙皇,②

——为了回答所有这些批评者,他写道。

　不过他的思想真是自由的吗?这不但可以怀疑,而且可以干脆对这个问题给予否定的回答。普希金只是勉强承认尼古拉有些优点;此人的愚钝和专横他是十分明了的,他自己就因而受过很多折磨。

　普希金果真完全没有"献媚"吗?这也可以怀疑。每逢一个人歌颂掌握大权的人物,歌颂那能够决定这些颂词作者的命运的人物时,他的话总是非常接近谄媚的。

　遗憾的是,普希金品格上确实具有某些卑躬屈节的特色,这同他的宫廷近侍的职位正相符合。但是我们不该责备他,而要像对一位天才所应做的那样,怀着悲痛和敬意,叹惜现实生活竟用它的钢铁巨手,在一幅由普希金的创作和智慧所富有的宝贵因素构成的壮丽嵌绘上面,镶进了这些庸俗阴暗的花纹。

　无论如何,保守主义的这一极端,在普希金身上不仅没有起主要的作用,也没有起到很明显的作用。

　然而曲意敷衍的悲剧本身,毕竟在普希金整个性格和创作上留下了很清晰的暗影。有时普希金产生了这样的疑问:这一座用人为的办法建成的大厦会不会完全垮掉?他的近乎恭顺的自由主

---

① 莱蒙托夫这首诗题名《给×××》,作于一八三〇至一八三一年之间。
② 引自《致友人》(一八二八年)。

义,是否将在急速的变化中忽然采取激烈得多的方式?他的内心会不会爆炸起来,即使爆炸的原因仅仅是他对于他的私信被暗中拆阅感到愤慨,或是卞肯陀尔夫那只冷冰冰的手或暴君本人的掌权的魔爪对他横加干涉,不肯放过他的生活和——这更使他痛苦——创作中最私密的方面?

普希金心里早已形成一种看法,认为做一个革命家,对统治势力发动叛乱,就等于疯狂。

普希金那首关于疯狂的激荡人心的诗绝不只是病态的,决不只是偶然的,疯狂似乎正在从某个地方、以某个方式突然威胁着他。他在诗中写道:

> 但不幸的是:一发疯,
> 　你就像瘟疫一样使人惶恐,
> 人们立刻将你这个傻子关起来,
> 用锁链系住,
> 然后隔着栅栏,
> 把你当作野兽来逗弄。
>
> 夜间,我所听到的
> 将不是夜莺的嘹亮歌声,
> 　也不是树林的低沉的喧响——
> 而是我的同伴们的呼号,
> 和巡夜人的咒骂,
> 以及镣铐的刺耳的丁零当啷。①

对于那些相信普希金像结晶体似的透明、相信他性格稳健的人,这首诗一向是一道难题、一种奇思异想;但德·布拉果依却认

---

① 引自《上帝别让我发疯》(一八三三年)。

为它有政治意义,①这是一点也不错的。他正确地把它同普希金草稿中阴森森的一页加以对照,在那一页上,普希金亲手画了一副绞架,并且漫不经心而又若有所思地挥笔写道:"作为一名小丑,我也可能……"

谁都知道,普希金对于十二月以前的密谋家们并不怎么倾慕,而密谋家也不大同他往来,这,部分地是由于他们爱惜这颗头等分量的珍珠,部分地则是因为害怕他"多嘴"或轻率。

这个使普希金本人心惊胆战的"我也可能",看来还是不但证明了他有同别人一起落入十二月以后宪兵的审讯和迫害的大鱼网的外在可能,而且证明了一种内在的可能,那就是不慎站得太"左",从而受到痛苦心情的折磨,普希金笔下的舍尼埃正是怀着这样的心情,为了自己糊里糊涂地决定走上政治道路而恸哭过。

普希金的一个同时代人写道:

> 啊,轻狂思想的牺牲者,
> 你们希望
> 你们的贫乏的热血,
> 也许足够把永恒的极地熔解!
> 可是血刚刚冒着热气,
> 在千年的大冰层上闪了一下,
> 那铁石般的冬天一呼吸,——
> 就把它吹得不留痕迹……②

但是这种痛苦的疑虑还长久地伴随着俄国的先进人物,虽然他们在政治思想上比普希金敏锐得多,对社会比他积极得多,对牺

---

① 见德·德·布拉果依的《普希金创作中的社会学》第三一五至三一九页,联邦出版社,一九二九年。
② 引自诗人费·伊·丘特切夫(1803—1873)的《一八二五年十二月十四日》(一八二六年)。

牲的准备也比他充分得多。

我们在车尔尼雪夫斯基的作品中,还常常碰到这类认为出现过早的革命家的牺牲也许毫无用处的悲郁思想。早得不合时宜的革命家必然归于毁灭这件事本身,倒不足以威慑(也没有威慑住)他那比普希金英勇的天性,——更使他害怕的是:这场毁灭不会带来什么效果。

《上帝别让我发疯》一诗是和《铜骑士》同时写成的。这篇天才的长诗①是普希金在他的错误道路上——承认专制政权不但拥有从肉体上摧毁人们的力量,还具有重大的道德意义,——的最高成就。普希金用《铜骑士》回答了他所推崇的、以其诗歌的霹雳打击了"专制偶像"的密茨凯维支,也回答了他自己,因为密茨凯维支的霹雳也许是在普希金本人内心深处引起过反响的最强大的声音之一。②

但是普希金提这个问题确实提得精妙之至。他实际上达到了黑格尔式的对问题的提法,虽然他对于它恐怕连一点概念也没有。

他完全确定专制政权是一个现实。同时,由最积极的君权代表彼得的形象体现出来的专制政权,又被描写成一项有组织力的因素、根据远大计划来行动的因素,——从这个观点看,即是一项对社会很有利的因素。这里在建设城市,那就是这座后来演变为圣彼得堡的彼得城,但它又象征着专制政权的一般文化建设。

普希金指出,个人因素如果极力阻碍社会因素,便应该被后者从道路上清除掉。

普希金竭力赋予专制政权以革命的特色,因此他适得其当地

---

① 指《铜骑士》。
② 密茨凯维支在反专制的诗篇《奥列希凯维奇》和《彼得大帝纪念像》中把彼得一世当作典型的暴君。

挑中了彼得,而且是法尔戈奈塑造的彼得①。普希金从自然界和人世间一种贫乏的原料中抽取一切内在的可能,造成了伟大的力量。

至于反对的因素、反专制的因素,普希金则千方百计地竭力使它跟庸俗态度、跟虽然热烈可是纯属私人的感情等同起来。

普希金为了自己,为了让自己心安理得,他把这场在俄国现实中处处可以感觉到的两项因素间的大冲突,当作了有组织力的社会性同个人主义的无政府主义之间的冲突。

这篇长诗之所以仍然保持着它的生命力,除了从画面和音乐的角度看有其惊人的美以外,还有一个原因:只要用真实的东西代替普希金想象的东西,他的整个公式就正确了。

在历史上的一定时刻,沙皇开明专制制度当然起过一点积极作用。可是积极作用很快变成了阻碍国家发展的纯消极作用。相反地,爱好自由的力量——它已经在贵族中间勃然兴起,随后又如同一支雄放的赋格曲②一样,开始转化为日益广大、日益带有暴风雨气息的平民知识界即农民先锋队,转化为全体劳动人民的伟大先锋队无产阶级,——却恰恰是双重的有组织力的因素的代表者,这项因素最后也表现在苏维埃政权上,表现在实行具有世界历史意义的计划经济的社会主义上。

苏维埃政权还在为克服计划经济的内在和外在的极大困难而斗争,不过苏维埃政权确实完全是一个压倒一切的、在道义上已充分证明其正当性的强大力量,它可以说正在推行彼得的事业,假如渺小(彼得的事业)也能和宏大(苏维埃政权的事业)相提并论的话。

---

① 艾·莫·法尔戈奈(1716—1791),法国雕塑家,所作彼得一世骑马铜像于一七八二年安置在彼得堡枢密院广场上。在《铜骑士》的主要部分中,彼得是以这个雕像的形象出现的。

② 赋格曲,西方音乐中复调曲式之一。

如果现在有这样那样的"叶甫盖尼"①把自己个人命运的问题同当前的需要相对立,坚持本身的自由,即认为自己有权篡改和破坏我们的总路线,——那么他们实实在在可以说是一批疯子,因为今天,黑格尔所谓的"时代精神",正在以空前未有的气魄毅然迈进,而他们却竭尽心力,加以阻挡。

普希金期望用和解的普希金去压倒叛逆的普希金,便把他们彼此摆在对于他所期望的结果非常有利的立场上面。和解的普希金据说是拥护有计划的社会工作、拥护远大的前景的,叛逆的普希金则据说是一个离群特立的人、渺小的人。

可是当普希金创造这个公式的时候,如同我们已经说过的那样,他使人有可能在其中装进新的内容,将它变成一个活生生的公式。

他自己却把这两种立场作了不正确的对比。认为专制政权似乎应该采取其中一种立场,而当时刚刚诞生的革命则应该采取另一种立场,——这个看法是不正确的。不过,要说社会的进步组织力量在同任何个人要求发生冲突时具有高度的正义性,这可是正确的了。

然而普希金不只是经由这条途径来表现他的驯服。那段时期,普希金常常谈到他由制服所造成的驯服。他很容易产生独行其是的思想,远离一般政治,退入私生活。他这样做的目的不是要采取统治势力可以接受的政治立场,而是避免同这个势力接触。

但普希金这项独行其是的计划还是有它的阶级性。

对于他这个贵族和诗人,沉溺于私生活是什么意思呢?

普希金首先是作为一个地主而对贵族的私人活动问题焦躁不安。这些思虑在一八三〇至一八三一年间达到最尖锐的程度。我们看到,一八三〇年秋天普希金住在波尔金诺。他把他名下一

---

① 《铜骑士》的主角。

个颇大的田庄和相当多的农奴拿到手里,①成了名副其实的地主。就在这时候,他那用庄园地主的幽静安稳的小天地去对抗国内政治经济生活的混乱状态的幻想,凝练出来了:经营一份合理的好产业,同农民保持一定的和睦关系,可是当然不能放任他们,也不抱任何爱民的空想,这样来巩固自己的财产,求得经济独立,在远离首都的地方建立一个愉快的家庭,从而根本不再接触官府的恣意专横和上流社会的经过镀金的秽行丑事,同时用读书和创作装饰这一切,把他最精粹的力量全部献给自己这朵思想意识之花。

不过这些常常在先进贵族的头脑和良心中产生的息影田园的愿望(这在托尔斯泰一生中也将占据很大的位置),却碰到一个简单明了的情况:在中等地主经济总崩溃的形势下,波尔金诺的经济也崩溃了。普希金脚下竟是一片十足的泥沼,地主生活无论如何不能使他称心满意。

普希金追求独立之际,比任何时候都更强烈地体会到必须脱离和摒弃上流社会,证明自己有理由蔑视它。这恰恰就是他那些猛烈抨击上流社会的名篇的真正社会内容和心理内容。普希金这时只是竭力不去击中他的同道即世袭贵族,他大大利用了一件事实:

> 我国有了新兴的门第,
> 而门第越新,也就越显赫。②

"你把谁叫做贵族?"在普希金一篇未完成的作品片段里,一个人物问道。回答是:"就是那些跟富福来金娜③伯爵夫人握手的人。"——"富福来金娜伯爵夫人又是谁呢?"答曰:"一个受贿的女

---

① 当时普希金即将结婚,他父亲分给他一宗财产。
② 见《我的家世》(一八三〇年)。在这首诗中,普希金极力证明他的贵族家世如何古远,以此自豪。
③ 这个俗气的姓氏,表明此人并非出自所谓"名门世族",而是后来暴发的新贵。

人,胖胖的、不要脸的蠢货……"①

由此便冒出了"我的祖先没有卖过油饼"②等等尖酸的文字。

可是前面已经说过,由于乡间的凋敝,"戈留兴诺村"③的触目惊心的景况,普希金的贵族田园生活的道路走不通了。此外,沙皇也不容许。普希金一八三五年秋天写给妻子的信上说:"皇上强迫我住在彼得堡,而不让我有自食其力的办法。"④

因此普希金心里同时又滋长出一个愿望,那就是放弃——虽然也许还带着内心的痛苦——他的乡间基地,完全转移到资产阶级的基地上去。

这实际上意味着什么呢?这意味着他对于成长中的、远远超出上流社会范围之外的新读者存着指望。可以赢利的杂志已经出现,各种派别的小市民作家,从布尔加林⑤到波列沃依⑥,已经作过试验了。

事实上,在普希金的生活费用中,文学劳动所得比任何其他收入都要多。早在一八二三年,他便写信给维亚赛姆斯基道:"不客气地说,应该把诗歌看作一门手艺……我看待一篇已完成的长诗,就象鞋匠看待一双靴子:卖来赚钱。"⑦

一年之后,他写信给弟弟:"我歌唱,正如面包师烤面包,裁缝

---

① 出自散文残篇《在一个小场子拐角处》(一八三○至一八三一年),但与原作略有出入。
② 见《我的家世》。"卖过油饼"事指出身寒微的彼得一世宠臣缅希科夫公爵(1673—1729)。
③ 普希金一篇小说题名《戈留兴诺村的历史》(一八三○年)。
④ 出自一八三五年九月二十九日普希金给妻子的信,但与原信略有出入。
⑤ 法·威·布尔加林(1789—1859),反动文人,"第三厅"密探,一八二五至一八三九年编辑和发行过《祖国之子》杂志。
⑥ 尼·阿·波列沃依(1796—1846),作家和历史家,一八二五至一八三四年曾主编进步杂志《莫斯科电讯》,可是晚节不全,三十年代末,竟和布尔加林等人同流合污起来。
⑦ 见一八二三年三月普希金给彼·安·维雅赛姆斯基的信;与原信有出入。

缝衣服……是为了钱、钱。我就是这样赤裸裸地不顾羞耻。"①

他称呼文学是诗歌买卖②,是私人工业的一部分:"虽然我还只是在灵感的变化莫测的影响下写作,可是一首诗既经写好,我便把它看作一件商品。"③

普希金对于贵族阶级无可挽救的崩溃感到忧伤,但他毫无怨尤地确认了国内资产阶级成长的事实,这是他区别于同一贵族阶级的一位晚期天才诗人④的地方。

我们可以回想一下他对三十年代莫斯科的一段著名评述:

"可是莫斯科失去它的贵族式的豪华以后,又在别的方面繁荣起来:受到大力保护的工业,在那里欣欣向荣,突飞猛进了。商人成了巨富,开始迁移到贵族所舍弃的大公馆中。另一方面,教化对这座城市也很爱重,舒瓦洛夫⑤根据罗蒙诺索夫的决定,在城内创办了一所大学。"⑥

普希金对那批反映了这一过程的资产阶级作家也毫无怨尤,尽管在他生平的某些时刻,他不得不同他们进行颇为激烈的论战。一八三四年,他写道:

"甚至现在,不属于贵族阶级的作家,在我国还是很少。虽然如此,他们的活动却包罗了我国现有的一切文学部门。这是一项重要的标志,并且一定会产生重要的后果。"⑦

---

① 见一八二四年初给列·塞·普希金(1805—1852)的信;与原信有出入。
② 一八二七年十一月,普希金写信给他的朋友、藏书家谢·亚·索包列夫斯基(1803—1870):"我富裕是由于我的诗歌买卖,而不是靠祖先的世袭领地。"
③ 出处待考。在前面引用过的给维雅赛姆斯基的信上,普希金也把自己的诗叫做"商品"。
④ 指诗人亚·亚·勃洛克(1880—1921)。
⑤ 伊·伊·舒瓦洛夫(1727—1797),伊丽莎白女皇的宠臣,莫斯科大学创办人之一。
⑥ 见《从莫斯科到彼得堡旅行记》(一八三三至一八三五年)。
⑦ 见《从莫斯科到彼得堡旅行记》草稿。

一八三六年,普希金的《现代人》发刊。于是出现一个大问题:暂时还很涣散的新兴阶层、多半属于资产阶级的新的读者群,会不会充分支持这个来自贵族府第、希望有助于他们的思想意识之形成的诗人呢?

不过,假定普希金如愿以偿地获得了这个独立地位,他的创作内容又将如何?

在这里,我们看到有几种思想倾向,忽而同时、忽而轮流吸引着普希金。最初他喜欢纯艺术,喜欢莫扎特的原则。萧索时期①的优秀人物往往逃入纯艺术中,这不应该归咎于他们。普列汉诺夫对这一点说得很正确:

"……在一定的历史时代,不愿在冷酷愚昧的人群面前对牛弹琴,必然要把聪明才智之士引向为艺术而艺术论。

"这是社会冷漠无情和公民道德衰败的时代,相当于社会发展的这样一个阶段:某个统治阶级准备退出历史舞台,可是又还没有退出,因为应该结束它的统治的那个阶级还没有完全成熟。"②

当普希金希图做一个完全致力于唯一的美的诗人时,他追求的也正是这种目标:

> 但愿人人都能这样领会和声的威力!
> 可是不:到那时,
> 连世界也无法存在下去;
> 谁也不关心卑微生活的需要;
> 人人只沉醉于自由的艺术。
> 我们这些精选的人物、悠闲的幸运儿很少,
> 我们看不起可鄙的利益,

---

① 萧索时期,本义是指俄国十九世纪八十至九十年代,当时正值民粹派溃败之后,反动势力猖獗,一部分知识分子陷于涣散状态。这里是泛指。
② 《别林斯基的文学观点》第六章。

而献身给唯一的美。①

不过普希金难以达到莫扎特的原则,——而且幸亏如此。实在说,认为莫扎特是一只翩翩飞舞、颜色鲜艳的蝴蝶,是一个跳小步舞②的人,——这一观念本来是完全错误的。相反地,莫扎特之前的颇为轻快和轻飘的十八世纪音乐艺术,正是到了他手里才在丝毫无损于它的优美的情况下,获得了相当强烈的忧郁情调,其原因也像那些给普希金的画面带来浓厚的阴影、给他的诗歌音乐带来沉浊的低音的原因一样。

普希金早已感觉不到有什么社会的春光。统治者横蛮暴戾,像严寒似的冻结了生活,而普希金的本阶级,特别是他隶属的那个阶级变种,又正处于阴暗的秋天。普希金在自己周围闻到的腐朽气息影响了他,使他慵倦而悲郁,使他的思想感情带有某种至今还很少为人注意的颓废倾向。当然,这个颓废倾向和阶级的过早衰亡——在普希金生活初期,这一阶级的几个最嫩的支脉还显得那么年轻和意气轩昂,——并没有把普希金的乐观精神消磨无遗,正如我们将要看到的那样,它还竭力朝着一个新的方向为自己开辟道路。可是那些年代,向新的途径转化(它在普希金的生命快结束时才明显地形成起来)是同颓废的调子相结合着的,这个调子,布拉果依已经在他的《普希金创作中的社会学》一书里敏锐地指出过了。

深切注意封建题材,它在波尔金诺的秋天③的普希金创作中占着压倒优势;对惊心动魄的事物(在赞美歌《瘟疫》④里表现得非常有力)、对死亡和关于来世的朦胧幻想悠然神往;企图凭着一

---

① 小悲剧《莫扎特和沙莱里》(一八三〇年)第二场中莫扎特的话。
② 法国一种徐缓、端庄、优美的古老的舞蹈。
③ 一八三〇年秋天。
④ 指《瘟疫流行时的宴会》(一八三〇年)中瓦尔辛加的歌。

股猛劲,把肉欲的幸福之杯一饮而尽,却在杯中倒入了足以致命的毒药;——这都是那段时期普希金的显著特点。这一切给普希金总的诗歌世界的整个交响乐增添了特别的深度和异乎寻常的多样性,使他的花园变得十分迷人、富饶、广阔无边,尽管他的诗歌中的这些因素都带着负号。

但是这些因素证明有一股寒冷的、带雾的、不健康的、阶级崩溃的空气吹送过来,诗人不得不呼吸它。这也就可以解释,为什么当时基督教情调像某种渣滓一样,开始在普希金的一向纯洁的异教中沉淀下来了。

脱离垂死阶级的怀抱而走向新兴阶级这一英勇的冲动,无论它在内容和途径方面还多么不明确,自然要在普希金对现实主义、对散文和杂志事业的日益增长的爱好上面表现出来。

顺便说说:就忠实于为艺术而艺术的口号这一点来讲,前述情况并未引起任何形式上的破裂。只要回想一下欧洲的或是我们俄国文学中的某些最坚定的现实主义者,便容易明白了。

还能想象有什么现实主义者,比居斯达夫·福楼拜更忠于现实,更尽心竭力地去记叙最普通,甚至最庸俗的现实特点的呢?

然而同时,谁都知道,居斯达夫·福楼拜——一个十足的形式主义者,他发誓说,似乎任何事情都不能像句子构造本身、像语言结构本身、像写作技巧本身那样引起他的兴趣,——又是一位对取得胜利的凶狠的小市民、对俗恶的资产阶级习气抱憎恨态度的最深刻的浪漫主义者典型。

福楼拜看到资产阶级胜利的场面逐渐展开而大为惊惧,对任何推翻庸俗政权的革命尝试都十分冷淡,但他仍然拿起笔来反对庸俗政权。不过他觉得,用这支笔写政论是无力的,于是他聊以自慰地想到:最低限度,对这种可恶的现实"嘴脸"的描绘本身总算很精巧细腻,这就能使作家及其读者忘记生活中的丑事,使他们由于意识到现实已变作纯粹的艺术而认为大功告成;况且这个现实根本没有溶化在什么幻想之中,它仍旧没有走样,——可是它既经反映在文字的魔镜里,在艺术家笔下受过嘲笑,被他的创作天才所打败,它就不再令人惶恐不安了。

就这个意义说,艺术上的现实主义便是冲淡人们面对着可怕的现实时的内心痛苦。艺术家绘制出精细的讽刺画以后,获得了满足。他用这项方法,好像有魔力附身似的,推开了周围的残酷景象。

应该说,契诃夫大体上也是这样解决了他和现实的冲突,他也是一位最彻底的现实主义者,同时又是艺术形式的忠实骑士,热爱现实主义世态描写技巧的作家。至于福楼拜手里的辅助力量是隐蔽得不严的、有时甚至毫无顾忌的刻薄的讽刺,在契诃夫,则是忽而夹杂着愤慨、忽而夹杂着同情之泪的幽默,——那却是另一回事了。

讲到普希金,那么,当小市民的现实——它处于一部分为他所憎恶、一部分又已灭亡的贵族阶级的范围之外——吸引他的时候,并没有在他心里激起敌对的感情。

固然,贵族的高傲使普希金有几次用轻蔑口吻评论了"小市民文氓",可是我们感觉不出普希金对这个新世界有任何真正的敌意。他作为一个研究家,怀着极大的兴趣开始深入新世界。他希望试探一下,他能不能转移到这块他亲眼看着形成起来的新的土地上去。

这里产生了"同现实协调"的可能性的新任务和新方式。普希金越来越爱赞扬客观精神。他必须弄清事实。对过去如此,对未来也如此。早在写作《鲍利斯·戈都诺夫》(无论就一般悲剧说或者就普希金个人说,它都是向现实主义跨进了一大步)的时候,他便细致地阐述过他的客观态度:"不偏不倚的哲学,历史家的总观全国的思想,不带成见和任何偏爱的思想,——这就是剧作家所需要的。"[①]

[①] 出自普希金未完成的文章《论民众戏剧和戏剧〈市政长官玛尔法〉》(一八三〇年),但与原作有出入。

一八二五年《鲍利斯·戈都诺夫》完成时,当然还有一个情况驱使普希金采取这种客观态度:他希望用尽可能隐秘的方式表现他的某些政治思想,把他的倾向掩盖得仿佛毫无倾向性。但后来,正因为普希金认定现实主义是艺术上一项研究工作,这无倾向性便成为他必不可少的东西了。研究周围变动不息的现实,也是现实主义诗体小说《叶甫盖尼·奥涅金》和普希金此后全部现实主义创作的目标。作为一个杂志编辑,他也想向自己提出同样的目标。请看他在一八三〇年所写的一篇谈文学评论的短文中,是如何广泛深入地说明它的:

　　"另一种作品本身毫无价值,"他说,"可是以它的名气或影响而论却很值得注意,在这方面说,道德上的考察比文学上的考察更为重要。去年刊行了好几本书,评论界本来可以就它们发表许多有益而又有趣的意见。但是什么地方对它们作过分析和阐明呢?"①

　　应当分析和阐明文学作品,以便发现它们背后的生活,发现它们背后的道德内容。

　　在普希金内心的文学创作活动中,凡是展示这些道德运动即社会运动的作品,对他自己显然也具有特殊的意义。

　　作为后来《现代人》的优秀编辑,作为后来文学上的现实主义方面、对居民中新阶层的研究方面的一个工作者,普希金会变成什么样的人呢?——这很难推测。我还是认为,如果普希金享寿甚高,有点与托尔斯泰相仿,那么他可能像其他比较年轻的贵族一样,再跨过许多桥梁,前去迎接国内革命力量的更进一步发展。

　　可是将柯路巴耶夫②之流和沃尔根式的人物兼容并蓄的新兴

---

① 出自《论杂志评论》一文(一八三〇年)。与原作有出入。
② 柯路巴耶夫,谢德林的《蒙列波避难所》(一八七八至一八七九年)和《在国外》(一八八〇至一八八一年)中的人物,俄国新兴资产阶级掠夺者的典型。

资产阶级世界还十分模糊,而且比较弱小,特别是它的左翼。

贵族阶级清清楚楚地了解普希金的离群特立,了解他决意要冲出令人窒息的贵族圈子,他在那里只分到一个低微得有伤尊严的位置。

莱蒙托夫在他的一首名诗中称呼普希金是"荣誉的俘虏"①。贵族普希金确实被这条锁链束缚着,莱蒙托夫在口头上、在他同斯托雷平的著名谈话②中用鄙薄态度否定了它,但是他自己也未能挣断它。③ 人们真是把普希金当作上流社会的"小丑",拉着他这条锁链,取笑他,拿这位如此赫赫有名、如此心高气傲、但又如此无力自卫的人物的痛苦寻开心。

在这些情况下,惨剧是不可避免了。

伟人普希金的遗体停放在他的朴素寓所中的时候,把那里挤得水泄不通的群众都是些什么人呢? 大批大批地拥到首都参加出殡行列的群众都是些什么人呢?

那当然不是上等社会的俗流。那当然不仅仅是上层读者。那也不是工人群众。归根到底,那是已经开始波动和思索的首都居民。他们在彼得堡发出由衷的嗟叹,莫斯科和外省已经醒悟的、要过更自觉更积极的生活的一部分人也用嗟叹来应和。

政府却为普希金安排了另一场出殡,这就是在圣山修道院举行的、有宪兵监视的、一个失宠者的出殡,它是杀害诗人的刽子手们对他的恐惧的最后一次迸发、对他的憎恨的最后一次迸发,他们模模糊糊地意识到,这个人的伟大对他们有多么危险。

伊·伊·瓦西里耶夫就这件事记述道:

"一口涂了树脂的棺材清早运来圣山,被掩埋在寺院一座祭

---

① 意谓普希金由于荣誉观念而与人决斗致死。见《诗人之死》(一八三七年)。
② 尼·阿·斯托雷平(1814—1884),宫廷近侍,莱蒙托夫的舅父。这次谈话是在普希金死后不久。
③ 莱蒙托夫也由于维护个人荣誉而与人决斗致死。

坛附近的地下,——或者说得更确切些,是掩埋在雪中,因为当时土地已经上冻,——到春天才入土。这口棺材里实际上究竟装着什么人,谁也没有亲眼看到,因为车夫们也一无所知,一无所见;两名押送的宪兵也是同样。或许只有亚·伊·屠格涅夫①亲眼看见了诗人的入殓和掩埋,他从彼得堡到圣山一直追随在遗体后面。诗人安葬的时候,除了一个警官以外,是否还有谁在场,便不得而知了。"②

为我们这个伟大时代的读者出版普希金著作的时候,我们不能不向自己提出一个问题:我们的读者究竟会从本书中获得什么益处呢?

普希金是人人公认的古典作家,用那些深思远虑的唯美主义者的术语来说,他是一个"永恒的旅伴"③。

我们不想谈什么永恒性。这个概念相当玄虚。我们甚至不能相信人类本身的永恒性。我们也不能相信这一点:人类——在他们可能的灭亡(是可能的,但是我们要说,并非必然的,在这里,我们不揣冒昧,稍稍背离了恩格斯的意见④)以前,无论如何还有一段非常长久的生活(在这里,我们同恩格斯完全一致),目前我们

---

① 亚·伊·屠格涅夫(1784—1845),十二月党人尼古拉·屠格涅夫之兄,宫廷侍从,普希金的密友。
② 出自伊·伊·瓦西里耶夫(1901年卒)编著的《亚历山大·塞尔盖耶维奇·普希金在普斯科夫省的遗迹》(圣彼得堡,一八九九年)一书的前记。引文与原作有出入。
③ 一九二二年被驱逐出苏联的文人尤·伊·艾亨瓦尔德(1872—1928)在所著《俄国作家剪影集》(一九〇六至一九一〇年)中,把普希金称为"伟大而可爱的旅伴,永恒的同时代人"。
④ 恩格斯在《自然辩证法》导言中说:"物质……虽然在某个时候一定以铁的必然性毁灭自己在地球上的最美的花朵——思维着的精神,而在另外的某个地方和某个时候一定又以同样的铁的必然性把它重新产生出来。"(《马克思恩格斯选集》第三卷,第四六二页)"思维着的精神"即人类。

只是经历它的第一阶段,——在自身的进化中,不会在其全部社会心理趋势方面总有一天变得如此卓越,以至连当代最大的珍宝对他们也仅仅具有纯历史的意义。

因此,我们不提永恒性的问题,却要坚决向自己提出长久性的问题,而且肯定地说,普希金是一个生命极其长久的作家。

十月革命一类的伟大革命(不过,世界上根本还没有过类似的革命),使过去所创造的每件珍宝都受到一次特殊的考验。有许多东西,如果旧世界还继续存在的话,它们也会作为一项活的、有用的、受重视的事物而继续存在下去,但是随着这种向崭新时代的急剧的、革命性的转化,它们却可能突然变得毫无意义,或者最多只是适于送进陈列馆,让它们,用恩格斯的话说,同石斧一起,在那里占上一席地位。①

这场把资产阶级世界同社会主义世界第一时期分隔开来的火焰门槛的跨越测验,普希金无疑是经受住了,我们认为,将来他也完全经受得住。

许多作家(包括歌德,并且首先是歌德)敏锐而正确地指出:最牢固地掌握着永生权或长生权的作家,都是自己时代的真正儿女,他们揣摩到时代的进步倾向,善于摄取时代的液汁,抓住生活中引人注意的部分作为素材,然后用最强烈的热情,用该时代所达到的最富于批判力的思想,对它进行加工。

谁要是严格符合自己时代的要求,他就有最大的可能符合未来许多时代的要求。

我们曾在本文前头各节努力证明,普希金是一个在多么深刻

---

① 恩格斯在《家庭、私有制和国家的起源》中说:"以生产者自由平等的联合体为基础的、按新方式来组织生产的社会,将把全部国家机器放到它应该去的地方,即放到古物陈列馆去,同纺车和青铜斧陈列在一起。"《马克思恩格斯选集》第四卷,第一七〇页。

的意义上符合他那时代的要求的先进人物。

但当然,并不是任何时代都具有同样丰富的内容,并不是任何时代都带有足够进步的特点,也不是任何时代都能成为一个真正的上升阶段的,——即使在新旧之间的辩证斗争开始的时候。

我们在以前的章节中努力证明过,普希金时代是旧俄全部生活基础的一场硕果累累的大变动的开端,列宁认为,这场变动可以成为那种不但标志着我国向前跨进的一步,而且具有世界意义的艺术加工品的一个绝好的社会基础。

同时必须记住:并不是所有的时代都能使以后各个世纪感到同样热烈的兴趣的,——后世喜欢挑挑拣拣。为一个时代所需要的,到另一个时代就不需要了。我们可以举几个最显著的例子,来说明个别艺术品在全世界遭到的历史命运。拉丁谚语"Habent sua fata libelli"——"书有书的命运"①——具有非常广泛的意义,如果我们不是谈论作者在世时他的一本书(或任何其他艺术品)由于当时读者的情绪、风尚和趣味之变化而遭遇的"命运",而是试图考察一下一部寿命特长的书或艺术品的命运,那么我们几乎必不可免地要碰到这样的情况:有时我们所考察的杰作被评价得非常之高,有时却又黯然无光。我们列举几个近乎离奇的惊人现象吧。青年歌德在他生活中的斯特拉斯堡时期②赞赏哥特式,认为它是极其优美的建筑式样。但到了垂老之年,同一个歌德却说哥特式建筑是野蛮和疯狂的表现,而把古典建筑当作唯一合理的建筑同它相对立。贝尔—司汤达是他自己的时代最敏锐的思想家和爱美者之一,在许多方面都走在时代的前头,他访问意大利以后,不仅一般地对拉斐尔,就中也对拉斐尔信笔点染的穿廊壁画表

---

① 出自三世纪罗马文法家泰仑希努斯·毛鲁斯《论字母、音节、韵脚和韵律》一文。
② 指歌德在斯特拉斯堡大学求学的时期,即一七七〇至一七七一年。

示高度赞赏。① 司汤达马上又提及波提切利②,说他低三下四地巴结美第奇家族③,是个平平庸庸的画家,只不过以无谓的多产引人注目而已。过了几十年,欧洲风尚的最先进的魁首之一,同样开创了整个运动的罗斯金④,却说拉斐尔是一个空虚烦琐的古典画家,丝毫也不能激发我们的灵智和感情,他的穿廊壁画则是没有多大意思的小摆设。但在罗斯金笔下,波提切利倒变成了示范者、值得效法的榜样、最大的宗匠,仿佛是一种伟大、玄妙、使用色彩的抒情诗人了。这类例子可以举出很多。普希金的作品也经历过这样的命运。

在伟大的六十年代,当我们的直系先驱、平民知识分子空想家领导一支新的(不再是贵族的)队伍向旧俄国冲击的时候,他们对俄国贵族文化中这个最伟大的诗人抱着某种怀疑态度。

固然,车尔尼雪夫斯基和杜勃罗留波夫都敬爱普希金,只是在他那里找不到十足的公民主题、使他们叹赏的涅克拉索夫的主题罢了。可是,譬如说,皮萨烈夫却以他所固有的不合情理的偏激,走得更远:在他眼里,普希金成了一个很少"有用"的作家。

过了几十年。一群有唯美主义倾向的反动知识分子,几乎像叛徒似的翻云覆雨,背弃了受到挫败的民粹派,而去给资本家效劳,开始为自己及其附庸"风雅"的阔主子安排最精致的、欧洲式的、内在和外在的生活,想方设法恢复对普希金的膜拜,同时彻底破坏伟大的六十年代人物的威望。对沃伦斯基来说,足以证明民粹派领袖们庸碌无能的一个最明显的凭据,也许就是他们不理解

---

① 司汤达在《罗马漫游》(一八二八至一八二九年)中,认为穿廊壁画是"拉斐尔的杰作""绘画的极致"。
② 桑·波提切利(1445—1510),意大利文艺复兴时代画家,所作宗教画和以神话、历史为题材的寓意画富有世俗气息。
③ 美第奇家族,中世纪意大利佛罗伦萨的豪族,以提倡文艺著称。
④ 约·罗斯金(1819—1900),英国政论家和艺术评论家。

普希金原则的"永恒而神圣的权威"这件事了。①

然而对于普希金类型的古典作品,任何时候都可以有把握地说:尽管它会经历暂时的晦暗,但是人们永远不能玷辱它,给它那光艳夺目的青春,挂上替没落的唯美主义保镖的老朽的符箓和护身香囊。

我们特别要坚持所谓普希金的社会的青春这一点,在前面的篇章中我们已经谈到过它了。

我要提提马克思一段有关的文字,他所指的不是某个民族的社会的春天,而是欧洲各民族的共同的春天——古希腊文化。这便是马克思在一个精辟的未完成的断章中所说的话,他写那个断章,是为了把它纳入名著《政治经济学批判》的导言:

"但是,困难不在于理解希腊艺术和史诗同一定社会发展形式结合在一起。困难的是,它们何以仍然能够给我们以艺术享受,而且就某方面说还是一种规范和高不可及的范本。

"一个成人不能再变成儿童,否则就变得稚气了。但是,儿童的天真不使他感到愉快吗?他自己不该努力在一个更高的阶梯上把自己的真实再现出来吗?在每一个时代,它的固有的性格不是在儿童的天性中纯真地复活着吗?为什么历史上的人类童年时代,在它发展得最完美的地方,不该作为永不复返的阶段而显示出永久的②魅力呢?有粗野的儿童,有早熟的儿童。古代民族中有许多是属于这一类的。希腊人是正常的儿童。他们的艺术对我们所产生的魅力,同它在其中生长的那个不发达的社会阶段并不矛盾。它倒是这个社会阶段的结果,并且是同它在其中产生而且只

---

① 颓废派评论家阿·李·沃伦斯基(1863—1926)在所著《义愤书》(圣彼得堡,一九〇四年)中,指责包括别林斯基在内的革命民主主义者(卢那察尔斯基称之为"民粹派领袖们")对普希金态度偏颇,说他们想"举起自己的政论的鞭子抽打他"。

② 请注意!——卢那察尔斯基注。

能在其中产生的那些未成熟的社会条件永远不能复返这一点分不开的。"①

我们可以肯定,以此类推,普希金之于我国,正如马克思说的古希腊艺术之于人类一样。

这个青春时期的特色是:极其真纯地接受外界事物;人及其环境在文明化方面的一切基本任务原封不动;强烈要求恰恰是用美学形式来表现这文明化,而一般科学思想和社会科学思想的严格的成熟对美学形式不仅没有妨碍,相反地,当时贵族所达到的、不算低下的一般欧洲文化修养程度对它还有帮助。

革命前夕,人们对普希金赞誉备至。

主要的资产阶级评论家对这位伟大诗人的最新评价如何呢?这从勃柳索夫给普希金的评价里也许看得最清楚,勃柳索夫真是资产阶级唯美派中最先进的一群人的一个非常明显的代表乃至领袖。虽然勃柳索夫在某种程度上超越了他担任的角色的范围,内心里比时代所加于他的这个角色要高大些,但这一情况丝毫也无碍于他对普希金的见解成为近代优秀资产阶级评论家的典型见解。

革命以前,为大批人拥戴的勃柳索夫,正是把普希金当作"纯"艺术家来赞美的。勃柳索夫和他周围的人们极力从社会和道德的角度,将那些立意要为欧化的资产阶级分子装饰生活和邸宅、要给资产阶级新贵的市场提供产品的艺术家的作用加以肯定,于是在普希金身上找到了替自己所担任的这个角色辩解的重大理由。因此,普希金作品中一切社会因素、一切激动人心的因素,便多半被抹煞了。

勃柳索夫给普希金头上加戴的第二顶花冠,则是他的折中

---

① 《〈政治经济学批判〉导言(摘自一八五七至一八五八年经济学手稿)》。《马克思恩格斯选集》第二卷,第一一四页。这篇《导言》是一篇未完成的《总导言》的草稿。

主义。

说实话,普希金的折中主义其实并不是折衷主义,而是异乎寻常的多面性和博大。但这博大和多面性一经象征主义者赞美就变了样,变成折衷主义了。

勃柳索夫无限愉快地认为,普希金是一个可以说掌握了一切文化、一切音乐和诗歌的调子、一切体裁和一切主题的人物。

一般地讲,象征主义者很少有自己的东西,——他们真正可以宣传的东西——所以,玩弄各种时代、阶层、情绪、观念等等的假面具,用以顶替自己个人的面貌,便很必要了,而华丽多彩也弥补了个人面貌的缺乏。

不能由此得出结论说,勃柳索夫本人没有他的面貌。我们已经说过,这个最大的象征主义代表实际上经历了一场不小的内心悲剧,这从他那优美而冷峭的假面具的斑驳色彩上也可以观察到几分。

革命之后,勃柳索夫加入了共产党,可是他绝没有立刻变成一个无产阶级观点的宣扬者。他在许多方面仍然停留在分界线上。他一只脚跨过了边界,成为我们的人,另一只脚还完全站在资产阶级文化的土地上,这个文化虽然已处于次要地位,但是它在革命后的文化中其实也有所发展。

在艺术美学和艺术学的领域内,资产阶级文化的这种所谓"死后的"发展中一个最重大的现象,就是形式主义。勃柳索夫觉得这形式主义应当是一项主导因素。他自己感到他掌握的新内容不怎么多,从而认为自己的形式技巧和这方面的知识有着巨大的意义,——他不无根据地推测,技巧和知识将使他变成新兴无产阶级文学的一名可贵的助手,——于是勃柳索夫专心致志地对普希金的形式作了成效卓著的研究:对于晚期的勃柳索夫,正如我们从他新近出版的《我的普希金》一书[①]里看到的,巨匠和语言音乐家

---

① 《我的普希金》于一九二九年由"国家出版社"刊行。

的普希金,几乎完全掩盖了一切最吸引人的社会心理内容,即是掩盖了这位几乎被勃柳索夫奉为神明的诗人的思想感情方面。

现在已经到了该由我们自己来对普希金作出评价的时候。要说这个"我们"便是十足的无产阶级,那大概是言之过早。必须再等待一些年月,才能从无产阶级深处涌现出大批重新评价的人,就新时代对历史珍宝的裁判发表足以影响数十年之久的决定性意见。

我们目前只是进行预审,——然而又是一次极为重要的审判。我们可能用未来派的粗心浮气的态度或者无产阶级文化派的妄自尊大的方式去糟蹋遗产,在某种程度上说,如今这份遗产正是抓在我们手里。

我们是今天的无产阶级知识分子,同出身于其他阶级的人之间关系很深,我们可能要求过严,当问题涉及有形体的艺术品①时,这样做危害特别大,当问题涉及文学或音乐之类可以由人再创造的艺术作品②时,危害倒还小一些。对这件事情当然需要非常谨慎,以免在无产阶级作出真正的评价的时候阻碍它的道路。

当然也有另一种危害,那就是放过太多的糟粕,糟粕只能给这条道路增加累赘。

无论如何,对过去的遗产作出初步评价是不能拖延了。在执行这项迫切任务的程序中,我们也必须对普希金的遗产发表我们的集体意见。

作为马克思主义者,而且在文化研究方面实际上还只是处于最初的工作阶段的马克思主义者,逐步地、十分具体地摸清我们应该用以研究过去时代文化的那些方法,对我们是大有好处的。

普希金是文化现象中一个很显著的实例,由于普希金学和我

---

① 指绘画、雕塑之类。
② 演员、演奏家等可以根据自己对原作的领会而进行再创造。

们对那个时代的知识取得了相当有力的进展,这个实例比较为人所熟悉,因而正可以借此检验并学会端正我们的方法。在这里,我们可以证实,诗人表现的思想感情、他笔下的形象、他的文学风格、他的乐音等等,以至他的细节,无不细致入微地依存于社会基础,社会基础通过他的阶级,更具体地说,通过该阶级中他所隶属的那个集团,对他起了影响。

在这里,我们可以考察,基本的经济方面的重大现象和中间的、政治与文化的变革的发展,如何反映于像文学这样的上层建筑。

在这里,我们应该证明,马克思主义方法能不能分析社会经历性质的、与创作有关的传记性质的具体现象。

有时会碰到一些研究家,他们以为,我们用我们的马克思主义方法不可能理解传记中的具体现象,即是不可能理解某人的真实的基本的生活感受和这些感受在创作上的表现,——或者,他们也许认为,只有普遍的、大量存在的现象才能使我们发生兴趣,而它们在单独个人身上的表现,即使在艺术这样的领域内,也是次要的。其实,天才人物,无论作为本阶级的倾向的表现者来看,或是作为一种对此后事件进程有影响的力量来看,就其社会意义本身而论常常要超过成百个有才分的同时代人。

别林斯基早已说过:"诗人愈崇高,就愈是属于他在其中出生的社会,他的发展、方向,甚至他的才能性质同社会的历史发展之间也就联系得愈密切。"(《莱蒙托夫的诗》,一八四一年)

根据普希金的实例,还可以证明必须避免奇闻性的、猥琐的、意外的、偶然的,或者可能被解释成什么个人心理上的咄咄怪事的东西,这类怪事容易引导我们去对生理因素(它的作用,我们上面说过,是很有限的)作出完全不适当的估价,或者甚至通过个人意识之门,把我们引入神秘莫测的"精神"的深处,据说天才人物的每个"内心"感受都是"精神"的显现。

我们无意在这里一一列举我们的方法论的全部问题,它们都可以在一个如此伟大的历史实例——而且是被人们联系着它的整个环境作了如此精密研究的实例——上受到检验。

但是作为马克思主义者,我们对具体的历史课题也能感到兴趣。这里同样可以通过普希金创作的研究来获得很多东西。他将作为他的时代的一个伟大见证人出现在我们面前。他将给我们打开一扇窗子,使我们能够深入地看看那个时代;必须对它有所理解,才会从本质上理解包括我们今天在内的全部历史过程。

文学任何时候都不像镜子似的反映周围的现实,而总是现实的一项功能,也就是现实的一种贯穿着阶级倾向的表现,——然而这个情况并不能使我们的论断有任何改变。

可是,除了普希金的与他那时代有关的重大意义之外,他是否还有什么意义呢,既然他似乎已同这个时代相脱离,成了我们的同时代人?

我们认为,就这方面说,普希金对我们当前的新生活建设大有好处。

普希金的基本的乐观精神不能不引起我们的好感。我们已经说过他乐观的原因。普希金感觉周围的生活可能得到发展,以至最后承认开始壮大的资产阶级具有吸引力和进步性,终其一生,这个感觉几乎一直没有离开他,虽然他也经受过种种打击、指责、绝望和忧伤。这份乐观精神是普希金身上基本的有机力量,而他的一切体验,正如它们的一切悲剧性的反映一样,其实全是这份乐观精神同外界对它的破坏之间的一场不断的斗争。

普希金对教化的渴望——他的 Bildungsgeist[①]——似乎是这个心理过程的另一方面。当时的优秀人物,都同样对建立双重意义上的美好生活满怀着渴望:既建立自己的人格(某种"美丽的灵

---

① 德语,意即"对教化的渴望"。

魂"），又建立周围的"文明生活"。

这种对完善境界的出自本能的渴望，普希金比任何别人都感染得多些。但是因此就必须在掌握周围环境（社会环境和自然环境）的现象和自己内心生活现象方面，做出巨大的工作。

普希金没有为了掌握这些而去寻求哲学公式或科学公式；根据他那时代——他的社会集团，同时也是整个俄语民族所经历的青春时代，——的任务，普希金特别要寻求一套美学公式，以便从艺术上表现世界，因而也是从艺术上理解世界。这里必须作出肯定的和否定的评价，对许多东西加以美学的判断，头一次给事物定下称谓，使事物同人相接近。这一切本来要在先进的人文主义所要求的那种异常广大的规模内去进行，而提出人文主义的统治阶级虽然对生活采取了积极态度，但由于自己的地位本身，实质上不可能完全建立这个"人"。

可是，"我是人，人所固有的我无不具有"①这条原则，似乎成了普希金在生活和创作中一个自然的口号。

同时不能不指出，某些最基本的感觉，例如自然欣赏或爱情陶醉，在普希金身上获得了带有阶级主观性的、但在很大程度内又是全人类性的表现。因为谁也不会否认，欣赏自然或者享受爱情的能力，是完全溶化在阶级里面的。正是当一个阶级处于全盛时代之际，——对普希金的集团来说，虽然它的经济已开始崩溃，而在文化上，一八二〇至一八三〇年却是它的全盛时代，——才最能把恒久的、同样为其他阶级所具有的表达方式，吸收到自己对这些生活乐趣的重大因素的领略中去。

然而问题正在于普希金不仅仅是一个歌咏生活乐趣的音乐家。他还用艺术手法描写了痛苦。究竟是些什么痛苦，——这一

---

① 出自古罗马喜剧家泰伦提乌斯（或译泰伦斯，约前190—前159）的《自己折磨自己的人》第一幕第一场。这也是马克思最欣赏的一句格言。

点,在我们结合普希金的时代来评论他的时候,已经说得够多了。现在我们只想对前面说过的话补充几点总的意见。

普希金的创作是一个用高妙的探索方式去寻求平衡的过程。任务总不外是积极地把感受变成艺术作品。我们看到面前有个经常不断的升华过程,即是通过艺术的形成,将个人的东西提高为社会的东西。归根结蒂,艺术的形成本来就是这样对某一生活素材进行加工,使之容易为"社会"所了解,特别是要引起它的震惊。这里的"社会"一词,在诗人自己,不管他自觉或不自觉,当然是指他私人圈子里的读者,有时也指对其他各阶级的教育影响,这些阶级是从属于该作家所代表的阶级,或者在社会上对它有用的。

同时应该说,正如从本文开头几章中多多少少可以看出的那样,普希金的个人感受同他的集团的社会感受有着极其紧密的联系,而他的集团又是同国内整个经济、政治和文化制度有关的。

无论在抒情诗领域或叙事诗领域内,普希金都是这种升华的巨匠。从社会观点看,抒情诗人的任务在于始终不离个人,叙说自己和自己的私人感受,同时又使这些感受成为对社会有意义的东西。一个抒情诗人,如果他的感受没有任何社会意义,一般说来他就该从文学中被勾销掉。一个抒情诗人,如果他显然没有把任何私人的热情贯注到他的抒情诗里面,他笔下就可能枯涩呆滞,恰恰失去了那种正好为抒情诗所特有的力量。

普希金特别稳当地掌握着以个人激情为他的抒情作品增添光彩的能力;形式主义者们企图根据他的个别词句,极力断定他的抒情诗仿佛完全言不由衷,而只是一件装饰品,——这是毫无说服力的。但普希金还拥有一项能力:把自己的血化为红宝石,把自己的泪化为珍珠,就是说,用珠宝艺人的坚毅精神和井井有条的方法,来琢磨他那往往是很痛苦的感受。

另一方面,叙事诗(戏剧略同)则要求至少具有表面的客观性。在这里,事件应该自己替自己作说明,作者不应该"干预"。

不过,大致是这样完成的叙事诗,会以它的冷冰冰的一面使读者感到疏远,而溶化在内心抒情中的叙事诗,又失去了叙事诗的形貌。

普希金的叙事诗有时(例如在《奥涅金》中)以非凡的技巧,包含着作者的直接的发言和直接的抒情的激扬,但同时又表现出普希金对客观性的强烈爱好。我们已经在别处谈过这一点。这种爱好的产生,是由于普希金相信:假如读者觉得这里便是现实的等同物,觉得没有人以任何方式、在任何程度上夸张或故意歪曲现实的音貌,那么作品的说服力才显得更强。

普希金的这项能力还同另一项能力有着血肉关系。他的诗充满着感情,富于思想;可是感情和思想几乎总是包括在具体的、浮雕式的、因而吸引人心的形象之中。

最后,普希金又把他的基本工具,即语言,推到了最高的完美境界,这语言既是描写手段,又是一个音乐因素,而且普希金使描写力和音乐性获得了人世间艺术很少达到的统一。

我们知道这样的现象:到一定的时代,不仅文学,就是其他艺术也有各自的顶点。顶点出现前有一个明显的准备过程,那时可以感觉到一种自由与规律相结合的趋向。有时是约束占优势,有时是狂放占优势,有时原先的技巧束缚了生活,有时因为这原先的技巧不善统驭生活,生活显得涣散了。

假如我们面临着一个相当井然有序的时代,换句话说,假如在文化的继承性上达到了某种谐调统一,那么,我们就知道会相当迅速地接近顶点,创造出独特的古典范本(例如十八世纪末至十九世纪初的音乐),将规则的固定性和在规则中自由活动的可能性特别优美地结合起来。相对的平衡出现了。在这些框子以内,内容再向前发展,直到周围的文化条件发生根本变化为止。

可是离顶点愈远,范本的形式也愈见陈旧,愈使人厌腻。如果再加上在艺术中寻求反映的生活内容的革新和复杂化(这是常有的事),那么对范本的斗争、破坏就要开始,紧张的感觉重新出现,于是我们重又进入迷乱时期,它可能标志这种文化的消亡,或者相反,标志着另一个新顶点的准备时期的到来。

这是艺术形式发展的自然法则。

当然不能忽视:任何"有机体",包括阶级及其文化在内,在其他相同的条件下也会有发展,即是有改进。这一阶级对经济命运的依存性,会破坏、歪曲、改变这个发展,同时决定它的全部社会内容和这一内容的全部变化。不过整个说来,我们还是能看到一幅发展的图景。

对于文学也是如此。在语言方面,普希金的时代和普希金本人的创作,曾经是古典的、范本式的。毫无疑义,此后我国的诗歌,特别是我国的散文,已经超出了普希金的框子。但是这样一来,它们就不再像处于顶点时那么完善了。

同样毫无疑义的是,我们在我们的创作中,一定会经过一个相当长久的探索、变动的时代,经过一段具有我们前面所说的那些特点的准备时期,接着便登上空前高峻的社会主义文化的顶点。从这个新顶点的高度来看,贵族的、普希金的高峰也许只像阶梯上的一级,只像山脚下的地带。可是在这种情况发生以前,我们即使不把普希金达到的文学技巧看作规范,——因为这个规范已完全不适用于更"成熟的"生活(沿用前面所引马克思对古希腊艺术的论断的意思)——那么也要把它看作特别高妙的东西,因为这个光辉的、青少年式的、语言和风格上的平衡,显得非常匀称、非常和谐。

普希金永远成了人类文化的一部分,人类通过社会主义而获得解放之后,决不会对他加以打击。请回想一下列宁对托尔斯泰的评语:

"甚至在俄国也只是极少数人知道艺术家托尔斯泰。为了使他的伟大作品真正为全体人民所共有,必须进行斗争,为反对那使千百万人陷于愚昧、卑贱、苦役和贫穷境地的社会制度进行斗争，必须进行社会主义革命。

"托尔斯泰……创造了可供群众在推翻了地主和资本家的压迫而为自己建立了人的生活条件的时候永远珍视和阅读的艺术作品……"①

列宁这段话对普希金比对托尔斯泰关系更大。

我们建设的社会主义新城市和新农村，已经耸立在眼前。我们已紧紧接近于建设我们的日常生活的问题。我们将建设物质环境，我们将建设自己的内心世界。

噢，这个内心世界当然不是个人主义的世界，不是闭关自守的世界。它会同别人的"内心世界"和谐一致。曾经使人恐惧地大呼孤独（例如莫泊桑）和大谈"知人知面不知心"的那些人与人之间的障碍，将要消除。然而每人都将是一个个性，马克思就能够以很大的毅力坚持这一点。② 不是个性的消灭，也不是盲目的附和，而是各项个人因素在社会联系中异常丰富的结合，才能带来社会主义。

因此我们将建设我们的内心世界，它丝毫不比过去时代任何绅士的内心世界来得荒凉、苍白、单调。相反地，有朝一日它会更广阔鲜明得无法比拟，假若我们有充分的可能去注意尽量使它美好的话。但是我们现在就不能不朝着这个方向行进了。我们已经抬起一条腿，准备跨过门槛，门槛这边是在一个伟大国家取得胜利的社会主义的最初战斗年代的贫困和破产，门槛那边则是社会主

---

① 《列·尼·托尔斯泰》。《列宁全集》第十六卷，第三二一页。
② 马克思和恩格斯在《德意志意识形态》中说："……而无产者，为了保住自己的个性，就应当消灭他们至今所面临的生存条件，……他们应当推翻国家，使自己作为个性的个人确立下来。"(《马克思恩格斯全集》第三卷，第八七页)《共产党宣言》指出："代替……资产阶级旧社会的，将是这样一个联合体，在那里，每个人的自由发展是一切人的自由发展的条件。"(《马克思恩格斯选集》第一卷，第二七三页)

义财富的第一批礼物。我们相当切实地"梦想"着那样的时代：就其对世界的感受能力和创造能力说，每个普通人都比前人更加丰富。可是目前我们还需要助手，我们还需要补课，除了别人以外，普希金也能够而且应该成为我们建设内心世界的老师，成为无产者和农民的老师。僵死的、贵族的东西将从他身上扫除掉，变成历史研究的对象，但是有生命的东西将得到发扬。普希金宝库里留存的每颗种子，会在每个公民的生活中长出一朵社会主义的玫瑰或者一串社会主义的葡萄。

普希金时代的人，首先是别林斯基，这样评论他道：

"普希金所以能产生极大的影响，是由于他对俄国来说真正是时代的儿子，他同他的祖国齐头并进，他是祖国精神生活发展的代表。"

我们现在感到，他固然表现了他那时代的"发展"，同时，过了一百年，在一场最大的、有世界意义的革命以后，他对我们也是弥足珍贵的。

三四年前，我游过奥斯塔菲耶沃一座花园。奥斯塔菲耶沃原先是维亚赛姆斯基家的田庄，是普希金常去的地方。维亚赛姆斯基家这座美妙古老的花园饰有许多纪念像——茹科夫斯基的、卡拉姆辛的、维亚赛姆斯基本人的。在这些纪念像中间有一尊不大的普希金纪念像[1]，其作者就是塑造基督受难林荫道上普希金像的那位雕刻家。[2]

一小群共青团员——三四个小伙子，三四个姑娘，——正在游览花园。他们兴致勃勃地逛了由维亚赛姆斯基家的住宅改成的博物馆，逛了花园，然后停留在普希金纪念像面前。

其中一个小伙子弯下腰（碑铭有点模糊），念道：

---

[1] 这尊纪念像已移到列宁格勒全苏普希金博物馆，原址只留下一个台座。
[2] 指俄国雕塑家亚·米·奥彼库欣（1841—1923）。基督受难林荫道在莫斯科，后改名普希金林荫道。该处的普希金像已于一九五〇年移至普希金广场。

你们好,年轻的、不相识的一代!①

我站得离他很近;碑铭在这个情况下显得非常相宜,这使我感到惊奇。共青团员们看来也很惊奇。他们不知为什么沉静下来,交相使了个眼色。伟大的诗人从坟墓里直接向他们说话了。一个戴红头巾的小小的女团员,抬起她那充满着某种羞怯、诧异,但也流露出友爱的眼睛,望着普希金,低声说:

"你好,普希金。"

---

① 引自普希金的《我又访问了……》一诗(一八三五年)。这两句话原是诗人对幼嫩的树丛说的。

涅克拉索夫与诗人在生活中的地位[*]

1

以才具的深度和广度而论,普希金是最伟大的俄国诗人,他不能不明明白白地确定诗人在生活中的地位。

一方面,产生他的那个时代是一个特殊的革命的时代:贵族中的某一部分人同旧的专制制度、同本阶级的死硬派发生了尖锐的冲突。另一方面,这又是我国总的发展过程所造成的,是国内的上层必然欧化的结果。同普希金最接近的人要求他们的第一位诗人、要求这个应该表现扩展中的文化领域的基本倾向的人物具有政治自主精神。

当时的先进贵族虽然走着不稳固、不彻底的道路,又分成了好些派别——从急进的到稍微带有自由主义色彩的,可是他们毕竟向专制制度大举进攻了;在那个时代,普希金意识中有一股政治上表示反抗和作为一个公民而热爱自由的颇为激烈的情绪,并且反映到他的作品里面。然而贵族革命是脆弱的,起来对戴皇冠的领袖造反的统治阶级代表,其地位是自相矛盾的,这两点很快便表现出来了:从社会上说是十二月起义的溃败,从文化上说则是人们迅速放弃原来的政治立场和公民立场。这一次退潮也卷走了普

---

[*] 本文初次发表于一九二八年第一期《革命与文化》双周刊。译自《卢那察尔斯基八卷集》第一卷。

希金。

　　普希金是一个拥有强大的智慧和温厚的情怀的人,他给自己寻找理由来替他这种变节行为辩解,同时从哲学上对革命的暴烈手段加以谴责,相当苦闷地探出一条自由主义的保守主义道路,最主要的是,他带着一种幽婉的悲戚心情,——令人想起色彩熠熠的日暮景象——沉溺到纯诗歌中去了。

　　普希金这一次退却一定使他非常痛苦,因为即使在他的创作中这个不问政治的时期,他也有权利认为自己是促进社会发展的一个极其重要的因素。普希金确实像天才亚当一样教导人们怎样生活,怎样认识自己的个性、本质。他充满感情地重新给周围一切事物定出名称,他为文词、为音乐般的语言、清朗的散文、感情上的各种不同色调、激切而深刻的思想的表现法奠定了极好的基础。在他以后,任何阶级、任何集团要插足于俄罗斯文学,都非念完这个亚当的学校不可,虽然他们可以完全照另一个样子去应用他们在这所学校里学到的东西。

　　值得注意的是,我们今天竟有一些评论家和作家要千方百计毁坏普希金的纪念碑,——不是耸立在特威尔林荫道上的纪念碑,也不是普希金真的为自己建立的那座超人工的纪念碑,而是普希金用来宣告这座超人工的纪念碑业已建成的名诗《纪念碑》。米·奥·盖尔宪仲早就要让我们相信:《纪念碑》的开头部分全是讽谑之作,只有最末一部分——关于"上帝的意旨"的部分才流露了真情。[①] 最近又有一位当代大作家[②]断言:普希金的《纪念碑》是一首模仿杰尔查文的《纪念碑》的谐谑诗,应该把它理解为对那些"具有公民精神的分子"的暗中攻击,他们希望有一个"术士"

---

① 米·奥·盖尔宪仲(1869—1925),文学史家和政论家,普希金研究方面的学者,主张凭直觉认识艺术作品。上述论点见于他的《普希金的灵智》一书(一九一九年)第三章。
② 指小说家和文艺学家维·维·魏烈萨耶夫(1867—1945)。

"拿起"扫帚来清除一下;——仿佛真的可以相信普希金认为在遍地奴役的残酷时代歌颂自由,或者在警察和地主横行的漫漫黑夜宣传人道是一件无聊的事,是多此一举似的。当然不能相信这个。可以容许的只有一点,就是:照普希金的自我鉴定,他的诗歌中的这些因素并不是最好的东西,因为(既然他已被反动派压得垂头丧气)他确实没有予以发挥,也不可能充分发挥,但是他确实懂得他的诗歌的这些因素在人民群众眼里的全部价值。他认为,只有成为这样的诗人,他才会长久地为人民所敬爱。

2

涅克拉索夫的诗歌创作是在一个完全不同的环境中发展起来的。具有人民性质的贵族自由主义仍旧存在着,虽然已经带上某种萎靡不振和感伤主义的特点。可是后来,属于新的思想体系的知识分子即平民知识分子的巨浪巍然升起,好比一个气势更磅礴、威力更雄厚得多的山脉,他们在政治上充满着急进民主主义的情绪,他们更接近人民群众,把群众看作争取自由的斗争中的唯一支柱。

使环境发生这种变化的内在力量,当然是国内资本主义经济的进一步发展。但是,尽管平民知识分子及其情绪、学说和策略是资本主义的产物,我们却决不能由此得出结论说,仿佛他们是直接间接拥护资本主义的人。当时的资本家同贵族专制政府和教会紧密地勾结在一起,他们暴露出来的面貌主要是一伙以原始积累为目标的残酷的破坏者,因此他们完全引不起平民知识分子的任何好感。平民知识分子向他们挑战,把他们向专制制度、迷信以及俄国生活中其他可诅咒的东西并列。这个情况不能不促使平民知识分子的思想走上最果断、最有远见的贵族代表如巴枯宁和赫尔岑已经走过的道路,即是渴望和追求社会主义的道路,虽然这种社会主义还缺乏纯粹的科学性。

涅克拉索夫原是贵族出身,他的家风家法曾使他饱经忧患,所以他无论如何必须走上反抗的道路,正像在同一时期同样受过各种欺诈的地主之子萨尔蒂科夫—谢德林一般。但是涅克拉索夫的家庭,或者说得更正确些,他的父亲,不仅野蛮地恣意专横,让这孩子看了难过,甚至还为了一次小小的口角就把他赶到大街上,从此完全不去接济他。

因此,涅克拉索夫是作为一个有知识的无产者、作为城市贫民的真正代表度过他的大部分青年时代的,他同别人的区别,只是他的文化程度比较高罢了。涅克拉索夫愿意做任何工作,不过他当然特别向往刚刚发展起来的城市所需要的文学工作,城市居民喜欢读报纸和报上的杂文。诗人、杂文家、轻松喜剧作者,——这个时期的涅克拉索夫便是这样的人。当时他耗费了大量的纸张,只为了获得一点餬口之资,稍稍改善一下他那困苦的境况。当涅克拉索夫碰到平民知识分子的伟大领袖别林斯基的时候,他正是这么一个卖文为生的无产者,通过别林斯基的关系,他同平民知识界的先进部分有了进一步的交往。

这些因素将天禀优异的涅克拉索夫的面貌规定得清清楚楚。对专制政体和地主制度的憎恨,对农民的深切同情,与这份同情密切相关的对农民中间所蕴藏的潜力的自豪的爱(请回想一下诗人描写村童农妇的那些惊人之笔),对城市生活旋律的敏感,敏锐的、纯然是城市式的观察力,用绘声绘影的词句抓住城市广大读者的本领,以才识出众的杂志工作者的巧妙手腕把悲愤、悲壮和往往带有优秀趣剧性质的苦笑糅合在一起的本领,——这一切,很快使涅克拉索夫首先变成了一位政论诗人。于是在那个即将来到的世界、带着非常明显的资本主义色彩的世界中,涅克拉索夫和他的平民知识分子朋友一道,占据了一席十分明确的位置:他是被压迫者——即是还没有完全显露出来的无产阶级——的保护人和剥削者的死敌。

那是一个轰轰烈烈的决定性的时代,成熟的新兴力量同丑恶的、僵化的旧制度进行激烈斗争的时代。这种过渡时期,尤其是在斗争最尖锐的关头,当然会给充满深刻的内容与火热的情感的政论作品创造一切必要条件。涅克拉索夫没有首先把自己看作那样的诗人,其使命只是追随在普希金之后,旧调重弹地用甜蜜愉快的词句来记述私生活中的吉日良辰,或者提出一般的不着边际的问题;涅克拉索夫是办杂志起家的。他希望鼓动周围的人,帮助他们去攻破谎言,因为谎言似乎已经为时代所不容了。涅克拉索夫以一片真诚宣布了他的名言:"你可以不做诗人,但是必须做一个公民!"①不过那只能理解为这个意思:一个人应该先成为公民,然后再做诗人。涅克拉索夫感觉自己是诗人,即是能够把自己的感受移注到形象和音组之中以鼓动同胞们的人;但正是公民精神才应该成为诗歌的基础。

公民诗或政治诗常常失之于矫饰和冷漠,然而只有当它本身尚未成熟到具有真正的热忱、高度的激情的时候,才会这样。涅克拉索夫没有也不可能有这种情况。他的机智、他的同情心、他的爱活动的性格,使他对当时一般公民所关注的问题的热情从来没有衰退过。这些问题过于重大,它们所引起的思虑真是不仅代替了人们的世界观,而且变成了一种真正的世界观,它们深入到每个人的私生活里面,成为这私生活的光芒四射、决定一切的中心。因此涅克拉索夫才能变成真正的诗人,令人想起他的前辈②在两首歌咏先知的诗中所描绘的崇高的诗人形象。他确实能够"用语言去燃起人们的心灵"③,确实能够从人们眼睛里看出他们的"凶狠与

---

① 出自《诗人与公民》一诗(一八五六年)。
② 指普希金和莱蒙托夫。
③ 见普希金的《先知》。与原诗略有出入。

恶习"①,使他们在深刻的艺术的镜子中看到他们自己的影子。同时,他的宣传闪耀着各种色彩,成了一支雄壮和谐的乐曲,却又没有背离他的时代和决定时代面貌的先进集团的基本口号。

可是这样评论涅克拉索夫还十分不够。涅克拉索夫的无比的深刻性、他的极富感染力的抒情风格、他的充满人道精神的调子,这些东西又来自他那性质十分特别的个人痛苦,来自他那表现为两个全然互相排斥的阶级力量之交错的内心纠葛。

地主习气在涅克拉索夫身上流露得比较少:涅克拉索夫的地主出身只是给他带来了深湛的农村知识,使他对农奴主产生了以牙还牙的憎恨,对浅薄腐朽的贵族自由主义抱着看透了底细的轻蔑态度。

不过问题在于涅克拉索夫施展才能的那个时代开辟了两条道路:一条是参加"为伟大的博爱事业而捐躯的人们的阵营"②,即参加社会主义战士的阵营,当时社会主义的概念还很模糊,可是无论如何,它同资产阶级的利己主义倾向显然是对立的;另一条道路正是牟利的道路,追求功名的道路。

资本主义摧毁农奴制度而迅速增长起来以后,为各种投机活动、各种钻营手腕、造成了机会。甚至在文学上也打下了这种烙印。一个合乎"潮流"的杂志能够给人带来大宗进益,能够大量印行。"不必出卖灵感,但是可以出卖手稿,"③——如果出卖的不是自己的手稿,而是别人的,同时又能印行千千万万册,那么事情便大大有利可图了。

涅克拉索夫有浓重的资产者习气,当然,知识分子味毕竟占了上风。在某种程度上说,涅克拉索夫身上的资产阶级的东西倒是

---

① 见莱蒙托夫的《先知》。
② 见《一时的英雄》。
③ 见普希金的《书商和诗人的谈话》。

他的一个强有力的方面。他是生意人,又是一位出色的文学事业组织家,他没有忘记自己的利益,可是对他的杂志撰稿人也照应得很不错。他所特有的精明强干赢得了人家的好感。有个时期,人们大骂涅克拉索夫吝啬、亏待朋友,还说他有过某些可疑的欺诈行为,但是这类指责看来已经完全不能成立了。只有他作为一个懂得劳动和金钱的价值的干练人物、一个真正的"经营家"的显著特点,才是确实可信的。

追求阔绰的生活,追求一个近乎奢华的舒适环境等等,这同样不一定是典型的资产阶级代表的特点,在原始积累时期尤其如此。但因为青年时代经历过苦日子而似乎要慰劳一下自己,这却完全是涅克拉索夫的夙愿。此外,还得加上对打牌的嗜好,涅克拉索夫的容易入迷的性格和他那资产阶级的务实的强烈倾向,在这件事上得到了不正常的表现。在这里,在低劣的争斗和输赢的交替上头,他耗费了他一部分强大的精力。

在涅克拉索夫本人看来,就是这些特点——一方面是资产阶级的钻营手腕,孜孜为利,另一方面是铺张浪费,——损害了他自己的品格。

即使他不能克服——例如说——某种庸人的畏惧心理,实际加入献身"博爱事业"的战士的阵营,那也算不了什么,虽然乌斯宾斯基正好在知识界看出了相反的两极——英雄、"尽到义务的人"和庸夫、"债务人"[①],并且因为自己没有直接参加革命斗争而感到苦闷,朋友们说他用他的文学工作大力支援了革命运动事业,他也不大接受劝慰。涅克拉索夫受到青年们的无限敬爱,他的每一首诗都成了先进社会人士的注意中心,尽管他没有足够的勇气加入地下组织,冒着生命危险去向可恨的制度作斗争,大概也很可

---

① 出自格·乌斯宾斯基的文集《新时代——新忧虑》中的特写《债务人》(一八七六年)。详见本书第一七二页注①。

聊以自慰了。为了保全他的杂志,有时候他不得不在表面上姑息敌人,向他们低头,连这种情况也很容易被认为是作战上所必需的计谋。涅克拉索夫所不能原谅自己的,正是他受了本性的无法抗拒的招引,在生活上贪图安乐,正是他白白花费或损失了大批的金钱,正是他费了无数的时光去满足他的嗜好,那只能叫做猥琐无聊的嗜好,不是一个自觉的公民所应有的。在涅克拉索夫过着半无产者生活期间滋长起来、在他同革命朋友交往中加强起来的革命精神,无情地谴责了他的性格上的资产阶级特点,而从这个不走运的地主身上所滋长的资产者习气,连同那一切恶劣的倾向,却坚决抗拒,不愿让步,既要保住金钱,又要保住自私的、不体面的花钱方式。

不要以为这个冲突只是表面的冲突;恰恰相反,它使涅克拉索夫非常痛苦。他觉得自己的生活方式是犯罪的、可耻的,但是他没法斩断他亲手制造的这条镀金的锁链。从这里产生了他那一系列十分特别的悔过的作品,《一时的英雄》也许永远是其中最伟大的一篇;从这里产生了他在最最残酷的苦刑之下的呼号,而这苦刑原是他自己施加于自身的;从这里又产生了他临终时的断肠的悲伤,那时涅克拉索夫被可怕的病痛折磨着,不过他的苦难与其说是来自生理上的痼疾,不如说是由于良心的苛责。涅克拉索夫是愤怒和复仇的诗人、泛爱人民的诗人、泼辣尖刻的讽刺诗人,同时又是怀有极大的内心痛苦的诗人,这是因为他生活的那个时期、他的同时属于两个世界——知识分子的社会主义世界和资产阶级事务的世界——在他心里引起了纠纷的缘故。

不必奇怪,为什么涅克拉索夫在痛苦中弥留的时候,车尔尼雪夫斯基给他寄去了一封令人读来不能不激动的信。① 人人都记得

---

① 一八七七年八月十四日,车尔尼雪夫斯基从西伯利亚流放地写信给表弟亚·佩平,托他转告涅克拉索夫:"我确信:他会名传不朽,俄国将永远爱他,他是一切俄国诗人中最有天才和最高贵的人。……作为诗人,他当然高于一切俄国诗人。"

这封信。车尔尼雪夫斯基向涅克拉索夫表示了兄弟情谊。他对他说，由于他在公民诗歌创作上立了大功，他个人的一切过失或缺点都会得到宽恕；他对他说，人民把他看作自己最伟大的诗人。

在《纪念碑》中，普希金已经懂得一个诗人怎样才能长久地为人民所敬爱，可是在这种为了生活中的光明因素的胜利而直接维护一些人、攻击另一些人的公民诗、政治诗方面，涅克拉索夫当然远远超过了普希金。但是，车尔尼雪夫斯基是否有权利饶恕涅克拉索夫的过错？我们现在是否应该像涅克拉索夫时代的某些评论家和传记作家那样，再对他横加斥责，或者发表一些浅薄的意见，说他不够真诚，因为一个人不能左手玩牌，右手却大写其反映乡间疾苦的动人的诗？

不。第一，我们也像车尔尼雪夫斯基一样，应该把私生活同社会生活严格区别开来。这并不是说，我们应该原谅私生活上的毛病，——完全不是；这只是说，普希金在他另一首名诗①中所提出的也是真理，那首诗极力想确定诗人在生活中的地位。一个诗人，在能够使他由庸人变成重大真理代言人的呼声要求他献出力量以前，在他登上讲坛向千百万人、向一代又一代的人说话以前，他也许只是沉浸在"纷纷扰扰的上流社会生活"中，毫无出息，他也许只是一个渺不足道的人。不过我们要记住：普希金认定是灵感、是什么神的呼唤的那个现象，其实就是人的转变的时刻，转变之后，他才会履行他的社会职责。诗人应该说出许许多多人所关心的事情，他非抛弃自己身上的猥琐的东西不可，洗掉这一切灰尘以后，他才能出现在万目睽睽的听众面前。涅克拉索夫也是这样。作为一个社会现象，作为群众的喉舌，作为当时社会优秀分子的功业的宣传者，涅克拉索夫始终是可贵的，不管他这个庸人平日的行为怎么样。

---

① 指《诗人》。

然而还不仅如此。因为涅克拉索夫把他的内心纠纷变成了诗歌的对象，变成了一种新的社会价值。涅克拉索夫的苦闷的实质何在？在于他同当时的革命之间起了纠纷。然而涅克拉索夫感觉这场纠纷正是他个人的过错，是他不配踏进他那个时代的中心。

个别人同革命之间、即是同对现存事物的批判高潮和新鲜事物的创造之间的分歧，向来不是一件稀罕的事情，对那些按其阶级出身并不属于承担革命重任的集团的个人来说，更是如此。他们可能感到革命事件的急流对他们有极大的吸引力，同时他们内心又跟它很疏远。但是问题就在涅克拉索夫写出了令人心碎的悲凉的乐曲，来责备自己未能克服这场内心纠纷。

我们今天也看到了这种现象，甚至看到某些个人或代表这些个人的集团，企图通过政论文章或文学作品来表现自己疏远当代主要现象的事实。有人极力把叶赛宁的自杀解释为这种疏远的结果，可是不说那同涅克拉索夫的情况一样，不是把它解释为自我惩罚，惩罚自己未能全身心地、无条件地、有成效地走上时代的创造途径，而是解释为一项证据，证明个人似乎比他们所谓的过于褊狭、缺少文化、只是致全力于政治斗争的时代来得优越。叶赛宁自杀案还没有完全查明，不过我个人觉得，叶赛宁本人是有过纯涅克拉索夫式的绝望的时刻，有过面对他所极其尊崇、但又是他所不能理解或不能企及的革命而自惭形秽的时刻的。可是叶赛宁的追随者极力在这件事上颠倒黑白，反而诋毁革命，仿佛是革命对禀赋优异的人过于冷酷和怠慢。这样从利己主义出发将自己同革命对立起来的论调，不管其目的是在艺术上抵制革命或是为自己发牢骚和腐化堕落辩解，在我们今天听来，有时是很叫人厌烦的。

从这里，我们也可以明白涅克拉索夫的诗歌的新价值了。

请您思索和比较一下吧：一方面是涅克拉索夫时代的革命尝试的嫩弱的萌芽、它的最初的闪光，另一方面是诗人的磅礴的才气。在我们今天，却一方面是胜利的、囊括万有的、给我们展开了全面创造的宏大远景的世界革命,另一方面则多半是极端自负而又确实非常渺小的个人。

在向形形色色的腐化、绝望、个人自大狂作斗争时,涅克拉索夫的忏悔乐曲有着极大的教益。毫无疑义,我们今天的诗歌应该是涅克拉索夫式,而且不能不是涅克拉索夫式。这意思当然不是说:我们要在外形上模仿涅克拉索夫的创作,或者再现他的思想和感情、他的题材和形象,或者把他周围的生活和亲身的经历在他心中唤起的欢乐或痛苦,重新领略一番。

做一个涅克拉索夫式的诗人,就是要比涅克拉索夫更进一步,在各方面胜过他,好像今天的革命规模早已超过他那时代的革命一样。做一个涅克拉索夫式的诗人,就是要以他在我们今天的文学之前所发展的公民诗、那种洋溢着最深厚的革命激情的诗为自己的方向,以他的披肝沥胆的自我剖析为自己的方向。能够认为自己是站在革命的水平上的人,是幸福的,善于在时代的伟大事件面前考验自己、尽力把自己提高到这些事件的水平而又取得了或大或小的成绩的人,是可敬的。因为有过绝望、畏缩和自私的时刻而责备自己、想尽可能多多体会一下当他真正成了时代英雄时的心情的人,应该得到原谅,并且常常能给社会带来很大的益处。认为自己百事大吉、其实只是对本身的缺陷熟视无睹的自满的人,是恶劣的,灰心丧气地陷在污泥潭里的牢骚家,是讨厌的。如果他把他这种沉沦不归咎于自己,却归咎于他远远配不上、他无力去接触的时代,那么他简直是讨厌透顶了。

在涅克拉索夫遗留给我们的丰富的宝库中,一切都是于社会有益的。像真正挺拔卓越的人物常有的情形那样,连他的缺点,连他的创伤和两重性,经过创作之火的烧炼,最后都会变成赤金,可以收入我们的宝库里面,使我们感到骄傲,给我们带来益处。

尼·加·车尔尼雪夫斯基的长篇小说[*]

1

车尔尼雪夫斯基的长篇小说,值得我们作一番最仔细的马克思主义的分析。我们还没有这样的分析。我们还没有从艺术性和社会性方面,对这些小说作出正确的总的评价,也没有阐明它们的全部具体内容(这些小说直接反映出来的车尔尼雪夫斯基周围的环境)和思想内容。

我个人认为这是一项头等任务,如果时间和情况容许我十分仔细、十分从容地去执行这项任务的话,我一定感到很荣幸。

同时我相信,其他的马克思主义研究家也不会放过这个大好的题目,例如,我在伊波里特的出色文章《六十年代的政治小说》[①]中就看到这种研究的开端,而且是一个方向正确的开端。

在普列汉诺夫和斯捷克洛夫论车尔尼雪夫斯基的大部头著作

---

[*] 本文是作者为一九三二年版《车尔尼雪夫斯基五卷选集》第五卷所写序言。译自《卢那察尔斯基八卷集》第一卷。

[①] 伊波里特(西特柯夫斯基)这篇文章发表于一九三一年第一期《文学与马克思主义》杂志。

中所作的总的评价,我觉得是不全面的。① 这次我们向广大读者介绍两部长篇小说时,对正文作了细心的校勘,又加了许多注释来减少我国青年读者在阅读中的困难,他们经验不足,然而难能可贵,他们拿起书来不是为了消遣,而是要在进行社会主义建设事业时从书中寻求帮助,——不过我们只限于附上尼·包果斯洛夫斯基的一篇文章②,它为说明这两部小说的产生,为评述它们给同时代人的影响,为评述对它们,当然特别是对轰动一时的小说《怎么办?》的反应,提供了必要的材料。

在我这篇引言里,我只想指出我觉得应该作为今后研究这些作品之依据的几个中心思想,我与其说是把这些作品看作当时的现实的一部分,不如说是把它们当作今天的活生生的现实的一部分。

2

伟大的小说《怎么办?》出版以后,敌对的"唯美派"方面在车尔尼雪夫斯基身上加了一大堆恶毒的、鄙薄的评语,读者只要从

---

① 一八九四年,普列汉诺夫用德文出版《尼·加·车尔尼雪夫斯基。文学的和历史的研究》一书,其中收集了一八九〇至一八九二年间他同民粹派论战时在《社会民主党人》上发表的几篇论车尔尼雪夫斯基的文章。这部文集曾获得列宁的赞许。一九一〇年,该书修订再版。当时普列汉诺夫已变为孟什维克,在他的笔下,车尔尼雪夫斯基成了一个启蒙学家、折衷主义哲学家,一个远离时代的迫切政治任务的人。列宁对这个修订版提出了批评。

尤·米·斯捷克洛夫(1873—1941),苏联作家,杂志工作者。所著《尼·加·车尔尼雪夫斯基》(一九〇九年)一书,把车尔尼雪夫斯基的观点和马克思、恩格斯的观点等同起来。一九二八年他又有两卷关于车尔尼雪夫斯基的研究著作问世,仍旧认为车尔尼雪夫斯基是"革命共产主义者""马克思主义者""俄国革命马克思主义奠基人"。

② 包果斯洛夫斯基(1904—1961)的文章题名《尼·加·车尔尼雪夫斯基的小说作品》。

尼·包果斯洛夫斯基的文章中了解到这些评语,对这件事是丝毫也不会惊奇的。尼·包果斯洛夫斯基已充分点明,环绕着这部小说燃起过一场多么激烈的阶级斗争,或者说得更正确些,它是一场多么激烈的阶级斗争的产物。

比较令人惊奇的倒是这个事实:千千万万的先进读者认为《怎么办?》是"自己的福音书",而我们马克思主义评论界竟不同意他们的热烈赞扬,却偏偏去附和自由资产阶级阵营和保守阵营中对《怎么办?》加以最猛烈的批评的人。当然,这并不是指小说的内容而言的。照我看,对内容的估计也还大大不足,可是每个马克思主义者自然都深深懂得,对他来说,车尔尼雪夫斯基比那个时代的论客们要亲近得多了。

不,问题是对小说的美学评价。在这里,不知为什么,我们竟完全无条件地放弃了我们的阵地。

说车尔尼雪夫斯基的小说缺乏艺术性这种论断,跟对涅克拉索夫发出的判决来自同一个阵营。"他的诗全无诗意。"[1]屠格涅夫郑重宣称。托尔斯泰把涅克拉索夫的作品——我国诗歌中的最大瑰宝——叫做"歪诗"。

涅克拉索夫在艺术上的价值现在已经很明显,大概谁也不会争辩了,从他的例子可以看出,革命民主派的同时代人是用多么"特别的"标准去对他们的作品进行美学评价的。

可是,杰出的布尔什维克评论家瓦·瓦·沃罗夫斯基,居然也对"倾向性文学"采取了特别不可调和的,甚至比普列汉诺夫[2]更

---

[1] 见一八六八年一月十三日屠格涅夫给诗人雅·波隆斯基的信。
[2] 例如,普列汉诺夫说过:"一件艺术品,不论使用的手段是形象或声音,总是对我们的**直观能力**发生作用,而不是对我们的**逻辑能力**发生作用,因此,当我们看见一件艺术品,我们身上只产生了是否有益于社会的考虑,这样的作品就不会有审美的快感;……真正的艺术家总是求助于直观能力,而有倾向的创作总是尽力在我们身上引起对普遍利益的考虑,就是说,归根到底是要对我们的**逻辑能力**发生作用。"见《论艺术(没有地址的信)》第一○七至一○八页,三联书店,一九七三年。

厉害的敌视立场,他始终相信,"斗争"真的"妨碍"了涅克拉索夫"成为诗人"①。

哦,怎么不是呢?难道涅克拉索夫自己没有承认过吗?但是我们知道,对这类自白必须极其慎重。涅克拉索夫弥留之际,车尔尼雪夫斯基就曾毫不犹豫地称这位作家为"俄国文学中最伟大的诗人",甚至说:他"自然是最伟大的诗人"。② 我们可以从车尔尼雪夫斯基给涅克拉索夫的书信上找到证据,证明车尔尼雪夫斯基决不仅仅在对涅克拉索夫的"政论"诗的了解上,而且在对他的发自胸臆的抒情诗的了解上,也很精明、敏感和细腻。

在我们今天,我重说一遍,已经很少有谁再用鄙薄口吻去评议"复仇和悲哀的缪斯"③,然而至今还是有人对车尔尼雪夫斯基自己的艺术作品抱唯美派的鄙薄态度。例如,最大的无产阶级作家之一法捷耶夫同志,竟胆敢——我重复一遍:竟胆敢——说,车尔尼雪夫斯基的小说"不属于文学之列"。④ 我对法捷耶夫同志本人的小说甚为推重,可是我很怀疑,它们在俄罗斯文学中能否比《怎么办?》和《序幕》拥有更大的席位权……

问题到底在哪里呢?伊波里特同志在上述那篇文章中正确地强调,这里的问题在于车尔尼雪夫斯基的艺术方针和——比方

---

① 沃罗夫斯基在《再论高尔基》里引用了涅克拉索夫《给齐娜》一诗中的两句:"斗争妨碍我成为诗人,诗歌妨碍我成为战士。"("战士"在引用时误作"斗士")然后断言:"这两行诗很恰当地表明了一种想法:斗士而兼诗人是不可想象的,需要斗士的时候很难做一个诗人,而等到可以做诗人的时候,斗士的时代其实已经过去了。以才能而论涅克拉索夫自己原是一个大诗人,实际上他只是写出了蕴藏在他内心的诗的一部分。斗争妨碍了他。"
② 见本书第一五四页注①。卢那察尔斯基在这里只引了个大意。
③ 指涅克拉索夫的诗。
④ 大概指法捷耶夫这段言论:"甚至属于上升阶级的某些作家的作品(例如车尔尼雪夫斯基的《怎么办?》),由于在很大程度上用对现实的议论来代替了直接从现实中得到的印象,也在同样程度上越出了艺术的范围。"见法捷耶夫:《无产阶级文学的主要途径》第六九页,列宁格勒,一九二九年。后来法捷耶夫完全改变了他对车尔尼雪夫斯基的艺术创作的看法。

说——屠格涅夫的艺术方针不同。而我们却把贵族作家为自己树立的标准当作绝对的东西了。我们可以把文艺和纯政论的等级用一个概略的、虽然不用说是稍嫌粗糙的大纲表现出来。

我们从最纯粹的艺术谈起,这种艺术的作者本人坚决相信艺术同现实生活无关,它既与实用的事物、又与人的任何意图无关,而纯然是"独立存在的美",并且他总是极力去满足那些用同样的观点看问题的读者。这类作家的脑子里即使有了什么思想,他也要努力仔仔细细地清除它。他认为合乎理想的作品中只能有形象,而形象又得尽可能不体现思想,不包含任何有目的的内容。我们现在知道,这种绝对无倾向性的境界恐怕是达不到的,无论它本身多么纯净,它终归会变成它本身的对立物,换句话说,同生活严密隔绝的艺术,也会把人招引到一个什么地方去,即使人脱离生活,这么一来,它就变得具有鲜明的倾向性了,而这正是由于它害怕倾向性的缘故。虽然如此,可是从历史上看,文学中确实有过这一类无思想的梦幻、这一类想象的游戏。

其次是那样的艺术家的作品,他们是内心完整的人物,是足够强大的阶级的表现者,他们随心所欲地选取题材,提炼情节,创造人物和情境,展开对话,因此,仿佛是生活本身经过出色的、水晶似的透明的反映,从我们面前掠过一样,但是同时,他们又意识到这一切工作没有白做,他们的长篇小说、悲剧、长诗等等,是"有所为"而写的。这种作家甚至常常意识到自己是生活的导师,而且,他们越是少透露他们的思想上的目的性,越是多让形象自己替自己说话,他们就越认为自己是高明的导师。

这个手法竟使得有些人,例如普列汉诺夫和沃罗夫斯基,认为托尔斯泰的《战争与和平》——一部具有明显的倾向性和论战性的小说——是纯艺术的珍品。[①] 像沃罗夫斯基那样敏锐的革命评

---

① 见普列汉诺夫的《再论托尔斯泰》和沃罗夫斯基的《再论高尔基》。

论家甚至没有看出:在这部描写十九世纪初叶的贵族阶级的卷帙浩繁的小说中,完全没有勾画农奴制度,而托尔斯泰是有意识地撇开农奴制度的,因为他的小说应该成为他的阶级的辩护书。如果一个艺术家没有具备托尔斯泰的才能或者跟它差不多的禀赋,他便不能这样掌握题材,使它完全融化在活生生的形象里面。结果只有他的思想意图的渣滓。有时候在某些场合,我们看到,为了迎合作为一种外力来进行干预的思想意图,事件的进程遭到了歪曲,有时候,作为政论家的作者的意愿表现成了某种浑浊的渣滓,就是说,作者自己突然用自己的名义说起话来,亲自对读者宣传他的思想了。

不过,关于这一点应该说,居斯达夫·福楼拜是一个更严格得多的美学评论家,他自己又是现实主义的、然而具有深刻的内在倾向性的长篇小说的大师,他认为《战争与和平》前半部有着深刻的倾向性,关于后半部,他感叹道:"Quelle dégringolade!"("一落千丈!")①他发出这个感叹,正由于托尔斯泰的小说后半部有许许多多诸如此类的政论性的(历史和哲学性的)"败笔"的缘故。

如果作家想写的是可以读来消遣的艺术作品,而读者也预先把它看作不用费脑筋就能理解的东西,那么这类混杂物当然是一个缺点。

现在让我们从另一方面来看问题吧。我们可以设想(文学史上也有这种现象)有一种科学性的政论,它害怕任何热情的词句,不容许有一点感情去干预那纯理智的论述和思想的激流。这样的政论家想成为伦理学家、数学家、科学家,想成为十足的客观主义

---

① 一八八〇年一月十二日,福楼拜在给屠格涅夫的信上谈到《战争与和平》:"这属于第一流!一个多好的画家!多好的心理学家!前两卷崇高,第三卷可就一落千丈了。他重复,还发议论!总之,我看见了他本人,作者和一个俄国人,可是这以前,我只看见自然和人类。"按,当时的《战争与和平》法译本共分三卷。

者,想用"几何学的语言"说话,等等。

然而大多数政论家同时也是艺术家,这丝毫不会破坏他们的庄严的科学体系。他们很喜欢譬喻、讽刺、引用大诗人的诗句,他们嬉笑怒骂,提出疑惑,等等。这种生气蓬勃的政论常常见于马克思、恩格斯、赫尔岑、列宁以及其他许多人的著作,对我们极有吸引力。

这一类型的政论家中间的某些人更进了一步。他们可以说是用寓言来说话了。不管是为了抓住更广大的读者(读者爱读小说甚于爱读论文),还是因为真正需要用想象所创造的具体事例证明自己的原则的正确,——总之,他们是写起小说来了,如赫尔岑之写别尔托夫①、车尔尼雪夫斯基之写他的小说……他们强调说——这做得对——他们的小说首先是思想性的作品,它的主要价值,就在于他们可以用来充实读者的那些新的思想。

我们的伟大革命民主主义者谢德林和乌斯宾斯基,正是这样用十分明确而自觉的态度看待自己的作品的。如果有人责备他们,说《现代牧歌》或《土地的威力》②不像屠格涅夫的小说或丘特切夫的诗,他们一定觉得好笑。如果人家进而说他们的作品"不属于文学之列",他们一定会非常遗憾地看看讲话的人,说道:"这对你们的文学只有坏处。"

一个暴露周围社会的虚伪、知道另一个真理、希望代表某个阶级说话的大思想家,有没有权利在艺术形象身上这样体现自己的世界观,使形象作为辅助性的东西融入世界观中,而不是使世界观融入形象中呢?有这权利!他的作品是不是有倾向性呢?当然是!而且,在这里,"倾向性"一词并不是意味着创作想象力的某种失败,而只是表示这部作品具有自觉的、可以自豪的目的性。

---

① 即《谁的罪过?》。
② 《现代牧歌》,谢德林作;《土地的威力》,格列勃·乌斯宾斯基作。

这样的作品会不会使人留下一个印象，觉得它缺乏艺术性呢？对于爱好"闲书"的读者，即使是最优秀的读者，它准会造成恶劣的印象。这种读者拿起书来是为了消遣。对他们，可以像贺拉斯所说的"寓教于乐"①，但是不能让他们察觉。他们好比一个小孩，假如不把药品做成蜜糖饼干的模样，他们是无论如何也不肯吃的。至于那些首先关心作家兼朋友的世界观的读者，却很欢迎这个作家兼朋友通过具体的事例、活生生的人物和深切的感受，把自己的世界观告诉他们；如果在这部小说、这篇寓言里面有时插进了作者的热烈的议论，如果他同他所友爱或敌视的读者直接交谈起来，他们也丝毫不会埋怨。这就是在我们认识某部作品的时候必须记住的一点；此外，还要补充一下：积极的、战斗的、实事求是的阶级如无产阶级，相比之下恐怕宁愿要这种同样积极的、战斗的、实事求是的文学。讲究优美高雅的阶级当然会对这类艺术作品嗤之以鼻。我们可决不能由此推论说：完美的、形象的、不容有政论性的混杂物的文学作品不能列入无产阶级文学。已往列入过，将来还要列入！可是，如果我们重新向贵族学习的时候做得过分一点，因而对伟大的革命民主派和极力想步他们的后尘的人不屑一顾，认为（可惜，例如沃罗夫斯基便是这样认为）他们预先注定了要遭到失败，那么，无产阶级舆论早晚总要对这种片面性加以指责的。

车尔尼雪夫斯基在长篇小说《怎么办？》里时常承认它缺乏艺术性，从而大大助长了他的批评者的声势。车尔尼雪夫斯基首先正式声明说：他的小说不敢以艺术品自居，但是这个艺术形式上的弱点由思想内容的丰富弥补了。然后他甚至容许了似乎是故意的草率。例如，他干脆声明："某件事是我为了引起你读者的兴趣而向壁虚构的。事实并不是这样，而是如此这般。"这当然要使那些

---

① 贺拉斯（公元前65—公元前8年），罗马大诗人。他在《诗艺》中说："寓教于乐，既劝喻读者，又使他喜爱，才能符合众望。"

看惯舞台上精美的侧幕和后景、决不希望把内幕和前台混淆起来的读者极为反感了。在这种人看来,编剧和导演走上前台作一番说明,开开玩笑,实在叫人大倒胃口。可是,例如青年工人剧院就有这种情形,将来也还有。这说明它突破了框框,这表现着观众同艺术的联系。

不过,应当说,车尔尼雪夫斯基是完全没有虚伪的谦逊这个毛病的。他知道他拥有杰出的小说才能。当然,他把科学政论工作看得更高。只有当他由于什么原因不可能从事这项头等的、主要的、他感到对自己更合适的工作时,他才动手写写小说,可是他的宏伟的小说构思及其巨大的成就,却清楚地证明了他的才能。

他本人在向读者解释了他写小说不是为着用表面的金箔和油漆来使人震惊之后,紧接着说:"你,读者,也许真的以为我不擅长写作,以为你那班平庸的作者,你一边读他们一边满足得舔嘴咂舌的,同我比起来都是更大得多的宗匠。不,请你不要这么想吧,其实我的小说就在艺术性方面,也比你的平庸无奇的小说家高明得多。如果说我谦虚地声明过我不是一个大艺术家的话,那只是因为我把我的小说同人类文学中现有的少数真正的艺术作品相比较的缘故,我离它们确实还很远。"车尔尼雪夫斯基的非常诚实、非常高尚的自我认识,其意义就是这样。当时的革命青年对它了解得很清楚。为什么今天的革命青年会不了解呢?

车尔尼雪夫斯基同"敏感的男读者"的戏谑的对话一点也不叫人讨厌。那是一个出色的艺术手法,今天也可以应用于长篇小说,只要它具有同样深刻的内容。车尔尼雪夫斯基所依靠的是来源于生活知识的、色彩鲜明的现实主义。小说《怎么办?》的整个开头是这样写法,《序幕》中有许多部分也是这样写法。当然,车尔尼雪夫斯基也有未完成的和失败的作品,我们已经不再重印了,不过我不是说它们……但是,例如普列汉诺夫,竟断定车尔尼雪夫斯基有一个总的特点:他的主角都是纯理性主义者,因此他们都用同样的语言说话,而且说得又抽象,又理智;我们应该坚决反对这个意见。车尔尼雪夫斯基写伧夫俗流写得很鲜明,可是他更喜欢写明智的人物。我和您读者这一类人也常常谈论各种煞费心智的事情,并且极力想谈得明智些。那时候,我们的谈话当然带有某种程度的书卷气,因为必须使用相应的术语、论据等等。但是,由于这个缘故,为了避免纯理性主义,也许就需要把明智人物摒弃于小说之外,或者不在明智人物论争和发挥他的思想的时候,而在他浴着月光、坐在茉莉花下的长凳上面谈情说爱的时候来表现他了吧? 问题正在于,车尔尼雪夫斯基觉得最重要的是他的主角怎样思想,只要这些思想不是无聊的扯淡,而是行动的基础。我认为今天的作家不应该害怕理性的对话。我还认为,这些理性的对话、明智的谈论将在我们的文学中占据越来越大的地位。这绝不是一件坏事。让多情善感的人和爱好趣谈妙语的人去拼命规避这个吧。我们不想规避。

高尔基是世界文学中最伟大的艺术家之一,然而他的惊人之作《克里姆·萨姆金的一生》,因为其中对白太多而对白的涵义又太费解,也开始为人诟病了。① 当然,高尔基比车尔尼雪夫斯基有着更丰富的生活,高尔基拥有一种更直接的艺术天禀。可是且慢,同志们:才力不及高尔基,并不等于根本没有才力。如果那样的话,今天的作家中间还有谁配留在"文学界"呢?

车尔尼雪夫斯基并不是随时都能创造出活生生的难忘的人物来的。罗普霍夫和吉尔沙诺夫主要是特定的思想与感觉方法的体现者。可是,难道俄罗斯文学中有一个比拉赫美托夫气魄更大的正面典型吗? 难道拉赫美托夫不是像恰茨基、皮却林[②]等等一样,有着永久的生命吗? 难道恰茨基等等没有表明他们都是反面典型,没有一下子就证明了他们不是用那种材料做成的吗? 难道拉赫美托夫

---

① 一九二七至一九二八年间,《在文学岗位上》和《新列夫》两杂志登载了许多文章,猛烈抨击《克里姆,萨姆金》。
② 皮却林,莱蒙托夫的《当代英雄》的主角。

这个坚定不移的巨人，没有迫使他们全体在革命读者的意识中退让到旁边去吗？请您把他同薇拉那一场最温和、最幽婉的谈话重读一遍，您便会感觉到，车尔尼雪夫斯基处理这一切的时候是多么适得其当，是多么了解这个几乎全凭想象创造出来的角色了。

但是，除此以外，这部小说还充满着炽热的感情。超出纯粹的现实境界的想象，仿佛一支喷泉似的在其中迸射着。小说富于浪漫气派，特别是在薇拉的几个梦中。高尔基不久以前讲过，描写我们今天这样一个弥漫着强烈的英雄主义精神的时代，不能单用现实主义手法，这里也需要浪漫主义；①车尔尼雪夫斯基在他对社会主义的预感中也了解这一点，只不过他是间接了解罢了。

普列汉诺夫难得称赞车尔尼雪夫斯基，可是连他也不能不赞美车尔尼雪夫斯基的空想的气魄和高贵。然而这里的问题根本不在空想。例如讲到车尔尼雪夫斯基的爱的哲学，那么在薇拉最后一个梦中不但叙述得即使对我们今天说来也完全正确，而且是用强大的诗的力量来叙述的。

3

小说《怎么办？》的内容包罗万象，不过现在我只想谈一谈车尔尼雪夫斯基在这部作品里提出的一种很重要的学说，那就是所谓的利己主义理论。

我不能不满意地指出，我们正在逐渐克服普列汉诺夫理论中作为他的时代之反映的那几方面，在当时条件下，无产阶级比起其他的历史力量来，还决不能认为自己是一个巨大的、几乎是决定性的力量。普列汉诺夫是这个刚刚奋起投入政治生活的阶级的理论领袖，他在反对民粹派及其肤浅的主观主义的斗争中，认为特别

---

① 见高尔基的《论文学及其他》（一九三一年）。

重要的正是强调新的世界观的客观性。他猛烈抨击孤单单的知识分子的一个观念,即是他们可以凭着思想和良心的力量,在事件的趋向中起一种主要作用。他用他的起源论的方法来对抗。谁要是从社会现象的性质和社会目的着眼去评论这些现象,他就到处加以嘲笑,他到处坚持说,马克思主义的真正科学性,正在于它"不是哭,也不是笑,而是理解"。① 解释这些现象的根源,证明它们为什么非如此不可,——马克思主义者的工作尽在于此了。

不言而喻,即使在战斗的布尔什维主义以地下党的形态开始发展的时期,这样的观点已经显得够奇怪了。在我们看来,各个现象,包括文学领域的现象在内,自有它的作用,这是具有非常重大的意义的。当时我们要比较和判断,我们要做出结论,我们要发挥影响,并且尽力做组织工作。而当布尔什维克从地下党变成了无产阶级的伟大先锋队,在一个泱泱大国掌握了政权,能够克服重重障碍以实现社会主义的时候,普列汉诺夫的起源论观点更是显然不够了。一个推行伟大的文艺政策的国家,怎么能认为它在理论领域内可干的事只是解释解释被定死了的、不可动摇的事件进程的原因和事件规律性的原因呢? 虽然现在这种起源论已被揭破,作为它的具体表现的"彼烈威尔泽夫思想"②不久以前已被推翻,

---

① 见普列汉诺夫的文集《二十年间》(一九○八年)第三版序。《艺术与社会生活》也讲道:"我所渴求的,用大家知道的话来说,不是哭,也不是笑,而是理解。"《没有地址的信 艺术与社会生活》第二八五页,人民文学出版社。

② 瓦·费·彼烈威尔泽夫(1882—1968),著名文学史家,写过论果戈理、冈察洛夫和陀思妥耶夫斯基等的著作,在二十年代下半期苏联文艺学领域内影响很大,他和他的追随者所形成的学派,甚至自命为现代文艺学中马克思主义正统的唯一代表。彼烈威尔泽夫认为文学的特点在于形象,文学是一种形象体系而不是思想体系和逻辑体系;但他又认为:文学同其他的意识形态如政治、哲学思潮是平行的,互不相干的;文学直接依存于社会经济,作家个人在创作过程中无足轻重;他们注定只能描写自己和本阶级的人物,无法了解别的社会集团的心理,非无产阶级出身的作者不可能通过自我改造而获得无产阶级世界观。二十年代末至三十年代初,彼烈威尔泽夫派的错误观点受到了清算。卢那察尔斯基是最早提出批评的人之一。

可是,普列汉诺夫在他同民粹派,甚至同包括车尔尼雪夫斯基在内的民粹派中间最伟大的人物论战时所确定的许多其他东西,我们也必须重新予以审查,因为他一方面正确地对启蒙主义的过分和不及之处作了斗争,同时却常常把小孩跟污水一起从澡盆中泼了出去。

普列汉诺夫花了不少气力来巧妙地证明,车尔尼雪夫斯基所发挥的利己主义理论是多么肤浅。

在某种意义上说,事情的确是如此。实际上,车尔尼雪夫斯基所确定的是什么呢?他确定,每个人的行为都由他的内心打算驱使着,不管这打算是他意识到的还是没有意识到的,表现为热情的形式还是论断的形式。在这一切场合,人终归是照他觉得最有利的方式去行事。如果有时候人的行为于自己有损的话,那是因为他不可能选择好处,而只能两害相权取其轻的缘故。

这似乎是十足的纯理性主义的见解。即使我们注意到不仅论断,而且感情也在决定人的行为时起着作用,结论还是:人仿佛是自己的行动的主宰。于是普列汉诺夫就在这里开始反驳,开始猛烈地反驳车尔尼雪夫斯基了:不,人完全不是自己的行动的主宰,人不是自己的行为的决定因素,理由很简单:人的本身要由他的出身、由社会环境来决定,这两者造成了他的性格,使他处于这些那些条件之下,从而决定了他的行动。说人人都是利己主义者,一举一动都为了自己的利益,是完全不正确的。在某种程度上说,他的行动是机械式的,换句话说,虽然他有苦有乐,有所追求,有所论断,但是归根结蒂,如果我们熟悉这个时候的全部情况,一定能够丝毫不差地预言他的行为。连利己主义的程度本身,即是一个人会忽略别人的利益到怎样的地步,以及相反地,他会重视某种比他自己更高的事物(祖国、宗教、本阶级、家庭等等)到怎样的地步,那也得看他所受的教育如何,看现实对他的培植如何而定。这么说,普列汉诺夫的观点自然是占绝对优势了!在他,人是社会的生物，是巨大的整体的一部分，是可以从社会的观点去加以研究的。人并不是什么具有自由意志、为合理的或不合理的利己主义指导着的孤立的个体。

不过我以为，普列汉诺夫并没有了解车尔尼雪夫斯基的论断的本质，并没有了解车尔尼雪夫斯基是从哪里出发的。

毫无疑问，假如我们问车尔尼雪夫斯基，他认为人具有绝对自由的意志，能够突然做出这个那个行为来呢，还是相反地，人是社会环境的产物，那么车尔尼雪夫斯基一定十分赞成第二种意见。他在唯物主义的决定论上进展得很远。

然而问题完全不在这里。在车尔尼雪夫斯基看来，重要的是建立一种新的、本身就是一个决定力量的道德。车尔尼雪夫斯基把自己看作生活的导师之一，看作日益扩大的革命民主主义者队伍的领袖，他以教育家自任，他没有忘记他将怎样影响人们的行为。他的面前似乎展开了两条道路：一方面，他可以说："人们的一切行为都是自然而然地产生的，是由某些原因造成的，所以用不着理会什么道德、什么教育，因为要发生的事终归是要发生的。"我觉得，这不仅不合乎启蒙学家的精神，而且绝不合乎马克思主义。因此，车尔尼雪夫斯基只好去寻求另一条道路，寻求一种能够积极改变人们行为的明确的思想综合体。通常这样的思想综合体是某种义务：外来的义务（神的戒律、君王的诏令或祖国的法律等等），或者类似康德的"绝对命令"①的内在的义务，一个声音对你说：你应该如此这般行事，因为每个可敬的人在这一场合也都如此这般行事。

但是车尔尼雪夫斯基根据他的唯物主义，恰恰认为用任何戒律和诏令去约束人都是可鄙的、不必要的事。他觉得他的拉赫美

---

① "绝对命令"是康德唯心主义伦理学所用的术语，指任何人在任何情况下都必须遵守的一种无条件的、永恒不变的行为准则或道德规范。

171

托夫们首先是自由的人,——不受外界强加于他们的义务的束缚,也不受他们内心当作强制纪律来接受的义务的束缚。我不认为车尔尼雪夫斯基会欣然同意拉夫罗夫(米尔托夫)在其名著《历史书简》中所定出的民粹派的义务。①

　　车尔尼雪夫斯基大致上是这样论断的:新人——革命民主主义者和社会主义者、理智的人,——是完全自由的。他不承认他头上有任何的神、任何的义务。他行事纯然出于利己主义的考虑,换句话说,他本人便是自己的最高裁判官。即使他,比方说吧,为了人民的未来而去冒最大的危险,甚至毁掉他的生命,这时他也仍然是作为一个利己主义者来行事的,换言之,他会对自己说:"我这么做是因为我身上最好的一面要求我这样;如果我换个做法,我身上这最好的一面就会感到屈辱和痛楚,使我烦恼,我就会觉得对不起自己。可是我并不要求人家对我表示任何谢意,我并不硬充神圣的功臣或好汉。如果人家夸奖我或颂扬我,我会平静地说:大可不必,我做这个不是为了赢得夸赞,也不是因为我是一个大好人;我做这个,是由于任何其他的做法都使我痛苦,这种做法却使我快乐,即使它会毁掉我的生命。"与其退让、屈服,不去完成自己的历史使命,让自己终生做一个任人宰割的倒霉鬼,不如毁掉自己的生命,好像同专制制度顶撞、被放逐到荒凉的偏远地区达二十年之久的车尔尼雪夫斯基毁掉它一样。

　　车尔尼雪夫斯基在他的利己主义理论中进行了两条战线的斗争。一方面他说:小市民总是需要各种义务、支柱、命令,我们却是自由的人,我们是坚强有力的个体,我们用不着这一套。我们愿意怎么做就怎么做,这完全由我们负责。这是车尔尼雪夫斯基就这

---

① 民粹派思想家彼·拉·拉夫罗夫(1823—1900,米尔托夫是他的笔名)在《历史书简》中,认为全部文明都是人民的劳动创造出来的,知识分子对人民负着一笔债务。这个说法很受十九世纪七十年代民粹派青年欢迎,成了他们"到民间去"运动的理论基础。在俄文中,"债务"和"义务"是同一个词。

一条战线所说的。当他转向另一方面,转向形形色色的理想主义者的时候,他说:庸人也是利己主义者,像我们一样。不过形式上一样,实质上却完全不同,因为他们是愚蠢的利己主义者、渺小的利己主义者。说他们愚蠢,是因为他们不知道参加社会建设的崇高快乐,不知道投身斗争的快乐。说他们渺小,是因为他们满足于猥琐平淡的生活,使我们不禁对他们生出厌恶感加怜悯心来。我们是新人。我们在这方面确实是特别的人,因为我们明智,我们有丰富的思想和广阔的远景,我们知道什么是人的尊严,什么是斗争,什么是从伟大理想的角度去看待失败和胜利,而我们正是根据这些来行事的。渺小的庸人却大为惊异:他们怎么这样做?究竟出于什么动机?他们一定怀着卑鄙自私的动机,不然他们就是一些半疯半癫的人,再不然就是有一种宗教式的义务观念在支持他们。可是我们,车尔尼雪夫斯基说,并没有这三种情形;我们大公无私,因为我们的私心只不过是按照我们自己自由选择的理想来建设我们的生活。我们根本不是疯子。我们是最有理性的人。我们永远能说,甚至在沉痛的失败以后也能说:我们并不懊悔,如果让我们重新开始生活的话,我们还是像原先那样来开始。最后,我们不需要任何类似宗教的常规。相反地,我们彻底否决了它。我们不需要任何的义务。我们自己是这样的人:我们的行为任何时候或者差不多任何时候都正当、明智并且有益于社会,同时我们也服从得到正确理解的私人利益的要求。

这便是车尔尼雪夫斯基要说的话,在这个非常明朗、豪迈而又合情合理的道德观的烛照之下,比方说陀思妥耶夫斯基,痉挛起来了。陀思妥耶夫斯基之所以痉挛,正因为他亲自扼杀了他内心的这种豪迈人物的胚胎之后,终生都极力辱没他、玷污他,极力在每个伊凡·卡拉马佐夫[①]身上寻找出小市民的魔鬼来。

---

① 《卡拉马佐夫兄弟》中的人物。

陀思妥耶夫斯基在《地下室手记》中向车尔尼雪夫斯基展开了斗争。虽然陀思妥耶夫斯基的攻击显出了他的非凡的才能和深刻,您还是会觉得,这是一条乌黑溜滑的爬虫(不是指"地下室人物"这个替身,而是指陀思妥耶夫斯基本人)在同一个光明磊落而又通达情理的社会活动家互相搏斗。

陀思妥耶夫斯基不但不能了解车尔尼雪夫斯基,而且不敢和不愿去了解他。了解和接受这样的道德观,等于抛弃全部"陀思妥耶夫斯基主义",承认陀思妥耶夫斯基的全部生活是一个畸形现象。处在这种境地的当然还有许多其他的人。他们的情况也许单纯些。可是不管怎样,他们面对着车尔尼雪夫斯基认为是金属般严整的利己主义道德,也感到自己腐朽得无可救药了。如果我们把这个道德观运用到自己身上来,我们会说:"不错,我们知道得很清楚,无产阶级正在出先锋队、出英雄;在战争时期或建设时期,突击队员和英雄人物大批涌现,是一个十分自然的规律。"但是请问:难道今天的人任何时候都不应该向自己提出"为什么我恰恰这样做而不那样做?"的问题来吗?说来奇怪,别塞勉斯基①虽然在他的《悲剧之夜》中向自己提出过这个问题,可是连他也不能回答。他就是这样说的:"我们不明白自己的动机。"如果一个人不很明了自己的动机,怎么能够满怀信心地行动起来呢?难道这样能成为本阶级的自觉的代表吗?难道我们的阶级利益和阶级目标对我们施了催眠术,使我们变成梦游病者了吗?不,我们也应该成为完全自觉和自由的人。我们能够成为遵守严格的纪律的人,我们中间的优秀分子可以跟捷尔任斯基同志媲美,但是捷尔任斯基同志正像车尔尼雪夫斯基一样,作为一个利己主义者而选定了他那经常令他苦恼的、困难重重的生活!他简直不可能采取别样的做法。他十分明白,别样的行为就是可鄙的行为,就是毁坏自

---

① 别塞勉斯基(1898—1973),苏联现代诗人。《悲剧之夜》是他所写的长诗。

己的一生,就是得小失大,舍本求末。这是因为捷尔任斯基同志是利己主义者兼社会活动家的缘故,换句话说,自行选择的那个"己"、那个"我",乃是为社会性所沁透了的。已经出版的一本关于捷尔任斯基同志的书上,写着他的两句话当作题词:"如果需要重新开始生活的话,我还是这样来开始它。"

请看吧:"我……来开始"!这表示人清楚地意识到自己是力量的源泉,是自己的命运的决定者。而他尽可能用崇高的、英雄的态度去决定他的命运,这也就说明了他在这件事情上是个怎么样的人物。

在同一本书的同一页上,我们又读到引自马雅可夫斯基作品中的诗句:

青年们,
　　　你们正在考虑
　　　　　　该如何生活,
正在决定——
　　　该像谁似的活下去,
我毫不犹豫地
　　　告诉你们:
　　　　　"活下去,
像捷尔任斯基
　　　同志那样。"①

"活下去,像捷尔任斯基同志那样。"——意思是说照这个典范来教育"自我"。我觉得,车尔尼雪夫斯基所希望的也不过如此。他希望每个人自己教育自己,以最高的典范教育自己,使每个人用渊博的知识扩大他的利己主义,在社会生活中、在斗争中加强

---

① 见长诗《好》。

和提高他的感情,然后照他个人的意志告诉他的那样去行动,毫无差错地恰好做出先进社会集体——阶级所需要的事情来。列宁说过:无产阶级有自己的道德。这种道德的主要基础就在于:凡于无产阶级有利的是善,于它有害的是恶。好得很,那么我们就应该使这个成为我们的内在的感情、内在的调节器,不当它是我们所承担的义务,而当它是我们本质上固有的东西。那时候我们便有了良好的无产阶级利己主义,那时候人便会照他觉得是出于自然的方式去行动,因为他不可能采取别样的行动,而同时,他的一举一动都会使他的阶级获得最大的好处。

车尔尼雪夫斯基希望教给人们一种没有任何义务的干涉、没有一点神秘色彩的积极的道德。他绝没有把他的"利己主义者"同社会性割裂开来。相反地,具有广阔的社会眼光的利己主义者和缺乏这个眼光的利己主义者,在他是有区别的。当然,这里有点文字游戏。我们称为利己主义者的是同利他主义者相反的人,即总是认为自己的利益比其他的利益更重要的人。车尔尼雪夫斯基所说的利己主义者却不然;他为别人献出了自己的生命,临终时还说:"我是作为一个合理的利己主义者来行事的,因为我看得很崇高的利益驱使我为了伟大的整体而恰恰采取了这种战斗的行动方式,对整体的爱成了我的人格的主要本质。"请读者现在把车尔尼雪夫斯基在小说《怎么办?》中谈到这些理论的许多篇页重读一遍,就会明白那对我们多么亲切了。关于从起源论来看这个新的、崇高而自由的、极富个人性同时又极富社会性的典型是在怎样的基础上成长起来的问题,车尔尼雪夫斯基也许不如我们认识得深刻,可是他正确地探索出了这一典型的本质在哪里。而两条战线上的斗争——反对猥琐庸俗的自私和反对义务与各种神物——至今还使我们感到兴趣。

4

　　长篇小说《序幕》有点费解。显然需要由车尔尼雪夫斯基和杜勃罗留波夫的传记作者做一番辅助工作,才能弄清它的真正意义。《序幕》是一本极出色的作品,虽然它只包含两个残篇,也就是我们今天称为小说的第一部和第二部的。尼·包果斯洛夫斯基在文章中讲起我们所知道的、有关车尔尼雪夫斯基的一大套小说作品的情况,车尔尼雪夫斯基原想用这套作品总结他那意义重大的一生,可惜其中的大多数没有成书。现在的《序幕》第一部前面,大概还有过一本题名《昔日》的大部头小说。读过这部小说的人,都认为它是不平凡的艺术力作。其次我们又知道,《序幕》一定有过续篇——取材于侨民生活的大部头小说。据有些同时代人证明,这本小说给人的印象是一部"伟大的作品",是一个新的大乌托邦,等等。[1] 这座巍峨的建筑物大部分已经完工,可是毁坏了两次,后来车尔尼雪夫斯基在长年的挫折中失去信心,终于抛弃了这个念头。在他经受过种种苦难和失望以后,他再也没有力量实现它了。

　　对于现在的《序幕》第一部,已经有人作过颇为详细的评论。由沃尔根体现出来的车尔尼雪夫斯基的卓越的自画像,列维茨基这个很有意思的人物,许多其他的先进人物、自由派或保守派的人物,例如那幅在各方面都完全是现实主义的、配称为谢德林式的恰普林伯爵(穆拉维约夫)的典型讽刺画,——这一切都曾屡次引起

---

[1] 大概指十九世纪六十年代革命家维·尼·沙加诺夫(1839—1902)的《尼古拉·加夫利洛维奇·车尔尼雪夫斯基在苦役和流放中》、同一时代的另一革命家彼·费·尼古拉耶夫(1844—1910)的《关于车尔尼雪夫斯基服苦役时的个人回忆》、"土地与自由社"成员塞·格·斯塔赫维奇(1842—1918)的《在政治犯中间》等回忆录所提供的证据。

人们注意,而且谁都知道,如果没有《序幕》第一部,我们恐怕不可能稍微生动而清楚地想象出,俄国各派力量为美国式或普鲁士式的发展道路进行过多么巨大的斗争。

第二部要费解得多。我还没有机会去熟悉杜勃罗留波夫的日记。[1] 我在这方面所作的查考,证明杜勃罗留波夫的日记同小说第二部里所写的列维茨基的奇遇并不完全吻合。不过,第二部的前半部、列维茨基的学校环境描写和他的离奇微妙的恋爱故事具有那么浓厚的现实主义色彩,我们恐怕不能相信这个插曲是向壁虚构的。甚至在后来的民粹派文学衬托之下,这里的一切也仍然显得充满着现实生活的气息:作者把小人物生活中的这个角落,直接从现实生活移入了小说的形式里,而且做得非常圆熟。

小说第二部其实也不复杂。站在我们面前的是一个才力出众的大学生,一个热情而高贵的性格,他坦白直率,有些傻气,毫无偏见,在这许多特点后面,实际上却隐藏着一份深厚真挚的柔情,使列维茨基同屠格涅夫笔下的巴扎洛夫一再接近起来,在这人物身上投下一道可爱的反光。美莉的故事是《序幕》第二部的重点,值得仔仔细细分析。列维茨基在他的保护人的庄园中的一切奇遇,大概也同真人真事有关,可是其中无疑也有许多虚构。这类奇遇是在某些欧洲小说的强烈影响下写出来的,使人感到最明显的是英国小说的痕迹,只是形式上冗长一点罢了。至于讲到内容,那个不平凡的农家姑娘的奇遇,单从题材看倒是真正出色的东西,她后来变成了显贵的太太,她对于使她获得这种成功的灵巧诡诈的手段感到内疚,可是怎么也摆脱不了胜利——让自己变成显赫的新贵——的诱惑。在这里,我们仿佛看到了刁诈之徒和钻营者典型

---

[1] 当指一九三一年出版的《杜勃罗留波夫日记,一八五一至一八五九年》。在车尔尼雪夫斯基编辑、一八九〇年刊行的《杜勃罗留波夫传记资料》卷一中,只有杜勃罗留波夫日记摘录。

的影子,看到了费加罗①的许多西班牙兄弟、法国和英国兄弟的典型的影子。她是地地道道的资产阶级人物。站在我们面前的是一个农民出身的妇女,她由于天资优异而飞黄腾达起来,不过所用的手腕颇为无耻。但是车尔尼雪夫斯基笔下的美莉,不仅具有聪明伶俐等诱惑力,不仅可以跟那种单枪匹马闯出一条道路、从阴暗的下层爬到荣华的社会上层的男女冒险家典型立于同等地位。不,车尔尼雪夫斯基还极力用独特的方式替美莉辩护:她是复杂的,前面说过,她对于自己的成功有点愧疚,她知道列维茨基不能不从社会的观点责备她,她实际上已经是从更高的地方来看她的腾达了,可是还没有高得能使她替自己寻求一条从她的"微贱出身"上升到革命方面去的道路。车尔尼雪夫斯基仿佛在谈论这个人物道:"请看一看这位有才能的农村姑娘吧,她迫使贵族们拜倒在她面前,她那样机灵、那样娴雅、那样平稳地进入了上层社会。她有什么办法呢?为什么她应该停留在受优待的仆役的地位上呢?如果她感到自己在才貌、温雅和机灵方面是个精神贵族,那么谁能禁止她为自己奋斗呢?"虽然列维茨基这个人物(从他的社会信念和道德信念看,他在这一部里也并不显得特别鲜明,可是我们已经从先前的描述中熟悉了他)表明:车尔尼雪夫斯基认为重心决不在美莉之类的典型,——从社会观点来说,就是不在资产阶级的兴起,不在它的获得社会影响,但是我们毕竟没有在任何地方,没有在车尔尼雪夫斯基的任何其他作品里,看见他用这种同情的态度来对待资产阶级战胜柔弱的贵族阶级这一具体过程。

即使从这份很粗略的《序幕》内容梗概当中,读者也会看出这里有多少有意思的东西。可以断定,对于这本小说的产生和发展

---

① 费加罗,法国戏剧家博马舍的三部曲《塞维勒的理发师》、《费加罗的婚姻》和《有罪的母亲》的男主角。他是一个伯爵的仆人,后来凭着聪明才智战胜了他的主人,反映了新兴资产阶级对封建贵族的胜利。

的历史的研究,对于它的内容的深入分析,我们是做得太少了,这使人有些奇怪。读《怎么办?》的时候也好,读《序幕》第一、二两部的时候也好,我们都必须记住:车尔尼雪夫斯基担心图书审查,他是把自己的作品看作十足的"伊索式"的东西的,对于《序幕》,他还把它看作可能得到的安家费的来源,只要能设法将作品送到市场上去,他情愿大大让步。但是虽然如此,车尔尼雪夫斯基写这些巨著时决没有"马马虎虎"。《序幕》显然只是一个宏伟的构思的一部分,按照这个构思,车尔尼雪夫斯基本来应该结合他那一代人的历史,写出他本人的精神生活史,一直写到革命前夜为止("序幕"!),大家知道,《序幕》中对这一点有着十分明确的、虽然是譬喻式的表示。

我们相信,我国的新读者一定能够正确评价这位最伟大的马克思列宁主义先驱的优秀的小说遗产,我们再一次坚决劝告我们的马克思主义文艺学界,希望它对这些作品作一番认真的科学研究。

思想家和艺术家陀思妥耶夫斯基[*]

1

伟大艺术家的出现并非偶然。这里决没有什么幸运造化,即既不像旧时的神秘主义者相信的那样,似乎有个伟大的神灵忽然在人身上显现出来,也不是在这个比较切合实际的意义上说的:因为天生成一个特别的伟大的头脑,把它那超乎寻常的活动的反光投射到了周围事物上面。

要在人类活动,尤其是与人类社会的重大问题有关的活动的任何领域内成为伟大人物,当然必须有一个非凡的机体。不过统计学及其大量的数字告诉我们,整个说来,每个时代出生的在意识能力方面较弱和较强的、具有各种专门禀赋的机体,其百分比应该大致相等,正如天生的高个子或矮个子有一定的百分比一样。当然也可以在这个意义上作一番修正:就卫生学观点看来比较有利的时代条件,应该能产生数量稍多的成熟的人,因为任何一个使得疾病流行、造成普遍的生物学上的凋萎的环境,当然都会影响到这一代或那一代的生物学素质。可是,经过多次观察的结果,把这条原则规定得更精确多了:问题在于,如果在一个时代,社会的发展极端需要一般的人才或某一类的人才(科学家、作家、音乐家等

---

[*] 本文是作者为一九三一年版《陀思妥耶夫斯基文集》所写序言。译自《卢那察尔斯基八卷集》第一卷。

等），而各个领域内又正好有一定数量的人才，那么已有的一切优秀力量或伟大力量将不愁无用武之地，但是，如果在一个时代，个别文化部门被推到了次要地位，或者社会的发展是迂缓、病态的，那么有才能的个人便不可能被广泛起用，其中有许多简直没留下半点遗迹就凋亡了。

这样从社会方面来考虑，当然很正确，不过假如设想社会的发展仿佛是直线式地进行的，却也不对。情况绝不如此。社会的发展取决于种种复杂的辩证的力量，那基本上当然是人类劳动的增长，然而经济的进步要通过复杂的阶级结构、通过紧张的阶级斗争及其一切波折和危机，才能表现在社会发展上面。这类剧烈而多样的斗争充满了历史，构成历史过程的最主要的、占优势的内容。

仔细考察一下人类历史，包括文化史和文学史在内，我们可以看到，在相对升平的时代，某个统治阶级和相应的社会结构形式井然有序地发展着，达到了它的顶点，于是出现了所谓古典人才，间或写出完美无瑕的、但是不大激动人心的、内容比较贫乏的作品来。最伟大的作家和艺术家却恰恰出现在社会危机尖锐的时代，即在各种互相矛盾的强大社会潮流影响之下，俗语叫做"灵魂"的那个东西分裂成为两半或好几部分的时代。正是那时候，人才能跳出老一套的生活方式。他充满着强烈的印象和痛苦，极力要表现他的感受，从而变成了跟自己类似的人们的喉舌。他念念不忘地要创造一种坚实的有价值的东西，一种能够使他从纷纭扰攘的社会的牵绊中解脱出来的新的情趣中心。

列宁在他那篇论述托尔斯泰的天才文章①中，干脆把作为一个人、一个奇才、一个绅士的托尔斯泰撇在一边，只是考察那个形成托尔斯泰的基本力量，即国内爆发的、贯穿着托尔斯泰终生的可怕的危机——使古老的、自然经济的罗斯摇摇欲坠的资本主义强

---

① 指《列夫·托尔斯泰是俄国革命的镜子》。

大攻势所引起的危机,使绅士的庄园和农民的木屋同归于尽的危机,残暴地将贵族和农夫一起卷入建立资产阶级新俄国的变革中的危机。托尔斯泰猛烈反对这个新俄国,他最初企图保住旧世界在道义上的优越性(特别是在长篇小说《战争与和平》中),后来却完全转到了把半饥饿的农夫神圣化的立场。正是这个最主要的、巨大的破坏过程提示了托尔斯泰,使他渴望寻找一个道德基础和社会基础,以便能够反抗时代的潮流,同时用最尖锐的批评做武器去打退它。

同托尔斯泰站在一道,而且就才气的磅礴以及留下的遗产的重要性来说也许并不比他逊色的,是我国文学中另一位有世界意义的天才作家——费奥多·陀思妥耶夫斯基。

在这里,我们又看到了同一场危机的表现。陀思妥耶夫斯基实质上也是它的产物。可是托尔斯泰作为一个以农村代表自任的地主承受了这场危机,陀思妥耶夫斯基却作为一个市民、一个小市民反映了它。

陀思妥耶夫斯基本人竭力想抓住他那早已成为过去的贵族身分,这一点不应该让我们感到困惑,至于他的女儿担保说他才是有根有柢的贵族,托尔斯泰则只不过是个日耳曼人,那更是可笑极了。[①]

在某个时期,陀思妥耶夫斯基甚至可能敷衍过黑帮贵族,但是,照他所属的社会类型和他的作品题材来说,他却是小市民。

城市,特别是彼得堡城,用资本主义的风雪包围着他。这一阵风雪也摧毁了农村,可是旋风的中心在大城市。

当时每一个小市民,特别是知识分子,都面临着激烈的竞争和

[①] 陀思妥耶夫斯基的女儿柳苞芙(1869—1926)亡命国外时用德文写了《陀思妥耶夫斯基的女儿柳·陀思妥耶夫斯卡娅为他画像》一书,试图证明她父亲不是俄罗斯人,而是诺曼-立陶宛血统的一个小贵族,并用这种血统来解释他的性格特点、爱好和习惯。

谋取功名显达的搏斗。抓权和致富的机会诱惑着他们,大街闹市和富家生活方式的豪华气派吸引着他们。千娇百媚的女人似乎也容易亲近,但是你得付出昂贵的代价。小市民向往甘美的人生之杯,可是他们的希望差不多从来没有实现过。他们多半成了弃物和失败者,注定要过灰色的、暗淡的生活,甚至弄得一贫如洗;对于强烈地渴望享受的人,贫穷格外难于忍受。

陀思妥耶夫斯基来到这样一个环境中,最初过着清苦的日子,后来简直被抛到了彼得堡街头,他对荣誉和显赫怀着抑制不住的渴望,拥有磅礴的、挥洒自如的才力,他能够承受无穷的痛苦,也能够对别人寄以无限的同情。

我们还要回过来谈谈陀思妥耶夫斯基性格中的某些生理学的特征。不过我们现在就要指出,痉挛得发抖的小市民,特别是小市民知识分子,是把这个爱慕虚荣的病态人物当作自己的伟大表现者的。

2

为了进一步了解陀思妥耶夫斯基的社会地位,必须指出当时的小市民,特别是有知识的小市民,为着设法摆脱困苦的境况,一般地说走过些什么道路。

比较强悍凶狠的人把勾心斗角的世界视为理所当然:他们变成了无耻之徒。他们的无耻的论调在陀思妥耶夫斯基作品中也起着很大的作用,而且这种论调比尼采关于超人的说教走得更远,因为超人应该超然于善恶之上。由于我们不可能在这里细谈的特殊社会原因,尼采的超人总有某个崇高的自制的理想对他加以约束。陀思妥耶夫斯基笔下的无耻之徒却赤裸裸地提出了"百事可为,——吃掉一切人和一切东西"的口号。现实生活中的情形当然正是这样。陀思妥耶夫斯基时代的无耻的小市民为了抢到一个糖馅饼,不惜张牙舞爪,拳打脚踢。陀思妥耶夫斯基本人身上也有这种类型的小市民的习气:攫取和虐他狂。

无耻的小市民即使在被人推倒和掉进地下室以后,也不一定抛弃他们的无耻的论调,可是这时他们的论调已经带有毒蛇的特点,像蛇叫一样阴森凄厉的虚无主义的特点。陀思妥耶夫斯基喜欢在他的作品中提到这条小市民的毒舌。

至于拥有广博的才智、爱好概括和社会规模的实践的人们,他们却对可怕的现实表现了截然不同的态度。这些小市民同车尔尼雪夫斯基及其流派一道,发现摆脱小市民苦难的出路是同"人民"联合,是空想社会主义;在最好的场合(在车尔尼雪夫斯基和杜勃罗留波夫),至少在理论上,空想社会主义是很接近于解决社会问题的正确方法的。实践的时候,这些人还太弱小:他们在过早的革命尝试中灭亡了。但是他们却因此在道德上拯救了自己,成为后来人类谋取合理的幸福的道路上一群光辉的先驱。

陀思妥耶夫斯基受过这种脱离小市民地狱的办法的极大影响。他曾跃进到彼特拉谢夫斯基派①的水平,他有过盼望革命斗争的个别的微弱表现,这些都给他整个一生打上了烙印。连专制政府给予他的严重打击、连苦役的纪律,也没有把他心中的革命的春天的声音湮灭掉。可是苦役毁坏了他的生活途径,使他不得不在小市民的第三条道路上为自己寻求解脱。

这第三条道路就是宗教。

但是庸俗的小市民并不进修道院:他们把祭坛设在虚伪的人生和喧扰的市场的深处,通过祈祷、礼拜、香烛、忏悔和圣餐去接近另一个世界——他们认为到处是宁静和光明的美好世界。

马克思说过,只有当人类实际战胜了社会制度所产生的苦难

---

① 米·瓦·彼特拉谢夫斯基(1821—1866),俄国解放运动中的著名活动家,空想社会主义者。一八四九年,陀思妥耶夫斯基因参加彼特拉谢夫斯基小组而被判死刑,临刑时改判四年苦役。

的时候,不幸的人才会不再向往那样的地方。①

陀思妥耶夫斯基苦恼而又热情地皈依了宗教世界观。

在我们看来,陀思妥耶夫斯基整个内心世界的基本和音,正是这两者之间的搏斗:一方面是用虚幻的宗教的办法解决恶的问题,虽然他自己并没有信心;另一方面是通过革命解决这个问题,虽然他那样恶毒地、但也是徒劳地反对革命。我们打算比较详细地谈一谈这个基本和音。

3

如果把正教教义的形式同精密坚实的天主教理论、同新教的纯理性主义批判的尖锐精神比较一下,那么它是粗糙的,虽然如此,正教却对俄国统治阶级起过某种积极作用,因为它不仅是从思想上欺骗文化落后的群众的一个基本方式,而且为那些希望同现实和解、具有高度文化的人的绝妙的机会主义开了一道独特的方便之门。确实,不管怎么说,基督教毕竟谈到了博爱、平等和亲睦。尽管这一切被人抽象地了解为超现实的,甚至多多少少是来世的现象,还是在人间各种关系中投进了一片真理与人道之光。

统治阶级最高兴的是,正教其实并不要求什么实际改革,也完全不指望在现实里面得到任何真正的反映,只有布施和捐助修道院等等琐事算是例外。生活中的一切都可以和应该照旧:信正教的沙皇,信正教的宪兵,信正教的地主和厂主,信正教的工人和农民。有些人极尽剥削的能事,另一些人却处于最可怕的被剥削的

---

① 马克思在《〈黑格尔法哲学批判〉导言》中说:"废除作为人民**幻想**的幸福的宗教,也就是要求实现人民的**现实**的幸福。要求抛弃关于自己处境的幻想,也就是**要求抛弃那需要幻想的处境**。因此对宗教的批判就是对**苦难世界**——宗教是它的**灵光圈**——的**批判**的胚胎。"见《马克思恩格斯选集》第一卷,第二页。

地位,然而大家全是"信奉基督的兄弟",全像正教教会所希望的那样和睦相处着,一致相信上帝的真理,这真理既表现在现世的苦难中,也表现在来世的惩罚中。

这套幼稚而又阴险的论调,是要找出一个天上的真理来替人间的一切虚伪辩护,甚至确实把它冲淡了一点(多半在口头上,不过有时候也做些"好事"冲淡它),这种论调可以成为某些人同现实和解的一个方式,他们神智清醒,能够进行尖锐的批判,他们一看到社会的邪恶,心里就会战栗起来,但是后来他们却需要麻痹或抑制自己的反抗精神,以免跟统治势力发生无望的冲突。

如果我们把俄国文学界在这样利用宗教一事上所经历的三个阶段做例子,并且挑出果戈理、陀思妥耶夫斯基和托尔斯泰为代表,便可以得出这么一个顺序:

果戈理的情况很单纯。请想一想他在与友人书信中一段著名的话:他劝地主给农民念福音书,使农民在深刻体会了上帝的箴言的意思以后,能够拼命为地主效劳,懂得这样的效劳才是他们生活的目的。①

我并不以为果戈理没有某种破绽、某种内心的疑惑,这疑惑也许隐藏得很巧妙,也许只是偶尔在果戈理的意识中抓出一道伤痕,——那就是:这一切真是这样的吗?"上帝的箴言"不会只是对地主方便的臆造之词吗?

据我所知,现在还没有这方面的直接材料。要是有人愿意把果戈理的信仰当作完整坚实的东西,那也听便。然而完整坚实的信仰毕竟也是社会上从内心去适应外在环境的结果,果戈理的为人们的笑声所激励着的批判天才,既然可能使他同专制政体和地主制度很快发生极猛烈的冲突,他就更是急需找出这么一种散发

---

① 见《与友人书信选段》(一八四七年)中《俄国地主》一章。

着可爱的圣油和神香气味的妙法,来同现实和解了。①

站在我们所谈的这个时期的另一极端的是托尔斯泰,我们从他身上看到一个似乎完全相反的东西。托尔斯泰断然排除正教本身,成了教会的直接的敌人。他不但清清楚楚地懂得教会起着巩固奴隶制的工具作用,而且正因为如此才恨透了它。

不过我们必须记住,甚至在这样的情况下,通过宗教去适应②外界,其基本任务也仍然是杜绝或者至少大大削弱"良心"与"邪恶"之间发生冲突的可能。托尔斯泰保留宗教到何等程度,正是要看他为"不用暴力抗恶"论辩护时的需要而定。这种实际上是回避尖锐的抗恶斗争方式的宣传,它的逻辑基础绝不可能是彻底的纯理性主义世界观(即使托尔斯泰达到了这样的世界观)。

在某种程度上说,陀思妥耶夫斯基采取了中间立场。他这个正教徒决不像果戈理那么单纯。在这里,谁也不会想到要否认他经历过怀疑和痛苦的内心斗争的风暴。

陀思妥耶夫斯基难得注重正教的表面形式。他觉得重要的不是这个:他觉得重要的是对教会作深入的"内在的"理解,甚至使自己能够把教会同国家稍稍对立起来。确实,陀思妥耶夫斯基认为,教会的存在不仅为了替国家辩护,祭坛不仅是为了装饰王宫、监狱、工厂等等并且使之神圣化,它们还代表着一种在许多方面同其余一切生活方式相对立的力量。

陀思妥耶夫斯基当然深深懂得:正教院的人和全体僧侣都是

---

① 陀思妥耶夫斯基对问题的看法比较复杂,他总是嘲笑果戈理的预言家的使命,也嘲笑过《书信》中的这一段,他借着《斯捷潘契科沃村》中的福玛·奥皮斯金的嘴,几乎把它全部复述了一遍。——卢那察尔斯基注。

② 按:指福玛·奥皮斯金这段说教:"您别以为休息和淫荡就是地主阶层的使命。这是最有害的想法! 不是休息,而是操心,为上帝、沙皇和祖国操心! 地主必须劳动,劳动,像他的最穷苦的农民一样劳动!"奥皮斯金又号召农民"卑躬屈节、百依百顺地"执行地主的意旨。均见小说《斯捷潘契科沃村及其居民》中《放逐》一章。

专制政府的官员,这些祭司把部长和县警察局长们的活动神圣化了。可是他又以为,至少这批僧界官员中的优秀分子和僧侣的"精神"本身,就某一点来说是"革命"的。

"一定会那样,一定会那样。"①陀思妥耶夫斯基作品中受到天启的修道士们说。"一定会"怎么样呢? 一定会这样:教会以它的博爱和亲睦精神,总有一天要战胜国家和植基于私有制的社会,教会总有一天要建成一个特别的、几乎是非人间所能有的、以内心的一致为基础的社会主义社会,陀思妥耶夫斯基极力想用内心的一致代替那曾经向他放出光彩、后来却被他摒弃了的、他的彼特拉谢夫斯基派朋友启示给他的社会主义理想。

可是比起托尔斯泰的教派革命来,陀思妥耶夫斯基的教会革命是在更"温和"的情况下进行的。这是一个百年大计,是属于遥远的未来,甚至属于来世的事情。也许,无论在托尔斯泰或陀思妥耶夫斯基,照作者的思想本身说,和谐一致只是一个标准的理想,或者只有在永恒中、在无限中、在玄学意义上才能实现的东西。

可见上帝、正教、作为教会中一个民主主义的、个人主义的纯伦理因素的基督,——这一切都是陀思妥耶夫斯基极其需要的,因为有了这一切,他才能够不致完全割断他同社会主义真理的内在联系,同时又能对唯物主义的社会主义加以百般咒骂。

这种立场使他既能对沙皇和整个沙皇制度保持忠心耿耿的态度,但是又可以从面向会众、设立祭坛的那一头,在唱这些教堂歌曲时表演各式各样的花腔。因此,在他,正教是一个极保守的因素,同时又是一种最高纲领主义。宗教领域内的最高纲领派向来可以对唯物主义者说:"你们就不敢在你们的纲领中提出永生权。你们不敢希求绝对的幸福和万众一心的境界。而我们的立场却允许我们把这些美好的东西当作真正现实的东西来使用。"

---

① 《卡拉马佐夫兄弟》第一部第二卷第五章的标题。

一个不像陀思妥耶夫斯基那样富于悲剧性的人,也许会完全满足于这种奥妙的自宽自慰的想法。而陀思妥耶夫斯基却是深刻的天才艺术家,他的伟大的良心和他对生活的敏感叫他苦恼。陀思妥耶夫斯基再三向他的敌人挑战,不仅向小市民,也不仅向各种恶习挑战,而且首先和主要是向这个可诅咒的、自以为是的唯物主义挑战。他在他的内心杀害了唯物主义,埋葬了它,他把大块大块的石头堆在它的坟墓上。然而这些石头下面并不是一具死尸。那里有一个人经常在活动,有一颗心在扑通扑通地跳跃,不让陀思妥耶夫斯基安宁。陀思妥耶夫斯基仍然感到:不但他身外的社会主义,不但正在展开的俄国革命运动——车尔尼雪夫斯基及其理论——和西方无产阶级等等不让他安宁;首先使他不安的还是活在他自己心中的唯物主义的社会主义,他无论如何不能把它从地下室放出来,他必须唾弃它,践踏它,辱没它,扔它一身污泥,叫它在他自己心目中变得又卑微又可笑。陀思妥耶夫斯基这样做了,而且不止一两次。就这一点说,他在他的《群魔》中简直达到了疯狂的地步。可是怎么样呢?过了不久,反驳的烟雾和诽谤的污泥都消失了,颠扑不破的真理又像一轮威力强大的太阳似的,开始放出光芒来。

当然,陀思妥耶夫斯基在他后来的生活、服完苦役之后的生活中,从未感到他对这个神奇的幻影有过真正的信心。而只要对它感到疑惑,他就不得安宁。同时,陀思妥耶夫斯基以他所固有的处于紧张状态的思想、感情和形象,建立了一座摩天祭坛。那里无所不有:绝妙的诡辩、狂热的信仰、"圣痴"的疯癫、精密的分析、用有宗教思想的人物的远见来取得读者好感(这在诗人是很容易做到的)的手法等等。然而陀思妥耶夫斯基还是再三用怀疑的眼光去看他这座错综复杂的建筑物,他知道它并不坚固,只要他埋在自己心中的那个披枷戴锁的巨人从地面下来一次猛烈的冲击,这一堆堆的玩具准会倒塌。

我觉得这是理解他的长篇和中篇小说里的复调音乐的一把钥匙。陀思妥耶夫斯基的意识的内在分裂，正代表着年轻的俄国资本主义社会中知识分子意识的分裂，它使他不得不再三审理社会主义原则同现实之间的诉讼案，而且作者在这些诉讼中制定了一套最不利于唯物主义社会主义的规章。

可是，如果不使这场审判至少有一个公正的外表，那么，审判本身便完全失去了作为自宽自慰和解决内心风波的一种方式的意义。而从陀思妥耶夫斯基的内心世界被释放出来的、在那里产生的一系列典型，从革命家起到反动分子为止，立刻就要擅自发表言论，逃出他的手心，证明自己的每个论点是如何正确。

这件事使陀思妥耶夫斯基感到愉快、掺杂着痛苦的愉快，尤其因为他是作家，他毕竟掌握着一根指挥棒，毕竟是接待这一批成分复杂的人物的主人，到最后，他总能够在这里建立起"秩序"来的。

陀思妥耶夫斯基所达到的高度的艺术的统一，正是指他对每部长篇小说、每部中篇小说里进行的诉讼，作了这种微妙的、细致的、小心翼翼的处理，但是有时候他也会突然用粗暴的宪兵式的态度去处理它。

至于那种叫读者大为惊讶的空前的"言论"自由，则恰恰是陀思妥耶夫斯基实际上不能完全控制他所召唤来的精灵的结果。他自己觉察到了这一点，他自己觉察到，如果说在读者面前，在他的长篇小说的舞台上，他还能建立前文所说的"秩序"的话，那么在后台，他却绝对不知道如何是好了。后台的演员可能坚决地不再服从他，他们可能继续发挥他们在刊印出来的作品中所表现的那些互相矛盾的思想，真正使陀思妥耶夫斯基苦恼万分。

如果说作为一个作家，陀思妥耶夫斯基是自己的主人，那么作为一个人，他是不是自己的主人呢？

不，作为一个人，陀思妥耶夫斯基不是自己的主人，他的人格已经解体、分裂，——对于他愿意相信的思想和感情，他没有真正的信心;他愿意推翻的东西,却是经常地、一再地激动他而且看来很像真理的东西;——因此,就他的主观方面说,他倒很适于做他那时代的骚乱状态的反映者——痛苦的但是符合需要的反映者。

我们认为,在这里引用一下一八八七年阿·塞·苏沃林①所写的一页日记,是有好处的。整页日记,特别是它的结尾,很值得注意,——结尾说到陀思妥耶夫斯基构思中的关于阿辽沙·卡拉马佐夫的第二部长篇小说。

这节引文用不着注解,它明显地证实了我们对于陀思妥耶夫斯基与革命之间的内在的隐秘关系所说的原则,他常常暗自憎恨这种关系,极力想断绝它:

"姆洛杰茨基谋刺洛利斯-美里科夫那一天,②我在费·米·陀思妥耶夫斯基家。

"他的寓所很简陋。我碰见他的时候,他正在客厅里一张小圆桌旁边装烟③。看他的脸孔,像是刚从浴室里洗了蒸汽浴出来似的。脸上似乎还有汗迹。我大概没有掩盖住我的惊异,因为他瞥了我一眼,打个招呼,就说:

"'我刚发过病④。我很高兴,非常高兴。'

"然后他又继续装烟。

"行刺的事无论是他或我都还不知道。可是谈话很快便转到一般政治罪行,特别是冬宫爆炸案⑤上面去了。讨论这个事件的

---

① 阿·塞·苏沃林(1834—1912),杂志编辑和出版家;五十年代时是自由主义者,后来变成了反动的黑帮分子。
② 民意党人伊·奥·姆洛杰茨基(1855—1880)于一八八〇年二月二十日向反动政客米·塔·洛利斯-美里科夫伯爵(1825—1888)行刺未中,同年二月二十二日被处死刑。
③ 把烟丝装到现成的纸烟管里去。
④ 指羊痫风。
⑤ 一八八〇年二月,民粹派工人哈尔图林(1856—1882)在冬宫安设炸弹,企图暗杀亚历山大二世,但未成功。

时候,陀思妥耶夫斯基详细谈到了社会对这些罪行的奇怪态度。社会似乎同情这些罪行,或者说得更真确一点,社会不大懂得该怎样对待它们。

"'您想象一下吧,'他说,'我跟您一道站在达察罗商店①的橱窗前看画。我们身旁站着一个人,假装也在看画。他正在等待什么,老是东张西望。忽然另一个人匆匆忙忙走到他身边说:"冬宫马上要炸毁了。我已经安好定时炸弹。"我们听见了这些话。您可以想象我们听见了这些话,这两个人太兴奋,说话的时候没顾到环境。您我该怎么办呢?我们该到冬宫去报个信,叫他们提防爆炸,或者上警察局找警士,要他逮捕这两个人吗?您去吗?'

"'不,不去……'

"'我也不去。为什么?因为这太可怕了。这是犯罪。但是我们也许会去报信。您来以前,我就是一边装烟,一边想这个。我一一考虑了使得我这么做的种种理由,——理由挺充足,站得住脚。然后我又琢磨不允许我这么做的理由,这些理由简直薄弱极了。只不过怕背上一个告密人的臭名罢了。我想象着我怎样去到那里,人们怎样紧盯着我,怎样开始盘问我,要我去对质,他们大概会给我一笔重赏,要不然就疑心我是同谋。报上会登出来:陀思妥耶夫斯基指出了罪犯。可是难道这是我的事儿吗?这是警察的事儿。他们的任务才是干这一套,他们能拿钱就因为干了这一套。自由派不会饶恕我。他们要狠狠地折磨我,弄得我毫无办法。难道这是正常的吗?我们国内什么都不正常,所以才会发生这一切,不但在最困难的情况下,即使在最平常的情况下,谁也不知道该怎么办。我要把这一点写出来。我可以说出许多对社会和政府有好处和坏处的事,但是我不能说。在我们国内不能说最重要的

---

① 达察罗商店是彼得堡一家经售绘画、版画和画具的商店,离冬宫不远。

事情.'

"他就这个题目谈了很久,谈得很起劲。他又说,他要写一部以阿辽沙·卡拉马佐夫为主角的长篇小说。他想通过修道院使他变成革命家。他会犯下政治罪行,被处死刑。他探求真理,在这探求中自然而然成了革命家……"①

4

我们不能不详细谈一谈陀思妥耶夫斯基的爱国主义的特殊形式,因为爱国主义在他那里占着很重大的地位。他想象俄国是一个不能平静、无限博大的灵魂,是一片无穷的矛盾的海洋。然而他想象正是这个野蛮的、愚昧的、文化落后的国度,彼得大帝们和为信仰自焚的人们的国度,才最有能力赐给世界以光明伟大的新的东西。

他相信只有俄国才能建立这个艰巨的功业:在苦难中去达到伟大的目标——人类的光明的未来。

对本国的神秘本质的信念本来就起源于东方,并且在《圣经》里的先知身上表现得最为狂热,传至西方以后,又逐渐转移到东方来了。大革命时代的法国自称为世界的灯塔、人类的救主,它对王室宣战,对百姓宣告和平。② 在拿破仑洗劫过的普鲁士,伟大的费希特宣称:哲学家和诗人的民族、深沉的德意志民族将给人类带来生路。③ 其后,被洗劫的波兰借了托维扬斯基和密茨凯维支们的

---

① 引自《阿·塞·苏沃林日记》第十五至十六页,一九二三年。
② 法国革命军的口号是:"对茅屋——和平,对王宫——战争。"
③ 见德国主观唯心主义哲学家费希特(1762—1814)的《对德意志人的演讲集》,这些演讲是在普鲁士被拿破仑占领以后,一八〇七至一八〇八年间费希特在柏林发表的。

嘴,宣布受尽折磨、渴望正义的波兰农奴是新的基督。[1] 在陀思妥耶夫斯基关于普希金的著名演说[2]中,他追随某些斯拉夫主义者之后,可是说得更露骨得多,宣布俄罗斯民族是优等民族。陀思妥耶夫斯基认为,俄罗斯民族正是从自己的屈辱、苦难和锁链中,才能获得市侩化的西方永远得不到的那一切最崇高的重要精神品质。

苏联,原先的俄国,正在执行解放全世界——解放西方无产者和东方殖民地奴隶——的任务。可是跟陀思妥耶夫斯基所想的不一样,这件事是完全在另一个意义上、经过完全不同的途径来实现的。

5

现在我们再尽力说明一下艺术家陀思妥耶夫斯基的特征,我们还是主要从内在的意义方面,而不从技巧、形式方面着眼,但是我们不否认后者的重要。

我们不能不提出这些问题:为什么陀思妥耶夫斯基会成为艺术家?他是哪个类型的艺术家?在他的笔下,形象的艺术语言是怎样同他那内在的、热情的、以矛盾重重为标志的世界观融合起来的?

陀思妥耶夫斯基是抒情艺术家。他所有的中篇和长篇小说,都是一道倾泻他的亲身感受的火热的河流。这是他的灵魂奥秘的

---

[1] 一八四一年夏,密茨凯维支在巴黎一度接近波兰传教士、神秘主义者托维扬斯基,受到他的影响。托维扬斯基认为波兰民族是一个优等民族,负有开辟人类历史新纪元的特殊使命。一八四〇至一八四四年密茨凯维支在法兰西学院讲授斯拉夫文学时,宣传过这样的观点。一八四六年,他断然同托维扬斯基绝交。
[2] 指一八八〇年陀思妥耶夫斯基在莫斯科普希金纪念像揭幕典礼上的演说。

连续的自白。这是披肝沥胆的热烈的渴望。这便是他的创作的第一个因素、基本因素。第二个因素是当他向读者表白他的信念的时候,总是渴望感染他们,说服和打动他们。陀思妥耶夫斯基创作中的这两个特点是他所固有的,在任何其他抒情诗人身上都没有表现得如此强烈,如果所谓抒情是指一个被激动的灵魂的呼吁的话。

陀思妥耶夫斯基是一个伟大的、极其深刻的抒情诗人。然而擅长抒情的不一定总会成为艺术家。他可以用各种方法表达他的感受,例如用政论形式,用布道。陀思妥耶夫斯基不用直截了当的形式,而用虚构的叙事的形式表达他的感受、自白。他把他的自白、他的灵魂的热烈呼吁包括在事件的铺叙之中。他写的是中篇和长篇小说。陀思妥耶夫斯基并不关心他的作品的外表的美。他故意使得他的文字极端质朴。大多数主要人物都使用同样的语言。请看看他的长篇小说的结构,看看其中各章的结构。真是别开生面。人们甚至常常想要解决一个难题:在陀思妥耶夫斯基的小说章节的结构上,到底哪些地方是由于意志的指使,哪些地方只是随手拈来的?他的小说的形式往往非常奇特。研究这一点很有意思,正像地质学家研究埃特纳火山[1]或富士山的起因一样。例如,他和但丁多么不同!在但丁笔下[2],从全局到细节,一切都像建筑术,一切都服从预定的计划和建筑师的坚强意志。在陀思妥耶夫斯基的作品中,您找不到优美的描写。他对自然景物十分冷淡。总之,他的作品没有什么外表的美。可是关键就在于陀思妥耶夫斯基所写的内容的独创性能吸引您的注意。他渴望尽快地打动您,向您倾吐心曲。这是决定陀思妥耶夫斯基创作中最基本的东西的两个主要推动力。

---

[1] 在意大利的西西里岛。
[2] 指《神曲》。

但是如果只有这两个特点,还不能促使陀思妥耶夫斯基创造出叙事的艺术形式。他所以能做到这一步,是因为凌驾于他那直抒情怀、披肝沥胆的渴望之上,还有第三个基本动机——宏大的、无穷的、强烈的生活的渴望。正是这个热烈的、不可抑制的生活的渴望,使陀思妥耶夫斯基首先变成了艺术家。他创造了伟大的和卑劣的人物,创造了众神和生灵。他在他的实际生活中,也许没有像他生育他的主角时那样紧张地生活过,所有这些人都是他的孩子,又都是戴着各种面具的他自己。

陀思妥耶夫斯基同他所有的主角紧密相联。他的血在他们的血管中奔流。他的心在他所创造的一切形象里面跳动。陀思妥耶夫斯基在痛苦中生育他的形象,他的心急剧地跳动着,他吃力地喘息着。他同他的主角一道去犯罪。他同他们一道过着沸腾的生活。他同他们一道忏悔。他在他的思想中同他们一道震动天地。由于他需要亲自去十分具体地经受一次又一次的冒险,他才能比任何人都更有力地打动我们。

可是,陀思妥耶夫斯基除了亲自经受他的主角所遭遇的一切事件,为他们的痛苦而痛苦之外,他还玩赏这些感受。他经常观察各种细节,是为了将他所想象的生活体现得像幻景一样鲜明。他需要这些细节,也是为了把它们当作真正的内心的现实加以玩味。

我们还必须指出陀思妥耶夫斯基的创作的一个特色。他极力使读者去接近他的主角的思想感情的激流、思想感情的万花筒。因此,陀思妥耶夫斯基被称为心理学作家。

陀思妥耶夫斯基被称为心理学家,是由于他对人类心灵的感受最有兴趣。不过,如果说在他的作品中可以找到极丰富的心理学材料,那就更正确了,因为我们所谓心理学家,指的是那种不仅擅长分析人类的心灵,而且能够从这分析中得出某些心理学规律的人。这一层,陀思妥耶夫斯基并没有做到。

我们说过:陀思妥耶夫斯基希望生活。不仅这样,陀思妥耶夫斯基还享受生活的快乐,热烈而又痛苦地享受它。他所有的长篇小说都是一大卷淫欲的记录。这一点他自己也知道得很清楚。他不止一次谈到一个想法:人生的一切挫折,他都当作快乐来领受,甚至苦楚本身也能带来快乐。

几年以前打开了陀思妥耶夫斯基遗下的一批文件。其中发现有他的长篇小说《群魔》里的两章,是人们早先不知道的。① 那里有一段斯塔夫罗金的话:"即使打我耳光的那位子爵揪住我的头发,还叫我低头弯腰,我恐怕也一点不会感到愤怒。"②在这两章里,陀思妥耶夫斯基再明确不过地分析了以受苦、犯罪和屈辱为快乐的心情。

陀思妥耶夫斯基善于化现实为欢乐。他往往把他的笔浸在污泥潭里,甚至从这污泥中得到快乐。然而这并不是说,他以为污泥是好的。不。人生的污泥使他痛苦。他常常反复地想:受苦具有赎罪的意义。他认为人人都应该受苦,因为人人都要对每一个孽障、每一项罪行负责。犯罪是普遍的现象,刑罚应该加于所有的人。这就是陀思妥耶夫斯基的世界观,而它是同他的艺术风格密不可分的。

6

陀思妥耶夫斯基害羊痫风的问题不容我们忽视,羊痫风同作

---

① 陀思妥耶夫斯基夫人安娜(1846—1918)逝世后三年,即一九二一年十一月十二日,在莫斯科中央档案馆开启了陀思妥耶夫斯基的一个文件箱,当时卢那察尔斯基也在那里。文件中有《群魔》的几章校样。而一八七一至一八七二年这篇小说由《俄国导报》连载时以及在后来的单行本里都没有这几章。全文载《文学史和社会史文献。第一辑。费·米·陀思妥耶夫斯基》,中央档案馆出版社,莫斯科,一九二三年。

② 引文不准确,同上书第十七页。

为思想家和艺术家的他有极其重大深切的关系。

陀思妥耶夫斯基这个病的生理学根源和病的起因本身,至今还是争论中的问题。我们只想顺便说说,马克思主义文学评论界还必须跟现代精神病学好好算一算账,因为后者动辄把所谓文学中的病态现象解释成为遗传病的结果,或者无论如何是一些与可以称为某人的社会经历的东西毫不相干的疾病之结果。关键当然完全不在马克思主义者应该否认病的本身,或否认精神病会影响这个那个作家兼精神病患者的作品。不过,这一切纯生物学因素所造成的结果,同时也是理所当然地从社会学的前提中产生出来的。

据陀思妥耶夫斯基本人证明,他初次发羊痫风是在他服苦役的时候,照他的主观上的自我意识,这一次发作有点儿像得到天启的样子,因为当时刚刚就宗教题目起过一场争论,陀思妥耶夫斯基刚刚痛苦而热情地反驳过一个无神论者:"不,不,我信神!"这个事实非常值得注意。在这里,社会的土壤和生物学的土壤似乎结出了同一个果实,它们共同结出了它,彼此间没有发生冲突。

一方面是陀思妥耶夫斯基神经敏锐,因而感到——特别在他当时的艰苦的社会条件下——绵绵不尽的、常常是轻微的、然而被夸大了的痛苦。另一方面是羊痫风的发作,照陀思妥耶夫斯基本人从内心感受上证明,这是伟大的宁静,与全宇宙和谐一致的感觉的开端,总之,是情绪上的某种理想境界。

一方面厌恶和愤恨现实,另一方面热烈希望调和各种矛盾,即使是在来世,即使采用神秘主义的方式。

陀思妥耶夫斯基的才气磅礴的热情的性格更加剧了这种情况,结果一方面是对自己和别人的可怕的折磨,这已经成了他的创作的主要特点之一,另一方面则是他那心醉神迷的状态。

可见是社会原因促使陀思妥耶夫斯基害了"神圣的病",社会原因在生理学性质的前提中找到一个适当的基础(这基础无疑与他的才能本身有关），于是同时产生了他的世界观、创作风格和他的病。

我完全无意用这些话来说明陀思妥耶夫斯基在别的条件下无论如何不会害羊痫风。我只说是一种奇特的巧合使人认为：陀思妥耶夫斯基所以适合于他所扮演的那个角色，只是由于他的体质本身的缘故。

陀思妥耶夫斯基是我国文化史上第一个伟大的小市民小说家，他的这些情绪表现了广大小市民知识分子和有知识的小市民的慌乱心理，他是他们的一个非常有力而又为他们所非常需要的组织家，导源于他的"陀思妥耶夫斯基主义"，对于一直到列昂尼德·安德烈夫时代为止的相当广大的小市民阶层来说，甚至对于活到我们这个革命时期的有知识的小市民残余来说，都是最主要的自救之道之一。

7

我们来谈谈几个结论吧。

陀思妥耶夫斯基是在进攻着的资本主义的火力下、在最惶惶不安的争取自决权时期的小市民的表现者，比起诸如车尔尼雪夫斯基那样的正面典型来，他是一个染上了许多纯粹的小市民特色的人物，因此他特别难以越出小市民的界限，在社会主义——虽然是空想社会主义——理想中找到一个即使只对当时来说是最正确的解决矛盾的方法。

但是陀思妥耶夫斯基对这方面表现了很殷切的向往。专制政府给予他的打击使他陷于那样的境地，他不得不颇为真诚地进行一项复杂细致的工作，用迁就阴暗的现实的办法，以挽救自己和自己的才能。

陀思妥耶夫斯基从来没有把他身上所存在的各种倾向之间的

矛盾调和好。

这就说明了为什么他的同时代人会对他感到茫然，为什么他那些高贵的保护人不能完全信任他，而经常担心他做出不愉快的意外的事情来，这也说明了为什么他那时代的急进派乃至革命派会对他有亲切之感。

他的同时代人对他采取两重态度，我们也对他采取两重态度。

陀思妥耶夫斯基拥有一种病态的天才，他所创造的文学巨著，极其有力地反映了中、小市民在资本主义蜕化的风暴中的慌乱心理。作为历史文献看，这些著作不会很快失去意义。

然而陀思妥耶夫斯基的时代是不是已经死亡、过去了呢？

必须指出，陀思妥耶夫斯基在西方所起的作用，从来没有像最近这样巨大。这是因为，虽然在世界大战快开始的时候，资本主义制度表面上经过了某种程度的整顿，但大战还是充分暴露了这个制度的混乱和脆弱。首先感受到这种新的崩溃和动摇的是各战败国。例如在德国，人们喜欢阅读和研究陀思妥耶夫斯基，甚于喜欢任何其他有世界意义的作家。那里还出现了他们自己的陀思妥耶夫斯基如表现主义者赫尔曼·黑塞①，他在他的长篇小说《草原狼》里面，扬言只有自杀或痴呆，才能使人脱离阴暗的生活而获得欢乐。

可是我们自己是否摆脱了陀思妥耶夫斯基主义呢？啊，当然没有！我们，无产者和共产党人，以及所有投身社会主义建设的人们，都不得不生活在小资产阶级的包围之中。在我们的艰苦英勇的建设的条件下，这个包围圈正在以一种最奇特的方式动摇着，瓦解着。在我们开始彻底清查的暗害行为中，地地道道的陀思妥耶夫斯基主义难道还少见吗？

---

① 赫尔曼·黑塞(1877—1962)，德国小说家和诗人，后来加入瑞士籍。写过一本论陀思妥耶夫斯基的书。

我们甚至也不能肯定说，我们自己，即是自觉地和忘我地从事建设的人们，已经完全摆脱了陀思妥耶夫斯基主义。因为争取社会主义的斗争不仅发生在人们身外，也发生在人们内心，正像列宁说的，在无产者身上，有时甚至在共产党人身上，也有许多旧的小市民偏见。① 一切怀疑和动摇的心理、总以为个人受了委屈的心理、宗派主义的心理，在政治上和日常生活上的相互关系方面的这一切复杂的东西，说来非常可耻，都是和陀思妥耶夫斯基主义血肉相连着的。

因此我们又认为陀思妥耶夫斯基生动鲜明地表现了人们意识和行为中的消极力量，为了我们本身的实践，我们必须根据他的著作去研究它们，因为从这些尚未消除的弱点中了解人们，对今天的每个组织者、每个建设者来说，都是一项相当重大的任务。

不过我们应该在这里竭力强调一点：一方面，我们应该从陀思妥耶夫斯基的著作中吸取教益；另一方面，我们却决不可以向陀思妥耶夫斯基学习。不可以同情他的心境，不可以模仿他的风格。谁要这样做，即是说，谁要向陀思妥耶夫斯基学习，他就不能成为建设事业的助手，他就是落后的、腐朽的社会阶层的表现者。

为了陀思妥耶夫斯基的纪念日②，我们给一般读者提供了这部一卷集。我们尽力从作者的作品中选取了一切最重要的东西。

我们也尽力给我们这个一卷本附上论文、注释和按语，使人易于全面理解作者的有时颇为晦涩的正文，并尽可能对正文有一个正确的、革命马克思主义的理解。

对于革命所诞生而且在促成革命胜利的新人来说，不知道陀思妥耶夫斯基这样的巨人恐怕是一件近乎不体面的事情，但是如果受到他的影响，那却是十分可耻的，可以说是于社会有害的了。

---

① 参看列宁的《论"左派"幼稚性和小资产阶级性》和《关于清党》，分别见《列宁选集》第三、四卷。
② 指一九三一年二月九日陀思妥耶夫斯基逝世五十周年。

符·加·柯罗连科[*]

总　　评

　　以人品和创作而论，很难想象还有谁能比符拉季米尔·加拉克季昂诺维奇·柯罗连科更为高贵了。可是我们共产党人同他有过非常严重的分歧。[①] 固然，就是在当时对待十月革命和共产主义的态度上，他也表现了他平素的耿直精神。白匪统治波尔塔瓦[②]期间，他没有卑躬屈节，对他们进过许多逆耳的忠言，并在红军进驻波尔塔瓦时断然拒绝离开那里，却跟拉科夫斯基[③]同志保持着友好的私人关系。我自己也曾在一次内容极其丰富的深谈中同他度过几个钟头，[④]我从谈话里确信，虽说他忧深思远地表示了一系列的异议，但对于居领导地位的我们的党大致还是友好的。[⑤]

---

[*]　本文原名《正人君子》，发表在一九二四年第一期《红色园地》杂志上，后经作者修改，作为土地与工厂出版社一九三〇年刊行的《柯罗连科文集》的序言。译自卢那察尔斯基《剪影集》，一九六五年。

[①]　一九一七年十二月，柯罗连科在莫斯科《俄国新闻》上发表《胜利者的庆祝会（给卢那察尔斯基的公开信）》一文，反对无产阶级专政。次年八月，卢那察尔斯基在《火焰》杂志和《彼得格勒真理报》上著文加以辩驳。一九二〇年夏秋，柯罗连科又给卢那察尔斯基写了六封私信，仍旧坚持己见。因当时邮递困难，卢那察尔斯基只收到其中的三封。柯罗连科逝世（一九二一年）后三年，有人在巴黎将这六封信汇编出版，造成了恶劣的政治影响。

[②]　波尔塔瓦在乌克兰，为柯罗连科晚年居住的地点，也是卢那察尔斯基的家乡。

[③]　赫·拉科夫斯基(1873—1941)，一九一八年任乌克兰人民委员会主席，后来蜕化为托派分子。

[④]　一九二〇年卢那察尔斯基去波尔塔瓦时，同柯罗连科会晤过几次，竭力劝说和争取他。

[⑤]　柯罗连科病逝后两天，当时正在举行的第九次全俄苏维埃代表大会曾为他致哀。

不过,柯罗连科在政治上仍旧同我们的口号和我们的纲领有着非常严重的分歧。

这样一个异常高贵的性格,这样一位大才大智,这样一颗向往革命的心灵,居然可以从左向右,来一个如此明显的大转弯,也就是说,居然可以几乎像他对待沙皇政府似的,对无产阶级政府采取激烈反对的立场,这是怎么回事呢?

近来我们曾多次谈论知识分子对革命的态度。

其实我们早已预见到,相当大一部分知识分子同资产阶级制度有着密切联系,十分习惯于资产阶级民主,看来他们将情愿停留在这个立场上。我们预见到,甚而完全正确地预言过,就连知识界最左和政治觉悟最高的一部分人(自然,如果不把布尔什维克知识分子计算在内的话),即社会革命党人和孟什维克,也必不可免地要变成拥护某种折中性宪法的保守派。不过我们也预见到,相当大一部分知识分子最后总是能够转向,甚至被迫转向无产阶级方面来的。

当然,广大知识分子极力想多少起些领导作用,无论如何要在社会上占一席光荣的地位。但知识分子是各色各样的,因为他们的上层接触到高级官僚、博学的显宦之类,下层则同无产阶级有往来,所以知识分子在情绪上,在对待包括俄国沙皇制这种形态在内的资产阶级制度的态度上,当然也各有不同。可是整个说来,知识分子对于像俄国沙皇制这种粗野落后形态的资产阶级制度,是抱否定态度的。然而资产阶级制度经过改革,接近了民主,并且竭力在利用知识分子时对他们多多少少保持一点表面的尊重,付给优厚的报酬,于是那条将保守知识分子同自由派和急进派知识分子区分开来的界线,也相应地开始往下移动,只有在所谓"知识界的无产阶级"这一阶层中才能真正使人感觉出来。许多人接受了资产阶级三月革命①,——大多数知识分子都同情它——但是他们没有料到会出现一次危机,使这场革命转变成一个全新的、知识分子从未见过的可怕的事件,即无产阶级革命,它把一度欢欣鼓舞过的、其全部骨干都已成为政权支柱的知识分子重又投入了反对派——有时简直是激烈的、血腥的反对派。不过无产阶级制度巩固下来了。它不仅把自己"强加"给这些知识分子,——光靠强迫并不能叫人家喜欢你——而且向他们证明了自己治理国家的才能,证明了它在不算太好的条件下如何真诚地极力关怀经济和文化的各个方面。不但如此,后来在知识分子——直到他们的社会上层——同无产阶级之间还逐渐建立起其他的联系。知识分子开始倾听无产阶级的切合实际的理想主义和它的未来的乐章,由于除掉俄国的经验以外,这里还发扬了同样有益的世界的经验,他们倾听时就更加细心了。于是知识分子转换路标,重新定形了。

然而知识分子是那样一个阶层,它比任何其他阶层更善于在一套异常复杂的哲学或道德思想遮掩下审察自己的行为和感受。知识分子把这套思想看得十分认真。可是我们以为,如果一个知识分子出面反对无产阶级革命时,顽强地用什么法律的或高尚道德的理由来证明自己立场正确,那么他只是稍微骗骗自己,却大大地骗了别人。弗拉基米尔·伊里奇当然说得对:他认为,知识分子抵制无产阶级革命是企图保住对知识的专利权,②在二月革命带来的社会制度下,这专利权显然给予了他们非常有利的地位,而在

---

① 即二月革命。这次革命爆发之日一九一七年三月十二日相当于俄历二月二十七日。

② 列宁在一九一八年全俄教育工作第一次代表大会上说:"具有旧资产阶级文化的最有教养的人们实行怠工是怎样一回事呢?怠工……清楚地说明,这些人把知识当作专利品,把知识变成他们统治所谓'下等人'的工具。他们利用他们的知识来破坏社会主义建设事业,公开反对劳动群众。"见《列宁全集》第二八卷,第六九页。

十月革命所建立的制度下却大成问题了。

假如事情只涉及一个普通的知识分子,那么,他怎样从思想上为自己的政治立场——归根到底,它得取决于他的经济利益,——辩解,那倒完全不关紧要。如果我们碰到的是一个思想方面的大专家,事情可不同了。

当然,个人是由社会生活造成的,可是生理条件为社会生活提供了原料,最后的社会产品——即个人——的完善程度,要以这项原料的质地为转移。思想方面的高级专家在社会生活中,在成千上万人,有时甚至在千百万人中经受锻炼,成为他们的思想代表和领袖,他的代表性和领导地位如何,正就要看他在多大程度上是这种精良的特殊原料。

结果,作为他的创造的产物,出现了具有全人类意义的珍品。伟大的思想家能够高于本集团的利益,但这并不是说他可以轻易达到什么全人类的论点,可以脱离他从中出身和他所体现的那些阶级与集团,而是说当他整理和在表面上体现该集团的思想时所拥有的那种力量、广度与深度,在或好或坏的意义上也反映出了其余的各个集团,成为加入世界交响乐的一个强音。

柯罗连科的情况也是如此。当然,他完全是俄国知识界的代表。柯罗连科的民粹主义同他那一代人的民粹主义是一致的,他信奉民粹主义,是因为知识界在反对专制的杰席莫尔达[①]时极其需要从某个真正的社会力量中寻求支持,而当时只有农民才是这样的社会力量。柯罗连科对自由的深厚的爱、他那属于最美好的类型的自由主义,也是十分明显的事。他对于美满的个人幸福的梦想、他那"人生来为了幸福,正如鸟生来为了飞翔一样"[②]的著名口号出自批判地思考的人物即知识分子嘴里,是再容易理解不过

---

① 杰席莫尔达是果戈理《钦差大臣》中一个警察。
② 柯罗连科的特写《奇谈怪论》(一八九四年)中人物杨·扎路斯基的话。

了,他们在柯罗连科以前,就已在许多世纪中通过自己的优秀代表,宣扬过这种标准的乐观主义,同时他们又经常绘出一幅幅阴暗的图画,来反映同个人幸福的思想相对立的现实。要求团结、要求仁爱——特别是爱弱者——的号召同知识界情绪中的民粹主义基本核心,同知识分子的下述认识也都是完完全全一致的:知识分子的真正价值,在于用崇高的态度从某个方面为社会精心服务,他所得到的内在的和外在的报酬,则是皮萨烈夫所说的"合理的幸福"。

柯罗连科是俄国知识界的亲骨肉。这个知识界产生过一些更复杂和——我简直要说——更深沉得多的典型。即使不提那批在或大或小的程度上表现了地主特点的俄国文学代表,在其余的部分中我们也能碰到很复杂的人物如陀思妥耶夫斯基、乌斯宾斯基和列斯柯夫,就某个角度说还有契诃夫和列昂尼德·安德烈夫。这样的人可以举出不少。我再说一遍:他们比柯罗连科更复杂,同时也更晦暗。

柯罗连科是一个美丽的、绝对端正的、非常透明的结晶体,其中包含着旧时知识分子身上一切典型的、良好的东西,虽有极少的个人杂质,却并无任何怪诞的变态,要解释这一点,必须探索一下他在生活中受到的某种相当"偶然的"悲剧性影响。

柯罗连科经历过很多苦难,怀有很强烈的恻隐心。虽然如此,苦难却没有在他身上留下印记。这个结晶体还是那么光洁。柯罗连科有一颗最温柔的心。但是这份最深厚的热忱的冲动没有把柯罗连科的灵魂畸形化,它在本质上始终保持着明朗和一种古典式的方正。

柯罗连科的非凡的写作才能和艺术禀赋,使他能够在俄国生活的考验中维持着优美的内心的平衡。

陀思妥耶夫斯基不是歌唱,而是号叫。柯罗连科却在歌唱。压在某些沉郁的俄国作家心头的负担,客观上要比柯罗连科所承受的更重些,可是符拉季米尔·加拉克季昂诺维奇的负担也不轻。只是他的灵魂好像一架风神琴,就连鲁莽的触摸也能叫它发出谐调的和音。这个有才华的人非常容易达到美,我们从他的短篇小说里,经常看见这种由一个令人痛苦的复杂现象——有时甚至是罪行——衍化为美的过程。符拉季米尔·加拉克季昂诺维奇的这项特点,使他似乎成了一个装纳细致入微的人道精神的精美容器。

这样,如果我们总括一下柯罗连科这些同俄国中等知识分子拥有的一切优点——而且只是优点——完全一致的地方,总括一下他那立刻用自己的创作形式本身来给予处在生活忧患中的人以崇高慰藉的惊人能力,以及——这也同样重要——他不但深深地意识到自己是批判地思考的人物、不应当看见社会的邪恶而一声不响、并且他实在具有一颗异常敏感的良心等事实,——如果我们总括一下这一切,便能琢磨出这个衣冠楚楚的知识界的祭司、这个清白的正人君子的面貌了。

这个正人君子当然不会虚伪。他或多或少地能了解全部人类的东西。他没有把共产主义革命当作罪恶。虽然他有不满和苦恼,他还是能够保持他的看法,认为共产党人是一支为人民造福的伟大部队,只不过——照他的意见——走的道路不对罢了。但是,尽管柯罗连科的君子之风同虚伪无缘,这君子之风本身、白净的衣冠本身,却包含着一种显然为革命时代所完全不能接受的东西。

的确,一个正人君子能够怎么样对待真正的革命呢?显而易见,真正的革命一定是毛毛糙糙的,它一定要矫枉过正,一定要引起混乱。例如陀思妥耶夫斯基就很清楚地预见到了这一点。普希金也深切地感觉到而且告诉过我们这一点。知识界伟大的宗教祭司们只要想象一下革命力量的怒吼声,没有一个不预先发抖的。符合美学标准的道德观不适用于革命。我们可以设想从艺术的角度去看革命,但这种看法应该完全建立在动力学上面,换句话说,一个能够在革命中发现美的人,他应该喜爱的不是完善的形式,而是运动本身、各种力量彼此间的搏斗本身,他应该认为矫枉过正和"疯狂"行为不是负数,而是正数。

可是,如果说柯罗连科当然无法从美学上理解革命,——这原是一件非同寻常的事,只有第一流天才方能胜任,而且要在对他们的发展有利的条件下才行,——那么,柯罗连科在道德上也不能接受革命,这仍然是由于他那些优良的道德特点的缘故。难道我们否定兄弟之爱的道德吗?决不。我们这一代人所负的使命,是做一番充满着必要的仇恨的事业,每逢我们看到沾染着甜腻腻的基督教味道的温情主义的形象,当然总有点不舒服。而在托尔斯泰诵经礼拜时的面容上,以及柯罗连科经常行善时的面容上,正好有这类甜腻腻的东西。柯罗连科在道德方面是一个基督徒,我再说一遍:这还不算太糟。糟只糟在所有这些假基督徒(托尔斯泰、柯罗连科和类似的人)都把仁爱的准则当作一种能马上就建立起来的、仅仅取决于人的善良心愿的事物。当然,托尔斯泰也好,同样,柯罗连科也好,他们都了解,要一下子使人们变成白鸽是不可能的。虽然如此,他们却觉得,只要具备一定的条件和强烈的愿望,人人都可以变成白鸽,这些白鸽满口博爱,喃喃絮语一通,便算圆满完成了自己的社会责任。我们则认为:第一,在我们今天,讲求君子之道非常困难;第二,在我们的条件下也用不着羡慕正人君子,因为在我们今天,正人君子喃喃絮语根本不是履行自己的社会责任。恰恰相反,在以劳动和明天为一方、以剥削和昨天为另一方的最后斗争激化的年代,甚至任何调和、任何挥动橄榄枝的做法都会使敌对的双方感到恼火,而对于在世界范围内暂时还比较弱小的我们这一方,这简直是不可容忍的和有害的。

正人君子由于我们双手染上鲜血而大为恐惧。正人君子因为我们态度严酷而陷于绝望。正人君子想要说,不管怎么样,冷峻的毅力和铁面无情对白狼①倒还相称,他们本来就几乎是公然打起人剥削人的旗帜的,但对于归根到底是为仁爱而战的我们来讲,却简直太引人注目,完全不协调了。正人君子任何时候都不能了解,仁爱"要求用牺牲来抵偿"②,并且不仅自己方面要牺牲(这一点,正人君子倒是会了解),还要让人家牺牲,正如一切激战中常有的情形那样。

必须在相互关系中保持平静和分寸,那么也许还可以交谈交谈,那么正人君子才会了解,如同柯罗连科了解的一样:在他觉得是一大堆错误的那些东西背后,有一颗高贵的心跳动着。柯罗连科了解这个。我们也同样力求了解,并终于了解到:柯罗连科在俄国烽火遍地,在无产阶级手劲变弱、它所高举的大旗已经动摇起来的时期③发表的自由主义清谈,仍然是从他那优良的道德特点而来的。不过柯罗连科把到后天、到胜利以后的日子才必须实行的那种道德,移到严酷的准备时期来了。

柯罗连科既然采取这个否定的美学和道德立场,他在政治上也就无论如何不能接受我们的革命了。从他的和谐论与君子之风中可以引出一个结论:得到解放的人民应该穿起节日服装,涂上发油,一同聚集在全俄大会上,用绝对自由投票的方法,选出他们爱戴的首长,由众首长来正确地、和谐一致地为他们指引前途。在柯罗连科的机会主义中有大量的乌托邦成分。我们之所以觉得他是机会主义者,是因为他希望获得我们所希求的民主,在那种民主之下,照伊里奇④的说法,每个厨娘都可以参与治国大事,但是柯罗连科无论如何不能了解,为了达到这样的民主,完全消灭阶级,使一切专政和一切国家归于消亡,必须具备许多由人血灌溉得来的

---

① 指白匪。
② 引自涅克拉索夫《在医院中》一诗(一八五五年)。
③ 指帝国主义武装干涉苏联的时期。
④ 列宁。

先决条件。

在沙皇制度下的黑暗时期,柯罗连科的意义当然是难以估量的。他确实是这个阴暗帝国最光明磊落的人物之一,不仅对真正的知识界,而且对一般居民、对农村中稍有觉悟的一部分人,甚至对无产阶级,都有过难以估量的重大社会意义和道德意义,因为他坚决抗议官府一切最卑鄙的迫害如穆尔坦祭祀案①、别依里斯案②、官方对于饥荒所引起的社会运动的态度③等等。

但是,如果说柯罗连科的政论活动、他直接以公民身份发表的言论在当时有过巨大教育意义的话,那么,他的小说也在更大的程度上具有同样的意义。

谁都知道,以内容而论,他的全部中短篇小说经常写一个基本主题:对人的爱,对人的恻隐心,对那些作践人的势力的愤恨。总之,他的小说用另一种笔法表达了美好的人道主义思想。

柯罗连科本人像蹲监狱一样蹲在广大的、蛮横的、寒碜的沙皇俄国,他对周围很少产生愉快的印象。别的作家成了辛辣的讽刺家、悲观论者,有时抗议,有时甚至陷于绝望。某些人,例如契诃夫,在有几分做作的、带着艺术上表现得很精巧的冷淡神情的微笑之下,在温婉的幽默之下,隐藏着自己的愤怒和绝望。托尔斯泰越来越爱专门通过他的宗教和道德学说去解决生活矛盾,他绝没有

---

① 一八九二年,维亚特卡省老穆尔坦村有七个乌德穆尔族农民被指控杀人祭神,由法院判处长期苦役。柯罗连科以记者身份列席审判,认为这是诬告,于是发表许多尖锐的文章,要求重审。一八九六年,被告终于被宣告无罪。
② 明·别依里斯是基辅一家砖厂的售货员,犹太人,一九一一年被黑帮分子诬告杀害一个基督教男孩祭神。一九一三年,柯罗连科在报刊上公开揭露这次审讯的策划者,引起强烈的反应。在舆论的压力下,法院只好宣告别依里斯无罪。
③ 一八九一年,伏尔加河流域严重歉收,引起一次赈济饥民的社会运动。贵族和黑帮报刊把饥荒归咎于农民的"懒惰"和"酗酒",并唆使农民去反对支援他们的医生和大学生。柯罗连科写了一组特写《饥荒的年代》(一八九二至一八九三年)予以驳斥。

用这个方法达到内心的平静,而仍然在激动和战栗。

　　说也奇怪,柯罗连科,这个有着优美开朗的面貌和富于音乐性的、水晶似的奇妙文体的人物,居然能够在这座地狱里保持这样平静的态度。他丝毫也不冷淡。他甚至没有契诃夫那种做作出来的冷淡。他是一个热情蓬勃的人。他发怒的时候,你会感到他确实充满着愤怒。他满怀着激荡人心的真正的爱、强烈的恻隐之情。但是他竟保持了这种同他的外貌十分谐调的心灵的开朗,而主要的是,保持了文笔上的非凡的和谐。

　　请你拿他同时间相近的其他伟大作家比较一下。托尔斯泰想出一个他特有的处理方法:他首先希望叫人相信他所说的事情是非常真实的,相信他的确在洞察隐微,复制真正的生活事实,甚至让你能够看清人物"心灵中"发生的一切,他故意不管可以叫做"文笔"的那个东西。他不愿意作为艺术家的作家变成读者同生活中间的一面三棱镜①。托尔斯泰用他那有点拙劣的、仿佛根本未加修饰的文体,使你产生一个错觉,觉得自己看见了真正在发生的事实,而且你能用你平时绝对没有的敏锐眼光,从里里外外全面认识它们。

　　我们在陀思妥耶夫斯基那里也看到类似的情形,虽然他的文体绝不是像透明的空气一样,使对象似乎能够独立地、如实地在其中生存和历历可见。不,陀思妥耶夫斯基所创造的气氛是火热的,它由于温度的变化而闪烁不定,常常明显地歪曲了来到你面前的事实和对象。陀思妥耶夫斯基笔下的故事叙述人或者干脆用作为登场人物的"我"的名义说话,或者是一个痉挛的、哆嗦的、时而嘲讽时而痛苦的编年史家。

　　这样的编年史家自然不可能注意文辞,即注意文辞的优美和精确。

---

　　① 意谓不愿让读者用作者的眼光去看生活。

契诃夫在文笔上力求达到最大限度的朴素,这颇有点托尔斯泰的风味,区别只在于他对语言的艺术表现力更重视得多。托尔斯泰不注意雕章琢句,他的目的是给人造成这么一种观感,或者说得更准确些,造成这么一种无法抗拒的错觉,使人认为他的叙述是真实的。

契诃夫却是一个印象主义者。他也好,他的读者也好,都有点急急忙忙,他们需要迅速抓住一切要害,或者说得更准确些,抓住在那个场合可能成为要害的一切,然后正是在这讲故事的时刻,从意义最突出的那一方面来描述现象或对象。

从这里便产生了契诃夫词句的非凡的、内在的精练,他的词句很少追求音乐节奏的目标,而多半是注重生动的刻画,并且特别爱化为这个或那个人物的一针见血的对白。

柯罗连科则似乎是屠格涅夫派的继承者。贵族和爱美者屠格涅夫大都采用令人相当痛苦或忧伤的主题,他自己就是一个大悲观主义者,在艺术创作中,除了其他途径以外,他还通过非凡的文字美来解决自己的忧愁和问题。每个形象和总的结构的明朗与精雅、言辞的节奏、每个句子的富于音乐性的构造,——这对于屠格涅夫,几乎像对于他的朋友、也许是最大的语言崇拜者的福楼拜那样神圣。恐怕只能说,福楼拜的语言更抓住人、更有力、更泼辣,屠格涅夫的语言则更优美、华丽、铿锵。

柯罗连科在他达到的文笔的高度优美方面正是屠格涅夫的效法者,这种美使他的作品几乎完全成了散文诗,它所产生的出色的形象能同时作用于人的视觉和听觉,又通过它们而作用于整个的感性。对柯罗连科来说,作品正是帮他摆脱那横在阴暗现实同他的光明理想之间的矛盾的一条出路。

柯罗连科总是从内容上引导他的小说去超越这道鸿沟,他想安慰人们,使他们唯愿光明获胜的强烈希望在心理上得到巩固,同时,他还用那么悦耳、那么鲜明的语言叙述了与此有关的生活实例,以至阅读本身就几乎是一种生理的快乐,而且能帮助我们不至于被他涉及的各个现象的有时是令人很难受、很痛苦的本质所压倒。

由于这一点,托尔斯泰除了对于作为一个人和一个公民的柯罗连科抱着很大的好感之外,还非常看重他的文笔,正如看重屠格涅夫的文笔那样,不过他觉得柯罗连科行文过于秾丽。然而这并不妨碍我们指出柯罗连科的巨大成就,——我们能够给俄罗斯语言巨匠们建立的整座文字武库作出估价——这些成就决定于他对世界的态度本身、他向自己提出的任务本身。

小资产阶级理想主义者如果拥有强大的才能,正是多半要把自己的文笔变成又一个论据,来证明一切都会对付过去,证明理想的因素可以战胜混乱,善可以战胜恶,光明可以战胜黑暗。

假如说,小资产阶级理想主义的最大代表之一,维克多·雨果,在他那些诗体和散文体的、声如洪钟的雄辩中找到了这项论据,那么,柯罗连科也在他笔下的清朗的、悠扬婉妙的歌声中找到了它。

这种非凡的美分布在柯罗连科的作品中,甚至仿佛用一层迷人的烟雾掩盖了黑暗和痛苦的尖锐轮廓,柯罗连科当然没有否认黑暗和痛苦的存在,他还努力去战胜它们,——就是这非凡的美,使我在两年前写下这样一段话:"目前,在我们今天,当我们的心肠变硬了一点,我们的青年成了一群小狼的时候,倒不妨听一听这些同我们所向往的未来相近的、奇妙而高贵的旋律。"[1]

现在我可不敢重复这段话而不加某些保留了。

我们在经历一场伟大的攻击战,目的是要挖掉资本主义的根子。我们各色各样的敌人,包括用理想主义作掩护的小资产阶级

---

[1] 引自作者的《符·加·柯罗连科(逝世五周年纪念)》一文,见一九二六年十二月二十四日《莫斯科晚报》。

反动派,正在加紧顽抗。美妙的辞句、温情主义和人道主义,都可能变成敌人的工具,对我们是很有害的。

我们还要补充一点:在反对进攻着的社会主义——第一批社会主义城市,真正的和名副其实的社会主义城市已在我们国土上兴建起来,——的斗争中,在负隅顽抗的最后痉挛中,成为旧世界奴仆的自由派和急进派、冒牌社会主义者以及同他们沆瀣一气的人正在死死地抱住西方,抱住西方的"自由"和"真正的民主"等等。这种西欧主义目前具有很大的危害性,犹如它在文明欧洲的这一切迷惑人的东西同沙皇监狱相对立时期曾经大有益处一样,而柯罗连科就是在这方面做得太过分了。

因此,虽然我们决不赞成这么一种观点,认为可以随便宣布柯罗连科是我们根本不能接受的、应当予以查禁的作家,或者是必须特别加以揭露和抨击的作家,——然而我们要很明确地强调说,在接受我们从柯罗连科那里发现的一切美的时候,我们应该有极大的保留和强烈的批判精神。为了稍稍有助于批判地吸收柯罗连科的作品,我们在他的文集前面加上了这篇导言。

安·巴·契诃夫在我们今天[*]

谁也不会想到要怀疑契诃夫对他那个时代的重大意义。

在契诃夫生命快结束的时候,他几乎是俄国最著名的作家,其声望仅次于托尔斯泰,而同高尔基和柯罗连科不相上下。

同时,受他影响特别大的正是占了他那么多笔墨的知识分子,他通常所写的一切,也都是为他们写的。人数众多的全体知识分子对契诃夫的爱重,甚至超过了对高尔基、托尔斯泰和柯罗连科的爱重:高尔基的某些倾向吓跑了他们,托尔斯泰过于特殊,同样使非托尔斯泰派的知识分子对他有点疏远,柯罗连科当时主要被看作一位体现绝无仅有的社会良心的人物、一位深刻的政论家,可是就他在文艺领域内的生产率和感应力而论,已经不能同契诃夫相比了。

但是如果我们问问自己,契诃夫的影响究竟有多大好处,这就可能碰到疑问了;不管怎样,任何过于笼统的论断都是不正确的。契诃夫起初是个不问政治的作家,而他作为一个公民的淡泊态度,却又掺杂着一种对六十年代的人、对自由派等等的过度愤激的情绪。契诃夫所以愤恨这些进步政治思想的代表,大概因为他自己也并不相信他这"庸人"立场是正确的立场。后来他的政治方向有所改变,他本人转入了进步分子的队伍,而且不但在政治方面是如此:他还足够鲜明地表示反对一切宗教,包括托尔斯泰的宗教,

---

 * 本文最初发表于一九二九年第二七期《火花》杂志。译自《卢那察尔斯基八卷集》第一卷。

表示拥护进步、科学,以及用唯物主义去解决一切人生问题。在契诃夫生命快终结的时候,他甚至开始显出某些表明他对革命的预感和同情的迹象,虽然他心目中的革命与其说是十月革命式的,恐怕不如说是二月革命式的。

假如契诃夫活到我们今天,他采取的政治立场很可能近似柯罗连科的立场。

由此可见,不能认为契诃夫给予了我国知识分子的左派或者甚而至于中间派以什么政治教育。不过一个作家为社会服务的事当然决不能仅仅归结为政治;在真正的能产生丰硕果实的政治还在地下萌动,而在地面上开花放苞的政治论内容又十分贫乏的时代,就更是如此了。

契诃夫异常细心地考察了他周围的人们的日常生活。在这一点上,他的眼光不但敏锐,并且广阔。固然,他对工人注意得最少,他对他们估计不足,也不了解他们;可是地主、资产阶级、小官吏、僧侣、手工业者和农民都在他的作品里得到了非常细腻而真实的描绘。

作为一个社会艺术家,契诃夫有三种基本创作手法,此外,还要加上一种形式方面的手法,它也颇有意思。

生活引起契诃夫的兴趣,契诃夫爱生活,爱大自然,也希望爱人们,但他是在阴暗时期展开活动的,他碰见的人是残缺不全的人,他为此感到深切的悲痛。最初这残缺不全只是惹他发笑,——和果戈理的情况大致相同——然而他的笑逐渐地越来越发人深思,在耳朵灵敏的人听来,这笑正像果戈理的笑一样,是含泪的笑。

契诃夫的三种主要艺术手法,实际上都是向现实报复、总结自己对现实的态度、求得某种平衡的方法。

第一种手法是现实主义、描写上的异常真实。艺术家契诃夫当然从来不对个别现象作照相式的描摹;他把它们加以概括和典型化,但又极力设法使这些综合典型充满生命而不是流于虚浮,使它们为真正说明他那时代的芸芸众生而服务。

　　这样的真实性是同契诃夫总的精神气质吻合一致的,他直到内心深处都是一个医生,带有科学工作者的深刻印记。阿那托尔·法朗士有一次写过,生活很可悲,假如没有强烈的好奇心推动人去观察这悲苦却又五光十色的生活,也许就不值得活下去了。契诃夫也有这样的研究家风度。他认为,用艺术方法评判、清理和使自己认识周围的畸形世界,那是一大乐事。

　　契诃夫的第二种手法,便是我们已经略微提过的笑。契诃夫的笑难得是谢德林式的鞭挞的笑,甚而至于也难得是果戈理式的带刺的笑。他的笑多半属于幽默的领域,即是用宽容态度去缓和道义上的愤怒,他所以宽容,或者是由于他了解引起我们反感的事实的原因,或者由于他了解那些事实的内在的猥琐性。

　　契诃夫的笑一方面谴责和唾弃可怕的猥琐,因为意识到本身的优越性而想要超拔于它们之上,另一方面又仿佛在使人同它们和解。他的公式是:这有什么办法呢?——只好把这些牢牢缠住整个日常生活的猥琐事物嘲笑一番。

　　契诃夫的第三种手法是他的悲伤。这也不是安德烈夫式的绝望的叫喊,不是连我们提起过的阿那托尔·法朗士身上也有很多的厌世或悲观主义情绪,而是一个人的真正深沉的悲伤,他认识到生活可以变得光华灿烂,并且希望美好生活总有一天在大地上取得胜利,同时他却感到自己距离这幸福的未来还有几十年甚至一百年,感到自己和类似自己的人们在萧索时期迷失了道路。

　　这项手法仍然可以表现为一个公式:有什么办法呢?斗争么又没有力量,痛哭流涕、拿脑袋往墙上硬撞,——何必呢?这一切当然很可悲。那么我们就来唱一支咏叹我们的悲苦的小曲吧。

　　契诃夫笔下的悲天悯人的男女形象写得很美,个别优秀篇章充满着悲歌情调。这一切仿佛是一阕安抚自己的激动心情的摇篮曲。

因此,契诃夫对他那时代来说是个独特的和解人,虽然他道出了生活真相,嘲笑了它,为它苦闷过。这一切都是他用辉煌的才能做出来的。

我们提起过的那种形式方面的手法是印象主义,它能够用异常简练准确的文字,在读者意识中产生必要的效果。

契诃夫的创作当然是对现实抗议的一个方式,不过他的抗议是调和性的,既不促使人走向绝望,也不推动人走向斗争。

但是早在契诃夫时代,就已经有一些最年轻而坚强的人、最年轻而坚强的阶级对于契诃夫描绘的阴暗图景表示愤慨了。他们的笑是轻蔑的狂笑,他们的悲伤为愤怒所抵消,——不仅对反面典型愤怒,对正面典型也是,因为他软弱。

不久便出现另一个时代,正是这批年轻的分子开始主宰生活,摧毁了契诃夫所描叙的世界的全部基础,开拓了一个新兴国家的远大前程。

现在又怎么样呢?怎样才能把这位独特的作家引导到我们今天来呢?他对我们有用吗?

作为一个巨匠看,他是有用的,我想谁也不会争辩。契诃夫创造了种种十分独特的、现实主义的印象主义手法,无产阶级革命对它们不能忽视。它们当然不会是主要的手法,但无疑将在武装我国新文学方面起到重要作用。

然而即使就内容来说,契诃夫也非常符合我们现代的精神。这是因为,虽然像我说过的那样,契诃夫的世界的基础已经崩溃,可是这个世界本身还残存着。我们国内布满着旧事物的废墟;新事物的建设也还远远没有完成。我们周围还有不少旧的尘土、霉块、旧的毒菌。必须经过一番极大的复杂的社会消毒,才能从我们周围和我们自己身上,将那些使契诃夫发笑和悲伤的萧索时期的痕迹、失败和柔弱的痕迹、渺小的庸俗生活和各种畸形现象的痕迹消灭掉。

契诃夫的敌人还活着。很遗憾,我们还得同他们斗争,因此契诃夫也还活着,——不但作为一个大作家并且正是作为一名战士而活着。

我们当然要鄙弃他的调和主义,我们不会对这类敌人露出哀伤的微笑。契诃夫这样做是由于他当时软弱,没有武装起来,而我们则是刚强的、武装得很好的。在我们这里,他的微笑变成了讽刺的纵声大笑,他的悲伤变成了勃然大怒。可是契诃夫至今还能清楚地指出城乡庸俗作风的一切变种,我国很少有什么其他作家能够在腐朽陈迹的王国中充当一个如此精神饱满、目光敏锐、毫无差错的向导,那些陈迹正是我们必须彻底破坏,从生活中予以烧毁的。

[《契诃夫文集》]序*

1 作为一种社会现象的契诃夫及其作品

在出版这套契诃夫文集的时候,我们附上了弗理契同志①所写的一篇境界相当阔大的契诃夫传。

这不单只是一篇传记,其中甚至没有什么纯属个人的传记资料。这是一份着眼于社会的创作经历。

我国还在进行一场辩论:在确定某个作者的作品的社会意义时能否利用他的传记,如果能利用,那么又该怎样利用。弗理契同志在他这篇杰出的契诃夫传中切实解决了这一问题。作者个人被当作社会上特定的一分子;他的生活则是一个依存于社会条件和社会演变的东西,一个介乎社会力量和艺术作品之间的传动环节。

弗理契同志的文章充分而正确地分析了契诃夫文艺活动的社会作用和社会意义。因此,在这方面我只要把读者将在后边读到的内容②概括一下就行了。契诃夫被定为一个出身于小市民阶层的人,他倚仗着资产阶级分子影响的普遍增长,又由于他本身的才

---

* 本篇是作者为他本人主编的、一九二九年由"国家出版社"刊行的《契诃夫文集》所写序言。译自该《文集》第一卷。在本译本中,凡方括弧里面的文字或标点符号,都是原编者加上的。

① 符·马·弗理契(1870—1929),苏联早期文学史家和艺术理论家,著有《西方文学发展史纲》、《艺术社会学》等。弗理契反对颓废主义和唯美主义,力图阐明文艺同社会经济发展的联系,但是犯过庸俗社会学的错误。

② 弗理契的《契诃夫传略》刊印在这篇序言后边。

能,得以从这一社会行列迅速转入知识界最上层的行列。他这个精神上迅速成长的过程,他作为知识分子的巨大功业,是在亚历山大三世体制的腐败环境中,在稳固的专制制度的梦魇和压迫之下产生的。最初,年轻的契诃夫怀着搜寻笑料的好奇心,仔细观察着他周围的畸形丑恶的现象。愈往后,他的笑中愈多地流露出哀伤和可怕的苦闷。他成为反映萧索时代的一面艺术的镜子,照出了居民的受压、农民的贫困和粗野。在契诃夫眼前发生的、他敏锐地加以反映的基本社会现象,则是全然束手无策的没落贵族如何为新兴资产阶级所取代,而这个资产阶级心里却又有点犹犹豫豫,无论它的思想体系或倾向,都未能使知识分子契诃夫信服。始终是契诃夫心爱的英雄的知识分子,便在这个环境中苦闷和折腾,他们有时堕落下去,或是完全逆来顺受,或是过着昏天黑地的庸俗生活,有时又抬头仰望着某种模模糊糊的进步,却看不见取得进步的明朗途径。

然而随着社会抗议的增长(这抗议实质上取决于无产阶级力量的积聚和觉悟的提高,只是契诃夫并不知道而已),契诃夫所抱的希望,犹如他充当其代言人的知识界的希望一样,变得更有把握和更明确了。不问政治的契诃夫通过对于他原先所谴责的自由主义的同情,走向民主急进主义的立场,可是正当真正的革命高潮①的前夕,还比较年轻的契诃夫溘然长逝了。

这一切决定着契诃夫作品的内容,同样也决定着契诃夫的艺术形式、他的描叙的准确和忠实、他的温和的幽默,以及他那处处有所表现的印象主义。弗理契同志从萧索时代小资产阶级知识界这位节节上进的代表的社会地位中,引申出了他的哲学。

我这里特意把这些结论压缩得很短,因为读者可以在弗理契同志的文章中看到这一切,那都是用凿凿有据和颇为壮阔的形式

---

① 指一九〇五年革命。

写出来的。

因此,他这篇文章会指明作为一种社会现象的契诃夫的客观意义。

但是评论界,特别是我们今天的评论界,还负有另一项任务,还必须估计一下这个经过客观评定的现象对我们自己的分量,亦即阐明这位作家及其作品含有怎样的价值:他仅仅是他那时代的一座历史纪念碑,他仅仅作为我国文学发展中一个特定时刻的标志而使人感到兴趣呢,抑或他还是一个可以供我们学习一点什么的有生力量,这个力量似乎可以成为我们中间的一名积极工作者,是被用来或可能被用来为我们的目标服务的。

2　艺术家契诃夫

萧索时代常常由艺术上的大飞跃反映出来,而且这些时代的艺术都具有十分明确的特点。萧索时代的艺术飞跃本身——或者说是政治上不能自由发展的国家的知识界所达到的文学大高峰——的出现,是因为生气蓬勃、擅长思考的社会集团的能量虽然被严酷的反动政权禁锢着,却正好在受压制较少的艺术领域内找到了出路。既然这些集团(例如小资产阶级知识界)中蕴藏着一种进攻性的能量,但又不仅不能使它转化为广泛的政治行动,甚至也不能用它来广泛公开地形成和论证自己的纲领,于是艺术——它有时候仍然非常生动并有充分的艺术价值,同时充满着貌似隐晦的政论,——便作为社会抗议的手段,作为构成这个抗议的一分力量,来为社会服务。

不过,当萧索景象特别严重、社会性的倾向逐渐削弱乃至消失的时候,艺术不是退到描写内心的感受和问题的立场上去,就是沉溺于幻想、想象、神秘主义,总之是,愈来愈同现实隔绝,不再成其为号召向前猛进的特殊喉舌,带有试图摆脱可怕的现实而逃入创作世界的独立自主的性质了。

但是正因为社会能量在碰到不可克服的障碍之后窜改了自己的道路,便转向一个新的方面,并在这方面造成一种尽心竭力为艺术服务的气氛。在艺术家及其读者眼中,对完美形式的探求具有一件庄严的神物的意义,必须抱着某种虔敬的态度去接近它,或者至少具有一门心爱的手艺的意义,其中一举一动都贯注着很大的真挚和很大的爱心。从作为生活里一件至高无上事物的艺术的神秘主义,到一个醉心于自己的妙手劳作的能工巧匠的精细手艺,——由于把社会上的偃旗息鼓、有时甚至把艺术家本人都可能没有认识到的社会上的绝望情绪加以升华,这种时代的一切便在不知不觉之间显得不那么阴冷了。①

契诃夫的时代是个十分萧索的时代。契诃夫在艺术中找到一条出路,以摆脱他作为一个公民和一个人的艰苦处境。因此他无限热爱自己的艺术,向它倾注了巨大的艺术热情,追求高度完美的形式。这一切使契诃夫成为形象语言艺术的最光辉的代表之一,

---

① 卢那察尔斯基在《安·巴·契诃夫对我们能有什么意义》(一九二四年)一文中说:

"……究竟怎样去同这个生活祸患作斗争呢?第一,可以像柴科夫斯基一样,通过升华去同它作斗争,即是在美学上战胜它,从而把这个梦魇化为艺术珍品。契诃夫是这样做的不是?他是这样做的。首先,他不同于其他伟大的悲天悯人者如果戈理和格列勃·乌斯宾斯基,他企图永远赋予他的每个剧本、短篇小说或小故事以经过深思熟虑的艺术形式,这个企图本身就已经是这种美学上的升华了。他看到了丑恶现象(例如拿短篇小说《醋栗》来说),可是把它写得那么高妙,以至用他的艺术技巧给您遮盖了题材的悲剧性;请相信,他也给他自己遮盖了它。

"有个古老的传说,说是一位伟大的美术家得了麻风;他在最初几次病症大发作以后,终于下决心照照镜子,一照,他害怕极了。可是后来他拿起画笔,描下他自己那副患麻风的丑陋的面容,他的技艺十分高超,明暗又配得十分美妙,他原先由于本身有病而撇下的未婚妻一看这幅画像,第一句话便是惊呼:'这多美!'契诃夫也做了类似的事情。他热诚地写出社会的祸害,把它们描叙得非常美妙而真实,在这真实性中显出和谐与美。"(《卢那察尔斯基八卷集》第一卷,第三六〇页)

对包括我们这一代在内的未来几代作家而言,他在许多方面都是一位不可顶替的良师。

契诃夫的某些同时代人热衷各种形式的悲观主义的象征主义、神秘主义等等,这自然是意料中事。契诃夫同这类偏向大异其趣。他的《黑修士》与其说消除了这个差异,倒不如说突出了它。契诃夫是一个最诚实的知识分子,他在医学系受过良好的训练,[①]从那里学得了对真实精确的科学知识的坚定信心,学得了独特的、就哲学上来讲也许没有经过深思熟虑的唯物主义。这个情况就使艺术家契诃夫同我们格外靠近了。如果他是一个光辉的空想家,利用他对艺术形式的探索来从艺术上逃避实际世界,那么他对于我们当然只不过是他那时代的一座纪念碑,我们未必能向他汲取到什么东西以促进我们自己的工作。但契诃夫自始至终是个现实主义作家。除了现实,他不想要任何其他的对象,不管现实是多么可悲。不但如此,他的艺术又是一个极其诚实认真的尝试,试图经由艺术的途径去战胜这一现实,使自己和读者在面对现实的可怕的卑陋时能建立某种内心的平衡。不过现实主义当然也可能成为纯艺术,所以契诃夫曾长期抱定一个观点,认为艺术不应该提出任何倾向,艺术之重要在于它的本身。畸形的现实被艺术欣赏战胜了,——当然不是欣赏现实,而是欣赏艺术家的画布上作出的素描。正是可以陶然沉醉于有点漫画化的、准确的、音乐般的、每根单独的细线条都完美无瑕的、艺术性的现实复制品。对这幅有才气的肖像的陶醉本身,便是叫人忘却现实中的惨淡面的一种方法,便是在艺术接触中去消融同现实的深刻冲突。但我再说一遍:正是契诃夫创作的这些特点使他在形式方面成了那样高超的一个巨匠,以至他的武库里的很多手法、他的风格上的很多东西都可以在我国文学的今后发展中得到利用。从描叙之完美这一观点看,他

---

① 一八八〇至一八八四年,契诃夫在莫斯科大学医学系学习。

的许多作品至今仍然是,而且大概将永远是高超的典范。

弗理契同志在他的文章里指出契诃夫所特有的印象主义,并对这印象主义作了某些解释,却没有谈到由于使印象主义得以发展的社会条件而形成起来的各项完整统一的原则。

我这里应该提一提,印象主义并不是契诃夫一人独有的特征。在我们俄国文学中也好,在外国文学中也好,同样,在一切艺术领域内也好,我们都能大抵在同一时期看到一种转化——由很有分量的、细腻入微的、节奏略嫌徐缓的、真实确凿的自然主义转化为浮光掠影式的、准确简洁的印象主义。恰恰是契诃夫成了我国的印象主义大师这个事实,自然要用他的社会身份来解释,因而弗理契同志在这里的推断是极其正确的。但一般地说,其所以会转变为印象主义,乃是由于生活节拍的加快,变动的迅速,每天每日所得的印象的丰富;是因为分工繁多,日常生活以及政治、艺术、文化生活复杂化,人们没有工夫阅读那些需要安静和空闲的长篇巨著;——这一切造成了观察的片段性,并使人在表现这些观感时希望节省笔墨。印象主义是浮光掠影式的,可是在真正有才能的人那里,印象主义的一晃而过的性质、它从整个总体中抽出的那些特点在表面上的偶然性,并不使它变得肤浅。艺术家通过一项细节来说明他的对象,不亚于从前通过详尽的描写所做到的。

近来我国文学——包括我国无产阶级文学——中出现一些以古典现实主义气派写成的大部头小说,这不但证明革命以后我们的同时代人能抽空阅读大部头作品,而且证明我们的作家也在抽空阅读。这是一个很要紧的征兆,标示着今天的社会主义建设者认为艺术具有多大的实际重要性,或者至少感觉到艺术是多么重要和有益。然而这丝毫不会使印象主义变得陈旧。相反地,由于它从描写对象中巧妙地专门挑选最富代表性的东西,又拥有一种用准确的词句表达这最富代表性的东西的巧妙本领,印象主义素来能为读者省力,这对于整个未来时期不能不是一项意义重大的艺术方法。正因此,契诃夫的印象主义尽管不是我国文学发展的唯一典范、唯一途径,但在建立我国文学的艺术技巧手法的武库这一事业中,它毕竟能给予极大的帮助。

艺术不仅是给对象进行加工的方法,艺术不仅是形象的语言;艺术也是感情的语言。托尔斯泰说过,一篇作品有时可以单只是有趣,甚至叫读者入迷,然而但凡没有真实的、为艺术家亲身体验过的感情的地方,那里也就没有真正的艺术。①

作为一个表达一定的情感的艺术家,契诃夫站得很高很高,这高度同样来自他的艺术生活的基本原则——企图战胜和消融梦魇似的现实,在现实面前为自己和读者求得内心的平衡。

契诃夫(当他还是安托沙·契洪捷②的时候)在情感上的第一个反应是笑。这笑最初倒也很快活。每逢契诃夫看到一件"奇闻趣事",他,如果可以这样说的话,就用手指戳着它,发出好意的大笑来。不过,假如一个人对"奇闻趣事"哈哈大笑,这就表示他懂得它是不正常的,虽然他并不认为这不正常有什么了不起,有什么悲剧意义。但是随着契诃夫对现实的仔细观察,他又懂得了这不正常是一条普遍规律,因而势必要嘲笑他当时的整个畸形的生活制度。不但如此,很快又经查明,契诃夫只想简单地加以讥笑的畸形现象,或者说得更确切些,他迸发出他那青年人的、几乎是生理的笑来予以回敬的畸形现象,竟是咄咄逼人的畸形现象,它们准备把仍然存留在人们生活中的好东西统统吞噬掉,这些畸形现象标志着人类的可怕的退化,标志着无限深

---

① 托尔斯泰在《什么是艺术?》第十一节中说:"诗意、模仿、惊心动魄、有趣,这在艺术作品中都能看到,但是它们不能代替艺术的主要特性:艺术家亲身体验过的感情。"
② 契诃夫的早期笔名。

沉的痛苦,同时,感到痛苦的恰恰是那班比整个粗野的环境略胜一筹的人们。

契诃夫的笑不断地深入和变化着。代替"无伤大雅的幽默集锦"①,出现了一种越来越可哀的幽默,这幽默似乎在告诉读者:"让我们来嘲笑这个吧,读者;我们有办法找到机会来嘲笑这个,虽然这一切实际上是非常可哀的。"契诃夫的幽默有时转化为讥讽,转化为对生活现象的嘲弄,嘲弄中流露出十分明显的谴责和内心激动的音调。

这样的笑不再是无罪的判决,它已经成为对现实的谴责。如果说契诃夫从未上升到谢德林的尖刻的、鞭挞的讽刺的话,那么他的温和的形式中有时却也包含着狠狠的笑、充满愤慨和内心痛楚的笑。

契诃夫开始像果戈理式地笑了。说得更确切些,正如果戈理从他那乌克兰的"声调抑扬的狂笑"转向笑与泪的混合一样,契诃夫也透过他的笑而流出了眼泪。契诃夫在描写他那些或多或少值得肯定的、总是在痛苦着的人物时收敛起嘴角的笑容,开始同现实和解了;通过抒情的悲伤,通过消融生活的艰难困苦,在饱含深沉的哀伤的催眠曲声中,他把我们领到一个甜美的哀痛的中心,那里的哀痛是为生活所强加,甜美则由艺术所造成。

3 契诃夫的胜利和失败

我这里说的不是契诃夫的表面的胜利和失败,不是他的《海鸥》在亚历山德拉剧院的砸锅,也不是同一剧本在莫斯科艺术剧

---

① 一八六四年,皮萨烈夫发表《无伤大雅的幽默集锦》一文,就谢德林的小说、特写集《无伤大雅的故事集》和《讽刺文集》等作了极不公正的评论,将谢德林贬为一个不敢得罪人而只是一味逗趣的幽默家,并对他进行了人身攻击。

院的凯旋,①总之不是这一类的现象。我说的是内心的胜利和失败。

契诃夫在一封信上写道:"必须看到根子,在每个现象中寻找一切原因的原因。我们虚弱、堕落、垮掉了;最后,我们这一代又全是些神经衰弱患者和满腹牢骚的人。我们只知道大谈疲乏和过度疲乏,但是这不怪您,也不怪我。这件事必须想一想。原因是共同的。"

可见,契诃夫决没有在艺术中达到那种能以切实保证内心平衡的融合境界。这个阴暗可怕的现实再三展现在他的面前。它再三提醒他:他的同时代人是萧索时期最典型的人物,"神经衰弱患者和满腹牢骚的人"。契诃夫有时还用沉痛的词句谴责他自己的艺术活动。大家都知道他那封致苏沃林的著名书信,他在信上说,老辈古典作家有东西可宣传,有目标可号召,有对象可歌颂,新作家却不知道该为什么服务才对,因此他们的文学变成一件相当空洞的事了。②

这些极其恳切的自白和诸如此类的自白,再一次证明契诃夫是非常诚实的。在他为社会的全部写作活动中,包含着一个异常认真的、想要以科学的客观态度来查考事实的医生的精神,于是他查出了一点:不但现实决不接受艺术手法对它的治疗,而且他本人和他那一类读者的内心痛楚也并未消除,虽然他在从艺术上反映这一现实的事业中取得了惊人成就。愈来愈严肃以至转化为眼泪

---

① 一八九六年十月十七日《海鸥》在彼得堡亚历山德拉剧院上演时遭到惨败,一八九八年十二月十七日由莫斯科艺术剧院演出则获得成功,从此海鸥的图像便成为该院的院徽。

② 契诃夫在一八九二年十一月二十五日给阿·塞·苏沃林的信上说:"请您回想一下,凡是使我们陶醉而且被我们叫做永恒不朽的,或者简单地称为优秀的作家,都有一个非常重要的共同标志:他们在往一个什么地方走去,并且召唤您也往那边走;……可是我们呢?……我们既没有最近的目标,也没有遥远的目标。我们的灵魂里简直空空如也。"

的笑,——这还不是说现实冲破了那个表现抒情的哀伤的艺术形式,这仍然是一个艺术形式,是要战胜现实或者同现实和解。在契诃夫的作品里,您大概看不到绝望情绪的直接迸发;他任何时候都不越出一条界线,界线的这一边是艺术上和音乐性上都含蓄蕴藉的哀伤,那一边则是实实在在的、无法自制的苦闷,我们在乌斯宾斯基、谢德林甚至果戈理那里可以看出这种苦闷。但在艺术家背后始终存在着一个人,凡是耳朵灵敏的,就能从这艺术家身上感觉到人的力量。

以契诃夫的才能的某些特点而论,他当然极像果戈理。果戈理对现实也敏锐得出奇,他也被梦魇似的专制制度和相应的畸形生活四面围困着,——不过不是在革命失败以后,而是在真正的革命运动发生之前。他也极力用幽默和悲伤的抒情去对付这个梦魇。可是在他那里,他所描写的死魂灵冲破了幽默的全部框子和悲伤的全部框子。果戈理笔下的死魂灵究竟冲到哪里去呢?——去苦闷。

苦闷并非哀伤。前面说过,哀伤是使人同现实和解的一种情绪。苦闷则是使人几乎不可能在世上活下去的一种压抑的痛楚。苦闷是那样的心境,要摆脱它只能有三条出路:斗争,或者死亡,或者借某个外界的事实来消除苦闷的原因。不错,果戈理企图在杂乱无章的、以神甫的权威为支柱的、正教和专制主义的谬论中寻找医治苦闷的药方。这在俄国作家中不是独一无二的事例。后来陀思妥耶夫斯基实际上又重演了一次。可是,无论在果戈理或陀思妥耶夫斯基,他们的那套正教当然都没有什么结果。这在他们两人都同样做作,同样无用。别林斯基曾经以明光灼灼的闪电烧毁了果戈理摆脱苦闷的出路,[①]他也能以同样的闪电烧毁陀思妥耶

[①] 指别林斯基在《给果戈理的信》中对果戈理的猛烈抨击。

夫斯基笔下的佐西马的大礼拜堂①。

契诃夫也写了无边的生活祸患。您在读到契洪捷或者甚至契诃夫那些绝妙的短篇小说时露出的幽默的微笑,在您的嘴角僵住了。生活像墨杜萨②似的看着您,迫使您的心肠变得跟石头一样坚硬。任何抒情的悲伤,归根到底都无法胜过《峡谷》③之类短篇小说的刺心的锋棱。虽然契诃夫的剧本在写法上具有出色的美,虽然他力求用闪耀着种种色调——从抒情的悲伤到爽心的幽默——的漂亮罩单去遮盖这些剧本,它们还是使确实敏感的看客产生了苦闷的印象。

契诃夫的同时代人为什么喜欢他呢?我想正是为了上述三个优点:形式的完美、幽默,以及悲伤的抒情,而这一切手法一经他应用于实际生活,它们的价值就更高了。当契诃夫的同时代人跟万尼亚舅舅和苏尼亚一起在钻石镶成的天空下④挥洒幸福的眼泪,或者面对叶比霍多夫的二十二个不走运⑤而露出怜惜的微笑的时候,他们认为契诃夫既然创作了这些反映平凡生活的戏剧,他便是站在他们的前列。然而契诃夫的同时代人中间那些实质上不算他的同时代人、却是代表着未来数十年的先驱的人物,已经懂得契诃夫的创作里存在着苦闷。契诃夫本人身上无疑是存在过这种苦闷的。这给契诃夫的艺术带来一个全然与众不同的、能赋予它以恒久的魅力的特点。

属于资产阶级和小资产阶级阵营的契诃夫评论家给他大帮倒

---

① 指《卡拉马佐夫兄弟》中的佐西玛长老的布道,见该书第二部第三卷第三章。
② 墨杜萨,希腊神话中三个蛇发女怪之一,谁若看见她的脑袋,谁就马上变成石头。
③ 即契诃夫的《在峡谷里》(一九○○年)。
④ 万尼亚和苏尼亚是《万尼亚舅舅》中的人物。"天空"喻天堂,契诃夫原著作"撒满钻石的天空",出自该剧末尾苏尼亚畅想未来时的台词。
⑤ 叶比霍多夫,《樱桃园》中的管事,一个到处碰壁、一事无成的人物,"二十二个不走运"是他的绰号。

忙,他们想把他当作一个只管写写的人,他们也愿意只管读读他。①

他是一个如此诚实的现实主义者和社会的人②,他简直不能脱离现实而沉溺于神秘主义或空泛的议论,却要写出现实的本来面目,并且历尽了诗人的创作艰苦来战胜这个现实,好让自己和别人有可能在它的怀抱中生活下去;但是他无法战胜它,反而感觉它仍然在向自己步步进逼,他清楚地意识到庸俗势力对他的这场胜利便是他的苦闷所在,因而每个敏感的读者都从他身上听得出这个难以忍受的苦闷的声音。一个读者或评论家,如果大谈契诃夫的幽默或抒情的形式多么高妙而又停留在这一点上面,那么他就还没有了解契诃夫。如果他认为契诃夫是强者和胜利者,他就是把契诃夫当作只管写写的人,而把他自己当作只管读读的人。如果他懂得契诃夫虽然拥有巨大的力量,可也有其根本弱点和失败,他才懂得契诃夫在萧索时期完成了怎样的功绩,又如何诚实地为社会服务过,如何归根到底揭示出——用他那些成熟的作品的每一行字来表明———点:生活是丑恶庸俗的,一个诚实的人面对着这种生活,只能苦闷或者对它宣布无情的战争。任何读者都不愿光是苦闷,因此他们紧紧抓住契诃夫的长处,宣布他是艺术中的胜利者。要知道,当时对现实宣战是办不到的。只有很少数人看到这场战争有机会获胜。

现在完全不同了。我们不但看到战争有机会获胜,而且我们已经大致取得了胜利。我们不可能苦闷,在我们看来,这种苦闷正

---

① 这里是借用谢德林的话。谢德林在《杂色书信集》(一八八四年)里说过:"俄国读者显然还认为,他是独立的,文学家也是独立的;文学家只管写写,他做读者的就只管读读。"

② 卢那察尔斯基在《安·巴·契诃夫对我们能有什么意义》中说:"这样,契诃夫实际上清楚地懂得他在担负着某种社会公务,感到自己通过眼睛、通过笔杆同他的时代紧密地联系在一起,就这个意义说,他是一个社会的人。"见《卢那察尔斯基八卷集》第一卷,第三五九至三六〇页。

在变成一个号召。因此契诃夫是在其他方面对我们特别可贵。

不过有人可以反驳我说,使契诃夫苦闷的现象已成为过去;它们的主要根子专制制度和第二条相当粗大的根子资本主义在俄国已经消亡,因而契诃夫在很大程度上过时了。这个看法是完全不合适的。我们正生活在颇为沉郁的小市民气氛中,无论在农村,在外省,在首都,它都使我们感到窒息。它把庸人抓在它的魔爪里,它还牢牢地抓住了工人,甚至革命者的私生活和家庭生活也常常处于它的恶势力之下。我说过,我们大致胜利了,这并不是说,我们彻底胜利了。而主要的是,契诃夫战斗的地方恰恰不在我们取得完全胜利(如果就俄国范围来讲的话)的政治领域,不在大体上也取得了胜利的经济领域,他是在我们还很少很少获胜的文化和日常生活领域内工作的。

还有第二种反驳。契诃夫从未流于尖锐的漫画化,他没有描写尖锐的矛盾,他不挖苦,他柔婉、温和。读者可以发问:如果他不是那样温和,岂不更好?我们总该记得伟大谢德林的蜇人的讽刺和果戈理的怪诞的漫画,或者格列勃·乌斯宾斯基的啜泣似的刺透人心的笑吧?这一切难道不是更高吗?

好吧,我部分地赞同这个看法。我认为,谢德林、乌斯宾斯基以及他们的前人果戈理对待社会也许比契诃夫来得尖锐。我决不是说,在我国的遗产中必须把契诃夫置于果戈理、谢德林和乌斯宾斯基之上。虽然如此,但也不要忘记契诃夫的温和性的好的一面。譬如说,谢德林的讽刺尽管有其辉煌的机智,却未免滞重。它是那样凶狠,它像绷紧的琴弦一样铮铮作响,随时都会断裂,它在撕碎您的心。连续不断地大读谢德林简直叫人受不了。甚至现在,当我们已经体会到自己是胜利者的时候,它[1]那种憋足了劲儿的漫画笔锋仍然使人感觉困乏。这在更大的程度上可适用于乌斯宾斯

---

[1] 仍指谢德林的讽刺。

基。当然,在青年时代的乌斯宾斯基那里可以看到近乎契诃夫式的篇页。但他多半就是在笑的时候也过于严肃。越往后,他这笑中越爱夹上睿智而又迂阔的政论。在乌斯宾斯基的作品里,几乎总是有这么一个伤心的、很深刻的、紧张地思索着的隐身遁迹的政论家。

那么果戈理呢?果戈理在他那些雄放的神怪小说里确实擅长逗笑引乐。这是他的一大光荣。果戈理也使人颤抖。他的补笔"诸位,生活在这世界上真是沉闷啊!"①,和他关于他发笑时总含着眼泪的提示,都不是一句空话。他悲天悯人,丝毫不下于契诃夫,他亲切愉快、引人入胜,也不下于契诃夫。不但这样,如果说契诃夫作为一个印象主义者比果戈理大为优越的话,那么果戈理作为一位综合能手,就更是比契诃夫优越了。

可是现实生活打败了果戈理,使他变成一个保守分子、一个教会制度鼓吹者、一个受到别林斯基抨击的叛徒。而很早死于肺痨的契诃夫,由于他那个时代的性质和他自己的脾性,却在不断前进,从政治上的淡泊走向自由主义,又从自由主义走向急进民主主义的立场。他对科学的进步和行将到来的社会变动怀有坚深的信心,他高呼:"在电力中比在托尔斯泰的勿抗恶论和素食主义中有更多的仁爱!"②契诃夫在前进和上进,假定他活到我们今天,谁也不知道他对伟大的革命行动会作出怎样的反应。

无论如何,如果我们说要把契诃夫的作品摆在同果戈理、谢德林和乌斯宾斯基的杰作相距极近的地方,这不就是承认他在我们从过去所得到的遗产中对我们的意义吗?

---

① 《伊凡·伊凡诺维奇和伊凡·尼基福罗维奇吵架的故事》的最后一句。果戈理原作无"生活在"三字。
② 契诃夫在一八九四年三月二十七日致苏沃林的信上说:"慎重的考虑和公道告诉我,在电力和蒸汽中,比在贞洁和素食中有更多的人类爱。"

托尔斯泰与我们现代*

同志们！

我请求你们把我今天的演讲当作一种纪念活动。①

我完全无意向你们发表一篇颂词，来歌颂通常称为"俄罗斯土地的伟大作家"的托尔斯泰。拿我们苏联同旧俄和西欧的情况相比，这种纪念会和庆祝会具有稍微不同的性质。这里举一件有代表性的事情做例子。知名的法国作家安德烈·纪德②，被认为是给法国文学增光的人物之一，并且又是在小说中专门致力于发挥道德原则的，当他被问到他能够对托尔斯泰纪念日作出什么反应时，竟回了这样一封奇怪的信。他说，为了纪念，只能讲讲好话，不过这类赞歌未免平淡无味；而在纪念期间表示他对托尔斯泰持某种批判态度，用这样那样的评语点破其局限性，他又觉得不合时宜。

我们对这件事的看法截然不同。我们认为，纪念会并不是官样文章式的祝典，——不是一个空洞的节庆，而是像我国所做的一切那样，或者说像我国所做的一切照理应当的那样，纪念会必须成为一项实际的和有益的活动。既然一个著名人物或历史事件作为

---

* 本篇是一九二八年九月三十日卢那察尔斯基在列宁格勒所作的一次报告的速记记录，作者生前未发表，初次刊印于一九六一年《文学遗产》丛书第六九辑。译自上述丛书。

① 一九二八年九月十日是托尔斯泰诞辰一百周年。苏联政府为此成立一个纪念委员会，由作者任主席。他作这篇报告时，纪念日已过去。

② 当时纪德尚未变节。

庆祝、纪念的对象出现在我们面前,那么我们的纪念会就该促使我们去研究其好坏两方面,说出全部有关的真情实况。

涉及托尔斯泰的时候,这项任务格外重大。首先,托尔斯泰身上无疑有些值得大大肯定的特点,使他在若干方面至今还可以做我们的老师。他绝没有死亡,——人们对他还感到极大的兴趣。据各图书馆调查,今天任何一个作家,无论老的还是新的,都不像托尔斯泰那么被人广泛阅读;任何一个作家,都没有对我国年轻的无产阶级文学发生那么大的影响。我国很多最大的无产阶级文学家,恰恰是给我们献出了最珍贵的作品的那些文学家,都公开承认他们是向托尔斯泰学习的。因此,我们不能简单地把托尔斯泰看作过去的人。

同时,托尔斯泰又具备着很多客观上极其有趣的特点。不管是好是坏,它们总是重大的,表现得很鲜明的。马克思主义者不能忽视、我国公民也不能忽视这样一个突出的人物、这样一个势不可当的大人物,而不重新加以明确仔细的估价。

最后,尽人皆知,托尔斯泰还有这样的特点,它们同我们的世界观和我们的活动针锋相对,使得他在说教中提出某些方针——而且是异常重要的方针——来与我们为敌。

对我们异常重要的是:强调、了解和发扬托尔斯泰身上可能于我们有用的方面,把对于了解托尔斯泰的时代具有特殊意义的一切作出估计,给予一定的重视,最后,确定托尔斯泰主义中我们认为有害的方面,以便向它作适当的斗争。

我们以为,莫斯科举行的纪念会,以及环绕着这次纪念会而产生的全部纪念文献,是一个巨大的社会现象。在有的文章里,我们把托尔斯泰摆在他应得的崇高地位上,在有的文章里,我们又帮助人们克服某些托尔斯泰主义的特点。我们拟定了为着熟悉托尔斯泰所必须进行的工作。而熟悉托尔斯泰并不意味着将他当作偶像,在他面前顶礼膜拜,或者把手使劲一挥,嫌弃他:"嗨,这不是我们的人!"熟悉——这是意味着对于我们称为列夫·托尔斯泰及其遗产的那整个丰富多样的复合体,十分细致地加以分析和研究。在这项工作中,我们拥有一支给我们标明方向的强有力的指南针。那便是弗拉基米尔·伊里奇·列宁关于托尔斯泰的几篇短评和真正的天才论文。如果我们拿这些文章当作一个所谓限制托尔斯泰研究的东西,唯恐(我们中间就有这样的人)越雷池一步:导师既已说过,你遵照他的话就是了,——那当然是可笑的。列宁写了几篇篇幅不大的很短的文章,他天才地定下了对待托尔斯泰的基本态度,但是不言而喻,他自己也曾设想从这里将引发出托尔斯泰研究巨著和许多新的见解,从这里将遵循列宁对托尔斯泰作品的初步分析所开创的精神,逐渐兴建起一座大厦〔……〕

列宁论托尔斯泰的文章中特别使大家惊叹的是对下述事实的看法:托尔斯泰的伟大、他在世界范围内获得的意义、托尔斯泰遗产里包含的巨大艺术力量和内在力量,都被列宁描述为一场文化的和历史性的变动在一个从生物学观点看是天才的、禀赋优异的人身上的反映。列宁似乎预先想到过,如果有一位伟大人物、伟大作家,那么这就意味着他反映了某场伟大的变动。如果这样的作家在世界范围内发出声音,那就意味着这位作家所反映的历史性变动是一件对全世界有重要意义的事情。

列宁看作托尔斯泰艺术作品之基础的究竟是什么不平凡的社会现象、什么重大历史事件呢?这便是资本主义、资产阶级制度在俄国确定不移地取代封建地主制度或地主专制制度。

托尔斯泰是在我国贵族文学即将结束时出现的;全部贵族文学,从普希金起到托尔斯泰为止,标志着贵族阶级同向它进攻的资产阶级—小市民秩序、同资本主义秩序作斗争的各个不同的阶段。贵族文学的巨人如普希金或莱蒙托夫,都在或大或小的程度上标志着贵族意识的内在变动。除了在大多数场合为专制政权(虽然它有时也转弯抹角地走到自由主义贵族方面去)所依靠的死硬派、保守贵族、亚洲型的贵族之外,还兴起一批先进贵族,他们大都或多或少地失去了他们原来的阶级性,他们的经济基础发生了动摇,他们同新式的粮食生产和粮食贸易的发展有着利害关系。这一部分贵族走上了贵族自由主义的道路,他们说:"如果我们想保全我们的祖国,我们就应该保证它继续发展,我们必须使它欧化,我们必须向西方学习,学习那种使西方各国变得比我们强大的政治自由、文化高潮、生产方式和文化形式。"你们知道,我国贵族中的西欧主义自由派是一个综合典型,其中包括忏悔贵族,包括拥有一群达到左翼十二月党人运动这类革命方式的光辉代表的、贵族本身里面的农奴制反对者。这些贵族仿佛对资产阶级作了让步,因为在资产阶级革命影响下,并且多亏资产阶级革命,整个西方已经建立共和国,制定宪法,在工业、农业和商业上得到繁荣。但是后来事件的进展,使以后几代贵族不得不大大修改他们对俄国欧化问题的论断。资本主义以贵族自己刻画得很好的柯路巴耶夫、拉祖瓦耶夫①、杰鲁诺夫②之流为代表,以显著的富农为代表,侵入了俄国本土,富农一方面砍伐贵族的小树林和樱桃园,收买贵族的田庄或田庄出产的粮食,以当权派的资格在贵族的国度里逐渐安顿下来,同纵容富农、包庇他们的正教教会和专制政权结成亲密的联盟,另一方面,他们又向一切民主的和半民主的进步现象宣战,因为它们可能动摇作为商人、作为财主的他们在国内进行破坏和掠夺的权利。

俄国资本主义是原始积累的资本主义,它在五十、六十、七十等年代表现得格外强烈。这三十年间,它在破坏和强取豪夺方面格外触目,它当然不仅打击了农民,不仅打击了小市民和在它的冲击下形成起来的无产阶级。它还打击了地主。

---

① 拉祖瓦耶夫也和柯路巴耶夫一样,是谢德林《蒙列波避难所》和《在国外》中新兴资产阶级掠夺者的典型。
② 杰鲁诺夫,谢德林的《金玉良言》中一个富农。

在贵族中间，不但保守地主，甚至最富于自由主义精神、文化很高、很风雅的那一部分人——归入这一类的恰恰是贵族中最有才能的人物——都开始重新考虑他们对西方的态度了。在这里，我们首先看到斯拉夫派的组织。

在斯拉夫主义运动中会出现我们称为右翼斯拉夫派的一部分人，是不足为奇的，——他们体现着死硬派和农奴主里面略有常识的人们的一个倾向：设法在自己的良心和全世界面前为自己开脱，找出某些口号、某些准则、某些理论，由此出发来为他们的全部寄生生活、为他们基于本身利益而需要的这全部黑暗的监狱似的生活方式卸脱罪责。我们又知道，连果戈理也由于他独特的发展道路，归附了右翼斯拉夫派，并且以遵照上帝的意旨作借口，将农奴制度加以神圣化。

不过更加有意思得多的是左翼斯拉夫派——基烈耶夫斯基[①]、阿克萨科夫、霍米雅科夫[②]等。这班人对本国人民怀有美好的感情，希望俄国得到正常的发展，希望自己和别人能享受幸福，他们受过许多欧式教育，去过欧洲，他们看到，欧洲沿着资本主义道路发展的结果，带来了资本主义的缺陷，——人对人的残酷剥削，农民和中产阶级的破产（与封建贵族的破产及其转化为堕落分子同时），以及无产阶级的出现，——资本主义使一切关系都变成金钱关系、干巴巴的利害得失的关系，它用小店铺的尺子衡量一切，完全失去了任何浪漫情调，在对人的关系中没有一点精神的、真挚的东西。在伟大的纪念碑、作为锐利的无产阶级思想在欧洲的初次表现的《共产党宣言》里，马克思和恩格斯由于资本主义有过推进科学、发展机械技术、加强人对自然的支配权等功绩而赞扬

[①] 伊·瓦·基烈耶夫斯基(1806—1856)，政论家，神秘主义哲学家，斯拉夫派创始人之一。

[②] 阿·斯·霍米雅科夫(1804—1860)，社会活动家，作家，斯拉夫派的著名理论家。

了它,接着他们便转向阴暗的一页,说到资产阶级的孜孜为利、不道德行为和残酷无情,说到它将一切事物的外衣脱下,将一切都化作人与人之间的赤裸裸的、没有任何富于诗意的光轮的利害打算,化作干巴巴的利己主义。这些话完全正确。法国革命宣布了讲求明晰和精确的理性的统治权。可是等到烟雾消散、明晰性和精确性占上风的时候,却发现金钱才是万事万物的原动力,主宰人间一切关系的正是利害打算。托尔斯泰很敬爱的、他当作自己的前辈和盟友的欧洲人卡莱尔①、西斯蒙第②、罗斯金③,也说过类似我国贵族所说的话:还是主人和农奴被人的关系——所有主和所有物的关系——连结在一起的那个时代比较好;至于资本家把无产阶级当作十足的外人的时代,可就坏多了。地主养活和怜惜自己的家仆,像怜惜和养活自己的牲口一样。资本家却冷酷地雇用工人,榨取他最后一点脂膏,还随时撵开他,叫别人顶替他的位置。在过去的时代,——西斯蒙第、卡莱尔等人说道,——上帝毕竟还被用来做一切契约和人与人之间一切关系的见证,那时有过上帝,上帝为人们所敬畏;现在大家都忘了上帝,除了赤裸裸的利己主义,什么都不复存在了,——这是堕落,不是进步。

我国贵族既然亲自受过资产阶级逼攻之苦,所以附和了这个观点。我想举两三个例子说明这种关系。

就譬如说亚历山大·伊凡诺维奇·赫尔岑吧。赫尔岑是地主西欧派的领袖,在很大程度上又是它最光辉的代表。他的整个青春时期是在反斯拉夫派的激烈斗争中度过的。左翼斯拉夫派企图

---

① 托·卡莱尔(1795—1881),英国作家、历史家、哲学家。曾在《过去与现在》等前期著作中批评资本主义制度,主张复古,观点接近四十年代英国和法国的封建社会主义。一八四八年以后成为工人运动的死敌。
② 让·西斯蒙第(1773—1842),出生于瑞士的法国经济学家和历史家。他抨击资本主义,同时热烈维护小生产经济,企图使历史倒退。
③ 约·罗斯金从唯心主义审美观点出发批判资本主义社会,要求改革,但反对发展机械技术和大工业,提倡手工业劳动。

粉饰过去,对西方采取大肆批判的态度,认为俄国可以在半亚洲式的文化基础上获得比西方更好的结果,而赫尔岑则证明这全是无稽之谈。他说,不,必须去学习西方,学习西方科学和西方生活方式。光彩焕发、禀赋优异、相信生活的青年赫尔岑又说:目前西方还处于过渡时期,目前那里还由大资产阶级统治着,但是这不要紧;等到革命运动把人间万事的进程控制在自己手中以后,便会出现另一番景象。他赞成优秀的空想社会主义者圣西门、傅立叶等人的幻想。他觉得,工业和科学的进一步发展将导致社会主义,也就是导致一种使人们能够在博爱与平等的基础上过生活的制度。

赫尔岑出国去,侨居国外,在那里看到一八四八年革命,看到无产阶级试图接管政权。卡芬雅克和许瓦尔岑别尔格①之流枪杀无产阶级,把它推向后面,资产阶级完全主宰了局势,于是赫尔岑惊讶而愤慨地疏远了他以前经常歌颂的欧洲。赫尔岑表示:市侩,庸碌之辈,毫无想象力、没有文化根底、没有任何远大理想的小市民,狭隘渺小的市侩,确实用他们的肮脏的手攫取了一切,除掉廉价的印花布和其他各种粗糙的东西以外,从人的肌肉和神经中再也挤不出什么来。而且甚至没有人可以对这件事提出抗议,因为欧洲思想界、欧洲爱自由的人们的一切努力,一切天才的努力,最后都归结为钱袋专政了。

当赫尔岑在世间寻求安慰者,寻求能够帮助他脱离这个绝境的力量的时候,他向谁去呼吁呢?当然不是向他出身的贵族阶级呼吁。他知道得很清楚,俄国贵族多半是吝啬的、缺乏教养的农奴主,他们自然不是一张可以摊出来对付欧洲资产阶级的王牌。他向农村世界的另一极——农民——呼吁。他说:俄国农民才是生路所在;俄国农民相信土地属于上帝,俄国农民没受过坏影响,他

---

① 费·许瓦尔岑别尔格(1800—1852),奥地利反动政客,一八四八至一八四九年间,曾残酷镇压本国和意大利、匈牙利的革命运动。

们拥有巨大的内在的毅力,他们有着某些崇高的道德准则。如果土地革命在俄国取得胜利,俄国农民确实能建立一套全新的生活方式。赫尔岑这样谈论和思索着:幸亏我们没有强大的资产阶级,它在推翻专制政权之后,可能建立一个阴暗的、账房式的政治制度,以代替我们梦想的自由和社会主义;幸亏我们也没有无产阶级,它缺乏立足之地,从而在反资产阶级的斗争中是虚弱的;但是我们有这些牢牢站在土地上的农民,他们组织了村社,并且还把它保存下来了。他们应该占有全部土地和土地的全部出产。如果知识分子的优秀部分走向农民,教导他们怎样建设一个能够使他们——农民——及其子女享受幸福的新世界,那么农民一定会响应知识分子的这个宣传,建设我们大家梦想的世界。

贵族赫尔岑最初梦想使俄国欧化,可是当他看到欧洲本身已经资产阶级化,他便以他那绅士灵魂中的全部力量否定资产阶级,而转向自己的对立面即农民,将这些农民奉为人类的珍珠,因此他成了革命民粹派的始祖。

我们从巴枯宁的实例上也看到同样的情形。巴枯宁是绅士,是特威尔省的大地主。他宗仰黑格尔,学习德国哲学,心里充满着西方的革命思想,希望把它带给俄国;他以侨民资格在欧洲各处奔走,像一支熊熊的火把,凡是在他能够燃起叛乱的地方,他都燃起它来,他指望欧洲的贫民成为一堆火药,而他就可以用他那革命的俄罗斯之火去点燃它,结果他开始憎恨欧洲,认为欧洲正在腐烂,应该被唾弃,他同样又靠拢了俄国农民,绘出一幅幅虚幻的图画,乞灵于普加乔夫和斯迁卡·拉辛,他期待有朝一日叛逆的知识分子会说服农民,使他们相信再也不能忍耐下去了,于是农民就会拿起斧头,连根砍倒现存社会,用砍出的木材建造一座宫殿,让未来的一代在那里快快活活、自由自在地过日子。巴枯宁使他的乌托邦具有浓烈的农民气味,他回到了俄国的土地、俄国的农村,回到了暂时还处于低级阶段、可是看来要发展成为世间所能有的最崇高事物的那种组织形式。

对于托尔斯泰,也必须顺着这个脉络、从这一类型中去考察他。

托尔斯泰出身于一个很顽强的地主家庭,他本人也是一个很顽强的地主。可以说,八十年代以前,虽然他已经常有他的传记作者们所讲的各种内心的裂缝,但他主要还是个有阶级自觉的贵族。当他初次写了他的《童年》和《少年》,向全俄国放出异彩的时候,涅克拉索夫邀请他到自己主持编务的那个著名的杂志①社来,把他介绍给俄国的优秀人物、以伟大的车尔尼雪夫斯基为首的革命先驱们。但是托尔斯泰为了刺激他们,竟然谈起一些黑帮的话题、十足的贵族的话题,他们简直不知道该怎样对待这位尖酸刻薄的军官②,对待他们听来是如此离奇的、反动透顶的意见才好。事后托尔斯泰却说,涅克拉索夫使得他纡尊降贵,给他介绍了几个浑身臭虫气味的正教中学毕业生,不过他让他们知道了他们的本分。这是属于两个绝对不同的、无法调和的阶级的人们之间的冲突。

这段时期,托尔斯泰对资产阶级、小市民和资本主义制度,已经充满着同他顽固的绅士本性完全一致的阶级仇恨。在农奴制时代,他是乡绅,是仓廪充足的庄园主、一定数量的农奴的主人;农奴制废除以后,他又是农民依附的地主。他喜欢旧制度,喜欢这个稳固的、地主农奴主的制度。这个制度由于资本主义的出现而摇摇欲坠,因此他憎恨资本主义关系。他去过西方,从游历中得到了极其阴郁的印象。他不仅全盘否定他所看见的、他觉得是真正市侩气的、不讲道义和不信上帝的欧洲,他还否定了这个欧洲的一切前途。他很早——还在六十年代——便开始说,有关进步的流言全都一钱不值。他说,这些进步只是造成了富人对穷人的剥削,认为

---

① 《现代人》杂志。
② 当时托尔斯泰在担任军职。

科学技术仿佛能带来幸福的一切言论,都是不正确的,因为科学技术只替富人服务,使他们能够剥削别人。其结果,我们看到一方面有被剥削者,另方面又有一帮剥削者,他们害怕人家对自己造反,他们在他们所压迫的群众面前发抖,虽然群众受尽摧残,完全不像人的样子了。

托尔斯泰对西方和西方制度的看法,其实质大体就是这样。可是托尔斯泰本人究竟往何处去,他拿谁来同西方抗衡呢?早在史诗《战争与和平》里,在这篇俄国贵族的《伊利亚特》里,我们便发现他把他的阶级的自我意识发挥到了极致。他相信上层贵族是人类中最稳固、最优秀、蕴涵最丰富的一个阶级。他对此深信不疑。有人对他说,我们在《战争与和平》里只看到俄国贵族大检阅,因为书中没有写农奴,难道这些贵族就不鞭打自己的农奴,不折磨他们吗?托尔斯泰回答道:第一,鞭打和折磨是被夸大了;第二,我不想写这些。他很直率地干脆说,他不愿描叙贵族的这些消极面。① 他只描叙处于全盛时期的贵族,他疯狂地爱他们,他想使这群贵族永垂不朽。

贵族在其发展中的某段时期,确实是一个非常突出的现象。为什么呢?

在我们这个半亚洲的泱泱大国里,我们的大贵族甚至中等贵族,骑在为他们服役的、可以由他们任意摆布的农民的佝偻的脊背上,既拥有大量的物质财富,又还保留着一股新鲜的亚洲式的力量。他们爱好打猎,常在平原和田野上消磨时光,无论是多雪的冬

---

① 托尔斯泰在《略谈〈战争与和平〉一书》这篇文章里写道:"我知道,人们在我的小说中看不到的那种时代的性质是什么,——那就是农奴制的祸害、活埋妻子、鞭打成年的儿子、萨尔特契哈,以及诸如此类;我们心里都记得那个时代具有这种性质,但我并不认为它是切合实际的,因此我不愿意表现它。"按,萨尔特契哈(1730—1801)是莫斯科省的著名女恶霸地主,曾在六年之内直接间接将一百三十九名农民折磨致死。

天或炎热的夏季,他们总能呼吸新鲜空气,呼吸他们的田野和森林中的空气。一切亚洲式的寮廊和豪宅,在我国贵族都习以为常了。同时,这些人又出国旅行,会说四五种语言,吸收西方所有的最精致的东西,用大理石雕像装饰自己的花园,在幽美的庄园中聆听贝多芬的音乐,欣赏第一流外国作家的小说和其他著作。欧洲式的精雅同亚洲式的豪宅和寮廊这样结合起来,产生了一束十分独特的、从前任何地方都没有过、以后也永不复有的奇花。形成了一种特殊的、就其本身来说是很强大的人的典型,而托尔斯泰自己也完全属于这一典型,他凭着他的天才的灵智和天才的嗅觉,能够感触到这个处于全盛时期的阶级,并且用他那天才的艺术之笔描绘了它。

但是,为了描绘这个全盛时期,他是否要写他的同时代人呢?不。他感到他的同时代人已经烂掉,他的同时代人身上现出了裂缝,另有一股力量要把贵族从生活中排挤出去。因此他转向一八一二年,转向拿破仑和亚历山大朝的历史,他选取了父亲一辈,——他觉得父辈比他这一代"道地"。

《战争与和平》无疑是这样一部作品,在那里,托尔斯泰极力想用把贵族奉为神明的办法,以解决使他苦恼的矛盾——正在消逝的旧俄国同进攻中的、可恶的市侩气的资产阶级之间的矛盾。

他当作贵族功绩的究竟是什么呢?

尼古拉·罗斯托夫没有任何追求自由的愿望;他是个十足的地主,相信地主制度和专制政权是合乎正义的。在小说结尾处,当彼尔·别祖霍夫向他发挥自己的十二月党人思想,说到沙皇应该了解和欣然接受他彼尔对人民福利的见解时,尼古拉·罗斯托夫说道:"如果上司命令我叫我的骑兵连上马,去用马刀把您剁成肉饼,我只要一分钟就能办到。"这还是他对最亲密的朋友说的话!这个快活的、有信心的、精力饱满的、在生物学意味上是强大的尼古拉·罗斯托夫,一个健壮的俄国地主,当然也应该作这样的想法。托尔斯泰明明知道他是庸碌的,实质上是愚蠢的,但仍然欣赏他,犹如欣赏一只灵猩①:灵猩也愚蠢,却会用漂亮有力的动作捕捉豺狼。他欣赏尼古拉·罗斯托夫的优美的风度,生物学意味上的力量,完整的性格。

不过托尔斯泰自己是个复杂的人物,我已经说过,他当时疑虑甚多;所以他也描写了摇摆不定、对自己怀疑的贵族。

安德列·包尔康斯基是一个渴望内心和谐的贵族、想证明自己正确的贵族。当他受了致命伤,仰视着穹庐似的永恒的天空和天上的浮云时,他得出一条结论:尘世的一切过眼即逝,对富贵荣华等等的企望乃是他生活中的蠢事,实在说,这永恒的自然,连同永恒的天空和天上的浮云,才是一个颠扑不破的真理,而人间的虚荣只不过是草芥,是随风飘的尘土罢了。

彼尔·别祖霍夫总是不满足,总是在探求而又找不到人生的真谛,只有这个真谛才使他能够说:"好,现在我看得正确,我在过圣洁的生活了。"

这两个人物是什么意思呢?托尔斯泰想借此说明:我们贵族并不全是尼古拉·罗斯托夫之流;我们也有最伟大的良心,也有最细腻崇高的精神表现。同时在后景上出现了农民卡拉塔耶夫;托尔斯泰想证实,这位农民是个和谐的人,他同绅士们十分谐调,他什么也不需要,心平气和地服从一切,始终是那么敦厚,始终保持着尊严的态度。这才是理想的农民,而整座华丽的贵族大厦却就建筑在他们的强制劳动上面。

在《战争与和平》里,托尔斯泰实质上是要使这个由消极的、不作任何计划、不追求任何目标、却信赖上帝意旨的库图佐夫领头的农民—绅士的世界,去战胜西方,战胜它的拿破仑及其征服世界的雄心。

---

① 一种猎犬。

小说《战争与和平》表明一位伟大的绅士试图建立一个崇高的农民—绅士的世界，农民处于那个世界的下层，他们如同女像支柱①一样弯着身子，可是温顺而又幸福，背上负荷着整座绅士建筑物。这座绅士建筑物，连同它的一切娜达莎们、它的良心和一切彼尔们，应该显得如此壮丽，简直足以弥补所有的矛盾。而渺小的、焦虑重重的、过分推崇个别人物的智慧的西方，却好比浪潮碰到峭壁，将在俄国贵族世界的坚固堡垒上碰得粉碎。

但此后不久，在《安娜·卡列尼娜》中，你们却看到另一幅景象。你们看到的已经是一部惶恐不安、完全缺乏自信的小说。渥伦斯基已经不像尼古拉·罗斯托夫。渥伦斯基是平平庸庸的人、"英俊的男子汉"，他首先是生物学上的一个门类、身强力壮的人物；然而他具有一些特点，使他不可能获得幸福。你看，他不像大家似的去好好安排自己的生活，却偏偏爱上了别人的妻子，从此走入歧途。从前的人、真正的人不这么做，而他做了，这就是他的不幸。最后他不知道该把他自己这样一个放荡不羁的公子摆到哪里才好，于是前往巴尔干，想在那里为斯拉夫兄弟作战。

另一贵族奥布浪斯基更糟。他是个轻浮的、半破落的地主，已经把他的田庄花光用尽，只好作为官吏，靠政府津贴度日，他低声下气地坐在一位欧洲式银行家的前室里，只有当他事后回想起这银行家对他如何无礼的时候，他才脸红了。

列文极力复兴自己的田庄，为人正派，他结婚，养育儿女，像托尔斯泰本人所做的一样。列文是托尔斯泰的自我写照。但他像不善于对待农民。这是他那地主的内心生活中一个裂口。新生活的浪潮冲倒了他，破坏了他的产业，使他不得不经常思索，经常苦于他的父亲也许从未考虑过的各种新问题。

世界瓦解了。

---

① 像柱子一样承托屋顶的女雕像。

最中心的人物安娜·卡列尼娜,对于理解以后达到那个惊人立场①的绅士托尔斯泰的内心成长过程来说,是非常有意思的。

娜达莎·罗斯托娃是一位出色的、从生物学观点看又是禀赋优异的姑娘,她美丽,有朝气,浑身是活力;在她的少女全盛时期,她被托尔斯泰描写得那么招人喜欢,在全部世界文学中,很难找出一个如此可爱和迷人的姑娘的形象。在发生于她生活初期的各种小小的风流罪过和毛病以后,她找到一个合适的丈夫,给他生了些孩子,此后,除了尿布、儿童室和家务之外,她就什么也不管了。

可是要知道,托尔斯泰也拿儿童室、尿布和家务去折磨他自己的妻子。我们现在从索菲亚·安德烈耶夫娜的日记中看到,这位夫人有时怎样向他高声求饶。但托尔斯泰竟以一个道道地地的遵守《家训》②的人的顽强态度,再三迫使她接受这间儿童室、这些尿布、这份家务,断言这才是妇女的真正天职。娜达莎·罗斯托娃心甘情愿地履行着这项天职。有人说:多可惜,娜达莎前途那么远大,而她所做到的却这样微小;多可惜,她过去是那么一个令人惊叹的姑娘,如今却是这样一个平平庸庸的妇人。——这表明他们根本不理解托尔斯泰。这等于说苹果花大有诗意,苹果本身则平淡无奇。在托尔斯泰,结果是紧跟着开花而来的,出嫁后的娜达莎,只是这个女性发展的下一阶段罢了。

托尔斯泰在小说《安娜·卡列尼娜》第一页上写道:"申冤在我,我必报应。"这证明托尔斯泰是把安娜·卡列尼娜当作罪犯看待的。这正是全篇故事的宗旨。然而就是在这部小说里,他又指出吉提·谢尔巴茨卡娅也爱慕安娜·卡列尼娜,而且小说的全体读者都常常爱慕她,因为这个女性的生命力以及她对爱情、自由和幸福的冲动如此强大,它们抓住我们的心,使我们折服了。托尔斯

---

① 指托尔斯泰在八十年代转到宗法制农民的立场。
② 《家训》,十六世纪俄国一部宣扬封建礼教的著作。

泰说,这是罪过。安娜·卡列尼娜的肉体的要求、对男人的需要(是她自己挑选的男人,不是教会和日常生活强使她与之结合在一起的、冷冰冰的卡列宁),像一条红线贯穿在她的身上。正由于她胆敢这样做,她才死在火车轮子底下。这里含有一种内在的玄学意义:如果你希望幸福,你便不免一死,因为幸福完全不是人命中注定的东西。要关心的不是幸福和爱情,而是责任。假如你是妻子,你就应该干你那份乏味的工作;假如你有子女,你就必须尽到你为母者的责任。你没有权利改变自己的命运,要求改变是自私和罪过。

为什么托尔斯泰要这样说教,为什么他用了那样多篇幅来讲这套"至高无上的"伦理学?本来他自己是热爱生活的,现在他把爱情描写为人间最美妙的花朵,而同时,他又在践踏爱情。为什么呢?

因为他在自己身上践踏了它。他亲自埋葬了他对生活的恣意贪求。为什么他那样憎恨这个幸福?下面我们再回过来谈这一点,现在对我们重要的只是以下的结论:当托尔斯泰在七十年代写《安娜·卡列尼娜》的时候,他把贵族描绘成一个瓦解中的阶级。贵族已不再兴旺了。他们心里充满着各种欲念。这已经不是以前存在过的那朵香花,而是惶恐、罪过,而是部分地放弃本阶级的阵地。

这时托尔斯泰也发生了赫尔岑和巴枯宁曾经发生过的事情,只是方式不同,在许多方面或许更为彻底罢了。

这个高傲的贵族看到本阶级的不可避免的灾难,他不愿向资产阶级无条件投降,而希望找到他自己的途径、自己的道路。但是他也知道对贵族毫无办法。开始向资产阶级斗争以后,他批判了一切——私有财产、发财的渴望、对人的剥削、只能使一些人致富和使另一些人受穷的科学、只能给有闲者解闷取乐的艺术,——他使劲抡起胳臂来鞭挞全部人类文化,这是他的一大革命壮举,虽然我们认为他在对欧洲资产阶级文化的批判中前进得太远,把它连根烧掉了。而在他觉得他打破了绚丽的欧洲文化这个玻璃球以后,他想说:"你们就是这样,我们却……"他回头一看,——怎么回事?他发现"我们"也一模一样。他能够就贵族说些什么呢?难道贵族没有私有财产,贵族不想发财?贵族不剥削人家?贵族不利用科学进行这种剥削?贵族不用艺术消遣?这一切当然都是事实。因此,当托尔斯泰给予欧洲资产阶级以毁灭性的批判之后,再转向俄国贵族时,他得出一个结论:如果旧俄国只有贵族,那么对俄国也像对西方一样,必须通过批判,将它烧成灰烬。可是我国还有农民,他们将解救我们。在古代社会制度下,曾经有过农民的世界,一个没有资产者和贵族的世界。如果资产者和贵族希望得救和幸福,就让他们变成农民吧,因为唯独这样才有真正的正义。正义在于农民不剥削任何人,不危害任何人的生命,他们亲手给自己盖房屋,亲手给自己做鞋子和缝衣服,亲手养活自己,而不追求物质福利。当你所追求的超过了必需的食物和必需的衣服时,你就会开始压迫别人,开始出现建立巴比伦塔以及为人类幸福所不需要的全部艺术和工厂时的那种吵吵嚷嚷的局面,①——这些东西是靠鲜血、靠欺压、靠罪孽建立起来的,于是人毁灭了,忘掉了自己,完全背离了自己的本源,背离了最初的崇高精神。但是只要抛弃贪财之心,抛弃私有财产和对财富的渴望,抛弃这块土地上生长的一切外表华丽的罪恶之花,我们便会造就一个和善友爱的人。刚刚倒进容器中的液体,动荡的表面只有一片涟漪和波纹,等到这液体稳定、平静下来,平静的表面虽然显得空寂,可是它能映照出天空,映照出星辰;人也是如此,当他情绪稳定,不再谋财逐利,消除了私心和欲念,不再动荡的时候,他就能在自己心里找到上帝、

---

① 巴比伦人欲建一摩天高塔,后因耶和华故意改变他们的口音,使其语言混乱,乃不得不停工。见《旧约·创世记》第十一章。

幸福、宁静、和平，就能找到爱，因为仇恨一消失，立刻会发生爱，而仇恨正是这种财富造成的。因此我们大家都像农民一样，不需要城市，不需要铁路，不需要任何科学，而要几乎像动物那样生活，不过是具有人类理性的动物罢了。一个人如果能这么过日子，他才会感受到安谧的、恬静的、充满仁爱的生活的莫大乐趣，从而回到上帝身边去。

这便是托尔斯泰的社会哲学。这个在生活和智能方面拥有优异禀赋的大绅士，当他维护他自己的世界而向资产阶级作斗争的时候，曾用他的批判摧毁了资产阶级世界的全部基础，可是这样一来，他也就烧毁了他自己的贵族之家，却保留了农民的木头房子。这房子是人可以过合乎戒律的生活的唯一地方。由此得出了一连串最奇怪的社会结论，在我的报告的结尾，我还要回过头来谈一谈。

我们马克思主义者说，托尔斯泰的本质在于我刚才对你们所讲的那几点，但是有人反驳我们道：这是托尔斯泰身上无关紧要的部分；他首先关心的不是这些社会利益，不是对资产阶级本身的批判，也不是各阶级的形形色色的问题和它们的相互关系；托尔斯泰没有这些；托尔斯泰其人使我们发生兴趣，是由于他的内心感受，由于他在良心面前提出了许多问题。

对此，我们回答说：如果托尔斯泰的内心感受仅仅属于他一个人，那当然毫无价值。如果他只写他一个人固有的东西，谁愿读它呢？而他却在千百万人心里引起了反响。这表明那些内心感受在现代人类中是很普遍的。比方说，人的自私更是属于内心的东西。人希望只顾自己，要对自己好。但是亚当·斯密却能从人皆自私这一前提出发，建立了他的政治经济学。

既然一个人具有他那阶级和时代的其他人所固有的内心特点，这个人就是社会的人。

托尔斯泰也是如此。他有两种恐惧。他同它们作斗争，这场斗争从他很早的童年时期便开始了。这两种恐惧是他八十年代初精神大转变的原因,并且一直把他折磨到咽下最后一口气、到他生命的最后一瞬间为止。这就是对犯罪的恐惧和对死亡的恐惧,以及对两者的斗争。为什么这些感觉可以算作带有广泛的社会性的感觉呢?因为罪孽的概念和力求严守戒律的斗争存在于整个贵族社会、农民社会、小市民社会、资产阶级社会内部,也就是存在于一切建筑在私有财产上面的社会内部。

私有者拥有自己的房屋、财产、手工业、商业、家庭,他们只关心自己的荣达,关心如何满足自己的情欲和需要,将周围的事物看作次要的东西,认为可以向别人夺取一块面包供自己食用。这种竞争——邻人之间的经常竞争,个别的人、个别集团、整个整个国家的竞争,——状态是如此突出,如此紧张,早在埃及和巴比伦时代就形成了一股潮流,这股潮流极其明显地表现于一句人所共知的罗马谚语:homo homini Iupus est,——"人对人是狼。"这还是说得很温和的,因为狼在愿意成群结队的时候,并不互相噬食,而阶级社会的人却互相噬食,甚至对此非常爱好。十七世纪一个最典型的资产阶级思想家霍布斯①在重复"人对人是狼"这句话以后宣称:人是那么野蛮的一种生物,又那样随时准备把任何亲近的人撕得稀烂,征服他,使他沦于奴隶状态,而且进行一切人反对一切人的战争,因此,一个最残暴的国王、最血腥的政府,都比根本没有政权要好些,因为只有政府,只有警察,才是能够在这些野蛮人中间建立不管怎么样的秩序的一支力量。

我不来详细谈论这个思想。我们每个人都知道这是怎么回事;每个人都知道,宗教也好,道德也好,其使命全在于减少一切人反对一切人的战争,定出一套准则和控制办法(人对人、对他的犯

---

① 托·霍布斯(1588—1679),英国唯物主义哲学家。下述论点见于他的《利维坦》一书。

罪冲动的内在控制），从这里便产生了一个体系，像独特的圆屋顶似的高耸在这整个混乱的社会之上。当一个人极力要满足自己的全部欲念，从而对别人造成祸害的时候，这就是罪孽，这类现象蔓延和增加起来，会使整个社会生活变得不堪设想，因此必须定出一套能够深入到人的意识底层的准则、道德和良心的准则，以说明他该做什么和不该做什么。正当生活的极致则是严守戒律，圣洁虔诚，即完全不会使人犯罪的生活。如果人人都过着合乎戒律的生活，没有任何一个人妨碍别人，那么理想社会就建成了。

为什么这个思想使托尔斯泰那样震惊呢？第一，因为这位天才人物同普通人相比较，驱使他犯罪的力量更加强大。如果你们读读托尔斯泰的日记，你们将看到他怎样从青春初期起便充满了这一切欲念。他贪图财富，执行一条往往是很严酷的地主路线，例如，一八六九年他写给索菲亚·安德烈耶夫娜的信上的几句话就很有代表性："我同农民讲价钱；当然可以施加更大的压力，从他们身上榨取更多的东西，但就是这样，索妞希卡①，你也会满足了。"在托尔斯泰身为地主的整个期间，这种发家兴业的顽固倾向常常有所表现。此外，他又十分爱慕功名、荣誉，有着可怕的、无穷的权威欲。早在托尔斯泰本人和他周围那群虔敬的崇拜者也都认为他是严守戒律的圣徒时，高尔基便说过：托尔斯泰身上使人感到惊讶的头一件，就是异乎寻常的权威欲，——他要人人都跟他抱同样的信念。② 他开始为自己的主张奋斗时的争强好胜的脾气，在他先前的纯上流社会的日常行为中已经显露出来了。

---

① 索菲亚的爱称。
② 高尔基在题名《一封信》的回忆托尔斯泰的文章中说："他喜欢强制人，……强制人念书，强制人散步，强制人只吃素菜，强制人爱农人，强制人相信列夫·托尔斯泰的合理的宗教观念的正确性。"见高尔基《回忆录选》第一〇〇页，人民文学出版社。

男女情欲尤其是他所固有的东西。它是他终生的祸患；而且这种克制淫欲和防止在淫欲面前败阵投降的斗争，在托尔斯泰的日记中起着重大的作用。

最后，打牌和酗酒有时也以旋风似的力量席卷了他，他一连几个月在最下流的烟粉场中厮混，——当然，主要是当他年轻的时候。这一切都在他的日记和作品里留下了鲜明的痕迹。给他印象最深的一项罪孽，在他晚年成为他那部从社会观点来看是最富于天才的小说《复活》之源泉的一件事情，是男子对妇女、权势赫赫的男子对遭受凌辱的妇女的罪孽。托尔斯泰在《克莱采奏鸣曲》中把妇女称为世上现有的最强烈的快乐的源泉，称为对男子最有诱惑力的生物，他说，罪恶呼唤我们到这里来，那个恶魔在这里刺激我们的肉体，召唤我们，但是如果你向罪孽屈服，你就会毁坏某个少女的一生，你就应该背上这副十字架。

可是，这个被托尔斯泰视为罪孽的肉欲的狂热，这份自私的力量，必定会使他进入饱和期，在此期间，低级的淫欲的呼声已归于沉寂，而谴责他作恶的高尚思想的声音却歌唱起来，——得到满足的淫欲，再也不为那个被它驱使去犯罪的人辩解了。

托尔斯泰拥有一项神奇的自我剖析的能力。他写日记是为了挖掘他的一切病根。天然的欲念的风暴过去以后，托尔斯泰开始分析：他这是干什么？他不是做得很恶劣吗？如此等等。在无组织的社会中，人人都认为，假如离开了最高真理，缺乏圣徒的精神，那么我们必将毁灭；——而这个思想在托尔斯泰身上又发展得特别厉害。他往往非常自卑。

托尔斯泰需要找到一条途径，以便战胜罪孽，从而消除悔恨的痛苦。他究竟找到什么途径呢？他说，不应当追求什么，应当根本不向自己提出任何贪财牟利性质的任务。这意味着要消灭自己的情欲，意味着要制服、克制自己的欲念。如果你能这样做，你就会摆脱罪孽，就会在自己身上看到合乎戒律的东西，看到仁爱的、精神的、由灵魂构成的、从天上某处投射到物质世界来的东西。这个物质从四面八方包围着人的灵魂,把我们的带有各种肮脏欲念的躯体粘到灵魂上面。必须脱离这个物质的控制,返回到上天某个光明的老家去。只有当灵魂断绝了它同躯体的全部联系的时候,它才能做到这一步。

佛教教义号召人们抛弃今世的一切快乐,同样,托尔斯泰也号召抛弃一切与物质有关的东西,做一个自由的人、神仙似的人。在那篇把反对淫乱罪的斗争推到了顶点的《克莱采奏鸣曲》里,托尔斯泰直接提出一个问题:好吧,既然我们要完全摆脱这个淫欲,既然连婚姻都被我们宣布为嫉妒和罪孽的根源,既然我们说童贞状态是崇高人物特有的状态,那么我们不是要停止生男育女,那么人类不是再也不能生存下去了吗?托尔斯泰可丝毫不怕这套奇谈怪论,他回答道:人类未必有一天会落到这步田地。不过,就假定世上所有的人都这样纯贞,不结婚,没有孩子,人类统统死光吧,那也是很好的事。这表明人类战胜了物质,表明人类已经自豪地、安详地、心平气和地、妙不可言地沉浸在上帝、德行和纯贞之中。难道肉体生活就那么重要?这根本不重要,只会引起痛苦,而那种不是由于你的脑袋被打破或你的内脏被某类细菌所蛀蚀、却是由于你成了圣徒而招致的死亡——这样的死亡乃是一场胜利。

可见托尔斯泰在他反罪孽的斗争中,不但把我们引向被缩小了的农民生活,——那里既没有科学技术,也没有艺术,有的只是普遍的穷困和文化上的普遍贫乏,——他甚而转过身去,把我们引到人类的末日。他说,所谓幸福便是完全抛弃幸福。这是必须记住的。

为什么托尔斯泰又对死亡这样深深地感到恐惧呢?

他经常检查自己。他所关注的第一件事是研究自己的心情,使它和谐起来,从内心矛盾中找到出路。然而他这内心世界和托尔斯泰其人都很博大恢弘。我们的著名教育家沙茨基同志①说得真对：当托尔斯泰讲到他在观看的时候，他似乎是用一百只眼睛来看的；当托尔斯泰在听的时候，他似乎是用一百只耳朵来听的。就生物学意味上的禀赋而论，这是一个巨人，他以空前的力量感受着生活。高尔基在谈托尔斯泰的著名的书②里讲到，当托尔斯泰自以为孑然独处时，他如何观察自然；高尔基觉得他是一位伟大的巫师，他同自然之间有着某种神秘的联系。这是个正确的印象。自然像一道道巨流灌进他的内心，却只是一滴一滴地渗进我们心里。各种感情带着巨大的力量从他的内心生发出来，他拥有宏浑无边的热忱，这就形成了他的强大的才情。有些感觉和思想在渺小人物心中也可能产生，他之所以能把它们提升到那样的高度，他之所以能使这一切变得那么浑厚，则是因为他非常热爱生活的缘故。

六十年代初期，他去伏尔加河购买田庄的时候，经受了他所谓的"阿尔扎玛斯的恐怖"③，当时他住在客店里，忽然感到死亡的恐怖，不禁号叫——实实在在是号叫——道："我要活下去！我诅咒那个创造了我们而又将我们全体判处痛苦的死刑的力量！"这是针对死亡本身的存在而发出的一阵真正的号叫。"我爱生活，我要活下去。应该长生不死。"

托尔斯泰是信教的人，他长期信奉一切宗教仪式，自己进圣餐，也给孩子们授圣餐。但同时，托尔斯泰又太欧化，教养太高，批判力太强，太善于分析，所以他不能深信无疑。他像不轻信的多马一样，必须用手指摸摸对方的肋骨，④必须有人给他确凿地证明人

---

① 斯·乔·沙茨基(1878—1934)，儿童教育家。
② 指回忆录《列夫·托尔斯泰》。
③ 阿尔扎玛斯是当时托尔斯泰中途投宿的城市。这个故事，详见高尔基《回忆录选》第九七页。
④ 使徒多马不相信基督复活的消息，说："我非看见他手上的钉痕，用指头探入那钉痕，又用手探入他的肋旁，我总不信。"见《新约·约翰福音》第二十章。

是不死的。他不能让任何行招魂术的和任何牧师来欺骗自己。他热烈希望信神,因为如果你信神,这个骷髅形的死神才不会愚弄你。托尔斯泰描写这种心情时,笔力多么雄健!一切都失去了意义:我要在我造成的幻想的玫瑰色花朵中陶醉一番,可是我不能从这幻想中享到快乐;我爱我的妻子,但是我不能接近她,因为我看见她的躯体正在逐渐死亡;我爱孩子,然而我想——他们既已注定要死,又何必出生呢?他就是这样经受着死亡的恐惧。因此托尔斯泰强迫自己去信神。

  他获得了基督教的世界观。他说:如果你能抛弃七情六欲,于生活一无所求,不稀罕人世间的任何幸福和享受,对人世间的事物漠然视之,那么,生或死在你就全是一样了。你将死得庄严而安详,像农民或者森林里的树木死去的时候那样,①你不会像伊凡·伊里奇②似的痉挛起来,而他却抓住枕头和床单,希望死神的手不要拉着他离开人世;你不会愚蠢地对死亡感到恐惧,因为你并不看重生活里的各种玩意儿。可是不仅如此,托尔斯泰说,当你达到这样的状态,当你的灵魂能够映照出整个天空的时候,你将觉得人世间的纷纷扰扰的生活并不是生活,这种生活只不过是无谓的奔忙,只不过是过眼云烟,在过眼云烟中什么都不存在,因为每时每刻都在飞逝,一转眼便化为乌有了,但是还有一种真正的永恒的生活,假如一个人脱离了情欲的王国,他就会接触到这永恒的生活,就会懂得死亡改变不了什么,懂得他的灵魂中的这种静穆是超人力、超自然的静穆。托尔斯泰想把这个叫做上帝。因此他得出结论说:上帝首先是爱;上帝又是当一个人消灭了欲念、从而清除掉罪孽时所出现的一种合乎戒律的精神;上帝也是死亡,是我们脱离生存〔?〕、脱离欲念和淫欲的整个王国以后,我们在自己心里感觉到的

---

① 指托尔斯泰的短篇小说《三死》。
② 托尔斯泰的中篇小说《伊凡·伊里奇之死》的主角。

静穆、安宁。因此,托尔斯泰说教的中心点,是鼓吹简朴的生活、倒退、放弃谋取本身的幸福的斗争等等。

托尔斯泰的革命的和反动的思想,便是这样。

为什么托尔斯泰的思想是革命的?因为他从现实出发,大力抨击一切生活假相,在他的打击下,充满社会混乱和社会罪恶的整个世界,都迸裂和震动了。

为什么他的思想又是反动的呢?对于"应该建设怎样的生活"的问题,他是往后指的,他号召抛弃科学技术的全部成就,抛弃目前人们在其精神成长中所达到的一切,抛弃对未来的全部希望。必须恢复原来的自我,变成一个长不高的侏儒,丢开各种欲望,回到农夫的状态,并且不只回到农夫的状态,而是回到野蛮人或者更进一步,回到某种没有任何欲望的动物的状态,回到等于零的状态。正如瑜伽派①哲学所说的,你越是把自己身上所有的人的因素去掉,甚至把思想本身也去掉,你就越是接近神圣,——这是极端的反动,它宣告人的天才的巨大努力所做出的一切,但凡能够带来真正的人类幸福的一切,全要予以摧毁。

托尔斯泰还有一个反动之处:他所指的"合乎戒律的途径"是不用暴力抵抗邪恶。他说,既然关键在于舍弃,那么你舍弃愈多,克己愈甚,你便愈接近戒律。应该对富人宣传财富是空花幻影,权力是祸害,不会给人带来幸福;应该劝劝富人。如果说服不了他们,那么,没有办法,我们这些被压迫者,农民和工人,就彼此约好不要为他们出力吧,我们拒绝服兵役,拒绝在工厂做工,拒绝交纳任何赋税。我们固然会因此受鞭打,蹲监牢,被放逐到北极地方,——那也不算什么,我们可以受苦,可以去死,甘心为真理受苦,甘心为真理而死。到最后,我们总会用这种宣传和这个神圣的范例去战胜人世间的邪恶的。

---

① 瑜伽派,古代印度一个神秘的宗教哲学派别,着重调息、静坐等修行方法。

对于这一点,我们可以回答说:列夫·尼古拉耶维奇,您是基督教徒,您相信两千年前在巴勒斯坦,另一个导师耶稣宣扬过您现在宣扬的东西,您还相信他比您更伟大;但是两千年过去了,您不得不再来宣扬那一套,因为世界仍然处在邪恶之中;再过两千年,再出现一个托尔斯泰或者一个耶稣,还是要宣扬那一套,——这样下去,以至于无穷。您凭什么能保证,您的宣传会比耶稣在巴勒斯坦的宣传,或者比老子、佛陀或是您认为较之您自己更伟大的其他圣哲的宣传多少要强些呢?

我们在世界观上同托尔斯泰之间有很大的距离。我们可以同意托尔斯泰对社会假相的全部批判。但他没有看出资产阶级才有"罪孽",工人则是合乎正义的,他没有看出工人随身带来了什么,而工人是资产阶级世界的对立面,正如农民是贵族世界的对立面一样。他不了解,只有现在,科学和技术才在历史上第一次成熟到具有这么大的威力,以至人用科学技术武装了自己,能够使全人类富裕起来;生产力的发展固然造成了社会的剥削制度,可也产生了团结一致的无产阶级,并且创造出历史上根本没有过的一些前提,使劳动群众能在有组织的无产阶级的领导下掌握科学和技术这个巨大的力量。托尔斯泰没有看到一切都变了。无论在基督时代还是在佛陀或者老子的时代,都没有这种情况,从来都没有这种情况。

我们不愿回到既没有工厂,又没有铁路和海船,而是过着野蛮生活的穷困的人那里去,相反地,我们要做一个有许多需求、但也有许多条件满足其需求的高度发展的人。这高度发展的人可以同其他的人们结成兄弟般的联盟,但不是在光秃秃的荒地上,不是在用亲爱的木犁从土地中觅取食物,而是在成为巨大的蒸汽力和电力的主人的时候。如果我们从私有制手中夺取到这一切,如果这一切成了社会的财产,那么一二十年之内——这在世界历史上只是一个微不足道的短时期——我们就真能在理性威力战胜自然的基础上面,建立一个由理性和光明磊落的人们主宰的王国。我们展望着人与人之间和睦相处、杜绝一切战争的正义世界,而且我们的学说和我们的活动一定会使我们实际达到这一步。但是通过斗争才会达到,因为那些站在前头、享有特权的人,你不斗争,他们是不肯退让的。这就是托尔斯泰的世界观同我们的世界观之间的重大差别。

现在我再从思想家和说教者托尔斯泰转向艺术家托尔斯泰。

假如托尔斯泰没有用自己的感情和思想去感染别人的巨大才能,他未必会获得这样的声誉和威信,他知道他有这项才能,并且称之为艺术才能。他说:艺术可以归结为一点,即善于用自己的感情和思想去感染别人。他还认为,感染力之所以强大,正由于它是用形象来表现艺术家所代表的某些真挚的感情和博大的思想。他的艺术作品中确实盈溢着他的思想。

托尔斯泰首先是一个带倾向性的作家,有思想的作家。他的一大功绩,在于他以他的作品,证明当一位作家掌握着艺术形式和深刻的内容时,他会获得多么伟大的成就,会多么使人全神贯注,多么引人入胜,流传得多么久远。在我们今天,我们经常碰到一些人,他们说,有了内容,形式并不那么重要,——只要作家的方向正确,只要他的鼓动有利于我们的事业,所宣传的又是合情合理的事,这就够了。但是这些人忘了,如果不具备艺术形式,那么用报纸文章、演说或者讲义的方式来记述要更好、更有利得多。另一方面,托尔斯泰也不承认艺术仅仅是一种形式。托尔斯泰说,这种专讲形式的艺术是纯粹的堕落,是纯粹的、一文不值的自我娱乐。假如没有伟大的思想,假如艺术家想不出任何重大而新鲜的东西,假如他对任何事都没有热烈的感受,他就不能写作。无产阶级作家同样憎恶纯形式的艺术,确信除非艺术是有思想的、动人的、虎虎有生气的、全面的,便无法收到真正的效果。

托尔斯泰是最伟大的现实主义者。你在他的作品里找不到抽象概念或幻想；他的作品表现着真正的生活。托尔斯泰本人拥有伟大的生活力，他的一切热情和感觉都极其强烈。因此他使用的色彩才丰富。另一方面，他又热爱真理，探求真理，无论对自己或别人，他都不愿撒谎。他犯过错误，然而我们认为是他的错误的，他却认为是深刻的真理。他不容许自己瞎说，不容许自己粉饰，他愿意做一个无限诚实的人。

由于这丰富的内容，由于不愿粉饰和歪曲内容，于是形成了现实主义。如果我们面前有个作者，论内容倒也很丰富，但是他没有作家的良心，那么虽然像百花盛开，林林总总，却并不是现实主义。

为了成为真正的现实主义者，为了从广博的生活经验和生活印象出发而不致背离现实，为了成为这样的现实主义者，托尔斯泰创造了他自己的特殊文体。

当你读托尔斯泰的时候，你会觉得他只是个粗通文墨的人。他很有些笨拙的词句。最近莫斯科一位教授说：《复活》开头一句根本不通，如果一个学生交来这么一页作文，任何俄语教师都会给他打上个"2⁻"。怎么会这样的呢？托尔斯泰把他所有的作品重写过五遍到七遍，作了无穷无尽的修改，这一切都经他酝酿过，可是出人意外，竟然写得这样不完善！这不完善绝不是偶然的。托尔斯泰本人情愿让他的句子别扭，而唯恐它华丽和平顺，因为他认为这是不严肃。一个人谈论一件很重要的事情却并不激动，只是关心如何使他的声音悦耳，使一切显得精美流利，他就得不到任何人的信赖。在这种情况下看不见诚意，你不会相信这个人给你讲的确实是对他很重要的事情。托尔斯泰希望在他代表自己所说的一切中、在他作为一个作者所说的一切中能达到天然无饰和最大的朴素。他，譬如讲，对屠格涅夫的文体、柯罗连科的文体有过许多论述。他们是杰出的文体家，但是他在某些方面对他们有所指责。他认为他们的词句过于优美，他们的风格过于典雅，加的糖分过多，而糖分似乎是应该叫读者感到愉快的。

可以用这样一个比喻：托尔斯泰表达每件事的时候，能使你看不见书本，忘掉作者，——而这正是人所能设想的最高的艺术。如果你读屠格涅夫或柯罗连科，你却像是透过有花纹的窗子来看一切，你会觉得——多好的玻璃啊，多美的颜色和图案啊，你将时时刻刻看见作者，看见那个圆熟的文体家，他站在你和现实之间，这势必妨碍你去感受真正的现实。

这是不是说，一个不善于掌握自己的文体的幼稚作家，反倒能够表达现实呢？完全不是。托尔斯泰的朴素是最高的朴素，是克服了一切矫饰的人的朴素，他丢开了任何的有色眼镜，因为他不再需要它，他是那样一位巨匠，他能够表现如实的事物。

就是这种完全适合现实主义的文体，对于我们十分重要。

托尔斯泰又是一位内向或内向心理学的非凡巨匠，换句话说，他表现了发生在人的内心的事情，这也是他身上一件意义重大的新东西。

不久以前我们这里还有各种评论家写文章说，无产阶级作家不应该研究心理学，——说是既然我们根本否定了灵魂，还讲什么心理学？对不起，我们必须知道人是有思想、有感觉的。我们看得见一个人如此这般行事，但对我们重要的是知道他在想些什么。我们必须知道自己和别人，不仅必须知道露在表面的是什么，而且必须知道总的脾性，知道隐蔽着的东西。托尔斯泰拥有一项把自己化身为各色人等的非凡能力。他代替老太婆和年轻姑娘、代表小孩和马说话，他代表形形色色的阶级的人们说话，并且每一次都真实得令人极为信服。这是唯独艺术家才能具有的力量。我们没有别的方法深入人的意识，因此先进的、最成熟的无产阶级作家当然要利用这个方法。在青年作家法捷耶夫的作品、中篇小说《毁灭》里面，你会看到各种人物在行动和感受，这使它成了一部最富于色彩的小说。法捷耶夫是艺术家托尔斯泰的高才生。

其次，在托尔斯泰那里，加工的精细、史诗的手法和叙事的平静也异常重要。城市居民和城市作家陀思妥耶夫斯基,早已用忌恨的态度就这方面谈论过托尔斯泰:"他倒舒服,有个雅斯纳雅·波良纳,他先是以主人的身份,后来又以贵宾的身份住在那里,他生活有保障,多舒服,可以长年长月坐下来写他的小说,而我的境况却是这样,每逢编辑写信给我说:如果你不把下一章寄来给我供下一期刊登,那么……那么怎么样?那么我就会没有钱,不能给我妻子买药,不能离开我住腻了的城市,缺乏最起码的和对我最必需的东西。"无产阶级作家又怎么样呢?我们还不能给无产阶级作家保障生活。等到由过渡时期转入实质性的社会主义建设的时代,每个人的生活才会得到充分保障,可以安心从事这项或那项心爱的工作,但是现在还不成。据我们有些作家和他们的理论家讲,现在倒不如说我们需要向那些神经质的作家学习,他们写得快,虽然只能浮光掠影,正如契诃夫说的:"为什么你要写一整部中篇小说来谈月夜呢?只叙述磨坊堤坝上有个瓶颈在月光下闪闪发亮就行了。这就给你表现了月夜。"①不过这未免单薄无力,这是在机器时代,主要是竞争变化无常的时代,资产阶级小市民展开赛跑中所常有的印象主义。无产阶级作家是否需要听从这个,无产阶级作家是应该超契诃夫式地,用爵士乐队的、电报的风格来写作呢,还是相反,必须恢复真正的、原来的完美的技巧,恢复这种一丝不苟的精神和强大的说服力?有人对我们说:我们现在没有时间这么写作。而且我们也没有时间阅读。我们的读者必须很快读完一篇短短的小说。既然如此,哪能有足够的时间去读卷帙浩繁的长篇小说?是这样的吗?真是这样的吗?此外,在我们这个飞速发展的时期,对有些题材的兴趣很快就冷淡下来了。然而我这

---

① 一八八六年五月十日契诃夫在写给他大哥亚·巴·契诃夫的信上说:"比方说,要是你这样写:在磨坊的堤坝上,有一个破瓶子的碎片闪闪发光,像明亮的星星一样,一只狗或者一只狼的影子像球似的滚过去等等,那你就写出了月夜。"

里说的不是报刊上的、半新闻纪事式的作品,而是包含着具有长远意义的重大题材的作品。请问问图书管理人员吧,现在读得最多的是什么?是托尔斯泰和陀思妥耶夫斯基的长篇小说。谁也不怕这些大部头的书。只要写得好,就会找到时间来读。因此也必须找到时间来写。无论在我们这个忙乱时期对青年作家讲这些话可能使人多么不快,还是不得不讲:把你写好的东西仔细想想,然后搁在一边,让它放一放,加以改写,再仔细想一遍,再改写一遍。固然不会给你很多稿费,物质上是艰苦的。也许就是为此,无产阶级作家才不应当脱离车床,脱离这样那样的公职。写这类东西必须慢慢来,一天写几个钟头,而且不能天天写。每个思想都得经过酝酿、考虑。一个无产者完全能够具备这种顽强精神,这是他比神经不安的知识分子优胜的地方,也许正好是从这种精神里面,他既会获得自信心,又能体察到史诗的伟大。评论家叶尔米洛夫同志就说过,你读托尔斯泰的时候,虽然他写的是"外人",可是你忘不了他们,不会从记忆中撇开他们;而在我们的作品里,人物不是活着,却像木偶一样。这多多少少是因为,写木偶可以速成,在文学中写出整个的活人世界,则是一件不仅要靠才能,还得花时间、花很多紧张的劳动才会做到的事情。

　　钢轨可以用车子运送,印花布可以借助于机器来制造,但是只有人才能创作,我们永远不会发明一台能够写小说的机器,因此创作将永远是人的神经和人的双手的事情。在这里,受到热爱的技巧将永远居于首位。托尔斯泰的工作的细致,是我们应该学习的一个理想。

　　普列汉诺夫说过,我们只"在一定限度内"接受托尔斯泰。[①]我们的纪念大会也同样说过:"在一定限度内。"

[①] 普列汉诺夫在一九一〇年所写的《政论家札记("在一定限度内")》一文中说:"……我也不能'单纯地喜爱托尔斯泰';我也只是'在一定限度内'喜爱他。我认为他是一个天才艺术家和极其拙劣的思想家。"

气势磅礴的激情使绅士托尔斯泰冲出了他自己的世界,达到他那革命无政府主义的、具有破坏力的思想,并且使我们同托尔斯泰亲近起来。但是我们否定那些表现了他的旧世界属性的弱点的东西——不理解科学和技术的意义,完全漠视无产阶级及其随身带来的事物,和由此产生的对革命的仇恨。我们否定他的理想——农民的局限性,对我们的敌人有利而对我们有害的不用暴力抗恶论。

有人向我们说:你们否定道德家和思想家托尔斯泰,而接受作为艺术家的托尔斯泰。这不对。我们绝不否定作为思想家和道德家的他的全部学说。列宁曾经说明,他对资产阶级制度的批判是典范式的,在某些方面是无与伦比的。就批判的部分而论,作为思想家的托尔斯泰也是强有力的。另一方面,如果我们说可以不加批判地把艺术家托尔斯泰拿过来,那我们就是给我们的青年和无产阶级帮倒忙,因为托尔斯泰的艺术作品中也包含着他的思想。所以这里也保持着"在一定限度内"的原则。

这便是我们得出的结论。当一些外国作家来到这里,像某种星相家一样,带来了礼物,但不是送到托尔斯泰的摇篮边,而是供在他的坟墓上,口中声称:一个能够产生这样的天才的国家,该是多么伟大啊!——这时候,我们当然感到自豪。是的,在使俄国转入另一历史发展阶段的革命时期,从农民的苦难的深处,从当时在文化程度上的先进阶级即贵族阶级的深刻怀疑中,出现了巨人般的、有问题的、痛苦的、两重性的托尔斯泰形象。

但是我们还有一种更大得不可比拟的自豪感:当资本主义在我们这里建立起充分的无产阶级的基础时,我国出了一个新的天才弗拉基米尔·伊里奇·列宁来推行新的变革,全世界的劳动者和被压迫者都一致看着他,指着他。他也随身带来了真理,但这个真理已经不是有问题的,而是千真万确的真理,不是两重性的,而是最高的真理,是今天的真理。

我们应该读托尔斯泰,研究他,接受他身上的有益的东西,抛开那些可能在我们这里引起怀疑、并且归根到底我们应该加以克服的东西。从这个观点看,托尔斯泰真是一份巨大的文化资料。

就因为这个缘故,政府才一面对托尔斯泰抱着批判的观点,一面又出版一系列他的艺术著作全集,刊行巨型的、包括九十二卷之多的、托尔斯泰作品的典范式的国家版,他的每一张小字条、他的全部书信、全部日记,凡属这个天才人物所写的一切,统统收进去了。他遗留给我们的一切,我们都要使它为人民所共有。

弗拉基米尔·伊里奇否定了托尔斯泰身上的许多东西,为了许多原因而谴责托尔斯泰,同时又说:在沙皇俄国,他的作品不曾为人民所共有;必须实现社会主义,使托尔斯泰的艺术作品为人民所共有。

我们知道,我国人民不会用虔敬的和不加批判的态度对待托尔斯泰,另一方面,也不会把他当作废物抛弃掉。我们的伟大阶级虽然在许多事情上同他南辕北辙,却并不嫌弃他,可也不对他顶礼膜拜,而是说:伟大的前辈,伟大的兄长,伟大的合作者,你有正面的东西,所以你是伟大的;你有错误,也仍然是伟大的。你不会死亡,你将同我们生活在一起,你将同我们一起去建立你所梦想的人类幸福,尽管你为达到幸福而拟定的道路并不正确。

艺术家高尔基*

……我已经讲过，我们认为，就时间来说，高尔基是世界第一个无产阶级作家，就等级来说，他也是第一个无产阶级作家。然而直到最近还有人怀疑：高尔基是无产阶级作家吗？这种怀疑不仅见于资产阶级评论家和半资产阶级的小市民评论家的很多著作；甚至从很多共产主义评论家方面也能听到类似的疑问。其中某些人表示可以承认高尔基是无产阶级作家，同时却做了那样大的保留，结果是，他们同这种承认南辕北辙，恐怕更甚于那些公然宣称高尔基不算无产阶级作家的人。我不来一一列举这批评论家。我只举两个相当突出的例子。

其中一个是拉狄克①，他写过一篇极其尖锐的文章抨击高尔基，不但宣称高尔基是一颗松动的病牙，时而歪向这边，时而又倒向那边，他甚至还宣称，无产阶级的颚骨容不得这颗病牙。这恐怕是同我们对立得最厉害的一种评价了〔……〕

拉狄克接着又说明道，当然，高尔基对无产阶级是有用的，但并非任何对无产阶级有用的作家都是无产阶级作家〔……〕②

戈尔波夫自命为马克思主义者和接近我们的评论家，他在他

---

* 一九三一年七月间，共产主义学院文学艺术和语言研究所举办了一系列关于高尔基的报告会；本篇是作者在报告会上所致开幕词的速记记录，初次刊载于同年第四期《文学和艺术》杂志。节译自《卢那察尔斯基八卷集》第二卷。
① 卡·别·拉狄克（1885—1939），十月革命后初期曾窃据联共中央委员的要职，二十年代下半期一度参加托派，一九三七年因从事反革命活动被判刑。
② 详见一九二二年七月十六和二十日《消息报》。

的专著①的开头几页承认高尔基是无产阶级作家,然而他接下去说,高尔基有大量的过错。奇怪的是,——戈尔波夫继续说——列宁居然没有看出也并不了解这些过错,尽管现在任何一个工农速成中学学生都能一目了然。

从某些方面讲,这简直是骄横狂妄到了极点,——竟以为列宁还会失察,还会漏掉什么,还有什么事情不知道,更何况是这种不但每个工农速成中学生、就连戈尔波夫也一目了然的事情。

凡是注意我们这条战线上的艺术学讨论的人都知道,甚至在我们文学艺术和语言研究所的队伍中,对这个问题也有若干分歧;一批钻研高尔基创作的研究员,由于努西诺夫同志在对待高尔基的态度上有所保留而表示过极大的遗憾。②

由此可以断定,这个问题似乎还有争议。

我已经讲过多次,我不劝任何人去同马克思、恩格斯和列宁争辩。这是白费劲。结果照例是争辩者遭到惨败。我们还没见过有什么人能够争赢。最好是谨记着这三位的大智大慧、他们的渊博的学识、他们的深刻的责任感、他们的阶级坚定性,——如果你在什么事情上同他们相左,你就再琢磨一千次,看你对不对,如果到第一千次你还不信服,你就再琢磨到一千零一次,因为在具有原则重要性的问题上面,我们当中随便哪个人出错的可能,先天地就比他们当中随便哪个人出错的可能要多得多。这条规律至今都是正确的。

关于高尔基,列宁十分明确地、毫不含糊地宣称说,他是一个无产阶级作家和无可争议的无产阶级文学权威,他过去对本阶级有过大功,将来还会立下大功。③ 并且列宁说这番话不是在高尔

---

① 指德·亚·戈尔波夫的《马·高尔基的道路》一书(一九二八年)。
② 指伊·马·努西诺夫在一九二七年十月高尔基文学活动三十五周年庆祝大会上的发言,见同年《共产主义学院学报》第二四期。
③ 见本书第四一页。

基最光彩或者高尔基同列宁本人融洽无间的时候,而是当列宁不得不极其严厉地批评他,不得不谆谆告诫他,向他指出他的过错,同他论争——往往以很激烈的方式论争的时候。

对高尔基的这个评价,不只表现了列宁的而且表现了整个列宁主义的显著深刻的特点,因为,既然列宁是在履行无产阶级领袖的职责,履行一个由无产阶级派来维护它的正确道路的人物的职责,那么列宁身上所表现的全部特点,对于列宁主义也总是有着巨大的意义。

从前我们常有这样的毛病,说是在某某领域内列宁几乎什么也没留下,既是"几乎什么也没留下",那么对于仅有的点点滴滴便可以忽略过去了。其实,这"点点滴滴"已经使人能够建立起某个体系,或者至少能鉴定别的体系是同这项指示互不相容的。古维叶①说过,他单凭一块颚骨或肩胛骨就能重塑出整个动物。同样,一个敏感的列宁主义者根据列宁一句话、一篇短文、几句评语,就往往能够把这个行列式②发挥成为一整幅图画,——懂得它在把人引向哪里,它是哪个体系的一部分。

马克思、恩格斯和列宁一段不长的评论,常常成为无产阶级科学中一门相应的、完备形态的学科的胚胎。③ 他们关于数学、气象学或语言学的这样那样的评论可以用寥寥数页包罗无遗,但是比资产阶级和小资产阶级著作家所写的几卷书和几套丛书更有分量。正因此,看待列宁的全部言论时必须认识到其中含有博大的内容,要求我们采取深思默察的态度。

这里也是如此。

---

① 乔·古维叶(1769—1832),法国科学家,在比较解剖学、古生物学和动物分类学方面有卓越贡献。
② 一种数学式。
③ 原记录稿语义不清,此句据卢那察尔斯基《苏联文学论集》一九五八年版第三一五页译出。

如果列宁在同高尔基论战时经常强调他是无产阶级作家,那么我们就要好好想一想这句话;这不但对于评述高尔基本人,对于评述一般无产阶级作家也是非常重要的。

高尔基犯过很多错误。我们知道,在他的活动初期,他,比方说,没有反映无产阶级本身的日常生活。只有为时较晚的短篇小说《莽撞人》①才写出了无产阶级典型的一些迹象;可是比起流氓无产阶级来,工厂无产阶级对于高尔基这段时期只是起着次要的作用。

高尔基本人也乐于承认这一点。我们从他的传记中知道,这是一个浪漫主义时期。柯罗连科碰见高尔基的时候说过:"您本来是个天生的现实主义者,您从头到脚都是现实主义者,为什么您倒醉心于浪漫主义呢?"

因此有人可以这样说:"哼,他对无产阶级不大感兴趣,不大了解无产阶级,他喜欢浪漫主义的狂热,他的作品中的核心形象②则是流氓无产阶级,——由此可见,高尔基的基础和建筑物本身都是非无产阶级的。"彼烈威尔泽夫教授那一派的"诊断医师们"确实是这么论断的。

稍晚,高尔基虽然还留在党组织以内(因为,我不幸也当过其中一个成员的"前进报派"仍是我们党的一部分,从未被开除出党)③,却在他的艺术活动中阐扬了造神派的思想,这种思想受到党的严正谴责,特别是见于列宁寄给高尔基的很多光辉而尖锐的

---

① 《莽撞人》作于一八九六年,次年发表。
② "核心形象"是前面提到过的彼烈威尔泽夫派的用语,指作品中最能体现作者的"阶级本质"的人物。
③ 一九〇九年六月波格丹诺夫、卢那察尔斯基和高尔基在列宁主持的《无产者报》编辑部扩大会议上因"前进报派"问题受批判后,外界谣传他们已被开除出俄国社会民主工党。同年十二月,三人曾联名致函《基辅思想》、彼得堡《言论报》及其他报刊辟谣。

书信。①

这也使一些"学者"有理由把高尔基解释为一个没受过充分的无产阶级锻炼的小资产阶级作家,并使他们有理由感到惊讶:党是那样对待这件事情,而列宁倒似乎疏忽过去了,——虽然人人都知道列宁并没有疏忽,而是十分敏锐地看出了这个偏离正确路线的现象,做了全部结论。

在十月革命这样的决定性时刻,高尔基不是同革命家,同革命的创作家、英雄和活动家站在一个阵营,却流露出了完全不合时宜的思想②,置身在一个毋宁说是小资产阶级的、"新生活报派"的阵营,——这个阵营的人是口头革命派,实际上远远地离开了革命,后来干脆跑到破坏分子和武装干涉者的阵营里去了。

此外还得加上一条:高尔基出国③以后阐扬的某种关于农民的理论,是完全不符合我们党所固有的观点的,④结果瓦·瓦·沃罗夫斯基和拉狄克(我前面说过,他对高尔基的错误评判得多么严厉)在我们的指导性的机关报上写文章,对高尔基作了尖锐的批驳。——如果将这一切一一列举出来,那仿佛就要形成相当大的一堆过错了。

尽管高尔基有这些过错,列宁仍然坚定不移地始终认为他是无产阶级作家。

这在很大程度上当然可以用每个特定场合的历史条件来解

---

① 详见《列宁全集》第三四、三五卷。
② 一九一七至一九一八年,高尔基在彼得格勒《新生活报》上发表过一组题名《不合时宜的思想》、副题为《关于革命和文化的札记》的错误文章,对工人阶级及其政党领导革命运动和组织广大农民的能力估计不足,却夸大了知识分子的社会作用,认为先进工人同科学技术人员的紧密联合具有头等重要意义,并号召缓和阶级斗争。
③ 高尔基于一九二一年出国养病,一九二八年回苏联。
④ 指一九二二年出版的高尔基的小册子《关于俄国农民》,其中对俄国农民指责颇多。

释。列宁认为在所有这些场合,甚至在其中最糟的场合,高尔基都没有越出无产阶级文化的范围;认为对他的批评是内部的自我批评,批评的结果,他的总的路子端正了。列宁相信高尔基可能犯错误、跌跤子,但是不会离开,列宁之所以怀有这个深刻的信心,是由于他每一次都对情况作了历史分析,因而他每一次都是正确的。高尔基走错了一步,便听取党的意见,检查自己,改正错误。在对无产阶级作家的正确概念中,这原是一个普遍的情况。

在我们这里,由于对列宁所说文学应该成为党的文学这句话体会不够深,人们往往说,作家似乎主要应该是解释党的口号的插图画家。不,不能只给作家分派一个插图画家的角色,他并不是黑格尔说的密纳瓦的猫头鹰,白天结束以后才起飞。① 不,作家不能等到一切社会争论都已解决的时候才出场,他出场也不是为了要说:现在我给你们唱一支歌,向你们最后表明这件事获得正确的解决了。作家是开路先锋和实验家,他应当走在我们的大军的前头,深入无产阶级生活和经验的各个方面,用形象思维的特殊方法把这些方面加以综合,给我们带来丰富多彩的鲜明的概括,使我们知道当前在我们四周完成的是一些怎么样的过程,在我们周围的生活中轰轰烈烈进行着的是一场怎么样的辩证的斗争,正在取得胜利的是什么,斗争的发展趋向又如何。假定一个作家具有足够广阔的视野、足够敏锐的眼光和准确可靠的听觉,假定他能用正确的、马克思主义的方法整理自己的丰富经验(虽然是在形象思维的领域内),那么他不仅会成为解释党的现成口号的插图画家,还会给党的领袖们、给党中央、给党的代表大会和舆论机关带来一批上好的半成品,于是党就会比较容易、严谨、正确、深刻、切实地做出自己的表现为口号的结论。作家不只是插图画家,而是一名侦

---

① 黑格尔在《法哲学》序言中说:"密纳瓦的猫头鹰要等黄昏到来,才会起飞。"密纳瓦,古罗马的科学、艺术和手艺女神,她的猫头鹰是一种智慧之鸟。

察兵。高尔基当过这样的侦察兵。既然高尔基不得不单枪匹马前进,——最初一段时期完全是单枪匹马——他有时不免受到这样那样的知识分子思潮的影响,在他的艺术活动中犯下错误。当他考察这个那个生活侧面之际,他有时不免对某件事言过其实,对某件事又估计不足。

可是党在文学领域内如同在文艺学领域内一样,也预先警告过要防止为时过早的正统观念。党说:总的无产阶级方针已经明确,这里不容争辩,在这里争辩就是居心叵测。但在基本的无产阶级方针的范围以外,还有很多创作理论问题。你们去争辩吧,激烈地论战吧,让各种主张去交锋,让创作上有不同的意见吧。一切都正确是不大可能的,——通常总是论争者当中一个比较对头,另一个不那么对头;辩证法的道理不是形而上学的道理,它不能立刻便见分晓。辩证法的真理要在矛盾中存在和发展,它在整个集体中只能逐步得到证实。在这种情况下,犯错误乃是取得进步所必须交付的学费。不过在党对这个那个论点下了断语之后,从外面、从人的客观活动——文学活动,尤其是政治活动中,——不管怎样反映出来的一切跟党不同的意见,都会使我们的工作陷于瓦解。这时候就得由铁的纪律来起作用,对纪律我们可无论如何不能抗拒。

马克思对待作家是温和的,可以列举很多证据来证明这个。列宁对待作家也是温和的;这并不是说,他有时轻轻放过了他们的错误,他想:高尔基是这么一位大人物,何必使他不愉快呢？不,列宁是一个极端负责的人。他与之打交道的作家越是大作家,他就越认为自己有责任注意对方的过错,无情地予以批评。然而这种无情是掺杂着友谊的无情的批评,这份友谊立刻有力地说明了这是内部的自我批评,是同志对同志的批评。因此其中没有任何侮辱性的、引人反感的东西。

关于我前面所说的那些高尔基犯过错的时期,我不再细谈了。我觉得,我所引用的列宁对高尔基的总的论断就已足够了。高尔基无疑是无产阶级作家,而且得到我们这样一位最伟大的领袖的承认,并不是因为他忽略了什么,而是尽管他看到了高尔基的全部缺点却仍然予以承认,——确定这一点以后,我现在就要拨转话头,直接评述作为艺术家的高尔基了。

高尔基从青年时代起开始写政论,直到最近,他的政论和宣传才能还很强大。高尔基愈是成为刚强的共产主义者和列宁主义者,他的政论也愈写得刚健劲峭。同时高尔基不单纯是政论家,而是政论家兼艺术家。

一般地说,在以科学思想和政论为一方、艺术思维为另一方之间,并没有隔着任何的鸿沟。不过不能由此推断说,两者可以混为一谈。这里有各种不同的等差。

有一种"纯"科学家的典型,他们害怕一切形象、一切感情冲动,认为这会破坏冷静的客观性、数学式的精确性、纯粹的科学研究,——在这些科学家那里,充满感情的形象可以说完全被阉割了;虽然如此,他们却能写出极其卓越的科学著作来。

在某些时代,当作家的害怕思想。我们知道,绘画界屡次出现过排斥文学的现象;当时画家通常是这样说的:我们不必模仿文学家,而要模仿音乐家,因为文学家在艺术中贯注了太多的思想,还要通过题目、通过情节把思想强加给我们,我们可不想要这个,我们要做视觉世界的艺术家,我们要描绘,我们要写出灿烂的色彩鲜明的乐曲。

文学家追随在他们后面,也走上同样的道路,——众所周知,魏尔伦有一首诗[①]谈到,诗人应该首先想到做个音乐家——"De la musique avant toute chose……"。[②] 至于雄辩,即艺术性的政论,则

[①] 保尔·魏尔伦(1844—1896),法国颓废派诗人。这里指他的《诗学》一诗(一八八四年)。

[②] 法语:音乐第一。

必须抓住和掐死它——"tordre le cou àl'éloquence"①。革命以前那段时期的最大诗人之一亚历山大·勃洛克写道,在他受教育的别凯托夫家"雄辩"(他给这个词加了引号)太多,这有损于他最初的发展。② 但是他在青年时代的早期就已懂得,诗人无论如何不应该成为一个注重雄辩的人,而应该成为音乐家。歌德论及拜伦时说过:当拜伦创作的时候,他是伟人,然而只要他一思考,就毫不中用了。③

有些诗人认为直觉和灵感是他们的创造工作的源泉,工作的目的则在于为艺术而艺术;他们以为幻想是诸神的女儿,她奉派到人间,是为了使诗人不再萦心于为人生服务,而把他们解放出来,让想象自由飞翔,——这比起那班冷峻的纯科学家来是另一极端。

艺术界创造的最有意思的东西不是直觉的、幻象的和不动脑筋的东西,——这样的艺术是不愿意积极或被迫放弃积极性的阶级所创造的。而那些必须指靠积极性和组织自己的力量采取行动的阶级,——这种阶级则选拔了一批艺术家兼思想家。在这个场合,政论思想和艺术思想会以各种方式互相结合起来。

有时候是这样:一个艺术家撰写政论文章和艺术作品,——在政论文章中他是思想家兼艺术家,而在"纯"艺术作品中,他却极力不让政论渗透进来。

有时艺术家把政论装入小说作品里面,并把这一条提升为原则。例如,当平民知识分子登上我国文学中的首要地位时,他们不喜欢贵族文学,因为贵族文学光描写而不论证,即使论证,也仿佛

---

① 法语:拧断雄辩的脖子。
② 别凯托夫家族是一个古老的贵族世家,出过一些著名的科学家。这个家族同勃洛克有亲戚关系,勃洛克在那里度过他的童年。这里"雄辩"一词是指艺术中的思想。
③ 爱克曼在《歌德谈话录》里记述道:"拜伦作为一个诗人是伟大的,但是他在运用思考时却是一个孩子。"(一八二五年一月十八日谈话)

要为它所论证的东西害臊似的,装出一副仿佛它只管描写的模样。

不久以前发表了塔塔利诺娃的精彩的回忆录①,她是一个贵族小姑娘的时候,曾经受业于杜勃罗留波夫。杜勃罗留波夫来给她上第一堂课时对她谈到各个不同的作家。她(或许是她的父亲)怯生生地问他:"为什么您完全不谈美、文笔,不谈这一切给人的快感?"他说:"这一点别人会向您提起的,我的职责是给您指明一个作家写出了怎样的思想,这些思想是否正确,以及总的说来他究竟有没有什么思想。"例如,他对于《初恋》②表示很看不起。姑娘说:"我喜欢它。"——"是啊,写得挺好,但是在我们这样的时代,难道可以弄这类无聊的玩意吗?"这对你们就是一个非常鲜明的例子,说明革命的平民知识分子是如何看待艺术的。

就因为这个缘故,当车尔尼雪夫斯基写《怎么办?》的时候,他同读者谈话比描写更多,又如,他在薇拉·巴夫洛芙娜的几场梦中绘制了一幅幅有寓意的图画,那在唯美派的自由主义贵族看来则是荒诞不经。而当时的革命家,坚持(如列宁所论证的)我国的美国式发展道路的民粹派民主主义者,——他们对《怎么办?》却抱着激切赞赏的态度。俄国文学史上没有一部小说,包括托尔斯泰和陀思妥耶夫斯基的小说在内,像车尔尼雪夫斯基的《怎么办?》一样引起过那么强大的共鸣。

格列勃·乌斯宾斯基特有的一种手法,是把政论穿插到艺术故事的结构本身中去,以至刚在邻近几章或在同一章里描写了形象,作者立刻便向读者直抒情怀,直接发表演说,或者让一个充当作者代言人的主角发表洋洋洒洒的演说,——这些手法不应该受到我们的指责。然而连我国最早的马克思主义评论家也指责了它

---

① 娜·亚·塔塔利诺娃(1845—1910),翻译家和回忆录作家。《娜塔里雅·塔塔利诺娃札记》发表于一九三一年第二期《文学与马克思主义》杂志。
② 屠格涅夫的中篇小说。

们。普列汉诺夫指责了它们,①连布尔什维克沃罗夫斯基也把它们算作缺点。沃罗夫斯基认为无产阶级文学大概也会有这个缺点,因为它想要论证,像车尔尼雪夫斯基和乌斯宾斯基那样来论证;他还说:"在我们的作家学好贵族古典作家掌握的纯粹描写的手法以前,是不会有真正的文学的。"②

高尔基也遭到普列汉诺夫、沃罗夫斯基和某些资产阶级评论家的非议,他们认为高尔基笔下政论太多,他的文学作品散发着这么一股政论气,它结成晶体,鼓胀出来,好比过度饱和的溶液结成了盐块;它俨然成为一个非艺术性的包袱,结果倾向性使得他为了迎合该被论证的东西而歪曲了形象。

当高尔基转向布尔什维克文学,写出《母亲》和《敌人》的时候,他们就这一点叫嚷得特别厉害。这段时期,他的政论才能由于打中了痛处而更加引人注目。如果这是一般的政论,他们也许还会见谅,然而这却是布尔什维克的政论。于是普列汉诺夫便在他对高尔基的议论中说,那些拉着高尔基去从事什么马克思主义宣传的人给他帮了倒忙。艺术家不应该干这个,艺术家应该描写生活,而绝不是论证这种那种思想是否正确。普列汉诺夫说,高尔基是个蹩脚的马克思主义者,他的思想不正确,因此他用以表现思想的作品也是蹩脚的作品。③

普列汉诺夫责备高尔基思想不正确,是完全可以理解的:那段时期,普列汉诺夫已经变成一个表现得非常明显的孟什维克,所以高尔基这些思想自然拂逆了他的心意。

有点难于理解的是,为什么沃罗夫斯基也对高尔基抱同样的态度,——高尔基的总的思想应该是他所同情的。看来沃罗夫斯

---

① 见普列汉诺夫的《格·伊·乌斯宾斯基》一文。
② 大概指沃罗夫斯基在《马克西姆·高尔基》和《再论高尔基》二文中表示的意见。
③ 参看普列汉诺夫《论俄国的所谓宗教探寻》中《再论宗教》一节。

基是从形式上的美学观点出发,觉得高尔基过于勉强把他的生活画卷变成解释口号的插图,觉得这样的匆促和勉强从事损坏了他的作品。

现在,当我们经历了一段足够长久的时间,可以回顾一下当年被一口否定的作品的时候,我们却看不到这些缺点,我们直截了当地说,历史地看,甚至从绝对艺术价值的观点看,《敌人》和《母亲》这类作品都属于高尔基艺术创作的顶峰之列。那个时期,连马克思主义评论家、连布尔什维克评论家也被甜腻腻的贵族作品稍稍损坏了自己的味觉,觉得高尔基所写的东西带有苦味①,而同时,国外无产阶级却真正是阅读了几百万册的高尔基著作,每家报纸,甚至社会民主党的报纸,都不得不根据无产阶级读者的要求,在副刊上登载他的作品,真正是把几百万份用世界各种文字印行的高尔基创作传布开去。

我此刻不谈诸如高尔基的《忏悔》这样的作品,《忏悔》的思想的确是错误的。这件事必须专门来谈,因为这在某种程度上也涉及我个人(我对这部作品也有一点过错——固然是很小的一点)。

尽管高尔基由于仿佛给了政论以太多的地位而受到攻击,其实无论照他的思想或实践来说,高尔基都不是上述那种直接使政论和文艺作品的艺术结构沓然并存的作家。格列勃·乌斯宾斯基(特别是在后期)叙述人们的生活时极其生动地写出了他们的谈话,然后却干脆转入政论,几乎是使用数字。这些篇页哀婉动人,充满着绝望情绪,乌斯宾斯基的头脑又非常机灵敏锐,因此我们在他的创作中看到了尖刻而光辉的、典范式的政论篇章。不过这不是精确意义上的小说:在这里,作者本人直接向读者说话了。

你在高尔基那里找不到这个。他有许多政论著作,可以挑出来成为单独一卷。在他的艺术作品中,如果我没有记错的话,你却

---

① "高尔基"一词,意为"苦"、"痛苦"。

找不到这种政论,也许连一页也找不到。高尔基属于另一流派、另一趋向——他要做一个从事描写的艺术家。然而他是最深刻的思想性意义上的艺术描写的代表。他不去理会诸如自然主义本身或印象主义本身的任务。他也不理会形式上的任务——选取某个生活片段,用它制成一篇杰作,——把它磨得溜光,使之成为艺术品。他要用关于现有的生活、可能有和应当有的生活的信息,去震动自己的听众和读者,——用呻吟、哀号、嗟怨和噩梦中的生活,用蜕化和败绩中的生活,用追求美好事物和取得胜利的生活的复制品去震动他们。高尔基不想单纯地摹写生活方式,他要把生活解释为对大多数人的一种深深的屈辱,要向受屈者发出最伟大的号召——依靠受屈者本身的努力,消灭一切丑行劣迹。他所写的被压迫者是这样一个形象,它表现了同剥削制度相对抗的力量,表现了生活可能变成什么样子,人身上有着怎样的潜力。马克思认为,有一项标准可以检验何种社会制度比较优越,那就是看这个制度能在多大程度内帮助发挥人身上蕴藏的全部潜力;①高尔基很可以将这句话作为他的全部创作的卷首题词。他经常怀着极大的爱心同被侮辱的人、同受苦受难的人在一起,他写道"人——这个字听起来真使人感到自豪"②,相信人的诞生是一件意义重大的事情,人是一个宝贵的生物。如果说现在的人是盲目的鼹鼠③,那仅仅由于社会制度不公平的缘故。高尔基写作不是为了招人喜欢,

---

① 这大概是卢那察尔斯基从本书第一四四页注②已引用过的《共产党宣言》中一段话引申出来的:"代替……资产阶级旧社会的,将是这样一个联合体,在那里,每个人的自由发展是一切人的自由发展的条件。"一八九四年意大利社会党人朱·卡内帕(1865—1948)请求恩格斯用简短的字句表达出未来的社会主义新时代的基本思想,恩格斯就为他摘录了这一段,见《马克思恩格斯全集》第三九卷,第一八九页。
② 《在底层》中的人物沙金的话。
③ 在《太阳的孩子们》的剧中人丽莎和瓦京的诗里,把千百万城乡贫民称为"盲目的鼹鼠"。按,鼹鼠的眼睛往往发育不全,或者为皮肤所掩盖。

而是为了影响人们的意志,影响他们的意识,使他们为较高级的社会制度作斗争。虽然俄语文学中也有不少作家对文学抱着同样的目的,但是可以说,以这项意图的强烈性而论,不管在高尔基的同时代人或者在前辈作家中间,我们都看不到一个同他相等的人。

高尔基是伟大的现实主义者。他的方法中有个基本的东西:取得丰富的生活经验,然后根据大量的亲身感受来创造形象体系,因此这些形象令人惊叹之处,首先在于它们的真实或异乎寻常的逼真。在这方面,他可以同托尔斯泰相比。沃罗夫斯基对你们说:请看看托尔斯泰——他作为一个纯艺术家写了《战争与和平》;他同无产阶级作家之间有多大的区别!无产阶级作家一定要胡乱写上一大堆各色各样的阶级感情、各色各样的理论、口号和如此等等,他们任何时候都不能离开自己的纲领。托尔斯泰却待在他的雅斯纳雅·波良纳①,他心境明朗,目标明朗,人物形象明朗,你读着他,你的心里也明朗(我当然是套用而不是引证沃罗夫斯基的话,但他的言论②的意思确实很相近)。我们知道,托尔斯泰写《战争与和平》的时候,一方面把它写成一篇维护贵族阶级而反对当时开始的资本主义攻势的抨击文,另一方面又把它写成一本对平民知识分子的激烈的批判书,他有意识地写成了一篇抨击文,并且毫不羞愧地承认了这一点;③他研究过共济会的会员们,原想从中汲取论据来维护他的本阶级,然而他们是一批多大的笨蛋!——他只好撇下他们。他没有写也不愿写农奴制度,——为什么要糟蹋掉一篇贵族田园诗呢!他的任务是向这些皮肤黑黑的人——了

---

① "雅斯纳雅"意为"明朗"。
② 大概指《再论高尔基》一文。
③ 托尔斯泰究竟在什么地方承认过这一点,查无实据。卢那察尔斯基这个论断,可能与下述一事有关:在创作《战争与和平》的同时,即一八六四年,托尔斯泰还写了一篇题名《被传染的家庭》的喜剧,"它完全是写来嘲笑妇女解放和所谓虚无主义者的"(一八六四年二月二十四日致妹妹玛·尼·托尔斯塔雅的信)。"虚无主义者"是对平民知识分子的贬称。

是杰鲁诺夫们及其子弟也好,或是车尔尼雪夫斯基们及其子弟也好,反正一样,——论证这座绅士庄园是怎么回事,证明那里住着一群多么美丽的姑娘,叙说她们怎样拌嘴,她们怎样发育成长,她们怎样恋爱,她们怎样寻求上帝,她们怎样爱护人民,论证贵族阶级有资格取得领导权。固然,后来托尔斯泰对此有怀疑,断定贵族阶级本身不可能成为领导者,于是他穿上农民服装,犁起地来,但这仅仅是同一场大辩论和抗击资本主义攻势的大保卫战的下一个方式。托尔斯泰向来是个辩论家。

不过他清清楚楚地知道怎么样和什么时候进行辩论。当他写一篇政论文章时,他要论证,要把同一个意思重复二十遍,力求通俗易懂,不怕显得乏味。当他作为艺术家来创作的时候,那么他的艺术中的所谓"天然无饰"全为了一个目的:让我们觉得作者丝毫没有添枝加叶,丝毫没有渲染夸大,觉得这就是生活本身。所以你每次都看见形象而看不见托尔斯泰;你看见艺术结构,看见形象——只要你具有托尔斯泰所写的人物的特性和感情,就能看见它们。你看得见人物的手势、举动,他们向你叙说他们所想的事情,甚至是临死时所想的,甚至是死后所想的。这种艺术洞察力提供的生活内容复制品,比你在大街上或一次会议上看到的更令人信服。这是艺术家的"法术",它能给他力量。你很难同他争论,虽然生活告诉你这不是么回事,它告诉你的不同于托尔斯泰所说的,托尔斯泰戴上了一副生活的假面具或者他的登场人物的成千副假面具,却代表生活来说话。艺术家知道他在把你引到何处,他的生活的多样性倒不会使你晕头转向,但是他所描写的生活却可能使你晕头转向,如果你相信他是一个没有任何主观成分的作家,是纯粹的生活描写家的话。

这是一个很大很重要的花招,不过我们不应该把它看作欺诈和权术。全部艺术就是一大"花招";艺术并不是什么天然无饰的东西。所谓"天然无饰的"艺术可能只是技巧最圆熟的艺术。艺术家的职责根本不是照相,不是记录事实,而在于用想象和幻想的办法去创造事实,即虚构事实而又做得叫你感觉不到这是虚构,却说:这就是它,真实!

不错,如果我们将托尔斯泰和高尔基比较一下,我们会看出两者的现实主义有很多区别。

托尔斯泰把高尔基看得很高。他在高尔基的作品细节中发现一些不完善的牵强的东西,但仍然当他是一位严肃的大艺术家,对他很推崇。列昂尼德·安德烈夫描写了小市民的噩梦似的可怕的现实和可怕的思想意识,并极力将绝望的小市民这种可怕的状态弄到引起恐怖的地步。他似乎要说:既然我们小市民恐怖得发出哀号,那么你们也同我们一起哀号吧。而绅士托尔斯泰论及安德烈夫时却说:他在吓唬我,我可不怕,①——于是把他的书搁到一边去了。但是托尔斯泰怕高尔基。他对高尔基的某些作品反应很严肃而强烈,②因为两者的近似之处是在基本手法上——在对生活的忠实上,在色调上,在内在的逼真上;高尔基力求永远不背离逼真的原则,因为他表现的是无产阶级之真,这个阶级不需要歪曲现实,而瞎奔乱窜、张皇失措的小市民的艺术家则往往加以歪曲。托尔斯泰听到歇斯底里狂吠的安德烈夫的绝望呼声时只能皱起眉头,可是他不得不听从严酷的现实主义者高尔基。

但在托尔斯泰那里,天然无饰就是最高的矫饰。如果你瞧一瞧托尔斯泰怎样誊抄和修改他的手稿,你将看到,他不是在改进他的语言,而是在损坏它。碰到铿锵悦耳的句子,他就使它粗糙些,——因为,假如它铿锵悦耳,读者会怀疑:嘿,这写得很矫揉造作,这里没有什么虚假吗?必须写得叫读者感觉不到这一点,必须让木头粗糙些,而不是磨得光滑顺溜。高尔基没有这种情况。高

---

① 许多回忆录都记载了托尔斯泰对安德烈夫的这两句评语。
② 例如,托尔斯泰对高尔基的《三人》前半部大加赞赏,对于后半部,则说:"这是凶恶而粗暴的无政府主义。"见一九〇二年一月高尔基给皮雅特尼茨基的信。

尔基很喜欢格言警句,喜欢阐述思想,喜欢尽可能灵活地、完全地抓住一个性格,喜欢使用这样的花体字,以至叫人马上能看出他抓得多么巧妙,——所以他不怕技巧,他喜欢显示它。

大文体家柯罗连科音调和谐、悦耳、甚至婉妙,他在他的文章中歌唱,他画水彩画,因此他的作品很美,不过美得稍稍流于浮华。托尔斯泰很敬重作为一个人和一个公民的柯罗连科,但并不那么推崇作为作家的他。托尔斯泰觉得这个风格有点做作。高尔基可不同,——在高尔基那里,这种讲求完美的做法在某个意义上说接近于印象主义,然而又不全是:印象主义要写出生活的闪光、闪烁,写出生活在其直接飞翔中的各个瞬间。而且恰恰是瞬息间的飞翔,从一刹那跳到一刹那,从一个特点跳到一个特点,从一种感受跳到一种感受。印象主义者把客观世界深深淹没在主观印象之中,甚至可以说,印象主义者在某种程度上采取了马赫主义的艺术手法。而高尔基则力求表达现象本身的内在本质,叙述真正的生活,写出这样的形象、这样的箴言,它们成了日常用词,你读了以后会想:说得再好不过了。

高尔基爱好激扬奋发的情绪。托尔斯泰使你在灰色生活里的平坦地区行进,他在这个朴实性的掩盖下布置了大圈套来逮住你,迫使你走上他本人所走的道路,但他仍然是一个最伟大的艺术家。高尔基则喜欢让世界发笑,让太阳撒下黄金,让天空像一只浅蓝色的无底大碗。

有几分激奋夸饰,有点儿扬厉铺张,再加上丰富的内容,和圆熟地表现内容的企望,——这些都是高尔基历来固有的特色,它们一同构成一束高尔基艺术现实主义的鲜花。它们丝毫没有使他变得不太切合实际,这只不过是方法中的一种而已。柯罗连科有另一种,契诃夫有第三种,托尔斯泰有第四种,但这些作家全是艺术上的现实主义者。

高尔基的艺术现实主义中最重要的手法当然是结构。我全然无意为高尔基的结构唱赞歌。他的短篇小说通常组合得很好,其中没有任何多余的东西,总是一直把你引向结局,结局通常都是真正的结局,换言之,它能叫你最后树立起小说给你指引的那个观点。相反地,长篇小说却常常构造不佳。《福马·高尔杰耶夫》,特别是《三人》,结构有某种程度的松散。当我指出高尔基在结构或布局上的才力时,我不是说的这个。我是说,在艺术现实主义即栩栩逼真的范围内,他只叙述符合他的意图的事情,并且只用有助于达到他的目标的那种方式来叙述。从这一观点看,他的作品都带有最美好意义上的倾向性。你不可能用"你为什么写这个?"的问题使高尔基手足无措。每逢高尔基动手写一个小小的短篇小说或大部头的长篇小说的时候,他总知道,这是他为了让读者逐步地真正认清生活而建造的思想意识阶梯的一部分。

从高尔基这个基本的艺术方法中产生了一些旁支,——第一是属于虚拟、夸张或漫画艺术的领域。这在他那里虽不常见,然而是有过的。譬如说,故事《魔鬼》、《再谈魔鬼》、《黄色恶魔》①和《美丽的法兰西》就是最好的例子。你可以看到,他在那里完全不求逼真,——相反地,他想出了一些显然虚幻无稽的形象,不过用意却在使它们像一幅好漫画一样,能揭示事物的内在本质。他采用这个办法多半是在那样的时候,当时由于他的生活进程,由于经历和素养,他简直不可能以长篇小说的形式,制作一幅内容充实、规模壮阔的图画来反映某个现象,——他对它还了解得不够详细,但是紧紧地抓住了本质。究竟怎样表达这个本质呢?他想用尽可能简明的形象去表达它,于是找到了漫画式的、虚幻的,然而又符合所表现的事物的思想意义的形象。

第二,他又使用了热情洋溢的浪漫主义的手法,即高大的、虚幻的、将美好崇高的因素集于一身的形象这一手法。人人都记得

---

① 即《黄色恶魔的城市》。

并永远忘不了《海燕》和《鹰之歌》。

高尔基对浪漫主义有过特别深切的爱好。当时他反映了成长中的无产阶级的初期活动。八十年代的灰暗的黄昏正在消逝,九十年代的振奋人心的雷雨已然爆发。出现了一个新的英雄——无产阶级。它那勇往直前的威力日益明显,它的抗争和希望变得强烈起来,可是它还未能找到真正的现实主义的道路,它感到激动,并且使别人激动。而这种激动、这座从自己通向别人的桥梁就体现在崇高的形象之中,——因为首先必须告诉人们:非凡的时期已经来到,再也不能忍受平平淡淡的生活了,这是一个值得欢庆和浴血战斗的年代,一个危险而又光辉的、不平淡不灰暗的、纷纷扰扰的年代。

很有意思的是,高尔基在他最近一篇文章《论文学及其他》[①]里面说:当我们接近这幅显示群众在建设事业中极大的创造性努力的图画,接近这幅显示人的干劲、英勇斗争精神和创造性劳动的惊人高潮的图画时,我们要问问自己:也许现实主义方法在这里已经不够用,也许除了现实主义方法以外我们还需要返回浪漫主义吧?

高尔基凭着自己的创作经验,知道这意味着什么。这意味着试图把那一切统统概括为某一个形象、某个战士和建设者的形象。于是他问道:是不是这样一个时代正在到来,我们又开始需要雄浑的浪漫主义,——并不是因为我们太可怜,我们没有英雄事迹,而是因为沸腾在我们心中的东西太多,很难把这些沸腾着的东西表现出来,即便使用了气势磅礴的现实主义形象。

除此以外,高尔基认为浪漫主义的另一方面也很重要。……艺术家必须具有总摄历史的广阔眼界,不仅指出我们已经取得的,而且指出将要取得的。这可以通过幻想的跃进的途径、描写十年

[①] 一九三一年六月九日由《真理报》和《消息报》同时发表。

到二十五年以后的情况的途径来做到,不只描写历史已经提供的,还要走得更远,走向未来,以便在显示今天的成就及其趋向时能产生更大得多的感动力、更大得多的声势。

我们的生活当然在提供艺术家所想不到的、最令人惊叹的现实主义形象。任何人如果想要写出一个类似共产主义领袖的人物作为主角,一定感到战战兢兢,——这是那么庄严雄伟的对象,先知先觉的社会主义人物形象啊。尽管如此,我们却完全可以设想这样一件塑造周围的形象的工作,使英雄的因素达到极致①,宣告新人的典型不仅正在诞生,而且已经诞生,不仅通过很好的精确的观察,而且通过那种趋向的持续过程来表现功绩和成就。那么作家所表现的就不只是现有的东西,还有正在形成以及我们认为应当形成的东西,处于我们的合乎规律的发展之中的、我们自己有意追求的、我们希望有和我们深信其必有的东西。

高尔基对这种浪漫主义任务了解得很透彻,虽然他一开头只不过在彩虹照耀下向未来作了几次短途飞翔。当他说现实主义方法也许还不够用的时候,他要讲的实际上正是这个,因为他在对无产阶级作家的著名劝告中顺便写道:不必回避浪漫主义,有时需要对一个人指明他可能变成什么,他有时需要赞美,——赞美能培育人;况且也有理由赞美人,因为他身上蕴藏着巨大的潜力。② 我几乎是准确无误地引下了高尔基这些精辟的词句。其中包含着这个作为现实主义的变体的浪漫主义——含有现实主义的浪漫主义——的全部纲领。确实,根据一个人的现状来赞美他有时是颇为困难的。必须这样表现人们,使他们能看到自己面目一新、变得更好,看到他们可能变成和希望变成的样子。第一,这会使人挺直腰杆,给他勇气。第二,赞美人是有理由的,因为这不是撒谎的浪

---

① 此句据卢那察尔斯基《苏联文学论集》第三二八页译出。
② 见《谈谈我怎样学习写作》(一九二八年)、《同进入文学界的青年突击队员谈话》(一九三一年)。

漫主义、给自己抬高身价的欺骗性的浪漫主义,而是畅想未来的浪漫主义。

列宁告诉我们,对未来没有爱,没有热情,没有幻想,就不能成为一名好布尔什维克。这首先正是艺术家的任务。艺术家,请你向我们展示我们布尔什维克的宏伟的幻想吧。高尔基使我们想起了这个,他说,同他所运用的思想和艺术上的现实主义方法相并列,还可以使用夸张和漫画的方法,也就是杰米杨·别德内依使用的、别塞勉斯基使用的、马雅可夫斯基有时也用得非常漂亮的方法。但是高尔基说,为此还可以往豪情壮志方面、往热情方面去发挥,①在这里,在这些领域内,创造一个超越现实界限、但又令人信服的东西。我们希望有一种艺术,能用最高超的固定的形态表达出我们的崇高感情。这种艺术是合理的,高尔基叫我们想起了它。

高尔基很谦虚地声明说:我的全部根子都扎在过去,②我不由自主地要从这个过去吸取养分,如果说我狂热地爱着现在的话,那么这并不意味着我可以毫不费力地描写它,毫不费力地把现在,尤其是把未来化为活生生的形象;——虽然如此,我们也许还是能满怀希望,希望高尔基能够用这些形式,用高度浪漫主义的形式,写出我们迫切需要的惊人之作来。近年来他作为一个政论家已经取得长足的进展,还给我们写出了优秀的艺术作品。

作为政论家,他无可争辩地全然是我们这个时代的人。我这里不谈这个,因为这方面有了许多论著。有关近年来艺术家高尔基的论著却少得多。我们还很少有评述《克里姆·萨姆金》的专著,观点正确的专著更少。高尔基这篇卓越的史诗尚未完成,目前只写到第三部,这是我国社会史上了不起的四十年的编年史,这四十年把我们一直引到了最伟大的世界性革命的深处。我不想详细

---

① 《谈谈我怎样学习写作》和《就全苏工会中央理事会工人编辑委员会提出的问题同突击队员作家的谈话》(一九三一年)。
② 《同进入文学界的青年突击队员谈话》。

分析《克里姆·萨姆金》，但说它几句则是完全必要的。……①

这样，作为政论家的高尔基、作为艺术家的高尔基如今正处在他的创作的一个最高峰上。所以我们才怀着这种最大的喜悦来欢迎他，我们欣庆他这么年轻，这么富饶，这么丰裕，我们衷心祝愿他能有更多的精力、更长的年寿，成为我国无产阶级文学和我国生活建设的伟大宗匠。

有许多问题不可能不从政治领袖们身边滑过去，却不可能从伟大无产阶级艺术家身边滑过去。因此，高尔基给我们带来的利益（我们不必害怕"利益"这个词，我们原是最崇高意义上的功利主义者）——这份利益是无法计量的。我们对他的热爱不只限于美学上的喜悦，不只限于感激和景仰之忱，相反，我们认为这些倒不太重要。我们的爱是一种有所要求的爱，因为我们不知餍足，我们希望学习，而高尔基是有东西供我们学习的。

附

马克西姆·高尔基*（摘录）

……高尔基的长篇小说《母亲》比《敌人》具有更大的意义。以这部小说造成的印象和流传的广度而论，恐怕没有多少现代文学作品可以企望同它相比。在俄国本国，《母亲》当然被砍掉了一大部分，成了一个没有充分说服力的残本，而国外所出的俄文足本能传入俄国的又很有限。但是国外的工人报刊——主要是德国的，还有一些法国和意大利的，——却抓住这篇小说，用报纸附册

---

① 从略。详见本书《萨姆金》一文。
* 本篇最初发表于一九二四年第五期《号召》杂志，后经作者增订，作为《高尔基文集》一九二八年版序言。这里只摘译了其中论《母亲》的部分。译自《卢那察尔斯基八卷集》第二卷本文增订版。

或副刊的形式，真正是把它散播了几百万份之多。对欧洲无产者来说，《母亲》成了一本案头常备书。有好几年，我从相熟的工人——德国人、法国人和意大利人，——那里，不断听到对这篇作品的最热烈的赞扬。

然而在俄国，态度严肃的评论界，包括马克思主义评论界在内，对待这部小说却不够热情，理由是这样：当然，小说中是有几个绝妙的典型，特别是女主角——母亲的典型。当然，其中是有不少关于地下工人运动、工厂日常生活等等的绘声绘色的场面，但总的来说，在俄国读者看来，这篇作品毕竟有点浪漫主义味道。

高尔基终于在无产者身上找到了他的正面典型，而他仍然抑制不住浪漫主义精神，《母亲》本应该是一部有根有据的现实主义小说，可是其中的浪漫主义精神多得大大超过了需要。况且，如果它采取社会主义性质的幻想和梦境的形式，采取符合现实的、当时的确有过的丰功伟绩的形式，采取激烈的演说的形式，那么问题倒还不大，但是高尔基不止这样。高尔基的浪漫主义精神表现在：他用一种色彩斑斓的孟加拉烟火，把他的人物映照得闪闪发光。固然我们处处都可以感觉到他是一个很有才能的巨匠，他掌握着分寸，不让自己一味赞扬歌颂，力求清醒和严肃，但他并不是任何时候都能做到这一步的。

虽然如此，小说《母亲》却是个重要的转折关头。第一，它表明高尔基，这位为着脱离他所熟悉的、难于忍受的苦海的问题而四处探求答案的流浪汉，终于找到港口，靠拢坚实的海岸了。这件事本身便是重大的社会现象，因为高尔基是这种寒微的平民出身的探求者中间最大的一个，他们注定要集结在无产阶级组织的坚强核心的周围。第二，这本书也是一次有力的宣传，是向全社会发出的号召，号召人们正视无产阶级及其斗争。这个号召并不是没有人听见的。正因为小说《母亲》有着如此巨大的社会意义，又反映了高尔基同社会民主党革命团体在政治上的接近，它才受到各式各样敌人的猛烈抨击。他们什么坏话都说过!而处理这项崭新题材的作家又还不熟悉工厂无产阶级的生活,因而像前面已经指出的,行文未免不大自然;敌人利用了这一点。他们在许多地方开始鼓噪,说是高尔基脱离了文学,名存实亡,他的才能业已枯萎,并且任何才能都注定要枯萎,如果他心血来潮,要接触社会政治性质的题材的话。

  现在想起这些事来不免可笑。从那时候起,高尔基又写了一系列在艺术力量上无与伦比的佳作。同一部《母亲》至今还是我国工人心爱的书之一,今后也将由于它记叙了一个已经一去不复还的时代而具有某种历史性。不久以前它又通过普多夫金的影片①,在全世界作了一次凯旋游行。于是,这部曾经在高尔基最亲密的同志和战友中颇受冷遇的小说,如今却极其光荣地载入作者个人的传记和我国文学史了。……

---

① 符·伊·普多夫金(1893—1953),苏联电影导演。他导演的影片《母亲》于一九二六年十月开始在苏联放映,卢那察尔斯基誉之为"电影杰作"、"世界上最强有力的影片之一"。

高 尔 基[*]

创作四十周年纪念

伟大的文学现象和重要的作家个人多半是、也许纯粹是社会大变动或社会大灾难的结果。文学杰作就标志着这些变动和灾难。

列宁论托尔斯泰的几篇天才著作,是任何一个马克思主义文艺学家或评论家任何时候都不应该忽视的,在那里,列宁把托尔斯泰出现的基本的、像自然威力似的不可排除的社会原因,把整个列夫·托尔斯泰(他的磅礴的才气,他在全俄国和全世界的广大声誉,他的不朽的艺术成就,他的贫乏的哲学思想和社会思想),都单刀直入地归结为一个主要的东西——当时俄国发生的那场大灾难。那时,农民和绅士的旧罗斯正在致命的痛苦中、在残酷进攻的资本的压力下奄奄待毙。

这出可怕的、渗透着血泪的悲剧的主角——可惜是消极的主角——是俄国的农民。

眼泪、悲愁、叹息、破产、绝望与愤怒的号叫、令人苦恼的强烈的疑惑以及出路的探求等等遍及世界的乌云聚拢起来,一个血红的问号如同吓人的噩梦一样出现在全国:真理究竟在哪里呢?

这场危机使劲揪住农村,猛烈地打击着庄园。庄园也穿了个窟窿,沉底了。一切旧基础好像万物遇着地震,开始动摇了。

---

[*] 本文初次发表于一九三二年九月二十一日《消息报》。全文共九节,这里只摘译了其中有关托尔斯泰后期创作和高尔基早期创作的五节。译自《卢那察尔斯基八卷集》第二卷。

这时冒出一个人来,由于他的出身、教养、文化水平、敏锐的感受性和文字才具,他能够把农民的悲怆和农民的疑惑化为艺术形象。他,托尔斯泰,是绅士,因此,虽然农夫的精神在他的作品中占着主要地位,虽然农夫的苦难的问题完全支配着这位伯爵的整个内心世界,但是他的作品也含有不少贵族性的因素。不过这个情况并没有使列宁的山鹰似的眼光迷失在托尔斯泰的表面特征中,而将他看成贵族作家。[①] 不,扫荡了宝座、祭坛和贵族本身的托尔斯泰,他的火热的革命精神不是来源于贵族;千百年来农民心里那种助长了一切刽子手气焰的温顺、忍耐和不抗恶的精神——实际上是腐蚀性的和最有害的精神,也并不是出自贵族。

马克西姆·高尔基正好同样标志着后来我国历史上的一场大变动。

资产阶级来到了,它作为一个主要的阶级而确立下来,固然它是同贵族死硬派分享政权的。但那已经是资本主义化的贵族,托尔斯泰早在《安娜·卡列尼娜》里面,就用轻蔑态度谈到过他们的最初的典型。

总之,大财主在国内完全坐稳了。不过他们仅仅在某个局部完成了他们那种甚至是相对的文化和经济作用。他们贪婪而粗笨。他们当然创造过一些东西,可是他们破坏得更多。

其他各国的历史经验和自身的本能提示他们:代议制这件时髦的欧洲外衣,披在当时外国大资产阶级肩上倒非常合适,但是对他们的身材并不相宜。吃得饱饱的俄国资本主义虽然有时也缠夹不清地叫嚷什么宪法,它抓得最紧的还是警察和牧师。

这个既以它自己的发展、又以它的发育不全来压制我国的资

[①] 普列汉诺夫和老布尔什维克、文学评论家奥里明斯基(1863—1933)都持这样的看法。

本主义,毕竟是有重病在身。它苦恼。它被可怕的预感折磨着。它充满恐惧和两重性。它有它的刁棍、暴徒和颓废分子,然而他们脸上都带着判罪的烙印。这名披挂得金光闪闪、却有着一颗软弱的心的武士,不是生来享受快乐和做长寿星的。

资本的进一步发展,当然还在继续对农村施加沉重的压力。不过,荡漾在新的发音洪亮的艺术器官,即青年高尔基的各种音调优美的喇叭中的,并不是从这农村方面传来的呻吟声。

照他的社会地位说,他更接近停滞的、泥沼似的、受到疯狂的折磨、充满着陈陈相因的遗风、到处是难以形容的怪物的小市民层。

高尔基就从它入手。他后来把它的一个最奇怪的变种——流浪汉——当作自己的对象,终于走向了无产阶级。

可是,从一开头便在听赏高尔基的乐曲的我们,对于认为高尔基是小市民作家的那种肤浅的、我敢说是糊涂的论调,只能带着笑声予以批驳。

我们也可以追随弗拉基米尔·伊里奇的巨人的脚印,在这里说道:从高尔基作品的开头几行中像火焰一样冒出来的那份无法抑制的、暴风雨般的、色彩鲜明的生之欢乐,不是来自小市民。

对于居统治地位的邪恶势力的愤怒的、严厉无情的态度,不是来自小市民;对于人和他的强有力的文化、他的未来胜利的坚强信心,不是来自小市民;雄鹰激发勇气的号召和海燕预告革命即将到临的呼唤,也不是来自小市民。这一切并非来自小市民,——这一切都来自无产阶级。

产生了托尔斯泰的社会变动,可以定义为资本主义工业的急速进攻所引起的旧罗斯之破坏这一社会变动,可说是一场单方面的和没有出路的变动。

托尔斯泰在思想意识上脱离被历史判了罪的本阶级,投奔农民。但是农民也毫无出路。直到很久以后,贫农才有了出路,而能够给他们指明这条出路的则只有胜利的无产阶级。

在托尔斯泰看来,无产阶级本身可以说并不存在。托尔斯泰觉得,先进农民的革命民主主义代表及其伟大领袖车尔尼雪夫斯基,仅仅像一片模糊而又极端讨厌的黑影,出现在烟雾弥漫的远方某处。他认为他们也是恶魔的城市的儿女,是一群疯子,他们以暴力回答暴力,希望更加扩大进攻中的假文明所造成的地狱般的骚乱,竭力用掠夺、瓜分和虚假的肉体幸福等粗野的诺言,来诱惑普通人民。

相反地,产生了马克西姆·高尔基的那场变动,却是双方面的,它随身带来了出路。

虽然资本还在以钢铁的重量压榨着全国,但同时,我们已经说过,它那巨大的整块却产生了证明它寿命不长的裂缝。甚至在文学中,作为资本主义的胜利之反映的,也主要不是凯歌,而是某种哀叹和嗟怨,直接描写资本家生活的作家,如像颇有才能和相当敏锐的包包雷金①,当他们记述资本主义的一切事物时,也是这样单刀直入地从缺点、恐惧和内心的疑虑着手的。

我们在俄国文学中简直很难找到一个稍有名气的作家,是可以叫做资本主义歌手的,这难道不是一件有趣的事吗?彼烈威尔泽夫企图把冈察洛夫摆在这个位置上面,②我觉得非常不妥。

但是资本主义有一块无产阶级的衬里,以后历史翻改人类社会,就该用这块衬里当衣面了。

固然,那个时代在文学上的主要表现者马克西姆·高尔基,他首先注意的是资本主义的另一个反面。资本主义大马车驶过小市

---

① 彼·德·包包雷金(1836—1921),俄国小说家和剧作家,主要是描写商人和工厂主的生活。
② 瓦·费·彼烈威尔泽夫在《对冈察洛夫创作之一元论理解的问题》一文中阐述过这一观点。

民的尸骨,正如驶过农民的尸骨一样,我们已经说过,小市民的杂乱可怜的痛苦的哀号,便是高尔基那愤怒而威严的和音所由产生的第一个疯狂的、自发的不谐和音。

是的,高尔基首先穿着长筒靴子和偏领衬衫①走进了文学界,有肺病,同时又强健;饱经忧患,同时又渴望幸福。他走进来,是为了在这里,在二层楼上,在那些比起他自己的地下室来几乎就像沙龙似的高贵的杂志上,毫不掩饰地讲出"鼹鼠"及其盲目的、龌龊的艰苦生活的可怕的真相。这是作为辩护士的高尔基的伟大活动,是作为检察官的他的控诉词。这一点决定了他的带刺的、辛辣的、无情的现实主义。

可是高尔基犹如托尔斯泰,在描写农村的悲苦命运的时候,还希望做农村的导师,希望在农村找到一个真理并且将它宣示出来,希望指点一条生路。

高尔基谴责他的鲁卡(《在底层》),因为鲁卡要安慰受苦的人们,急急忙忙、偷偷摸摸地把这种或那种麻醉性的、谎言的橡皮奶头塞进他们的嘴里。高尔基不愿对他视同兄弟的穷人撒谎,像"撒谎的黄雀"②那样。有时他也很想写写虚假的安慰、"给自己抬高身价的骗局",但是由于他抱着严肃诚实的态度,终于把它们抛开了。这个诚实的态度、这份勇敢的精神,已经显示着一种新的音乐,即进攻中的无产阶级队伍的进行曲,正在临近,虽然高尔基本人在其活动初期几乎没有意识到这个。

如果不是恰恰由于工人的数量增加和觉悟提高,当时的空气中已经发出春天和革命的气味,谁知道高尔基会不会变成最阴暗的悲观主义的牺牲品?因为我们知道,失去了原来的声誉的民粹派理想主义,没有使他得到满足。而他所选择的笔名"高尔基",

---

① 当时的平民装束。
② 出自高尔基的早期短篇小说《撒谎的黄雀和爱真理的啄木鸟》。

听起来不是像悲观主义说教的朕兆吗？

只有一件事是高尔基不可能发生的……在他度过一部分生命的小市民地下室中，形形色色的神灯的烟炱和稀奇古怪的宗教性臆测无论积累得怎样多，他却相当迅速地对一切种类和分量的"好上帝"取得了几分免疫力。

与其把高尔基想象成一个在毛发蓬蓬的头顶上闪耀着圣洁的光轮、有着一只为人祝福的手掌的托尔斯泰式的圣徒，远不如把他想象成一个诅咒命运多舛的人类的、悲观失望的预言家。

不过关键在于，尽管高尔基用他的闷闷的低音，对俄国广大读者讲起了有关穷人真实生活的可怕的事情，有时简直使他的故事达到令人无法忍受的紧张程度，但这些读者并不觉得他是痛苦的。

为什么？

因为高尔基有满满几衣袋金色的和红蓝相间的图片，以及一些弥漫着几分天真的浪漫情调和无可怀疑的英雄气概的童话。甚至在他那出色的、使作者一举成名的、如此现实主义的《切尔卡什》中，男主角的留着额发的山鹰脑袋、古铜色的袒露的胸脯和褴褛的衣裳，都被高度的人的尊严，被充满着动人的英勇精神的、喇叭般洪亮的抗议这些金色、深红色和浅蓝色所照亮了。

高尔基很快抛弃了童话的美丽的羽毛，但是英勇的抗议却日益同生活的真实相融合，于是产生了高尔基的和音、高尔基的和声、高尔基的交响乐。

列夫·托尔斯泰不可能从他周围的绅士淑女那里，或者从雅斯纳雅·波良纳村庄的农夫农妇那里，汲取到英勇的抗议、被希望照耀着的斗争的号召。

而且任何人都不可能在黑暗可怕的俄国的任何地方、任何俄国艺术家都不可能向任何地方汲取到它们。围绕在伟大的《怎么办？》四周的六十年代知识分子的长篇小说，只是对未来的一个微弱的期许，与其说是真正的号召，毋宁说是标志着预感的纪念碑。

几乎占了三十大卷、名为《马克西姆·高尔基著作集》里的那些作品的作者,当然就是我们亲爱的、我们熟识的朋友阿列克塞·马克西莫维奇·彼什柯夫。

然而他用来写成这些篇章中的许许多多东西的那种烈火似的墨水,他却甚至不可能从他自己内心里去获得。他是用"复活神水"写作的。他从冲击过来的革命浪潮中汲取了它,尽管他本人也许没有意识到这一点。

因此我们认为,在阿列克塞·马克西莫维奇·彼什柯夫的高大、坚强、于我们珍贵的形象后面,还耸立着一个和他共同创作的人——无产者的巨人形象,它已经把它的茁壮的手,亲热地搭在这个成为无产者喉舌的人物肩上了。

托尔斯泰无疑是爱自然的。而且甚至爱得厉害,比普通人强烈得多,——难怪他那么善于理解动物的心理,达到出神入化的境界了。他用他的身心的全部内蕴、用全部感官、用皮肤上的全部毛孔来感受自然。不知疲劳的步行者,坚持到八十高龄的骑手,长期热衷的猎人,多半住在农村的托尔斯泰,在很大程度上是一个自然的人。

只有这样的人才能创造出耶罗什卡①的完美形象。我们又怎么能忘记高尔基给我们描写的那个在海滨施展巫术的、身材矮小的伟大老人②的形象呢?

此外还必须加上他对城市的憎恨。在他一部长篇小说③的著名开头处,就大量地灌注了这种鄙薄的憎恨,那里叙说着人们如何用鹅卵石铺满生机旺盛的大地,而大地还是穿过石头夹缝长出了绿芽。

不过作家托尔斯泰、思想家托尔斯泰毕竟是不爱自然的:他不

---

① 《哥萨克》中的人物。
② 指托尔斯泰。见高尔基的回忆录《列夫·托尔斯泰》。
③ 《复活》。

仅与众不同地对它漠然视之,他还怕它,几乎是恨它。

在万不得已时,他只愿承认万物之母的大地,因为人可以耕种它,然后收割谷穗,当作菲薄的起码的生活资料,但也不过如此而已。自然究竟是什么?是这白天的光辉和黑夜的魅力?是这色彩焕发、香气醉人的花朵?是这号召生活、斗争、享乐和繁殖的天然力量的表现(正如整个动物界在生活、享乐、斗争和繁殖一样,只是更奥妙,也就是更有力、更有意识些)?这个自然是什么呢?这是诱惑!这是幻景!很难相信这是上帝创造的。上帝只是根据不可知的原因,像撒下一片数不尽的火星似的,把我们的灵魂的种子撒在这个华丽而邪恶的世界上,并且交给这些灵魂一项任务:不受诱惑,保持纯洁,清除掉从接触自然中染来的一切污垢,再回到上帝——燃起精神之火的那座原灶——身边去。

这种对自然的态度与其说是农民的态度,倒不如说是亚洲式的、从亚洲强加于农民的,托尔斯泰不顾自己的火样的肉欲和敏感的天才,还是极力去迎合这样的态度,并号召所有其他的人迎合它。

正因此,风景画家托尔斯泰才那样吝惜笔墨。即使你能在他的作品里找到几幅自然图景,那也仿佛是无意中勉强画出来的。

少数例外只能证实我们确定的规律。

现在请想一想高尔基笔下的自然吧!

虽然它有时也哭泣、发怒、咬人,但你首先想起的不是这个,而是他的景色的非凡的绚丽,和他在写景方面的无比的、我以为甚至超过了屠格涅夫的、我国文学中独一无二的丰富多样性。

高尔基是真正伟大的风景画家,而主要的是,他热爱风景。不仰视天空,不看看日月星辰和布满魔术似的、变幻莫测的云彩的苍穹——这整块无法形容的调色板——的动静,他就几乎不能着手刻画一个人物,开始写一个短篇小说或长篇小说的一章。

高尔基笔下有多少大海,有多少山林草原,有多少小型花园、自然界的冷街僻巷!他为自然想出了多少不平凡的词句!他作为态度客观的画家研究自然,有时他是个莫内①,用他那擅长剖析的惊人眼力和恐怕是我国文学中最丰富的词汇,向你分解自然的色彩,有时却相反,他是个综合家,只描绘总的轮廓,并且用一个千锤百炼的句子,给你制定一幅完整的全景图。但是他不仅作为画家来研究自然。他还作为诗人研究它。这是怎么回事,——我们简直不相信——仿佛黄昏可以忧愁,仿佛树林可以若有所思地喃喃絮语,仿佛大海可以发笑!它们毕竟是可能这样的;只有当一个人变得完全冷漠(其实他永远不会变成那样)的时候,他才不再从华严阔大的自然现象中看到他自身的感情表现。

于是高尔基以圆熟的技巧,利用人的情绪和自然现象的极其微妙的类似之处,利用两者之间有时几乎难以捉摸的类音或对比,为他的人间戏剧创造了一支雄壮而雅致的伴奏曲——由我们周围的自然环境的乐队演出的伴奏曲。

谁要是不完全相信这一点,认为我对自然画家和诗人高尔基推许过分,就让他随便拿起任何一卷《克里姆·萨姆金的一生》,重读一下其中为了衬托人物的心情而写出自然背景的那些篇章吧。

但是高尔基究竟为什么要分给自然这样多的地位呢?这便足以证明他是无产阶级作家吗?工人能看到许多自然景物吗?他们同自然不是被工厂的石墙隔开了吗?自然不是从工人集体宿舍里、从工人新村里被驱逐出境了吗?

无产阶级作家高尔基爱自然,和旧农民作家托尔斯泰不爱自然、怕爱自然,正好出于同一个原因。

我们已经说过:自然号召生活、斗争、享乐、繁殖,只是比动物做得更奥妙,也就是更有力、更有意识罢了。

---

① 克洛德·莫内(1840—1926),法国印象派画家。

照托尔斯泰主义、照基督教的讲法,这是诱惑,是魔鬼的圈套。全世界的封建地主制度和资本主义制度都同样证明了:这条生活和斗争的原则,无论它展开过什么创造,无论它用什么科学来武装自己,用什么艺术来文饰自己,它确实只会造成罪恶和卑劣,造成作为强暴者的一群人和作为受苦者的另一群人在道义上的毁灭。

然而就是在这里,无产阶级不同意全部历史,就是在这里,它要改造人类的整个生活道路。

无产阶级说:是的,万物之母的自然,我们的伟大、美丽、无情而盲目的母亲,你是对的:你的世界、你的生活是幸福的。它们会变成一种具有充分价值的、超过任何期望的福利,只要它们是掌握在明智的联合一致的人类手中,掌握在我们将争取到的、我们将不惜任何代价去建立的全人类的公社手中。而且我们都知道怎样去争取,怎样去建立。到那时候,自然啊,你对于新的、应该是完美的人将成为一个多么伟大的天堂啊!正因此,我们才爱你,自然。

"正因此,我也爱它。"高尔基说。

高尔基和托尔斯泰在对人的态度上也有同样的差异。托尔斯泰当然是爱人的。对人的爱甚至是他的全部教义的主要戒律。不过这是一种牵强的爱。不应当爱人的一切,而只应爱那蕴藏在他心里的"天禀的萌芽"。就是对自己,也应当只爱这个"萌芽":只爱自己的信仰和仁爱的能力。就这方面说,托尔斯泰完全是立足在某些亚洲式的诺斯替派①、波果米尔派②之类的教义的基础

---

① 诺斯替派,二至三世纪之间流行于希腊和近东各地的神秘宗教教派,认为掌握"真知"的人能克服物质或肉体的罪恶而使灵魂得救。

② 波果米尔派,十世纪初保加利亚波果米尔神甫创立的教派,在保加利亚十世纪时的反封建农民运动中起过很大作用。这一派认为,世界上和人的本身有两种互相斗争的因素,即善的、精神的因素和恶的、物质的因素,物质世界是罪恶的,所以他们对财产持否定态度。

上面。

托尔斯泰认为每人身上存在着两个人:一个来自上帝,另一个来自恶魔。一个也许生有或往往生有一具能入雕塑从而声名远播的美丽的肉体,心胸中勃发出一股见之于音乐的温柔的情感和奔放的热忱,头颅里有一架创造科学奇迹的最惊人的大脑机器,他想为自己和别人谋取幸福,而这幸福又意味着完全满足丰富的机体和人类集体之日益增长的需要,那么,这个人便是来自恶魔,托尔斯泰不爱他,怕他。托尔斯泰抛弃他,因为他把他看作恶劣的社会制度的牺牲品,同时又是造成这套制度的罪魁;因为他看不出这个人将来会干什么好事,他只会使资本主义、国家和教会的出于贪心的压迫变本加厉,引起无益的流血革命。

因此托尔斯泰喜欢另一个人:安详温顺,像个小天使,没有情欲,没有性别,心地善良,总是眼泪汪汪地感激好上帝。

在尘世上,这种人,这个(就这么说吧)亚伯,可以舍弃该隐所追求的一切华美和全部文化,[1]在彼此之间把土地分成小块小块的菜园,在那里种上白菜,吃完后给菜地施肥,重新栽种,他照这样生活下去,在各方面安适愉快地自己伺候自己,甚至根本不需要邻人,除非为了进行指迷劝善的谈话,或者一同祈祷神明。照托尔斯泰的看法,在这些傻子(他认真而亲切地这么称呼他们,请参看他有关他们的王国的故事[2])中间,结婚的事将逐渐终止;人类既已完成自己的使命,便将在极乐至福中死绝,然后以除净了一切可怕的物欲的清白之身,返回精神的本源[3]。

---

[1] 亚伯是亚当和夏娃的次子,牧羊为业,被其兄该隐所杀。后来该隐建造了一座城市,正文中所说的华美和文化,当指这件事而言。见《旧约·创世记》第四章。
[2] 大概指《傻子伊凡、他的两个兄弟战士谢苗和大肚子塔拉斯、哑巴姊妹玛拉尼娅,以及老恶魔和三个小鬼的故事》(一八八六年)。
[3] 即回到上帝身边。

对人的这样的爱,当然比任何的恨更为可怕,所以我们共产党人认为,托尔斯泰主义是戕害人的意志的、古老的亚洲式毒药的变种之一。

歌德曾经承认他憎恨十字架的符号。① 年轻的资产阶级的许多优秀代表都有这个想法。我们更强烈彻底地憎恨和否定基督教、为基督教作准备的一切学说,以及基督教所产生的各种蒸馏物,——形形色色的颓废派至今还在从事这项蒸馏工作。

高尔基却是全盘地爱人的。高尔基借着沙金的嘴说明了这一点:"人——这个字听起来真使人感到自豪!"

高尔基知道世上有着多么恶毒、多么卑劣的人,他恨他们。不过他知道他们是蠢材,是畸形人,是人类生活这棵美丽的树上的黑星病。

不但如此,他也知道真正的、伟大的、纯粹的、勇敢而贤明的人还很少,十全十美的人几乎没有。

可是这并不妨碍他用强烈的爱心去爱人,用坚定的信心、得自知识的信心去相信人。

现在我们再掉转笔锋,谈谈托尔斯泰和高尔基对进步采取的态度问题。

这里有许多东西使两位作家接近起来。托尔斯泰对"爱国主义"、君王、显贵、整个封建的过去及其残余,痛切地感到厌恶。

高尔基可以说也是生来便具有这种强烈的厌恶感的。

托尔斯泰对资本怀着极大的憎恨,不让自己被欧洲文化的光华所引诱,他访问欧洲时,清楚地看出了藏在用大理石装潢着、用花毯掩饰着的外表底下的全部恶毒的谎言,②然后怒气冲冲地回国了。

---

① 见歌德的《嘲讽短诗》(威尼斯,一七九〇年)。
② 见短篇小说《琉森》(一八五七年)等作品。

高尔基也从年轻时候起就成了资本的死敌。他同样没有被美国的"黄色恶魔"所欺骗,并且对准资产阶级的"美丽的法兰西"脸上,愤怒地狠狠地啐了一口。

托尔斯泰敏锐地看到了各种猥琐人物(在很大程度上也包括农村的猥琐人物在内)的一切怯懦、酗酒、渺小的诡计和蜘蛛似的残忍。

高尔基也喜欢带着惴惴不安的好奇心,去挖掘奥古罗夫的洞穴①,指出其中藏纳的污垢。

但是托尔斯泰恰恰就在这里停下了;他从旧农民的脸上洗掉他觉得是淤积的尘土的东西,给父辈和祖辈、给满口"这个这个"然而能言善辩的虔诚的阿吉姆②们、给那些祝贺可怜的人类获得"鸡蛋大小的谷粒"的半童话式的耆老③,恢复了令人起敬的仪表。

托尔斯泰根据关于严守戒律的农民的神话,根据每个农民心里都有一位老是想蹦到外面来的严守戒律者的神话,为人类建立了一个神秘的、遍地白菜的天堂。

高尔基也曾停留在卑猥的人物上面,可是他好比沙里淘金,在其中寻找高大狷傲的代表。他觉得他恰恰在貌似无用的东西被生活之水冲积下来的地方,在底层的弃民中间,在孤狼似的人、落拓不羁的抗议者、不受财产和道德之束缚的人物、反社会的勇士、本能的无政府主义者中间,找到了这样的代表。

但是,高尔基在这个最激烈地反托尔斯泰的发展阶段上逗留得不久。

他像他的探索者马特威④一样,看见了引起希望的工厂的火光,他走向了喷着火焰的工厂烟囱这座灯塔。

---

① 指中篇小说《奥古罗夫镇》(一九〇九年)。
② 阿吉姆,剧本《黑暗的势力》(一八八六年)中一个口吃的老农。
③ 见寓言故事《一个鸡蛋大小的谷粒》(一八八五年)。
④ 小说《忏悔》的主角。

高尔基同无产阶级及其先锋队——布尔什维克——自然而然地结合起来了。

　　在文学里面,这个重大的事实已由许多辉煌的作品标志出来,其中的高峰是《敌人》、《母亲》和《克里姆·萨姆金的一生》。

　　从这里当然也就产生了托尔斯泰和高尔基对待人类基本文化珍宝的完全不同的态度。

　　在托尔斯泰对资产阶级科学和资产阶级艺术的猛烈抨击中,当然含有许多真理,但他真正是把小孩同污水一起从澡盆里泼出去了。而这个小孩,无论统治阶级给他的教育多么恶劣,毕竟是强壮和富于生命力的。

　　如果说,包括托尔斯泰在内的旧式人物对科学和艺术抱着怀疑态度,轻视技术,那么无产阶级却热烈欢迎它们,将它们收为义子。无产阶级知道,唯独在社会主义制度下,科学才能充分发展,艺术才能充分繁荣。

　　高尔基也知道这一点;我想,世界上只有极少数人能够对已经取得的科学和艺术成就感到这种如狂的喜悦,而且怀着这样一颗怦怦直跳的心来期待科学和艺术的新奇迹。

作家和政治家[*]

我们马克思主义者知道,任何作家都是政治家。我们知道,艺术是一种强有力的意识形态,意识形态则反映着个别阶级的客观存在,同时又是各阶级用以组织自己、组织其他从属阶级或它们希望使之从属于自己的阶级,以及瓦解敌对阶级的一个工具。我们马克思主义者知道,有些作家,你即便用放大镜观察他们的作品,乍见之下也发现不出什么政治来,而实际上连他们都是政治家。有时他们本人也清清楚楚地认识这一点。他们认识到,必须用无聊的东西、形形色色的糟粕和荒唐可笑的游戏供读者消遣,这正是为了吸引读者脱离严肃的政治,使他们不致提出生活本身推动他们去思索的严肃问题。

消遣的艺术、引人离开正道的艺术向来是一件巨大的政治武器,其功用是像狂欢节似的给群众宽宽心,而群众却也许正在那里忍饥挨饿。或者拿另一种否定一切政治的作家—政治家来说吧。我们就拿浪漫主义派来说吧。浪漫主义派真心诚意地相信他们鄙视现实,鄙视变革现实的斗争。在这个现象的深处,却含有一篇著名寓言里记载的对葡萄的看法:你说葡萄酸,只是因为你反正吃不到它。普列汉诺夫早已讲过,浪漫主义者知道自己不可能积极。[①]

---

[*] 本文初次发表于一九三一年三月三十一日《消息报》。译自《卢那察尔斯基八卷集》第二卷。

[①] 例如,普列汉诺夫在《艺术与社会生活》中说过,法国浪漫主义者和帕那斯派诗人"并不期待也不希望在他们当时的法国发生社会制度的变革。因此,他们和周围社会之间的不协调是完全无法解决的。"(《没有地址的信 艺术与社会生活》第二一四页)德国浪漫主义者也是如此。

于是他们就宣称消极是无上的智慧和精神贵族的最崇高的特点。他们号召放弃斗争和建设,把人引入幻境,同他们一起玩赏人类的无限想象力。

然而这难道不是政治吗?这种多半由软弱的小资产阶级代表施行的政治,难道不能从紧紧抓住现实的统治阶级方面得到宽大的赏识吗?

是的,有些人干政治,口头上又否定它,因为这样更巧妙,更容易达到他们的目的。还有些人也干政治,可是自己没有料想到这个,真心诚意地自以为远离着一切政治。

任何阶级都要保卫本身的利益,但承认这一点并非对任何阶级都是有好处的。其利益同大多数人的利益显然相对立的阶级,总是竭力使用各种掩蔽物以自卫,对于它们,艺术能成为一件多么良好的政治武器,正是要看它能把自己的凶恶意图掩饰得如何而定。

有的阶级所处的境况完全不同,它用不着隐瞒本身的利益,因为它的利益和大多数人类的利益相一致。

当资产阶级向它上头的阶级、向封建的"旧制度"作斗争的时候,它喜欢把自己描写成为全体劳动人类的先锋队,那时它的艺术也公开地具有思想性和战斗性。当时艺术家引以自豪的,便是他们的作品充满着启蒙精神、激发公民勇气的响亮的号召。自从资产阶级不再需要领导群众,而需要用一切可能的手段去束缚他们和阻止他们前进以来,情况就变了。

但是,千百万劳动人民的新领袖,即不可能不彻底忠实于自己的使命——消灭人剥削人的现象——的无产阶级,却大胆地打起它的火红的旗帜,丝毫不怕承认它的意识形态是阶级性的、公开的党性的。如果一个资产阶级作家,惯于躲在纯艺术这块俨然是白净如雪的帆篷底下,鬼鬼祟祟地偷运资产阶级倾向,反而嘲笑无产阶级作家,指着他叫嚷道:"政治家,政治家,你算什么艺术家!你的艺术有倾向性！"那么无产阶级作家便要纵声大笑,作为回敬,这笑声中包含的鄙薄口气,立刻压倒了敌人的嘲弄。"你想责备我什么呢？是责备我要在它烛照之下来改造世界的那片热情的熊熊大火,也在我的艺术中有所表现吗？"

我们的艺术家不用害怕在写艺术作品时变成政论家,这意思就是说,怕他们笔下的形象本身充满一定的思想内涵,或者他们不把他们的思想纳入形象里面,而是,同形象性的故事的内容相并列,他们还向读者发表热烈的鼓动人心的演说,或者是,一个作家平常都用艺术家的身份出来发言,有时却以政论家、人民代言人的身份给社会写信。

我们不用害怕这个,因为我们的艺术家绝不会由于太接近生活、洋溢着生活的力量而感到自己卑下。相反地,他们觉得卑下的倒是那种远离生活、没有一股生机旺盛的生活津液在他身上像饱满的脉搏一样跳动着的、恶病质的艺术家。这样的艺术家有时自以为凌驾于生活之上,出没于精粹的意识形态的玫瑰色云彩之间,其实他只不过是在生活的阴沟中爬行,那里汇集着各种生活的垃圾,那里的一切虚有其表的金箔和虹霓,并不比我们在污水坑中看到的乱七八糟的废物更值钱。

高尔基注视着新的工人文学,他说,突击队员的作品已经不是文学,而是比文学更高大的东西。[①] 对啊,看来是更高大的东西,即是,实在说,这当然也是文学,但这种文学比任何其他文学更高大：第一,因为以它同生活的联系而论,它将不亚于各个最好的文学时代,甚至会超过它们；第二,因为它所联系的生活,我们今天的生活,又是这样一个飞跃,这样一个人类空前未有的时代,把它反映到文学的镜子里来,就会立刻使这面镜子变得无限深刻、明亮、光彩焕发、跟太阳一般。

[①] 见高尔基的短文《工人通讯员古陀克-叶烈美耶夫的一本书》（一九三一年）。

高尔基从小自食其力,他长期生活在社会底层,见过这座地狱的全部灾难。他主要是研究小手工业劳动者、无政府主义的流浪汉典型,研究被践踏、受磨难、又在怨恨中互相折磨的人们。他敏锐地倾听他们的愿望,为了他们具有摆脱这种黑暗生活的豪情壮志而感到由衷的喜悦,观察造成他们的痛苦的环境。他见过愚蠢的、饱食终日的市侩,见过黑暗的农村中的有产者,也见过高踞在这堵厚墙之上的所谓上层阶级,包括知识分子在内,一直到资本大王、高级官僚和显赫的贵族。这整个环境,这整座压在社会下层群众身上的金字塔,在他心里引起极大的愤慨。通过现实给他的这一切印象,在发展中的资本主义造成越来越多的无产阶级核心的同时,高尔基越来越充分地领会了无产阶级世界观。当然,高尔基也犯过错误。但是这一切早就解决,早就像尘土似的被抛到一边去了。当高尔基在久居国外之后,在我们的建设已经相当成熟的期间回到祖国来,——那时候,所有的烟雾都消散了,这位无产阶级作家同我们的无产阶级组织、同苏联工厂的工人、同国营农庄和集体农庄的劳动者举行了非常亲切的会见。从此高尔基便同我们缔结了最亲密的、不可分割的联盟。从此高尔基在国外所站的岗位,便是宣扬苏联真相的一名勇猛的、公开的、坚定不移的战士的岗位。从此他对资产阶级的憎恨比先前增加了好几百倍。

高尔基正在一部卷帙浩繁的长篇小说①中总结他的丰富经验,同时又以他的政论性书信,对一切最重大的事件作出反应。可是除了这些公开信以外,他还同大批的人私下通讯。写给他的和从他那里发出的函件,好比一群群鸟儿,飞来飞去。他经常同朋友们交往。飞到他那里的也有充满着恶意的黑信。于是他有时就像雷劈电击一样,把这类来信人烧灼一下。高尔基用不可磨灭的文字,将自己的姓名记入了人类的庄严史册。是的,他记入了。是不

---

① 《克里姆·萨姆金的一生》。

可磨灭的。阿列克塞·马克西莫维奇活到了工人阶级取得重大胜利的时代,伟大的无产阶级作家已同这个阶级融为一体。当然,我们还要翻过一些高山大岭。但是我们已经沿着这条通往最伟大的目标的路线,攀登得很高很高了。

阿列克塞·马克西莫维奇回顾着走过的道路,并且展望着前面的道路。他竭力保持平静。可是从他那粗硬的唇髭底下看得出激动的微笑,他的浅蓝色眼睛也已经涌出泪水,这眼泪表明他有过深刻的内心激荡的时刻。他估量着我们的成绩,低声说:"大体上是好的。"

"大体上是好的。"千百万人齐声高呼,虽然我们都清清楚楚地知道,我们的生活里还有许多不好的东西。不过我们本来是在半路上。我们本来是在斗争中。我们本来是在建设中。而人人都知道,无论是在半路上、在斗争和建设中,高尔基总是同我们一起的。

高尔基是一个作家兼政治家。他是迄今世界上有过的最大的作家兼政治家。这是因为世界上还从来没有过这样伟大的政治的缘故。所以这种政治一定也会产生伟大的文学。这伟大的文学已开始繁荣了。……

凡是珍视我们的政治和我们的文化的人,无不敬爱高尔基。而在那些不珍视它们的人中间,又可以分为两类。一类是还没有进步到能够了解无产阶级的历史任务的,另一类则是敌人。关于后者,阿列克塞·马克西莫维奇说得好:"如果敌人不投降,那就消灭他!"①

---

① 这两句话是一九三○年高尔基所写的一篇政论的题名。

萨 姆 金[*]

1

多卷小说《克里姆·萨姆金的一生》(开头三部已出版)[①],是高尔基的意义最重大、内容最丰富的作品之一。

这部小说值得我们从许多角度来做一番详尽的分析。在本文中,我们将试图指出它在作者创作中的地位,以及它对我们——也就是目前正在创造新的社会生活的我们这一代人和下两代人——的意义。

同时,我们差不多只谈小说里的一个寓意深长的中心人物。

2

产生那些同高尔基的创作息息相关的矛盾及其解决办法的社会时代,高尔基的艺术和高尔基的人生哲学借以吸收养分的茁壮根子所扎进的那个社会时代,是俄国资本主义取得胜利的时代,大致说来,就是十九世纪九十年代和二十世纪最初十年。

一方面,似乎可以认为这场胜利是很彻底的。工业资本、商业资本、银行资本在国家和社会中占有重大地位,资本家的利益越来

---

[*] 本文初次发表于一九三二年第九期《红色处女地》杂志。译自《卢那察尔斯基文学论文集》。

[①] 开头三部分别出版于一九二七、二八和三一年。

越有力地操纵着沙皇政府的内外政策。虽然国家在很大的程度上仍旧是一个落后、饥饿的农业国,可是国内工业巨头却以很高的速度和强烈的集中化的趋势壮大起来了。

国家为"自己的"资本主义遭到巨大的牺牲,保护关税政策和税收政策用民脂民膏喂养着资本主义。但同时,居民仍然由于资本主义不够发达——由于它的手段残暴、商品质量低劣、交通阻塞、文盲遍地等等而吃尽了苦头。

然而不难看出,这个胜利者——欧化的或者照旧留着大胡子和穿着长襟衣服的百万富翁——远不是像西欧,特别是像北美那种比较彻底的胜利者。

俄国资本家或许也拥有足够的力量,能够依靠民主派,为自己争取一部内容广泛的宪法,甚至建立一个全俄的资本主义共和国,——可是他们不愿意而且害怕这样做。在震荡人心的一九〇五年革命期间,他们的最大愿望表现在十月党①人的纲领上面。他们并不以为西欧的制度很稳固,因此没有产生羡慕之心。既然连德国(尤其是奥地利)资本家都宁愿同封建主瓜分政权,毕恭毕敬地把所有最体面的职位奉献给他们,那么,对于东方色彩更浓、出生更晚、更畏缩得多的俄国资本家,还能指望什么呢?

应该说,资本家在宪政方面的伙伴是这么一股力量,为了更切合实际,也可以称之为软弱无力的人们:我们说的是俄国民主派。

从一八四八年起,像马克思、恩格斯或海涅那样的人,对德国民主派嘲弄得多么淋漓尽致!但是俄国资产阶级民主派在容易变节的脆弱性上甚至超过了西方所有的先例。只要想一想构成著名文集《路标》的那些歇斯底里的啜泣、对人民群众的诅咒和向警察局长的热烈呼吁就行了,而《路标》作者中间是有不少红极一时的"民主主义者"的!且不说司徒卢威、别尔嘉也夫和布尔加柯夫之

---

① 俄国大资产阶级和大地主的反动政党,成立于一九〇五年。

流的绅士怎样可悲而又可笑地翻云覆雨,由"马克思主义者"变成了保皇党、信仰基督的狂妄的政客,或者甚至干脆变成了牧师;①——孟什维克的"马克思主义"政党的全部行径又能值几文钱呢?一九〇五年,他们竟把自己的实践缩小到这个地步,只是劝告工人客客气气地促一促资产阶级,而——为了人类的整个前途——不要乱说乱动,免得吓坏了对方。

资产阶级畏畏缩缩,民主派毫无出息,可是无产阶级的态度却更强硬了。彼得堡工人代表苏维埃②让维特先生③及其同伙预先领略了一下苏维埃政权的滋味。

这整个形势造成的结果是,第一,俄国资本家仍然恭恭敬敬地效忠于沙皇制度,即是效忠于显赫的奸宦恶吏、官僚主义匪帮、富裕但已逐渐式微的地主,和一大群贪婪的贵族。第二,俄国资本家差不多从一出生起,心里便有一个隐痛。他们知道工人问题的一般提法;这个问题,再加上农民对土地的强烈的、准备打断一切锁链的意愿,在资本家面前描绘出一幅阴暗的远景。一切都预示着他们是短命的。这使俄国资本家害了一种"早衰"症。差不多还在少年时代,他们就已经用阴森森的声音随着欧洲颓废派吠叫,给自己造起一座座带有相应的没落情调的邸宅,用残花败叶和魑魅魍魉作为装饰了。

如果说西欧资本主义在大战④前曾经振作和飞扬跋扈过一

---

① 上述三个十九世纪九十年代的"合法马克思主义"者都是《路标》撰稿人。彼·别·司徒卢威先是加入立宪民主党,苏联内战期间,又在白匪头目弗兰格尔拼凑的伪政府中担任过"部长"。尼·亚·别尔嘉也夫(1874—1948),反动的神秘主义哲学家,一九二二年由于其反革命罪行,被驱逐出境。谢·尼·布尔加柯夫(1871—1927),立宪民主党人,十月革命后成了神甫,一九二二年被驱逐出境。
② 彼得堡工人代表苏维埃成立于一九〇五年十月全俄大罢工期间。
③ 谢·尤·维特(1849—1915),一九〇五至一九〇六年间的俄国内阁总理,曾残酷镇压一九〇五年革命。
④ 指第一次世界大战。

番,那么,俄国资产者却连这个迟来的"小阳春"①也没有经历过,他们的典型特色永远是不干净的良心的臭味、气血亏损,以及想用广泛的捐献和对文化事业的资助来沽名钓誉的愿望。

虽然压在俄罗斯帝国各族人民的胸口的资本主义巨石上布满了裂缝,它却并没有因此减轻了重量。

不过还有比资本家的内在的孱弱更重要得多的事情,——一个可以叫做"社会向反面转化"的现象显然是无法避免了:在这种情况下的资本主义的胜利意味着无产阶级的长足进展,并从而决定了一点——这个新的、坚实的庞然大物闯进俄罗斯泥沼以后,势必要推翻其中的整个不稳定的平衡状态,成为能起组织作用的引力中心。

正是在这个时代,高尔基碰到了剧烈的生活矛盾、恶毒的谎言、人的苦难和卑劣的罪恶。而这一切都带有上面所说的社会矛盾的痕迹。

高尔基亲自经历过、又在周围看到过小市民——在很大的程度上是半无产者——生活的全部惨剧,他原是在他们中间度过他一生的最初的岁月的。但是可以说,从他跨出最初几步的时候起,他身上便已带着另一种烙印,跟小市民习气迥然不同的烙印。

他抗议时所表现的愤怒的力量本身,特别是同抗议一起展开的对幸福的要求——这个由于对大自然和生活的热爱、由于对人的明朗的信心而显得金光灿烂的要求,高尔基准备投入革命队伍、成为自由大军的一个列兵的决心本身,——这一切全是新春的产物,当时俄国开始散发出春天的气息来了。

并不是人人都能嗅出这股气息的。有许多人觉得长夜越来越黑暗。还有人以某种预感自慰,他们听到某些号召,可是他们既不了解这口新钟的低沉而雄浑的声音来自何处,也弄不清它召唤人

---

① 一年中最后一段晴和的日子。

们走向哪里:这就产生了一种模模糊糊的、急躁不安的革命情绪,它可以代表当时广大知识界的特色,对于昙花一现似的再度兴盛起来的民粹主义运动很有利。

在无产阶级本身中,在它的周围,都有人知道那钟声来自何处,也知道它召唤人们走向哪里。西方的经验帮助了他们。但他们是经济学家、统计学家、政论家、宣传家,他们在那时候做过光荣的工作,我国的历史和人类的历史永远忘不了它。

论马克思主义的学识,论同工厂无产阶级的直接的亲密关系,高尔基不及他们。在理性上,他对社会局势的基本线索不像他们那么明了。可是他的莫大的、无比的、不朽的光荣,在于他利用自己的艺术器官,非常清楚地认识了来自成长中的无产阶级的创造热潮,并且使这股热潮在艺术上得到有力的表现,成为艺术家对周围世界的回答的一部分,从而他在我们的运动刚刚发轫的时候就成了一个强大的无产阶级艺术家。

3

从上一节的论述中已经能够得出结论:资本主义的出现及其全部形形色色的后果——这个作为高尔基笔下的问题、形象和号召之基础的现象——具有两面性,换句话说,它不可免地会引起一个新的现象:资本主义崩溃,政权转入无产阶级手里。

无产阶级的日益增长的影响,可以说是通过各种不同的形式,贯穿着从十九世纪八十年代末期以来的整个时代。

高尔基卓越而充分地反映了这一点,反映了成为他的写作对象的生活素材中如何贯穿着无产阶级战斗精神的情况。这个因素的存在,从高尔基的作品中处处都看得出来,即使是他那些最悲观的短篇小说,即使是他那些离无产阶级中心最远的插笔;当然,譬如说像《莽撞人》之类的接近工人题材的东西,尤其是《敌人》《母亲》等等重大的无产阶级作品，就更是如此了。

然而我们已经说过，高尔基在他的创作根源上同另一个社会论题、同资本主义的胜利有着联系。高尔基认识这个论题时，是从矛盾、否定、斗争中，从对于资本主义的灭亡和我们的胜利的预感中辩证地认识它的。

在纪念过去的伟大艺术家格利包耶陀夫、果戈理、奥斯特罗夫斯基、契诃夫、谢德林的日子里，我不止一次地发表过意见。我每一次都重复说，这些肉体上死亡了的人物，对我们来讲绝没有死去，他们仍旧同我们一起做着巨大的事业。他们与之搏斗的那种弊害、妖魔、败类，至今还是存在着，或者说得更正确些，还在苟延残喘，在周围毒化着为一切真正有生命的东西所需要的空气。

弗拉基米尔·伊里奇曾经强调说，用激烈的外科手段铲除豪富的资产阶级、真正的资本主义等大的敌人（说得更确切些，是数量少而力量大的敌人），在我们要比铲除无数的小敌人、比铲除小市民根性容易些，它不仅存在于工业资本家被打倒之后我们的主要敌人富农身上，并且更广泛得多——几乎到处都是。① 它表现在各个方面：有的政权代表的傲慢和糊涂、许多加入集体农庄的中农的小私有者根性和富农余毒、对事业漠不关心的公职人员的死气沉沉的官僚主义、酗酒、有些无产者的不顾大局、特别是我们许多知识分子的形形色色的、有时貌似高雅的特性和品质。

在旧时的罗斯，小市民的王国是广阔而富饶的。很难同它斗争，因为它像沼地一样富于弹性：裂开了，随后又合拢来。也很难战胜它，因为它虽然有许多副面孔，可是面貌并不清楚，而且油滑、狡黠、变幻无常，容易化为乌有，然后重生再现。还需要不少时间，无产阶级的——即真正的人类的——因素才能把这片臭烘烘的广

---

① 参看《共产主义运动中的"左派"幼稚病》。《列宁选集》第四卷，第二〇〇至二〇一页。

大冻土地带从我们苏联清除掉。

不错,——说来遗憾,不过这是很自然的,——您至今还可以碰到坐着公家小汽车去签署公文的、威风凛凛的法穆索夫。也可以碰见腋下夹着厚厚的公事包、从人行道上跑到他面前去阿谀奉承的莫尔恰林。又可以在什么会议上,碰到就随便哪个题目胡乱吹嘘的、大嗓门的列彼季洛夫。

何况在我们这种从根本上说是充满朝气的健全的生活里,还有许许多多出现较晚的文学典型——圆滑的乞乞科夫们,无礼的罗士特来夫①们,仿佛刚从奥斯特罗夫斯基的"黑暗王国"中走出来的迟钝的笨伯、直到今天艾尔德曼还在兴致勃勃地加以嘲笑的白痴巴尔扎米诺夫②们,以及契诃夫创造的各类典型的很多代表人物。

不错,我所列举的几个伟大作家,都可以帮助我们彻底消灭他们所痛恨的恶劣的人类渣滓。

同时必须记住,情况并不是这样,仿佛可以把人类随便分成善恶两种。阶级区分当然占着主要地位:不过关键正在于,一个积极有为的阶级——例如贫农或者甚至无产阶级——的每一个别的代表,常常会染上小市民的脏病,因此必须给他治疗,或者说得更正确些,他自己必须好好地给自己治疗。弗拉基米尔·伊里奇讲过,共产党员是最有远见、最能自我牺牲的优秀分子;虽说这句话无疑是正确的,然而党的藩篱对于小市民的细菌毕竟也不是一个不可逾越的东西,而且不一定要当中央监察委员才知道这一点。

旧根性既然具有这么大的渗透力,反对旧根性的斗争就格外困难、格外需要了。

---

① 也是《死魂灵》中的人物。
② 苏联剧作家尼·罗·艾尔德曼所写剧本《委任状》(一九二四年)的主角古略奇金,是新经济政策时期一个热衷名利的庸人,类似奥斯特罗夫斯基的三部曲《节日好梦,饭前应验》、《莫管闲事》和《有志竟成》的主角巴尔扎米诺夫。

中世纪的人认为,如果能够叫出一个恶灵的名字,它便会失去它的魔力。对于小市民这个恶灵来说,这种想法在很大的程度上也是正确的。一项有效的防腐的办法,是在小市民或者至少沾染了一点小市民习气的人跟前,摆上一面十分明净的镜子。

这正是艺术所做过的事情。艺术曾经是这么一面照妖镜。它不单只能够反映恶习的丑陋的面貌,同时还能从各方面、从内心去显示它,这样照出它,使得朝镜子里观看的人不禁要笑起来;于是出现了另一种伟大的防腐力量——笑。

有一句古代格言:"让死人去埋葬死人。"尽管小市民还在爬行、蠢动、为害,实际上他们当然是要死了:无论如何,他们的大限毕竟快到了。但我之所以肯定说格利包耶陀夫、果戈理、奥斯特罗夫斯基、谢德林、契诃夫以及类似的过去的作家是我们的得力助手,并不是因为他们本身已死,从而可以把"埋葬"死尸的事交给他们去做的缘故。

不,说我们仿佛可以让死人去埋葬死人,这是假话!那句古老的格言是错误的,最好的证据就是还有一句古老的格言:"死人揪住活人。"不错,死人揪住活人;社会的死人、僵死的阶级、僵死的生活、僵死的宗教这些妖尸①,还能长久存在下去:它们早已该回墓地了,但是它们还在这里,在我们中间。如果不用白杨橛子镇住它们,它们便要从坟墓中爬出来,或者化为一股青烟,从火葬场的烟囱里溜出来,重新降落到地上,变成厉鬼。

我认为上面所说的一大群作家都是我们的活生生的助手,因为他们的作品有着强烈而光辉的生命,但虽然如此,我当然还是无意把他们的著作同高尔基——作为一位描写过去不久的生活的艺术家——的完全活生生的、浸透着现代精神的著作等量

---

① 某些斯拉夫民族的迷信,认为有的死尸夜间会从坟墓里爬出来,吸吮活人的血液,叫做"妖尸"。

齐观。

区别到底在哪里呢？

区别在于，所有这些作家、这些高贵明智的人物，他们同无产阶级只有很间接的联系，而高尔基却完全是从无产阶级中来的，所以他同那极力揪住我们的现在的、可诅咒的过去之间的斗争是一场直接的斗争，它能给人以致命的打击，做出最深刻的活体解剖，最真实有力地照出过去的丑恶面貌。

因此，即使高尔基把他的才能整个儿用来从艺术上阐明革命前的过去，他，正是作为一位艺术家，也仍然是我们的先进的战友。

已经出版的三部《萨姆金》，就是献给从艺术上阐明过去不久的时代这一事业的。

4

高尔基的起势不凡、然而还没有结束的历史记事巨著，叫做《克里姆·萨姆金的一生》。这一点，可以说明这部小说是用"集中法"——也就是让各个事件汇集在特定的中心人物即主角周围的方式——写成的。在本书里，文艺学家彼烈威尔泽夫所谓的"核心形象"（他把这一概念用得很不正确），被作者表现得十分显豁：要谈的是克里姆·萨姆金，是他本人和他周围在数十年间发生的事情。

高尔基始终一贯地保持着他的作品的这个特质：凡是萨姆金没有直接或间接看到过的事，书中一概不提。

表面上看来，我们很可以向自己提出一个问题：既然如此，作品为什么不采取"集中法"的长篇小说所常用的那种第一人称叙述的方式呢？我们在下面将会发现，无论从艺术或社会的角度看，这种方式对于本书都是完全不行的。

不过世界文学中有许多辉煌的所谓"Bildungsroman①"——这个术语不大容易译成我们的语言,它的意思是:描述一个青年怎样变为成熟的人的一种长篇小说。这类小说几乎全都不用第一人称写作,即使主角很得作者好感,并且同作者本人的个性近似得几乎要混淆起来,像这一体裁的最大典范如歌德的《威廉·麦斯特》或《绿衣亨利》②的情形那样。

《克里姆·萨姆金的一生》表面上是一部"Bildungsroman",但作品的中心人物——表面上可以叫做"英雄"的那个人物——绝没有获得作者的好感,他在各方面都同作者的个性恰恰相反。

这一点,可以很容易使作品变成讽刺之作。例如,《死魂灵》也是由乞乞科夫一生的许多感受、遭遇和事件构成的。

当然,《死魂灵》绝不是"Bildungsroman";在果戈理看来,表现小小的阿谀者和骗子手保希卡③怎样发展成为同类中最突出的一个——保甫尔·伊凡诺维支·乞乞科夫,明明是次要的事,虽然乞乞科夫这个人物本身是讽刺的对象,但对作者来说,表现整个"死魂灵"的国度却更重要得不可比拟。

在高尔基的作品里,勾画全景的任务——从变动中描写特定时代的俄国——也起着主要作用;然而处于连续不断发展中的萨姆金个人在小说里所占的重大地位,恐怕也跟"Bildungsroman"的优秀典范的主角在书中所占的地位一样。

严格地说,在高尔基这部作品里没有真正的讽刺因素。或者说得更正确些,它只是隐隐地存在着。

名副其实的讽刺家在或大或小的程度上总是一个漫画家;他毫不客气地突出他笔下的形象的某些特点,以至失去了一部分的"真实性",但是他使我们更便于识别通常被掩盖着的东西,理解

---

① 德语。有人译为"发展小说"、"成长小说"或"教育小说"。
② 《绿衣亨利》是瑞士作家高·凯勒(1819—1890)所写的小说。
③ 即保甫尔。

丑恶可笑的东西,这比我们在未加渲染的现实中去识别和理解要容易得太多了。

相反地,高尔基虽然对他的"英雄"和他所描写的大部分现象抱着彻底否定的态度,可是他并不作这样的渲染。反之,他似乎时时都在极力排除作为道德裁判员的他自己,客观地、十分公正地描写事物。这是一种有力的手法——可以叫做含蓄的讽刺法。

作者这样考虑着:我现在用艺术的烛光来照明的素材,其本身显然就很丑恶,读者越是强烈地感觉到一切都被白天的均匀的光辉照耀着,未加渲染,仿佛生活本身在这里说话似的,那么他们便越能确信素材的恶劣性。

在相反的场合,即是当我们要含蓄地赞扬什么的时候,这个被强调的客观手法也能发挥它的威力。作者想歌颂某些人物或事件,但是他这么做的时候写得十分朴素,毫不夸饰,因为他相信,他们的美的本身会替自己说明一切。在我们所谈的这部高尔基作品中,也有这种含蓄的赞扬的因素。

不过关于萨姆金本人,还是有一个特殊的、费解的地方。

本文读者可以问我:

"您说,《克里姆·萨姆金的一生》一半是'Bildungsroman',另一半是在很大程度上通过主角的见证描绘出来的、一个重要时代的活动全景图。我把您的意思了解得对吗?"

"您了解得一点也不错。"

"但同时您又肯定道,克里姆·萨姆金是个引起作者厌恶的典型。就是说,高尔基给我们详细描写了一个恶棍的发展过程,并且通过这恶棍给我们介绍一个时代……说实话,我觉得,要不是阿列克塞·马克西莫维奇向自己提出的任务太稀奇,就是您对它的解释有点古怪。"

"亲爱的读者,您的问题提得正确。为了回答它,必须研究一下,第一,为什么作为'Bildungsroman'的主角看,萨姆金的本身是饶有兴趣的;第二,为什么作为生活的见证人看,他也是饶有兴趣的,换句话说,表面上他也是饶有兴趣的。"

在下面几节中,我们便来谈这一点。

5

高尔基这部新作的读者不能不很快注意到,虽然作者为了阐明萨姆金的性格下过那么多功夫,他的性格还是苍白得近乎没有特色,萨姆金其人也索然乏味,他的内在的东西常常是从别人那里假借来的,而且——由于他的心理上的枯萎——显得又狭隘又平淡。

我们很容易设想,某个作家会欣然承担这样的任务:描写一个色彩鲜明的坏蛋,例如一名大盗或者恶毒的、诡计多端的阴险小人。可是写空虚的灰色人物,——值得吗?

在我国文学中,我们可以看到一个经典式的、经过精琢细磨的空虚的形象。萨尔蒂科夫—谢德林观察他所背弃的地主阶级的衰落和崩溃,创造了几乎是魔鬼般的犹大什克·果洛夫廖夫的形象。

初初看见这个讨厌的恶棍时,我们可能觉得他有个性、有抱负、有成就,觉得他有点像那种没良心、无情义、爱做作的严酷的典型,例如莎士比亚的纪念碑式的理查三世①。但是,如果凑近去仔细看看这个口齿不清、迈着小步走路、永远在侈谈上帝、永远在画十字的可鄙的老饕和其实并不善于经营的财迷,我们便会发现俄国评论界早已指出过的一点:犹大什克的基本特征是可怕的空虚。他什么人也不喜欢,什么人也不尊敬,他没有任何准则,只有纯动物的卑劣的本能指引着他的行为。他用空谈来文饰这种可鄙的、同人不相称的行为:他以他所特有的讨人欢心的口才,不断地、轻

---

① 剧本《理查三世》的主角。

率地胡说着带有正教—基督教色彩、精神—道德色彩的废话。犹大什克一边说废话,一边又在它的蜘蛛网似的帷幕的遮掩下,干着卑污的勾当。但值得注意的是,他不像莫里哀的达尔杜弗①那样,抱着有意识的伪善态度,给自己制造一个方便的、假仁假义的烟幕;不,他非常真诚地相信这一切废话。犹大什克是个真正笃信上帝的人、规规矩矩的公民,他崇尚秩序和自古以来的道德观念。不过,作为本阶级的余孽,他内心老是摇摆不定,所以在他的心理的某一方面,他对上帝和天戒敬仰得五体投地,而在他那像一所荒凉阴暗的房屋似的天性的另一方面、更大的方面,他却好比一团漆黑,毫无原则。正因此,他才能一边在他的小教堂中祈祷,同时又在附近一个潮湿阴暗的房间里干出欺诈和淫乱的行径。

可是您会说,这难道不是大多数基督徒的共同特点吗?难道他们的"礼拜天的祷告"与平日的表现之间不是隔着一条鸿沟吗?同资产阶级制度的残酷的实际对照之下,神甫、牧师和教士所传播的基督教箴言,听起来难道不是空谈吗?

不过在犹大什克身上,这种动摇、这种两重性更为明显,因而他的内心生活的可怕的空虚也更为明显。这空虚使人感到那么冷飕飕,那么恐怖,以至犹大什克真正具有了恶魔的特点。承认犹大什克是魔鬼或魔鬼的玩物,换句话说,承认他是邪恶本身的代表,——这在哲学上是正确的,如果我们一致认为,当空虚或虚无极力戴上一副假面具来冒充生活的时候,它正是一种邪恶。

应该说,俄国的魔鬼,特别是知识分子手中的魔鬼,恰恰越来越具有这样的性质了。

在这里,我们没有工夫把光芒四射的西方的魔鬼同我国文学中乏味的、灰溜溜的鬼怪做一番比较。只要回想一下靡非斯特匪勒司就尽够了。歌德直截了当地论述他——而且是由他自述道:

---

① 喜剧《达尔杜弗即骗子》(旧译《伪君子》)的主角。

"我是那经常希望作恶,而实际上却在造善的力之一体。"①

靡非斯特匪勒司这个人物跟浮士德同样富于或比他更加富于辩证性。

靡非斯特匪勒司之所以能够"造善",是因为他的邪恶会扎痛人,刺激人。靡非斯特匪勒司拥有光辉的机智。他摧毁了唯心主义的虚影,在被诱惑者眼前揭露出现实的污秽,他的确在策励人们。可是犹大什克能够策励人们奔向什么地方呢?

陀思妥耶夫斯基曾多次同魔鬼交好;当他决定把一个新从地狱中出来的真正的魔鬼引给伊凡·卡拉马佐夫②的时候,他使它具有了一个老于世故的、十足的俗物的全部特点。

俄国的魔鬼——至少是知识界的魔鬼——常常是小鬼,常常是彼列多诺夫或者涅多蒂科姆卡③。这还是从果戈理流传下来的。果戈理对谢普金④说明过,轻佻的撒谎者和无意中做了冒名者的伊凡·亚力山大洛维奇⑤,实际上不是什么别的,而是恶魔本身。谢普金一听之下,简直惊讶得发愣了。

6

这就是萨姆金——"魔鬼的玩物"。

从社会观点看,萨姆金也是个精神空虚的典型。他有一个不正常的家庭,他小时候受人溺爱,同时却没有得到真正的温暖。追溯一下他的家谱,他所有的亲属都是一些余孽和失败者。他那从贵族中间脱落下来、阶级地位不明确的父亲和十分空虚的母亲便

---

① 参看《浮士德》第一部第六五页,人民文学出版社。
② "真正的魔鬼"指《卡拉马佐夫兄弟》中的另一人物斯麦尔佳科夫。
③ 涅多蒂科姆卡也是费·库·索洛古勃的《小鬼》中的人物。
④ 米·谢·谢普金(1788—1863),著名演员。
⑤ 《钦差大臣》主角赫列斯塔科夫的教名和父名。

是这样；他的名存实亡的民粹派伯父像个幻影；他那笨头笨脑的哥哥是十足的傻子。

Self-made man① 华拉甫卡本来可以给这腐朽的家族输入一点新的血液。但是高尔基以惊人的社会嗅觉，揭示了这个有才能的生意人的鲜明激烈的性格。他活着是为了谁？为了什么？请把安葬华拉甫卡的场面重读一遍吧。他得到了什么结果？一切都化为乌有了。

华拉甫卡是一朵典型的、我国特有的资本主义空花。虽然左拉和托马斯·曼等作家肯定说，资本主义王朝非常短促，多半在第三代就产生了不肖子弟和破落现象。不过，第一，这毕竟是到第三代才有的事；其次，这些王朝曾经一同织成了很坚实的欧洲资本主义的锦绣。

高尔基给他笔下的一朵资本主义空花起了德沃耶托奇耶——"冒号"——这个姓氏。② 冒号表示一句话已经完结，后面应该出现新的、解释前文的字句。可以说，最后半个世纪的俄国全部资本主义，便是这样一个除旧布新的冒号。因此，在资本家中间才有那么许多煊赫一时、结果却无声无臭地消失了的有才能的人物。

克里姆·萨姆金从他的家庭环境中被投入了我们所谓的"知识界"这一居民层。

关于我们上面所用的名词的实质，有过不少的争论。

知识界本身的使徒们企图这样说明这个名词的内容：知识分子是批判性的思考和敏感的良心的体现者。但同时，人们马上看得出来：那一切助理检察官，一切贪财的律师巴拉拉依金③之流，一切受过大学教育或准大学教育、担任着上帝所派定的公职或资

---

① 英语：独力奋斗的人。
② 德沃耶托奇耶，剧本《避暑客》中一个工厂主，后来变卖了产业，无所事事，过着富裕但是空虚孤独的生活。冒号即"："。
③ 谢德林的《现代牧歌》中的人物。

本主义性的职务,或者从事"自由"职业、在某个美术摄影部门或牙医部门做事的庸人,——把他们算作批判性的思考和纯洁的良心的体现者,无论如何是不行的。

涅克拉索夫或乌斯宾斯基一类的人,尽管对自己可以求全责备,却当然是光明正大的知识分子的崇高典型,但连他们也不敢把自己算作这种体现者。

涅克拉索夫由于没有成为直接的革命家而公开地严格批评自己,同时怀着虔敬的心情,将车尔尼雪夫斯基比作基督。① 一本乌斯宾斯基传记令人感动地描写过,当一位职业革命家偶然去看望他②的时候,他简直不知道请这个人坐在哪里才好,怎样表示亲热才好。他也像涅克拉索夫·谢德林、车尔尼雪夫斯基一样,像成百的革命家一样,找到一些词句,对知识界的广大群众加以沉痛的嘲笑,他大概是以米尔托夫(拉夫罗夫)论述对人民所欠的债务的著名书简③为依据,用"债务人"这个轻蔑的词来称呼知识分子。

为了抬高自己在社会上的身价,孟什维克或社会革命党之类的知识分子政党总爱忘记这一点,却随随便便、喋喋不休地泛论整个知识界,把受过教育、衣冠楚楚的人们当作一个精选的阶级。

可是这种想法的个别代表有时也了解,这样跟受过教育的一部分庸人称兄道弟,难免会影响自己的名誉。例如,伊凡诺夫-拉祖姆尼克就企图建立一套理论,说知识分子是卓然独立的、个性表现得很鲜明的人物;同知识分子相反的因素则是小市民,即面貌不清的人和群氓。④

---

① 见涅克拉索夫的诗《致一位不知名的朋友,他给我寄来了〈不可能〉一诗》和《尼·加·车尔尼雪夫斯基(先知)》。
② 指乌斯宾斯基。
③ 指拉夫罗夫的《历史书简》。见本书第一八七页注①。
④ 伊凡诺夫-拉祖姆尼克是拉·瓦·伊凡诺夫(1878—1945)的笔名,文艺学家,唯心主义社会学家,社会革命党政论家。这里是指他在《俄国社会思想史》(一九〇六年)一书中提出的意见。

如果信奉这套理论,那就必须完全撇下我们平日所说的知识分子,而承认聪明的、寻求真理的、即使不识字的农民,尤其是有觉悟的无产者,才恰恰是真正的知识分子;否则只好悄悄地仍然掺进这个思想:表现得很鲜明的个性、楚楚的衣冠和口袋里的毕业文凭是分不开的。这种思想在拉夫罗夫的著作中早已有过微弱的流露,普列汉诺夫针对着它说过一句中肯的挖苦话:"所谓有批判力的人物,该从十二品官算起才对。"

为了高尔基的纪念日①,在我国已经被淡忘的库斯柯娃老太婆竟然大放厥词;她终生都站在面子所能容许的最右的立场:比普罗柯波维奇先生和库斯柯娃女士站得更右,那就太不体面了。②

库斯柯娃女士对高尔基当然充满着憎恨。她肆无忌惮地表现了它,说高尔基是苏维埃政权的御用歌手,苏维埃政权憎恨知识分子,并且正在消灭他们,而他们也憎恨它。库斯柯娃女士胆大包天,居然代替苏维埃政权和在苏联工作的千千万万知识分子说话了。

库斯柯娃女士自然无论如何不会了解,一九一七年以后,知识界同人民之间的感情关系进入了一个复杂的、有时甚至是令人痛心的阶段。她欣然赞成斯大林同志的说法:工人中间有些分子,由于有过深深失望的经验,便笼笼统统地仇恨起整个知识界来。

我们很想知道,这位可敬的太太是否也赞成我们的领袖的另一段话:知识界有一些共产主义的死敌,他们为了破坏苏联劳动群众的无比艰巨的工作,可以干出任何的罪行,说出任何的谎言。

---

① 指一九二八年高尔基六十诞辰和文学活动三十五周年。
② 叶·德·库斯柯娃(1869—1958)和谢·尼·普罗柯波维奇(1871—1955)都是修正主义的著名论客,俄国的伯恩斯坦主义代表,后来成了立宪民主党人,请参看本书第二五页注④。十月革命后,库斯柯娃和普罗柯波维奇逃亡国外,反对苏维埃政权。库斯柯娃曾在白俄机关报《现代纪事》上抛出《斩断了翅膀的鹰》一文,恶毒挑拨高尔基同苏联知识界的关系。

我想她是会赞成这段话的,因为以她对布尔什维克的由来已久的、去国后更见顽强的憎恨,她离开——她到底离开过没有啊?——我国最恶劣的暗害分子典型并不很远。

然而库斯柯娃女士决不愿赞成斯大林同志的这项声明:苏维埃政权尊重知识分子,需要他们,它竭力采取一切措施,有时严厉、有时温和的措施,把它从过去继承下来的有教养阶层中的健全部分同无可救药的部分加以区别。①

库斯柯娃女士当然也不会赞成无数的人们对她一致发出的愤怒声明:"你没有权利代表我们、代表伟大社会主义国家的劳动知识分子,胡说什么我们憎恨苏维埃政权。你是替你自己说话,代表那可能还残留在我们中间的少数败类说话。"

我提到库斯柯娃,并不是由于我认为有多大的必要去驳斥她的乌鸦狂噪似的"祝词",而是因为她也企图制造某种关于知识界的奇谈:知识界差不多是用自己的乳汁喂壮了高尔基这条小蛇,而它现在却用布尔什维克的牙齿来咬破这只乳房了。

同时,我也不想多谈下面的事实:当愚蠢透顶的布尔采夫诬控高尔基是德国间谍的期间,②几乎整个知识界都对这位伟大作家采取了卑鄙的出卖的态度,而高尔基本人在革命最艰苦、在知识界的各个部分同革命发生抵触的时期,却以他的辩才和勇气袒护着知识界,他那么热心地袒护着它,一个早已不仅对"避暑客"的寓所,并且对"太阳的孩子们"的邸宅发射过许多支雕翎利箭的作家③竟会这样做,似乎是很出人意料的。

---

① 参看《论联共(布)党内的右倾》、《新的环境和新的经济建设任务》。《斯大林全集》第十二、十三卷。
② 符·里·布尔采夫(1862—1942),自由主义的资产阶级出版家和记者,十月革命后逃亡国外。一九一七年七月,他在《俄国意志》报上发表《不是我们,就是德国人及其同伙》一文,含沙射影地诬陷高尔基是德国的奸细。
③ 《避暑客》和《太阳的孩子们》都是描写知识分子的剧本。

在这里，我稍稍感觉兴趣的是库斯柯娃的奇谈本身。您知道吧，据说一切从事地下工作和接近地下工作的、特别是被流放和近乎被流放的知识分子形成了一个温暖而光明的"社团"，后来生活中再也没有产生过同样好的"社团"了。

照库斯柯娃的意见，原来这个由抗争的知识分子、叛逆的统计学家①构成的"社团"拥有非常强大的势力，他们可以把荣誉给予一个人，又可以剥夺它；例如，他们也把荣誉给予了高尔基。

由于这些取得胜利的统计学家统计起来显然为数甚少，所以他们之能够把荣誉给予人，明明是因为他们同受过教育的庸人有着密切关系的缘故。

我们得出这样一幅结构图：底下是作为受过教育的专家——也可以说是从事"脑力"劳动的小市民——之总和的知识界这一浅灰色的广大基础；上面，跟它一脉相通的则是"社团"的尊贵的首脑。

但是库斯柯娃女士记错了许多事情，她已经进入"风烛残年"了。所有我们这些当年跟库斯柯娃同样完全属于"社团"的人，②每逢回想起流放和流放生活、回想起这种"振奋人心的统计学"本身时，总是感到很大的厌恶。不错，在流放中当然能碰见杰出的人物，他们对"社团"的环境做过有效的斗争。不过一般地说，您问问任何一个曾经被流放的人，他就会告诉您："再没有比流放中和流亡国外时的生活更容易使人闹是非、说短长、神经紧张、厌倦烦躁和精神压抑的了。说来奇怪，"这个"老住户"会补充道，"聚集在那里的并不是什么坏人，而是受过教育、在革命领域内工作过一段时期的文人，可是他们常常在他们的太太的热心参与下，弄出了多少讨厌的纠纷！"

---

① 指广义的统计学家，包括那些根据统计数字来评论时政的著作家在内。
② 作者在十月革命前曾多次被流放到边远地区和流亡国外。

不错,库斯柯娃女士当作天堂乐土来回忆的流放地的环境,有一股难闻的气味,如果注意到在"社团"之上和"社团"以外还有一批优秀分子,注意到被流放的布尔什维克的骨干跟"社团"的其他成员截然不同,那么可以说,被流放的庸人就更像是灰溜溜的神经衰弱患者了(虽然许多人离开流放地之后,又成了不错的或者甚至是很好的革命战士)。

库斯柯娃女士之所以一回忆起"社团"的香味来便满心欢喜,岂不是因为她今天亡命国外,住在她的新巴比伦河①畔,——不是奥卡河,也不是杰斯纳河畔,而是塞纳河或施普累河畔,②——这种脱离生活、孤立绝缘的是非窝中的发酸的、鄙俗的香味正好也弥漫在她周围的缘故吗?

然而不仅如此。一方面,在我们的集体记忆中,"社团"的知识分子闲散生活的静态,根本不是像库斯柯娃女士的感伤的回忆所说的那样,另一方面,她还忘记了——她不可能记得,她只能曲解,——"社团"的历史动向。

必须稍微谈谈这件事。

一般地说,"社团"中包括了革命家,也许还包括了同革命家最接近的外围分子。

历史进程是这样:它引导人们经过一九〇五年的重要阶段,经过一九一七年的二月革命,然后走向十月革命和无产阶级政权。"社团"急剧地分裂了。

一八四八年左右,恩格斯曾以天才的智慧和眼力预言道:在无产阶级专政产生的期间,工人阶级的铁扫帚所要扫除的一切陈腐事物的最后和最顽强的支柱,将是一些极端民主派,它们不会嫌弃任何一个最卑鄙的同盟,它们将同温和的自由主义者、同死硬的保

---

① 巴比伦河指富饶的幼发拉底河与底格里斯河,即著名的两河流域。引申为"理想的地方"。
② 奥卡河与杰斯纳河属苏联,塞纳河畔和施普累河畔分别指巴黎和柏林。

守主义者、同残暴的反动分子、同任何国外的敌人勾结在一起,只要能摧毁无产阶级,虽然它们不久以前还在向无产阶级大送秋波。①

除了其中的布尔什维克的部分之外,"社团"的所作所为正是像我们可以预料到的那样:先知们说的话总是要应验的!

"社团"在资产阶级将军麾下行动起来,这些将军,第一,是要来恢复他们认为永世不移的旧制度;第二,恢复帝俄的半殖民地性——其目的则在把半殖民地性变成完全的殖民地性。可是"社团"所开创的基业,终于在萨马拉和阿尔汉格尔斯克②垮掉了。"社团"最初是伙同士官生枪杀十月的英勇群众,最后落得了这么一个下场。

库斯柯娃"忘记"了这一点,"不可能了解"这一点。她不得不用谎言来推托。

为了替自己的重大历史罪行和蜕化堕落辩解,白俄侨民中的整个"左"派所使用的主要伎俩是恶意歪曲布尔什维克的实际。

我们布尔什维克、我们苏联劳动者在一个技术贫乏、文化落后的孤立的国家里,在对我们彻骨痛恨的势力的包围中建设社会主义,是困难的。我们的事业正在以雄壮的气概向前进展。有千千万万的证据可以公平地证明这个。不过困难也很大。情况有时紧张到了极点;我们非常贫穷。在这种局势下,白俄侨民往往抓住我们的壮丽的建设图景中一切阴暗的东西,加上一大堆谎言,作为他们养身活命的资料。因此他们好比"气恼的"江鳕,肝火特旺,③他们就用这种肝脏所分泌的胆汁代替墨水来写文章。④

关于"社团"的奇谈说得够多了。我主要是谈库斯柯娃的论

---

① 参看《中央委员会告共产主义者同盟书》。《马克思恩格斯选集》第一卷。
② 都是苏联内战期间白匪军及其帮凶溃败之处。
③ 江鳕"生气"时,肝会变大。
④ 意谓文章中充满着愤恨。

文,因为这位太太在责备高尔基对知识界忘恩负义时,写道:"他对知识界的报答,便是目前他在《克里姆·萨姆金的一生》中关于它的描绘……"

高尔基在这部作品里把知识界谴责到了什么程度?高尔基是不是用萨姆金其人概括整个知识界?这个人物跟知识界有多少共同之处?

必须答复上面的问题,我们所提出的这一基本问题才能得到解答:为什么庸庸碌碌的萨姆金会引起这样特别大的兴趣?

7

高尔基在《克里姆·萨姆金的一生》中完全没有笼笼统统地谴责知识界。而且也不能指望他这样做。当然,庸俗的人们,即使是其中持有毕业文凭的那一部分,并没有获得高尔基的好感。然而,尽管高尔基从前不止一次地鞭挞了受过教育的庸人,他这部新作触及他们的地方却实在是比较少的,无论如何,它没有给高尔基在《瓦连卡·奥列索娃》、《避暑客》或《工程师》①中早已说过的话添加任何新的、尖锐的东西。高尔基没有提到,或者说,暂时还没有提到知识界的另一个"社团"——一个向来为他所极其敬重、也许竟是过于敬重的"社团",即真正的学者们。因为高尔基在他反映革命前最后数十年的情况的组画里虽也写到知识分子,但他确实主要是指库斯柯娃的"社团"而言。高尔基在他这部近作中所写的知识分子要不是属于各党各派,便是属于接近各党各派的外围。

可是就在这里,高尔基也没有走上笼统地指责的道路。他首先特别突出了以库图佐夫同志这个值得敬仰的人物为首的布尔什

---

① 指剧本《野蛮人》,其中的主要人物是一些工程师。

维克,包括干练的斯皮瓦克太太和许多其他人物在内。

库斯柯娃分子对这一点可能回答道:"这正表现了高尔基的党派偏心!"

但是,库斯柯娃分子先生们,你们不能把我们布尔什维克知识分子从整个知识界开除出去,也不能把我们在"社团"历史上所起的重大作用一笔勾销。

当然,你们这些属于另一种党派、战无不败的党派的人早在革命前就同我们作过斗争,认为我们迷失了方向。你们用最难听的话来说明我们在革命后的作用。这是你们的事,是关系到你们的党派偏心的事。

不过高尔基在他的全景图中是怎样描写布尔什维克的呢?他们跟周围一切人截然不同:他们知道事情在朝哪里发展,他们预见到了十月革命,预见到了无产阶级专政。因此他们的言行具有实事求是的性质。而别人却像瞎眼的狗崽子一样东奔西闯,他们的话有时虽也说得漂亮而聪明,但毕竟只是唱高调,不是符合事实的语言。

就算这是党派偏心吧。我们布尔什维克任何时候也不否认我们在各方面贯彻党的观点。可是,请您把高尔基这次所表现的我们的党派"偏心"同白俄侨民中各种库斯柯娃分子和猥琐狭隘分子的党派偏心拿来研究一下。衡量这两种"偏心"的时候,您不能不感觉到,历史在我们的天平盘上投下了一颗巨大的砝码。

难道我们没有战胜你们吗?难道十月革命没有来到吗?难道无产阶级专政没有实现吗?难道天下还能有一个知书明理的人不肯承认,这场缔造了苏联的革命是世界所曾见过的革命中最伟大的、客观上确实是最伟大和最壮丽的革命吗?

高尔基在描写布尔什维克时的党派偏心已经被历史证明是正确的。他们真是对未来作了正确的估计。

当然,形形色色的白党阵营还在用关于今后的预言安慰自己:

他们说,这一切准会垮掉。

因此今后还有斗争。我们相信无产阶级的未来和我国共产主义建设的胜利。你们不相信。我们将鼓足劲儿斗争和工作。你们只会像乌鸦似的呱呱乱叫,并且同老朽的资产阶级串通起来反对我们。

但是高尔基不仅在知识分子中特别突出了布尔什维克及其赞助者,他也完全没有给其余一切人的脸上抹黑。在《克里姆·萨姆金的一生》中可以找到不少大体上引人好感的典型;那个古怪的、在任何地方都无法给自己找到一个位置的、然而直爽可爱的人物伊诺珂夫,就是一例。

但知识界的某一部分人、很大一部分人,仍然可以认为自己被这三部书刺痛了。而且,与其说高尔基用克里姆·萨姆金的典型打击知识界的某一阶层,不如说是用它打击为知识界所普遍具有的某个因素、某些最有代表性的特点、某些通病。凡是身上的萨姆金气质较多的人,可以把他的形象看作对自己的一记耳光。这种气质不多的人,也不妨把它看作一次有益健康、却病消灾的外科手术。

8

克里姆·萨姆金首先是一个名副其实的艺术典型。

什么是艺术典型呢?

创造艺术典型,就是发现社会上某种普遍的优点或缺点或优缺点的综合,把它们构成一个人物,使他尽可能细致而深刻地肖似同类的活人,同时又更鲜明地揭示出作者想要说明的那种有代表性的综合。

可是创造真正的艺术典型的工作并没有到此结束。如果艺术家凭着自己的嗅觉和知识,用分析法揭示出社会的某些特点,然后经过匠心匠手,用综合法把它们构成一个形象,那么这个形象一定带有机械的痕迹:这也许是一个做得非常精巧的玩偶,一个十分肖似活人、很好笑、很有教益的玩偶,——但也不过如此而已。

在教诲文学中,在漫画和讽刺作品中,这类典型是适用的;顺便说一句:所谓"文学战线"派①就曾经为它们奋斗过。我不否认,他们当时指出的范例,——谢德林更不在话下——比如说别塞勉斯基的《射击》②,也具有它的艺术价值。

但是艺术可以提供得更多。它能提供得更多,只要艺术家的才能允许他想象和体现出真正的个性,即是像任何活生生的个性一样的独特的个性,并且使最普遍的典型特点不仅不会因此遭受损害,反而能在纯个人的特点中得到自然的补充和充分的完成。

大多数确实出色的典型和差不多所有的伟大典型都是这样塑造成的。艺术家创造了一个完全跟雕像似的、十分生动的新人物,于是这个典型人物就比绝大多数活人更富于生命力:活人生而复死,但俄狄浦斯③或哈姆莱特活了千百年还没有露出半点衰老的迹象。

萨姆金正是这样塑造出来的。萨姆金是个活生生的人物。

当叶尔米洛夫同志为"活生生的人"而斗争的时候,他所指的在很大程度上正是我这里所说的意思,——在这个限度内,他是对的。我至今还认为,排斥"活生生的人"是一个纯粹的误解。但这并不是说,叶尔米洛夫同志没有错误。④

---

① 一九三〇年苏联一个文学团体。
② 一篇诗体喜剧,其中有尖锐的讽刺,也有正面的东西。
③ 古希腊悲剧诗人索福克勒斯(公元前496—前406)的名剧《俄狄浦斯王》的主角。
④ 拉普派理论家叶尔米洛夫等主张,为了写出一个"活生生的人",必须刻画他的个性特点,同时要搜索和表现他的"致命伤"、二重性。卢那察尔斯基则强调塑造坚强的布尔什维克形象,"就在我们今天,先锋的典型、党和苏维埃的建设者的完美典型就已经很高大了。"(《农民文学和党的总路线》,一九二九年)

卡尔·马克思在他那封关于《济金根》的辉煌的书信①中也多多少少表现过同样的思想:他责备拉萨尔没有把自己的剧中人"莎士比亚化",却把他们"席勒化"了;他解释说,席勒笔下的人物是一定倾向的体现者。谁也不会争论,马克思显然是在莎士比亚的作品里看到了真正活生生的、多方面的人物。莎士比亚的这项能力已经为大家所公认:只要回想一下普希金的意见就行了。②

同时,马克思又——这是主要的一点——向拉萨尔指出,拉萨尔在他的人物处理上没有充分注意阶级性。这一事实,只能对我们着重说明马克思的一个显豁的思想:从观念出发去创造体现这些观念的典型,便创造不出活生生的形象;从阶级出发,极力创造这些阶级的鲜明的、有充分价值的表现者,才能同莎士比亚相近似。

因此,照我们的看法,萨姆金是个道道地地的艺术形象,而且他是被当作一个阶级的代表来描写的。

同时,我们无论如何不要认为,典型只能代表整个的阶级。基本的阶级很少,可是它们分成了许多集团。在每个特定的时代,一个阶级仿佛包含着若干数量的基本典型。发现这类典型,从它们相互之间以及它们同其他阶级之间的关系上去描画它们,是写实艺术家的主要任务。

如果某一阶级或集团——在我们这个场合就是知识界,即是小资产阶级中靠"脑力"劳动为生的那一部分人,——可以被责备说:它里面普遍存在着萨姆金的典型,在这个集团的很多代表身上,存在着或多或少的萨姆金因素,——那么,这一事实当然是一种谴责。

---

① 指一八五九年四月十九日马克思给拉萨尔的信。见《马克思恩格斯选集》第四卷。
② 普希金认为,莎士比亚在人物性格描写上,要比莫里哀或拜伦全面、完备得多。

不过第一,这谴责非常公平。

第二,这谴责非常有益。

然而首先,克里姆·萨姆金到底是什么呢?

我们已经说过,作为一个活生生的艺术典型,克里姆·萨姆金有着许多个人的、即非典型的、他所独具的特点。艺术家的嗅觉使作者能够这样选择这些个人的特点,它们同形象并不矛盾,而是仿佛给典型特点作了补充。

我完全不想谈以下的问题:这种典型的创造是整个儿在理智之光下面进行的呢,换句话说,这全部创造过程是艺术家清清楚楚地意识到了的呢,还是有几分——从理智的角度看——像摸索似的、以直觉的方式、但又非常合理而且有目的地进行的?

我只想说,我们的年轻的评论界有一部分人在维护艺术创作的纯理智性质时做得太过火,甚至到了荒唐的地步,他们害怕非理智方面的艺术想象力有活动的余地,如同害怕魔鬼那样。

关于这一点,我们当然还会有不少的争论。我再说一遍,我不想谈高尔基是否像制造机器的机械师似的,明确地认识到他如何构成萨姆金这个复杂人物的问题。

我们的"英雄"像每个人一样有他自己的名字。纯理智的艺术家凭着理性想出了普拉夫津①、莫尔恰林②等姓氏。艺术家又往往只给人物取一个偶然的名字和常见的姓氏。在给重要典型命名这件事上有一种最巧妙的方法,很难凭理智加以说明:那便是使典型同名字之间具有某种深刻的、隐约的、然而让人感觉得到的内在的谐调。我国文学中有许多例子,可是我不想细谈。

我们的"英雄"的名字十分独特。难道您在什么地方碰见过另一个克里姆·萨姆金吗?但是他的名字很能说明他的性格。

---

① 普拉夫津是冯维辛的喜剧《纨绔少年》中的人物,意为"诚实"。
② 莫尔恰林意为"沉默寡言"。

这个名字含有夸饰的意思,同时又在感性上具有重大的意义。"克里姆"一词的发音是干巴巴的、尖细的,它叫人想起"克林"①。"萨姆金"②——您可以感觉到这里有一种自负,一种依靠自己、希望表现自己的个性的味道。

一听见这个名字,我马上联想到陀布仁斯基的著名的"戴眼镜的人"③之流的外貌。但这不仅仅是一个同样偏狭、同样盲目、同样做作、同样乏味的人。这还是个萨姆金:他神气十足地微微仰起脑袋,他身上的某个东西——端整得使人感到凛然俨然的衣领、领带、发式,——显出一种自以为别具一格,而且仿佛自以为颇有含蓄的艺术味的派头。他身材并不高大,可是他同人家在一道的时候,他似乎总是稍稍挺起他的身子,希望显得高些。他的谈吐不只在方式上、甚至在音调上也很干巴巴,它根本是非常乏味的,仿佛一开始就是废话,同时,它又带有律师的狡辩、自我聆赏和自命不凡的强烈意味。

这便是萨姆金的外貌,的确,我们无论如何不能把刚才勾画的侧影叫做什么别的,只能叫做克里姆·萨姆金。

萨姆金有他自己的独特的家庭,有他自己的独特的童年,有他自己的、在某种程度上说也是独特的生活道路。他还有他自己的独特的恋爱史。然而这些非常独特的因素,却为萨姆金身上的基本的东西作了很好的准备、揭露和证明。

在我们这篇评论性的分析中,我们不必细谈这类个人的特点。我们要直接谈萨姆金的本质和典型性。

我们已经说过,萨姆金是"魔鬼的玩物"。

这是空虚的表现之一。这是戴着幻影似的生活的假面具的一

---

① 意为"楔子"。
② 从"自我"一词变来。
③ 姆·瓦·陀布仁斯基(1875—1957),苏联画家。《戴眼镜的人》是他的一幅作品的题名。

种空虚。

幻影不但迷惑着别人,也迷惑着萨姆金自己。他相信实在的东西。可是并不尽然;有时他似乎也领悟到,他只是一个零。

我国知识界相当大一部分人的这种空虚,——有的人十分空虚,有的人有几分空虚,——从社会学上说是由于什么原因呢?

首先是由于知识分子的"超阶级"的或"无阶级性"的地位。

知识界的"领袖"们就这个特点大吹大擂,说它使他们超越了所有的阶级。实际上,它只能使他们——当然不是他们全体——陷入空虚。

知识界最优秀的一部分人——多半是清寒知识分子——转向了劳动人民:在车尔尼雪夫斯基时代是转向农民,在列宁时代是转向无产阶级。

还有一部分人却去为上层阶级效劳——有的为官僚制国家、有的为资本家效劳。

但在这两部分人身上都可以看出几分空虚:有时候,革命知识分子会感到某些疑惑、懊悔,他们茫然四顾,——总之是,不能始终如一。

在那班投奔上层阶级、为它们出力效劳的人,这种情形更是常见。他们受到良心的折磨,他们有时也爱谈他们的"两重灵魂"。

可是假如我们要看到十足的空虚的事例,就得把眼光转向那些有意识地不以斗士的资格、而仅仅以偶然的客人的资格分别置身于两个或两个以上阵营的知识分子,或者甚至不在任何阵营做客的"独立派"。这样的人是没有历史前途,没有原则性的见解,没有纲领的。

如果这人生性鲁钝,没有受过很多教育,我们可以说:"一个无可救药的灰色的庸人",认为不必对他抱什么希望。如果他像克里姆·萨姆金一样,并不愚蠢而又受过教育,那么他一定要极力表现他在政治上、道德上和文化上仿佛都还有生命,起着作用;这样一来,他那"魔鬼的玩物"的性格便完全暴露了。

萨姆金之流的一个重要特点,是德国精神病学家所谓的"Geltungsdrang",即是力图使自己享有威望或出风头。

这里有一个细微的差别:企图使自己享有威望——指那种比人们实际具有的威望更大的威望——的人,毕竟还可能渴望某种有益的活动;这类人可以叫做现实的野心家。

托尔斯泰有一次说得非常中肯:一个人的价值决定于这样的分数,其分子是他的真正的优点,分母则是他的自负心。① 假如这个分数的分母大于分子,那么现实的野心家就很讨厌,因为他们常常要过问他们力不胜任的事情。但是那些可以叫做"华而不实的野心家"的人更讨厌得多:对他们来说,重要的不是威望,而正是出风头。他们自己心里可能相信,他们的金光闪闪的服装只是一堆廉价的锡箔和铜线,他们在社会上扮演的"角色"也毫无用处;但只要它能让他们出风头,他们便满不在乎。

当然,知识界还有很多这样的个人主义者,他们坚决为自己的功名和"地位"奋斗,而且是用一件重要的武器,即是从他们的事业中去奋斗的。他们有时也具有无谓的野心的可笑而猥琐的特点,不过他们身上的本质的东西不在这里。在他们,托尔斯泰所说的分数的分子毕竟要大于分母。

知识界有不少现实的野心家,也有很多华而不实的野心家。

为什么知识界有这么多野心家呢?

因为知识分子的各种工作几乎全是这一类的工作,其成果(薪金、名气、荣耀,等等)要取决于纯个人的特点——取决于独创精神、才能。人们总是去找那无可替代的律师、医生、肖像画家,邀请无可替代的演员、音乐家。容易由人替代的只值一戈比。难于

---

① 见《托尔斯泰全集》俄文本第四十卷,第一四三页。《复活》第三部第十五章中也有类似的说法。

替代的却值一卢布。无法替代的简直可以"漫天讨价"。所以,几乎每个知识分子都希望成为无可代替的人物。这里的问题不仅在酬金,还有社会的重视、女人的青睐,等等。

正因此,萨姆金之流虽然渺不足道,又只是戴着生活的假面具,却极力要把这副假面具装饰得更有独创性一些。

萨姆金主义的要点之一,便是希望表现自己的个性,使自己成为独一无二的、与众不同的人。

顺便说一句:易卜生的名剧《彼尔·金特》也植根于这个希望之上,只是其中的希望没有得到适当的机会来实现罢了。

除此以外,我们还得加上一个极其重要的社会学因素:我们所谈的那一类型的知识分子,即是有意识地"超党派"的知识分子,都站在各种思想和潮流的十字路口。因为他们本身很空虚,这些思想便能自由地灌注到他们的头脑里去。有时候它们轮流地吸引他们,于是我们看到了反复无常的人的典型;有时候它们在他们身上同时并存,于是我们又看到折中主义者的典型。

萨姆金热烈希望具有独创精神。可是他心里又滋长不出稍微卓越一点的独创思想。因此,有时他自己也无可奈何地承认,他那全部被夸大了的独创精神,不过是一个用别人的破布填塞起来当作内脏的动物标本而已。

一般地说,每逢萨姆金走进灯火辉煌、聚集着一批巧于辞令的健谈家和——用谢威利亚宁的话来说——"一群尖酸刻薄的妇女"①的客厅时,他不得不带几分骄矜,适当地露出公鸡挑逗的神气,可是当他独自一人的时候,他却常常好似一个去掉弹簧的纸板做的丑角:驼着背,皱起眉头,用笨拙的手势擦擦眼镜,眨巴着淡色的眼睛,想着自己的伤心事。

高尔基笔下的萨姆金在这样的一个时刻论断得很正确。他想

---

① 伊·谢威利亚宁(1887—1942),苏联未来派诗人。语出他的《序曲》一诗。

起红胡子哲学家陶米林的名言:"阅历丰富对大多数人都起着破坏作用,使他们的道德感混乱。不过,这种丰富的阅历也会造成一些特别有趣的人物",——一天夜里,萨姆金躺在床上考虑这个意见。"克里姆在红胡子教师这些话里面发现了一种既使他恐惧,又使他入迷的东西。他觉得自己的世故经验已经太多,不过有时候他又感到他并不需要那一切积累起来的阅历和思想。其中没有任何一个在他身上牢牢地扎下根、他可以称之为他个人的思想和信仰的东西。他心里所有这一切仿佛都是违反他的意志的,——只是浅浅地藏在皮肤下面,而更深的地方却是一片空虚,还有待于用其他的内容来充实。克里姆越来越经常地、越来越不安地感觉到,在作为一个容器的他自己同他所容纳的东西之间,正在发生分歧和对立。他羡慕库图佐夫,因为这人学会了信仰和心安理得地宣传自己的信仰。"

萨姆金所不了解的到底是什么?是什么秘密的根源?

他不了解,各种阅历、各种观点和念头只有集中在某些主要的思想感情的周围的时候,才能变成一个体系,才能成为良好的行动指南。而这主要的东西却取决于刚强的性格;在地位最明确、态度最坚定的阶级和集团的代表人物中间,常常可以碰到刚强的性格。对于知识界"超阶级"的那一部分人来说,性格软弱不能不是他们的一个特点。萨姆金没有这主要的东西。

这个可怜的人有时也会经历深刻的、自有其精微之处的内心悲剧。就在他得意地认出他的"复杂性"的时候,他心里常常痛苦而模糊地想道,他始终没有一个为他指明道路的罗盘。

高尔基在萨姆金下面一段"独白"中把他这种内心的不安写得很好:

"'我跟任何人和任何事都没有联系,'他提醒自己,'现实跟我作对。我在现实上空驰骋,就像走钢丝一般。'

"把自己比作一个走钢丝的演员使他感到意外和委屈。

"'我没有什么可懊悔的。'他半信半疑地重说了一遍,仿佛是从远处、用一种没有形成语言的新思想的眼光从旁考察着自己的思想。在他那一切旧思想后面还存在和显出一个虽说并不清楚、然而可能是最强有力的思想这一点,在萨姆金心里引起了愉快的感觉,因为他意识到自己的复杂性和独特性,①觉得内心很丰富。他站在房间当中抽着烟,看着脚下的亮光的粉红色斑点,忽然想起一则东方寓言,其中讲到一个人坐在十字路口太阳底下痛哭,过路的人问他为什么流泪,他回答说:'我的影子离开了我,只有影子才知道我往哪儿走。'那个寓言里流泪的人被称为傻瓜。"

我们再来看看萨姆金主义的其他根源和表现形式吧。

知识界是一个小资产阶级集团。换句话说,它没有资本。它出卖自己的劳动。可是它能把劳动出卖给谁呢?出卖给谁才能得到好价钱,使自己的生活上轨道,家属有保障呢?显然要出卖给有产者。有的人出任国家公职,而任何人都知道,从前的国家是怎样的国家;还有的人则为富豪效力。那些做不到这一点或者不愿意这么做的人,除了极少的例外,一般只好仍旧过清苦的日子。

在大多数情况下,这份阶级压力总会在知识分子内心碰到某种反压力。自重之心常常提示他们,为满足剥削者的要求而工作是丑恶的。专业的本身,可以说,任何专业的本身,都能促使它的从业员得出非常急进的结论,只要他们深入而公正地考虑一下这专业的目的。严格地说,一个十分正直的医生、教师、艺术家等等,不可能不成为社会主义者。

知识分子如果用这样那样的方法、在这种那种程度上保持着自己的清白,便能在道德方面具有一定的威望。忽视他们的意见并不那么容易。他们的指责可以刺伤你,或者至少抓得你叫疼。

在革命前的俄国,无疑也有过这一切情况。

---

① 重点是我加的。——卢那察尔斯基。

受过教育的阶层,即平民知识分子,立刻受到警察的监视,虽然在某种程度上说,平民知识分子是政府本身为了适应资本主义的要求而造就出来的。对于掌握情报的政府机关人员如宪兵、密探和警察的恐惧,在知识界极为普遍。又怎么能不这样呢?难道这些恶势力不是仅仅由于怀疑某人同革命有关,就可以迫害和毁灭他吗?只要列举一下政府的恐怖政策下的最大牺牲者,只要列举一下俄国思想界和俄国艺术界的杰出代表们,便能写成一份长长的蒙难者名单。

当然,这一点并没有妨碍知识界产生英雄人物;但涅克拉索夫说他们属于"为伟大的博爱事业而捐躯的人们的阵营",不是没有理由的。

萨姆金之流不愿为任何事业捐躯。他们很怕警察。他们怕得那么厉害,在顺利的情况下,警察甚至可以驯服他们。萨姆金碰到警察,好比火柴碰到火柴匣上的砂皮。幸好警察逼得不紧,否则这根火柴一定会燃起带硫黄臭味的挑拨陷害之火来。不过有许多次,萨姆金已经走到叛卖的边沿,甚至偷偷摸摸地跨过了这个边沿。

可是同警察的压力相对抗,俄国知识界那些转到农民或者(在晚些时候)工人立场上的优秀分子的巨大的反压力也有了发展。

不但知识界的先锋队亲手给叛徒打上的火印烙得很深,像该隐身上的火印①一样,就连指责对革命漠不关心、指责平凡的庸俗生活的话也足以引起戒惧,甚至使胆小怕事的人都不得不为革命家解囊,供给他们住处,对他们表示同情,有时候还间接地同他们合作。

---

① 该隐杀死其弟亚伯后,耶和华给该隐打了一个火印。见《旧约·创世记》第四章。

这种中间路线，这种夹在两块可怕的磨盘之间的生活，当然会造成骑墙态度和内心的分裂。

高尔基多次指出了萨姆金这些特点。我们只引用一段：

"萨姆金厌恶犹太人，不过他知道这种厌恶是可耻的，所以他像许多人一样，把它隐藏在一套叫做'亲犹主义'的词句里面。①他觉得犹太人比德国人或芬兰人于他更隔膜，他猜想每个犹太人都具有特别敏锐的洞察力，使犹太人可以看出他这个俄罗斯人的许多明显的和隐蔽的缺点，比其他种族的人看得更精细和清楚。他了解犹太人在俄国的命运多么悲惨，同时又猜想犹太人的心理一定沾染和接受了一种本质上敌视俄罗斯人的感情，以及为了屈辱和痛苦而复仇的愿望。"

我们还要谈谈萨姆金主义一个鲜明的很普遍的特点。

问题在于，知识界的一部分"工作"，而且是报酬优厚的工作，完全是个幻影似的东西。这种虚幻的工作者当中稍微有点才智和良心的人，都了解自己的工作是根本不必要的，这使他们认识到他们本身对社会的虚幻性。就连那些诚心诚意地认为自己有用、而其实只是虚度时日和徒劳无益的人，从他们的社会功用看，客观上也是一个幻影。虽然如此，这样的幻影却完全可以使社会遭受很大的损失，因为他们的贪婪绝不是幻影。

国家机关充斥着这类游手好闲之辈，他们多多少少已经被写进《塔什干的老爷们》②里面，一般地说，他们常常为伟大讽刺作家们所痛恨。在所谓的社会活动中挤满了"清谈家"，好像一大群蚊子一样。此外还要加上一切为豪门集团的奢侈生活和奇思异想服务的帮闲。各种替老饕们烹调山珍海味的厨师，或者替不识风雅的"大老板"修建"里斯本"式房屋的建筑师，各种依靠掠夺者的残

---

① 重点是我加的。——卢那察尔斯基。
② 谢德林的讽刺特写集。

羹剩饭过生活、而以给他们逗趣引乐作为报答的奴仆、弄臣、男男女女的卖淫者，——所有这些人当然都毫无用处，纯粹是社会上的消极因素。

然而这些分子恰恰都是知识界的人。他们要不是艺术家，就是什么名手、行家，他们是各种各样的"专家"。他们或者拥有才能，或者持有毕业文凭，他们的薪金优厚，他们甚至常常享有广大的声誉。

应该说，克里姆·萨姆金完全是这一路货。他有点像法律家，又有点像著作家；如果说他游手好闲，他恐怕要大大地见怪。他在工作。他寻找工作。但在他的整个"一生"中，您连任何有益的工作的痕迹也看不到，假如不算他受斯皮瓦克太太之托而写的那少数不取报酬的文章的话。

知识界有许许多多人面对着劳动人民的真正的民主革命所提出的两个严峻的问题，感到很难回答：你在干什么？你能够做什么？

第一，这些经济上的虚幻人物是靠侍奉财神来维持生活的，可是财神被革命打倒了。第二，凡是足以掩盖这种那种虚假无益的工作之真相的烟雾，都被革命吹散了。

正因为这个缘故，萨姆金之流才本能地憎恨革命。说得更正确些，他们也可以容许革命，只要它不去触动荒谬的奢侈生活和形形色色的清谈。在这样的革命之后，有些虚幻人物甚至能够爬得更高，为自己的空虚的活动找到广阔的舞台。比如说，克里姆·萨姆金认真地设想过，他要在这样的革命以后做一个国会议员，不过他的妻子华尔华拉对他了解得很透，她在发怒时叫道："你想做国会议员。你不会飞黄腾达的，因为你没有能耐……"

我觉得，我已引用了充分的证据，证明高尔基用萨姆金主义来谴责知识界相当大一部分人和某种普遍存在于知识界的特殊因素，是多么公平。

读者会看到,萨姆金主义不是一个偶然的东西,相反地,萨姆金主义的一切最典型的组成部分,可以说差不多都决定于作为一个社会集团的知识界的基本社会生活方式。

但是我们说过,高尔基的谴责不仅公平,而且有益。

我觉得,这谴责的益处现在很明显。彻头彻尾的萨姆金主义、完完全全的萨姆金主义应该被消灭,为了这个目的,我们就应该对它有所认识。一种最重要的社会认识方法是从艺术上去认识。

我听说高尔基想采用这样的写法:当列宁乘坐装甲车进入后来的列宁格勒①的时候,萨姆金在车上发出的探照灯灯光之下,大有象征意义地消失了。

我又听到一个设想,说是小说第五部将描写萨姆金如何假惺惺地拥护苏维埃政权,如何变成一个暗害分子。

毫无疑问,萨姆金跟著名的审判案②期间所揭露出来的暗害分子心理有着非常多的共同点。姑且假定暗害活动已经被肃清了吧。那么能不能说萨姆金主义也被肃清了呢?

不! 萨姆金主义更微妙,更变化无常。对付一个完整的萨姆金要容易一些;对付零碎的、有时像某种微生物似的钻入健全的天性中的萨姆金主义,却比较困难。在这件事情上,萨姆金的艺术形象常常能以最直接的方式给我们带来益处。

一个健全的好人,在准备说空话、做无聊的或者诸如此类的事情的时候,一想起克里姆·萨姆金,便会立刻自问:"我不是像这位绅士吗?"承认彼此类似以后,他将恐怖地叫道:"呸,你这恶魔,差一点缠上我了!"在这种场合,只要对空虚的魔鬼萨姆金念道:"邪魔隐遁,阿门,阿门!"那么他真的就会消失了。

当我这样结束我对萨姆金形象的分析时,从而也就回答了我

---

① 原名彼得格勒。
② 指一九二八年莫斯科法院对一批在顿巴斯所属沙赫特等地从事暗害活动的资产阶级专家的审判。

和读者所提出的第一个问题。现在很明显,为什么本身如此乏味的萨姆金,对高尔基来说却是个非常有趣的"英雄",因为高尔基这部近作带有一种特殊的"Bildungsroman"的性质。我们亲眼看到,萨姆金从一个孩子变成了——可以说是——花里胡哨的空虚人物。

最后,我想证明一下,我们的分析的基础,确实是完全符合我们的作者贯穿在他的"英雄"身上的基本思想的。

为了这个目的,我们要引用萨姆金一个值得注意的梦:

"萨姆金以梦境里才能有的疾风骤雨的速度,看见自己正在两行老桦树中间一条没有人踪的坎坷不平的道路上走着,——另一个克里姆·萨姆金跟他并肩而行。是个晴朗的日子,太阳烤得人背脊滚烫,然而无论是克里姆本身,还是那个跟他容貌相同的人,或者是树木,都没有影子,这叫人很不安。那同貌人一声不响,用肩膀把萨姆金推进路上的坑坑洼洼里,推到树上,——他很妨碍走路,克里姆只好也推他;于是他倒在克里姆脚下,抱住两腿,狂呼大叫。萨姆金感到自己也要倒下去,就抓住同伴,将他拉起来,却感到同伴像影子似的没有重量。但是他的装束完全和真的活的萨姆金一样,所以该有个重量才对。萨姆金高高地举起他来,扔到旁边的地上,——他摔成了碎块,于是在萨姆金周围立刻衍化出几十个人形,跟萨姆金一同飞快地奔跑,虽然他们都像影子一般轻飘透明,却把他挤得好紧,推推搡搡,使他离开道路,赶着他往前走,——他们的数目越来越多,他们都很激动,萨姆金在这一群默不作声的人当中直喘大气。他甩开他们,用双手揉碎、撕裂他们,那些人在他手里就像肥皂泡似的破裂了;有一瞬间,萨姆金认为自己取得了胜利,可是下一瞬间,他的同貌人却无穷无尽地增加起来,重又包围住他,赶着他由没有影子的旷野上朝烟灰色的天空跑去。"

9

我们已经讲过,高尔基这部近作仅仅在某个程度上说才是一种反面的"Bildungsroman";在主要的方面,它也许是一部艺术性的历史记事,或者照我们先前的说法,是一幅包括数十年之久的活动全景图。

把两项因素这样融为一体,是十分合理的:如果您写一个人物的传记,那么它自然会成为他的一切见闻的历史记事,因为,用普希金笔下的皮敏①的话来说,"上帝派定"他做了许多事情的"见证人"。

在用第一人称写作的长篇小说里,所表现的全部内容无例外地都应该是中心人物看到过、思索过、感受过或者至少是用心听取过的东西。最好的例子是《鲁滨孙漂流记》。

然而在我们这个场合,我们所分析的萨姆金自然不适于做这种特别的见证人。

但是我们应许过要回答一个问题:为什么作为观察者、作为见证人、作为置身事件之中的人来看,一般地说萨姆金是饶有兴趣的?

有几个原因,使萨姆金能够上升为这个角色。

首先,他好动。萨姆金表面上同任何阶级都没有联系,也没有牢牢地扎根在任何事业上或任何地方,正相反,他不安地为自己寻找位置,——无论从社会的或地域的角度看——到处飘游、乱转。单是这一点,便使他成了应该尽可能广泛地囊括时代的长篇历史记事小说的一个适当"英雄"。从阿普列尤斯②起,所有的作家都

---

① 皮敏,普希金的历史剧《鲍利斯·戈都诺夫》中的人物,一个编年史家。
② 鲁·阿普列尤斯(约124—约175),古罗马作家和哲学家,著有长篇小说《变形记》(后改名《金驴记》)等。

挑选这类好动的"英雄"作为广泛描写生活的长篇小说的中心人物。

高尔基所写的时代是动荡的时代,是一个庞大的帝国崩溃、雄伟的新兴势力成长的纷纭扰攘的时代。

许多事件有时能使那些年月的混乱局势受到震荡,可是事件的宏伟同见证人的渺小表面上并不矛盾。

萨姆金为内心的不满情绪、自己的不明确的地位,和唯恐由于他在政治上庸庸碌碌而受人指斥的心理所驱遣,只要是出现了热烈紧张的场面的地方,他都要在那里瞎闯一阵。因此作者轻而易举地让萨姆金接触了一连串最重大的现象,以及许多细琐但是具有特征意义的事情。

除了社会生活和历史事件的画卷以外,高尔基还绘出了长长一系列的肖像和素描。由于上文所说的原因,这许多形形色色的人物也很容易同萨姆金发生联系。

然而萨姆金是不是一个客观的见证人呢?

首先我们要指出,对事实的形而上学式的客观记述本来并不存在。如果一个作家根据他的亲身观感来写作,那么,他本人便是使事实达到读者心中所必须经过的一个复杂的媒介物。这一点甚至适用于科学,特别是适用于历史学。就艺术而论更是如此,在艺术上,左拉所说要透过人的气质的三棱镜来描写现实的话,①仍然是正确的,只要我们能从广义上了解"气质"这个词,把它解释为性格和思想方式。

固然,科学也好,在某种程度上说,艺术也好(我们可以再回想一下左拉),都同样推重一个达到客观性的方法:广泛的文件和不偏不倚的态度。

说到广泛的文件,——即是尽可能地多多搜集证据——那么,

---

① 见左拉的《蒲鲁东与库尔贝》(一八六六年)等文。

这对事情并没有多大帮助：这一切证据，包括那些甚至像公证书一样枯燥无味的官方文书在内，都充满着主观主义的情绪，它们首先是反映各个集团和阶级的利益的。作家必须加以深入的研究，衡量衡量哪里是真多于伪，哪里是伪多于真。这很不容易做到，并且因人而异，比方说，在不同的历史家的笔下（正是要看他们的阶级立场如何而定），同一个事件竟会蒙上完全两样的色彩。

同时，所谓不偏不倚的态度，更不能成为一个可靠的指导者。

"怎么？"说到这里，一个读者插嘴道，"难道马克思主义不是恰恰坚决主张客观性的吗？难道马克思所建立的科学社会主义，不是恰恰要求人们对任何历史形势都得作一番十分冷静的、可以说是数学般精密的研究吗？"

马克思确实直截了当地说过客观性在科学中的重大价值。他曾经赞扬大卫·李嘉图①的这一特点，而谴责马尔萨斯凭主观捏造事实。

可是那位插话的读者应该回想一下，无论马克思、恩格斯或列宁都绝不是不偏不倚的人。相反地，他们都怀有强烈的爱憎。他们的高度的客观性正好在于他们的党性。谁都知道，党性是某个阶级的自觉先锋队的一种集体的主观情绪。从这里就看得出来，剥削阶级的党性会把现实歪曲得不像样子。而注定要在未来建设共产主义的那个阶级的党性，却能给人们培养敏锐的眼光和英勇精神，并且是真正的客观性的唯一表现形式。

这一切不仅与科学有关，也与艺术有关。

《克里姆·萨姆金的一生》是一部具有党性的、无产阶级的作品，正因为如此，它才是客观而真实的作品。

高尔基到底是怎样把萨姆金的歪曲真相的证词同他自己的真正的、充满党性的证词结合起来的呢？

---

① 大卫·李嘉图(1772—1823)，英国资产阶级古典政治经济学的代表。

我们首先要举一个例子,以说明事实一旦通过萨姆金的意识和叙述,便非遭到严重的歪曲不可。

萨姆金亲眼看见过一九○五年一月九日彼得堡发生的令人震惊的大事。他回到莫斯科以后,依照他妻子的请求,立刻就这件事做了好几次演讲:

"他本来也想谈一谈,他认为必须表现表现自己,就算为真正的报告举行一次彩排之类,也是有好处的。"

虽然萨姆金认定这一次他的听众是"第三种人",但这批听众的聚精会神的态度仍然使他得到了满足,——其实他和他们完全是一丘之貉:饶舌家和精神上的花花公子。

"这天晚上,他们如饥如渴地看着他,就像馋嘴的人看一盘佳肴似的。他们默默地全神贯注地听他讲话,仿佛他是一位首都的教授,来到偏僻的外省城市给居民讲课,他们早已向往着不平凡的事情了。……他意识到昨天的事已经成为历史,这叫他很快乐。

"萨姆金竭力保持客观见证人的口吻,只注重真实,而不管它是什么样的真实。……但他很想吓唬吓唬这些人,于是他得意地这样做了。"

此后萨姆金还多次重复过他所讲的故事。

"他大大地扩充了血的星期日的故事,他说起他对沙皇的观感,颇为有趣地拿沙皇跟加邦①作了对比,暗示他们两人中间有一种难以捉摸的——连他自己也不清楚的——类似之点,他谈到司炉,谈到那些极其简单地死掉的工人,谈到那个小老头怎样用石头敲打普希金曾在那里居住和逝世的房子的墙,——他把小老头谈论得远比他本人所知道的为多。每次报告以后,他总感到自己更聪明、更显要,他感到越是把他的见闻描绘得美,它们对于他就越

---

① 盖·阿·加邦(1870—1906),牧师,暗探局的密探,"血的星期日"即一月九日事件策划人之一。

没有什么恐怖。"

因此,我们看见,由于一月九日事件报导人这个角色可以使萨姆金炫耀自己,它一开头便让他得到了满足,并且渐渐地愈来愈适合他的趣味。最初他觉得"保持客观口吻"是一种趣味高雅的打扮。他只是逐渐地才像常言说的,话里掺谎言,当点缀。可是他除了想首先把讲述这件特殊事实当作他自己的孔雀尾巴以外,越往后,越能看出萨姆金还有一个卑劣的、实际上是反革命的、为他那内心空虚的知识分子集团所常有的意图:他很希望别人听着会恐怖。

"他很希望别人听着会恐怖,恐怖会使他们清醒过来,而且他觉得他正在达到这个目的:人们都很恐怖。然而他又看到,在那些深信自己可以改变现实、制伏现实的人,恐怖的时间并不长。

"'多轻狂。'他想,心里恨透了那些胆大妄为的人。

"'我很惊讶,克里姆,'华尔华拉说,'我这是听第三遍了,——你讲得真妙!每一次都加些新的人物、新的细节。噢,那头一个说出最崇高的美是在悲剧中的人,说得多正确!'

"萨姆金听着她的赞扬,装出冷淡而疲倦的神色。

"'我付出的代价可不小啊。'

"'我想是这样。'华尔华拉表示同意。

"他一生还从来没有经历过这样的成功,在这些成功的日子里,萨姆金心中自然而然形成了一个公式:

"'革命之所以需要,是为了消灭革命党人。'

"他第一次这样想的时候,心里暗笑道:

"'荒唐!'

"可是暗笑并没有把这个公式从记忆中驱逐掉。"

因此,他的"意图"的性质十分明显,用不着注释。但是萨姆金在实现它的同时,又沾沾自喜地意识到,人们都认为他是一个见多识广、却故意不肯吐露他所知道的一切的真正的革命党人。

他这个"玩意儿"一碰到布尔什维克对同一事实的真正严肃的态度、而以它那痛定思痛的求实精神来说又是清醒的态度时,当然立刻失败了。斯皮瓦克太太请萨姆金就这个事件写一篇文章。

"萨姆金高高兴兴地写了出来,好像是在做他私人的事情,不过他把文章朗读一遍之后,穿光皮衣服和浑身油污的杜纳叶夫微笑着指出:

"'这是一篇吓唬老百姓的东西。'

"'必须删节一下。'斯皮瓦克太太说,但是长腿柯尔涅夫就像拿自己的稿子一样,拿起这篇稿子,嘟哝着说,他来干这件事。"

这整个有说服力的插曲清清楚楚表明着,萨姆金是怎样一个"恶劣的见证人"。

然而同一插曲又向我们表明,作者本人如何修改了萨姆金的证词。

这种修改在刚一描写萨姆金在那个重大日子的感受时便开始了。高尔基给我们指明,萨姆金怎样记下他的见闻,怎样从第一次起就根据他已有的经验去了解它,怎样在自己的意识中逐渐修改它,怎样把它告诉别人。于是我们看到了萨姆金那些在其全部伪造过程中被深刻地揭露出来的值得注意的证词。

总之,高尔基总是这样叙述事件,无论事件多么重大,都是在一个观察者——萨姆金的身边进行的。但同时,作者本人任何时候都决不从幕后出场,他几乎在不知不觉之间使我们也成了直接的见证人,能够看见按照他的理解(阶级和党的理解)来表现的种种事实。

在这里,我们仅仅涉及了《克里姆·萨姆金的一生》中的全景图部分的艺术技巧,所涉及的范围也只是以我们在回答下述问题时的需要为限:为什么萨姆金会成为一个有趣的事件见证人?

10

我们在本文中提出的任务,已经完成了。

我们认识得很清楚,将来一定会有人对高尔基这部杰作加以认真的研究,我们不过对这项研究做了某种局部性的贡献而已。

甚至分析克里姆·萨姆金形象这一狭小的任务也没有到此结束:我们有意避免谈论他的个人特点——他的命运中的波折、他的恋爱,如此等等。其实这一切都很重要,可以补充我们的分析的结果。

我们完全把书中那一整幅壮丽的、极其丰富的、盈溢着生命的事件全景图摆在我们这篇小小的研究著作的范围之外,虽然全景图在构成整个作品的实质方面所占的分量,比关于主角的刻画有过之而无不及。

我们所以这样做,是因为小说的这一部分实际上用不着什么注释。对于这一部分,只能强调一系列典型和画面的丰富多姿,只能阐述其创作艺术的深度,——顺便也阐述一下技巧上的特色和写景在小说中的特殊地位;此外,还可以从社会学和历史的角度作某些解释,对所描写的事件予以广泛的说明。这当然是一件大有裨益的工作。我们相信,我国评论界一定会完成它。

笔者自己也愿意从这个方面把《克里姆·萨姆金的一生》重新研究一番。

但是本文只要论述它自己的题目就够了。

为了纪念阿列克塞·马克西莫维奇创作四十周年,我首先想阐明的是他这部近作的强烈的时代精神、活生生的积极的意义,以及他的回顾过去同为当前迫切问题服务这两者之间的独特的、有机的、密切的结合。

我这最后一句话不但不是否定,而且极力肯定了《克里姆·萨姆金的一生》对于整个可以预见的将来的恒久的意义。

革新家马雅可夫斯基[*]

人们屡次着重指出,马雅可夫斯基走向无产阶级的道路不是偶然的。这就是说,马雅可夫斯基本身具有一些因素,促使他必定要朝这个方向发展,——因为生活在我们时代的人很多,诗人也有不少,然而并不是一切人和一切诗人都走上这条道路了。但是如果没有我们的时代,马雅可夫斯基所具有的这些因素也不会使他获致这样的结果,——因为任何人的道路都并不取决于他本身,每个人的道路都在最大的程度上取决于环境和时代。我们谈马雅可夫斯基的生活和创作道路,就要谈作为个人的马雅可夫斯基如何碰到了作为一个伟大社会现象的无产阶级革命。

无产阶级和无产阶级革命在一九一七年十月之前很久,甚至在一九〇五年之前就以隐伏的形式出现了。马雅可夫斯基知道这个巨大力量的存在,有时候还在日常行动上颇为接近它,但是他在他的诗歌创作初期毕竟离它相当遥远。可以认为,马雅可夫斯基是在这个庞大社会物体——革命的无产阶级——的直接引力圈以外开始他的诗歌道路的。他只是作为个人在通往革命的道路上迈出了第一步,——这里的"革命"是指这个词的广义而言,即否定和企图破坏现存事物,而争取另一个更高、更令人信服的东西。

在马雅可夫斯基的作品里常常能碰见他的自我写照或自画像,其中说到,他,马雅可夫斯基,同他的生活环境对不上口径:他

---

[*] 本篇是一九三一年四月十四日作者在共产主义学院马雅可夫斯基纪念晚会上的发言的速记记录,初次发表于同年第五、六期《文学和艺术》杂志。译自《卢那察尔斯基文学论文集》。

太高大了。他所使用的"高大"一词有点双关意义。一方面,这只不过是说,他,马雅可夫斯基,是高个子、身材魁伟的人;另一方面,与此相一致的还有他的精神特点——他那气势磅礴的思想、热情、对人生的要求、创造力;它们跟他周围的事物同样对不上口径。

很值得注意的是,在他的观念中,这精神的和躯体的"高大"已融而为一了。在他看来,他这份热情、这些思想、这个不满、这类希望、这种绝望,都完全不是什么心灵的产物,它们不在他的"意识的最高天①"回旋翱翔,而是一种来自他的肉体的东西,是在他那勇士般的机体内产生的。马雅可夫斯基是唯物主义者(下面我要说到,他是否成了辩证论者):一切人间的、肉体的、注满着热血、盈溢着天然的生之渴望的东西,——这一切他都极其强烈地感受过,既从机体上感受过,也从与这机体相一致的心理上感受过。

因此,这样一个马雅可夫斯基在世界上觉得逼促。这并不是说,他在宇宙间觉得逼促。他喜欢宇宙,宇宙很大,他希望紧紧地接近它:他招请太阳,太阳来到他的身边,并且跟他单独谈过话。②可是太阳只在他的幻想中来到他身边。而他实际接近的那些人,以及他下定决心努力使自己去接近的那些人,——他们又没有他高大。由此便产生了马雅可夫斯基的莫大苦闷和极端孤独。他很难给自己挑选伙伴。直到生命快结束的时候,他才开始在介乎浑灏的自然界和个别人物之间的地方去挑选,他在这些人物当中几乎始终没有找到任何知音。他想走近在另一个领域内干另一种事业的当代最伟大的人物,——我是说我国革命的政治领袖们——但是没有成功。然而他毕竟找到了两个对象,于是他怀着消除孤独的强烈渴望,连忙向它们冲过去了。这对象正是社会的核心:无产阶级、革命。

---

① "最高天"是古希腊人观念中众神居住的最高一层天。
② 见他的诗《马雅可夫斯基夏天在别墅中的一次奇遇》(一九二〇年)。

无产阶级和革命之所以为他珍视,第一,是由于它们有勇士般的雄放的气魄,它们在直接的政治斗争方面和劳动方面展开了一场又一场大战;第二,由于它们是通向未来的关键。当然,他没有很清楚地想象出未来到底是怎么回事。不过他知道那是这样的未来,那时他这个巨人将终于可以自由呼吸,能够发挥自己的力量,感到适得其所。因此,甚至当他几乎预见到自己不幸的结局的时候,还在长诗《放开喉咙歌唱》的序曲中说,将来他这个巨人会复活过来:

听着吧,
　　　　后代的同志们,
听我这个鼓动家,
　　　　头号大嗓门的呐喊吧!
压倒那
　　　　诗歌洪流的声音,
我将跨过
　　　　抒情诗的书卷,
像个活人
　　　　来跟活人们讲话。①

等到争得自由,出现强大的、挺直着腰板的人们的时候,才能随心所欲地爱和歌唱。而现在——

后代子孙啊,
　　　　检查一下字汇里的漂浮物吧:
从"忘川"②之水中
　　　　将浮现出

---

① 《放开喉咙歌唱》是马雅可夫斯基最后的作品,写于一九二九年末到次年初。
② "忘川",希腊神话中的阴间河流。据说死人的灵魂喝了"忘川"的水,就会忘记过去的一切。

　　　　　　　这类语汇的残余，
像"卖淫"、
　　　　　"结核"、
　　　　　　　　"封锁"。
为了你们
　　　将来
　　　　　都健康伶俐，
诗人
　　用宣传画的粗舌
　　　　　舐去了
痨病鬼的痰块。①

为了给未来的人准备道路，马雅可夫斯基做了他能做的一切。

这是一个起点，从这里出发，马雅可夫斯基早在革命前的世界就开始为巨人奋斗了。资产阶级世界没有通往未来的道路，没有社会性的目标，没有值得他热爱的集体，只有小市民的空虚，——于是他对这种小市民的空虚提出了抗议。

马雅可夫斯基的抗议一开始便具有某些社会音调。但这个抗议的基本实质仍然是这样：世界太小，容纳不了巨人，巨人才又愤怒又厌恶地否定这个渺小的世界、猥琐到资产阶级水平的市侩世界。这是马雅可夫斯基的第一个反叛。

马雅可夫斯基的第二个反叛是从青年的角度出发的。关键不在于：一个人年轻，就喜欢对周围的人采取挑战的、像好斗的公鸡似的态度。不，在马雅可夫斯基看来，青春意味着另一样东西：他觉得，他出生的那个世界——也可以说，他进入的那个世界，——已经衰老、腐朽。那里虽然也有人人景仰的名流和博物馆，但这些名流和博物馆只是为了颂扬与赞美现存的无聊的、衰老的世界。

---

① 《放开喉咙歌唱》是马雅可夫斯基最后的作品，写于一九二九年末到次年初。

马雅可夫斯基了解得很清楚,人类的过去有着重大的价值,可是他担心,假如承认这些价值,便必须承认其余的一切。因此不如反叛一切,说道:我们自己就是自己的祖先!让我们的青春说些充满青年气概的话吧,——这样的青年气概能够使社会和世界也年轻起来!

青年通常都爱强调:他们说的话跟前人所说的完全不同。这个动因在马雅可夫斯基的革命创作中造成的对比,已经有许多评论家指出过,毫无疑问,这些对比往往不合常情,往往是出人意料的玩意儿,往往有些粗鲁,往往是孩子气的行径。有的人像申格力①和其他一切"老处女"那样,说道:"哎,这真讨厌,这是恶棍行为!"②——他们所以如此害怕,是由于他们自己的血液中没有一点青年气。人可以老而益壮,也可以未老先衰,——关键不在岁数,而在创造力的大小。没有创造力的人不了解,马雅可夫斯基怎么会像酒一样发酵,怎么会挤掉瓶塞,甚至把酒瓶胀破,这个有才能的激烈的青年怎么会发起酵来。青年马雅可夫斯基这些行为标志着他的进一步成长,正如看一只纯种的小狗,假若它的脚爪又大又笨,便可以断定它将来有一个壮大的躯体。

他的第三个革命步骤属于技巧——首先是艺术形式的技巧方面。他感到自己热爱语言,感到语言在听他调摆,照他的命令排队。他十分醉心于驾驭语言。他觉得,假定一个人不善于支配语言,而仅仅像前人那样处理它,他就如同一个指挥来到训练有素的乐队,追随着乐师本身的演奏来挥动指挥棒,在听众看来,他只不过是貌似指挥罢了。模仿者的情况正好类似这样的情况,模仿者

---

① 格·阿·申格力(1894—1956),诗人、翻译家和文艺学家,在二十年代写过《实用作诗法》、《怎样写文章、诗歌和短篇小说》等书,曾受到马雅可夫斯基的尖锐批评。

② 见申格力:《马雅可夫斯基直挺着身子》,第二四至二六页,莫斯科全俄诗人协会出版,一九二七年。此书对马雅可夫斯基作了粗暴的攻击。

觉得自己写的是新诗,其实旧的语言和思想还在控制着他。艺术形式的无力一向使马雅可夫斯基非常愤慨,所以他说:必须完全用新的方法写作。他还不知道,这种在形式和内容上都崭新的东西将究竟是什么,——但它首先应该是新的。按照旧的方式写作的人,应该被指责为替衰老的世界服务。

马雅可夫斯基其次一个反叛(近似从技巧上指责周围世界)属于生产方面。在这里,我们已经在很大的程度上涉及了他的作品内容本身。马雅可夫斯基自问道:那些刻意模仿,那些重弹旧调、延长世界的衰老过程、因而被我否定掉的诗人,究竟都是什么人呢?他们的歌调包含着什么内容?这批诗人所生产的东西有没有实用价值?也许,诗人本来就不可能产生任何实用价值吧?

马雅可夫斯基愤恨这样的诗人,他们高傲地扬言:"诗人不生产实用的东西,诗人只生产无用的东西。我作为一个诗人的妙处正在于此,诗歌作品的崇高也就在于此。"如果仔细听一下诗人们所歌颂的无用的东西到底是什么,便会发现,那只不过是一篇诚恳的废话罢了。历史题材、作品样式以及无论什么都得通过所谓的主体,经过肠胃,然后才倾吐出来。一个人假如是诗人,就应该首先"发抒情怀",应该善于在全世界面前呕吐得悦耳中听。

马雅可夫斯基厌恶这类抒情诗、这一切悦耳的鸟语声和这一切旋律,厌恶用纸花装饰生活。马雅可夫斯基不希望人们装饰生活,因为,照他的意见,装饰生活——何况是那么恶劣的生活——是一种背叛行为:他们想用廉价的纸花掩盖现实的丑恶嘴脸,而不是去改变它。这一点无疑表现了马雅可夫斯基的马克思主义嗅觉,虽然他只是逐渐了解到他在理智上是一个革命者,了解到他是谁的盟友,正如汝尔丹直至壮年才知道自己平日说的是散文[①]

[①] 汝尔丹是莫里哀喜剧《贵人迷》中的人物,他"说了四十多年散文",但一点也不知道他说话时所用的就是散文。见该剧第二幕第四场。

一样。

因此,马雅可夫斯基十分明确地肯定说:必须生产有用的东西;诗人,请你证明你的歌是有用的东西吧!

但是它们在什么场合才能有用呢?

马雅可夫斯基说了句俏皮话:"诗应该发光"是什么意思?——诗又不是灯!或者,"诗应该发热"是什么意思?——诗又不是火炉!①

这当然不是说,马雅可夫斯基认为诗不可能发光发热,——因为太阳也曾劝告他本人:"要发光,——不管怎么样。"②但是他知道,诗的发光发热略有不同。怎么发呢?不是给一个参加不愉快、不称心的约会归来的深度近视的人照亮道路,也不是给一个人在舒适的家里取暖。诗人所该发的光和热,应当是能够变成实际事业的射线和热能。他应该参与新事物的产生,换句话说,虽然他的产品本身不是实用的东西,可是它们应该成为一种刺激物,或者成为一种方法或指示,告诉人们必须怎样生产这些实用的东西。这一切的结果,应该是变革周围的环境,从而也就是变革社会本身。

因此,马雅可夫斯基才特别喜欢"生产诗"的口号,这类诗是"生产的产物",具有生产的效能,是在生产中产生的,而绝不是"从心灵里"生发出来的、像苍白的小花朵似的东西。

马雅可夫斯基很早便成了一般的革命家。他常常把革命看作某种合乎希望而又模糊不清的大好事。他还不能给革命下一个更确切的定义,但是他知道,总之这是一个打破可恶的现状和创造他所希望的光辉未来的巨大过程。这一过程进行得愈迅速、愈激烈、愈严酷,巨人马雅可夫斯基也愈痛快。这时他碰到了无产阶级、十月革命、弗·伊·列宁,他在他的生活道路上碰到这些伟大的现

---

① 一九二七年十月马雅可夫斯基在莫斯科综合技术博物馆大讲堂与人争辩时所说的话。

② 见《马雅可夫斯基夏天在别墅中的一次奇遇》。

象,最初他还在离得稍远的地方观察它们,他看出了:是啊,我的位置正是在这里,是啊,这才是我所渴望的——直接实现伟大的改造过程!于是他极力去迎接这个运动,决定尽可能做一个完善的无产阶级诗人。他身上最好的一切,他身上最强大的一切,他身上富于社会性的一切,使他产生了他的四分之三的诗、足以概括诗人马雅可夫斯基的那主要的一切,——这一切确实都倾向于无产阶级,而且应该完全压倒他的性格中其他各项因素,——其结果,也许应该给我们绘出一副完善的无产阶级诗人的面貌。

马雅可夫斯基觉得旧诗中的一切松软无力,像是用什么棉花做成的,他却渴望有一只沉甸甸的大锤"敲碎玻璃,打造钢剑"。你们从马雅可夫斯基的每篇作品里,都可以看到这种追求豪迈、灵活、洪亮和纯金属的精神。他号召人们写出——用象征的说法——金属的创作。

当时他用什么方法来进行呢?有人说:"他用'降低诗歌'的方法来进行。照说,诗是崇高的,虽然它的翅膀并不特别强壮,它至少还是能飞得像风筝那么高,而此人却突然使诗歌变得笨重起来,完全降低了它……"

但是,如果我们更凑近些去观察一下马雅可夫斯基所希望的"降低"是什么,我们就会看到这实际上是一种提高,因为,从唯心主义的观点看,马雅可夫斯基是降低了诗歌,而唯心主义根本不能正确地评价事物,不能正确地测量这些高度,可是从唯物主义的观点看,他却提高了诗歌,而唯物主义才能正确地估量事物及其相互关系。

首先是题材的降低。人们说,马雅可夫斯基采用的题材粗俗,过于平凡、渺小,只适于写杂文,等等。

固然,他不一定采用渺小平凡的题材,——有时候(甚至常常)也采用巨大的题材。但他采用巨大的题材也总是有点与众不同——使你感觉它毕竟有一双铁足踩在大地上,并且在行进:"向左！向左！向左！"①他的一切抽象概念也有两条"向左"行进的强大的腿子支撑着。这是为什么？那正是因为他认定诗人的目的在改造世界，他愿意采用与这项改造工作的中心有联系的题材。在幻想领域内高高飞翔，观看永恒、无限和其他的碧空景象，——这会使诗人感到屈辱。这就是让他做一个老爷、寄生虫，一个浅薄的、坐享其成的人，而马雅可夫斯基却希望做一个从事建设的工人。因此，他才采用了与工作和建设有关的、十足的世俗题材。

语汇的降低。人们说：他使用了许许多多俗词，而忌讳那些被时光磨得珠圆玉润、在长年累月中覆上了一层有趣的青苔的词。

一部分人说：嘿，多么美妙的词，某某诗人用过它！罗蒙诺索夫认为，斯拉夫词用得愈多，"文体"愈高级；不用斯拉夫词的作品则是"低级体"。马雅可夫斯基就不愿用"高级体"写作，他宁愿用"低级体"写作。"高级体"是一种被摸得特别脏②的文体。最早的诗人们用柔嫩的、受了灵感的手指造成这些词，随后来了另一批手指比较粗糙的诗人，他们可以说是弄脏了这些词，再后又来了一批长着爪子的诗人，他们自己也许连任何的词都没有想出或造出，但是既然有现成的旧词在，尽管他们只有爪子，也可能被看作精通音律的人物。马雅可夫斯基发掘了全新的语汇，这样的词或者早已像矿层似的蕴藏在地下，可是还像荒地一样，没有被诗人的犁翻耕过，或者刚刚产生，——好比珊瑚礁上又滋生出活的珊瑚虫——必须把它们变成诗的语言。马雅可夫斯基就这么做了。于是有人讲：这是"降低"。为什么？因为这样的词赶大车的也说，在群众大会上也说……不错，他们大概都说的，——因为这是活的词！马雅可夫斯基不用死的词。

句子结构。人们说，第一，马雅可夫斯基的句子结构往往失于

---

① 出自《向左进行曲》。
② 喻陈腐。

363

粗俗,带市井气;第二,有时非常出人意料,不符合句法常规,使人有语句怪诞之感。

这种情况的发生,是因为马雅可夫斯基抓的是活的句子。创造新词自然要比利用现成的词来得困难,可是马雅可夫斯基创造了许许多多新词,他有才力造出从来没人说过、在他造出之后却又众口相传的词。至于讲到句子,这却是另一回事了。在这一点上,每个人都是能手和创造者。一个人如果能够造出前人没有使用过而又非常令人叹服的语言形式,那么,他自然是在语言领域内真正有所创辟的人。我们不能不提到,在写诗和写散文的人中间,恐怕没有一个——也许只有普希金或者处于另一阶段的涅克拉索夫,以及处于他们之间的某个阶段的莱蒙托夫等诗人是例外,——恐怕没有一个像马雅可夫斯基一样,在革新和丰富俄罗斯语言方面取得过这么大的创造性的成就。这是不容争辩的。

节奏的降低。这里所说的是歌曲的节奏,指的是"和谐的旋律""琴声的悠扬"或"风神琴的鸣唱",也就是诗人用来表现他如何慵倦、如何高雅地悲天悯人、如何柔情款款地恋爱或者诸如此类事情的一种衰颓的浪漫主义调子。但是,为什么这个平平常常的节奏看来竟是如此崇高呢?因为这些人认为自己有一个永生的灵魂,它同一切六翼天使和司智天使有着血缘关系,又通过司智天使而同上帝本人有了血缘关系,所以这个灵魂里发生的一切,都是神圣庄严的。实际上并没有那样的灵魂,只有谢德林所说的"一个外形渺小而又不雅观的东西";这"外形渺小而又不雅观的"东西、这种人的这一粗糙的内在本质,只是跟周围同样庸俗的人有着血缘关系。这个崇高也仅仅在唯心主义者看来才像是崇高,在唯物主义者看来却不过是"腐朽和尘土"罢了。

那么马雅可夫斯基的节奏又是怎样的呢?马雅可夫斯基的节奏是论战的节奏,演说家的号召的节奏,工厂噪音、工业生产的节奏,进行曲的节奏。

高人雅士认为自己生活在一个非常神妙的世界里(实际上他并没有跨出他自己的厕所),依他看来,这类节奏当然好像是在破坏私密、孤傲、亲热和幽深的感觉了:"这倒是怎么回事啊?究竟把我们引到什么地方来了?这是个市集!"——他不了解,这根本不是什么市集,而是人的伟大的创造的世界、真正的活跃的社会,这是革命,是革命的音响。革命的音响包含在这些新的节奏、这片新的鼓声之中。

韵脚的降低。人们说:这算什么?他这是什么韵脚?简直是笑话,他用两个词去同一个词对仗,硬要把不押韵的词胡乱改成押韵,——太荒唐了。

当然啦,正像马雅可夫斯基自己说的,"розы, угрозы и слезы"①远不如马雅可夫斯基的韵脚那样容易引起大惊小怪。但马雅可夫斯基需要韵脚,是为了使他的诗便于记忆。这原是记忆法上人所共知的一个公式:为了使诗便于记忆,不仅要有一般的韵脚,而且要有新的韵脚,它不会叫你变得比原来更老气,——你本来就已食古不化——只会叫你更丰富,它确实能以新的、十分独特惊人的方式使词与词之间互相呼应,从而很容易记忆。② 马雅可夫斯基的诗的每一部分实际上都是必须记住的格言、名句。他本人几乎记得他所有的诗。瓦列利·勃柳索夫有一次对我说:"一个诗人如果忘记了自己的诗,那么,要么他是个拙劣的诗人,要么他那首诗写得太拙劣。好的诗人记得他所有的好诗。"我想,勃柳索夫在很大的程度上是正确的。马雅可夫斯基记得他自己的诗。

---

① 意为"玫瑰、威胁和眼泪"。
② 马雅可夫斯基在《怎样作诗?》一文中说:"通常叫作韵的是两行末尾两个字的谐声,……这是胡说。末尾的谐声、韵脚——这仅是联系诗句的无穷的方法之一,顺便说说,是最简单和最粗糙的方法。可以在诗句的开头押韵……可以使句尾和下一句首押韵……可以使第一句末和第二句末,同时和第三句或第四句末押韵等等,等等,直到无限数。"

人们说，马雅可夫斯基把诗歌中的一切降得低而又低，其实马雅可夫斯基的诗是很讲究的。

不过"讲究"是什么意思呢？假如在社交界，一个人的裤子是由最注重时髦的裁缝缝制的，即是缝得正好 comme il faut①，那就叫讲究。然而讲究又同 comme il faut 相反。comme il faut 是合乎体统，像人家公认的那样，讲究却是说出新意，破格独创，走新的路子。②

请读一读马雅可夫斯基本人谈他怎样写诗的一段话。他记得他在哪里想出了他的每一首诗："我走过阿尔巴特门，想到这首诗；为它花了七八天工夫，考虑怎样用几句话说出来。"马雅可夫斯基是一个真正的工作者，——不是即兴作者，而是全力以赴的、认真的探索者。确实，他没有空洞苍白的诗句，不但在申格力承认他的才能的年代是如此，在申格力不再承认他的才能的年代也是如此。他的每行诗都被看得像黄金一样贵重，是因为他的每行诗都是一个发现，每行诗都是一个创造。马雅可夫斯基说过，他为那些没有带来什么新东西的诗行感到惭愧。马雅可夫斯基是诗歌中的生产者。当然，在普通的生产中，在手工业生产或工业生产中，可以先制造模型，然后你爱复制多少便复制多少。这里可以谈一谈印刷厂的复制：一行诗想好、一篇文章写好之后，就能印刷几百万份，——这是工业上的复制。而诗人所做的却是一个常新的模型、常新的模子。马雅可夫斯基正是这样工作的。

我们有权利说，马雅可夫斯基走向革命是一件完全合乎他的本质的、意义极其重大的事。我们由于马雅可夫斯基走向我们而获得的成功，对我们极为重要。

然而马雅可夫斯基有一个跟他容貌相同的化身，这是他的不

---

① 法语：合乎礼俗、规矩。
② 俄语"изысканность"（讲究）这一名词是从动词"изыскивать"（探究，寻求）派生出来的，故云。

幸。我们在马雅可夫斯基的金属诗篇、社会性的长诗中看到,他写得似乎不大具体,——他似乎害怕具体的东西,害怕单个的东西,他似乎在寻找包罗很广的有力的象征;这是为什么呢?

在某种程度上说,这是由于马雅可夫斯基同那些东西本来接近得不够的缘故。譬如一座城市,你在远处只觉得它是一个被浅蓝的烟雾或大片电灯反光笼罩着的庞然大物,可是你看不见那里的街道、房屋,尤其看不见人;同样,马雅可夫斯基经由他自己的道路走向社会主义的城市,走向革命的城市,他看到了它,欢迎和描写它,但是他没有在城里的大街上漫步过。

这是一种正确的解释。

可是,除此以外,马雅可夫斯基还最怕把跟在他背后、站在他身边的同貌人放进这座城市去。马雅可夫斯基感觉到这个同貌人的存在,他怕他,不喜欢他,但是同貌人却死死地缠住他。最糟的是,这个同貌人还很值得同情,他这引人同情之处最使马雅可夫斯基畏惧,——因为,假如你曾经有一个引起反感的同貌人,那你倒可以很容易甩开他。而他既能获得同情,便证明他是一个真正的同貌人,证明他吸取了你自己的若干特点:你从你的意识中排除这些特点,正因为你从自觉的你本人身上排除它们,它们就在旁边凝聚成为另一个人、一个幻影似的人,他实际上不是在你身边,而是作为一个下意识的、半意识的、附加的人活在你自己心中。

这个同貌人是由什么变成的呢?他是由马雅可夫斯基身上残留的一切小市民因素变成的。然而马雅可夫斯基身上的小市民因素并不十分讨厌。如果这是渴望发财,如果这是玩弄阴谋,如果这是造谣中伤、幸灾乐祸,是对别人的关系上的各种小动作,是构成庸夫俗子的日常生活背景的那一切,——那么,马雅可夫斯基就会干脆清除它,把它送到垃圾场去。而这却是强烈渴望温柔和爱情,强烈渴望非常亲切的关怀,对周围人们的极大的恻隐之心,——是这样的恻隐之心,马雅可夫斯基甚至可以跑过去搂住一匹劳累过度的马儿的脖子。

> 我走过去,
> 在马的眼睛里
> 看见:
> 街道翻转过来,
> 照它特有的方式流动着……
> 我走过去,看见
> 大颗大颗的眼泪
> 从马脸上滚下,
> 隐没在毛里……
> 一种动物
> 所共有的悲郁,
> 从我心中潺潺流泻出来,
> 溶化成喃喃的细语。
> "马儿啊,别哭吧,
> 马儿啊,听我说——
> 你为什么认为你比他们差?
> 小家伙,
> 我们全有几分是马,
> 我们每个人都是一匹独特的马。"①

他也可以跑过去搂住小提琴的脖子,因为小提琴对他唱出了苦难,他认为小提琴是痛苦生活的象征。

> 我站起身,
> 摇摇晃晃走过乐谱和
> 吓得弯下腰的乐谱架,

---

① 《对马的好态度》(一九一八年)。

我不知怎的大叫一声：
"天哪！"
我跑过去搂住木头的脖颈，
"你知道吗，小提琴？
我俩一模一样：
我也爱
大哭大嚷——
可是什么也不会论证！"
音乐家们笑了：
"你上了大当！
向一件木器求婚！
真聪明！"
我却满不在乎！
我是个好样的人。
"知道吗，小提琴？
让我们——
生活在一起吧！
好吗？"①

　　这是好还是不好，是值得同情还是不值得同情呢？嗯，假如一个人希望得到爱，"哪怕是一点点爱"，假如一个人希望招人喜欢，希望周围的人爱他，这怎么不值得同情呢？马雅可夫斯基没有完全消除自己身上的这些因素，它们表现为一种最好的形式：很能够了解人们，强烈渴望为人所了解，有时则渴望安慰、抚爱。而且，马雅可夫斯基感到自己周围有大量令人痛心的事，这难道不值得同情吗？

　　于是申格力说：他本来就常常"神经不安"，——他自己也说

---

① 《小提琴也有点神经质》（一九一四年）。

他不健康。① 可不是么,申格力当然认为,既然马雅可夫斯基讲过"我是金属做的"②,那便表示他应该有一个铜打的额头。其实这根本不是一回事。不,在这副反照出整个世界的金属铠甲里面跳动着的那颗心不仅热烈,不仅温柔,而且也脆弱和容易受伤。如果马雅可夫斯基没有这份深厚的同情心,没有这股怯生生的人道精神,那么,他那些纪念碑似的作品也许就不会使人感到温暖了。

在马雅可夫斯基日后敲打起来庆祝自己胜利的那口钟的铸铁里糅进一股热忱,有时候是很好的。铸钟的时候加上少许软金属——锡,是好的。不过,假如一个人身上这种锡质的东西、这种柔软的东西太多,那就糟了,那它就会变成凝结块,变成一个同貌人了。

马雅可夫斯基在他的诗里很害怕这个同貌人,害怕这个柔和的、极其亲切的、非常富于同情心以至近乎病态的马雅可夫斯基。他感觉到:一个铁的时代来了,一个大时代来了,——而我自己正是这样的人,我生有强壮的肌肉,我的心像一只大锤似的跳动着,我确实能够用洪亮的声音对广大群众说话。我希望这样做。为什么我身上有这个溃疡、这个出血的内心的溃疡呢?马雅可夫斯基极力设法从诗中摒弃这种柔和性,但是他不一定能做到,同貌人有时便开始跟他一道歌唱,跟他轮流唱《关于这个》③、关于那个,——总之是,唱真正的马雅可夫斯基、正面的马雅可夫斯基不愿唱的东西。这表现在马雅可夫斯基用这样那样的借口,唱出了感伤凄凉的浪漫曲,有时他说起他如何不满,如何得不到谅解,得不到抚爱,周围的人如何严酷,——说不定连那些跟他在行军中同吃一锅饭、跟他在一条共同战线上一起作战的最亲近的同志也包

---

① 申格力:《马雅可夫斯基直挺着身子》,第二二页。
② 长诗《穿裤子的云》中有这样两句:"……我是青铜铸就,……我的心是冷铁打成。"
③ 马雅可夫斯基的一篇描写爱情的长诗。

括在内。

马克思说过,诗人需要亲切的抚爱;①但是我们中间有些人并不像马克思那样。我们有些人不了解这一点,我们有些人不了解马雅可夫斯基需要亲切的抚爱,不了解他有时候最需要的是一句知心话,——也许是一句最简单的知心话;它适合这个同貌人的胃口,它会消除同貌人的内心苦闷。

同貌人加入歌唱的时候,造成了马雅可夫斯基的第二支旋律。马雅可夫斯基威严地、猛烈地、志气昂昂地掐住这个同貌人的后颈,使他不得不低头弯腰:"你敢用马雅可夫斯基的名义讲话!"——他是用他特有的那副响亮的好嗓音说的。可是他有时却放开了这个同貌人,于是同貌人开始用小提琴似的声音歌唱,开始唱出一些忧伤的东西来,那时两个马雅可夫斯基就分不开了。

这种两重人格表明马雅可夫斯基对于我国过渡时期具有极大的代表性。如果他前进时不经过战斗,如果他能够轻而易举地消灭自己身上的这个柔弱的小市民、这个感伤的抒情诗人,能够一下子变成这样的政论诗人,——那差不多是一个奇迹!也许只有出身于无产阶级队伍的真正的无产阶级诗人、列宁型的名副其实的社会革命家、诗歌界的列宁才能走这样一条道路。马雅可夫斯基可不是这种人。因此,他所必须进行的那些战斗、那些克制、那场战胜自己的斗争,便具有很重大的意义了。

他战胜了没有?是的,在诗歌方面他战胜和抑制了同貌人。当他说他"抑制住了我自己的歌喉"②的时候,就是说他抑制住了

---

① 大概是指一八五二年一月十六日马克思致约·魏德迈信上的一段话:"……所有的诗人甚至最优秀的诗人多多少少都是喜欢别人奉承的,要给他们说好话,使他们赋诗吟唱。……诗人——不管他是一个怎样的人——总是需要赞扬和崇拜的。我想这是他们的天性。"见《马克思恩格斯全集》第二八卷,第四七四页。
② 见《放开喉咙歌唱》。

同貌人想唱的歌。自从马雅可夫斯基加入"拉普"以后,他格外尖锐地感到必须这样做。

虽然他同情同貌人,虽然马雅可夫斯基有时想道:这个同貌人不就是我吗?——虽然如此,他还是把他抑制住了。因而同貌人也杀害了他。同貌人是这样杀害他的:如果说在诗歌方面他只能给马雅可夫斯基的创作掺进若干渣滓的话,那么在日常生活中,看来他却厉害得多。

许多人问我:"请解释一下,为什么马雅可夫斯基要自杀?"如此等等。我不想解释,——我不知道。马雅可夫斯基自己说过:请不要在我的生活中胡乱搜查(死者不喜欢听谣言)①……

我们只能很一般地考察考察这个死的问题。我们不了解情况。我们只知道马雅可夫斯基自己说过:我不是在政治上害怕同貌人,我不是在诗歌上害怕他,我遇难之地不在海洋上,不在我手持烟斗跟"奈特号"轮船谈话的地方②,而在那夜莺啼啭、月光映照、爱的轻舟往来行驶的感伤的小湖上面。③ 请不要再问这件事。在那小湖上,同貌人比我强大,他在那里打败和摺倒了我,我感觉到,如果我不把金属的马雅可夫斯基处死,他大概只会郁郁不乐地生活下去。同貌人咬掉了他身上的肉,咬成一个个大窟窿,他不愿满身窟窿地在海洋上航行,——倒不如趁年富力强的时候结束生命。

解释只应该到此为止,因为这个解释是正确的,我们不必要也不应当再往下寻找。

对我们来说,重要的是马雅可夫斯基周围的小市民跟他的同

---

① 马雅可夫斯基在一九三〇年四月十二日的遗书中说:"我要死了,你们不必责怪任何人,而且请不要造谣中伤。死者很不喜欢这样。"
② 特·伊·奈特(1896—1926),马雅可夫斯基的朋友,苏联外交信使,在国外执行公务时被特务杀害。一九二六年六月,马雅可夫斯基从敖德萨乘海船去雅尔塔,途中遇见为纪念奈特而命名的"特奥道尔·奈特号"轮船,心有所感,写成《给奈特同志——船和人》一诗。
③ 上述马雅可夫斯基遗书中有一句诗:"爱的轻舟被生活撞破了。"

貌人订立了盟约,小市民想证明:同貌人打败了马雅可夫斯基而不是打败那只装载他的个人情怀的破船,他是当着大家的面在一场公开战斗中被打败的,政治家马雅可夫斯基被打败了,诗歌革新家马雅可夫斯基也被打败了。托洛茨基现在是这些小市民的同志。他不再像我们这样是金属的马雅可夫斯基的同志,而是马雅可夫斯基的同貌人的同志。托洛茨基写文章说,马雅可夫斯基的悲剧,在于他虽然尽可能去爱革命,尽可能走向革命,但这场革命并不是真革命,因此他的爱也不是真爱,他走的道路也不是真正的道路。

当然啰,既然托洛茨基没有参加这场革命,它怎么能算真革命!光是"他没有参加"这一标志就足以证明那是"假"革命了!托洛茨基断言,马雅可夫斯基所以自杀,实际上是因为革命没有依照托洛茨基的意思来进行的缘故;要是依了托洛茨基,革命便会显得光华灿烂,这样一来,马雅可夫斯基也根本不会痛苦了。

你们可以看到,托洛茨基为了他那家破了产的穷酸的政治小铺的利益,凡是对我们所缔造的社会主义世界的先进分子抱仇视态度的势力,他都勾结上了。①

---

① 托洛茨基在文艺方面也有一套理论,主要见于他一九二二年的文集《文学与革命》,其思想核心是取消无产阶级文学。从一九二三年起,卢那察尔斯基曾在不少的文章和讲话里予以批驳,例如《艺术中的阶级斗争》一文(一九二九年)谈道:"托洛茨基在其《文学与革命》一书中甚至断言,无产阶级艺术不但现在没有,将来也不会有:当无产阶级还在受压迫的时候,它没有文化;夺取政权以后,它要经历一段斗争时期,把全部力量献给斗争;再后,在无产阶级来得及创造自己的艺术之前,一个新的、无阶级的世界又形成了,那里既没有无产阶级,也没有资产阶级。固然,托洛茨基立刻加写了一句:我们时代的艺术应该是革命艺术。可是,在我们今天,革命的但又非无产阶级的艺术能够是什么意思呢? 托洛茨基大概不至于想用这句话来说明过渡时代注定只有小资产阶级文学吧。如果他向自己提出这个问题,那么他无疑就不得不承认他的论断错了。真正革命的艺术只能是无产阶级的革命艺术。"在一九二四年五月俄共(布)中央出版部的一次会议上,卢那察尔斯基也批判了托洛茨基的取消派观点:"他说,我们现在需要革命艺术。但到底是什么革命艺术? 是全人类的、超阶级的艺术吗? 要知道,我国的革命是无产阶级革命啊。"

然而存在着一个不朽的马雅可夫斯基。这不朽的马雅可夫斯基不怕同貌人。同貌人则不能不腐朽衰亡,因为他多半是为了个人。即使人们有时会对同貌人所写的比较好的作品感到兴趣,那也只不过是历史的兴趣罢了;而"金属的"马雅可夫斯基、革命家马雅可夫斯基所写的东西,却将标志出人类历史上一个最伟大的时代。

等到革命大业告成、完全的社会主义和完全的共产主义实现的时候,人们还要长久地谈论我们所处的这个时代,认为它是一个了不起的时代。因此,我们生活在这个时代的人都要好好记住:决不能用自己的弱点去玷污时代;这确实是个了不起的时代,必须在自我改造方面下许许多多功夫,才有权利说你是一个勉强配得上时代的人。就马雅可夫斯基的创作成就和社会业绩的主要部分来说,他正好可以成为这种配得上时代的人,而且他拥有许多同盟者。第一,他的同盟者是他的书、他的作品。它们不断地歌唱,发光发热,它们的光芒十分强烈,任何猫头鹰和大蝙蝠见着它们,都像见着冉冉上升的太阳的光芒,不得不躲进老远的角落,直到在那里被照出原形为止。第二,他的同盟者便是我们。当我说到"我们"的时候,我所指的不是我自己和我的朋友,也不是共产主义学院或"拉普",我指的是目前构成人类中有创造力的革命先锋队、越来越变成压倒多数的人类基本群体的那个"我们"。这就是"我们"、现代——本世纪第十、二十、三十、四十年代——的"我们",这就是目前在这里、在苏联战斗、创造和生活,并且对全世界扩大影响的"我们"。我们宣告自己是马雅可夫斯基的同盟者,——不是马雅可夫斯基的同貌人的同盟者,却是作为他本人的社会政治品格之结晶的那个马雅可夫斯基的同盟者。这人也许还没有达到我们所梦想的诗人的最高规范,然而他在这方面标志着一个巨大的阶段。因此我们才认为自己是他的同盟者,才有权利宣告这一点,而并不感到难为情,如同我们以个人资格而不是用这个集体的名义、用从事创造的"我们"的名义把我们的手足之情和同盟关系加给一位巨人时可能要感到的那样,而对于任何单独的个人来说,无论他多么伟大,大伙的敬礼才是莫大的荣幸,受到敬礼的是生者固然如此,甚至受到敬礼的是死者亦复如此。

[《伊·列别杰夫选集》]代序[*]

一九二九年七月,是通过自学取得重大成就的伊·伊·列别杰夫七十寿辰。

列别杰夫同志一生做过许多工作。五十年来,他的短篇小说、诗作和杂文之散见于各种定期出版物的,足足有几百篇之多,但他在农民戏剧领域内的劳绩,应该算是他最重要最可贵的作品,他被看作这个方面的创始人和强大的工作者,是很公允的。

要做一个农民作家,必须一头扎进农村生活的深处,习惯于这种生活,在那里永远待下去,变成它的"自己人",为它的痛苦和忧患而悲戚,为它的有限的欢乐而欢乐。

在一篇对青年作家的呼吁书中(见《真理报》),为疾病所迫暂时居留莫斯科的列别杰夫同志顺便说道:

"是的,我坦白承认:莫斯科的生活使我难受。我巴不得忽然之间冲出这个'漩涡',飞到那里去——飞向那广阔的天地、那田野和森林、歪歪斜斜的小木房和香喷喷的畜粪堆、头发蓬乱晒得黑黑的孩子,——在那里,我一向身心健旺,生活轻快,工作也轻快。

"我不理解的就是,"列别杰夫同志继续说,"现在叫我内心苦恼的就是:为什么大多数今天的'民粹派分子'、新的农民作家或者以此自命的人,要迫不及待地逃出农村,竭力把自己安顿在莫斯

---

[*] 本篇最初刊印于伊·伊·列别杰夫(1859—1949)的《艺人。为工农剧院编写的剧本集》一九二七年版,原名《祝词》,以庆祝列别杰夫文学活动五十周年;后经作者略加修改,作为《伊·列别杰夫选集》一九三〇年版代序。译自《卢那察尔斯基八卷集》第二卷所收的本文修订版。

科或其他的大中心？

"况且这是发生在我们的时代,这时整个农民生活正在重新改组,在旧生活方式的残骸废墟上兴建起一座座标志人民富裕和幸福的和平住宅,滚热的温泉和包治百病的'神水'的丰盛源泉已经哗哗地沸腾起来,①焕然一新的农村在向我们招手和呼唤,苏维埃知识分子(首先当然是作家)受到邀请,并且应该面向农村。当这样的时代,离开农村或者不回到农村,——对于一个农民作家(特别是青年作家)来说,是不可原谅的,甚至是犯罪的。

"因为这样的时代,这样热气腾腾和吸引人心的活动,这样取之不尽的创作源泉,不仅我们,也许连我们身后的整整几代人都盼不到哩。

"我们以了解和热爱农村为夸耀,可是我们自己却离开了它,背弃了它。这究竟是怎么回事？要知道,通向农村的道路是自由而宽阔的,农村本身正在像亲妈一样向我们呼唤和等待我们啊。"

在这篇对新手的呼吁书中,列别杰夫同志卓然挺立在我们面前,显示了他——一个旧的倔强的爱民心切的人物,对犹豫和动摇痛下针砭的公正的审判员,——那整个异常坚毅的性格。

列别杰夫同志不顾自己的垂暮之年,不顾他所克服的一切困难和障碍,始终忠于自己的职责,以惊人的顽强精神坚守岗位,而且在仍然跟农村保持密切联系的同时,孜孜不倦地继续致力于新的创作,描绘出了新旧农村的生动鲜明的图景和形象。对于这位仅仅受过小学教育的自学成功者,农村确实是一所结出了累累硕果的大学校。

他的《老实人》(即《人民教师》,虽然在沙皇制度下长期被查禁,却印行了九版)、《冬卡的前程》、《饿汉与饱汉》、《诡计》、《无神论者》、《大地复苏》、《在库尔巴托沃村》和《泼妇》等剧本,在农

---

① 泉水沸腾喻蓬勃兴旺气象。

民中销了好几万册,每个村庄都知道它们。

为了比较精确地评述一下列别杰夫同志的创作,我想把我在一九二〇年一月一篇有关他的《饿汉与饱汉》的文章①中说过的话重复一遍,顺便提提,这个剧本由"国家出版社"刊行,到一九二六年初已经印第三版了。

"伊·列别杰夫的剧本《饿汉与饱汉》真是一篇出色的东西。列别杰夫同志在其中立论,有几分像是托尔斯泰(《教育的果实》)的学生,又有几分像高尔基(《太阳的孩子们》)的学生。剧本在思想上并不新。它只是把落后饥饿的农村当一方,出身寄生阶级的见识浅薄的文化传播者当另一方,两相对照;列别杰夫自然无意借他们来谴责真正的文化,——在阅读他的剧本时,谁都不会产生这个误解;要说列别杰夫同志妖言惑众,想消灭知识分子,那也是无稽之谈。不,——我们面前只有表现得最典型的两个世界的鲜明对照。列别杰夫也没有将农民写成革命家或一种特殊性格,他如实地描写了农村,并用那脱离群众、不劳而获的人们的文化的总格调来同它对比,这个格调全然是革命以前时期俄国知识分子所固有,其实质至今还存留在他们身上,非向它做斗争不可的。

"从艺术形式方面看,列别杰夫同志的剧本很出色。农民典型写得再好不过;他们说着活灵活现的乡间俚语,从中迸射着真纯的自发的才气。这些落后可是诚挚的人立刻以其全部表现赢得了你的好感:红光满面的农妇,凡事审慎的农夫,乡下说俏皮话的好手,嗜酒的歌唱家,装疯卖傻的基督教徒。知识分子的形象也许不那么成功,但是清谈、空虚、猥琐,特别是远远脱离群众及其实际需要,却刻画得很准确。

"这里实际上没有什么戏,有的只是一系列表明这两个世界

---

① 卢那察尔斯基在《论革命剧目问题》中对《饿汉与饱汉》作了评述,该文载一九二〇年第四九期《戏剧导报》杂志。以下所引是文章中的有关部分。

互相接触的场面,可是场面十分生动,读来固然吸引人,上演时将更加吸引人。

"这个剧本不能称为精确意义上的革命剧本,但就它为人民疾苦而泫然落泪和就它的愤怒的讽刺来说,却完全是属于人民的、崇高的。请注意,这种悲郁和这种讽刺的鞭挞已被幽默所冲淡,虽然幽默赋予了全剧以主要的魅力。"

我在几年前所说的这些话,不仅可以用于《饿汉与饱汉》,还可以用于列别杰夫同志的大多数作品。

一九二七年十一月十一日,列别杰夫同志荣获功勋艺术活动家的称号。

关于《恰巴耶夫》*

富曼诺夫这本书正在出第三版,同时还出了几种节本。书不大,却很受欢迎,它是我国革命后的小说中最显著的成就之一。这是十分容易理解的。它叫人一开卷就放不下。看完以后能增加许多有关我国内战的表里特点的准确而重要的知识,增加新的感情,在读者心胸里滋发出一股革命热忱来。说实话,在我国革命后丰富的苏维埃情调的文学中,我知道只有两部作品产生了这样不可磨灭的、鲜明的,而且我要说是大有教益的印象。那就是绥拉菲摩维支的《铁流》和富曼诺夫的《恰巴耶夫》。

《铁流》使人感到它出自一位有经验的大师的手笔。《铁流》是一篇完美的史诗。《恰巴耶夫》当然也证明它的作者拥有肯定无疑的小说才能,但他落笔之际其实并未考虑纯粹的艺术性。这是一些叙述他所见、所感和所作所为的异常生动的札记,一个敏锐、聪明、坚强的政委的札记,其中一部分可以说是在战斗正酣的时候草就的。

这位目击者和参与者提供的证词的鲜明性,完全抵得上《铁流》由于其语言鲜明和通篇史诗结构精巧而占有的优势。

当然,两本书中间有许多共同点。都是革命本身驱使下写出的东西。事实上,富曼诺夫也好,绥拉菲摩维支也好,全把群众摆在首位。富曼诺夫的书名叫《恰巴耶夫》;在那部关于绥拉菲摩维

---

* 本篇是作者为《恰巴耶夫》第三版所写序言,初次发表于一九二五年第一期《十月》杂志。译自《卢那察尔斯基文学论文集》。

支所描述的大撤退的小说里,一位担任领导的英雄①起着特殊的作用,他是他那个备尝辛苦的英勇集体具有明确目标的意志的真正结晶。但不论在那里或这里,毕竟都没有任何英雄崇拜,看来英雄只是群众的一个天然器官。这样的群众不可能没有诸如此类的领袖。事实上,即使这不是恰巴耶夫,也一定会是别的什么人,因为恰巴耶夫周围有大批类似叶兰②等等的人物,他们只不过比他略逊一筹而已。

基本群众——绥拉菲摩维支笔下的后撤部队和富曼诺夫笔下的恰巴耶夫师——的心理是相似的。两位作者都从集结比较散漫的、还没有熔炼成为一个整体的群众写起,我们可以感觉到,某一部分有组织的革命力量承担的无法形容的困苦和非人力所能及的功业,如何经过无数的牺牲,终于把其余的人提高到近乎超人集体的水平,既有那样高度的坚忍精神,又是那么习惯于勇猛、纪律和互助,以至这个经历过战争的革命集体的新面貌在读者心中引起了狂喜和景仰之忱,而对这批受难者的强烈的怜恤,则闪烁了一瞬间就完全熄灭了。

然而两部史诗之间也有引人注目的差别。

富曼诺夫是恰巴耶夫师的聪明、大胆、机灵的政委,他勉强掩盖着他是在用第一人称讲述故事。他理智地、马克思主义式地极力弄清他亲自参与过的那些现象。他对恰巴耶夫、对他的有吸引力的品质着了迷,但他似乎为了自己和别人而急于用解剖刀去剖开他的人物,尽可能准确地看清他的缺点,并极力使它们在实践中不致为害;他也极力把"领袖"这一现象本身分散到社会的整体上去。他十分正确地懂得这个现象在各种力量相互间的革命关系的

---

① 《铁流》主角郭如鹤。
② 叶兰即伊·塞·库嘉科夫(1897年生,卒年不详),苏联内战中的英雄,恰巴耶夫的亲密战友之一,恰巴耶夫师的一个旅长。

总结构中的位置。

绥拉菲摩维支的书最后造成一个惊人的英雄的印象。它在不知不觉之间使人心里对革命奇迹发出叹赏,这奇迹便是把一批被哥萨克所迫而逃出古班草原的杂乱的乌合之众改造成一个群英荟萃的大家庭。但是绥拉菲摩维支本人对这一现象没有进行任何理智的分析。作为艺术家,他也许觉得这简直是多余的事。他当然是真实地、而同时又是浪漫主义地描绘了他的来自群众的英雄。他不愿撒谎和浮夸,可是他也不愿叫人扫兴。

富曼诺夫同志不怕这个。富曼诺夫希望认识事物并让别人有所认识,但因为他研究的现象是壮美崇高的,这个认识当然就不会导致失望,反而使富曼诺夫的书成了一种活生生的教科书——不仅是国内战争心理教科书,而且多多少少也是同这心理有关联的组织家艺术的教科书。

继《恰巴耶夫》之后,富曼诺夫同志出版了他的生动的特写《一九一八年》①。他又在准备新作《叛乱》。一切全使人相信,在他的每一篇作品里,我们总会看到那同一个富曼诺夫。

首先,他是一个彻头彻尾的革命家、真正的共产主义者和马克思主义者,他在整个战争期间将自己的精力、智慧和心血献给了革命斗争事业。他敏锐地观察过,反复地、有时甚至是痛苦地思索过,结果他取得了丰富的经验,并渴望把它转告自己的集体、党、苏维埃俄罗斯、共产国际、全世界。又因为与此同时,他善于找到颇为鲜明的词汇,善于相当引人入胜地将他的经验的各个部分串联起来,所以——这可以说倒是次要的事了——他又成了艺术家,他的作品也成了艺术品。富曼诺夫的经验还够他写好几本书,他的叙事才能大概还会发展和长进。在期待这些新书的时候,我们将欣庆我们有了《恰巴耶夫》这样的好书,我们祝愿它得到最广泛的

---

① 指中篇小说《在一九一八年》(一九二三年)。

传播。

我国革命的清楚的自我认识的过程,正是在这种书籍的帮助下进行的。

富曼诺夫的书里有一个令人感动的插曲,就是恰巴耶夫师的指挥人员谢绝增援,以免使红军群众败兴,同时却坚决要求送些"散文体和诗体"的好剧本到前线去。富曼诺夫写过不少鲜明的篇章,来说明在恰巴耶夫师的艰苦经历中,艺术给了它多么大的精神支持。

但愿艺术在无产阶级斗争的整个广阔战线上能起同样的作用。多出一些诗体和散文体的好书,好让我们清楚地认识自己并且使我们得到培养吧!

莎士比亚人物陪衬下的培根[*]

莎士比亚以惊人的、无与伦比的天才，看出和描写了这个自有其可怕之处、同时又是光明美好的现象——理性在他那时代的社会中的强有力的发展。我们想利用莎士比亚创造的形象，更精确地评定一下当时最光辉的理性代表之一——我们的主角弗兰西斯·培根的理性的特色和倾向。

争斗在莎士比亚全部作品中起着巨大的作用，而在所谓的帝王历史剧中起到的作用也许最大。

莎士比亚亲眼看见的中世纪末期和文艺复兴初期，是以强烈的个人主义著称的；社会结构虽然还颇为巩固，但已处处可以感觉到它在趋于瓦解。雅各·布克哈特①在他论文艺复兴的深刻著作里指出，这种个性解放、个人谋求自决和独立决定自己的生活道路的积极愿望，是那整个时代的基本现象之一。

---

[*] 本文是一九三三年作者为高尔基主编《名人传记丛书》所写的一本未完成的培根评传第一章第三节，初次发表于一九三四年第十二期《文学评论》杂志，当时作者已去世。译自《卢那察尔斯基文学论文集》。

弗兰西斯·培根（1561—1626），英国哲学家和政治活动家，"英国唯物主义和整个现代实验科学的真正始祖"，所著《新工具》等书尖锐地批判了中世纪唯心主义哲学，强调理性的作用，但他的学说"还充满了神学的不彻底性"（均见《马克思恩格斯全集》第二卷，第一六三页）。培根曾任掌玺大臣，后升大法官，授子爵。他积极主张对外扩张侵略，断言君主专制是最好的国家体制，人民则被诬为骚乱的根源。培根又是英国文艺复兴时期的主要散文作家，著有论说文集《随笔》一卷。

① 雅各·布克哈特（1818—1897），瑞士文化史家，著有《文艺复兴时代的意大利文化》（一八六〇年）等。

自由的个人经常引起莎士比亚注意。个人的命运总是使他感到浓厚的兴趣。这自由的个人的前途如何呢：是他内心增长着的一切欲望终于取得胜利，还是他过早地灭亡？在个人的意志互相对立得如此森严的这个混乱的大千世界，这两者都有可能。莎士比亚的人物（莎士比亚的直系先驱——伊丽莎白时代那群剧作家、学院派①，——笔下的主角也许更是这样）自问道：不是百事可为吗？因为教会的威信已大大降低，对神的信仰很微弱。但是代替在教会汇编的教义里记述得十分明确的神的意志，又仿佛有了另一个神祇——或者是潘②，或者是什么不可捉摸的命运之神，命运之神未必善良，未必公正，也许简直很残酷，它与其说同情芸芸众生，不如说以他们的苦难为快乐。

假如百事可为，那么只剩下这样一个问题：在可为的百事当中，能够做到的是什么事呢？

任何惩罚——无论它是各种情况的凑合所招致的，还是国家、社会、仇敌的残酷对策，——归根到底总是一次挫折。如果一个人在这惩罚的打击下跌倒了，那就表示他没有对自己的行为作好估计，表示他接受"百事可为"这一相当正确的——在文艺复兴时代人们心目中是指道德上正确的——命题之后，忘记了这并不是意味着似乎一切都已无人保护，似乎可以在力争优胜的世界里只顾私利，任意掠夺，忘记了还有社会、国家力量以及其他也许比他武装得更好的掠夺者。

不必做一个讲道德的人，——在争斗中道德只能妨碍你；固然，道德往往也有用处，但只是当它作为一副可以掩盖你的无耻和

---

① 指牛津和剑桥毕业的"大学才子"约·李利、罗·格林、克·马娄等剧作家。
② 潘，出自希腊神话，最初被奉为牲畜神，后来成了整个自然界的保护者，以凶恶可怕著名。

残酷的假面具时，它才有用。可是必须做一个明智①的人。必须非常明智。必须善于配合形势的要求来扮演各式各样的角色。必须善于使别人敬佩你。必须善于以力服人。必须及时估计到你所产生的力量，而且要从发展中去估计。做一个明智的人，这恰恰就是将一切宗教和道德的谬论、一切偏见、一切虚有其表的价值全然置于不顾，冷静地看待生活。而同时，这也就是用冷静的眼光看到生活中的实际危险。

任何一个世界文化天才都没有像莎士比亚那么仔细、那么聚精会神、那么天才磅礴地指明过世界上理性的出现，理智的出现，智慧本身、被解除了束缚的智慧、达到顶峰的智慧的出现。

智慧被宣布为一个可靠的指导者。但是这个力量在莎士比亚心中引起极大的怀疑。他相信这位向导几乎总是要把人引向灭亡。无论如何，理智的居高临下的优越地位这一主题，不但使莎士比亚感兴趣，而且使他苦恼。他对理智充满着莫大的敬意。即使对那些最不顾羞耻的"理智骑士"，他也决不轻蔑，决不憎恨。他了解他们的特殊自由、他们的包藏野心的优雅风度、他们那无比的人的尊严感，而保持尊严，恰恰便是蔑视一切偏见。但同时，他又认识到，他们的命运是危险的：谁若离开稳妥的道路，谁若为了幸福和胜利去到海洋上，随风漂流，只跟船长——理性——一人同在，他就要冒极大的危险。

作为争取成功的斗争武器的理性——这是莎士比亚对于在他那时代有过强烈表现的理智的态度上的一个方面。

另一个方面是：在有理性的人看来，理性好像一盏耀眼的明灯，对于别人仍然是黑乎乎的东西，对他来说有许多却变得历历可见了。他在这个奇怪而可怕的世界上，忽然非常清楚明晰地看到

---

① 在本篇中，"明智"、"智慧"、"理智"均与新兴资产阶级标榜的"理性"同义。参看本书第七三页正文和注③。

了周围一切和他自己。在理性的探照灯的光芒之下,人们发现,世界不仅奇怪而可怕,并且又卑污又愚劣,也许根本不值得在这里生活下去,即使是最大的成功和胜利,也补偿不了世间的荒谬生活,且不说胜利总是少见的、昙花一现似的,何况,每个生者必不可免的老与死无论如何还在威临着一切。

在这里,苏醒过早的理性,成了它的体现者的苦恼的直接原因。在这里,我们碰到一种广泛现象的鲜明事例之一,这种现象在格利包耶陀夫的著名喜剧《智慧的痛苦》的标题中得到了一个很准确清楚的定义。

弗兰西斯·培根是个具有大胆的、为文艺复兴时代的整个环境所解放出来的智慧的人,他同莎士比亚笔下两组理智人物有着关联。当我们更进一步认识他的日常道德,认识他传授的日常行为准则的时候,我们便会看出他同马基雅弗利主义者①的近似之处。

同时必须立刻预先声明一句:虽然培根对于所谓道德绝对没有丝毫敬意,他却透彻地了解道德假面具是多么重要,不必过于直言不讳地去刺激周围的人们是多么重要,口头上对流行的见解表示让步、借以掩盖他的大胆而独立的理智又是多么重要。这一点,在培根那些公开发表的、献给各种身居高位的保护人的著作中表现得再明显不过了!但是对手一个稍微精明些的人,这副透明的道德假面具并不能妨碍他去了解培根从唯智论出发的、异常强烈的非道德论。

只有根据这个观点,才能说明培根在他一生的个别场合的行为,那时他的不顾羞耻已经超出一切限度,甚至在文艺复兴时代崇尚自由的社会中,也使人对培根产生了敌意的反应。这也可以说

---

① 尼·马基雅弗利(1469—1527),意大利思想家和政治家,提倡权术霸道,主张为政可以不择手段。

明为什么培根会用貌似"轻率"的态度,为了受贿而毁掉自己的锦绣前程,这次受贿即使就当时来说也是够张狂、够笨拙的了。①

然而,如果说培根在这一切方面——他的处世之才、他的巧诈、他的无原则,——同莎士比亚笔下代表自由的理智的人物正好合拍的话,那么,培根同莎士比亚那些比较抑郁、同时又比较高尚的典型,即哈姆莱特典型,无疑也有着密切关系。我们只谈这类典型中的三个:忧愁的杰奎斯,他是胚胎期的哈姆莱特;哈姆莱特本人;普洛斯彼罗,他仿佛体现着全部哈姆莱特主义的庄严的和音。

我们首先来看莎士比亚所写的无耻之徒。他们为数不少。其中占首要的重大地位的是国王理查三世。

我已经说过,在莎士比亚的作品中,特别是在帝王历史剧中,个人与个人之间的争斗(主要为了夺取政权)起着很大的作用。《理查三世》是莎士比亚历史剧的冠冕。在理查三世一角身上,莎士比亚写出了那个时代——热衷名利的权贵们互相残杀的时代——造成的一项十足的恶果。

历史上的理查三世也许不像莎士比亚描述的那么狠毒。他是一个好战的、热衷名利的国王,执政时十分无情,但是不一定比别的国王坏得多或好得多。不过事实终归是事实:人民群众特别痛恨理查三世。总之,他们形成了一个观念,认定他为人极端狡猾,而且残暴得像一头猛兽;他们宁愿相信,仿佛他是使用许许多多罪恶手段来取得和保持政权的。有些评论家的说法大概比较接近真实:理查三世的性格刻画之所以在伦敦公众中得到那样大的成功,是因为莎士比亚塑造的形象同这批公众预期的形象正相吻合的缘故。然而即使看看贺林希德的著作(即是莎士比亚从中吸取其基

---

① 一六二一年,培根在大法官任上被指控受贿,他自己也直言不讳。贪污案宣判后,他曾说:"五十年来,我是英国最公正的法官。"当时贿赂公行的情况,可以想见。

本素材的那份直接的评述），①我们也可以说，这一次莎士比亚并未完全忠实于他的基本史料；他在很大程度上依靠着托马斯·莫尔②所写的那本有关理查三世的名著③，——托马斯·莫尔是文艺复兴时代最伟大的知识分子之一，亨利八世朝最杰出的人才，也可以说是培根和莎士比亚的独特的先驱。

大法官托马斯·莫尔担任编著理查三世传的工作之后，事实上写了一本论战性和政治性的深刻著作。托马斯·莫尔与其说是讨好都铎王朝④，不如说是贬低前朝⑤君主来衬托它，——当然不是像一个谄媚之徒那样，而是有个限度，因为一般地说，他只不过企图在都铎氏保护下实现其人文主义的、实际上很进步的资产阶级政策罢了（虽然并没有完全成功，托马斯·莫尔本人也成了亨利八世的可怕的专制主义的牺牲品）。

亨利七世⑥——即直接战胜理查三世的里士满伯爵，第一个登上王位的都铎，——是个恶劣透顶的守财奴和平庸无能的人。这并未妨碍托马斯·莫尔竭力向人暗示：里士满伯爵是一位英明的骑士，他使正义获得胜利，罪恶受到惩罚，而理查三世却似乎是个混世魔王，是中世纪内讧的最坏的产物。

莎士比亚也从莫尔那里吸取了这种认为理查三世罪孽深重的观点。不过我们马上就能看出两者的重大差别。对于莫尔，理查

---

① 拉·贺林希德（1580年卒），英国历史家，所著《英吉利、苏格兰与爱尔兰编年史》（一五七八年）为《理查三世》和莎士比亚其他一些历史剧的题材的主要来源之一。
② 托马斯·莫尔（1478—1535），英国政治家和人文主义哲学家，空想社会主义奠基人之一。因拒不承认亨利八世（1509—1547年在位）为英国教会领袖，被斩首。
③ 指《国王爱德华五世悲戚的一生》。一八八三年起改名《理查三世传》。
④ 都铎王朝，一四八五至一六〇三年的英国王朝。
⑤ 指约克王朝（1461—1485），理查三世是它的末代君王。
⑥ 亨利七世（1457—1509），一四八五至一五〇九年的英国国王。

三世仅仅是政治上的反面人物,坏国君,他终于被莫尔本人效忠的那个王朝①的一位好国君打倒了;对于莎士比亚,理查三世却是一个人,一个有教养的历史巨人,一个特殊的强大的性格。

莎士比亚全没想到要设法为理查三世恢复名誉,否定他的什么罪行,——相反地,他还把连莫尔本人都没有说过的罪行归咎于理查三世;但是他并未由此得出任何所谓诗的或者道德的结论。莎士比亚的理查三世是怪物,然而这个怪物如此光华灿烂,如此才气横溢,如此幸运,如此完整,如此大胆,莎士比亚不禁对他欣赏起来了。

莎士比亚作为一个多方面的心理学家,极力识别理查的各项特点,在他的内心生活发生各种波折时指出这些特点。可是,尽管在政治上莎士比亚应该把理查三世当作篡位者,时时加以谴责,尽管他写了一大堆惨祸,时时向观众申诉,激发他们去愤恨丧尽天良的理查,——尽管这样,莎士比亚同时却又尊敬理查。我们再说一遍:他欣赏他。他一分钟也不愿贬低马基雅弗利主义者的原则,也就是从唯理论出发的名利心、志在窃国的名利心的原则,这名利心有明确的目标,而以科学分析和险恶的、彻头彻尾的伪善为手段。

描述亨利六世②的那篇历史剧,基本上大概不是莎士比亚写的,而且很难认真辨别,哪些地方是莎士比亚的真迹。③ 但由于其中理查三世一角主要是莎士比亚写的,那么可以肯定,剧作家们在关于亨利六世的历史剧里提供的、作为一个专叙理查三世的历史剧之先声的那些初步成果,正是出自莎士比亚的手笔。在这样的情况下,我们便看到了性格的真正发展。

---

① 都铎王朝。
② 亨利六世(1421—1471),一四二二至一四六一年的英国国王,属兰开斯特王朝。
③ 早先许多莎士比亚学者认为,《亨利六世》大部分系莎士比亚将前人剧本略加修改而成。此说后来已被推翻。

葛罗斯特(未来的理查三世)首先是一名雄赳赳的武夫。他不怕流血,也不惜流血——无论是自己的还是别人的血。他比他所有的亲属都果断而积极。他是一条勇猛的汉子,所以人家都怕他。同时他却是个残废。《亨利六世》指出了他身体残废的特点;这些特点使他为周围的人所不喜欢甚至厌恶,也使他同他们疏远,陷于孤立,他不得不主要信赖他自己。葛罗斯特在《亨利六世》中用几段独白表现了他由此产生的心理状态,我们不想在这里引证,因为在历史剧《理查三世》开头处,我们还可以看到一段漂亮的概括性的独白(顺便说一句:它很能说明莎士比亚用来向我们揭示理查其人的那种艺术手法的特征)。

理查不顾羞耻,他自己清清楚楚地知道他在干什么,他蔑视礼俗,不怕任何罪行。如果罪行是帮助他达到目的的手段,它对理查就根本不算罪行。因此,他坦白地、毫无顾忌地向自己描绘了他的计划。但是不用说,我们恐怕不能设想理查会有一个可以让他把这项计划坦白相告的心腹。要假定有这样的心腹,便会破坏理查三世的性格:他应该对别人守口如瓶才对!可是独白在这里给剧作家帮了忙。理查独自沉思着,然后以非凡的形象的光辉,向观众(观众被假定并不在场)展示了自己的内心世界。

我们要整个地引用这段独白,它同时又仿佛是全剧的一篇序幕:

> 葛罗斯特　现在我们严冬般的宿怨已给这颗约克的红日照耀成为融融的夏景;那笼罩着我们王室的片片愁云全都埋进了海洋深处。现在我们的额前已经戴上胜利的花圈;我们已把战场上折损的枪矛高挂起来留作纪念;当初的尖厉的角鸣已变为欢庆之音;杀气腾腾的进军步伐一转而为轻歌妙舞。那面目狰狞的战神也不再横眉怒目;如今他不想再跨上征马去威吓敌人们战栗的心魄,却只顾在贵妇们的内室里伴随着春情逸荡的琵琶声轻盈地舞蹈。可是我呢,天生我一副畸形陋

相,不适于调情弄爱,也无从对着含情的明镜去讨取宠幸;我比不上爱神的风采,怎能凭空在袅娜的仙姑面前昂首阔步;我既被卸除了一切匀称的身段模样,欺人的造物者又骗去了我的仪容,使得我残缺不全,不等我生长成形,便把我抛进这喘息的人间,加上我如此跛跛踬踬,满叫人看不入眼,甚至路旁的狗儿见我停下,也要狂吠几声;说实话,我在这软绵绵的歌舞升平的年代,却找不到半点赏心乐事以消磨岁月,无非背着阳光窥看自己的阴影,口中念念有词,埋怨我这废体残形;因此,我既无法由我的春心奔放,趁着韶光洋溢卖弄风情,就只好打定主意以歹徒自许,专事仇视眼前的闲情逸致了。①

琢磨一下这段独白,必须承认:莎士比亚认为理查"以歹徒自许"的首要原因,是他"如此跛跛踬踬,满叫人看不入眼",因而从歌舞升平的生活的观点来看,从文采风流的宫廷的观点来看,他所处的地位非常不利。

不过应该立刻指出,虽然葛罗斯特在这里口称"歹徒",其实他对歹徒行为毫无贬责之意;我们又立刻会感到,他根本不想仅仅由于形体丑陋便把自己看作"二流"人物。相反地,我们感到,这种身体的残疾固然必定使他陷于特殊的孤独,但是在他视为天职的、他从中获得主要生活乐趣的那件主要的事业上,残疾却更能锻炼他,这件事业就是争斗,胜利,将人们变成他的驯服工具,借以达到他的目的。在理查三世同安妮相见那场著名的戏②中,莎士比亚赶紧证实了这一点。问题不仅在于理查在这里表现了他的阴谋家的强大才具,能够迅速地把几件事加以对比权衡,看出应该如何

---

① 《理查三世》第一幕,第一场。见《莎士比亚全集》第六卷,第三三五至三三六页,人民文学出版社,一九七八年。
② 第一幕,第二场。同上卷,第三四一至三四九页。

因势利导,如何设法尽快接近王位。同样,关键也不在于理查在这里所表现的矫揉造作,不在于伪装以骗人的绝技,尽管这些都是重要的。这场戏的特色是,残废的理查谈到他的欢爱、热情,谈到他赢得了他所杀害的人①的寡妻的青睐,在短短的时间内就把安妮对他的憎恨变成了一种独特的好感。这证明,甚至当理查三世需要利用色情做武器的时候,他那微驼的背、枯瘦的手、长短不一的双腿也丝毫妨碍不了他。

我想请读者注意理查同勃金汉的一场对话。这场对话表明,伪装的能力——狡猾的做作——在当时的理智关系中总是起着多么巨大的作用。

葛罗斯特在谈话时问勃金汉:

葛罗斯特　来,老弟,你能不能身子发抖,脸上变色,一句话没讲完就拦腰切断,从头讲起,又在中途打住,装出疯癫模样,惊慌失措?

勃金汉　嘿!我就会扮演老练的悲剧角色,讲着一句话,回头看看,四下窥视,战战兢兢,草木皆兵,而满腹狐疑;我也会装出假笑,又能运用各种鬼脸怪相;这两副脸谱都由我随意调配,以丰富我的技艺。②

在葛罗斯特本人会见市民一场戏③中,他正是把这种矫揉造作施展到了顶点。那场戏在描写十足的伪善方面真值得赞叹。谁要是没有读过或者已经不记得它,我劝他读一读。这里我仅仅指出一点:葛罗斯特不仅擅长掩饰他的蛮横、残暴、好战,作为他的特色的尖酸刻薄的讽刺,他还假装成一个基督徒、专心祈祷的人、几乎是憎恶人世浮华的圣贤,其目的是更便于、更易于稳住人民群众

---

① 指安妮的丈夫爱德华。
② 第三幕,第五场。《莎士比亚全集》第六卷,第四〇二页。
③ 第三幕,第七场。同上卷,第四〇六至四一三页。

一种可能转瞬即逝的情绪:他们希望他成为国王、秩序维护者。后来,当各支历史力量开始转而反对他的时候,他又怀着多么惊人的勇气去同伊利莎伯王后谈话,好向她的女儿求婚!① 理查的话里蕴藏着多少热情、多少活力、多少笼络人心的柔情蜜意!人们可能觉得,连对他了解很深的、老于世故的伊利莎伯,也要被他骗住了。无论如何,不管他感到多么困难,他还是重新押下一大宗赌注,以他原有的手腕、原有的镇定态度,同他大大欺负过的人们建立了一整套新的政治关系、一整套联盟,以便在自己脚下重新奠定一个坚固的基础。

但是,假如我们看不到莎士比亚如何安排理查三世之死,那么在我们的心目中,理查的形象就根本没有完成。

里士满率领一支大军向他进攻。理查那些假朋友相继投敌。事情越来越明显:这个敌人占着压倒优势。同时,理查内心也不平静。他在犯下许多其他罪行之后,又杀了几个清白无辜的孩子。后来普希金在《鲍利斯·戈都诺夫》中发挥的那个主题②,在这里表现得十分有力。然而理查不是鲍利斯。虽然他也感到良心的谴责,虽然他身上的人类天性不能不按照千年的老传统,责备他(即使是在梦中)残暴不仁,可是,当早晨来到,应该作战的时候,他毕竟摆脱了这一切噩梦和指责,摆脱了内心的不安。

我们只能奉劝大家把这场天才磅礴的戏也读一读,因为其中每句话都给我们描绘了这个可怕的怪物的突出特点。

而在这里,我们只限于引用一下理查最后一段有号召力的演说,它生动地表述了他的马基雅弗利主义政策,以及他怎样善于选择适得其当的词句,去激励那些其实已根本不算他的朋友、根本不

---

① 第四幕,第四场。《莎士比亚全集》第六卷,第四二八至四三八页。
② 戈都诺夫谋害年幼的德米特利皇子掌握大权,并取得皇位,他为此受尽了良心的苛责。

算理想的"爱国者"的人。这表明他比拿破仑更了解群众心理。而同时,为了在斗争的决定性关头一显身手,他的内在决心是多么大,继不安之夜而来的内心镇静又是多么惊人!

> 理查 ……走,将士们,担起各自的任务来。莫让喋喋的梦呓使我们丧胆;良心无非是懦夫们所用的一个名词,他们害怕强有力者,借它来做搪塞:铜筋铁骨是我们的良心,刀枪是我们的法令。向前进,奋勇作战,我们去冲锋陷阵;即使不能上天,也该手牵手进入地狱门。说过的话我何必还来啰唆?①

谈理查三世谈得够了。这个形象当然要比培根的形象高大得多,可是培根的非道德论的情绪在许多方面非常近似理查的情绪。这是同一个思想体系,这是同一个世界。

当莎士比亚塑造葛罗斯特②的私生子——伟大悲剧《李尔王》中的爱德蒙的时候,他也许更加接近了培根的规格。

我们要赶紧指出,爱德蒙也有替自己辩解的理由。理查展开残酷的夺权斗争,而归因于自己身体残废。爱德蒙进行同样的阴谋,而归因于自己是私生子。我们在这里看到一个清清楚楚的概括。

莎士比亚问自己:有人用理性为自己的功名富贵服务,可又让理性变成了对自己的志愿如此危险的一名仆从、如此锋利的一把毒剑,那么为什么会产生这样一类人呢?于是他回答道:是的,他们都可以说是私生子,命运没有把这些人希望拥有的东西全部赐给他们。这些人认为自己不幸、受骗,因此要用经过周密策划的阴谋来矫正他们以为是造物主所犯下的错误。

---

① 第五幕,第三场。《莎士比亚全集》第六卷,第四五五页。
② 这是另一个葛罗斯特,不是理查三世。

应该说,《李尔王》译者德鲁席宁①在他为这个剧本撰写的序言中对爱德蒙作了精辟的分析,这段分析写得很有力,我们宁愿直接借用他的评语:

"他这种典型的基本特点就是肆无忌惮的厚颜无耻,它往往会帮助一个人心安理得地撒谎,给自己戴上随便什么假面具,使他行事时经常出于一个主要动机——无论如何要为自己开辟道路,即使这样做必须害死他的父兄。

"爱德蒙不单纯是狭隘的利己主义者;他也不是能够在作恶中得到乐趣的盲目的恶棍。爱德蒙是一个禀赋优厚的人,然而他的天性早已受到严重的损坏,所以他才有可能专门利用他的优异禀赋去危害别人。爱德蒙的天才在他每个步骤、每句话里都有表现,因为他采取任何一个步骤、任何一个行动以前都得经过思考,这种经常思考绞干了爱德蒙的头脑和心灵,以至他未老先衰,甚而学会了控制如火如荼的青年热情,那在一般炽烈的、容易受诱惑的年轻人是难以控制的。爱德蒙的天才的另一无可怀疑的标志是,他周围一切人都受到他的眼光、他的谈吐以及对他这个人的总印象的神奇影响,他在妇女心中引起狂热的爱情,在男子心中引起信任、不由自主的尊重,甚至还有几分畏惧。"

除了这些评语以外,我们只想添上爱德蒙一段著名的独白,因为这段独白同"自由道德观"的若干原则往往符合一致,几乎到了一字不差的地步;我们的培根虽然有所保留,却带有近似那种道德观的倾向。

> 爱德蒙　大自然,你是我的女神,我愿意在你的法律之前俯首听命。为什么我要受世俗的排挤,让世人的歧视剥夺我应享的权利,只因为我比一个哥哥迟生了一年或是十四

---

① 亚·瓦·德鲁席宁(1824—1864),文学评论家,翻译家,"纯艺术"论者。他那篇《〈李尔王〉序》刊载在一八五八年版的俄译本上。

个月?为什么他们要叫我私生子?为什么我比人家卑贱?我的健壮的体格、我的慷慨的精神、我的端正的容貌,哪一点比不上正经女人生下的儿子?为什么他们要给我加上庶出、贱种、私生子的恶名?……好,合法的爱德伽①,我一定要得到你的土地;我们的父亲喜欢他的私生子爱德蒙,正像他喜欢他的合法的嫡子一样。好听的名词,"合法"!好,我的合法的哥哥,要是这封信发生效力,我的计策能够成功,瞧着吧,庶出的爱德蒙将要把合法的嫡子压在他的下面——那时候我可要扬眉吐气啦。神啊,帮助帮助私生子吧!②

我们认为,用智慧武装起来反对别人的、无耻的唯智论者的第三个典型,是莎士比亚的伊阿古。通常他似乎是莎士比亚在这方面创造的一整批典型中最不可理解的一个。人们确实无法说明,当伊阿古实行他那于自己很危险而又极其残酷的诡计,以便害死两个实际上至少是对他无冤无仇的人时,他究竟根据些什么理由。

莎士比亚在伊阿古同罗德利哥对话一场戏③中概括了他的全部动机。我们在那里看到一大套为自己辩解的奇怪理由。最初,伊阿古同这个表示过狂热愿望的狂人私下密谋,十分轻率地、随随便便地开了开无聊的玩笑,答应成全他的心愿,只要他能够装满伊阿古的钱袋。可是后来又发现,伊阿古之坑害奥瑟罗和苔丝狄蒙娜,还有其他的动机:伊阿古怀疑他那相当轻浮、他自己不大瞧得起的妻子对将军④不够庄重。此外还有一些其他的微小而又互相矛盾的理由。

人们马上会注意到,像莎士比亚这样精明的心理学家为什么

---

① 爱德蒙的同父异母兄。
② 第一幕,第二场。《莎士比亚全集》第九卷,第一六〇页。
③ 《奥瑟罗》第一幕,第三场。同上卷,第二九九至三〇二页。
④ 即奥瑟罗。

需要列举这一切动机。它们之所以需要,显然不是为了真正说明伊阿古的行为动机,而是为了指出,连伊阿古自己也不知道他的行为动机。

这一整场长戏,原是为一项庞大的、要凭着老奸巨猾和钢铁意志才能实现的犯罪计划慌慌张张地寻找借口,但这场戏中重要的不是具有动机性质的东西,而是伊阿古对一般人的意志的解说。不过我们要立刻修正一下:绝不是"一般人的意志",只是伊阿古之流的意志,其中大概可以包括理查三世、爱德蒙、政治上和私生活上的一切马基雅弗利主义者,在很大程度内也可以包括我们的弗兰西斯·培根。

这就是那段令人惊叹的话:

> 伊阿古　力量!废话!我们变成这样那样,全在于我们自己。我们的身体就像一座园圃,我们的意志是这园圃里的园丁;不论我们插荨麻、种莴苣、栽下牛膝草、拔起百里香,或者单独培植一种草木,或者把全园种得万卉纷披,让它荒废不治也好,把它辛勤耕垦也好,那权力都在于我们的意志。要是在我们的生命之中,理智和情欲不能保持平衡,我们血肉的邪心就会引导我们到一个荒唐的结局;可是我们有的是理智,可以冲淡我们汹涌的热情、肉体的刺激和奔放的淫欲;我认为你所称为"爱情"的,也不过是那样一种东西。……那不过是在意志的默许之下一阵情欲的冲动而已。①

十分明显,伊阿古清楚地意识到自己拥有巨大的力量;他懂得他是自己的主人;他懂得,在他刚才给我们描绘的那个园圃里,他可以栽下最精美的名种毒草;他懂得,他是具有坚强的意志和清明

---

① 第一幕,第三场。《莎士比亚全集》第九卷,第二九九至三〇〇页。

的理性的人,他不囿于任何偏见,不是任何身外的常规、任何道德杂质的奴隶,他这样的人是一个可怕的大力士。在大多数人不善于运用理性、几乎人人都被宗教和道德的偏见束缚着的仍然昏暗的时代,这种自由的大力士感到自己好像是我国民间英雄歌里的诺大戈罗德的勇士:抓住谁的手,手就脱落,抓住谁的脚,脚就掉下。他可以叫随便什么人来下一盘人生的象棋,并且下赢他,愚弄他,使他失去财产、名誉、妻子、生命,而自己却不受制裁。即使这里也有某种危险,但是谁不知道,对于真正的赌徒来说,冒险能给赌博增加多少魅力!而伊阿古便是一个真正的赌徒。他是智慧之春的一朵毒花;他才刚刚放苞吐艳,他欣赏自己的鲜美,他想立刻使用他的青春的力量,于是连忙投入战斗了。

但是,伊阿古为什么恰恰要攻击奥瑟罗呢?他为什么恰恰要陷害苔丝狄蒙娜呢?他列举的那些理由当然是可笑的。不,他所以攻击奥瑟罗,是由于奥瑟罗是他的长官,是一员名将,几乎是一个伟人,因为奥瑟罗负有盛誉,战胜过许多危险,感到自己既勇敢,又强大。战胜这样的人物难道不愉快吗?同时,战胜他并不难,因为他忠厚、轻信,像干草一样,一点就着火;要驾驭他很容易,要牵着他的黑鼻子走很容易。难道这不是一大快乐吗?旗官伊阿古,一个毫无超群出众之处的恶棍,竟能感到自己是这位热情、强大、危险、烈火似的名将的领路人、主宰、命星、上帝、神明,这难道不是一大快乐吗?

那么苔丝狄蒙娜呢?她是元老勃拉班修的女儿,是一朵最精美的威尼斯文化之花,高雅而肉感,高洁而忠实,她那整个的人就像一支优美的歌曲,像一篇最令人陶醉的神话。她是一个人所能得到的最大报酬;她完全委身于奥瑟罗,以酬劳他为己任。但是她轻信、柔弱、高洁。她不能怀疑任何人使诡计,甚至不知道什么叫诡计。她很容易被诱入任何圈套。然而,感到这样一个美人、这样一个天生尤物要由你主宰,你可以随心所欲地促使她受苦或死亡,使她从一种洪福和享受变成对人的劫难、惩罚,——这难道不叫你愉快吗?

伊阿古凭着他那颗文艺复兴时代人物的敏锐心灵预感到了这一切,他事先就很得意,事先就把自己看作这些人的神明——说得更正确些,是残害这些人的魔鬼。而把自己看作能够支配这样崇高的人们的一个魔鬼,又使他充满了自豪心。

这便是他的动机。

此外,这个动机对于阐述"阴谋家"的概念也很重要。今天一切都已改观,今天的阴谋家已经失去那股新奇别致的味儿了。在十七至十八世纪,却有一批货真价实的阴谋家奔走于全球各处。正是那时候,最惊人的钩心斗角的手段才得以施展,正是那时候,例如我们从法国人绍德尔洛·德·拉克洛①的圆熟描述中所看见的那类爱情阴谋,才达到了登峰造极的地步。

一般地说,任何爱情的阴谋都同弗兰西斯·培根离得比较远,我们会从他的传记里看到这个。但总的看来,耍阴谋却是我们这位哲学家颇为爱好的一种气氛,这一点,我们也很快便能证实。我不知道,像理查三世那样的大魔鬼的名利心,或者像伊阿古那样的小鬼的、但又是抑制不住和无限卑劣的名利心,是否曾对培根起过作用。最接近他所实行的阴谋的是爱德蒙型的阴谋。

的确,弗兰西斯·培根认为自己不完全是一个婚生子。他无法挑选他的父母,如果让他挑选,他一定挑中别人。他必须通过身居要津的姨丈们的关系,经常奔走钻营。他还得同劲敌库克②竞争。他同那个时代最奇特的人物艾塞克斯之间,有过天下最费解

---

① 绍德尔洛·德·拉克洛(1741—1803),法国作家和政治活动家,所著书信体小说《危险的联系》反映了法国大革命前夜贵族社会道德的沦丧。
② 一五九四年,培根和法学家、政论家、政治活动家爱德华·库克(1552—1634)一同谋求最高法官的职位。结果培根的候选资格被撤销。

最奇怪的一段友谊。① 他需要对卑鄙之徒如詹姆士王②及其宠信柏金汉③阿谀奉承。他需要同无耻的侍臣、狡诈的律师和老奸巨猾的议员们往来,出入险恶的世界、不讲道义的世界、陷阱密布的世界,——他在这个世界牢牢地建立了显赫的功名,差不多完全是使用阴谋建立起来的,他爬到那样高的地位,有个时期詹姆士王不在,他俨然就是伦敦的国君。随后他却突然垮台了。要完全了解他这个方面,只有认清他本人的道德哲学(可是他讲得很谨慎),像我们现在这样来说明它,即是用无耻的理智骑士的心理来说明它,才有可能;而这种心理正好反映在我们同读者谈论的莎士比亚那三个典型身上。

现在我们要转到另一个方面,看看莎士比亚笔下那些反映了当时"智慧的痛苦"——具有青春活力和无限悲戚的一种痛苦——的人物。

在对理性进行所谓科学和心理学的考察时,莎士比亚有他的先驱和同辈。在注重功效的理智的领域内,他有马基雅弗利这位集大成的导师。

这一次④,蒙田⑤可以起到马基雅弗利的作用;能够说明问题的是,在莎士比亚的作品中,这种发人深思而又十分不幸的、同时

---

① 罗·艾塞克斯(1566?—1601)一度是伊丽莎白女王的宠臣。培根在政治上飞黄腾达,便由于他的提携。后来他逐渐失宠,一六〇〇年因对爱尔兰蒂隆伯爵的叛乱镇压不力,被撤职软禁,经培根营救获释。不久企图在女王身边安插党羽,控制宫廷,未果。一六〇一年率随从三百在伦敦街头示威,终于被捕,由培根主审,判处死刑。
② 詹姆士一世(1566—1625),一六〇三至一六二五年的英国国王。
③ 乔·柏金汉(1592—1627),英国政客。
④ 指"智慧的痛苦"问题。
⑤ 米·蒙田(1533—1592),文艺复兴时代的法国哲学家和散文作家,著有《经验论》(一五八〇年)等书,对莎士比亚起过显著影响。蒙田主张享受生活乐趣,而为了做到这一步,首先要精神自由,心情恬静,不让习惯、偏见束缚自己的思想,不让贪婪、吝啬等情欲扰乱自己的心绪。

作者本人对之寄以无限的但又是可悲的同情的理性，——这种理性的出现，是同蒙田所接近的、把"田园"哲学原则同宫廷的高傲相对立的倾向有联系的。

贝特洛在他的著作《莎士比亚和歌德的明哲》①中极力证明，莎士比亚总是非常重视宣传雅致简朴的生活，把它同傲慢和浮华相对照，而这正是十六、十七世纪和一定程度上的十八世纪遁迹田园的情绪的本质方面。无论如何，莎士比亚的剧本《皆大欢喜》，仿佛就是与这田园哲学显然有关的一个主要剧本。

不过我们感兴趣的倒不是莎士比亚的这个倾向。我们甚至并不认为莎士比亚在这篇喜剧里特别热衷于提倡寄情田园的精神。但是我们对于该剧的中心人物之一——忧愁的杰奎斯很感兴趣，虽然他没有起过特别积极的作用。

杰奎斯屡次被称为忧愁的人，这很能说明他的特色。他自己极力想确定他的忧愁实际上是怎么回事，而他是用一种独特的、近乎小丑的方式来做这个的。给他那高度的才智、给他那同所谓平庸之辈的一般见识卓然异趣的奇智加上一个讽刺的、戏谑的形式，本来是他的特点。

这便是杰奎斯在确定他的忧愁的类别时说过的话：

"我没有学者的忧愁，那是好胜；也没有音乐家的忧愁，那是幻想；也没有侍臣的忧愁，那是骄傲；也没有军人的忧愁，那是野心；也没有律师的忧愁，那是狡猾；也没有女人的忧愁，那是挑剔；也没有情人的忧愁，那是集上面一切之大成；我的忧愁全然是我独有的，它是由各种成分组成的，是从许多事物中提炼出来的，是我旅行中所得到的各种观感，因为不断沉思，终于把我笼罩在一种十分古怪的悲哀之中。"②

---

① 莱·贝特洛（1872—1960），法国唯心主义哲学家。此书于一九三〇年在巴黎出版。
② 《皆大欢喜》第四幕，第一场。《莎士比亚全集》第三卷，第一六九至一七〇页。

杰奎斯不愿对人家隐瞒他的可悲的结论。但他知道他们不会立刻了解它。于是他希望穿上一件花花的外套,好像那个可以大发奇论的傻子①一样。"他把他的傻气当作了藏身的烟幕,在它的荫蔽之下放出他的机智来。"②

"啊,我但愿我也是个傻子!"杰奎斯慨叹,"我想要穿一件花花的外套。……这是我唯一的要求;只要殿下明鉴,除掉一切成见,别把我当聪明人看待;……给我穿一件彩衣,准许我说我心里的话;我一定会痛痛快快地把这染病的世界的丑恶的身体清洗个干净,假如他们肯耐心接受我的药方。"③

由此可见,忧愁的杰奎斯没有把世界当作一个无可救药的病人。他只是看到世界染上了重病,认为发现这个病的理性可以治好它,只要说出真理,虽然是披着小丑的外衣来说的。

杰奎斯给这世界寻找一个最精确的比喻,他在舞台上找到了它。

我们不想在这里全部引用杰奎斯这段值得惊叹的独白:

"全世界是一个舞台,所有的男男女女不过是一些演员;……"④

我们只引用独白的结尾:

"终结着这段古怪的多事的历史的最后一场,是孩提时代的再现,全然的遗忘,没有牙齿,没有眼睛,没有口味,没有一切。"⑤

因此,杰奎斯头脑中对世界的看法是怎么回事,便十分清楚了。那是重复——并且不是在理论上重复,是在实践上重复,——

---

① 即小丑。
② 剧中人公爵谈到小丑试金石时所说的话。见第五幕,第四场。《莎士比亚全集》第三卷,第一九六页。
③ 第二幕,第七场。同上卷,第一三六至一三七页。
④ 第二幕,第七场。同上卷,第一三九页。
⑤ 第二幕,第七场。同上卷,第一四〇页。

东方一个著名原理:"使人增长智慧的,也增长烦恼。"

世界就是安排得这样不合理,只有当你不明白你是在做戏的时候,你才能在世上快快活活地扮演你担任的角色。否则,看到现实变幻无常,世事又漫无目的,你所演的那幕戏、你担任的那个角色就要统统给毁坏了。

请问:既然向世界奉献了这样一条"真理",又怎么能使世界睁开眼睛,看清它自己是"一场梦"、是"一场戏"呢?还能把世界改造到什么地步呢?

改造显然只能简化为一点,即是要人们像佛教徒一样,不再珍视青春、美丽、功名、荣誉、胜利、成就。在他们心目中,这一切都应该带有过眼云烟的标志。

在我们的主角弗兰西斯·培根的著作里,我们也碰到这类令人痛苦的箴言。他有点近似他所认识的蒙田。然而这不是他的特色。推测培根仿佛是《哈姆莱特》的作者,固然可笑。但培根类似哈姆莱特,则毫无疑问。

哈姆莱特同他的原型杰奎斯有什么显著差别呢?差别便在于哈姆莱特身上既有马基雅弗利主义,又有唯智论,他这个"王子是英才,王子是人,王子是军人"①。他不单纯是"清谈家",他还是军人(正是这一点,吸引着阿基莫夫在瓦赫坦戈夫剧院以异乎寻常的方式扮演了他)②。许许多多人已注意到,哈姆莱特是个有意志力的人。

只要读读第三幕末尾哈姆莱特一段著名的台词就行了:

"公文已经封好,打算交给我那两个同学带去,对这两个家伙我要像对待两条咬人的毒蛇一样随时提防;他们将要做我的先驱,

---

① 奥菲利娅说哈姆莱特是"朝臣的眼睛、学者的辩舌、军人的利剑",见第三幕,第一场。《莎士比亚全集》第九卷,第六六页,卢那察尔斯基只引了个大意。
② 一九三二年,尼·巴·阿基莫夫把哈姆莱特扮演成一个英气逼人、精力饱满的刚强人物。

引导我钻进什么圈套里去。我倒要瞧瞧他们的能耐。开炮的要是给炮轰了,也是一件好玩的事;他们会埋地雷,我要比他们埋得更深,把他们轰到月亮里去。啊!用诡计对付诡计,不是顶有趣的吗?"①

不用说,理查三世、爱德蒙和伊阿古也会这样讲的。

在这条道路上,哈姆莱特不仅能够坚持斗争,而且能够取得胜利。可是这并不使他感到高兴,因为他知道,"世界是一所牢狱,丹麦是其中最坏的一间。"②

他那敏锐的慧眼看透了世界的全部缺陷。然而了解世界的缺陷,便意味着用某些崇高的理想来与之对立。哈姆莱特脑子里确实有一个正义伸张的世界、正直人士和正当关系的世界,可是他不相信这样的世界总有一天能够真的实现。

哈姆莱特最敬重他的朋友霍拉旭,因为霍拉旭为人正直而坚韧,换句话说,他能够忍受屈辱却又不失尊严。遇见福丁布拉斯的部队这件事也使哈姆莱特很激动:

"像大地一样显明的榜样都在鼓励我;瞧这一支勇猛的大军,领队的是一个娇养的少年王子,勃勃的雄心振起了他的精神,使他蔑视不可知的结果,……拼着血肉之躯,去向命运、死亡和危险挑战。"③

哈姆莱特临终时还念念不忘福丁布拉斯:

"我死了,霍拉旭;猛烈的毒药已经克服了我的精神,我不能活着听见英国来的消息。可是我可以预言福丁布拉斯将被推戴为王,他已经得到我这临死之人的同意。"④

这就是哈姆莱特愿意敬重的人们。他觉得他们所过的生活才

---

① 第三幕,第四场。《莎士比亚全集》第九卷,第九三页。
② 大意。详见第二幕,第二场。同上卷,第四七页。
③ 第四幕,第四场。同上卷,一○一页。
④ 第五幕,第二场。同上卷,第一四三页。

合乎他自己的心愿。

"生存还是毁灭?"①这段独白已经家喻户晓,我们不想在这里全部引用,但从这个观点来把它略加研究,却是完全必要的。

我们不谈哈姆莱特的怀疑:一个人对于他在来世的遭遇如何没有把握,他还能不能冒险去自杀? 这是一个特殊的主题,我们此刻对它不感兴趣。我们感兴趣的是哈姆莱特对今世的生活的看法。他问道:

"默然忍受命运的暴虐的毒箭,或是挺身反抗人世的无涯的苦难,通过斗争把它们扫清,这两种行为,哪一种更高贵?"

他确认生者必然要遭受"心头的创痛,以及其他无数……的打击":

"死了;睡着了;什么都完了;要是在这一种睡眠之中,我们心头的创痛,以及其他无数血肉之躯所不能避免的打击,都可以从此消失,那正是我们求之不得的结局。"

然后他又稍稍阐述了一下自己的思想。他说:

"谁愿意忍受人世的鞭挞和讥嘲、压迫者的凌辱、傲慢者的冷眼、被轻蔑的爱情的惨痛、法律的迁延、官吏的横暴和费尽辛勤所换来的小人的鄙视,要是他……"②

如此等等。

莎士比亚的甦醒了的理智所确认的头一件事情,是压迫者的存在,法制的废弛。

莎士比亚打算表现哪些社会阶层,我们不便在这里研讨。我们只要确认一点:理性发现生活中最重要而又最可憎的东西,便是法制观念同处于压迫者支配下的现实之间的深刻矛盾。然后才是哈姆莱特的纯道德的申诉。一切仍然归结到这一条:由于社会结构不合理,下流卑鄙的坏人有权有势,能够压迫别人,

---

①② 第三幕,第一场。《莎士比亚全集》第九卷,第六三页。

轻视别人，由于世界安排得不合理，好人、真正的高尚聪明的人成了牺牲品。

不用说，这个观点不仅可以为一部分"不满分子"——即是旧贵族阶级中那批在伊丽莎白资产阶级王国受压制的纨绔少年——所接受，还可以为一部分有才能、代表艺术界、并同莎士比亚本人血肉相连的知识分子所接受。

一方面是纨绔少年，他们的整个阶层既然仅仅认识事物的外表，展望前途时就只能看到毁灭之类；另一方面是刚刚觉醒过来、对生活采取积极态度的资产阶级知识分子，但这些觉醒者也看不见出路；——这两种人都对周围事物睁开了眼睛，正在这个时候，他们产生了自杀的念头。如果还继续活下去，那么只好成天愁眉苦脸，因为根本不可能认为生活是光明的，也不可能使它变成那个样子。

如果我们把这段独白跟莎士比亚在同一时期所写的十四行诗第六十六首比较一下，它的真正意义就显豁了，在那首诗里，莎士比亚在自抒情怀时提到了哈姆莱特的主要动机。可惜费·切尔文斯基的俄译太注重流利。但我还是要在这里引证它，[①]然后再用我自己从英文试译的一首加以对照，我的译文不像那么流利，可是准确得多。……

我的译文是这样：

> 厌了这一切，我向安息的死疾呼，
> 比方，眼见天才注定做叫花子，
> 无聊的草包打扮得衣冠楚楚，
> 纯洁的信义不幸而被人背弃，
> 金冠可耻地戴在行尸的头上，
> 处女的贞操遭受暴徒的玷辱，

[①] 费·阿·切尔文斯基(1864—1917)，诗人、作家和翻译家。引诗从略。

> 严肃的正义被人非法地诟让,
> 壮士被当权的跛子弄成残缺,
> 愚蠢摆起博士架子驾驭才能,
> 艺术被官府统治得结舌钳口,
> 淳朴的真诚被人瞎称为愚笨,
> 囚徒"善"不得不把统帅"恶"伺候:
> 　厌了这一切,我要离开人寰,
> 　但,我一死,我的爱人便孤单。①

从这段比较准确的译文中看得分外清楚,甦醒了的理性的悲哀究竟是什么意思。

一切都颠倒混乱了。上层社会到处是丑恶的假面具。真正的力量、真正的贞操、真正的诚挚、真正的天才,——这一切都受到践踏,要恢复正常的秩序是毫无希望的。

在艾塞克斯进行密谋的期间,也许莎士比亚本来就抱过一个可笑的希望,希望正是这次不切实际的、纲领非常含糊的密谋会使什么事情变好;无论如何,这次密谋的失败确实能叫人陷入可怕的绝望,以至深深影响到最伟大的世界诗人莎士比亚的全部第二期创作。

培根了解伊丽莎白的宫廷,也了解詹姆士的宫廷。他根据亲身的经验,格外敏锐地体会到这两个宫廷和当时的整个世界全是不公正的。然而他自己也一遇机会便做同样不公正的事情。但培根是艾塞克斯的朋友,他接近过密谋,固然他采取的立场相当特别。

等我们更进一步认识培根的所谓世俗道德的时候,我们就会从那里看到这种震动社会的绝望和悲伤的痕迹。不过我们可以干脆说:虽然培根是一个近似哈姆莱特的典型(因为培根同样理智,

---

① 此处仍借用《莎士比亚全集》的译文,见第十一卷,第二二四页。

不论在积极行动的理智方面或分析事物的理智方面），但他毕竟完全是另一种典型。为了更接近培根，也许需要再从莎士比亚笔下的才智之士中间引用一个人物、同时也是最成熟和最后的①人物——剧本《暴风雨》的主角普洛斯彼罗。

普洛斯彼罗是学者，普洛斯彼罗是术士。普洛斯彼罗有一本魔法书和一根魔杖，因此，各种自然力量都听他使唤。

普洛斯彼罗和培根之间有很多共同点。

由于创造，由于用科学方法从事研究，人获得了支配自然的大权。培根正是要寻找这样一本魔法书、这样一根魔杖。他拒绝旧的法术，因为它是虚假的。同时，他要把人通过科学所获得的技术力量叫做新的法术。培根通过一所特殊的学院走向乌托邦的大西岛。② 培根真正是一个普洛斯彼罗。

差不多可以相信，莎士比亚甚至知道培根某些微妙的理论。例如，我们可以毫不费事地将爱丽儿③解释成为培根所谓的"形式"④（我们下面还要谈到它）的一种体现。普洛斯彼罗对凯列班的权力，同时也就是对自然的下层分子的权力，对包括殖民地人民在内的一般平民的权力。

但普洛斯彼罗并不是不幸福，而是不希望幸福，不看重幸福。他甚至不愿享受一下对敌人复仇的乐趣。他甚至不愿在大地上建立任何可取的秩序。不错，他在调整或改善残存的人们⑤之间的恶劣关系；他关心他那可爱的女儿米兰达。然而他首先要赶紧抛弃权力，一走了事。他以为世界不值得统治。他并不憎恨世界，他

---

① 《暴风雨》是莎士比亚最后一个剧本。
② 培根在《新大西岛》中描写了他的理想社会，岛上设有一所专门研究自然和人类的大学，名为"所罗门之宫"，它是全国的"指路明灯"。
③ 《暴风雨》中一个精灵。
④ 培根所谓的"形式"就是事物的规律，见他的《新工具》。
⑤ 指那些覆舟而未遭灭顶、在普洛斯彼罗的海岛上避难的人。

只是认清了它的价值。对他来说,有这"海市蜃楼"就已足够:

"我们的狂欢已经终止了。我们的这些演员们,我曾经告诉过你,原是一群精灵;他们都已化成淡烟而消散了。如同这虚无缥缈的幻景一样,入云的楼阁、瑰伟的宫殿、庄严的庙堂,甚至地球自身,以及地球上所有的一切,都将同样消散,就像这一场幻景,连一点烟云的影子都不曾留下。构成我们的料子也就是那梦幻的料子;我们的短暂的一生,前后都环绕在酣睡之中。"①

这便是莎士比亚的唯心主义的、悲观主义的才智告诉我们的。

经历过对人世的眷恋,经历过与人世搏斗的痛苦,他在某些方面同世界和解了,但他只是根据他对世界的空虚性的认识,来决定和解的程度。

好在生命不是永恒的东西。好在一切都在消逝。好在有死亡。好在有终结。在这种条件下,倒还可以在这座舞台上面待下去。

这样的情绪,自然不是人类才智的某种"开端"或"终结"。这是特定的阶级情绪。莎士比亚是正在堕落、变动和转化为大资产阶级的贵族的伟大表现者,他自己又是从事创作的公职人员的直接代表,他在作为吝啬、伪善、清教主义之化身的资产阶级巨头们独立自决的时代,看不到前面有一线光明。而在这些错综复杂的社会关系基础上建立的王国,也使他不能指望有一线光明。没有出路。不是自杀,就是无休无止地抱怨世界不如人意,或者欣庆而并非哀叹世界只不过是过眼云烟。

我们的主角培根却是另一回事。他的才智中有一种特殊的音调,那是从普洛斯彼罗嘴里听不到、在普洛斯彼罗那里突然中断了的音调。培根一心只想获得自己的魔法书和魔杖。这就需要为清理一切科学方法和科学成果做大量的工作。

---

① 第四幕,第一场。《莎士比亚全集》第一卷,第六七至六八页。

培根对科学满怀着青年人的可喜的、光辉的、天真的信心。他知道社会制度不公平。他知道必须把许多事情当作不可避免的现象而加以容忍。总之,他知道世上有形形色色的缺点,但是他轻易地越过了它们。他不像普洛斯彼罗那样,仅仅因为感到或者认定仿佛"生活就是精神的痛苦"便准备放弃自己的科学之杖、自己对技术威力的预感。不,培根将"精神的痛苦"搁在一边,首先宣告:有了正确的方法,我们就能认识大自然究竟是怎么回事,并且取得对它的支配权,到那时候请看分晓吧!

从这一观点看,可以说,理性巨人培根要低于莎士比亚所创造的那些最高大的理性巨人,因为他没有完全看透实际上是由阶级社会造成的世间的蠢事和使人不满之处。

在这个意义上说,莎士比亚的悲观主义或者普洛斯彼罗的完全听天由命的态度正像一座宝塔,巍然高耸在我们这位乏味和实际得多的大法官的头顶上。不过马克思说得对:物质还在对以培根为代表的人发出亲切的微笑,对他来讲,物质还充满着生命、魅力、希望。① 培根的力量在于他的青年气概、他的才能:重要的不是我用理性武装起来以后,便能升官晋爵,像蛇似的爬得老高(随后也许又跌下来),重要的也不是我可以用智者的哀愁的巨眼看出许多生活忧患,重要的是,理性会使我有力量和可能去获取另一种权力——我们据以证明新的社会生活方式之合理的、科学和技术的权力。这在我们面前展开了一个极其迷人的远景、几乎是无限广阔的远景,而我正是要召唤人们奔到那里去。

在莎士比亚作品中任何一个智慧的代表身上,这种音调都不占优势,甚至也不很响亮,因此我们可以再说一遍:培根对莎士比亚的作品没有一点直接的影响。

---

① 马克思和恩格斯在《神圣家族》中说:"唯物主义在它的第一个创始人培根那里,还在朴素的形式下包含着全面发展的萌芽。物质带着诗意的感性光辉对人的全身心发出微笑。"见《马克思恩格斯全集》第二卷,第一六三页。

411

不过我们认为,这次丰富多彩的游览绝非徒劳,因为我们在威廉·莎士比亚的伟大肖像画廊的"智慧骑士"形象中间碰到了类似培根的人物。

狄 更 斯[*]

伟大作家往往出现在本国生活发生转折的紧要关头。

狄更斯从事创作的时代(通称维多利亚时代,由在位很久的英国女王维多利亚的名字而来),经常被说成一个升平的、井然有序的安定时代。但这是完全不正确的。它的初期爆发过摄魂震魄、雷霆万钧的宪章运动,并且整个时代都带有激烈的阶级斗争的标志;那是一个向大规模资本主义的道路急剧转变的时期。它产生了英国统治阶级借助于工业的发展、对欧洲以外群众的商业殖民剥削及金融业务的发展而迅速致富的过程,而工商业等等的胜利,又是以大批小资产阶级分子被打入贫困的地狱和对无产阶级进行严酷剥削为代价换取来的。

资本主义随身带来一个新的政治倾向,就是所谓自由主义。英国自由主义包括着宪法民主化的某种程度的扩大、某种——不过多半是表面的——人道精神,特别是贸易自由,同贸易自由连在一起的还有一定的人身自由,言论、集会、结社之类自由。有个时期,英国自由派几乎被认为是欧洲人的先锋队、最先进和最崇高的世界观的体现者。

可是,就连眼光狭小的自由主义之敌,即保守派、托利党[①]——为了地主在英国享受的无限特权而维护旧英国的一个党派——也能够打中自由派的弱点;他们指责自由派假仁假义,强调

---

[*] 本篇最初刊印于一九三〇年出版的《文学百科全书》第三卷,次年由作者加以增订。译自《卢那察尔斯基八卷集》第六卷所收的本文增订版。

[①] 保守党的前身。

资本主义随身带来的新的更严重的罪恶。顺便说说：在这基础上，出了卡莱尔这位奇特的人物①，也出了个迪斯累里（后来的贝肯斯菲尔德勋爵）②——托利党党魁，做了多年英国首相，自由派领导人格莱斯顿③的劲敌，同时又是一个浪漫主义作家，他在他的小说创作的某些方面同狄更斯很近似。

但在对自由主义的批判上比保守派更猛烈得多的是工人界。从这里便出现了最伟大的空想社会主义者之一罗伯特·欧文这位巨人。从这里便产生了宪章运动。

小资产阶级亲身遭受过资本主义成长带来的沉重打击。然而它又不能同情托利党及其在很大程度上是奴役弱者的故步自封的理想，不能同情那些敌视小资产阶级优秀部分所向往的启蒙活动的人。最后，小资产阶级也无法同工人阶级、同它那宪章运动的或社会主义的先锋队联合起来。因为小资产阶级分子毕竟还是私有者，头脑里无论如何容纳不了社会主义，他们又苟且偷安，绝没有革命的决心。

可是小资产阶级经历过十分严重的悲剧。一方面，英国财富的增长吸引着小资产阶级中有才能和最干练的一部分人向上爬，猎取各式各样的名位利禄。自由派维护的自由观念，又用理想主义色彩粉饰了资本主义借以引诱小资产阶级中个别分子的社会性收买。但是整个小资产阶级群众却在破产，——中小商人在破产，手工业者在破产。原先安定的小市民生活很快成了过去。千千万

---

① 马克思和恩格斯在《评托马斯·卡莱尔〈当代评论〉》中说："托马斯·卡莱尔的功绩在于：当资产阶级的观念、趣味和思想在整个英国正统文学中居于绝对统治地位的时候，他在文学方面反对了资产阶级，而且他的言论有时甚至具有革命性。"（《马克思恩格斯全集》第七卷，第三〇〇页）
② 本·迪斯累里(1804—1881)，英国政治家和作家。他在他的社会小说中美化贵族，认为他们是"劳动人民的保护者"，同时攻击自由资产阶级。
③ 威·格莱斯顿(1809—1898)，英国政治家，十九世纪后半期自由党领袖之一，曾长期出任首相。

万家庭的境况的这种恶化,它们的这种经常的无产阶级化,使小资产阶级中优秀人物不能不热烈同情一般穷人的苦难,横下心来反对用铁蹄蹂躏他们的生活的资本主义。

小资产阶级的代表即知识分子的神经构造精密,他们最机灵,最敏感,他们的痛苦也深重。这个阶层常常看到,他们为改善境况所作的任何努力都毫无意义。可是同时,资本主义的辉煌进展却在个别人心里引起了某些希望,让他们抱着——用狄更斯的话来说——"伟大的期望"。况且,凡是拥有充分生命力的人,很少会听任社会的苦难完全支配自己,把自己弄到含垢忍辱、发疯或自杀的地步的。如果不能醉心于过分渺茫的希望,那就应该设法缓和一下自己的苦难的严重性。这个缓和人生灾祸、缓和阶级矛盾的尖锐性的方法,便是幽默。笑原是鞭挞的武器,小资产阶级及其知识界的领导者和表现者当然竭力要用笑武装自己;不过也可以使用和风细雨式的笑:把强烈的感受化为戏谑,或者至少是把世界观(以及它在政论和小说里的反映)中的悲观因素同这种温和亲切的戏谑、同对人类弱点一笑置之等因素糅合在一起。笑有时暴露和刺伤人,可是有时也能安抚人,使他对沉重的噩梦似的现实加以容忍。

我们从我国文学中很熟悉这类创作情绪和手法。我们最伟大的笑的宗匠果戈理和契诃夫,就是站在惩罚的、战斗的笑同叫人容忍、给人逗趣解闷的幽默之间的交界线上。这种现象是当时我国现实特点的产物,那些特点在许多方面同狄更斯时代的英国发生的过程是相似的。

这个总的特征决定了狄更斯在社会思想史,包括社会小说在内的一般文学史上的地位,也决定了他的创作手法本身。

狄更斯是英国小资产阶级的痛苦、爱好和仇恨的伟大表现者,是它那安抚自己、设法使觉悟最高和最敏锐的小资产阶级人物的周围与内心所发生的风暴得以和缓的企图的伟大表现者。

切斯特顿对狄更斯的评论倒也近乎真切。这位在许多方面同狄更斯相似的英国作家写道：狄更斯"是这个在人道精神中陶醉、奋发的英国，这个鼓励人人有所作为的英国的代言人。他最出色的作品是对自由的一阕欢乐的赞歌，……他的创作体现了这场革命①的伟大光华……"②不过这段评论仍然有片面性，我们在切斯特顿论狄更斯的书（有俄译本）里，还可以看到他用迥然不同的调子和色彩来评述狄更斯。事情的反面恰恰就是怀疑生活中的光明因素对黑暗因素的胜利，怀疑有时竟接近绝望，使狄更斯深感苦恼。

狄更斯以一八一二年二月七日出生于朴次茅斯一个小资产阶级家庭。狄更斯的父亲是个相当富裕的官员，为人十分轻浮，可是愉快而温厚，他津津有味地享受着旧时英国一切富足的小资产阶级家庭那么看重的安乐和舒适。老狄更斯先生用关注和亲切的态度对待自己的孩子们，包括他的爱子查尔斯在内。小狄更斯承袭了父亲的丰富的想象力、平易而且非常精粹的语言，看来，他还加上了从母亲那里承袭到的、生活上的某些严肃精神，为了维持家庭幸福，他母亲负担了全部日常的操劳。孩子的丰富才能使父母欢喜不尽，但爱好演戏的父亲真是害苦了他这个小儿子，他强迫他表演各种戏剧，叙说自己的印象，即兴创作，念诗等等。狄更斯成了一名充满自负和虚荣的小演员。这样一开始便在小资产阶级的幸福环境中接受名士派教育，对作家后来的发展其实是有利的，可是同时，它也助长了同样为狄更斯所独有的矫揉造作的特点和追求表面成功的倾向。

然而狄更斯不得不受到另一种截然不同的培训。正如其他许多不大稳定的小资产阶级家庭一样，狄更斯的家庭突然彻底破产

---

① 指法国大革命。
② 引自作家、诗人和评论家吉·切斯特顿（1874—1936）的《查尔斯·狄更斯》一书（一九〇六年）。引文据东京"研究社英国文学丛书"版第十一页校订。

了。父亲被投入债务拘留所，关了多年，母亲被迫在贫困中挣扎。这个娇生惯养、身体柔弱、充满幻想、喜欢自我陶醉的孩子进了一家黑鞋油作坊，落到任人剥削的艰苦境地。

狄更斯在他以后的全部生活中，认为这次家庭破产和他进鞋油作坊的事是他的奇耻大辱，是他不应遭受的、有失尊严的一记打击。他不高兴谈起这一点，他甚至隐瞒这些事实；但是在这里，从贫穷的底层，狄更斯汲取了他对抱屈受穷的人们的热爱、对他们的苦难的了解、对他们从上头遭到的残酷迫害的了解，并且深入认识了穷人的日常生活、当时为穷孩子创办的学校和孤儿院之类可怕的社会设施、剥削儿童劳动的作坊、他前去探望父亲的债务拘留所等等。狄更斯还从他的少年时代获得了对富人、对统治阶级的强大的悲愤感情。可是强烈的功名心支配着年轻的狄更斯。梦想回升到享受幸福的人们的队伍里去，梦想超越自己原来的社会地位，为自己争取财富、享乐、自由，——就是这些梦想，激动着这个生有蓬松浓密的棕色头发、毫无血色的面孔和一对闪耀出病态的热情的大眼睛的少年。

狄更斯发现自己的使命首先是做一个采访记者。日益扩大的政治生活、对于议会进行的辩论和这些辩论所引起的事件的浓厚兴趣，提高了英国公众阅读报刊的兴味，也提高了报纸的种数和印数以及对报纸工作人员的需要量。狄更斯刚刚试着完成了几项采访任务，立刻便受到注意，开始高升，——越往后，他的挖苦讽刺、他的生动的文笔和丰富的语言越是使跟他共事的采访记者们惊叹。狄更斯狂热地抓住报纸工作，那些早在童年时代就在他心里繁荣滋长、在以后一个时期形成一种特殊的、叫他有点苦恼的倾向的东西，现在都从他笔下流露出来了，而且他不但清清楚楚地认识到，这样一来他可以把他的思想公之于世，他还认识到他正在显达。现在，文学成了他攀登社会顶峰的阶梯，攀登的同时，他又在为人类、为祖国、首先和多半是为被压迫者，做好事。

狄更斯第一部记述风土人情的特写集叫《博兹特写集》，出版于一八三六年。它的精神完全符合狄更斯的社会地位。在某种程度上说，这是一篇有利于破落小资产阶级的小说式的宣言。不过这些特写差不多没有引起什么注意。可是同年，随着狄更斯的《匹克威克外传》开头几章的发表，他获得了极大的成功。这个生来渴望幸福和快乐的二十四岁的青年被顺利的成功鼓舞着，在他这本沁透着青春的气韵的书里极力想全然避开生活阴暗面。他从各个不同的方面描写古老的英国，时而赞美它的淳厚，时而称道它那许多可爱的有生力量，正是这股力量，使小资产阶级的优秀儿女不能不眷恋祖国。他通过一个极其忠厚、乐观、高贵的怪诞老人描叙了古老的英国，他——匹克威克先生——的名字已经在世界文学中确立下来，距离堂吉诃德的伟大名字不远。如果狄更斯写本书——不是长篇小说，而是一组滑稽的惊险画面——时有个深远的打算，想首先争取英国的读者，赢得他们的欢心，让他们欣赏一下匹克威克本人、难忘的聪明仆人山姆·韦勒、金格尔等等纯英国的正反两面典型的妙处，那么，他的嗅觉之准确是值得惊叹的。不过毋宁说是他在首次成功期间的青年气概在这里发挥了作用。这个初步成功又被狄更斯的新作推上一个非凡的高峰，但必须给他说句公道话：他在使得全英国为匹克威克一伙的一连串奇遇捧腹大笑以后，登上了一座高高的讲坛，可是他立刻便利用它来执行比较严肃的任务了。

两年后，狄更斯发表了《奥列佛·退斯特》和《尼古拉斯·尼克尔贝》。《奥列佛·退斯特》（一八三八）叙说一个落入伦敦贫民窟的男孩的悲惨故事。其中还有许多惊险的浪漫情节。故事结局圆满，以免刺激读者的神经，可是在他们面前展开了一系列令人非常难过、具有无情的鞭挞力的图画。狄更斯用他那缺乏信心但是巧妙的手，头一回描写了贫困的地狱、社会的底层。《尼古拉斯·

尼克尔贝的生活和奇遇》①(一八三九)中也有不少阴暗的画面。在这两部长篇小说里,狄更斯使劲抡起胳臂,给了英国的学校——至少是为穷人设立的学校——一次打击,轻蔑的和狠狠的打击。

狄更斯的声誉迅速增长。自由派由于他维护自由,保守派由于他指出新的社会关系的残酷性,小资产阶级则因为预料他是它的伟大表现者,都将他看作自己的盟友。

狄更斯作了一次美国之行,美国公众跟英国人同样热情地欢迎他;事后,狄更斯写了《马丁·朱述尔维特》(一八四三)。除了俾克史涅夫和甘普太太两个难忘的形象之外,这部长篇小说还以对美国人的讽刺著称。狄更斯觉得,这个年轻的资本主义国家有许多东西是荒唐、离奇、乱七八糟的,他并没有碍于情面,向美国人讳言他对他们的意见。还在狄更斯居留美国的末期,他就大胆地做了一些"不得体"的事,使美国人同他的关系蒙上一层浓重的阴影。他这部小说更是在大洋彼岸的公众中引起了狂风暴雨似的抗议。

但是我们已经说过,狄更斯善于缓和、平衡他的创作里尖锐刺人的因素。他容易做到这一步,因为他原是一个代表英国小资产阶级根本特点的温和的诗人,对于这些特点的爱好,已远远渗透到这个阶级的范围之外去了。

对安乐、舒适、良好的传统礼仪和习俗的崇尚,对家庭的尊崇,似乎体现在对圣诞节——小市民最盛大的节日——的歌颂上面,这种崇尚被他用可惊的、激动人心的力量表现在他的《圣诞故事集》里。

一八四三年,《圣诞欢歌》问世,紧接着是《教堂钟声》、《灶上蟋蟀》、《生命的战斗》、《着魔的人》。② 在这里,狄更斯无须言不

---

① 《尼古拉斯·尼克尔贝》的全称。
② 以上都是《圣诞故事集》中的篇名。

由衷:他自己就是这个冬季节日最热烈的赞赏者之一;在节日期间,家庭壁炉、至亲好友、丰盛的菜食和美味的饮料,于严冬的风雪之中造成了一派牧歌情调。

我们要注意到,正在这时候,狄更斯成了《Daily News》①的主编。他在这家报纸上表达他的社会政治观点。

狄更斯的声誉,使他有责任写出越来越严肃而深刻的文学著作。它们成了高度艺术性的、生气沛然的、激动人心的对英国的宣言。青春的欢乐只是作为余音遗迹存留下来。心理探索的深度和社会性的宣传越来越跃居首要地位。

狄更斯才能的这一切特色,鲜明地显示在他最优秀的长篇小说之一《董贝父子》(一八四八)里面。这部作品所写的众多的人物和生活实况真是值得惊叹。狄更斯的幻想和创新能力似乎是无穷无尽的、超人的。就色彩的丰富和笔调的多样性而言,世界文学中只有很少数长篇小说可以同《董贝父子》媲美,狄更斯本人的几部晚期作品也该包括在这些小说之内。他怀着深厚的感情塑造了小资产阶级的典型、穷人的典型。这一切典型几乎全是怪诞的人物。但是这类引你发笑的怪诞行为却使他们变得更可亲可爱了。固然,这种友好的、亲切的笑使你几乎忽视了他们的狭隘和庸碌,几乎要去容忍他们被迫在其中生活的艰苦条件;但狄更斯本来就是这样的。不过应该说,当他把他的雷霆似的威力转向压迫者,转向傲慢的批发商董贝,转向董贝手下的经理卡克尔之流的恶棍的时候,他找到了一些那么有摧毁力的愤怒的词句,有时它们确实同革命激情相去不远。

在狄更斯下一篇巨著《大卫·科波菲尔》(一八四九至一八五〇)中,幽默味减弱得更多了。这部长篇小说在很大程度上是自传性的。它的意图很严肃。小资产阶级对旧的道德基础和家庭基

---

① 《每日新闻》。

础的赞美的精神、对新的资本主义英国抗议的精神,在这里历历可见。对《大卫·科波菲尔》可以持不同的态度。有些人把它看得十分郑重,认为它是狄更斯最伟大的作品。照我们的私见,它固然比较严肃,同时却不像狄更斯的其他小说那样妙趣横生,作者企图在这里深入悲剧典型的心理,恐怕并没有做到。但是这部作品中有许多章节应该列入他的幽默佳篇。

狄更斯在五十年代达到他的光荣的顶点。他成了天之骄子。表面上,他似乎不仅是知名的作家、思想的主宰,而且是一个富翁,总之,他是得天独厚的人物。

在这里,我们要引用一下这段时期的狄更斯的一幅肖像,它出自切斯特顿的手笔,画得相当成功:"狄更斯身材中等,但是由于他活泼好动以及相对来说形体上没有引人瞩目之处,可能给人以一种身材矮小,至少是决不魁梧的印象。他早年留着一簇簇即使在那个时代也是过于浓密的棕色头发,后来他又蓄了棕色唇须和一部棕色胡子(修剪成又宽又密的拿破仑三世式的胡子),胡子的式样自成一格,竟使他略有一点外国人的神气了。"他那苍白得近乎透明的脸色和熠熠闪耀、善于表情的眼睛依然如故。切斯特顿还提到他的演员般伶俐的口齿和奇异的装束。切斯特顿就后边一点写道:"他身穿丝绒上衣,背心像太阳落山回光返照似的花哨,叫人难以置信,他头戴旧时那种白得没有必要、白得刺眼的白帽子。他穿着只有起身盥洗时才穿的晨衣见人,毫不在乎;据说,他曾经穿了这样一件晨衣让人给他画像。"[1]

在这副充满矫饰和神经质的外貌后面,隐藏着一出大悲剧。狄更斯的需要超过他的收入。他的散漫的纯名士派的性格,使他不可能把他的事务加以任何整顿。他不仅折磨他那丰饶多产的头脑,强迫它从事过多的创造性工作,而且由于他是一个非常出色的

---

[1] 《查尔斯·狄更斯》,东京"研究社"版第一六四、一六六页。

朗诵家,他还极力靠演讲和朗诵他自己的小说片段去挣得巨额酬金。这种纯演员式的朗诵常常给人以强烈的印象。狄更斯恐怕是最大的朗诵能手之一。可是他巡回表演时落到一批剧院老板手里,虽然他挣钱很多,同时却把自己弄得疲乏不堪了。

　　他的家庭生活是痛苦的。他同妻子不和,同她全家之间存在着某种复杂暧昧的关系,又要为病弱的孩子们担惊受怕,这就使狄更斯的家庭变成了他经常的忧虑和苦恼的根源。

　　但这一切比起狄更斯的满腔悲郁来毕竟是次要的事:他认为,他的著作中最重要的东西——他的教诲、他的号召,——实际上等于白费气力,现实中没有改善可怕的境况的任何希望,他对于这境况看得很清楚,尽管他戴着幽默的眼镜,想为作者和读者打算,让现实的粗线条轮廓显得柔和些。这个时期他写道:"我们的政治贵族统治和我们的趋炎附势、结交权贵之风将致英国于死命。我这个旧信念在我心中每小时都在增强。在所有这些勾当中,我看不到一线希望。至于说到人民的精神,那么它已经如此同议会和政府分道扬镳,对两者都已经如此极端冷漠,以至我不得不认真地把它看作一种预兆不祥的迹象。""代议制政府在我们这里已是一个彻头彻尾的失败,英国上层的种种风气以及那些奴颜婢膝的恶习使得人民对代议制政府更不适合,而自从那个伟大的十七世纪时代①起,这一整套东西已经垮了,不存下任何希望了。"②

　　这种忧郁情绪也贯穿着狄更斯的辉煌的长篇小说《艰难时

---

① 整个十七世纪,从一六〇三年詹姆士一世接位,王室、贵族同地主、资产阶级之间的斗争开始激化,经过一六四〇年克伦威尔领导的革命、一六八八年的"光荣革命"到九十年代资产阶级和新贵族的统治确立为止,是英国社会新旧交替的大变动时期。同时,十七世纪的英国又是世界商业联系的中心,经济上最发达的国家。

② 转引自切斯特顿的《查尔斯·狄更斯》。见东京"研究社"版第一七五页。

世》。这部小说是当时资本主义在文学中遭受的最有力的打击,也是它一般遭受的最有力的打击之一。庞得贝这个自有其强大可怕之处的人物,是带着真正的憎恨写出来的。但狄更斯又连忙同先进工人划清了界限。他用否定的笔触描叙宪章运动,他的全部同情都集中在工人中间一个软弱的基督徒、烦琐道德因素的体现者身上。

狄更斯的文学活动快结束的时候,他还写过许多佳作。继长篇小说《小杜丽》(一八五五至一八五七)之后是著名的《双城记》(一八五九)——狄更斯关于法国大革命的历史小说。狄更斯对法国大革命的真正本质当然并不比卡莱尔了解得清楚。不用说,他只能把它当作疯狂的行为,对它抱着疏远的态度。这完全符合他的整个世界观。虽然如此,他却创作了一本有其一定的不朽价值的书。自传小说《伟大的期望》(一八六〇)也作于这个时期。它的主角匹普在两者之间动摇不定:既想保持渺不足道的小市民的安乐,仍然死守着他那小康的地位,又想往上爬,追求荣华富贵。狄更斯把他自己个人的动摇、个人的苦闷大量摆进了这部小说。我们现在知道,按照最初的计划,小说的结尾应该凄凉悲恻,然而狄更斯由于他个人秉性温厚,又深知他的读者的口味,他总是避免给他的作品加上令人痛苦的结局。由于同样的理由,他没有决心用完全的幻灭来结束《伟大的期望》。可是小说的整个构思显然会导致这样的结局。

狄更斯在他最后的杰作——巨画《我们共同的朋友》(一八六四)里面,再度达到了他的创作高峰。但他写这篇作品,似乎是希望摆脱尖锐的社会题材,让自己休息一下。这部小说经过缜密的考虑,充满着最奇突的典型,自始至终闪耀着机智——从挖苦讽刺到动人的幽默;按照作者的意图,它应该写得亲切、可爱、有趣。书中写到悲剧人物,似乎仅仅为了多些参差互映的意趣,并且他们大都处于次要地位。一切都结束得很圆满。原来,歹徒有时只不过戴着歹徒的假面具,有时又是那样渺小而可笑,我们情愿原谅他们的背信弃义,有时他们是那样不幸,只能唤起强烈的怜悯,而不是激起义愤。狄更斯在他这部最后的作品中聚集了他的幽默的全部力量,用这篇牧歌里绝妙的、快乐的、可爱的形象遮盖了那弥漫在他内心的忧郁情绪。然而在狄更斯的侦探小说《艾德温·德鲁德的秘密》中,忧郁情绪恐怕还要向我们倾泻过来。这部小说以高度的技巧起笔,但是我们不知道它要领着我们到哪里去,它的意图如何,因为一八七〇年,五十八岁的狄更斯逝世了;论年龄他当时不算老迈,可是繁重的劳动、相当散漫的生活和许多形形色色的烦恼大大削弱了他的体力。

狄更斯死后,他的声誉还在蒸蒸日上。他成了英国文学中一个神明。人们开始将他的名字同莎士比亚的名字相提并论,在八十至九十年代的英国,他的名望盖过了拜伦的声誉。可是资产阶级评论界和资产阶级读者极力不去注意他那愤怒的抗议、他那特殊的痛苦、他在生活矛盾中的动摇。他们不了解,也不愿意了解:幽默往往是狄更斯防御伤人太甚的生活打击的一块盾牌。相反地,狄更斯获得的声誉,首先倒是快乐的、古老的英国一位快乐的作家这样一个声誉。"狄更斯是伟大的幽默家,"——这就是你从英国各个不同阶级的普通人嘴里首先听到的一句话。我们对狄更斯的态度当然完全两样。我们知道,他的幽默只会削弱人们所得的印象,虽然我们明白,幽默能使狄更斯的小说朗诵起来有趣而动听。无论如何,我们不一定要学他的幽默。这个情况也是确实的:狄更斯作为一个独特和伟大的现实主义者,现在对我们已经没有意义,虽然狄更斯这种清新的现实主义对我们本国的现实主义古典文学的发展起过很大影响。

可是狄更斯的艺术手法中有一点,却对我们具有特殊的意义。直到现在,狄更斯所描写的典型不但依然活在英国(尽管英国的风习发生了重大变化),并且活在全世界,活在那些以生活而论跟英国生活的表面形式大不相同的国家里,——这个情况该怎样解释呢?所有这些匹克威克、温克尔①、俾克史涅夫、土茨②、卡托尔③至今还活着,他们还不想死。甚至当你提起狄更斯笔下的次要人物的名字,说到什么皮普青太太④或者威尼林夫妇⑤的时候,同你谈话的那位狄更斯读者的脸上也会泛出微笑,记忆中立刻会出现一个仿佛他从小就熟识的形象。这秘诀在于狄更斯不是简单地创造典型,即创造某个代表着一种普遍性格的平均形象,同时像每个艺术家通常所做的那样,给这一概括的、有代表性的人物添上某些具体的、能赋予生命力的特点。不,狄更斯是伟大漫画家们的先驱和宗师。他从他实际生活过的环境中撷取典型。他又把写典型提高到夸张、大加渲染、有时几乎是荒唐不经的地步。这种夸张、渲染的手法是许多英国作家所特有的。只要回想一下从斯威夫特到肖伯纳这些爱尔兰人,回想一下我们当代的威尔斯或美国幽默家马克·吐温就行了。但是在狄更斯那里,这项手法达到了尽善尽美的境界。我们也应该努力创造这类夸张的、"神话式的"、由于本身具有鲜明的高度表现力而经久不凋的人物,因此在这方面,狄更斯可以成为我国写实艺术家的老师。照我们的看法,伊里夫和彼特罗夫⑥的长篇小说《十二把椅子》,便是走这条路子的一个尝试。

狄更斯还有个特点,对我们也非常珍贵。他是怀着极大的热忱写小说的。我们可以感觉到,他时时刻刻都在爱和憎。作者一分钟也没有离开我们,我们仿佛听得见他的心在跳动。作者这份同情、这种响亮的笑声、他的眼泪、他的愤怒,以及他把每行字都当作亲骨肉、把每个典型都当作他个人的朋友或仇敌来对待的态度,给他的小说燃起了异乎寻常的热情。在全部世界文学中还很难找

---

① 《匹克威克外传》中的人物。
②③④ 《董贝父子》中的人物。
⑤ 《我们共同的朋友》中的人物。
⑥ 伊·伊里夫(1897—1937)和叶·彼特罗夫(1903—1942),苏联作家。

到这样一件化合物,其中既有客观的丰富的世态描写,又有这支缭绕不绝的、总是为狄更斯的生活图景伴奏着的抒情乐曲。

至于讲到狄更斯小说的内容,那么我们当然应该对它们抱各式各样的批判态度。我们明了他的小资产阶级立场的不彻底性。我们可以拿他做例子,拿他的作品做例子,特别清楚地证明这不彻底的立场是没有出路的,因为我们还有不少值得同情的、对我们宝贵的同路人,他们还往往处在一种可以称为社会学的狄更斯主义的水平上。

总之,狄更斯应该为我们现代广大读者极普遍地、虽然也是批判地接受。他可以成为我们文学建设事业中一个有用的助手。

托马斯·哈代(1840—1928)[*]

在维多利亚时代和新时代的交界线上,耸立着伟大英国小说家和诗人托马斯·哈代的忧郁形象。

托马斯是一个诺曼骑士家族最后的苗裔,这个家族逐渐地慢慢衰败下来,到他出世时已彻底破产。作为他称做"维塞克斯"的英国乡村一位重要、有趣、坚定、刚强的观察家,他非常敏锐诚实地观察了小土地所有者和自耕农生活的阴森惨淡的解体过程,他根据这些观察作了极其广泛的概括,而且体现出一种十分坚定的世界观。

认为重要的写实作家产生于稳定、兴旺、安宁生活的基础之上,是不正确的。这样的生活很少自己认识到自己,它的田园诗、它在文学中如实的自我反映难得富有真正的情趣,一旦时过境迁,就再也引不起人们的兴味了。相反地,最大的作家恰恰出现在生活有了裂缝、许多人纷纷脱离原来的生活基地、整座大厦开始动摇的时候;说得更确切些,这个使一度坚固的大厦变成废墟的过程会出一批人才,或是写实的颓废派,或是颓废的幻想家,最后,或是那样一些人,他们逃出这种结构的社会,有时还可以战胜它:对它加以鞭辟入里的讽刺,甚而直接投奔一个更合时代要求、更富于生命力的阶级。然而在这种解体初露端倪之际,它在文学中的反映格外饶有兴趣。那时,作家对旧事物的眷爱还很热烈,他们怀着很大

---

[*] 本文是作者为一九三〇年土地和工厂出版社刊印的《德伯家的苔丝》俄译本所写序言。根据《卢那察尔斯基八卷集》第六卷并参照《卢那察尔斯基文学论文集》译出。

的悲伤，但也抱着老老实实的态度，来对待衰落的征兆。他们不愿用任何神秘主义观点看待生活。他们以能够预见悲惨结局的医生和充分讲求实际的科学家的敏锐眼光，正视着自己的社会和时代。

哈代在写他的优秀长篇小说、优秀诗体作品的时候，就是这样。哈代最引人好感的一点是他的诚实。难怪他的先人采用了"哈代"（Hardy）这个姓氏，它的意思是"大胆""勇敢"。托马斯先生本人在社会研究中是大胆的。看到命运向他所亲近的那类人抡起了胳膊，他也不求饶。他反而做了极其广泛的论断。他根据熟悉的材料，给极其广泛的现象、给全人类的命运做出结论。哈代的哲学同福楼拜的哲学、同施本格勒①的哲学有许多相通之处。他们从一定社会地位出发来观察生活时所依据的那个时间和空间内的社会断片，使他们产生了关于解体、关于某种混乱局面正在日益逼近、关于灾祸临头而人束手无策等思想，使他们走向了宿命论。在这里，正如在希腊人那里，宿命论不仅是作为纯外在的有效力量、并且在很大程度上是作为从内心取得的有效力量而出现的。人们自己用自己的行为帮助了天命。天命非但从上界打击他们，它还幻化成各种社会情况、疾病等等，通过他们本身的欲念，通过他们本身的不安宁的情绪，从内心打击他们。

哈代在他的结论中对人们绝不留情，因而对自己也是如此。是的，人可以犯错误。不过第一，这些错误是必不可免的，第二，即使他避免了错误，天命也要自行其是。就算你毫无差错，你仍然会被那代替坚实的大地而在你脚下突然展开的深不可测的海洋所淹没。现实生活对于我们人来说是一派毫无意义的激流，没有根据认为它包含着什么非人所能领悟的奥义。现实便是凶恶可怕的欲念。但是，如果说东方和西方一切佛教式的哲学中都有一条出路即个人的超凡入圣，有一道敞开的门通往某种归圆化寂的境界的

---

① 奥·施本格勒（1880—1936），德国唯心主义哲学家，反动政论家。

话,那么,哈代大概是没有这些的。对于哈代,死就是死。从他那里还可以探求到一层言外之意:离开人世,换言之,纯粹的空无(哈代排斥各种来源于灵魂轮回说的神秘主义),其实倒是合理的一步。

哈代本人享寿甚高。他自己的出路是用艺术手法描写这个疯狂世界,并勇敢地承认它前途无望。这两者又使他对人们产生了兄弟般的怜悯,照他看,他的说教——劝告人们爽爽快快承认自己是存在于他们周围和他们自身那股神奇可怕的力量手中的玩物——只不过是这怜悯心的结果罢了。把构成哈代创作之本质的佳篇编为一册沉郁的叙事诗集,倒可以采用但丁的题词:"Lasciate ogni speranza。"①

"谁若走入人生之门,就不该怀抱希望,否则他只会更加痛苦。"

哈代可以和索福克勒斯同声慨叹:"最大的幸福不是出生,而是出生以后快点死去。"②如果你不幸还活着,被年岁的增长压得透不过气来,那么你至少要设法学得一种恬淡的智慧,它会告诉你:被扔进这个湍急的旋涡而又能够感受痛苦和用心思索的人,是极大的不幸者。但至少要设法互相了解,了解我们的处境,互相亲爱。互相帮助却是徒劳,因为在人们困守的地狱中,稍微好些或稍微坏些根本无关宏旨。

从无产阶级世界观的角度来看,哈代的悲观主义当然是有毛病的处世态度,是由一度稳定的英国乡村陷于病态的衰落而产生的。不过有各色各样的病。必须把病人和负伤者,即是把本身的津液有毒的孱弱的机体同元气足、也许很强健、大有希望、只是其主要部分被外界打击所损坏了的机体区别开来。退化者是一回

---

① 意大利语:"把一切希望捐弃吧。"《神曲·地狱篇》所记地狱大门上镂刻的铭文。
② 出自索福克勒斯的悲剧《俄狄浦斯在科罗诺斯》。

事,胸部受过打击、也许甚至受过致命打击、却毅然准备一死的战士又是另一回事。哈代便有这样一种身体。他敢于全盘说出资产阶级世界每个没有找到唯一真正的实际结论和出路的人所该说的话,这条出路就是走向拥有遍地阳光的无限前途的胜利者阶级、无产阶级。

我们是否需要哈代呢?是的,我们需要他,第一,他是一位描述各国屡次发生过的、稳定的私有者阶层衰落现象的优秀编年史家,从而也就是描述普遍的重要历史现象的艺术家。第二,他作为一个十分独特的现实主义者,对于我们也很重要,我们应该研究他的艺术手法的某些方面,例如,关于人的行为的记叙、环境对行为的决定性影响的记叙同被哈代压缩到最小限度的内心描写之间的精巧平衡。

哈代当然不是我们的人。但他是我们敌人阵营中一个非常诚实的抗议者。正由于他的绝望情绪,正由于他没有任何琐屑的、甜得发腻的形式主义,全然无意把周围生活的阴暗图景着上一层粉红颜色,他才引起我们的好感。悲戚而刚毅的艺术家,是资产阶级世界末日的人物之一。

根据对哈代的这种评述,他应该在无产阶级必须拥有的一套西欧作家丛书中获得一席地位;为了建设未来而深入认识过去和现在,对无产阶级是有好处的。

赫·乔·威尔斯[*]

在今天欧洲文学的背景上,赫伯特·威尔斯是个极有创辟和异常光辉的人物。当他发表他的第一批长篇小说,显出博大精深的科学知识和最丰富的幻想的时候,他被看成是新的儒勒·凡尔纳[①]——一个当然也能吸引成人、可是特别指望以其作品去影响青少年的作家。

《星际战争》、《时间机器》[②]等类型的小说曾经轰动一时。

然而不久便弄清了:威尔斯这位作家,比根据他的初期作品所能推断的要严肃得多。他的基本的新特点是对资产阶级制度持否定态度,愈往后,这一点在他的作品中表现得也愈强烈。

威尔斯很快就明白资产阶级制度只是暂时的现象,在文化道德和技术上,完全有必要尽快清除这一社会体制的一切丑恶方面。

这时在威尔斯看来,他的同时代人,首先是英国人,已经急剧地分化为几种互有联系的类型。

第一种是保守派,即是说,他们都自满、固执,不愿知道有关进步的事情,残暴而自私,或者只是懵懵懂懂,一天天混下去,几乎不使用人的思维器官。威尔斯对这帮人感到憎恶和鄙薄,常常善于用最精妙的幽默或摧毁性的讽刺去刻画他们,有时干脆拿今天官方的大不列颠那些为大家熟悉的头目当作靶子。

---

[*] 本文是作者为一九三〇年土地和工厂出版社刊行的六卷《威尔斯幻想小说集》第一卷所写序言。译自《卢那察尔斯基八卷集》第六卷。
[①] 儒勒·凡尔纳(1828—1905),法国科学幻想小说家。
[②] 威尔斯的早期幻想作品。

第二类是受苦受难者，他们对当代现实深感不满，但是找不到任何摆脱现实的出路，往往完全成了萧索时代的牺牲品。

第三类是寻求出路并在一定程度上找到了出路的人们。

威尔斯像与他平行却没有这种雄健飞腾的幻想而是比较现实主义的另一作家高尔斯华绥一样，对于英国的独特的换毛脱壳，对于它那貌似坚不可摧的大石块的社会积冰的逐渐融化，对于春到英国，具有准确的敏感。①

大战直接对准威尔斯的心窝给了一记打击。这段时期他动摇得很厉害。他对某种隐隐约约的神秘主义的爱好比任何时候表现得更多，不过神秘主义没有在威尔斯整个创作面貌上起到实质性的作用。还传来了颇为绝望的音调，虽然威尔斯通常坚决主张对进步要有牢固的信心。

但是大战在作者意识中也引起了良好的结果：他对资产阶级

---

① 一九三〇年卢那察尔斯基在英国参加牛津哲学代表会议时，曾应邀去威尔斯家中访问，事后写成《同赫伯特·威尔斯谈话》一文，发表于次年《探照灯》杂志第十三至十四期，文章记述了宾主间有关高尔斯华绥的一番议论：

"'请说说，'我问威尔斯，'您是怎样看待您那位著名的同行高尔斯华绥的？我们那里有人认为他乏味，可是他也有他的读者。我个人挺高兴读他的作品，因为他向我非常清楚地揭露了你们今天的资产阶级英国这个对我格格不入的世界。'

"威尔斯笑道：'高尔斯华绥这人岂有此理，他自己就是个十足的上流社会迷，他安排他的生活，完完全全像那些在他的小说中起着很大作用的保守派主角一样。'

"我辩驳说：'照我看，高尔斯华绥对他的人物中这个保守的部分作了许多讽刺。总之，他也跟您一样，认为英国已经开始朝着新岸航行，正在进行一场大规模的文化上的换毛脱壳。'

"威尔斯回答道：'当然是的。高尔斯华绥是个很聪明、很善于观察的人，但他只有作为一个作家才是这样。当他写作的时候，他站得比他的环境高些，这是没有疑问的，比方说，我就永远不可能以那种惊人的知识写出《福尔赛世家》。为了做到这一步，必须让自己多多少少变成一个福尔赛。高尔斯华绥就是这样。他在生活上是个保守的英国人，不过他用智慧和才力克制住了他自己，而且虽然他在日常生活习惯上墨守成规，他却清清楚楚地认识到，这种日常生活的基础并不牢固，一个不知是美好的还是危险的春天必将到来。'"

的憎恨更加激化,他在一定程度上意识到,保存资产阶级政权有可能给人类带来进一步的更严重的灾难。

这一切使威尔斯成了一个公认的社会主义作家。他对统治阶级的仇视态度当然给他树敌不少。可是同时,那些有点缺乏主见的、中间状态的、摇摆于各阶级之间的知识分子,却逐渐认为威尔斯是自己最大的领袖之一,足以同罗曼·罗兰相并列。

另一项重大的进步——威尔斯的创作风格本身的进步——则在于,原先大致处在儒勒·凡尔纳的水平的人物心理开始复杂化,于是威尔斯逐步成为复杂的人类典型的内心生活最有才能的描写者之一,他真实地叙说了各种带有很精细的心理性质的错综的矛盾,这些矛盾形形色色而又甚为奇异,有时远远超出了意识状态的常规的范围。

这就使得威尔斯有可能在他的晚期小说里写出一大批活生生的人物,他们令人难忘,各具特色,应该属于人类艺术彩笔的经久不衰的创造之列。

威尔斯既然为他的幻想作品占取了这个分外的领域,便甚至不再重视幻想的因素,而干脆写起现实主义小说来了。在绝大多数场合,它们全然是(例如他最近的小说之一,专写煤矿工人大罢工的《在期待中》①)他观察英国社会各界思想变化的结果,尤其是威尔斯一向最接近的资产阶级和知识界的先进分子的变化。

虽然如此,威尔斯却完全没有丧失他那杰出创辟能力。他一次又一次地找到独具一格的精巧的技艺、不同寻常的手法、出乎意表的观点,来赋予他的小说以完美的独特性,并且往往让人能够从料想不到的和很叫人信服的方面去看事物。我仍然要引用他最近一部小说作为例子,那就是《兰帕岛上的勃莱茨华绥先生》。

威尔斯所有这些优点可能使我们得出一条结论:他是我们极

---

① 原名《这期间》(一九二七年)。

端需要的,他应该成为我国青年喜爱的作家之一,我们应该欢迎我们自己人中间出现这类作家,以填补我国文学中一个引人注目的空白。

不过这样的结论只有局部正确。是的,威尔斯当然能变成一位意义重大的作家,如果不是他的一项实质性的缺点妨碍了这个的话。

是的,假定我们中间出了个俄国的威尔斯,又假定他没有这项缺点,那他当然能在我国广义的社会教育文学中起到巨大的作用。

但是只有假定他没有这一缺点才行。

威尔斯这个实质性的缺点究竟何在呢?在于威尔斯完全不是一个真正的、名副其实的革命者。我甚至不知道,能不能至少在某种条件下称他为革命者。

当然,他要革命,即是要彻底改变社会关系的整个体系、现代社会的整个面貌。可是他要用进化的方法达到这场"革命"。他对于进步本身、对于可以说是由社会决定的进步抱有一种小资产阶级的信心,相信社会在自然而然地拖着人们走,所以人们决不应该往前飞跑,把工作承担得比时代所提示的更多,成为促进转化的积极的组织家,并且——上帝保佑,可不要这样!——担负起破旧立新的基本任务。

这种企图使威尔斯大为恐惧。因而他对我们的革命、对我们的建设无疑是反感的。他唯恐列宁的办法成功以后会葬送他自己的那套办法,他的办法便是静观、期望,为进步助一臂之力,不过只限于平平常常的支援,而且一定得具有合法的、循规蹈矩的、和平的性质。

总之,如果威尔斯再给他的社会主义加上少许马克思主义词句,他就是典型的孟什维克,也许甚至是一个右派孟什维克。然而他没有马克思主义词句。因此他连孟什维克也说不上,只好把他归入在我国不那样出名、可是同样不容易消灭的一类人,即所谓的费边社会主义者,大家知道,他们选定了"康克推多"费边作自己的守护神。"康克推多"意为"拖延者",费边的主要特性是,他也许并不逃避任务,但是也不去寻求它。①

在我们这个热气腾腾的时代,在我们这个力争赶上和超过对手的赛跑和竞赛的时代(整个地讲,这不仅是指在经济和技术上同西方竞赛的我国,就政治和文化的意义来说又是指全体无产阶级;我国从十月革命中取得的进步本身,确实是全体无产阶级的事业,从而也是未来的全人类的事业),——必须认为这"康克推多"主义是个确定无疑的可耻的东西,非但可耻,而且有害;说它有害,主要是因为威尔斯能用他那有时"几乎令人信服的"论据,诱使人们这样平平稳稳地走向进步,乘上一部带弹簧座的古老的轿式马车去作时间的旅行。这原是十分舒服、十分愉快的事情,可以卸除一项责任——把自己套上时代的战车,死命拉着它走,弄得你血管爆裂,骨头咯咯直响。如果能拒绝做战士的工作甚至——像和平主义的知识分子爱用的说法——刽子手的工作,那多愉快!

可以毫不费力地揭示出来,隐藏在威尔斯背后的是一个什么社会集团。

威尔斯无疑是代表着技术人员、广大的工程师阶层——大抵是其中比较先进的阶层。工程师中间还有许多人是死心塌地的资产阶级奴仆。不过也有很多工程师怀着某种认为自己可以卓然独立的幻觉。他们觉得,他们既掌握着科学和技术,同时又是国家的精华。他们当然怕资产阶级,怕同它发生尖锐的冲突,他们衷心指望它消亡,把权柄移交到科学家和工程师手里,这些人将以一个"科学家政府"为依托,领导未来的社会主义计划经济,按照他们自己的愿望,这个未来恐怕还相当遥远。

---

① 费边,一译非比阿斯,纪元前三世纪的罗马统帅,采用缓进待机的拖延战术与汉尼拔相周旋,被称为"康克推多"。

工程师更怕工人。他们完全不希望发生社会主义革命，因为革命的结果将使旧世界的知识分子受新主人的节制，——有时候是颇为严格的节制——然后甚而使知识分子这一范畴归于消失，并且这一切将以疾风骤雨的速度进展，还难免要付出足够数量的生命。历史要求赎罪的祭品，这是无可奈何的。谁若不愿看到这场祭祀，历史就把他从那批推动历史前进的有效的积极因素中勾销掉。

在读威尔斯的时候，心里必须牢牢记住上述一切，才能知道你在同什么人打交道。然而这并不是说从威尔斯那里得不到大量各种各样的知识：关于现代英国的日常生活，关于在那儿碰见的一些心理学典型，关于各类英国公民的意识深处所产生的过程，关于科学及其在形形色色的领域内的前途——在技术方面，心理学和精神病学方面，天体物理学和天体生物学方面，以及现代科学的其他几十个最有趣的支脉。

还可以向他学习引人入胜的讲故事的艺术，而且这引人入胜绝不是由拙劣的卖弄、由廉价的东西造成的。可以向他学到一项本事，即是把他所需要的飞腾的想象——往往不单纯是雄放的想象，而是发挥某些论题时所必需的想象，——同对科学的诚实态度结合起来。

我既然说我们迫切期待着我们自己的威尔斯的出现，那么，这个我们自己的威尔斯便会有许多类似英国的威尔斯的特点。不过他一定是一个革命者，一定沁透着共产主义的倾向，而这自然要在他和威尔斯之间挖下一道鸿沟。"俄国的威尔斯"的小说出现时愈能掌握大不列颠的威尔斯最先进和最精妙的特点，愈是明显地清除了他那有点平淡乏味的社会激进主义，以至能凌驾于它之上而在文学艺术中阐明我们这个战斗时代的前景，那么它们也许就愈是同英国的威尔斯南辕北辙。

〔评谢·谢·季纳莫夫《肖伯纳》一书〕*

季纳莫夫①论肖伯纳的书出版得再合时不过了。② 谁都想了解这位著名的外宾究竟是个什么人,他现在竟然如此激烈地维护苏联,并对全世界的资产阶级说出如此挖苦恼人的话来。大家已经知道,波兰新闻记者们同肖伯纳作了初次谈话以后发表意见说,这老头子疯了,等他回到英国,必须把他关进疯人院。③ 芬兰各报的声明也含有类似的意味:"肖伯纳作为一个资产阶级作家已不复存在。"说他作为资产阶级作家已不复存在,这当然很好,对他好,对我们也好,可是这使我们不得不问:肖伯纳曾经是资产阶级作家吗? 问题并不那么简单,回答也不那么容易。季纳莫夫却回答得很纯熟。

肖自称为老革命家,说是他从少年时代起就研究马克思。④他指出,几乎他的全部剧本都具有啃咬的性质。确实,肖的喜剧全是尖酸刻薄和反资产阶级的。然而问题在如何啃咬。可以像老虎一样咬,也可以像蚊子一样咬。肖把人咬得很心烦,但是这同狮子的咬法相比,更接近于蚊子的咬法。资产阶级无论如何不可能被

---

*   本文初次发表于一九三一年九月二十六日《消息报》书评栏,无标题。译自《卢那察尔斯基八卷集》第六卷。
① 谢·谢·季纳莫夫(1901—1939),文艺学家。卢那察尔斯基晚年兼任共产主义学院文学艺术和语言研究所所长时,季纳莫夫任副所长。
② 在本文打字稿上,后面还有几句话:"最初本来打算正好在肖伯纳来访期间出书,结果迟误了一点,但是这绝没有妨害。"按,肖曾于一九三一年七月去苏联度过他的七十五岁寿辰。
③ 肖访苏后在华沙发表过拥护苏联的谈话。
④ 后来,一九三六年三月,肖伯纳在给季纳莫夫的信上也说:"我阅读马克思著作比列宁早十四年。"

肖咬死。肖的不幸便在于,虽然他透彻了解资产阶级的伪善和整个资本主义制度的荒谬,同时他却决不相信革命,不号召革命,甚至谴责它,甚至暗中取笑它。由于这个缘故,肖没有一条根本改善社会的道路。他想用理性的力量、嘲讽的力量使人确信:将来会建立一些知识分子联盟,其中也许能出个强有力的人物,如同他的著名喜剧《苹果车》里的马格纳斯那样。

这一切自然是十足的机会主义幻想。肖就是属于机会主义幻想家、所谓费边社会主义者之列。假定肖始终站在这种立场上,或者假定他由此朝着什么莫斯里型的法西斯主义①滑下去(肖有过某些迹象,表明他是可能这样滑下去的②),那么我们便可以干脆说,他是一个资产阶级作家,事态严重时,他那口头上的"革命性"全要衰退、消失,他将在资产阶级卫道士的队伍中占有一席地位。我们知道得很清楚,德国一切左翼民主派或者印度左翼国大党员之所以存在,主要是为了同右翼妥协,为了用不关痛痒的批评不满的群众一点满足,从而至少能以反对派的资格,把群众控制在总的框框之内。像肖这样的作家可以很容易扮演此类角色,不知不觉地为巩固资本主义效力,尽管表面上他给它造成了痛苦的伤痕。

但是幸而这件事并未发生。肖的革命潜力要比有些人设想的来得强大。使他解除武装的原因,毋宁说是由于在当时的英国看不到政治前景,没有一场稍微重大一点的革命运动。现在资本主义大厦已开始倒塌,另一方面,社会主义大厦则正在增长,现在人人都应该说明他是在街垒的哪一边,这时候,这位光辉的老辩论家、当代最有才华的喜剧家、最著名的英语作家,向街垒的我们一边来寻找自己的岗位了。

固然,肖的剧本并不是我们可以接受的、令人信服的,但从他

---

① 奥·莫斯里(1896年生),一九二九至一九三○年曾在麦克唐纳工党政府中任大臣,一九三二年仿照德、意法西斯党组成不列颠法西斯联盟,自任头目。
② 指二十年代肖伯纳有关意大利法西斯主义和墨索里尼的一些言论。

的新的立场来看,那毕竟是引导他向上和向左的阶梯的头一级。在我们庆祝肖的七十五岁寿辰时,我们当然主要是由正面去谈他。我们既然看见他已经站在他今天的革命立场的高度,我们就更可以真心诚意地这样谈论他了。但是在季纳莫夫现在所作的这种更广泛的评述中,我们却不可避免地要用批判眼光重新考察一下肖的过去。如果他本人赞助这个,能从他的新的立场出发,指明他过去作为反对派的讽刺活动的弱点和缺陷,那就非常之好;可是假如他不肯这样做,我们一定要做。我们很高兴有这位那位中间类型的伟大作家带着他的全部行李来乘坐我们的红色轮船,但不能由此推论说,我们认为他的行李统统是宝贝。相反地,我们应该反复检查它,好像细心履行职责的海关官员一样。我们必须告诉新的乘客:"我们欢迎您,欢迎您随身携带的贵重物品,不过同时请允许我们用严格批判的眼光,来看待您的行李中若干数量的坏东西、您随身携带的若干数量的废物。"

总之,我们在这方面的立场是鲜明的。我们号召知识分子靠拢我们,我们号召他们不要再动摇。我们欢庆他们加入我们的队伍,然而这并不是说,我们自己要迈出步子前去迎合他们的动摇、暧昧和机会主义。我们可以很轻易地原谅过去的错误乃至现在的错误,但是我们不能不点出这些错误,我们绝对不能迁就它。因此季纳莫夫这本书,虽然其中对肖过去某些作品作了有时是相当严厉的批评,却是一部十分适宜的书,尤其是,季纳莫夫能够在本书最后几页上充分注意到肖在苏联的逗留和他的革命言论的力量,重视了这个事实。目前我们所能补充的是肖后来的积极步骤,即他对各种新闻记者发表的言论,特别是他那关于苏联的长篇演说。①

---

① 肖伯纳离苏后不久,伦敦"苏联之友协会"刊布了他一篇对美国人谈苏联的广播演说。

我们获得了一位亲密的朋友。对朋友必须从他们的长处和弱点中去认识他们。季纳莫夫的书为我们认识肖伯纳提供了一篇好导言。

附

肖 伯 纳[*]（摘录）

……如果我们把乔·斯威夫特的笑同肖的笑加以比较,将会得到一些很有趣的结论。一般地说,一个人胜利的时候才会笑。生理的笑是心理和生理上紧张状态的解除,——当我们发现我们过去觉得可怕的、应该聚精会神去对付的某个问题或现象原来并没有什么了不起,我们便克服了这种紧张状态。我们发笑时反映着我们大脑的神经活动；使它缓和到面部与筋肉的动作上来,我们就解甲复员了。

笑是一幅壮丽的解甲复员图,因为动员突然不再需要了,于是人欢畅地笑了。笑就是胜利。

不过我们知道,笑往往不是来自上层,不是来自胜利者把被挫败的敌人斩首的高处,而是来自下层,其目的在反对统治制度,反对统治阶级,反对统治权。

但是怎么会这样呢？既然笑是一面胜利的旗帜,它怎么能发自被压迫阶级或集团这一边呢？我国文学中有一位伟大的讽刺作家,他的名字可以光荣地同乔·斯威夫特和肖的名字并列,——那就是谢德林。谢德林是个非常快乐的作家。您读他的作品时也会

---

[*] 这是一九三一年七月二十六日卢那察尔斯基在莫斯科肖伯纳七十五岁寿辰庆祝晚会上的讲话记录,同年九月发表于《无产阶级先锋队》杂志第八期。摘译自《卢那察尔斯基八卷集》第六卷。

不断地发笑,可是正如在斯威夫特笔下一样,您将在他那闪耀着笑的阳光的天空中发现一片片乌云。您将看到笑同愤怒、憎恨、轻蔑、战斗的号召可怕地结合在一块,您将常常看到他几乎泫然落泪,您将看到这个发笑的人简直要号啕痛哭起来。怎么可能有这样的结合呢?这种笑声发出的时候,被压迫者在道德上、精神上早已战胜了压迫者们,他把他们看作蠢才,他蔑视他们的原则,统治阶级的全部道德对于他只是一大堆谬论,他认为他的本阶级比起那些侏儒来乃是一代巨人(他知道,注定灭亡的人们的头顶上将爆发一场雷雨),然而他在政治上还弱小,他还没有充分成熟,以至能够断定经济变革迫切到了什么程度,——结果便产生了这种可怕的激昂情绪。

  如果我们拿肖伯纳同我们的阴森而快乐的谢德林,或者同十八世纪讽刺作家斯威夫特比较一下,那就可以看出肖伯纳比他们快乐。肖伯纳感到胜利已经临近,他认为荒谬的资产阶级制度不会存在太久,对此他感到有很大的信心。他有可能近乎轻松地逗趣取乐。他在优雅的嬉笑上面花了更多的时间,戏弄他的敌人;相反地,肖伯纳的先驱斯威夫特和谢德林,却是通过几乎令人痛苦的轻蔑去制伏敌手的。

  ……不过,假如我们不注意肖笔下的毒杀力,那也不对。他笑,但他清楚地知道,远不是样样事都可以逗乐的:他笑,是为了用这笑去烧毁某些弊端。他笑得狠毒、挖苦、带刺、充满深刻的冷嘲热讽。这并不单纯是"无伤大雅的幽默集锦"[①],这是新世界反对旧世界的一件精良的光辉的武器。……

---

 ① 见本书第二二八页注①。

〔肖伯纳《黑女寻神记》〕序*

1

我们的亲密的好朋友、伟大作家肖伯纳,有时竟弄得我们毫无办法。

这位大概算得目前欧洲最富机智的作家曾经来莫斯科庆祝他的七十五岁寿辰,以证明他对于我国进行的建设的极大敬仰,并且利用这一访问,在我们这里和回国之后,多次以最尖锐的革命的方式,将列宁的新世界去对照不可救药的旧世界,——对此,难道我们能够不给予高度的好评吗?

我们不能不推重他对资产阶级制度的无法压抑的、带刺的和辛辣的批判,他给资产阶级报刊的大胆的、鞭挞性的回答,他的不屈不挠的毅力,他那些充满轻快情调而又往往使维护黑暗的人们难于忍受的喜剧。

然而肖伯纳具有很大的独立自主性。他对每件事都有他自己的想法,他想到什么就说什么。正是这独立不羁的精神将他引入了反资产阶级的阵营,但也是它,妨碍着他去深刻领会比较严谨的思想体系、比较彻底的信念、比较坚定的世界观。在他那里,尖锐得惊人的思想同相当空洞的颠倒之言①,大胆的飞翔同出人意料

---

* 本文初次刊印于一九三三年《黑女寻神记》俄译本。译自《卢那察尔斯基八卷集》第六卷。

① 肖伯纳常有的那种似是而非或似非而是的言论。

的下降,杂然并列。由于这一点,不管他多么可爱,我们很难替他担保,很难对他负责,而出自他的手笔的作品,难得有一篇是我们可以全盘接受,不作大量保留便推荐给读者的。

在这些事情上,他有点像另一位最伟大的说俏皮话的能手亨利希·海涅。马克思和恩格斯爱重并赞赏海涅,却又常常不得不对他摇头,碰到大惑莫解的不愉快的时刻,只好无可奈何地把手一摊。

可是他们能够原谅他的狂悖,甚至是我们的朋友肖伯纳决不容许自己表现的那种狂悖;马克思这么一个要求严格的人,居然以他所不常有的温厚态度,谈到不能动辄唯诗人们是问,像对待平常人那样。①

就在不久以前,我不得不写文章论述肖伯纳最近一篇喜剧《真相毕露》。除了这个剧本的许多强有力的方面之外,我还指出它对无神论的完全不适当的批评,——批评虽然轻微,却削弱了同一剧本中对有神论的批评;我又指出,肖伯纳用黑颜色描绘周围整个世界的时候,竟不认为有必要略略提及它的对立面,提及肖所了解和看重的苏联、共产党、共产国际及其斗争。

为了这部喜剧,西方有些先进刊物甚至表示怀疑:这位老迈而好动的爱尔兰喜剧作家是否不再同情十月革命了呢?

但是随后就出现肖伯纳一篇最卓越的宣言,再度以七十五岁的老青年的全部热情,肯定了他对我们的事业的信心。②

是的,我们知道,肖伯纳是我们的忠实盟友。我们应该学会如实地表述他。我们是怀着爱心和同情来做这件事的,不过……

---

① 大概指马克思的女儿的一段回忆:"他(马克思)说:'诗人是特种怪人,必须让他们能够走自己的道路。不能用平常人或者甚至非常人的尺度去衡量他们。'"(见豪奔《海涅对话录》第四八九至四九〇页,波茨坦,一九四八年)梅林的《海涅评传》也引用过马克思这段话。参看本书第三七一页注①。

② 《宣言》俄译文发表于一九三三年一月二十六日《消息报》。

不过决不可要求我们在以这种友好的同情态度对待肖的新作、称赞其优点的时候,由于友谊和感激便隐讳其中那些根据我们的马克思列宁主义良心而为我们所不能接受的东西。

我们知道,我们这位矢忠于振奋人心、摧枯拉朽的笑的可爱骑士,是无论如何不会因此对我们见怪的。

2

此刻我们要向我们苏联读者介绍肖最近一本极其生动诱人的小书,《黑女寻神记》。

这部作品(特别是,如果撇开那篇附加的相当长的后记[①]的话)可以说是纯伏尔泰式的。

就它的形式本身说,就它的闪闪发光的灵脱轻快说,就它的"啃咬力"说,就它的突兀奇崛说,就它那逗笑而又温雅的挤眉弄眼说,它都是伏尔泰式的。

伏尔泰是这种风格的伟大宗匠。

伟大而且无与伦比。

在掌握这种风格的技艺上,无论他的同时代人或后继者,恐怕没有一个能同他并肩媲美。

我们所谈的这部肖的作品,可以在伟大的费尔奈长老[②]那一组轻灵辛辣的讽刺佳作中光荣地占有一席地位。

形式上写得像伏尔泰,无论如何是很好的。

但肖伯纳这本新的小书就内容而言也是伏尔泰式的。

这在某种意义上说也是好的。

眼前,资产阶级世界的上空凝聚着一片黑暗。猫头鹰和大蝙

[①] 据"企鹅丛书"版《〈黑女寻神记〉和一些小故事》一九五二年版,是"序言"而非"后记"。

[②] 费尔奈在法国边境,靠近瑞士,为伏尔泰晚年居住地。

蝙笨重地飞来飞去,"viri obscuri"①,蒙昧顽劣的头面人物,又装出一副做戏的姿势,开始用鼻音瓮声瓮气地作讨厌的说教了。我们发现有许多人,自己虽不干那扩大黑暗扑灭光明的勾当,却在不折不扣地纵容这个勾当,他们把它看得了不起,或者——这几乎是同样糟糕——并不把它看得了不起,即是漠然视之,既不愤慨,也不斗争。

在这样的时候,不能不欢迎伏尔泰重新出现。他会突然出现,坐在他的扶手椅上,正如乌东所塑造的,②是个爱嘲笑的老人,肖伯纳在我们介绍的小书里这样描写他道:"一个干瘪的老绅士,他的眼睛那么引人注目,仿佛他满脸都是眼睛,他的鼻子那么与众不同,仿佛他满脸都是鼻子,而他的嘴巴又那么富于表情,透着一种恶狠得叫人好笑的神气,仿佛他满脸都是嘴巴,最后,黑女把这三样各不相让的东西凑合在一起,终于断定:他满脸都是聪明智慧。"③——他会突然出现,用戏谑的、敏锐的眼睛张望着,于是看到了这一切死灰复燃的虔信主义、花样翻新的神秘主义的妖怪,看到了这一切假魔法师,并且向其中的每一个射出穿心刺骨的语言的利箭、蘸满有摧毁力的笑的毒汁的利箭。怪不得那些怪物朝四面八方逃窜!发生了一个类似果戈理在《地鬼》中描写的场面:所有从黑夜里产生的丑类吓得连忙逃散,可是仍然有几个卡在教堂的狭窄的窗口。但是因为老伏尔泰自己已无法复活,如果他能附在跟他有很多共同之处的老肖身上还魂再世,那也不坏。存在于十八世纪的那个形态的伏尔泰主义是一种自由思想,它没有达到彻底的无神论,在批判中有时又相当肤浅,如此等等,但它毕竟清新、大胆,以轻蔑口吻声讨了整个迷信世界,因此,它是一项至今还

---

① 拉丁语:蒙昧人。
② 乌东(1741—1828),法国雕塑家。这里是指他一七八一年用大理石制作的伏尔泰全身雕像。
③ 引文据"企鹅丛书"版第六四页校订。

大可感激的文化要素。

我们将为此感谢肖伯纳,可是我们仍然要说,伏尔泰主义在我们现代只能算个极不彻底的东西,因为它甚至在它当时也是不彻底的。从肖的手中接过他这本伏尔泰式的新作时,我们可以高高兴兴地微笑着,以感激的心情紧握着这位大师的手,对他说道:"嗯,这是好的。不过还可以更好得多!"

我们不想在这里对小书本身多加评注了。

3

这本小书写得生动而明白。要读懂并不难。任何人都要对书中的形象发笑。那要求奉献祭品的《圣经》上的神和喜欢辩论的《圣经》上的神难道不可笑吗?对那个预卜未来的神灵的批驳难道不是别出心裁吗?讽示基督教义不可理解的趣谈谐语难道不精练吗?黑女对穆罕默德的胜利难道不辉煌吗?而且,——我们说这话时仍然对我们的杰出同胞伊凡·彼得罗维奇·巴甫洛夫怀着莫大的敬意——"寻神者"同狗的唾液反射的伟大研究家之间那场风波难道不是有趣极了吗?(虽然确实有点失礼;啊,肖先生!)

当肖描写现代文化观光团时他所表现的充满憎恶的、极其坚定的态度将获得普遍赞许,尽管有一些蜘蛛丝把这批文化观光者同某些最新式的自由思想联结起来。

我们已经说过,肖本人给他的小书附了一篇诠释性的后记。我们正要就一点同他稍微详细地谈一谈。在这里,他摘下了灵智的喜剧演员的面具,用文雅的手擦掉他那高高的前额上的汗水,前额上头覆盖着一绺浓密的银发,然后他往长凳上一坐,两个指头碰碰读者的膝盖,好像说:让我们正正经经谈一谈吧!

我们就来谈一谈。

可是我首先想就这本小书的正文本身随便提一条意见。

伏尔泰式的小书有个伏尔泰式的结尾,结尾的主要情节是从伏尔泰的《老实人》中撷取来的。①

伏尔泰说服那黑女满足于不可知论和栽种白菜。此外她又嫁给一个很像年轻时的肖伯纳的爱尔兰人,他们一起给世界生了一大群"绝妙的咖啡色"的孩子。

莫非肖本人没有想到,在坚决"寻神"之后以此"作为安慰",小市民味道未免过于浓重?

看来大概没有想到,因为肖在这本小书的最后一节里写道:

"只有到那些黑娃娃长大成人,能离开她独立,而那个爱尔兰人成了她的一种不知不觉的习惯,就像他是她身上的一部分,只有到那一天,他们才不再叫她分心,叫她顾不上自己,她才会再有空暇和寂寥,让她回头去想这样的问题。可是到那时候,她的长了见识的头脑早已远远地把她领出那个阶段、那个感到用短木棍砸烂偶像多少是个乐子的阶段了。"②

对了……

不过我们认为这段话相当费解。它使我们感到困惑。"后记"也没有将我们从这困惑状态中引拔出来。

4

我不知道,给自己的艺术作品附加一篇比较长的说明性的评注是不是一个好做法。

无论如何,这是肖伯纳的做法。

应该说,就我记忆所及,这样的自我评注,对于这位喜剧作家的任何一部加了此种评注的作品从未有过用处。但在肖的这篇后

---

① "老实人"历尽坎坷忧患,最后在一处田庄上定居,同妻子、朋友一起,过着勤劳俭朴的生活。全书煞尾一句是:"要紧的还是种我们的园地。"

② "企鹅丛书"版第六九页。

记里,无论如何是有很多有意思的见解的。本身有意思,在对作者的关系上也有意思。

肖把主要的见解之一表述如下:

"它忘了那句谨慎持重的老话:'没有打进清水来,先别泼你的脏水。'而麻烦正出在这里,除非添上一句话把它补足:'我还要告诉你:你弄到新鲜水以后,一定得把脏水泼掉,还要特别小心,千万别把两种水混在一起。'"

肖又继续写道:

"现在问题是我们偏偏决不这样干。我们死命要把清水倒在脏水里;结果弄得我们的头脑老是糊里糊涂。今天受过教育的人的头脑只能比作这样一家铺子,那里面,一些刚到手的最时新的珍品,扔在臭气扑鼻的一堆烂布头、空瓶子之类的废品以及从博物馆杂物间捡来的一钱不值的老古董上。"①

这说得很有力。不过这也是指——但愿能原谅我们——肖伯纳本人说的。

当然,谁也不会说肖的头脑好似"一家铺子,那里面是臭气扑鼻的一堆",如此等等。但他的头脑有时确实颇像一所博物馆,其中收集着形形色色很有意思的东西。而主要的是,如果说他对于"还没确信手边已经有了清水就先把脏水泼掉"这一点有时候很犹豫不决的话,那么,他确是常常在弄到清水之后又偏偏将它倒进脏水里,使两者混在一起。

比方说吧,肖大概已完全确信,《圣经》教育的脏水是该泼掉的。可是他泼得很不坚决。就在这里,在这篇后记中,他并没有忘记给《圣经》说很多好听的话:说到《圣经》的历史作用(克伦威尔部队的革命士兵及其他),说到在没有更好的教育的时候,《圣经》教育还是相对可取的,等等。由此可见肖对《圣经》有一种情不自

---

① "企鹅丛书"版第八页。

禁的眷恋。

肖似乎至今还不愿泼掉这份脏水。

然而任何像这样为《圣经》辩护、哪怕是相对地辩护的说法,事实上都是——即使肖真的要泼掉他那一小桶脏水——在桶底保留一定分量的脏水,不能不把清水弄浑。

顺便说说,肖似乎要将威尔斯那部流传甚广而在许多方面确实写得出色的文化史教科书[①]当作清水了。但是我们应该说,照我们看,这部教科书本身也仍然是一种相当浑浊的水。此书实质上完全是机会主义的货色,它的才识虽然会带来一定的裨益,——因为威尔斯的书中有许多地方排斥《圣经》——可也带来不少害处,因为它叫千百万人(威尔斯的教科书单是在美国就销了二百万部)安于不彻底的立场。

很抱歉,使我非常遗憾甚至有点惭愧的是,我不能在这里说:"请不要读威尔斯这部不彻底的书,最好另读一本优秀、简要、同时又足够完备明晰并在各方面都正确无误的文化史,那是苏联学者用马克思列宁主义观点集体写作的,他们通过多种文字的译本,把它献给了人类。"

可惜我不能这样说。我们目前还没有达到足以完成这项任务的水平。但是我们一定要完成它,而且很快地完成它,因为我们的伟大导师马克思、恩格斯、列宁已经为此创造了一切必要的前提。

而目前我们只能借着我们的光辉、我们的无可争议的和确实使人心里亮堂的光辉,略微阐明一下《圣经》的相对价值的问题,这个问题看来仍然在烦扰着肖,也许还烦扰着其他许多人。因此,我在本书里作为附录加上了恩格斯的小册子《论历史唯物主义》中最令人惊叹的几页(这本小册子是一八九二年恩格斯在《新时代》杂志上所发表的一篇文章的翻版。该文原来包括在恩格斯的

---

① 指威尔斯的《世界史纲》(一九二二年)。

小册子《社会主义从空想到科学的发展》英译本序言中）。①

5

我们再稍微走得远些。我们还在继续同肖交谈，不戴面具地交谈。我们碰到了……神。

是的，是的。肖在他最近那篇喜剧里试图把无神论当作"狭隘观念"的一种形态而加以讥笑，是有其用意的。

自然，肖有一个很高雅的神。那就是生命的冲动，élan vital②。然而那毕竟是一个神。

我们另一位敬爱的朋友，罗曼·罗兰，在他的辉煌的长篇小说《约翰·克利斯朵夫》里一个地方，以惊人的激情和光华谈到他假想中的神。③ 罗兰的这位神不是全能，不是世界的创造者，——他不过刚刚在征服世界。他是一切光明、进步、合理和美好的东西的魁首、总和或化身，经过艰苦的斗争，一片混沌逐渐变成一个宇宙。从而，地球上或人类中的革命便是这一过程的一部分。

对化身、对象征、对感人肺腑的现象、对高昂的情绪具有某种艺术家的癖好的人们，很容易热衷于这类神话，而不一定能认识到最高雅的神也同样荒谬无用，同样有害，正如最粗暴的神，正如莽巴蛇为黑女引见的那个"贵族仪表的身材优美的白人"，他竟然要求她当面杀死她的孩子或父亲。

如果本文作者同肖坐在门外护墙台基上心平气和地谈下去，像前文记述的那样，那么他就可以对肖讲讲 pro domo sua④ 的事。

---

① 《新时代》杂志以德文发表《社会主义从空想到科学的发展》英文版导言摘要时，标题为《论历史唯物主义》。
② 法语：生命的冲动。
③ 见《约翰·克利斯朵夫》卷九《燃烧的荆棘》第二部末尾。
④ 拉丁语：关于自己，为自己辩解。

我也患过同样的"神话"癖,也打算与其说是寻找不如说是用集体力量去建造一个很招人喜欢的神。

可是我的伟大导师列宁和我所隶属的伟大的党很快就治好了我的病,使我放弃了把脏水灌进科学的辩证唯物主义无神论的清泉中这种知识分子的尝试。

是的,在肖伯纳的精雅形态的"自然神论"里,他仍旧将清水和脏水混淆起来了。

"后记"结尾说到必须"用短木棍扫清道路"。即必须无情地砸烂形形色色的偶像。

肖伯纳的短木棍有点像老派意大利喜剧中用来互相厮打的纸板做成的短棍:它敲得啪啪直响,但是不仅揍不死人,甚至打不出大包来。

当然,它的打击仍会引起"魔王"们的极大愤恨。

嗯,请你真的想象一下这样一个魔王、一位大主教吧。他大模大样地踱了过来,在他的前头,有一名天使般的副辅祭扛着牧杖;他头戴法冠,肩加披肩。两个位高权重的主教从左右搀扶着他,低音和童高音组成的合唱队引吭齐呼:"大主教大人万寿无疆!"

突然之间,白发苍苍、动作敏捷的肖从后面赶上来,抡起纸板做的短棍,对准魔王的脑袋噼噼啪啪打去,打得他法冠掉落,露出圆锥形的秃顶,嘴里发出又惊慌又愤恨的嚎叫。这怎么能不使"全体信士"气恼呢?

然而我已经说过,"这是好的,不过还可以更好得多。"

肖让你瞧了他的金桶。你可以看到其中装着多么清净的泉水。但他突然把小桶倾斜过来,于是你看到桶底还保留着相当多叫人大倒胃口的渣滓。

肖在你跟前摘掉他那灵活善变、制作精巧、令人发噱的伏尔泰式的聪明的面具,那伟大职业演员的面具,神的嘲笑者的面具,靡非斯特匪勒司的面具,你便看见了一个绝不是十分勇敢的小资产

451

阶级知识分子的"梳得体体面面"的头。

以上种种就是我们在论及肖的新书时认为自己有责任说一说的,这本小书使我们着实乐了一阵,在许多方面我们很喜欢它。

是啊,它还可以更好得多……但它毕竟还是好的。

司 汤 达*

总 评

用笔名司汤达写作的亨利·贝尔,是欧洲文学中最出色的作家之一,是在全世界得到无条件的公认的天才;他完全应该被列入我们这套丛书①。

当人们力求给司汤达下定义,把他归入这个或那个流派的时候,通常总要感到混乱和困惑。他似乎很矛盾。一方面,他身上仿佛有一道革命意识、革命激情的回光;另一方面,他又是表现得很明显的个人主义者和某种程度上的势利小人。他那几乎是渊博的自然科学研究家式的方法往往令人惊叹,他显然崇尚理性,同时,他仿佛对任何东西都不如对不假思索的情欲那么欣赏,他歌颂和提倡强烈的感情、冒险的行为和轻率的勇敢。在有些方面,他似乎是在艺术性范围内所能设想的最清醒的现实主义的先驱,而另一方面,人们却把他归入浪漫派。这一切都是确实的。司汤达叫人感兴趣,正由于他能非常和谐地将这一切兼容并蓄。总之,司汤达作为一个人和一个作家来说,他的性格都真正完全符合逻辑,并且是鲜明地反映了时代精神的最新奇而又最合规律的类型之一。

使司汤达饶有兴趣的第一点正好在于,滋养着他的天才的一条最强大的根子,就是法国经历社会风暴的那伟大的几十年间的

---

* 本文是作者为一九二八年版《红与黑》俄译本所写序言。译自《卢那察尔斯基八卷集》第五卷。

① 指"俄国和世界古典作家丛书"。

革命意识。

在革命以前和大部分的革命时期内,法国社会意识的全盛阶段之一,表现为辉煌的现实主义,相信理性,渴望用理性的匀调的白光照亮周围一切,渴望在理性的光芒下,通过内在分析的途径,把现存事物拆散为各个组成部分,这种分析好像一名机械师的工作,他细心地拆开一台极其复杂的机器,然后又将这些部件找来,装配成一个整体,他拆拆装装都带着好奇、热忱、机智,——法国革命的伟大思想家们的情绪也是如此。他们这样做绝不是单单出于好奇,虽然科学的好奇心一直像明亮的火焰一样在这些思想家的头脑里熊熊燃烧着;不,他们从事分析和综合,是为了尽快理解人周围的事物同人的机体本身之间合乎规律的联系,然后依据这些知识以建立合理的生活。他们想要净化个人,更进而净化社会,从那里清除一切神秘的浪漫主义的污垢,使生活变得更清洁整齐,使世界这台机器恢复它的完整性,照当时唯物主义者的意见,完整性是占百分之九十的、不曾被偏见损坏的天性所固有的,而对于其余百分之十的人,当然也可以通过得到正确安排的、最广义的教育的途径来匡救其天性。狄德罗、爱尔维修、孔多塞①的精神、孔狄亚克②的精神,可以说司汤达身上都有,我想,他的独特的吸引力多半是由这个精神构成的。

司汤达是艺术家,然而有时他甚至把他的艺术工具放在一边,十分接近于科学分析,例如他在他那本佳作《论爱情》中就是这样做法,他虽则穿着艺术家的外衣,却仍然不失为人的天性的研究家。司汤达用他的冷静机灵的灰色眼睛,探究地、锐利地注视着周围,从中挑出最新奇的东西,再用他所挑出的配制成一幅完整的图画,使我们对于人有更深的了解。他在做试验,经常把他的主角摆

---

① ② 让·孔多塞(1743—1794)和埃·孔狄亚克(1715—1780)都是法国启蒙学家。

在各种各样可以说是实验室的境况中,力求以最大的诚挚、极端的真实性(有时近乎厌世和冷嘲)去描绘,某类典型的人物在这一特殊环境里将如何行事。

但如果说司汤达是从百科全书派、从十八世纪唯物主义直接脱化而来的一位最伟大的艺术家,那么也应该讲,当他生活的时代,轰轰烈烈的革命已经结束,在人们心灵中留下了深深的绝望情绪。

紧接着巨人的一代,紧接着司汤达直接地、英勇地参与过的拿破仑执政后那段历史中的种种重大事件,是一个独特的平静时期:中庸的一代产生了。

大资本倚仗一群小业主,牢牢树立了自己的势力。知识分子刚刚展望到一幅壮丽的远景,随即大为扫兴,深感自己受了挫折。往何处去?继续发动革命是没有把握的,人人都厌倦了。革命原来竟是一件虚妄的、徒劳无功的事情。陷于悲观失望吗?有许多人走上了这条道路。夏多布里昂也好,维尼[①]也好,波拿巴主义和德国浪漫主义的一切重大表现也好,全是形形色色的失望的结果;连我国的多余的人、我国的奥涅金和皮却林们身上,都多少反映了在法国大革命一起一落之后,各式各样知识分子最灵活的头脑里这种严正的绝望情绪。

还有一条出路——走捞钱牟利的道路,在重新稳定下来的、获得胜利的资本主义制度、小业主制度的基础上安排本身的生活。许多人朝着这个方向走去,用利禄满足他们的虚荣心。欧洲文学中最丰富的天才奥诺莱·巴尔扎克对这段时期,特别是对稍晚的三十至四十年代,作了惊人的描叙。但是巴尔扎克固然写得深刻,对事物的本质具有独到的洞察力,以至使马克思承认他是自己的老师之一[②],与此并列,他却有很多狂放的幻想,有些绝顶粗糙的

---

① 阿·维尼(1797—1863),法国浪漫派作家。
② 马克思和恩格斯多次推崇巴尔扎克,但并未使用"老师"字样。

东西,因而最伟大的瑰宝和糟粕废品堆到一起来了。除了闪电似的光芒以外,我们还在巴尔扎克作品里看到他如何陷入朦胧缥缈的境界,看到他心灵上的神秘主义迷雾和某些叫人感觉茫然的幻景,在幻景中,对象时而显出这样一副面貌,时而又显出那样一副;因为巴尔扎克的头脑本来没有什么原则,而是一个猛烈促进万物滋生化育的、天地初辟时的混沌世界。

可是在司汤达那里,我们往往能找到一些典型,其性格的个别方面非常类似司汤达本人。司汤达属于不迁就小业主利益、不愿用生命去换取禄位的人之列。他那一类人有时也发出苦笑,但是没有成为绘声绘色的夏多布里昂式或者甚至拜伦式的绝望的牺牲品。司汤达也不抱革命的空想,在他生活的时代,那确实只不过是空想而已。由于看不到值得爱重的社会纽带,不曾发现前头有符合心愿的社会目标,时代的儿子司汤达,在社会支离破碎和分裂成为个体时,正是把个人当作他心目中一项基本价值的。他深入个人,加以研究,并且像我已经说过的,给这研究带来了他从高贵的革命力量里面获得的极端诚实的精神,以及自然科学家特有的那种生物机构学、分析法和综合法。

司汤达虽然十分客观地、平静地、可以说从容不迫地观察着周围的生活,唯恐发抒自己的情怀,竭力抹去他个人,犹如生活展开在大自然中那样来展开他的小说,但是他爱得强烈,恨得也强烈。他憎恨资产阶级的猥琐,他憎恨商人和官吏的按部就班的生活,他憎恨逐步加强的、把人类掌握在自己手里的、互相勾结的各统治阶层的大多数。他憎恨怯懦、萎靡、冷酷的利害打算,他憎恨足以代表小市民特性的一切,当时小市民早已战胜那个充分暴露出其精神贫乏的贵族阶级了。

相反地,司汤达极爱动物式的人,这种动物由欲念支配着,对明朗的生活、对丰功伟绩,也许更多的是对爱情的幸福,满怀着冲动。爱情在司汤达笔下起着巨大的作用。在他那里,爱情总是非常纯净,没有任何太虚仙境、任何献媚卖俏、任何神秘的虚构。在他那里,爱情是生理的、肉欲的,它是肉体的痛苦和欢乐。然而同时,它又像火一样纯净,它可以烧伤人的心,它引导人去干轻率的、但是又大胆得可爱的行为。它有时会造成重伤,可是绝不使人腐败,甚至在引起悲痛,甚至在毁灭人的时候,也能让他净化和崇高起来。

深受时代精神影响的极端个人主义者司汤达,他对爱情也许颂扬过分了。这并不妨碍他同时成为一个异常深刻和情趣高尚的爱情诗人,而且使爱情从下流虚伪的诗歌中,从各种虚构的幻想、从一切基督教教义和自以为美妙的温存体贴中净化出来,有人俨然要用这些来装饰像"性"这类有伤大雅的东西,实际上却更贬低和玷污了它。因此,那种向往来世的浪漫主义于司汤达毫不相干。司汤达是无以复加的现实主义者。不论照他的写作方法或他的世界观说,他都很少顾及社会,而作为一个社会分析家,他却是饶有兴趣的,因为他对于个人在他当时的社会中争取自由的斗争,作了非常精确的、尖锐的、清晰的反映,那个社会的纽带向来很薄弱,在那里,像"民主是为能干人开辟宦途"或者"发财致富"之类的话,成了主要的口号。

司汤达觉得,在革命以后的时期,取得胜利的小业主像一群苍蝇似的大大污染了法国,他在意大利找到较多的自由去观察人这个出色的动物,甚至嘱咐给他的墓碑刻上"米兰人"的字样。他觉得在那里,在意大利,个人比较自由、比较单纯、比较明朗。

因此,司汤达又是能量[①]浪漫主义的表现者,是十足的早期唯能论者(当然不是就这个词的一般哲学意义却是就其道德意义而言)。这一点,再结合着他那自然主义的现实主义,结合着他那锤炼出异常简洁、紧凑、精确的文体的能力,便成了一束值得惊叹的、从某个角度

---

① "能量",一译"力"。

看竟是独一无二的奇花。这里一切都整齐,这里一切都和谐,这里一切都清醒,这里一切都诚实,同时又充满着对生活的热爱、对现实及其色彩的喜悦、对所有缩小和败坏生活的事物的轻蔑。

司汤达时代的文学可不同。我们已经提到夏多布里昂·巴尔扎克、拜伦,他们喜欢各种花腔、响亮的宣言、花花绿绿的布景、戏剧性的姿态。固然,这些表面浮夸的形式里有时也装进了威力强大的内容,但浮夸的形式毕竟被认为是取得成功的一项条件。司汤达和他们不相干。他追求典重的浑朴,他把白昼的光芒倾注在他的文学画面上,他向人的求知欲和精神的努力提出严肃的要求,那是在小说之类轻松读物领域里他的时代所不能适应的。这就是他一直很少引人注意的原因。

直到后来在资本主义社会范围内兴起一股科学性的新浪潮,出现了力求从科学和艺术上去认识环境的自然主义,出现了福楼拜及其《包法利夫人》和追随其后的龚古尔兄弟、左拉、莫泊桑,那时候,人们才想起司汤达,对他形成真正的崇拜,公认他是艺术研究的鼻祖、好钻研的和清醒的心理小说家,公认他具有一个完全的现实主义者和真正散文巨匠的坚定的诚实态度,这种散文不掺杂诗歌的浮词艳彩,而是叙述外在和内在生活方式的最完善的工具。

因为我们的伟大托尔斯泰的天才中的几个重大方面正在于他极其诚实地揭示了生活,所以他喜欢司汤达,向他学习。① 司汤达感到兴趣的许多事情,对于我们已变得平淡乏味,我们的世界全然不同。但这位伟大现实主义者是从法国革命的精神中脱化而来,

---

① 高尔基在一九二八年五月八日给文艺学家和翻译家阿·柯·维诺格拉多夫(1888—1946)的信上谈起托尔斯泰时,写道:"随后他又说,如果他没有读过司汤达的《巴尔马修道院》中对滑铁卢之役的描叙,他大概不会那样顺利地写成《战争与和平》的战争场面。然后他想了一想:'是的,我向他学到了许多东西,他是一个很好的作家。'"

他以独特而高尚的态度,对革命后资产阶级生活的第一阶段作了反应,我们的作家还是可以向他学到许多东西的。

我们的读者也会由于认识司汤达而获得一种严正却又浓烈的乐趣,无论是从想象、同情和思考中,都同样可以分享到这一乐趣。

萧索时期的天才[*]

"萧索时期"[①]是一个很确切的词。虽然这个词只见于俄罗斯语言,但萧索时期绝不是俄罗斯所独有的现象。什么是萧索时期?这是紧接在壮阔的社会高潮衰落之后,而又常常处于新的进步的飞跃前头的一个暗淡时期。在这时间的山谷、在这漫长岁月的洼地里,空气沉闷,遍地泥沼,看不到远景。

庸俗猥琐的人们,虽然也觉得不大舒服,如同我们从各民族文学对萧索时代的天才反映中看见的那样,可是他们大致还能适应,还过得惯。但是杰出的人物,有着远大的志向、清明的头脑和炽热的心灵的人物,在这种萧索时期却很难生活下去。这些能力较大、资质较高的人,无论他们出身如何,无论他们那可悲的时代赋予他们的思想如何,反正他们总会感到划定给他们的圈子是太狭小了。重要的是,在稍微顺利的情况下,这类生物学意味上的人杰,通常内心都保存着有时从至亲好友那里听来、有时从童年带来的热烈的回忆——关于一个比较明朗的时代的回忆。因此,当美好生活的火花、某种精神的火花由外域飞到这个经历着萧索时期的国度的时候,首先就会把这些挺拔卓越的性格燃烧起来。

于是,每逢一个非凡人物体现着英勇的过去的残败遗风,或者进而幻想或追求美好的未来,他的处境便悲苦不堪了。这批怀才不遇的多余的人给自己找到的出路之一,是浪漫主义。

---

[*] 本篇是作者为一九三○年出版的《梅里美选集》俄译本所写序言。译自《卢那察尔斯基八卷集》第六卷。

[①] 参看本书第一二四页注①。

有各种各样的浪漫主义;但它们的体现者总归是萧索时代的某些优秀人物。我要附带说明一下。上升的浪漫主义也是有的,但它的格调截然不同,它同现实主义有着极其深刻的联系,实在说,它只不过是跃升到更大的高度并且表现得磅礴有力的现实主义而已。至于本义上的浪漫主义,即多少有点厌弃现实的浪漫主义,它却是萧索时代泥沼中的花朵。

我再说一遍:这些花朵各式各样。这里有逃入某种现成的或者特选的宗教或神秘主义体系中去的浪漫主义,也有赞美"为艺术而艺术"的,也有希望在波德莱尔①之流的"你愿意吧,我们要做梦"这一幻想中躲避残酷的现实的,最后,这里还有"纯艺术"——那不单是指一种多少有点虚弱的幻想,而且是指人们倾注全部精力来求其形式之完美的心爱的技巧。当一个艺术家潜心这门技巧,首先是当他在对风格笔致精益求精这项诱人的工作中忘掉自己的苦闷时,他往往同时仍然能对他的时代加以报复,把某种讽刺画——夸张的、荒诞的,或者有时是很准确的讽刺画——当作他锻炼技巧的材料。

处在萧索时代的杰出人物还有许多其他的、远不是这样高雅无私的乖戾行为,我们当然可以再列举下去。萧索时期有时会促使他们干出种种下流勾当,卑鄙地为当权派效力,以便捞取钱财,任意铺张,有时候则是为了在花天酒地中消解一下心头那块郁结。萧索时期可以促使一个优秀分子犯下任何罪行。因此,这个时代的杰出人物常常带有怪诞或者甚至罪恶的特点。

梅里美是萧索时期一朵很典型同时又很独特的奇花。读者看看阿·柯·维诺格拉多夫有关他的研究文章②,就会在那里找到足够的资料来对这个萧索时期作出判断。

---

① 夏尔·波德莱尔(1821—1867),法国颓废派诗人。
② 指维诺格拉多夫为上述《梅里美选集》俄译本所写专文《普罗斯贝尔·梅里美——小说巨匠》。

普罗斯贝尔·梅里美生于一八〇三年,他生活在资产阶级反动的时代,死在巴黎公社前夜①。虽然他坚信无神论和憎恨资产阶级,却决不为政治生活所迷惑。他对政治只有两种态度:鄙弃它,或者隐藏在鄙薄的微笑后面,为了生活舒适而替某个统治势力服务。

梅里美不可能有任何理想。即使他有时候流露出社会感情的因素,那也始终只是通过他母亲从大革命时代得到的某些信念的残余罢了。② 他并不认为它们具有重大意义。他紧接在司汤达后面,作为革命失败的痛苦后果的下一个阶段,他实际上是在回避理想,回避任何的倾向。他所以非常苦恼,正是因为他与世隔绝,极端孤独的缘故。可是他在自卫中却把这孤独当作一件值得自豪的东西。他像司汤达一样,是自我崇拜者。③ 他在冷静的头脑这副假面具底下,细心隐藏着自己的感情。他雍容优雅;他旁若无人地昂头走去,一面品评和欣赏着他自己的技巧和别人的技巧。他精心推敲他的创造性的、批评的词句,但似乎不是为了读者,倒是为了自己。他喜欢揶揄读者,从远处观察他们,对他们故弄玄虚。他向读者显出了他的作品里嘲笑的、挤眉弄眼的假面具,又向读者——也许只是向遥远的、较为完善的读者——显出了一位对作品精琢细磨的巨匠的严肃面貌。

这些作品表面上极为冷静。其中从来没有任何倾向;除了为自己的要求服务以外,诗人不愿为任何事物服务。在他那整个精湛的艺术里,作家的感情不是短缺,便是被深深地隐藏着。没有任何抒情味。基本目的是使别人惊讶而自己不惊讶,使别人激动而自己不激动。因此情节具有重大意义。情节应该优美,像一切只

---

① 梅里美卒于一八七〇年九月,即巴黎公社成立前半年左右。
② 梅里美的母亲安娜·莫洛是一个画家,对法国资产阶级启蒙学家的思想颇为同情。
③ 司汤达写过一本《一个自我崇拜者的回忆录》(一八三二年)。

能逐步泄露内情的突发事件一样出人意料;所以他追求异国情调和惊险场面。

然而不要以为梅里美的艺术真是纯艺术。无论他多么高傲,多么落落寡合,多么鄙视社会舆论,他身上却有一种同福楼拜的强大抗议一脉相通的东西。如果说他喜欢描写凶狠的男男女女,如果说他醉心于作奸犯科的事情,如果说他不顾道德的话,那么这首先是为了用他的优越感做鞭子,从远处去抽打心怀偏见的庸庸碌碌的俗流、他了解的近在他身边的俗流、由中上层阶级代表构成的俗流。梅里美对人民群众一点也不凶狠,但是他把他们的本质看得同岩石和植物的本质差不多。梅里美的无倾向性中贯穿着一个倾向:一位严格、纯洁而正直的艺术家同可厌的资产阶级分子、可憎的庸人的对立。他仿佛用他的每一行作品不断地重复道:这不是为你庸人写的,是为我自己、为有艺术修养的读者写的。连梅里美的手法本身也受到这股情绪的支配。那是一种"干制"法。这意思并不是说它枯燥乏味,而是说他的作品近似细纹刻刀(pointe sèche)镂刻出来的版画。不过梅里美有时也喜欢蚀刻版画和明暗判然的斑点之类。是的,他镂刻着,雕凿着,用酸类腐蚀着他的作品的版面。作为伟大的语言版画家,他从来不制作巨幅的图卷,因为他那整套极其精密的压缩的手法不适于绘制皇皇巨画。梅里美的武器是一把像冰一样冷,也像冰一样透明的金刚钻刻刀。这是他雕琢文句的工具、他的"风格"。

梅里美凭什么能使我们感到兴趣呢?当然,如同每个大作家那样,他使我们感到兴趣,是由于他是一个特定时期的典型,而且又是同我们完全相反的典型。对于梅里美一类的典型,普列汉诺夫早已作过精当的论述。① 可是除了历史意义之外,梅里美对我

---

① 见《艺术与社会生活》和《从社会学观点看十八世纪法国戏剧文学和法国绘画》。

们还有直接的关系,其原因不仅在于通过他的独特的描写,生活向我们显示了它出人意料的一个侧面,从而引起我们读者的兴趣,使我们不愿放下他作品中那些言词简洁、文笔精确深刻的佳篇。单是读者的兴趣,还没有很大的价值。在这方面,许多以诱惑力和吸引力见长的作家,可能是被摆到他们所不应得的崇高地位上去了。不,梅里美并没有多大的诱惑力和吸引力,或者说,最低限度,他的长处不在这里。他用笔极为经济。他对外界的鄙薄而又不失其优雅的态度,他对待自己和生活中最饶有兴味,最足以弥补他的过失的东西——技巧——的一丝不苟的精神,把他引入了这种独特的、始终如一的、经过深思的、只有极少数人类语言巨匠才能达到的完美的境界。新作家必须为新读者发现一个又一个的天地,并且生活在人类本性——这一次是以无产阶级和社会主义的大旗为标志的——的伟大恢复期的边沿,他应该对过去的武库加以仔细研究,因为在那里,在悠久岁月中积累了不少卓越的发现,我们用不着去重新发现文学技巧方面的某些阶段,正如用不着重新发现美洲或发明火药一样。

  我国广大读者群众中有些人,将仅仅由于梅里美的杰作的题材新颖和故事紧张,而毫不犹豫地去阅读它们,并觉得非常愉快。另一些人看到作者对读者的冷淡、他的贵族式的高傲,以及为了不致"在现实的尘土里"弄脏他的外套而想把下摆撩起来的意图,也许会感到一点不快。

  然而无论如何,凡是想提高自己的文学趣味的人,不管他是作家、评论家,或者正在文化素养方面把自己的文学知识提到(他正应该这样做)相当高程度的读者兼艺术家,——所有这些鉴赏家,都应当聚精会神地读一读梅里美。这种精细的阅读将使他们对作者的手法有一个清楚的认识,获得高度的享受,而且不能不用充满感激的眼光,去回顾一下这个孤独、冷漠、苦恼的厌世者的形象,他在他的优美作品的写作中,给自己找到了一条摆脱路易-菲力浦①的资产阶级君主制沼泽地和拿破仑三世的臭泥塘的出路,这批作品经过时间的剥蚀而更见古雅,对于世世代代的后人来说,它们将始终是人类才智的一项辉煌成就。

---

① 路易-菲力浦(1773—1850),一八三〇至一八四八年的法国国王,金融大资产阶级的政治代表。

阿那托尔·法朗士[*]

1

当这位伟大的法国作家逝世的时候,整个苏联报刊界都作出反应,发表了悼文。[①] 这些文章写得慎重,有分析,符合辩证法。谁也没有全盘接受阿那托尔·法朗士,没有宣告他是我们的导师,是共产主义作家,等等。但与此同时,我们俄国的共产主义报刊界又深深懂得,阿那托尔·法朗士是我们的政治盟友,他背弃了资产阶级阵营,他的作品中包含着不少对我们极为可贵的因素,——既有艺术形式的,也有实质性的因素。

2

相反地,共产主义杂志《光明》[②]为阿那托尔·法朗士逝世而

---

[*] 本篇大概作于一九二五年十二月,作者生前未发表。现存的打字稿上有手写的标注:"为《共青团真理报》作"。译自《卢那察尔斯基八卷集》第五卷。

[①] 一九二四年十月十二日法朗士去世。十四日,卢那察尔斯基和柯冈分别在《真理报》和《消息报》上著文悼念,这是苏联文学评论界对此事的最早的反应。后来又出现了其他的纪念文章。

[②] 《光明》(1921—1928),巴比塞及其领导下的"光明社"创办的一个杂志,曾与二十年代的反动势力作斗争,介绍苏联早期的文化建设成就,发表过列宁、高尔基、卢那察尔斯基、罗曼·罗兰等人的文章。后来因为一些带有无政府主义和宗派主义情绪的分子在"光明社"内部掌权,巴比塞乃于一九二四年正式退出该刊编辑部。

出的专号,却完全是存心反对他,搞臭他,它证明说,他既是一个无论从哪方面来说都对我们毫无用处的蹩脚作家,又是一个极为可疑的公民。《光明》的作家们甚至断言,俄国共产党人之所以如此这般行事,对阿那托尔·法朗士其人怀有热烈的同情,乃是因为不熟悉法国文化情况的缘故。①

不过应当说,我们的法国同志们对阿那托尔·法朗士的这种态度,后来发现只是他们有关东西方文化的一套类似完整学说的主张的一部分,如今随着一批所谓"超现实主义者"的加入编辑部,这个学说已经在《光明》杂志上完全确立下来,成为指导性的东西了。

这个学说的基本特点是厌恶欧洲文化;他们不仅否定今天文化中的资产阶级因素,即老朽的资本主义对这一文化的糟踏,并且否定整个欧洲文化,不但如此,甚至还否定它的基础。他们否定纯理性主义的文化体系本身,即对于明达的思想和精密科学的倚重,——这一切都被宣布是资产阶级的。除此以外,不管这有多么奇怪,连欧洲无产阶级、特别是法国无产阶级本身,也被宣布为资产阶级性质的阶级。这些同志干脆宣称,对法国无产阶级只能置之不理,在多多少少可以预见的未来,它不会成为一支革命力量。

《光明》的同志们很忠于联共(布)和苏联,但同时,他们又认为我们是"亚洲人",固然那是就这个词的最好的涵义来说的。他们觉得我们是某种浪漫主义革命家、命里注定的"破坏者"、为遭到践踏的欧洲人道主义报仇雪恨的人。他们觉得我们随身带来了一个新世界观的基础,而这个世界观却植根于我们的深刻的亚洲人的直觉之中,如此等等。不难看出,这实际上是知识分子对共产

---

① 一九二四年十一月十五日出版的《光明》第六八期的总标题叫《光明反对阿那托尔·法朗士》。在这个专号上,马·傅立叶、艾·贝尔特等人分别猛烈抨击了法朗士的政治观点和艺术创作。

467

主义的歪曲,十分近似不久以前在德国得势的德国表现主义。当知识分子处于逆境的时候,几乎总是想要抛弃理性而钻进直觉的领域,抛弃斗争而一味抱怨和诅咒。

例如,新的《光明》编辑部干脆明确地断言,法国根本没有从事创作活动的余地,说是法国已经完全烂掉,一班有才气的青年(聚集在《光明》周围的那班青年倒是很有才气)所能够奋力执行的唯一任务,就是从伪装正经的资产阶级和半资产阶级作家身上扯下假面具,并证明巴黎没有一个正人君子,是值得为了他而饶恕这座"所多玛"①的。

对阿那托尔·法朗士的否定的评价也同这些错误认识有关。《光明》的同志们仿佛感到懊丧和不舒服:旧文化中居然有一个必须予以承认的人物,他在某些方面仿佛还能参加我们的新文化建设。

我们所持的观点截然不同,我真想说:几乎是针锋相对。我们当然爱亚洲,我们当然关心亚洲的兴旺和前途。我们认为,亚洲各族人民当年既曾对人类文化有过极强大的影响,以后也将给它带来某些重要而独创的特点;不过整个说来,我们坚决忠实于欧洲文化,我们完全是在理性和逻辑(或者说得更确切些:辩证法)的基础上树立一种为欧洲文化所发扬起来的科学精神。我们认为欧洲艺术中也有许多东西是人类最伟大的成就;正因为这些东西充满着思想,它们对我们是宝贵的,并且决定着人类艺术今后的道路——也许是一条更为光辉的道路。

更不待说,我们无论如何不会赞成《光明》的同志们和别尔嘉也夫(多么奇怪的联系!)的看法,似乎欧洲的全部纯理性主义文

---

① 所多玛,意为罪恶渊薮。据《旧约·创世记》第十章,所多玛是古巴勒斯坦一城市,由于其居民罪孽深重,为天火与地震所毁灭。

化都是错误的;①如果我们能设想现今的资本主义像锈一样侵蚀了全部文化,像凶恶的梅毒一样已经完全腐蚀了我们欧洲文化的整个"骨骼"(要是可以这么说的话),那我们可太痛心了。《光明》的同志们已发展到认为连西欧无产阶级也不可救药地市侩化了。绝无此事。西方无产阶级当然受过资产阶级的有害影响。最好的证据就是:第二国际的首领在他们中间依然拥有举足轻重的地位。但从根本上说,无产阶级仍不失为一个健全的阶级,它会刷新我们的同志们那样轻率地加以排斥的欧洲文化。在这文化中也有很多茁壮的、不断向前发展着的东西。

大战以及战后的情绪和状况,仿佛稍稍耽误了精密科学领域内人类天才的焕发,可是这个领域的人类思想毕竟没有一个月不曾作出新的成绩。我们照旧感到我们在这方面是站在理论和技术上的重大发现的边缘。当科学院举行庆祝会的期间,我们已明确地向科学伸出手来,②我们知道,即使某些资产阶级习气太重的科学家不肯接住这只手,科学本身仍然是我们的同盟者,我们又知道,欧美科学的优秀代表们都懂得这一点。艺术也是如此。我们在欧洲很少看到什么共产主义艺术家是可以称为无产阶级作家的,——这个称号的意思不仅是指他们的出身,还指他们的作品的精神,——然而我们在那里拥有一批为数可观的同路人。他们可以是自觉的或不自觉的。重要的是,我

---

① 卢那察尔斯基在一九二八年为《法朗士全集》所写序言《阿那托尔·法朗士》中也提到神秘主义者别尔嘉耶夫:法国反动分子认为"……必须承认几乎全部人类文明都是错误的,要彻底恢复中世纪的原则。我国那些不要文明、被已经打败旧世界的俄国吓破了胆的人,那些革命的仇敌如别尔嘉耶夫,正是堕落到了中世纪蒙昧主义的地步,这难道不是有代表性的事情吗!"见《卢那察尔斯基八卷集》第五卷,第五六九页。
② 一九二五年九月,苏联隆重举行科学院成立二百周年庆祝大会,卢那察尔斯基以教育人民委员的身份,在会上先后用俄语、德语、法语、意大利语、英语和拉丁语向与会的国内外著名科学家致开幕词,号召全世界科学家为科学的发展和昌明而共同奋斗,并着重说明科学可以为各种目标服务,要看它掌握在哪个阶级手里而定。这篇演说在当时国外报刊上引起过广泛的反响。

们在他们的作品中看到的许多因素,同我们自己对事物的观点极为相近。我们在其中看到的例证,可以作为我们认识当代生活的依据;我们又在其中看到,他们形成他们的爱憎时所遵循的准则,往往接近我们自己的感情的准则。这样的作家,我们要翻译和重视。每逢他们的作品里有正反两面的因素混杂在一起的时候,我们就予以批判和区分。纯而又纯的共产主义作品几乎是没有的。自然,资产阶级大大地败坏了创作界,一方面,文学(犹如整个艺术)也许从来没有这样空虚过,这是统治阶级的空虚在它身上的反映,另一方面,文学之故意歪曲真相,也从来没有这样厚颜无耻过。还有的作家更以散布各种庸俗的谎言为中心,竭力用法西斯的办法去组织一伙小资产阶级同盟者为大资本效劳。

但是不能说,这种收买已经蔓延到了西方的整个艺术界。也有不少作家在毅然决然抗议这一切乌七八糟的现象。他们也许没有找到一条通向共产主义的捷径。我们往往不得不为了他们的不彻底性和胆小怕事而指责他们,可是不能否认,跟资产阶级的走狗相比,这些作家应该受到我们截然不同的对待。

4

我们对阿那托尔·法朗士的态度便由此而来。首先,我们是把他当作一种社会现象来对待的。阿那托尔·法朗士开始他的活动时是一个讲求精致高雅、带着强烈的悲观主义倾向的怀疑论者,只因他热爱艺术,这个倾向才有所缓和。

以后,基于对受压迫者的怜恤和对"上流社会"的洞察隐微的蔑视,阿那托尔·法朗士心中滋长了对饶勒斯①型社会主义的深

---

① 让·饶勒斯(1859—1914),法国和国际社会主义运动中的著名活动家、改良主义者、和平主义者、历史家和政论家。

切同情。他按其本性绝不是一个社会活动家,但他丝毫不怕失去统治阶级的好感,可以说是投入了战斗,他撰写政论文章,发表长篇演说,这些演说固然没有超出饶勒斯主义的范围,却是革命的,并在许许多多方面同真正的革命真理相吻合。大战期间,他惊慌失措,退到了一边。有人派密探包围他,极力引他落入圈套,揭发他有国际主义言论和反军国主义思想。不管阿那托尔·法郎士多么小心翼翼,临末他可忍耐不住了。他的立场很接近罗曼·罗兰的立场,即是拥护统一的欧洲而反对沙文主义者,拥护"坏蛋们,结束战争!"的口号而反对"打到胜利结束"的口号。

不但如此,部分地由于有些法国共产党人接近了阿那托尔·法朗士,最主要的是受到俄国事件的影响,法朗士宣布自己是一个共产主义者,声称只有无产阶级革命胜利才能保证人类不致重开这样的大战。

在那个时候,他这种态度是非常大胆的,因此我们把他看作了我们的同志。当时他已经是一位年近七十的老人,公认的全世界最伟大的宗匠,早在生前他就被公认为法国文学中无可争辩的经典作家了。

资产阶级冒火、嘀咕,却不敢硬说阿那托尔·法朗士不算个大人物。

固然,一部分要怪共产党人的本身,他们使得第二国际型的社会主义者们有可能去包围阿那托尔·法朗士,一部分也怪他年事过高,难以明了我国建设的真相,到他生命的最后几天,法朗士又回到社会主义和平主义的怀里去了。不过这只是使作家死后的名声稍稍显得黯淡一点而已,因为,我再讲一遍,这与其说是他的过错,毋宁说是他的不幸。

在评价这个社会现象的时候,可以这样说:阿那托尔·法朗士是资产阶级视为己有的旧文化的一个最光辉的代表,他带着生动的表情往资产阶级脸上啐了一口,宣称文化正在资产阶级的肮脏的怀抱中毁灭,宣称这种文化(科学、艺术等等)本身只能由无产阶级革命来拯救,宣称任何真正的文化之友所以能够生活下去,而没有彻底陷入漆黑一团的悲观主义,只因为有实现社会主义制度的希望在前面熠熠闪耀。

这件事的本身难道不可贵吗?这样一个人走出资产阶级的污水坑,向我们伸出手来,我们却推着他的胸口说:"你不是完全跟我们在一起,你没有了解我们这里的一切,因此你还是回到资产阶级的泥坑里去吧。"——这难道做得对吗?这种行动太不讲灵活性,太不明智,只能说明我们的法国同志们怀有一种绝望情绪,那原是这批青年内心的基本情调。

5

我们有点牵强地把阿那托尔·法朗士分成文学内容的巨匠和文学形式的巨匠两个方面;先谈第一点。

阿那托尔·法朗士的长篇和中篇小说具有异常丰富的内容,充满着思想。人们甚至责备他,说他很少有出于自然、来自灵感的创作,说他的作品里充斥着对白和独白,以阐扬登场人物的各种信念,说其余一切仿佛只是为无穷无尽的辩论充当布景,辩论的进行时而在古代埃及,时而在中世纪的小酒馆里,时而在法国大革命期间,时而又在虚构人物当中,例如在上界的圣徒当中。我们当然不会把这些算作阿那托尔·法朗士的缺点,虽然我们完全无意说:所有的作家都应该像法朗士那样做。由于他那看透事理的敏锐的艺术眼光,阿那托尔·法朗士早在他对马克思主义略有认识以前,就已非常接近马克思主义了。他甚至忧郁地说过,他的眼睛有能力看到赤裸裸的真情实况,这往往使他感到悲伤。[①] 确实,他揭露资

[①] 见赛玖尔:《阿那托尔·法朗士谈话录》第十五页,一九二五年,列宁格勒艺术生活出版社。

产阶级制度,揭露教会,揭露国家,指出它们的不引人注意的内在推动力。这里当然不仅不便评述法郎士的作品,甚而也不便一一列举它们。①但我还是要说,难得有人像阿那托尔·法郎士在他的光辉的长篇小说《黛依丝》中一样,使基督教的全部神秘主义诗歌遭受过那么大的打击;讽刺文学难得像阿那托尔·法郎士的长篇小说《企鹅岛》一样,上升到了那种囊括万有的高度;从伏尔泰时代以来,难得有人像在《天使的叛变》里一样,能以那种翩然飞舞似的优雅姿态去触犯宗教。同样,我们能够否认阿那托尔·法朗士的长篇小说《诸神渴了》中所包含的大量辛酸的真理吗?他还有多少绝妙的中篇小说,使人能看一看文明人类的过去、现在和未来!连他的政论作品也充满着崇高而明智的思想,尽管我们当然要稍稍剔除其中的若干糟粕。阿那托尔·法朗士创造的许多人物成了活人。法国没有一个受过教育的人不知道贝日莱②是谁。短篇小说《克兰比尔》不但被译成世界各国文字,而且还成了法国和国外最迫切需要的书之一。忠诚、科学的老实态度、对一切虚假的憎恶、渊博的学识、辛辣的嘲讽、在描写未来时的奔放飞腾的思想以及许多其他的东西,我们都能在阿那托尔·法朗士的艺术作品的内容本身中看到。我们又看见有两个因素如何在他身上互相斗争:一个是科学的悲观主义,它把宇宙和人生看作一出注定要发生的喜剧,而这喜剧却必定以普遍的灭亡告终;另一个则是对社会主义抱着希望的乐观主义,它激动地微微拉开了那比较光明的、也许能取得胜利的未来的帷幕。

---

① 从一九二七年起,卢那察尔斯基为《法朗士全集》和全集中所收各长篇小说《企鹅岛》、《当代史话》、《黛依丝》、《白石上》、《戏剧史话》和《诸神渴了》、短篇小说集、《贞德传》以及《文学与生活》等分别写了序言。法朗士是他论述较多的外国作家之一。
② 《当代史话》中的人物。

6

把阿那托尔·法朗士当作一个讲求形式的艺术家的时候，必须说，他对法国人的意义格外重大。很少有人使法语达到这种不同寻常的文采。阿那托尔·法郎士的散文很值得称颂，它总是带有音乐性，同时又妙趣盎然。它以出人意外的转折和乖僻的议论叫您吃惊，而在它以光彩的外表几乎使您目眩眼花的同时，却能始终保持完美，并且充满着韵味和真正的优雅。在其他各国文学中，这样的结合恐怕简直是不可能的，至少我没有在任何地方见到过。经过翻译，阿那托尔·法朗士的神韵失去不少，但艺术形式上的巨大优点就在译文中也存留下来了。他喜欢让他所同情的主角发表长篇的、可以讲是律师式的演说，这些演说的极其精密的、同典雅糅合在一起的逻辑性，非常自然地同时又是紧紧地扣住了对话的主题，他善于让他的每个典型说出最能显示其特征、足以说明其整个性格的词句，他还善于把重大的思想内容同情节有机地结合起来，因而连典型的轻松文艺读者也会在不知不觉之间，吞下他们所吃不惯的一份食物即严肃的思想。

目前正在共青团队伍里成长的青年作家中间，大概没有什么人想要全面模仿阿那托尔·法朗士。我们跟他在许多问题上想法不同，在许多问题上做法不同，可是，如果这样的作家用心从头至尾读读阿那托尔·法朗士的著作全集，他当然绝不致白费时间。除了他在阅读中得到的莫大乐趣，除了有关现代法国（从那时以来法国很少变化）和好些其他时代的深刻知识之外，他一般地还会从他内心同这位愉快的、强大的、虽然有些地方并不正确的谈话对手的争论中获得某种独特的思想。最后，他又会在欣赏力方面获得很好的教益，不含贬义的野蛮时期和世代往往缺乏欣赏力，说是野蛮，是指它们充满着新鲜的活力，却不善于使所积累的全部丰富内容变成一种真正生动的文采,达到井然有序的完美境界。

有许多人说,青年当中对阿那托尔·法郎士的兴趣提高了。如果真是这样,我只能感到高兴。

我在法国共产党人和超现实主义者中间看到的那种对阿那托尔·法郎士的憎恨,是起因于他们内心贫困这个可悲的现象和他们的不可救药。我国青年对阿那托尔·法朗士的兴趣增长,则表明他们的雄厚宏博,他们掌握的天地比较广大,善于利用对我们有益的东西,无论它是哪里找来的。法国人企图从自己脚上掸掉旧文化的灰尘,而在我国,人们却牢记着伊里奇的遗教:不吸收旧文化,就不能建设我们自己的文化。

《爱与死的搏斗》*

罗曼·罗兰的新剧本

1

罗曼·罗兰的景仰者之一,为了庆祝他的六十寿辰,将他尊称为当代崇高的堂吉诃德。① 我觉得,用堂吉诃德的特点来形容这个同革命实际发生冲突的现代理想主义者,是确切的。

在祝贺罗曼·罗兰六十寿辰的人们中间,马·高尔基占着一席首要的地位;他还把他最近一部小说《阿尔达莫诺夫家的事业》题献给了罗曼·罗兰。

当我参加弗拉基米尔·伊里奇·列宁同马·高尔基之间的一次谈话的时候,现代堂吉诃德主义的观念在我头脑中特别鲜明地浮现了出来。高尔基抱怨在彼得格勒某些知识界人士家进行搜查和逮捕的事。

"就是那些人,"这位作家说,"曾经给我们全体——您的同志们,甚至还有您本人,弗拉基米尔·伊里奇,——帮过忙,让我们隐藏在他们家里,等等。"

弗拉基米尔·伊里奇冷笑一下,回答道:

"不错,他们是些可爱的好心人,但正因为这样,才必须搜查

---

* 本文初次发表于一九二六年《新世界》杂志第五期。译自《卢那察尔斯基八卷集》第四卷。

① 大概是指高尔基在《论罗曼·罗兰》一文中所讲的几句话:"有人说:罗·罗兰是堂吉诃德。在我看来,这是对一个人所能够说的最好的评语了。"高尔基的文章发表于一九二六年二月巴黎《欧罗巴》杂志第三八期庆祝罗兰六十寿辰特刊。

他们的家。正因为这样,有时候才不得不硬着头皮逮捕他们。他们不是可爱的好心人吗?他们不是一向同情被压迫者吗?他们不是一向反对迫害吗?而他们眼前看到了什么呢?迫害者——这是我们的切卡①,被压迫者——这是躲避切卡的立宪民主党人和社会革命党人。他们所理解的责任,显然正在驱使他们联合这帮人来反对我们。我们就必须把猖獗的反革命分子抓起来,使他们不致为害。其余的事就不言而喻了。"

于是弗拉基米尔·伊里奇毫无恶意地笑了。

在知识界,被许许多多人习惯地认为"优秀"的一部分人,感到自己可以——沿用罗曼·罗兰一个有代表性的书名——"超出混战"②。实际上,他们当然没有"超出混战",而只能对战斗者碍手

---

① "切卡",一九一七至一九二二年苏联肃反委员会的简称。
② 《超出混战》(一九一五年)是罗兰一本宣传反战思想的文集。卢那察尔斯基在所著《西欧文学史纲要》(一九二四年)中对这本书评论道:

"……大战期间,罗·罗兰从法国去瑞士,——因为在法国不能发表他的主张——开始反战斗争。他写了他的名著《超出混战》,致书全世界,说明他不是一个德国人,也不是一个法国人,而是一个人。他大声疾呼:你们在干什么!你们在送死,你们中了资本家的诡计,正在自相残杀;住手吧!他说得那么响亮而坚决,他的地位又那么优越,有一段时期,他曾经获得了反战斗争领袖的美名。

"……瑞士还有其他的反战斗争领袖:罗曼·罗兰住在克拉朗,而在另一边,在苏黎世,则住着伊里奇。不过伊里奇的反战斗争不同于罗兰。他认为必须用火药、大炮进行反战斗争,以我们的刺刀对抗资本家的刺刀,以我们的'军国主义'对抗他们的军国主义,以我们的暴力对抗他们的暴力。罗曼·罗兰却认为必须以信仰对抗刺刀,以高尚的气度对抗暴力,等等。因此在举行昆塔尔和齐美尔瓦尔得会议*的时候,罗曼·罗兰就开始口诛笔伐道:你们左派社会主义者也犯了同样的罪过。他把丑恶的护国战争同马克思认为的唯一神圣的战争、即被压迫者反对压迫者的战争,混淆起来了。罗兰说:这也是战争,那也是战争!他不了解,那场战争是为了可诅咒的目的,这场战争却是为了美好的目的。罗曼·罗兰从我们这边拉走了相当多的人力,使之走上这条勿抗恶主义的邪路。这是对和平事业的一次最大的背叛。"

* 一九一五和一九一六年,国际主义者分别在瑞士齐美尔瓦尔得和昆塔尔举行代表会议,反对帝国主义战争,谴责社会沙文主义和"保卫祖国"的口号。列宁参加了这两次会议,主张变帝国主义战争为国内战争。罗曼·罗兰受到邀请,可是没有出席。

碍脚。当着斗争、实际上是光明和黑暗之间的斗争正在进行的时候，"知识界的优秀分子"们叫喊道："兄弟们，讲和吧！"如果黑暗在战胜和追击光明的儿女，"优秀分子"们便建立各种各样的"红十字会"，尽其所能地帮助进步活动家，完全同情他们。但是如果发生相反的情形，光明的儿女对黑暗的儿女占了上风，如果当时的形势又明显地预示着敌人的力量会遭到歼灭，而不歼灭它就无法摆脱最黑暗的反动派的压迫，那么"超出混战"的人便开始责备光明的儿女："难道你们不是光明磊落的人，难道沾满鲜血的刀剑同你们的身份相称，难道你们那些神圣的进步理想是同恐怖手段这样可怕的东西联系在一起的吗？"如此等等。而且"优秀分子"不仅仅以这种批评为满足，他们还常常逐步加入"红十字会"，给已经获得胜利、可是还远远没有巩固的革命的敌人办理所谓的后勤，或者甚至打起为反对一切暴力而奋斗的旗号，加入抗拒革命的正面斗争……

我们都记得柯罗连科对取得胜利的革命所采取的立场。不久以前还发生过这么一件咄咄怪事——

莫斯科有一所柯罗连科学校。这所学校出了麻烦。在调查时，教育人民委员部的代表质问该校女领导人：

"您做了些什么来促进儿童的共产主义教育，使他们对斗争中的劳动人民充满热爱和同情，对帝国主义时代的资本主义及其他反动势力充满愤怒和仇恨？"

这个苏联学校——柯罗连科学校的女领导人竟然回答说：

"我们是柯罗连科派，我们不仇恨任何人，也不教导任何人去仇恨。"

我们还知道，我国的托尔斯泰主义者在这方面多半采取了什么立场。

罗曼·罗兰也站在这种立场上，这个人被公正地看做现代欧洲最深刻、最有才华的作家之一，就某一点来说，他又是托尔斯泰死后的和平主义教皇。

《欧罗巴》杂志——一个进步的、但同时又是和平主义的杂志,——为着罗曼·罗兰的六十寿辰,出了一整本庆祝特辑。由于我同罗曼·罗兰私交很好,多次著文评介过他,在我国,在俄文报刊上,我恐怕是最早总把罗曼·罗兰当作一颗一等星来谈论的人之一(这是很久以前、约莫二十五年以前的事了)①,——所以《欧罗巴》编辑部也请我写了一篇为罗曼·罗兰祝寿的文章〔……〕

顺便说说,在我这篇谈罗曼·罗兰的短文中,我写过下面一段话:

"我们中间流行一种看法,认为罗曼·罗兰几乎是我们的敌人。罗曼·罗兰的和平主义宣传,尽管有其合乎人道的崇高精神,却是企图使某些同情我们的人士或者可能同情我们的人士离开我们的。我们觉得他的高贵感情像是一层烟雾,对人们遮掩着真正的现实的残酷外貌。罗曼·罗兰的宣传极力用婉言劝说、用范例的影响等等暗中替换尖锐的斗争形式,这根本上使他成了第二国际的同盟者,第二国际的主要任务,便是在无产阶级群众中传播长期忍耐的德行。"

这类人物不仅一般地说都十分崇高,而且正如我在有关柯罗连科的几篇短论②里指出的那样,到了轰轰烈烈的斗争成为过去,当我们化干戈为玉帛、着手建立真正洋溢着兄弟情谊的生活的年代,他们实际上是很可贵的;这种人物由于不合时宜地提出未加批判的兄弟之爱,其实已经成了自己的理想的敌人,因为他们否定、毁掉、破坏了那条其实是通向胜利、通向世界和平的唯一道路。这个典型引起我很大的兴趣,我曾在我的剧本《解放了的堂吉诃德》

---

① 从现有资料中查考,卢那察尔斯基在俄文报刊上发表的论罗兰的文章,最早的为《当代法国戏剧》和《罗曼·罗兰》两篇(一九一二年)。
② 指《符拉季米尔·加拉克季昂诺维奇·柯罗连科》(一九一八年)、《符·加·柯罗连科》(一九二一年)、《正人君子》(一九二四年)等。

中专门描写了他们。① 我认为可以在这里提提它,甚至可以在某种程度上促使那些原先被它忽视了的读者去注意注意它,因为最近它在欧洲也颇有影响。目前它已在柏林一家大剧院上演四十多场,经常满座。②

说来有趣,在同一本《欧罗巴》罗曼·罗兰专号上,赫尔卓格同志③甚至把罗曼·罗兰同我的堂吉诃德作了一番对比,并且指出,假定我的堂吉诃德不是有点傻气和怪诞,那么我也许能够更有力地打击敌人。不过,赫尔卓格在他的文章中与其说是关心如何给这个宣扬和平主义的敌人以沉痛的打击,不如说是关心这件事:这样一来,剧本就会具有更大的"社会心理意义"。

我要斗胆地说,我不同意这一点。首先,我的堂吉诃德不仅仅有点傻气,也不仅仅是个怪人;我的堂吉诃德是有才气的艺术家和幻想家,一个心地温厚高尚的人,就他本身而言是善于深思的人。另一方面,有人恰恰责备我"把这个敌人写得太温和、太引人好感。"值得注意的是,在柯尔希剧院排演这个剧本期间,饰堂吉诃德的演员列昂契耶夫④对我说,他对这一角色怀着很大的好感,他说请我不要见怪,他认为堂吉诃德是正面典型。当"Volksbühne"⑤着手上演我的剧本的时候,才赋优异的共产党员

---

① 《解放了的堂吉诃德》显然含有批评高尔基之意,但高尔基对这个剧本却甚为赞赏,他在一九二〇年七月二日致作者说:"我很喜欢《堂吉诃德》,可惜它没有写完。但是从现有的部分可以清清楚楚地感觉到,这是一部很严肃的著作的开端。而且写得优美。"
② 一九二五年十一月到次年二月,《解放了的堂吉诃德》在当时德国最大和最进步的剧院之一——人民剧场公演,轰动一时,成为德国文化和政治生活中一件大事。
③ 威廉·赫尔卓格(1884—1960),德国共产党员、作家、政论家、翻译家,写过剧本《巴拿马》等。
④ 彼·伊·列昂契耶夫(1883—1951),莫斯科柯尔希剧院演员。
⑤ 德语:(柏林)人民剧场。

导演、为了演出而对它进行加工的皮斯卡托尔同志①跟德国最大的演员之一、应邀扮演堂吉诃德一角的凯斯列尔②之间,起了冲突。皮斯卡托尔想尽可能多多赋予堂吉诃德以具体的特点。凯斯列尔却想用庄重严肃的声调表演他,也果然这样表演了。

赫尔卓格可以由此断定,我完全没有为了论战而把我的堂吉诃德写得很浅薄。但是如果朝着这个方向走得更远些,使堂吉诃德失去了某种憨厚、软弱、朴素、知识分子常有的脱离实际、某些高贵的乖僻行为等特色,——那就要离开我们所谈论的这一典型的现实特点了。

我几乎确信罗曼·罗兰并不知道我的剧本,否则他最近的戏剧《爱与死的搏斗》③便可以说是所谓"拣起我的手套"④、以打击来狠狠地回答打击了。我再说一遍:罗曼·罗兰当然不知道我的堂吉诃德;不过这对问题毫无影响。我知道罗兰主义是怎么回事,罗曼·罗兰也知道革命是怎么回事,并且早已为它感到痛苦。他尊敬革命,但又仇恨它。他尊敬它,因为它是一条导致在人世间大大伸张正义的、自我牺牲的道路。他仇恨它,因为这条道路就是斗争、政权和恐怖手段。

如果说罗曼·罗兰对法国大革命已经不胜烦恼,在比较年轻的时候便专门为它写过《群狼》和《丹东》这样的道德名剧⑤,那么,在俄国革命烛照之下,这个问题更是使他痛心疾首了。因为在巴比塞同罗曼·罗兰的著名论战⑥里,巴比塞准确地指出暴力在

---

① 艾尔文·皮斯卡托尔(1893—1966),德国导演。
② 弗里德里希·凯斯列尔(1874—1945),德国演员,剧作家,戏剧活动家。
③ 《爱与死的搏斗》(一九二四年)比《解放了的堂吉诃德》(一九二二年)晚出版两年左右。
④ 中世纪决斗的规矩,向人丢出一只手套是表示挑战,谁捡起这只手套就是接受挑战。
⑤ 《群狼》和《丹东》分别作于一八八和一八九九年。当时罗兰三十二三岁。
⑥ 这场论战是一九二一至一九二二年间的事。

医治人类的过程中必须占有一席地位,罗曼·罗兰则凭着剪裁得很巧妙的、穿插着虚张声势的讽刺的诡辩,可是嘴唇明明在哆嗦,眼光流露出不安的神情,用托尔斯泰的方式反驳了他,——这场论战对于罗曼·罗兰毫无疑问是一段相当沉重的经历。

在新作《爱与死的搏斗》的序言里,罗曼·罗兰谈到他想用来阐明革命问题的一整套书。他还打算写剧本《罗伯斯庇尔》①,而且我们知道,他已经完成了一个很有意思的、描述革命前的事件的剧本《百花盛开的复活节》。我们又从这篇序言里得知,除了与本剧②有关的、使罗曼·罗兰感到兴趣的个人特点(渴望见一见心爱的女性,即使以生命为代价,等等)之外,中心思想的基本体现者则是顾尔瓦希耶,据说从他的姓氏中应该听得出孔多塞③和拉瓦希耶④——革命恐怖手段下的两个牺牲者——的伟大名字的回音。

是的,罗曼·罗兰当然不是那种浅薄的、希望讨得观众喜欢的、有时或许也颇具匠心的剧作家。对于罗曼·罗兰,剧院首先是传布有力的说教的场所,说教愈是同观众的纯艺术的震荡有着本质上的联系,就愈是有力。宣传性的戏剧如果太偏重理智,几乎任何时候都不能对观众起作用,无论如何,其作用绝不会大于,倒毋宁说是小于,也许是同一个作者的一篇普通演说或好论文。然而,假定诗人的创造性的、下意识的"我"从他那富于力量和说服力的、鲜明的生活幻境的深处走上来,同剧本应该为之服务的中心思想发生了有机联系,那么我们便会得到一部好的悲剧、正剧或喜

---

① 《罗伯斯庇尔》到一九三九年才完成,当时卢那察尔斯基已去世多年。
② 指《爱与死的搏斗》。
③ 让·孔多塞按政治观点来说属吉伦特党,一七九四年因反对雅各宾党人被捕,在狱中服毒自尽。
④ 安·洛·拉瓦希耶(1743—1794),一译拉瓦锡。法国大化学家。曾长期担任总包税人,一七九四年与其他包税人一起受到革命法庭审讯,被处死刑。

剧。一切真正伟大的或者只是重要的戏剧作品，全都属于这个类型。我们当然也看到一些在艺术上被创作者倾注了深厚的感情、却没有以任何思想为归宿的剧本。不过这样的作品给人的印象总是模糊的，因为缺乏道德因素的戏剧实际上已不成其为戏剧，不论其中的人物冲突多么猛烈。也许只有莎士比亚的磅礴的天才，才使他有可能制作出毫无明确道德倾向的伟大诗剧，但这是由于莎士比亚经常有一个基本倾向——即认为生活又美好又可怕——的缘故。在莎士比亚的纯艺术天才的威力之下，单单说这种由生活的高度多样性所造成的震荡（既然每一朵生活香花下面都隐藏着可怕的东西），就已经是一个完整的世界观了。莎士比亚在写作他的无倾向性的戏剧时，决不能成为生活的导师，但是他大力促进了他所面向的观众的意识之扩大和深化，因为他在所谓深刻严肃的生活之爱上面造成了一幅背景，而缺少这份爱便没有真正的生命力。所以不管过去或现在，我们总是欢迎莎士比亚的戏剧，认为它对于正在着手文化建设、应该利用资产阶级和资产阶级知识分子一直保存在他们私人武库中的许多东西来装备自己的那些阶级与世代，是很重要的。然而莎士比亚的某些最富于天才的剧本，无疑也具有十分明确的道德思想——有时甚至是政治思想。此刻当然不是透彻研究它们并指出其中何者还有生命、何者已经僵死的时候。这是最引人兴趣的题目之一，我在我那分两卷出版的、曾在斯维尔德洛夫大学宣读过的西方文学讲义①中，只是把它稍稍勾勒了一下，我总有一天要回到它上面来的；现在我必须回到今天的题目上，继续谈罗曼·罗兰的著名的新作。

罗曼·罗兰不是天才剧作家，虽说他当然具备着那种能使一个人成为艺术家的、下意识的创造因素。罗曼·罗兰凭着他的纯艺术创作，凌驾在大多数作家之上；只有少数高峰超过了他，唯独

---

① 即《西欧文学史纲要》。

这些高峰才算伟大的艺术家。罗曼·罗兰不是伟大的艺术家,而是一个大艺术家。

我也不敢说罗曼·罗兰是伟大的思想家,不过在小说家中间,他是最好深思的人之一;他是一位大思想家、很大的思想家。大艺术家与很大的思想家合而为一,当然会形成一个非常富于表达力、非常重要的人物。有的人较之罗曼·罗兰思想更正确和博大,但作为艺术家看,却比他苍白;还有的人在艺术上更丰满得多,可是思想上也晦暗得多。罗曼·罗兰的两项优点——他那不容置疑的真正艺术性(虽然稍稍受到局限)和鲜明清晰的思想的力量,——都在他最近这部作品里得到辉煌的表现。

我还要预先说明一点。读者也许会问:艺术性与思想合而为一,岂不就是限制了艺术性吗?智能强大的艺术家在其天赋的自由想象力方面,不就必然要差一些吗?

我坚决认为这是不对的。固然,我们恐怕还没有见到一个伟大艺术家同时又是伟大哲学家或社会学家这样的事例,但很多真正伟大的艺术家同时又是十分卓越的思想家,而这卓越的理智不仅没有妨碍他们的艺术性,反倒大大提高了它。我已经谈过莎士比亚的无倾向性的剧本,我们觉得,在那些剧本里,他不但是一位幻想的魔术师,也是光辉的智者。此外,还可以加上其他许多人。我们的普希金、陀思妥耶夫斯基、托尔斯泰、谢德林也拥有极其强大的理智;在世界文学中,则有埃斯库罗斯、欧里庇得斯①、但丁、海涅、歌德、席勒、易卜生以及其他许许多多人。他们的理智和想象完全是有机地联结在一起的。不过也有另外一种艺术家,他们所以能够比较容易地说出心中酝酿的思想,确实是由于想象的过分猛烈的飞腾并没有妨碍他们,并没有遮盖了他们那最崇高意义上的倾向的花彩的缘故。例如莱辛就是如此。为了不再多举例

---

① 欧里庇得斯(约公元前480—前406),古希腊悲剧家。

证,我只想说:格列勃·乌斯宾斯基拥有巨大的艺术才能,可是他用禁欲主义的方式剪削了它,把它的羽翼束缚起来,使这份才情不致妨碍他那病态的、追根究底的,简直是愿意为之献身的思想的全部激烈性。

我可以同意,在罗曼·罗兰一切创作上都留下烙印的他的大智也许会更加光辉灿烂,假若它照耀世界时所透过的幻想的帷幕不是那么独特、浓艳、毫无法度,如同被想象支配着的创作者常有的情形一样的话。

2

戏剧《爱与死的搏斗》把我们带到了大革命时代。从戏剧创作的观点看,它写得很巧妙。我甚至不知道,这里所显示的艺术是否太多一点,这可能给实际演出造成困难。

问题在于,这出可能占去整个晚上的大戏是一个发生在同一地点的连续性的故事,换句话说,事实上没有空当和闲隙来落下幕布。要一气听完全剧,在观众相当困难。截断它,又太不自然。故事的进程本身不容许在任何地方停顿下来,哪怕只停几分钟。全是一个紧接着一个的。

故事发生在顾尔瓦希耶的寓所。正如后来弄清的那样,顾尔瓦希耶是伟大的科学家、百科全书派,由于热烈同情革命,他加入了山岳党①。可是随着山岳党的政策愈来愈带有明显的恐怖性,顾尔瓦希耶开始尝到内心分裂的痛苦了。

对于包括顾尔瓦希耶许多伟大的朋友在内的吉伦特党②的镇

---

① 山岳党,法国大革命时代的革命民主派,在革命后期,实际上已成为雅各宾党的同义语。
② 吉伦特党,代表大资产阶级利益的政治集团。雅各宾专政时期(一七九三年六月到次年七月),吉伦特党曾在外省组织武装叛乱,受到革命政府的镇压。

压、死刑、亡命者遭受的痛苦,使顾尔瓦希耶惊心动魄。同时他又感到自己太软弱,以致不敢向"暴君"们说出他对他们的想法,同他们作正面斗争。他忍耐,敷衍,为此而诅咒自己。在剧本开头处,他就处在这种状态。故事开始时他不在场。

巴姚老头来看顾尔瓦希耶的美丽的妻子——年轻的、总是严肃镇静的索菲,她比丈夫小二十到二十五岁。第一场戏透露了社会上存在的情绪。人人忙于生活和享乐,因为死神正在大家头顶上飞翔:战争吞噬人们,断头台吞噬人们。来了一份报纸,登载着一群著名的吉伦特党人惨死的消息,他们冻倒在法国某地的路上,被狼吃掉了。在那批尸首中间,有一个年轻、能干、言词尖刻的演说家,吉伦特党人法莱,他的容貌已经被毁坏得无法识辨,根据他口袋里的文件才查明是他。这条消息正刺中了索菲的心。可是她以非凡的镇静态度,将她的震惊掩盖了一些时候。等到她同一位景仰她的青年妇女单独留下,索菲才承认她热烈爱过年轻的法莱,他也疯狂地爱上了她,但是妇德和责任感束缚着她的热情,尽管索菲对这些僵死的概念的力量可以断然表示怀疑。出于对丈夫的忠心,她鄙视这唯一可能的幸福,现在,随着法莱的痛苦的死亡,幸福也永远消逝了。

突然之间,房门打开,走进一个身穿破旧的雅各宾党人服装的青年。这是法莱,他死里逃生,来到巴黎的恐怖的深渊,想看一看他的情人,哪怕要以死亡作代价。接着就是法莱和那少妇的一场热不外露的、柔情款款的戏。原先聚在屋里的朋友纷纷溜走,不是因为不愿妨碍这一对相爱的人会见,而是因为被判死罪的叛徒法莱的露面使他们心惊胆战,他们唯恐卷入这个危险事件。法莱用果断动人的词句叙说他在法国各地流浪和来巴黎途中的情形;与巴黎有关的爱情的回忆向他发出亮光,他说他希望见她一面,然后一死了事。可是,当索菲经过片刻踌躇,承认她很爱他的时候,法莱便开始热烈地争取她同他一起逃走。他有一个明确的计划,虽然难于实现,要冒很大的风险,却能给他在各方面带来自由。

正当索菲差不多完全下定决心的时候,她听见丈夫的脚步声临近了。她藏起法莱,免得自己一下子陷入过分难堪的境地;以后再准备下一步。但是顾尔瓦希耶出现在她面前时,神情十分出人意外:他心灰意懒,几乎是满腔悲郁。他向来不喝酒,现在却伸手去拿酒瓶,打算好歹麻醉一下自己,或者使沮丧的精神有所寄托。他对他的朋友兼妻子鲜明而激昂地叙述了刚才在国民公会①开会的情况。在这次会议上,公安委员会要求逮捕丹东②及其朋友。顾尔瓦希耶的叙述很富于艺术性,可是同泰纳对国民公会的描写如出一辙,③我觉得其中含有某种伪造历史的成分。无论如何,从顾尔瓦希耶的话里可以得出结论:一小撮人用恐怖手段吓唬所有的狂热分子,在拯救革命的借口下,为了自己的虚荣心和宗派主义,使人们接连不断地遭受流血牺牲,国民公会的衮衮诸公已变成一群颤颤索索的牲畜,他们纵容这一切,只要被圣鞠斯特④或罗伯斯庇尔严厉地看一眼,他们便连忙收起各种抗议或愤慨的表示,即使是无意中流露的。国民公会用记名投票的方式,一致对那最伟大的革命活动家之一⑤判决死刑;轮到顾尔瓦希耶的时候,他一言不发,站起来,走出国民公会。他放弃表决权,他没有勇气正面抗议,然而良心不容许他参与犯罪。单是这个弃权的事实,且不说他

---

① 国民公会是雅各宾专政期间法国最高权力机关,其主要执行机构为公安委员会。
② 乔·热·丹东(1759—1794),山岳党领袖之一,随着革命的深入发展和阶级矛盾的转化,逐渐蜕化变质,公开反对革命政权,力主对反革命分子宽容,终于被逮捕处死。
③ 泰纳晚年所著《现代法国的起源》歪曲史实,割裂文献,对雅各宾专政更是做了极其恶毒的攻击,书中充满着恐怖的描写。
④ 路·安·圣鞠斯特(1767—1794),杰出的革命家,雅各宾专政时期任公安委员会委员,为罗伯斯庇尔最亲密的战友和助手。一七九四年七月反革命政变中与罗伯斯庇尔一同被捕牺牲,当时才二十七岁。
⑤ 指丹东。

从前所表现的许许多多动摇和怀疑的特点,就足够引起独裁者们对他的猜疑、愤怒,也许还有惩罚了。正因此,杰洛穆·顾尔瓦希耶回家时心情才那么恶劣。

索菲安慰他。她对他谈到伟大的真理,为了它,他们才开始革命,为了它,他们才赞扬革命,替革命服务,她认为,真理将越过这些暂时的曲解和困难,大放光明。她的崇高、合理而平静的话语提高了杰洛穆的情绪,于是索菲决心告诉他,法莱正在他们家里。杰洛穆为法莱脱险满心欢喜。法莱对待他却截然不同。两个男子单独留下以后,作了一次严肃沉闷的谈话。法莱内心愤恨杰洛穆,因为后者妨碍他去亲近他所热爱的女性,他强调说他鄙视杰洛穆的动摇,最后又表示,无论他多么憎恨可怕的罗伯斯庇尔,但他更憎恨那些不赞成罗伯斯庇尔的意见、却又勉强跟在他后面走、事实上是用自己的怯懦来支持血腥的恐怖政权的人。

一时之间,你会觉得,用一颗炽烈的心盲目忠于自己的政治热情和生活热情的叛徒法莱,似乎高于那个软弱的、口不对心的科学家。但这一切只是给戏剧的下一段进程作准备,到下一段,罗曼·罗兰就完全借用顾尔瓦希耶的嘴发言了。

这时索菲重新出场。杰洛穆从几次顾盼、从几句话里明白了既成的局势,他看出法莱在精神上夺取了他的妻子。这使他震动。顾尔瓦希耶生平一切最美好的东西都同他妻子的爱联系在一起,失去爱,他生活的意义便失去一半;另一半又被令人苦恼的政局破坏无余了。况且让法莱留在家里很可能造成极大的危险。第一,全家的朋友巴姚老头竟然利用他的余年,侦查顾尔瓦希耶家发生的事情,密报最高当局。很难设想他不把法莱来到的事立刻报上去。第二,顾尔瓦希耶在国民公会的行径也能成为搜查的借口。果然,街头出现了巡逻队。警察委员率领一批人,挨家挨户搜查。杰洛穆吩咐索菲将法莱推进他卧房里的一间密室,他在那里保藏着一些书籍和文件。杰洛穆解释说,假定这是对整个街区的通常的查询,法莱就不会被发现,假定革命警察已经知道法莱在他们家,那么,藏之密室这一天真的计谋当然既救不了他,也救不了那些在这个危急时刻殷勤接待他的人。索菲和法莱无心注意这一切,只是互相期许无论如何要保全自己的生命,无论如何要一块儿活下去。杰洛穆掩盖着断肠的悲痛,保持镇静,竭力搭救这两个青年。为了防备万一,他分给每人一服(也给自己留了一服)可以立刻致命的毒药,那是他从他的朋友、伟大的医生卡巴尼斯①那里弄来的。杰洛穆独自留下以后,决定不管好歹,一死了事。他的私生活已经破灭。必须根据良心的感召行事,必须正面、公开地反对歪曲革命思想。他拿出他为了揭露罗伯斯庇尔的错误思想而写成的一份手稿,一篇猛烈抨击革命政权的文章,把它摆在桌子上显眼的地方。警察来了,为首的是委员克辣巴,顾尔瓦希耶曾经揭发过他的欺诈行为。这是革命侦探机关的假仁假义的小角色之一,一个爱报复的、粗暴讨厌的人物。

革命侦探人员照例被写成这副模样,罗曼·罗兰丝毫没有超出这个窠臼。

克辣巴对索菲的态度使人气愤,他命令女密探搜查她身上,并且使用了不堪入耳的语言,然而暂时一无所获。顾尔瓦希耶为了引他去注意那诽谤性的文件,故意做出要把它抓过来收藏的样子。克辣巴像鸢子似的朝文件扑去,一看到标题叫《奴隶的共和国》,果然大为得意。现在顾尔瓦希耶是死定了,克辣巴都准备逮捕他了。但正在这个时刻,卡尔诺②忽然出场。这是伟大的卡尔诺,这是革命胜利的组织者,这是最文静和最不容置疑的一个革命天才;他善于同罗伯斯庇尔以及圣鞠斯特和睦相处,而同时,又善于使他

---

① 彼·让·乔·卡巴尼斯(1757—1808),法国生理学家,接近吉伦特党,曾参加一七九九年政变,协助拿破仑一世建立政权。
② 拉·尼·卡尔诺(1753—1823),法国政治和军事活动家,数学家,大革命时任公安委员,在组织革命军方面起过重大作用,被誉为"胜利的组织者"。

们对他那组织家的威力感到极大的敬意,公安委员会其余的成员知道,没有他,他们就会毁灭。

罗曼·罗兰是这样描写拉萨尔·卡尔诺的:他穿着公安委员会委员的服装,高个子,浅蓝眼睛,宽大的前额,浓密的睫毛。他尖酸刻薄,讽刺时目中无人。这是一种发出冷笑的健全的理智。看得出来,描写中没有同情;不过必须给罗曼·罗兰讲句公道话,在这个就许多方面说都是真正的反革命的剧本里,他作为艺术家,避免了进一步给他的思想对手们抹黑。他明白在艺术上不能这么做,于是他好好地武装了他的卡尔诺。虽然全剧的谋篇布局,正是为了让顾尔瓦希耶在伟大思想搏斗中以他那高尚道德去战胜革命的优秀人物卡尔诺,而实际上,对我们来说,胜利者仍然是卡尔诺。

卡尔诺用相当鄙薄的态度撵走克辣巴,随后同杰洛穆单独留下,彼此作了一次长谈,我认为必须在这里引用全文。

第九场

卡尔诺　他拿走了什么?

杰洛穆　我的诉状。

卡尔诺　是你告人的诉状,还是被人控告的诉状?

杰洛穆　两样都是。我在这个文件里控告滥用宪法和那些利用宪法的专制魔王。

卡尔诺　你这叫拿石头打天。掉下来,砸你自己。

杰洛穆　我知道。真理杀人。

卡尔诺　顾尔瓦希耶,时候不多了。来的时候,我就知道了。可是,事情的发展比我预料的还要快。我想不到在这里看见密探。

杰洛穆　那么,他们不是公安委员会派来的?

卡尔诺　公安委员会用不着密探。有你的朋友就够了。

杰洛穆　戴尼·巴姚告发了吗?

卡尔诺　是的。

杰洛穆　那么,我没有什么可以告诉你的了。

卡尔诺　你家里藏着一条吉伦特党的狗。

杰洛穆　你不会指望我交出他来吧?

卡尔诺　我不指望。叫他出去!让他到别处找死去!我来不是为了同你谈他。不管他在什么地方,不管他要去什么地方,在如今,这狗东西的皮值不了几个钱。我来是为了同你谈你。

杰洛穆　你要谈什么?

卡尔诺　顾尔瓦希耶,你知道,你自己的做法让人疑心你。也不是今天才这样的。几个月以来,你的摇摆不定的态度、你对委员会议案的无言的反对、甚至于你的弃权,都使得你被认为是敌人了。你那些掩藏的心思,大家是不难猜测出来的。你之所以平安无事,一则由于你过去的功劳,一则由于浦利俄、让·彭和我愿意为国防救下像你这样的一个脑袋。可是今天,你也太难了。你在大会发表的荒谬言论、你急急忙忙地离开会场,引起委员会的极大反感,引起了一场激烈的争论。我们无法控制局势了。不作声的抗拒比作声的抗拒还要恶毒,多数人主张摧毁你这种抗拒。委员会让你自己选择一下:或者是,你明白表示赞成新的法令,就是说,反对被剥夺人权的罪犯;——或者是,你也跟他们一样被剥夺人权。我来就为的告诉你:你今天晚上去一趟雅各宾俱乐部,登上讲坛,宣布你赞成这些法令。这就是保障你的安全的条件。

杰洛穆　(平静地)我不接受这种条件。我承认:一年以来,我的行为太招人疑心。就是今天,我还显出了一种我不该有的心慌意乱。可是后来出现了一些新情况,使我恢复了明晰的视力和宁静的精神。说明这些新情况是不必要的。我高兴我终于负起了我的责任。

卡尔诺　什么责任？

杰洛穆　我要谴责剥夺人权的法令和血腥的专政。

卡尔诺　你绝不能这样做。你没有那种权利而且,也没有那种力量。

杰洛穆　我有我的良心的权利和为良心而牺牲自己的力量。

卡尔诺　你疯啦,你就不看看,在这时候动摇委员会,就不可能不破坏我们的事业:共和国！

杰洛穆　我们的事业是要建立自由人的权利。

卡尔诺　要使人自由,必须首先保护他不受别人奴役。没有国家的力量,个人的权利也算不了什么。

杰洛穆　被国家的力量牺牲掉,自然就算不了什么了。

卡尔诺　现在不算什么,将来会算的。我们要为未来牺牲现在！

杰洛穆　为未来牺牲真理、仁爱、人类的一切道德和自尊心,等于牺牲未来。正义不在坏土上生长。

卡尔诺　我们坦白地谈一下吧,顾尔瓦希耶！我们全是科学家。我们两个人全晓得自然法则是无情的。它决不关心感伤主义。为了完成它的各项目的,它把人类的种种道德都踏在脚底下。道德就是目的。我要的就是这个目的。不管代价多么大,我也出。代价不由我定。我只是接受。我和你一样厌恶、也许比你还要厌恶那些狡猾和残暴的人。比你还进一步,我得同他们肩并肩地生活。我厌恶他们天天叫我签署的暴力行动。但是,我并不以为我应该拒绝签字,放弃行动,只因为行动弄脏了我的手。我考虑的是已经开始的战斗的目标。为了人类的进步,做坏事是很值得的,——如果需要的话,就是犯罪也很值得。

杰洛穆　我明白你的意思,卡尔诺。我决不谴责你缺乏怜悯。你说得对,科学与怜悯无关。我跟你一样不信任感伤主义。不过,我也不信任观念论。而且,年纪比你大,我也失去了你那种对人类进步的信心。我是科学家,不会毫无保留,就相信我们那些假设中间的一个假设的(因为也只是假设而已)。即使假设对人的天才和他的火热的希望富有诱惑力,我也决不让它成为祭坛上的一尊神祇,拿牲祭的血腥气息来养活自己。对于我,神圣的只有生命、现时的生命。

卡尔诺　于是你就献出了你的生命?

杰洛穆　我拒绝为我的生命,献出别人的生命。

卡尔诺　不管怎么样,他们的生命是丢定了。

杰洛穆　只要我的生命以一个自由的灵魂的榜样,来对抗一个懦夫和暴君的卑鄙的时代,它就决丢不了。

卡尔诺　我管不着你的灵魂!可是我重视你的生命。我需要你的脑子。顾尔瓦希耶,我们需要你的劳动、你的天才。祖国需要它们。动员名额里面有你。你没有逃避的权利。你在剥夺国家应有的果实。

杰洛穆　中止已经开始了的工作,我觉得遗憾。人间的爱,只有对真理的爱不变心。对真理的耐心的、热诚的探求是唯一持久的幸福。不过,在最近这些年里,我们已然学会了必须随时准备好放弃一切属于我们自己的东西:财富、荣誉、幸福、爱情、工作和生命。我已经准备好了。

卡尔诺　利己主义者!你拿自己送礼,想到的还只是你自己!……我呀,为我自己,我是准备好了的。然而为你,我却没有准备好。我下不了这个狠心。顾尔瓦希耶!……看在联系着我们俩的多年互相敬重和共同从事的工作的面上!……接受我给你带来的安全的条件吧!

杰洛穆　我不能接受。

　　　〔他走开了。

卡尔诺　（耸肩）定理！死脑筋！……

　　　〔他等了等,然后向杰洛穆走了几步,取出文件给他:好啦,拿去！

杰洛穆　（接过文件,打开）什么东西？

卡尔诺　我早就料到了！我晓得数学家的执拗……好啦,放到你的口袋里！……这是两张假名假姓的护照,给你和你太太用的。不过,一天也不能耽搁了！离开巴黎,今天晚上！如果可能的话,立刻动身！从巴黎到第戎,从第戎到圣·克楼德,公共马车的座位已经给你们定好了。永别了,别叫人再看见你们啊！

杰洛穆　（感动）卡尔诺！……（握住他的手）……可是逃,有什么用？我们马上会被逮回来的……谁躲得掉委员会的鹰犬和罗伯斯庇尔的憎恨呢？

卡尔洛　他全晓得。

杰洛穆　谁？他？

卡尔诺　是的。就是那个"不可腐蚀的人"①。是我提的议。他尽管装作不知情,我可是在他的默许之下来的。你的死让我们为难,顾尔瓦希耶。共和国扛着你的尸首,没有什么可高兴的。你的尸首太重了。帮帮我们的忙,把它带走吧！委员会闭着眼睛不看。你可别逼着我们再睁开眼睛！别让人逮住你！那就不会原谅你了。②

后来的事态发展是这样:顾尔瓦希耶劝法莱和索菲带着这两

---

① 罗伯斯庇尔刚正清廉,被称为"不可腐蚀的人"或"廉洁的人"。
② 引文系李健吾同志据《爱与死的搏斗》原著译出。一九三九年法国大革命一百五十周年纪念时,罗兰曾将本剧第九场略加增补。在《罗伯斯庇尔》中,他对后期雅各宾专政已经有了新的看法。

张护照逃走。他叫他们相信,他没有任何危险,一切都已顺利地应付过去。索菲动了心,但是时间不长。她的良心提示她,她应该选择杰洛穆和他可能遭到的不幸。她清楚地懂得,他想牺牲自己。作为他的忠实的终身伴侣,她想同他死在一起。法莱心里却产生了强烈的生的渴望。索菲用坚决的手势把她的护照扔进火里以后,法莱利用杰洛穆的护照逃走了。

戏剧结尾是表现两个自我牺牲的理想主义者如何深深相爱和融洽的动人场面。戏写得非常圆熟,在法国以外有五十七家剧院立刻着手上演这个剧本,它们的观众一定会受到感动。

剧本的用意十分明显。历史缔造着人类的命运;人道主义则认为人生中每时每刻都是神圣的,并且死死抱住这一点不放。罗曼·罗兰把这两者对立起来,从而破坏了历史的意义本身。同时问题却提得很巧妙。作为一件武器看,这篇戏剧创作的一大优点就在于:剧作者能够把他的论题置于在艺术上博得观众好感这一最有利的条件之下。

确实,所写的革命历史缔造者们是处在四面受包围、被迫加强必要的恐怖的时刻。我们本来也一度经历过恐怖时期〔……〕

我们知道,当时也有人说过共产党人是专制魔王、血腥的暴君、狂热分子和虚荣迷等等骇人听闻的话,正如现在罗曼·罗兰指责雅各宾党人一样。但雅各宾党人的不幸,在于他们没有取得胜利,尽管拥护他们的贫民作过极大的努力,尽管他们坚决镇压了革命的敌人。俄国共产党人却取得了胜利。他们刚刚胜利,恐怖手段便退居次要地位了。目前死刑已非常稀少,我们很快就会看见,革命将大大巩固,可以回到基本的法治观念(在正常时期,革命一定能全部实现它)上来,回到对可能危害社会建设的个人采取温和的改造方式或者加以合乎人道的隔离的方式这个观念上来。当然,被摧毁的敌人的残余,今天还可能在咬牙切齿,但是无疑也有几十万或许几百万这样的人,他们在实行军事共产主义和恐怖政策的艰苦年代可以诅咒苏维埃政权,而今天,他们已经懂得这些措施是绝对必要的,懂得个别的错误,甚至——卡尔诺说得对——个别的坏事和犯罪行为不致使其余的人离开那主要的东西,离开在革命发展的某个阶段为革命所需要的那种战斗方式。

要从道德上指斥缔造未来的人们,最方便的办法当然是趁着他们为这个未来而展开最紧张的斗争的时刻去攻击他们,并且不是在他们受压迫的时候,而是当他们成了压迫者的时候,也就是革命在国内取得胜利以后,虽然由于非法的反革命势力的阴谋诡计和强大的反革命的包围,这场胜利还有问题。正是在这个当口一个人如果根本看不清前途,才可以数说"这批狂热分子和宗派主义者"的闻所未闻的残暴。

必须给罗曼·罗兰讲句公道话,他笔下的卡尔诺所用的语言是颇为自然的;只是也许不必把卡尔诺跟他那些最亲近的革命同事这样分割开来。但无论如何,卡尔诺毕竟自豪地担负起了共同的责任,他说过,为胜利付出的重大代价不由我们、而由事物的本质来决定,他说他面前有两条道路——拒绝为美好的未来斗争,让一切维持原状,或者是,从事这场斗争,付出历史规定的代价,——他丝毫没有被顾尔瓦希耶的反驳所动摇。

我们应该问问自己:革命开始的时候,大多数人类的生活是否还过得去,还可以忍受?既然顾尔瓦希耶宣称现时的生命[1]对于他是神圣的,那就等于说,千百万被践踏、被折磨、被剥削的穷人的生命对于他是神圣的。他怎么能为了这种生命的神圣性,赞成忍受丑恶的社会制度下可以说是司空见惯的、然而又是可怕的恐怖行为呢?难道一个傲然宣称把当前一切生命视同神圣的人,竟能够容忍大多数人类的可怕的生活状况吗?难道他不应该赶紧去帮助被压迫者吗?

---

[1] 在原文中,"生命"和"生活"是同一个词。

当然可以想出一个解说,仿佛用和平的、妥协的、改良主义的办法也可以帮助被压迫者。但是罗曼·罗兰对于这套办法一字不提。大概他自己讨厌提起它。他清楚地知道,改良主义只不过是统治者及其奴才的诡计,其目的是在不损害自己的情况下,从充满怒气的人民和社会的锅炉中放出一部分蒸汽来。

罗曼·罗兰毋宁说是遵从着一个信念,仿佛这种帮助可以采取托尔斯泰的方式,使用信奉理想主义的鲫鱼在统治者狗鱼的嘴巴面前进行宣传[①]的办法、给生命的神圣性做出光辉榜样的办法。

可是这些主意丝毫也挽救不了罗曼·罗兰,他和他的顾尔瓦希耶仍然是道地的庸人思想家。罗曼·罗兰的论调是十足的庸人之见。庸人想活命。他们看重他们的平凡生活,因而他们有时歇斯底里地声明说,当前每时每刻的生命都是珍贵的,不能为了各种什么伟大目标而牺牲它。庸人出自中产阶级,他们过得不太坏,还可以忍受,因此他们便忍受着,并且教人家长期忍受。但是由于庸人面对着周围的贫穷和不幸,感到有点惭愧,他们就想出一套虚假的工作、虚假的办法、虚假的为自己开脱的理由,聊以自慰。他们开始娓娓动听地谈论一点一滴的改革或者作为榜样的正直生活,等等。

庸人中间难得有顾尔瓦希耶之类的英雄,犹如僧侣中间难得有真正的圣徒。

但是,正像任何犯规的牧师都特别爱用某个殉教者的形象为自己开脱一样,庸人也爱大谈他们自己的英雄,这些英雄情愿把消极性和平凡生活当作最珍贵的理想来维护,甚至不惜用自己的生命作代价。我再说一遍:这样的人是很少的。大帮大帮的庸人只是想活命。可是连他们也不仅拥有一些能够将这种贫乏的哲学变

[①] 典出谢德林的童话《信奉理想主义的鲫鱼》。鲫鱼天真无邪,主张鱼类相亲相爱,反对流血斗争,它不顾同伴的劝阻,屡次向残暴的统治者狗鱼婉言谏诤,终于被狗鱼一口吞掉。

成思想和词句的美妙综合体的思想家,有时候他们还拥有他们的英雄和殉难者的形象——多半是被夸大得像神话一般的形象。宣扬庸人生活的思想家多半拿这种生活当作一个永恒的范畴。他们说:"什么进步,什么由坏变好! 全是扯淡。具有永恒价值的是:卓然特立的人格,无与伦比的善良、正直和对真理的热爱,把人们联合起来的友谊和爱情。"有的人还添加一个上帝。可见不但是差强人意的生活,甚至美好的生活、甚至神圣的生活都很可能出现了!

罗曼·罗兰也颇为得意地玩过同样的把戏:把砂子似的分散的花彩——矫揉造作地经营庸人生活并使之具有坚定的目的性——变成一个反映不可知的神意的永恒过程。在我们所分析的剧本中,这套把戏的痕迹相当明显。

不过庸人(至少是真正有知识的庸人)很少敢于对进步这个假设公然提出异议。在多数情况下,庸人毕竟不好意思说他们赞成和认可现有的生活,他们毕竟知道大多数人类并不是庸人,而是苦役犯,是不自由的劳动者和受苦人,因此他们乐于设想将来一切都会变好。庸人喜欢所谓的玛尼罗夫式的进步论:我们要活下去,但同时,一切都会得到改进,美好的春天总有一朝到来。不妨梦想一下。

主角顾尔瓦希耶的道德上的溃败,正在于他被流血吓破了胆,又没有卡尔诺那份道德力量,于是,据说似乎是为了科学的缘故(我们知道这套科学!),他连进步的观念本身也放弃了。

顾尔瓦希耶看不到大多数人类的自觉逐渐提高的宏伟画面,看不到他们逐渐组织起来的过程,他不去欢迎人们在革命中追求那种摧毁了一切剪径妖魔的、真正合理的生活的伟大意向,却忘记了全部现实,只紧紧盯住一点:革命向那比自己强大得多的实力挑战,因而在自卫时不能不严酷无情,而在这些严酷行为中就往往有失公平。从"活命"的角度看,这是可怕的,这是一座无法逾越的高山;在卡尔诺一类创造历史的人们看来,这却是一道应当跨越的不可避免的门槛,门槛的那一边将展开另一类型的工作。

顾尔瓦希耶在建立他的英雄功业时预先琢磨着,其他的小顾尔瓦希耶将如何哀悼他的英勇的死,如何为了补偿他的死而宣传必须将砂子分散到一个个的人和一个个的时刻上头,从而暗中破坏群众组织的伟大努力。当他作为一个年老体衰的人死去的时候,他认为他将在托尔斯泰型和罗兰型的人道主义者的感恩的怀念中再世还阳,获得永生。卡尔诺对这一点回答得很妙:"我管不着你的灵魂!"这样的永生不死对于卡尔诺简直是无聊,但他看重顾尔瓦希耶。为什么?因为这是一个优秀的工作者。对于卡尔诺,整个生活是一座苦心营造起来的建筑物。卡尔诺确实是永生的,顾尔瓦希耶确实只有一时半刻的生命而已。

至于讲到索菲的自我牺牲,那么它是具有一些很令人厌恶的特点的。索菲在她经历精神危机的时候,屡次说责任、妇德等等是僵死的概念,由于这些概念,她才被拴在一向为她所敬重、却从未享受过她的爱情的顾尔瓦希耶的马车上。索菲本来似乎应当以她全部青年的热情,高声抗议当前一切生活的这种神圣性,抗议此时此刻的这种神圣性,但使人费解的是,实际上她却仅仅为了忠实于她的丈夫和他的思想,白白地献出了她那年轻、美丽、充满灵智的生命。以后我们看到,罗曼·罗兰为着加强他的剧本的感动力,使顾尔瓦希耶接受了年轻妻子的完全不必要的牺牲,让她的血同自己的老朽的血流在一起,而这正是要颂扬责任、妇德和其他空虚的"幻影",——这一次,这确实是空虚的幻影。在这里,责任和妇德不仅是同一切缔造历史的行为的要求相对立,甚至也是同生的权利、爱的权利的要求相对立的。在索菲的牺牲中不但没有真正的革命的英雄主义,并且也没有现实主义的人道主义,虽然整个剧本的写作似乎就是为了鼓吹这种人道主义。

罗曼·罗兰感到革命的道路是一条英雄的道路,它获得人们的仰慕,首先是由于它的向目标突进的伟大激情,当然还有它那自我牺牲的伟大激情,因为每个革命者走上革命大道的时候,都相信自己有百分之九十九的可能要丧失生命。

怎样把庸俗态度同这美好的激情相对照呢?那是这样的——

你看法莱,他把脑袋伸进革命的雄狮的大口中,只是为了看一看他所爱的女性。罗曼·罗兰在序言里因为这一点赞美他,可是到剧本结尾处又抛弃了他,于是这个宣扬对女性的高度忠诚的意图就变成了本身的对立物:法莱将这个女性丢在他的老情敌的怀抱里,丢在只有白痴才会感觉不到的危险之中,他自己却逃走了。因此,罗曼·罗兰并没有太坚决地肯定法莱的英雄主义。

现在他把庸俗的科学家顾尔瓦希耶抬到最高的地位上。固然,顾尔瓦希耶既不是革命者,也不是非革命者。固然,他对我们说过他自己的软弱。在庸人看来,软弱本是一个非常值得同情的东西。可是,当妻子对顾尔瓦希耶变了心、当他陷入自身的矛盾中的时刻,他却决定公开挺身而出,为政治罪案牺牲了。他所遭受的牺牲——何况又在使它的价值大为降低的情势之下——丝毫不能对我们掩盖这个事实:隐藏在牺牲下面的全部哲学只是庸人见识,顾尔瓦希耶的倾向是要维护丰衣足食的中产阶级的平静而凡庸的生活。不过牺牲精神毕竟给这一切投下一圈灵光,使观众对他产生了同情心。

最后是索菲。在她身上占优势的其实是奴隶的、女性的感情。她认为夫妻应该一致行动。尽管她表面平静,但从她这个实在毫无益处的必死的决心里,我们却感到有一股歇斯底里的狂热,那也许是当时一般过度紧张的神经的产物。索菲同杰洛穆交谈时说过一句合理的话:革命中的波折不应该使得了解革命的深刻原则和伟大目标的人们抽身退却。可是现在她忘掉了这个,只想和丈夫同归于尽。索菲同女友谈话、同法莱对白时,都把青年人对爱的天然权利跟全部小市民德操对立起来,但是她立刻轻轻易易地抛弃了这一切,只想和她丈夫同归于尽。这难道不令人感动吗?

然而在这感动力后面究竟隐藏着什么呢?那就是几乎被罗曼·罗兰顺便嘲笑过的、夫妻忠贞的小市民德操。因此,我们在罗曼·罗兰的英雄形象身上,只能看到狂热激昂的庸人情绪。

他们是庸俗的哲学家、庸俗的骑士、庸俗的殉难者、庸俗的诗人吧?在某种情况下,他们当然既是哲学家、又是殉难者和诗人。

但可惜这一切都是为了歌颂庸俗的,可惜在这整套打扮得光彩熠熠的和平主义背后实际上是这么一个人,他渴望找个藏身洞,渴望躲在艺术里面,逃避兵役,从历史预先指定的险要岗位上开小差。当罗曼·罗兰在世界大战期间谈论制止战争的必要、为反战奋斗的时候,卑劣的资产阶级政客或者受他们愚弄的轻信的人责备罗曼·罗兰道:"您这个貌似崇高的、国际主义的、人道主义的立场,特别容易被那些希望在它掩护之下逃避为自己的时代流血牺牲这一天职的人所接受。"

这是极端愚钝的指责。事实上,积极的反战斗争显然要比在战壕中为战争服务危险得多。可是,人们为了真正的最后一场战争、为了真正消灭一切帝国主义而拿起武器的时代来到了,开始那波折重重的战争、被马克思称为"唯一神圣的战争"——全体被压迫者反对压迫者的战争①的时代来到了。那么怎么样呢?罗曼·罗兰又站在"超出混战"的立场上,又在大谈生命的神圣和流血的罪恶,如此等等。在罗兰的和平主义初期显得愚钝的那些反对他的意见,现在却变得锋利起来,刺伤了他的立场。现在已经很明显,罗曼·罗兰这个道地的帮派确实就是社会的懦夫。我们知道得很清楚,社会的懦夫总是羞于承认自己的怯懦。懦夫们很乐意抓住一个为了维护和平主义而忍受过种种迫害与烦恼的狂热的

---

① 马克思在《法兰西内战》中说:"奴隶们反对他们的压迫者的战争"是"有史以来唯一合理的战争"。见《马克思恩格斯选集》第二卷,第三九五页。

托尔斯泰主义者。假如能找到一个和平主义的殉难者就好了,那该多么好!那就可以由他来体现一切自我肯定的东西,像前面所说的牧师对基督教的殉难者,或是对什么住在肮脏的地方、在某个修道院挨饿的半疯半癫的苦行者所做的那样。但是人们还很少听说、难得听说新的和平主义,即罗兰型与托尔斯泰型的和平主义的殉难者。应该至少创造一个关于这种殉难者的艺术性的神话。罗曼·罗兰竭尽全力来创造它,终于在《爱与死的搏斗》一剧中获得了不小的成就。

现在,如果你同一个中产阶级的人,同一个小律师、摄影师或者诸如此类的人谈话,他对一切事漠不关心,向你断言无论在任何情况下都不该流血,而应当洁身自守,断言真正神圣的还是自己的家,于是你不禁责备他这种庸人的怯懦,——他便会振振有词地回答你道:"那么杰洛穆呢?索菲·顾尔瓦希耶呢?他们走向断头台,就是为了抗议革命家造成的血案啊。"

杰洛穆和索菲·顾尔瓦希耶可以说是庸人的基督,他们断然为全体庸人流了——虽然只是在舞台上——赎罪的血。不难理解,为什么除了法国的剧院以外,还有其他各国的五十七家剧院已经表示愿意上演《爱与死的搏斗》,举行这场庸人自赏的弥撒。下面的事实显然同样证明今天法国某些集团失去了理性:法兰西喜剧院甚至不顾院长的坚决要求,拒绝朗诵这个剧本。法兰西喜剧院的可敬的大演员们宣称,他们认为,即使把一个敢于谴责"伟大战争"[①]的残暴军国主义的人的任何剧本简单地朗诵一下,也是污辱了他们的嘴巴。

除了绵羊型的庸人以外,还有豺狼型的庸人,罗曼·罗兰的最大不幸,在于当他极力设法助长人身上的绵羊本能的时候,又不自觉地助长了豺狼的本能。

---

① 指第一次世界大战。

我们从未见过和平主义宣传——无论是托尔斯泰的或者罗兰的——克奏奇效,使得穿士兵制服的绵羊不再遵照穿军官制服的豺狼的命令去送死和杀人。有一个唧唧咕咕反对战争的顾尔瓦希耶,便有九十九个内心不赞成战争、可是由于自己的全部庸人本质、已习惯于消极顺从的顾尔瓦希耶。

不,罗曼·罗兰对豺狼王国毫无危险。豺狼王国在他的帮助下更能保障自身的安全,虽然它决不批准他,正如豺狼王国不批准第二国际的狐狸王国一样。但是第二国际的狐狸们还是干他们自己的事。托尔斯泰和罗兰帮的绵羊其实也在干着豺狼的事,他们假装同豺狼斗争,但只不过在吃小鸡的资产阶级瓦斯卡面前啰里啰嗦地发发议论①而已。他们是可笑的、讨厌的、危险的。他们用来给自己装点门面的词句越是高贵,他们的危害性也就越大。

在豺狼、狐狸和绵羊的阵营外边,巍然耸立着一座真正的人的日益壮大的阵营,两座阵营之间则躺着一大群尚未定型的、可是希望变成人的生物。正当我们号召发扬积极的人道,为了未来而投身于严酷无情的、需要牺牲的建设性工作的时候,罗曼·罗兰却对这群生物大肆渲染绵羊的理想,给他那博学的羊羔顾尔瓦希耶披上种种英雄主义和殉难精神的宗教外衣,从而在宣传真正的人的理想和实现理想的真正道路这一伟大事业中成了我们的对头。

---

① 典出克雷洛夫的寓言《猫和厨子》:猫儿瓦斯卡偷吃烧鸡,主人不动手制止,只在一旁苦口婆心地晓以大义;猫儿边听边吃,等到他的宏论发表完毕,烧鸡也给吃光了。

写在亨利·巴比塞来访之前*

当地狱似的帝国主义战争已经充分展露出它的惨祸,可是这整个人类苦难的无底深渊还看不到尽头和边际的时候,当法国的后方充斥着爱国主义的高谈阔论和自以为是的无耻行径,而前线难得有个大胆的人敢于高声说一句抗议的话的时候,——出乎大家意料之外,巴比塞的一部与众不同的小说,或者讲得更确切些,一份起诉书,一篇富于艺术性的悲壮的檄文,好比一颗照明弹的火光,突然升到和扎进了欧洲的天空,书名就叫《火线》①。

它不仅集中反映了当时那场毫不惋惜地烧毁过无数生命财产的烈火,它也是使许多人能够开始据以对准航向的灯塔上的第一支火光,是帝国主义后方从出人意外的方面传来的一声枪响。

当然,工人真左派抗议得更早。举行了齐美尔瓦尔得和昆塔尔会议。一批最先进的和平主义者也对这场可诅咒的战争提出了某种抗议。罗曼·罗兰已经离开法国。② 日内瓦的《明天》③一类的杂志发刊了。

但是亨利·巴比塞的小说仍然造成了一个奇突、强大、非常惊人的印象。这部小说在全世界交战双方所获得的成功,证明人类

---

* 本文初次发表于一九二七年九月十日《真理报》。译自《卢那察尔斯基八卷集》第五卷。
① 也可以照字面直译为"火"。
② 罗兰于一九一四年大战爆发前不久去瑞士。
③ 《明天》,罗曼·罗兰的朋友亨利·基勒波创办的进步杂志,一九一六至一九二二年间在日内瓦出版,主张坚决谴责帝国主义战争。一九一六至一九一七年,列宁、加里宁、卢那察尔斯基和其他布尔什维克曾为该刊撰稿。

是多么厌战,在以官定秩序和军警纪律为厚厚的侧壁的大汽锅里面,又积聚着多少怒气。

巴比塞的作品显出无穷威力的原因,不光是那使本书在政治上达到革命尖锐性的大胆思想,还在于感人的真实性。世界大战中士兵大军的一切灾难、一切情绪,一切忧虑、为愤怒所取代的顺从,以及满腔的深仇大恨,全都反映在少数士兵的对话和感受中,他们用民间"切口"交谈,亲切而又准确。我要说,《火线》人物的语言本身,仿佛先就排除了作者凭空杜撰的任何可能:这真是私下截听来的谈话,但这些谈话不仅是由一位大艺术家的灵敏的耳朵,同时也是由一个杰出的人的火热心灵截听到的。

从那时起,巴比塞便以大写字母将自己的英名载入反战战斗史了。

弗拉基米尔·伊里奇怀着真正的喜悦读了这本书。他好几次对我表示他的意见说,这非但是一篇绝妙的反战宣言,并且正是我们在帝国主义战争环境中所最需要的那种艺术的典范。战争是这样一场噩梦,它当然会使得许多稍微敏感和高洁一点的人上升到相当明显的抗议的水平。①

然而战争停息了。在知识界反资产阶级的呼声再继续喧腾一个短时期以后,随着国际孟什维主义消解波涛汹涌的无产阶级群众不满情绪这一事实的出现,知识界的神经质的抗议开始褪色了。

资本主义稳定了下来,随着它的稳定,知识界产生了新的两极分化。一个比较大的知识分子集团全部聚拢在资本主义的阳极。可是那些隐没在中间某处、不热也不冷的人有过多少啊?

亨利·巴比塞可不是这样的人。他挺身而出,把战争受害者

---

① 列宁早在侨居瑞士时就读过《火线》原著。在《论第三国际的任务》和《答美国记者问》两文中(见《列宁全集》第二九卷),列宁都对《火线》表示过赞许。

组成一个庞大的残疾人协会①,决心举起大旗,引导它去向产生大屠杀的制度作无情的斗争。他在以"国际革命家救援会"②为旗帜而进行的伟大斗争中占着头等地位,他是白色恐怖的最强有力的揭露者。连敌人也承认他是欧洲的良心;他能够对资产阶级的刽子手行为提出论证充足凿凿有据的抗议③,谁也不敢封住他的嘴巴。他在他的文学新作中抱定宗旨,要有系统地为整个社会制度的彻底更迭编写艺术赞词。④ 别看他有着极其深湛的教养,他的神经系统的纤弱同思想的驳杂又交错在一起,他却是共产党的一名沉着坚定的战士。

虽然巴比塞有些时候采取了我们不能苟同的这样那样的奇特立场(例如他最近对基督教的观点)⑤,但是第一,他处处都在作为无产阶级革命的忠实捍卫者发言立论;第二,一个人既然至今还能在革命斗争的伟大祭坛上燃起如此明净的火焰,人们是很容易原谅他的个别谬误的。

我们不把巴比塞看作一个多多少少引起好感的同路人,而是看作我们的朋友、同志、战友。如果说,成为伟大的共产国际的一员对巴比塞是一大光荣,那么,这个具有可惊的敏感、真诚和才气的人物在我们的大纛下同我们一道行进的事实,也给我们法国的兄弟党和我们自己带来了不小的光荣。

---

① 一九一七年三月,巴比塞和瓦扬-古久里等建立了"共和国退伍军人联合会"。一九二〇年,在巴比塞倡议和领导下,又成立了"退伍军人国际组织"。
② 这个团体存在于一九二二至一九四七年。
③ 一九二五年,巴比塞去罗马尼亚、匈牙利、保加利亚和南斯拉夫调查法西斯白色恐怖的实况,次年根据调查结果和有关文献写了惊心动魄的报告《刽子手》一书。
④ 指长篇小说《光明》(一九一九年)和《锁链》(一九二五年)、政论集《深渊之光》(一九二〇年)和《牙咬着刀》(一九二一年)、短篇小说集《力量》(一九二六年)。
⑤ 指《耶稣》和《耶稣的犹大》(一九二七年)等书。

附

亨利·巴比塞[*]

个人回忆片段(摘录)

这是在莫斯科。已经是我们胜利之后。列宁已经当了人民委员会主席。我[①]为一件什么事去找他。事情办完,列宁对我说:"安那托里·瓦西里耶维奇,我又把巴比塞的《火线》读了一遍。据说他写了一部新的小说《光明》[②]。请给我弄一本来。您认为怎么样,《火线》译成俄语[③],失掉了很多东西吗?"

"在艺术性上自然失掉了许多东西,"我回答。"即使把它译成法语[④],也难免要有所失。巴比塞精通战壕里的士兵行话,它生动,传神,充满着辛辣的挑战的味道,就是用法语也没法表达。不过主要的一点自然是可以做到的,那就是表达出这股强烈的反战潜力,前线的惨状,后方的无耻行径,士兵的觉悟的提高和心头愤怒的增长。"

弗拉基米尔·伊里奇若有所思地说:"对,这些都可以表达出来,但是在艺术作品中,首要的倒不是这个赤裸裸的思想!因为它也可以干脆用一篇谈巴比塞这本书的好论文来表达。在艺术作品中,重要的是使读者对于所描写的事物的真实性不致怀疑。读者用他的每根神经感觉到,一切正好是这样发生,这样被感受、体验

---

[*] 本文初次发表于一九三三年五月十五至十六日《红色报》晚刊。摘译自《卢那察尔斯基八卷集》第六卷。
[①] 当时卢那察尔斯基任教育人民委员。
[②] 《光明》俄译本出版于一九二〇年。
[③] 《火线》俄译本出版于一九一九年。
[④] 指规范法语。

和谈论的。在巴比塞的书里,这一点最叫我激动。我原先就知道大概该是这么回事,现在巴比塞告诉我正是这么回事。而且这一切他都给我叙述得很有说服力,要是我自己在这个排里当过兵,亲自体验过这一切,那说服力对我产生的结果又可能不同了。雅科夫·米哈依洛维奇(斯维尔德洛夫)讲得不错。他读完《火线》以后说:'一篇来自战场的很起作用的战斗报告!'这话说得好,对吧?实在说,在我们这个决定性的时代,当我们进入了战争和革命的漫长时期,一个真正的作家的唯一职责,就是撰写'来自战场的战斗报告',他的艺术力量则应该是使这些'战斗报告'起到震撼人心的作用。"

伊里奇忽然笑起来:"不过,您是我们这里的唯美派!把艺术的任务弄得这样狭隘,也许冒犯了您吧。"然后戏谑地微微眯起眼睛看看我,伊里奇轻声地笑了。

我觉得受了委屈。

"嘻,哪儿的话,弗拉基米尔·伊里奇?正相反,您所说的,我都很悦服!如果我不怕从您或者从斯维尔德洛夫同志那里剽窃,我就要用这个题目写它一整篇文章。如果由您自己来做,当然更好得多。"

伊里奇露出严肃的神情。

"没有工夫啊!"他说着就立刻忙碌起来。"您……怎么样?——写文章吧。"

很遗憾,文章我没有写。可是我认识巴比塞的时候,①我把这次在第一个工人国家的伟大人民委员会主席办公室里的谈话详详细细告诉了他。

我保留着许多有关巴比塞的回忆。我可说的事很多。例如,

---

① 一九二五年卢那察尔斯基去法国时结识巴比塞。

我很想谈谈一个插曲,它把亨利·巴比塞和耶稣基督、把符塞沃洛德·艾米里耶维奇·梅耶霍德和"新生教会"总主教符威登斯基先生①奇怪地联系到一块来了。

巴比塞憎恨基督教、教会。他恨教会,一直恨到它的起源。他认为,基督教即使以它的民主的人道的部分而论,也只不过是用来更进一步欺骗群众的一种诱饵,他认为,基督教是"统治权"的一根极精巧和很强大的支柱。然而他现在和过去都觉得,在那里的某个地方,在最深处,却有一颗革命家的活生生的心在跳动,他觉得确实存在过一个木匠的儿子②,一个压制不了的抗议者、四处点火的鼓动家,此人在自己周围发起一场不幸的群众的运动,他本身的不幸则与其说是因为他被处死,不如说是因为他的门徒将他的说教制成一份麻醉药,来毒害他倾注深情地热爱着的人民。

谁都知道,巴比塞就这件事写了好几本书。

在这些书里,尖锐的批判性思想、渊博的科学知识同非批判性的艺术想象、同诗人温厚的心灵中引发出来的故事紧挨在一起。

机巧而又能说善辩的"新生教会"总主教符威登斯基先生,就是在这里窥伺着亨利·巴比塞。

我断然否定任何的神,但是我曾企图证明,马克思主义是站在宗教的地位上去解决一切"老大难问题"的,它不在世间寻求秩序,却能像造物主一样把这个秩序带进世界。在我犯下这个错误的时期,我的伟大导师弗拉基米尔·伊里奇·列宁曾经用调侃的口气愤然对我说:"您挥手赶走神甫,而他们还会像苍蝇似的粘住

---

① 亚·伊·符威登斯基(1888—1946),苏联教会革新运动的主要代表,"新生教会"即经过改革的东正教会的总主教。一九二五和一九二七年,卢那察尔斯基先后在列宁格勒和莫斯科同他就宗教问题举行公开辩论。卢那察尔斯基在辩论会上的说理透彻的长篇发言,是十月革命后他的许多反宗教活动的一部分。
② 传说耶稣的父亲约瑟是巴勒斯坦的拿撒勒地方一个木匠。

您不放。既然您这样向可耻的宗教谬论献媚,好比在自己身上抹了蜂蜜,前去迎接那一群神甫的苍蝇,——那么您就不必挥动您的贵手:他们很高兴有一个同伙。"

我当时觉得弗拉基米尔·伊里奇未免太不留情。我只同意他一半。但后来我看出他是无比正确的。

巴比塞的情况也是如此。他何尝没有从使徒骂到神甫,可是你看,头号神甫和新使徒、语音洪亮的符威登斯基扶正胸前的十字架,在辩论会上郑重其事地说:"亨利·巴比塞是个共产党人、唯物主义者,他自然不可能用他那害白内障的眼睛看出神的真正荣光;但是连他也在向基督寻求庇护,他那误入歧途的冷酷的心里,还渴望着扑倒在伟大仁慈的主面前,把眼泪洒在主的神圣的手上!"

我当然狠批了这位高僧,我引征巴比塞的话,指出他如何重创了整个教会制度。不过……符威登斯基关于巴比塞对基督教有一种下意识的虔诚信仰的论点,仍然给人留下一股微微的臭味。①

稍晚,巴比塞又在他一篇很有意思的、别出心裁的戏剧里,极力阐发这同一个倾向。② 他所理解的基督、不仅遭受迫害而且有一批最亲近的门徒为之效忠的基督的故事,同今天帝国主义的卑劣残暴的场面,在剧中交替出现。

这在艺术上处理得还好。这里应该引进音乐和很多电影术。对导演颇有引诱力。巴比塞指望我来翻译这个剧本,说我也许能多多少少使它适应我国观众的严格要求,并指望梅耶霍德演出它。但我们党在这方面的严格态度是坚定不移的。剧本有些才气,不

---

① 在一九二七年的辩论会上,当符威登斯基以巴比塞为例来替宗教辩解时,卢那察尔斯基除当场予以尖锐的反击外,也批评了巴比塞把耶稣当作被压迫人民利益的体现者、精神上的革命家、争取社会正义的战士等错误观点。
② 一九二六至一九二七年间,巴比塞写了一部剧本《耶稣反对上帝》,副标题为《一个采用电影手段和音乐的圣迹剧》。剧本未发表,未上演。

过是个杂烩。基督固然从来就不存在,连他的传奇性的影子本身在我国也公正地被看作一个可疑的人,对他的任何同情都是不光彩的事。

现在巴比塞已经克服他当时的"偏向"——一个有关拿撒勒人耶稣的善意的、热情的、但毕竟是不适当的小故事的偏向。……

亨利·巴比塞论爱弥尔·左拉[*]

法国自然主义的伟大奠基人在我们苏维埃国家不能说不受重视。最好的证据就是这个事实:我国正在马·达·艾亨果尔茨主编下出版一套左拉文集[①],恐怕连法国人自己也没有这样的注解翔实的版本。

左拉在我国拥有很多读者,也许比任何其他法国作家的读者都多。

但是不能说我们马克思主义评论界已经完全弄清了这个伟大小说家的社会意义和艺术意义,以及他对于我国文化和文学发展的价值。

作为《苏联大百科全书》文学部分和《文学百科全书》的编者,我分明记得对这两部辞书中有关左拉的条文进行加工时发生的争论。

有些人并未忽视左拉思想的明显的小资产阶级本质,同时又看到法国小资产阶级知识分子所能够具有的良好倾向在他身上的表现,他们当作他的优点来强调的是:对科学性的追求,隐晦然而坚定的唯物主义,矢忠于现实,在描写社会现象时涉及的范围广大,民主倾向的进步性,向往正义(虽然是模糊的)观念,甚至向往

---

[*] 本篇最初发表于一九三二年十一月十六日《消息报》,后来稍经修改,作为巴比塞《左拉》一书俄译本(一九三三年)的序言。译自《卢那察尔斯基八卷集》第六卷所收的本文修订版。

① 马·达·艾亨果尔茨(1889—1953),苏联文艺学家和戏剧史家。这套《左拉全集》出版于一九二八至一九三五年,但未出齐。

社会主义(虽然是空想的)的总的趋势。

既然对左拉的态度是这样,他就被描画成为一个明确反对资本主义的、越来越习惯于这条路线的作家,一个无疑在引导读者背离现代社会制度、走向近似无产阶级理想的那么一种未来理想的作家。一句话,他是我们的盟友、同路人。他的思想还不明朗,还有大量小市民性的矿渣损害了他的创作的金属,但这一切都由他那巨大的才能、异常的勤勉、在收集材料时的极其诚实的态度和记述材料时的极其鲜明的文笔补偿过来了。

假使我们认为左拉是导师和领袖,例如有才气的德国作家亨利希·曼①现在所做的或者以霍普特曼、霍尔茨、史拉夫②为首的、年轻的德国自然主义派当年所做的一样,那是可笑的。然而当我们要具体细致地理解资产阶级社会,以及制定无产阶级的积极的、辩证的现实主义的时候,左拉无疑有其个别地方值得我们借鉴,看不到这一面也是不合理的。

但是我们某些青年文艺学家却企图首先"搞臭"左拉,把他推到敌人那边去,证明他具有纯粹资产阶级的倾向,——总之是,"批一儆百。"

在这一点上,我国千百万读者群众的先进队伍里也许至今还有某些摇摆;就这方面说,我们所熟悉的法国优秀共产党员作家亨利·巴比塞的近作③如果能尽快用俄文出版,一定会有好处。

以巴比塞同志对他的老师之一左拉④所作的评价的实质而论,他是完全正确的。他清清楚楚地知道,作为一个笃信真正的实验科学、实证科学的时代的儿子,左拉比巴尔扎克或福楼拜更自觉

---

① 指亨利希·曼在《左拉论》等文章中所持的观点。
② 阿·霍尔茨(1863—1929)和约·史拉夫(1862—1941)都是德国自然主义的先驱。
③ 巴比塞的《左拉》一书出版于一九三二年。
④ 巴比塞在《左拉》中称左拉为他的老师之一。

地向自己提出一项任务,那便是使文艺通过仿效科学方法的途径,来为客观地认识社会这一目的服务。

虽说由于没有被很好地消化的遗传理论的过分影响,左拉的"科学性"——即使从资产阶级的先进科学的观点看——受到了损害,但巴比塞认为,就认识的角度来说,左拉仍然获得了非常重大的成果:他所提供的资产阶级社会全盛时期各个阶层的广阔的生活画面,是我们在任何一国的文学中都找不到的;它们比得上巴尔扎克的《喜剧》①这座巍峨的大厦。

不过必须指明,在对于发展中的社会生活的艺术感受上,有才气而又勤勉的左拉未能达到巴尔扎克常常达到的那种天才的敏锐性。这位资产阶级文学中最伟大的现实主义者的这一优越之处,恩格斯曾经强调指出过。②

要取得这项成果,除了百折不挠的毅力、无比的勤勉以外,还必须有很大的勇气。于是巴比塞异常生动地叙述了左拉在自己的道路上所战胜的种种困难和迫害。

大家知道,左拉是这样说明艺术的本质的:艺术是透过气质的三棱镜所见到的真正的现实之一角。

这就是左拉的第二个优点:他的气质又热情又充满着创造精神;现实一通过他的三棱镜,便成了显豁、动人、富于说服力的东西。

但是巴比塞也看清了左拉的弱点:左拉的"科学小说"的概念含有不问政治的意思。他决没有把气质理解为政治信念。左拉觉得政治是一个党派成见或集团利益的问题。这又在很大程度上损害了左拉的勤恳、诚实、才气磅礴的工作所取得的认识方面的成

---

① 指《人间喜剧》。
② 一八八八年四月,恩格斯在给哈克奈斯的信上说:"巴尔扎克,我认为他是比过去、现在和未来的一切左拉都要伟大得多的现实主义大师,……"《马克思恩格斯全集》第三七卷,第四一页。

果。他诚实而鲜明地描写了资产阶级骗子和强盗,以及沉重的劳动和难堪的贫困的惨状。可是结论呢?左拉不仅没有为读者,也没有为自己做出结论。

最初左拉抱着狭隘的专家的观点:我的职责是忠实地描写,如此而已。

在德雷福斯案件①时期,左拉颇为惊讶地发现,他的愤怒的力量要比他预料的大得多:他英勇地加入斗争,他为正义事业受苦。

然而他完全不了解这个案件的实质是什么:他觉得他在为正义战斗。他没有看出(像巴比塞清楚地看出的那样)这是资产阶级内部两个阶层之间的倾轧:一方是半封建的阶层,另一方是纯资产阶层。当左拉公开打击教权主义(《罗马》和《鲁尔德》)②、当他阐发他那唯物主义的和空想的《福音书》③的时候,他仍然无论如何不能达到对社会动力的正确理解,——达到对社会发展进程的革命无产阶级的观点。

不用说,缺乏辩证的态度,缺乏对社会的阶级结构和每个阶级的发展趋势的明确理解,用怜悯、教育、技术进步之类的口号来暗中替换斗争的口号,——这就不能不使左拉作品的艺术方面也流于虚假。

他既已变得更有"倾向性",而他的见解又含糊不清,因此他在艺术上只会更软弱无力。

这便是读者读完亨利·巴比塞的书以后得出的结论。

但这本书的可贵不仅在于它的最后结论。还有一点值得庆幸的是,巴比塞写作的时候并没有忘记他自己是一个艺术家:他的全

---

① 一八九四年,法国军事当局诬告犹太血统的军官德雷福斯出卖国防机密,对他判处终身苦役。左拉为德雷福斯辩护,于一八九八年写了著名的《我控诉》。在舆论压力下,德雷福斯终于获得赦免,一九〇六年复职。
② 指左拉的一组反天主教的小说《三名城》:《鲁尔德》、《罗马》和《巴黎》。
③ 左拉最后一组小说题名《四福音书》。

书就是一大套图画。

巴比塞从描述创作初期的左拉入手,从艺术性的具体的描述入手:他的身姿、他的风度、以当时巴黎为背景的他的思想。一个活生生的左拉在你面前成长起来,他受苦、获胜,他把他的命运跟所有最杰出的同时代人、跟那个人才济济的时代的英雄们交错在一起。

同时背景也在变动。成长中的世界都市巴黎车声辚辚,浓烟弥漫,愈来愈显示出它那可怕的力量。

巴比塞顺便绘制了许多侧影:那个世纪的精神生活、艺术生活,通过各种戏剧性场面、论争和事件,在你眼前一一掠过。这时巴比塞一部分是依靠他所引征的文献,一部分则是——不过他决不杜撰——在炽烈热情的辩论中,直接由他的人物说出各自的信念来。

有些形象刻画得真是叫人忘不了。我没有见过一幅福楼拜、赛尚[1]或于斯曼[2]的肖像,比出自巴比塞手笔的更能给人深刻印象,更加沁透着热情。就连比较粗略的侧影(龚古尔兄弟、都德等),也为理解他们本人提供了许多新的东西。

巴比塞这部书译成俄文介绍给我国读者之后,大概会引起许多议论,也许还会引起许多争执。但无论如何,它对我们具体的文学研究总是一项可贵的贡献。

---

[1] 保·赛尚(1839—1906),法国作家,左拉的密友。
[2] 约·于斯曼(1848—1907),法国作家,曾一度倾向于自然主义。

歌德和他的时代[*]

十七、十八世纪和十九世纪初叶资本主义的发展,资产阶级的勃兴,这个新兴阶级之抱着夺取政权的明显意图而打进世界历史舞台,——这一切,不仅产生了许多经济和政治性质的现象,还产生了许多文化和思想性质的现象。

英国领先走上资产阶级的发展道路。英国发生社会大突变早于其他各国,并且出了一整批光辉的天才研究家和诗人——培根、莎士比亚、弥尔顿、霍布斯,以及主张用非常急进的方式去摧毁先前社会的全部根基的其他思想家。稍晚,法国追随着英国,也走上同样的道路,它在为本国大革命作准备时出过一群了不起的人物,如果资产阶级后来没有抛弃他们学说中的精华,是大可以引他们为光荣的。在这里,我们看到了伏尔泰的辛辣的嘲笑,卢梭对文明和阶级制度之全部基础的热诚的、发自感情的、气势磅礴的浪漫主义式的反抗,我们也看到百科全书派用毁灭性的打击震撼了旧文化的整座大厦,同时又替那被认为"合理"而"正常"的新世界观和新社会奠定了基石。

虽然资产阶级革命时代的英国和法国并不缺少思想家与诗人,但起核心作用的仍旧是政治实践家。在这两个国度里,我们看见他们用马克思所说的"平民的"方法来完成资产阶级运动:将国王斩首,驱逐旧贵族,消除等级之间和诸侯国之间的内部界限,修

---

[*] 本篇是作者在一九三二年三月二十二日莫斯科歌德逝世一百周年纪念大会上的报告记录,初次发表于一九三四年《文学遗产》丛书第四至六辑。译自卢那察尔斯基《剪影集》,一九六五年。

改法律,很坚决彻底地为资产阶级民主奠定基础。

后来反革命的浪潮企图把已经争得的东西消灭掉,但是这批初步成果毕竟留下了深刻的痕迹,此后欧洲发展过程的性质完全取决于这些重大事件。

德国的情况可不同。海涅在他那本谈德国哲学史和宗教史的杰作①中,头一个非常敏锐地指出了这项特点。

年轻的资产阶级文化在西方蓬勃发展之前,德国已经拥有一些出身于资产阶级的人物和一群资产阶级知识分子,他们同德国境外发生的事情不可能是始终无关的。不过这仍然是个落后的国家。德国资产阶级没有一批数量较多而又能够支持自己的领袖们的群众。于是海涅以惊人的洞察力指出,在德国,由于一开头就缺乏实际行动的可能,所以出现了一个升华的过程:没有见诸行动的社会积极性,把它的光芒折射到幻想上面,折射到由音乐、书本和绘画所表现的艺术形象上面,由各种思想原则构成的精巧花纹上面去了。这也是资产阶级文化的创造,这也为反对旧制度、旧思想的斗争开了端绪,不过这场斗争是仅仅用语言、用思想武器进行的。

那段时期的德国思想家不相信直接的积极行动即实际事业本身。他们情愿用唯心主义的态度去了解世界的实质,了解人的本质;他们特别看重幻想和紧张的思想活动,他们全神贯注的正是这个。

能不能由此得出结论说,虽然年轻的德国资产阶级比任何地方的资产阶级更软弱涣散,但是它在自己的领域内,在思想领域内,却获得了无懈可击的辉煌成就?不,问题并不这么简单;问题不只在于德国是一个"思想家和诗人"的国度,而不是战士和行动

---

① 指《论德国宗教和哲学的历史》(一八三四年)。恩格斯在《路德维希·费尔巴哈和德国古典哲学的终结》中提到,在这本书里面,海涅第一个看出了黑格尔辩证法的革命意义。

518

的国度。

当我提到德国思想家的自我意识所固有的唯心主义时,我指的是一个从我们的观点、从无产阶级的观点看来很不健康的东西。然而不仅如此,德国资产阶级思想家甚至在他们可以接近的那个领域内也总是不能自由施展;连他们的艺术创作也沾染了某种落后的习气,成为跟其他西欧国家的制度大不相同的德国制度的俘虏。

恩格斯在《德国状况》一文中论述德国资产阶级道:

"……如果他们和人民团结起来,他们就能够推翻旧的政权,重建帝国,正如英国资产阶级从一六四〇年到一六八八年部分地完成了的那样,也如同一时期法国资产阶级准备去完成的那样。但是德国的资产阶级没有这样做,他们从来没有这样的毅力,也从来不认为自己有这样的勇气。德国的资产者知道,德国只不过是一个粪堆。但是他们处在这个粪堆中却很舒服,因为他们本身就是粪,周围的粪使他们感到很温暖。"[①]

其次:

"……这是一堆正在腐朽和解体的讨厌的东西。没有一个人感到舒服。国内的手工业、商业、工业和农业极端凋敝。农民、手工业者和企业主遭到双重的苦难——政府的搜刮,商业的不景气。贵族和王公都感到,尽管他们榨尽了臣民的膏血,他们的收入还是弥补不了他们的日益庞大的支出。一切都很糟糕,不满情绪笼罩了全国。没有教育,没有影响群众意识的工具,没有出版自由,没有社会舆论,甚至连比较大宗的对外贸易也没有,除了卑鄙和自私就什么也没有;一种卑鄙的、奴颜婢膝的、可怜的商人习气渗透了全体人民。一切都烂透了,动摇了,眼看就要坍塌了,简直没有一线好转的希望,因为这个民族连清除已经死亡了的制度的腐烂尸

[①] 《马克思恩格斯全集》第二卷,第六三三页。

骸的力量都没有。

"只有在我国的文学中才能看出美好的未来。这个时代在政治和社会方面是可耻的,但是在德国文学方面却是伟大的。一七五〇年左右,德国所有的伟大思想家——诗人歌德和席勒、哲学家康德和费希特都诞生了;过了不到二十年,最近的一个伟大的德国形而上学家①黑格尔诞生了。这个时代的每一部杰作都渗透了反抗当时整个德国社会的叛逆的精神。歌德写了《葛兹·封·柏里欣根》,他在这本书里通过戏剧的形式向一个叛逆者表示哀悼和敬意。席勒写了《强盗》一书,他在这本书中歌颂一个向全社会公开宣战的豪侠的青年。但是,这些都是他们青年时代的作品。他们年纪一大,便丧失了一切希望。歌德只写些极其辛辣的讽刺作品,而席勒假如没有在科学中,特别是在古希腊和古罗马的伟大历史中找到慰藉,那他一定会陷入悲观失望的深渊。用这两个人作例子便可以推断其他一切人。甚至连德国最优秀最坚强的思想家都对自己祖国的前途不抱任何希望。"②

这就是对于这批伟大人物的情况的总评述,他们中间最伟大的是歌德。

列宁教导我们,资本主义有两条发展道路:一条是美国式的发展道路——最坚定的道路,它会使资本主义突飞猛进,能够动员广大群众把过去一切破烂从自己的道路上扫除掉;另一条道路列宁称之为——这对于歌德是一大不幸——普鲁士式的道路,其特点是,成长中的资产阶级的水头冲不破肮脏的封建主义堤坝,只是勉勉强强地渗透过去,资产阶级没有一批能对那些妨碍社会发展的事物进行内战的群众,因此,孤立的领袖们——即使是最优秀的,即使是最有远见、最崇高的,——不得不向统治阶级谋求妥协;僧

---

① "形而上学"一词在这里是指研究经验以外的问题的哲学。——《马克思恩格斯全集》原编者注。
② 《马克思恩格斯全集》第二卷,第六三三至六三四页。

侣和贵族仍然控制着社会,资产阶级则满足于个别的让步,一味迁就、支持他们。

歌德可以说也是这后一条道路的牺牲品。

但他那广大的声誉证明他没有完全成为牺牲品。

我们知道成熟的资产阶级给人类带来了什么,现在烂熟的资产阶级又在带来什么,——其中很少有好东西。但是如同恩格斯正确地指出的那样,运动初期,年轻的资产阶级的思想家有时甚至超越了本阶级利益的界限。① 正是为了本阶级的利益,希望引起广大群众的同情,他们扬言:他们为之奋斗的事业是"替人民"做的,人们在旧制度下的生活只不过是愚昧的渊薮,今天以前的历史毫无意义,要等到宣布理性至上的时候才能改观,因为理性之光一旦开始普照,一切都得变化,所有的苦难都会成为过去了。

不错,取得胜利的资产阶级在此后的发展中,绝对没有履行它那些大胆的思想家的诺言。现在居于首位的不是思想家,不是诗人,甚至也不是政治家,而是构成资产阶级的基干的人们——工业家、商人、后来的银行家。他们把精密科学和以它为基础的、规模宏大的技术发展到惊人的程度。但同时,正如马克思所说的,他们也发展了卑劣的、赤裸裸的商人习气,他们铲除了早先的革命浪漫主义精神的全部遗迹,毫不掩饰地提出利润的问题,并且沿着积累越来越多的财富的道路推进,无情地践踏人们。

随着资产阶级的对立面即无产阶级的成长,资产阶级的剥削本质暴露得越来越多了。资产阶级背叛了它原先的理想。它把红旗换成粉旗,然后又把粉旗换成黄旗,终于落到漆黑一团的反动的地步。它大开倒车,重新向贵族和牧师伸出手来。现在的主人不是贵族和牧师,但他们得到资产阶级的支持;现在的主人是资产阶

---

① 恩格斯在《自然辩证法》导言中说:"给现代资产阶级统治打下基础的人物,决不受资产阶级的局限。"《马克思恩格斯选集》第三卷,第四四五页。

级,但它必须求助于这两个失去领先地位的阶级。这一切在帝国主义世界里造成了一个反动的大杂烩,大致就像我们在照普鲁士式道路发展起来的资本主义的初期所看到的那样。现在,苦难的产生是由于资本主义已经烂熟,而当年,苦难的原因却在于资本主义没有成熟,发展速度缓慢,这种缓慢性在思想家们的创作和生活上打下了令人痛苦的滞碍的烙印。

普鲁士式的资产阶级社会发展道路初期的一切特点,对歌德起过极大的影响。当时没有任何一个思想家、没有任何一个诗人像歌德一样,对于富有青年气概和创造精神的资产阶级的初期、对于这个新兴阶级的春天有过那么强烈的感受。

恩格斯在《诗歌和散文中的德国社会主义》一文里,对充满内在矛盾的歌德的个性作了辉煌的阐述:

"……歌德在自己的作品中,对当时的德国社会的态度是带有两重性的。有时他对它是敌视的;如在《伊菲姬尼亚》里和在意大利旅行的整个期间,他讨厌它,企图逃避它;他像葛兹、普罗米修斯和浮士德一样地反对它,向它投以靡非斯特匪勒司的辛辣的嘲笑。有时又相反,如在《温和的讽刺诗》诗集里的大部分诗篇中和在许多散文作品中,他亲近它,'迁就'它,在《化装游行》里他称赞它,特别是在所有谈到法国革命的著作里,他甚至保护它,帮助它抵抗那向它冲来的历史浪潮。问题不仅仅在于,歌德承认德国生活中的某些方面而反对他所敌视的另一些方面。这常常不过是他的各种情绪的表现而已;在他心中经常进行着天才诗人和法兰克福市议员的谨慎的儿子、可敬的魏玛的枢密顾问之间的斗争;前者厌恶周围环境的鄙俗气,而后者却不得不对这种鄙俗气妥协,迁就。因此,歌德有时非常伟大,有时极为渺小;有时是叛逆的、爱嘲笑的、鄙视世界的天才,有时则是谨小慎微、事事知足、胸襟狭隘的庸人。连歌德也无力战胜德国的鄙俗气;相反,倒是鄙俗气战胜了他;鄙俗气对最伟大的德国人所取得的这个胜利,充分地证明了

'从内部'战胜鄙俗气是根本不可能的。歌德过于博学,天性过于活跃,过于富有血肉,因此不能像席勒那样逃向康德的理想来摆脱鄙俗气;他过于敏锐,因此不能不看到这种逃跑归根到底不过是以夸张的庸俗气来代替平凡的鄙俗气。他的气质、他的精力、他的全部精神意向都把他推向实际生活,而他所接触的实际生活却是很可怜的。他的生活环境是他应该鄙视的,但是他又始终被困在这个他所能活动的唯一的生活环境里。歌德总是面临着这种进退维谷的境地,而且愈到晚年,这个伟大的诗人就愈是 de guerre lasse〔疲于斗争〕,愈是向平庸的魏玛大臣让步。我们并不像白尔尼①和门采尔②那样责备歌德不是自由主义者,我们是嫌他有时居然是个庸人;我们并不是责备他没有热心争取德国的自由,而是嫌他由于对当代一切伟大的历史浪潮所产生的庸人的恐惧心理而牺牲了自己有时从心底出现的较正确的美感;我们并不是责备他做过宫臣,而是嫌他在拿破仑清扫德国这个庞大的奥吉亚斯的牛圈③的时候,竟能郑重其事地替德意志的一个微不足道的小宫廷做些毫无意义的事情和寻找 menus plaisirs④。我们决不是从道德的、党派的观点来责备歌德,而只是从美学和历史的观点来责备他;我们并不是用道德的、政治的,或'人的'尺度来衡量他。我们在这里不可能结合着他的整个时代、他的文学前辈和同代人来描写他,也不能从他的发展上和结合着他的社会地位来描写他。因此,我

---

① 路·白尔尼(1786—1837),德国政论家和批评家,急进的小资产阶级反对派的代表人物。
② 沃·门采尔(1798—1873),德国作家和评论家,民族主义者,以批评歌德著称。
③ 希腊神话中奥吉亚斯王的巨大的极其肮脏的牛圈。意思是指极端肮脏的地方。——《马克思恩格斯全集》原译者注。
④ 原义是:"小小的乐趣";转义是:花在各种怪癖上的额外费用。——《马克思恩格斯全集》原编者注。

们仅限于纯粹叙述事实而已。"①

可是,既然歌德在美学、生活和政治方面都有这样的污点,既然他在这样大的程度上做了偏见的俘虏,那么我们是否应该对资产阶级说:歌德是你们的,我们拿他没有什么用处,你们可以随意埋葬他,让死人去埋葬死人吧,——歌德是属于你们的世界,属于死人的世界的。

恩格斯并不这样看歌德;他不但毫无保留地把歌德叫做最伟大的德国人,而且由于他写这篇文章是为了反对格律恩②,反对庸俗地恭维歌德,恩格斯又补充道:

"……如果我们在上面只是从一个方面观察了歌德,那么这完全是格律恩先生的罪过。他丝毫没有描写歌德伟大的一面。对于歌德的一切确实伟大的和天才的地方,……格律恩先生不是匆匆地一闪而过,就是滔滔不绝地说一通言之无物的废话。……"③

恩格斯在各个不同的地方直接指出了歌德的极其伟大的成就。例如,他在《英国状况》一文中谈论卡莱尔时,顺便讲到歌德。他说:

"……歌德很不喜欢跟'神'打交道;他很不愿意听'神'这个字眼,他只喜欢人的事物,而这种人性,使艺术摆脱宗教桎梏的这种解放,正是他的伟大之处。在这方面,无论是古人,还是莎士比亚,都不能和他相比。但只有熟悉德国民族发展的另一方面——哲学的人,才能理解这种完满的人性,这种克服宗教二元论的全部历史意义。歌德只是直接地——在某种意义上当然是'预言式地'——陈述的事物,在德国现代哲学中都得到了发展和论证。……"④

---

① 《马克思恩格斯全集》第四卷,第二五六至二五七页。
② 卡·格律恩(1817—1887),德国小资产阶级作家和政论家。
③ 《马克思恩格斯全集》第四卷,第二七四页。
④ 《马克思恩格斯全集》第一卷,第六五二页。

不,我们无论如何不能对资产阶级说:"歌德是你们的。"歌德不仅仅属于资产阶级,以他的某个方面而论,他也属于我们。

这个人究竟是怎样发展过来的,他给人们带来了什么? 在这里,恩格斯所作的评论也是像一座灯塔一样,向我们放射着光辉。

青年歌德的"Sturm und Drang"①是怎么回事呢?

歌德曾经结交一批愤激的青年,他们憎恶鄙俗的环境,不愿再在乌烟瘴气中生活下去,而要提出一些——也许还不十分明确的——幻想,并在生活实践中予以实现,②凡是见过歌德怎样结交这批青年的人,都说他是鹤立鸡群。他在身体、精神和智能上禀赋独厚,接近他的人都指出他具有独特性,对他很悦服。

歌德的一代自称为天才的一代,真正的天才歌德以他们的名义,向自己和别人提出一项巨大的任务。这项任务不是政治性的,却纯然是个人性的:发挥人身上所包含的全部潜力。

而这也就是可以用来比较各种不同的社会制度、秩序和结构之优劣的一个标准。马克思说,假如一种社会制度能够使人身上蕴藏的全部潜力发挥到最大限度,那便是优越的制度。马克思是用最民主的方式来理解这一点的:蕴藏在全人类中的潜力,也蕴藏在每个人身上。③ 在歌德那里,这个思想也许带有较多的贵族色彩,但是并没有多到使它距离马克思所表述的思想十分遥远。

歌德在他那山鹰般的青春的时代、在精力最饱满的期间说过:任何作品都不像教会赞美诗《Veni, spiritus creator》(《降临吧,造物的神灵》)那么使他激动:

"我知道,这不是向神呼吁,而是向人,特别是向富有创造力

---

① 德语:狂飙突进。
② 指德国新兴资产阶级的先进分子——剧作家雅·棱茨(1751—1792)、剧本《狂飙突进》("狂飙突进"运动因此得名)作者弗·克令格尔(1752—1831)等人。
③ 参看本书第二七九页注①。

的人呼呀。"①有创造才能的人是领袖,是组织家。

稍晚,歌德又说:

"如果我不应该向我的兄弟们指出一条道路,我何必那样热切地去寻找它呢!"②

歌德也许知道康德给天才所下的定义。康德认为,天才无论干什么,总是把它当作一种自然的、来源于他自己个人的本质的东西,但是他干的事情会成为别人的榜样和准则。

我们拥有马克思主义分析力的人可以说:天才是才能优异的人物,他们能够比他们的整个阶级更早地说出它所需要的东西,他们的思想会像闪电似的传布开去,成为群众自我认识的工具。马克思就是这样,列宁就是这样。

歌德也希望成为这样的人。可是德国没有一个能够支持他的阶级。

歌德清清楚楚地感到,在法国大革命以前的时代没有机会实现他的理想,不可能做到使社会不致妨碍而是帮助从事创造的完美人物的发展。他甚至预感到,这类杰出人物一定会遭受挫败、牺牲。他创作了《普罗米修斯》、《穆罕默德》以及《维特》③,这些作品仿佛承认了一个几乎把他苦缠不休的思想:除了死亡,再也没有别的办法摆脱这个惨剧。

> 你浑身发出音响,你浑身哆哆嗦嗦,
> 心情黯淡,你觉得你又疲倦,又衰弱,
> 夜里,天旋地转,
> 你越来越沉浸在你特有的心情中,
> 拥抱着整个世界,——那时人就要死亡。

---

① 见《格言和反省》(一八二二至一八三二年)。
② 出自《献词》(一七八四年)一诗。
③ 即《少年维特之烦恼》。

死成了大彻大悟,死成了人生戏剧的光明结局。为什么?这是神秘主义吗?不,这不是神秘主义。

如果说,歌德在很大程度上向最伟大的资产阶级诗人莎士比亚学习了这样来理解人生,认为谋得幸福并不重要,获取胜利也不重要,重要的是做一个伟大的人,重要的是必须有这样的思想感情和生活际遇,并且在生活中造成这样的事件,使人可以说道:这才是自强不息、贯穿着极大毅力的真正的生活啊!——那么,歌德又向另一个资产阶级思想家斯宾诺莎①学习了认识自然。

对歌德来说,自然就是"一切"——由各个部分和谐地结合而成的统一的整体。但是歌德比斯宾诺莎更多地具有一个观念,认为这"一切"经常在臻于完美,认为世界上发生的种种过程之所以有其意义,是因为拥有无限潜力、并在矛盾重重的发展中通过各别部分的互相影响而发挥其潜力的物质②经常在前进、改善、获得高度的发展(这一发展观念原是德国唯心主义的基础)。此外,歌德还作为一位禀赋优越的艺术家来理解物质,认为它是色、音、味、效能、享乐的总和,换言之,它是通过活生生的内心感受这一非常鲜明的综合体而对他起作用的。

歌德感到做这整体的一部分是一件美事。他认识得很清楚:把作为部分的自己同整体相对立,把自己个人同这大千世界、同这独立存在的物质相对立,未免荒唐可笑。但是怎样达到这个整体,怎样通过社会、通过恩格斯称为腐烂的粪堆的德国社会来冲进这个整体呢?冲进去既不可能,于是歌德情愿接受一个思想:除了死亡,再也没别的门路通往自然。

易卜生的《彼尔·金特》中有过这样的形象:有人碰见一个铸

---

① 巴·斯宾诺莎(1632—1677),荷兰唯物主义哲学家。他否认人格神是自然界的创造主,认为自然界本身就是神,就是万物存在的原因。恩格斯很推许斯宾诺莎的这个"自身原因"论。

② 指自然。

造纽扣的工人,那工人告诉他:"我搜集没有扣眼的纽扣,然后再把它回炉,"——就是说,死亡把毫无用处的人扔回物质的巨流,因为做得不好的东西必须重做。歌德却是一只钻石纽扣,而且它有很好的扣眼,但是这里没有地方可以缝纽扣,——衣服破得不行了。因此,虽然他不是低于而是高于现实,他还是向往死亡。

歌德没有死。他只不过写了一篇《维特》,提出了震动世界的、把许多人投入自杀者行列的死亡的思想。然而歌德本人还停留在死胡同里,停留在十字路口,不知如何是好。正在这时候,以萨克森-魏玛公国的卡尔·奥古斯特公爵①为代表的贵族阶级,向歌德建议彼此联合。

人们就这次联合说过许多不正确的和肤浅的话。其实这是歌德生平一个最大的事件,他经过长期考虑之后才作出决定,即是放弃资产阶级领袖的角色。他知道他在这里必须卑躬屈节,使自己处于门客、弄臣和仆役领班的地位,成为他那实际上平平庸庸的主公手下一名总管。当歌德走向贵族阶级的时候,拥护共和的思想家和诗人克罗卜史托克②一类人物就同他断交了。歌德预见到这一着,可是他不知道,不如此他又怎么生活下去。他身上有一股力量在沸腾,推动他去创作、活动、享乐,于是贵族阶级对他说:到我们这里来吧,我们挤一挤,给你匀个座位,你可以变成"封·歌德"③,你会有钱,有收藏品和实验室,还有充分的机会出外旅行,我们要叫你担任大臣,我们要让你治理国家,——这虽然是个小邦,可毕竟是"大公国"啊。

歌德赞成这项建议,这是他第二次失节。歌德第一次失节是他不再充当一个愿意革命的领袖,那次失节实际上是不可避免的,

---

① 卡尔·奥古斯特(1757—1828),萨克森-魏玛大公。
② 弗·克罗卜史托克(1724—1803),德国民族文学创始人之一,曾歌颂法国大革命,但在雅各宾党人开始专政后即趋向保守。
③ "封"是德国贵族的称号。

因为在当时的德国,做领袖的没有足够的群众。现在又提出怎样保全自己的生命、为了未来而保全生命的问题。为要做到这一点,他在一定程度上把自己出卖给了居统治地位的贵族阶级。正在这时候,歌德发生了一件极其可怕的事情,如同恩格斯所说的:有一天歌德一觉醒来,发现自己原来是在格律恩之流的怀抱里,让自己充当了黑暗德国的反动小市民制度的主要支柱之一。

恩格斯就这件事说道:

"歌德每次和历史面对面时就背弃它,历史为此而给歌德的报复,并不是门采尔的叫骂和白尔尼的狭隘的辩驳。不是的,正如

蒂妲妮亚在仙宫,
发现自己在波顿的怀抱里,①

歌德也一度发现自己在格律恩先生的怀抱里。"②

这种卑劣的或渺小的格律恩、卑劣的或渺小的说谎者,为数是很多的。

他们就歌德同贵族联合问题说道:这提高了歌德,使他从愤激的、不稳定的青年时代进入了真正的成熟期。他们称他为幸福的人,称他的命运为理想的命运。而歌德却对爱克曼③自述道:"人家说我是一个幸福的人,可是当我回顾过去的时候,却看到无数次的自我克制、无数次地舍弃我所希望的东西。我看到的是持续不断的劳动,而那令人想起幸福的光芒,只不过偶尔将我的道路照耀一下罢了。并且自始至终都是如此。"

他说这番话时已经是一个八十老翁,他说的是真话,因为他身

---

① 引自歌德的《警句集》中的四行诗《警告》(蒂妲妮亚和波顿是莎士比亚的喜剧《仲夏夜之梦》中的人物。蒂妲妮亚是个仙后,波顿是个愚蠢的小人物的形象)。——《马克思恩格斯全集》原编者和原译者注。
② 《马克思恩格斯全集》第四卷,第二七五页。
③ 约·爱克曼(1792—1854),德国作家,从一八二三年起担任歌德的文学秘书,辑有《歌德谈话录》。

上的黄金锁链实在沉重。歌德刚一到魏玛,便把他自己的《维特》改成一出趣剧,以适应新的环境。他真正受到史太因夫人①的调教,史太因夫人将他翅膀上那些使她觉得不大合乎宫廷风尚的羽毛统统拔掉了。她极力想把他塞进平庸的侍臣的框子里面,应该说,在歌德这段宫廷生活中是有几页可耻的记录的。

固然,歌德异常痛苦,过了些时候,他逃出了魏玛:几乎没有请求批准,他就前往意大利,想呼吸一点新鲜空气。

这位伟大人物、这位没有在一个使他能够自由呼吸的市民社会里生活过的伟大市民奔向了自然和社会——然而是过去的社会。

在意大利,歌德找到古希腊和文艺复兴这两个富于公民精神的伟大时代的伟大遗迹,那时的艺术善于表现满怀着自信、满怀着奔放的激情的丰姿优美的人们,由于意识到本身的力量,他们显得静穆而庄严,就这个意义说,他们又成了一个规范。

歌德在自己周围建立起一个人为的世界,可是他当时的社会唠唠叨叨地提醒他说,他应该重返魏玛。歌德一想起这件事就厌烦。

这段时期歌德写了他的可怕的剧本《托尔夸托·塔索》②。这个剧本的可怕之处不在它的主角,那意大利诗人,发了疯。剧本的可怕之处,在于它企图描写一个有才华的、热情的、天然无饰的人,一个真正的人,凭着他的才能而被延揽到宫廷中,但他不揣冒昧,忽然认定自己不仅是个享有特权的弄臣,而且应该同贵族平起平坐,甚至还爱上一位公主。结果他大大地触怒了人家,结果他遭到了彻底的毁灭,那是精神上的毁灭,因为公主对待诗人的爱情也很轻慢,仿佛向她求婚的不过是一只猴子罢了。

---

① 夏·史太因夫人(1742—1827),德国作家,魏玛一个宫廷显贵的女儿,歌德的朋友。
② 托·塔索(1544—1595),文艺复兴时代的意大利杰出诗人。

但主要的悲剧还不在于此。剧中有个安托尼奥,他的全部智慧可以用一句俄罗斯谚语包括无遗:"各守本分。"于是歌德得出结论说:安托尼奥是明智之士,是真正的道德的体现者,托尔夸托·塔索则是悲剧罪过的体现者。他写这个是为了向自己证明:歌德,你得安守本分,不要瞎闯到你不该去的地方去,不要往社会改革家的队伍里拼命钻,不要梦想随意行事。你应该善于克制,——这才是真正的智慧。

虽说歌德走上了妥协的道路,可是他重返德国以后,几乎人人都同他绝交了。宫廷人士窃窃私议,指责他离开魏玛是表示他的轻蔑。温柔的史太因夫人始而写小说、继而写剧本抨击歌德,歌德的传记作者之一勃兰兑斯说,这个爱妒忌的妇人对她的伟大情夫恨入骨髓,她从未写过如此肮脏的谤书。①

歌德很孤独,虽然从他对另一资产阶级天才席勒的友谊中多少得到了一些支持(这里不便多谈席勒,尽管他对歌德有过众所周知的作用)。

从这个时期起,特别是在席勒死后,歌德便披上一件庄严超拔的外衣,把自己装扮成奥林普斯山上的天神了。

这段时期的歌德常常引起人们诧异。那个像火焰一样盘旋上升的山鹰和天才,究竟到哪里去了呢?现在他变成了一位不动声色、庄严静穆的人物。然而这是一副骗人的假面具。当时歌德浑身战栗着说:"我不能写悲剧。这会使我发疯。"他听见贝多芬的奏鸣曲,不禁在昏暗的房间里号啕大哭,差不多成了贝多芬的仇敌。他说:"如果这种曲子由一个大乐队来演奏,真能把周围的一切都摧毁掉。"

恩格斯说,歌德年岁愈大,愈是变成一个庸庸碌碌的枢密顾问。但是恩格斯不知道某些有关的文献,我们却从这些文献中看

---

① 见丹麦文学评论家和文学史家勃兰兑斯(1842—1927)的《歌德》。

到了同这一过程相对立的力量。甚至从满头白发的歌德身上也可以看出,有多少力量蕴藏在他的内心,又是怎样不时地沸腾澎湃。

我们可以谈谈这一点。

拿破仑被放逐之后,开始出现一个反动局面,诸侯们极力想剥夺解放战争①结束后人民自认为有权获得的全部成果。这种局势震动了歌德,我们现在已经掌握有这方面的直接证据。基塞尔医生②谈到一八一三年十二月十三日晚上的情形,那一晚他是在歌德家中度过的:

"我晚上六点钟去他那里。我发现他孤孤单单,非常激动,简直是一团烈火。我在他家待了两个钟头,始终不大了解他。他向我展开一个广泛的政治计划,并且请我参加;我简直怕他。我觉得他像一条中国巨龙。他愤怒、强大,他气势汹汹地吼叫。他眼里充满着火焰,脸上通红,常常感到字汇不够,只好用猛烈的手势来代替。"

但是从可怜的基塞尔那里无法得悉这是个什么计划。他仅仅说,歌德谴责了几世纪来所积累的邪恶。

可是第二天,歌德又同一位比较先进而聪明的人物鲁登教授③谈了一次话。那个对摩拳擦掌的反动派表示积极抗议的计划,由于歌德认为完全不能实现,大概是被放弃了。不过这一回我们可以看到,究竟是什么使歌德产生了这种极其激动的心情。

"您也许以为我不懂自由、人民、祖国等伟大的观念吧?这些观念是我们的本质的一部分。谁也不能离开它们。可是您谈到我的德国人民的觉醒、奋发。您肯定说,他们不容许人家从他们手里夺去自由,因为自由是他们用很高的代价、牺牲自己的生命财产换取来的。但是,难道德国人民醒悟了吗?他们睡得太熟,第一次震

---

① 指一八一三年德国反拿破仑的战争。
② 乔治·基塞尔(1779—1862),德国医生,回忆录作家,曾为歌德治病。
③ 亨·鲁登(1780—1847),德国耶拿大学历史教授。

动不可能使他们清醒过来。请不要再追问我。我认为外国人有关我们同胞的传单写得很好。啊,啊,给我战马、战马,我愿用半个王国换一匹战马!"①

然而人家不给他战马。他们给了他半个王国、半个魏玛"大公国",可是不给他战马,让他去领导一场伟大的政治攻击战。不过人人都看出歌德是拿破仑派,他十分清楚地认识到,拿破仑不仅仅是德意志祖国的敌人,而且带来一个比较优越的制度。当代德国反动派的头目们也了解歌德的这一特点。例如"大元帅"鲁登道夫②辱骂歌德,就因为歌德对法国仇恨不够。更有趣的是,鲁登道夫夫人在她所出的一本书上断言,所有伟大的德国人都是被犹太人或共济会会员害死的,其中席勒是被共济会会员歌德毒死的,③——而这本愚蠢肮脏的书竟在"文明的"德国销行了三万册之多!根据这件事就可以推断,"右倾的德国"并不想无条件地崇拜歌德,而是对他表现出一种颇为奇怪的"批判"态度。

当然,政治是歌德的活动中最薄弱的一面。作为哲学家、科学家和诗人的歌德于我们更亲近得多。但为了说明他的政治特色,我们还是必须再作一项重要的补充。

歌德的生命快结束的时候,他已开始看出资产阶级社会发展所带来的内在矛盾。他热爱劳动,热爱技术,热爱科学。他对资产阶级的这些好的方面并无反感;引起他反感的是资产阶级带来的市侩习气和混乱局面。因此他企图向自己描绘出一种制度,在那种制度之下,计划化的原则将取得胜利,自由的劳动人民会结成一个劳动联盟。这一点在戏剧体的伟大诗篇《浮士德》最后一部分

---

① 基塞尔和鲁登关于歌德的记述引自德国文学史家贡多尔夫(1880—1931)的《歌德》(一九一六年)一书。
② 艾·鲁登道夫(1865—1937),德国将领和军事思想家。
③ 见玛蒂尔德·鲁登道夫(1877年生)的《对路德,莱辛·莫扎特和席勒所犯下的不可饶恕的罪行》,一九三二年。

中有所反映。这几行著名的诗常常为人引用,可是我们不妨再引用一次,——它们证明歌德怎样超越了他的时代界限:

> 这无疑是智慧的最后的结论:
> "要每天每日去开拓生活和自由,
> 然后才能够作自由与生活的享受。"
> 所以在这儿要有环绕着的危险,
> 以便幼者壮者——都过着有为之年,
> 我愿意看见这样熙熙攘攘的人群,
> 在自由的土地上住着自由的国民。
> 我要呼唤对于这样的刹那……
> "你真美呀,请停留一下!"
> 我在地上的日子会有痕迹遗留,
> 它将不致永远成为乌有。①

一个人要真正在创造上促进人们,不贪图清静,而是用言论和行动为生活的胜利奋斗,反对那些尽量设法去压制人们的势力,——只有这样的人才能说,他没有虚度一生。

所以,思想家歌德和诗人歌德比政治家歌德于我们更亲近得多,也更重要得多。不错,甚至在歌德的社会政治方面的创作中,也总可以看出他是一个先进的市民、公民。然而从歌德的诗和哲学里面,毕竟能够更远为强烈地感觉到年轻的资产阶级对旧世界的反抗。

他的音律和形象之所以拥有磅礴的力量,追本溯源,是由于他的阶级正当青年时代的缘故。凡是对先进阶级的创造抱积极态度的人,通常都具有新鲜的感受力;他们创造自己的语言,他们成了新生的人所能够和应该接受的一切事物的源泉。因此歌德说:

---

① 参看《浮士德》第二部,第三五六页,人民文学出版社。

"要爱,要憎,要奋斗,要战栗;这会使生活变得痛苦,但是如果没有这些,整个生活都毫无价值了。"

歌德的力量、积极性和生命力,对于产生这种山鹰般的青年气概的资产阶级是一个光荣。然而歌德的一生对于资产阶级又是一个耻辱,因为资产阶级束缚和限制了他的青年气概,因为它无论在任何条件下都决不可能实现这个洋溢着青年气概的纲领。

作为诗人,歌德倒还有可能在形象中非常有力地表现他感觉到的东西。谈起这一点的时候,他把痛苦当作一种最主要的心情,这是很有代表性的:"如果说普通人遭遇不幸时默然不语,那么我,由于某个神明的恩赐,倒有力量诉说我的全部痛苦。"①

我们还会长期研究歌德的创作,因为现在已经到了认真研究它的时候。

上面我们引证过恩格斯几段精辟的话,他在那里对歌德哲学观点的深刻的革命性作了评价。

我想用歌德一封哲学性的书札来结束我这篇文章。那是人们所曾写出的最光明、最深刻的篇章之一:

"我不能不把这几天来多次盈溢在我心头的喜悦告诉你。我感到自己同远远近近的严肃积极的研究家凑巧是一致的。他们认为和断定,必须把难以了解的东西当作前提和假设接受下来,但是因此就不能对研究家本身加以任何限制。

"难道我不是必须把我自己当作假设和前提接受下来吗,虽然我始终不知道我实际上是怎样一个人?难道我不是经常在研究自己,却始终没有达到对自己和别人的理解,而同时又在精神抖擞地节节前进吗?

"对宇宙也是如此:让宇宙摆在我们面前,没有开端也没有终极吧,让远处浑浑无涯,近处不可测知吧;但纵然这样,还是让人们

---

① 《激情三部曲》之二《哀歌》小引。

永远不要断定和限制,人的智慧能够将自己的奥秘和宇宙的奥秘洞察得多么远、多么深吧。"①

在同一个意义上,我建议把下面几行生气沛然的诗接受过来,并且加以解说:

"'被创造的精神②不能深入自然内部。'庸人啊!你对我和我的同胞最好不要讲这样的话。我们认为:无论我们走到哪里,我们总是在自然内部。

"'即使自然只让一个人了解它的外壳,他也是幸福的。'这种话我足足听了六十年,可是我在心里咒骂它;让我重说千万遍吧:自然慷慨地自愿赐予一切;自然无所谓核心或躯壳,而是浑然一体;你倒不如好好体察一下:你自己究竟是核心还是躯壳。"

单引号里那几句被歌德嘲笑过的话出自生理学家兼诗人哈莱③的一篇诗。

这种探究哲理的精神、对认识力的信心、对不可限量的人类理性的信心,当然也是我们所应有的。资产阶级在其发展中刚一开始停顿和腐朽,就放弃了现实主义的、创造性的、朝气蓬勃的世界观。

我们不能不做分析员,不能不用批判态度仔细研究过去时代留给我们的遗产,因为那些时代几乎从来没有给过什么可以为我们全盘接受的东西。过去文化的产物中除了瑰宝之外,还包含着许多我们应该予以抛弃和剔除的形形色色的糟粕。我们现在对歌德就是这样做的。我们看到,这么一来,他所剩下的不但HY是

---

① 引自一八二〇年《形态学》杂志上的《友好的号召》。《形态学》是歌德发行的一种科学期刊,专门刊登他本人有关动植物形态学问题的著作以及其他科学家的著作。翻译这节引文时曾参照《卢那察尔斯基八卷集》第六卷《沃尔夫冈·歌德》一文加以增订。
② 指人。
③ 阿·哈莱(1708—1777),瑞士人,常在诗中提出哲学问题,宣传不可知论。

精华的部分,而且是本质的部分——歌德身上最本质的东西。

渺小的或卑劣的格律恩们、渺小的或卑劣的说谎者们还可能把歌德叫做"奥林普斯山上的天神",往歌德额头上贴各种反动的标签,但是,正在建设新世界、对剥削社会及其文化举行最后审判的无产阶级,已经提高声音表示反对了。

是的,社会主义革命——马克思说它可能持续数十年之久——是一场最后的审判,不仅因为这个革命要在社会斗争中推翻人民公敌,而且因为它是对生者和死者的一种裁判。

从建设新生活的无产阶级的审判所面前走过的,有旧时起过作用的人物,我们的运动的先知;现在照耀着我们的上升中的太阳,早就引起他们注意了。

从无产阶级审判所面前走过的也有其他各阶级的代表,他们越过自己的阶级意识的界限,制定了一套套纲领,但是他们的本阶级不可能实现它,而注定要由另一个阶级来实现。正如米开朗基罗那幅伟大壁画表现的一样,一个无产者的强大形象巍然屹立着,他推翻过去被认为伟大的事物,——这里有残破的皇冠、银行家的黄金、虚假的桂冠等等,——同时又尊崇那些永远值得缅怀的人物。①

这个无产阶级的政治、文化和艺术审判所对歌德说:"你应该脱掉你那萨克森-魏玛公国的绣金线的仆役制服,应该取消你的奥林普斯式的静穆的假面具,因为我们知道,这副假面具背后隐藏着一个伟大的人和伟大的受难者。把你那鄙俗的时代强加于你的东西抛开吧:你自己知道,这样一来,你只会变得更好,只会更崇高得多、更明朗得多。愿你同真正促进人类社会发展的人们一起永

---

① 米开朗基罗(1475—1564),文艺复兴时代意大利雕塑家、画家、建筑师和诗人。在他所作壁画《最后的审判》上,在耶稣的审判对象之中,有该入地狱的灵魂,也有该进天堂的上帝的选民。

垂不朽。"

　　这就是我们的导师们的话的意义。无产阶级是青年德意志的伟大思想家和伟大古典诗人的忠实继承者,这批人中间最伟大的也许便是约翰·沃尔夫冈·歌德。

席勒与我们[*]

在这篇小小的引言里,我并不指望就"席勒与我们"这个重要的、值得马克思主义评论界注意的题目,至少把我最主要的意思全部发挥出来。

有关这个题目的某些情况,读者可以在本卷所附的戈恩费尔德[①]论席勒的文章里看到。

我只想详细谈谈两个问题,都是很符合我们现代的实际需要,并从席勒这一社会—艺术现象中得到了独特的说明的。

席勒是革命家吗?

不言而喻,席勒做革命家只能做资产阶级革命家,但对他的时代来说,那毕竟是真正的革命家。

对这个问题决不能简单地回答"是"或"否"。

第一,席勒在那个时代有过变化,第二,席勒的社会道德哲学远不是完整无缺的,当然,这并非由于他的"罪过"。

席勒的革命性的高潮期是他的青年时期。在这方面,梅林对他的《强盗》作过完全正确的评价:"尽管有其缺陷和弱点,《强盗》作为一个二十岁的青年的作品,却是一部极有分量的东西,在名为'世界'的舞台上,他们[②]直到此刻依然是活生生的人,尽管现实世

---

[*] 本文是一九三〇年作者为俄译《席勒戏剧选》所写引言。译自《卢那察尔斯基八卷集》第六卷。

[①] 阿·盖·戈恩费尔德(1867—1941),苏联文艺学家和评论家。

[②] 强盗们。

界从那时以来起了重大的变化。如果一个革命无产者在言行上同卡尔·穆尔①相一致,他的形象就不真实了,可是荡漾在剧本里的革命精神,至今还异常有力地吸引着观众。席勒也清清楚楚地懂得,他写出这个戏,不只是完成了一项文学工作,而且完成了一项社会工作。他对他的一位朋友说过:'我们要写这样一本书,使暴君无疑地非把它烧掉不可。'"②

《托波尔斯克诗选》③中也贯穿着十分明确的革命"倾向"。

青年席勒是个勇猛的、非常急进的革命家,虽然"现实"不仅以狂妄的卡尔·哀根④的形象,还以它那几乎遍及各处的政治上的孤陋,扼杀了他的革命性。

此后便是痛苦的随波逐流的过程。席勒有意识地这样改变自己身上的革命因素,使他一方面不致在同显然占压倒优势的"环境"的尖锐冲突中白白地毁掉,另一方面,又不致在他自己眼里成为"叛徒"。

在社会环境的压力下,向机会主义、有时甚至向反动派转化,又要从思想意识上为自己开脱,——这类现象,是一种极其常见而重要的社会心理的蜕化变质现象。

关于《阴谋与爱情》,我们有梅林的这样一段证词:"鞭子从来没有如此猛烈地抽打过应受惩罚的独夫,惩罚也从来没有更适当其罪的了,"接着是:"席勒这篇戏剧被称为分支广布的资产阶级戏剧的山脉的顶峰,不是没有根据的。"⑤

---

① 《强盗》的主角。
② 引自梅林的《弗里德里希·席勒》,此文收在上述《席勒戏剧选》中。
③ 即《一七八二年诗选》,其中大部分是席勒的作品。出版地原是斯图加特,为了预防审查机关追究,在里封面上故意印成(俄国的)"托波尔斯克"。
④ 卡尔·哀根(1728—1793),席勒故乡符腾堡公国的统治者,以残暴著称。席勒年轻时曾在以卡尔的名字命名的军事学院度过八年。
⑤ 引自《弗里德里希·席勒》。

可以说明"必然性"①和"愿望"之间的对立的两份令人震惊的文献,一是有关《莱茵河的塔勒亚》的那篇纲领性文章②,二是为了将《堂卡罗斯》第一幕献给魏玛公爵而写的《进呈御览的献词》,席勒认为自己假如没有公爵的奥援的话,肉体上注定要毁灭。

他在编辑部文章中写道:"我以世界公民的资格写作,不为任何国王效力。"接着又写道:"现在公众对于我就是一切——我的科学,我的君主,我的保护人。现在我只属于公众。我将到这个法庭而不到任何别的法庭去受审。我只敬畏公众。"

这便是席勒的梦想。然而,对于当时那个可惜还很少"资产阶级味"的德国的一名先进资产阶级代表来说,这样的命运是不可能的。

愈往后,席勒愈是朝着"同现实和解"的立场转移。

他不相信有胜利的可能,于是也就削弱了尖锐的斗争。

艺术至上论的全部历史都导源于此。这是我想在这里论及的第二个问题。

我们的论点是这样:富于创造力的阶级,其艺术总是有思想性的,充满着新的道德的。因此,——既然我们正是这种阶级的热诚的代表——我们的艺术不能不具有"教诲性";我们认为,能把鲜明的艺术性同社会思想的力量相结合的,才是最高级的艺术。

席勒恰恰是这一类别的最典型的作家之一。

为什么?

因为在德国,他是走在本国前头的资产阶级急进主义代表。

然而,难道席勒在理论上不是坚决否定道德教诲艺术的吗?

是的;但这个两重性的辩证法是包含在席勒时代社会发展的

---

① 指当时德国的社会政治制度和反动势力。
② 指席勒为他所筹备的刊物《莱茵河的塔勒亚》而写的编辑部文章《莱茵河的塔勒亚·通告》。一七八四年,席勒曾将此文印发德国各著名报刊和作家。塔勒亚为希腊神话中九个缪斯女神之一,司喜剧。

辩证法之中。

他写道:"在现实的空间,实物与实物必定相撞,而在艺术中,思想与形象却和谐共处。"①席勒拒绝为"现实"的道德服务。他愿意为"合理的"事物服务,他不大相信它会取得实际胜利,可是在理智和情绪上对它充满着很大的热忱。

凭着这套理论,他保证自己至少有了一点从事艺术宣传的自由,他声明说,仿佛他之所以成了艺术家,并非因为他生来(社会所生)是个宣传家,而他之所以(偶然地!)成了宣传家,则因为他是自由的(!)艺术家的缘故。

席勒对别人,多多少少也是对自己,极力把他那就社会而言其实是先进的道德—政治宣传冒充"纯艺术"。除此以外,他看到在物质上现实是难于变革的,便诉诸遥远的未来,诉诸隐秘的、不定什么时候才能明说的道德常理(波萨)②;或者寻求一条机会主义的、已经远远背离急进主义的道路,使他所珍贵的"自由"好歹"渗出"一些来。

因此席勒对我们可贵之处,在于他来得及说出的那些正面的东西;但他的自我牺牲精神对我们也是可贵的,因为,甚至对他远没有好感的尼采也尖刻地谴责德国说,由于它那班卑劣的"老爷"的残暴和"公民"的愚昧,事实上是它把"它的英雄和诗人"折磨死了。③

被萧索时代摧残着的席勒唱出了他的歌,这歌像个残废者:一颗美男子的脑袋,却长在一个给殴打得衰弱伤残的躯体上面。

---

① 这大概是《华伦斯坦》第三部《华伦斯坦之死》第二幕中两句诗的意译:
"思想们虽然容易同居,
而在空间则实物与实物必然相撞;"
见《华伦斯坦》第二七一页,人民文学出版社。
② 《堂卡罗斯》主角波萨说:"这个时代对我的理想来说还不成熟。"(第三幕第十场)
③ 出自尼采的《不合时宜的思考》。

如实的、历史上的席勒是崇高的,不过他脱了骱,痛苦而感人。透过这一形象,我们可以预见到席勒希望成为、应当成为、他在别的条件下能够成为什么样的人。这个内蕴的、潜在的、但在他的潜能中却又十分现实的席勒——是我们的!

亨利希·海涅[*]

经过一场持续了十七和十八两个世纪的长期昏睡以后,德国才觉醒起来,这比它的西部各邻邦要晚得多了。

醒来也困倦苦恼,因为资产阶级开始达到相当充分的自觉时所面对的德国已分裂成许多小块,而且无论是天主教会或各个新教宗派都在毒害它。正是海涅头一个特别有力地指出,德国的力量不足以促成政治上的积极觉醒;但同法国发生的政治风暴相平行,德国在思想和想象方面发生了一次极其强大的运动。

跟风雷激荡的法国资产阶级运动同时到来的初次觉醒,是以德国人民的天才诗人沃尔夫冈·歌德作为它最伟大的英雄和代表之一的。

这个富家子弟把自己同祖国的阴暗现实相对立,在他成为一大批以天才自命的优秀青年的领袖之后,本想推广一套替有才能的个人谋利益的闪闪发光的纲领,让自己去对抗命运和社会,好像一颗彗星,要在官方世界和资产阶级社会的常轨以外寻找本身的道路,虽然它对于自己和别人也许都是一条致命的道路。

可是德国对待它的儿子们的这类叛逆行为十分冷淡。然而歌德拥有很足够的自我保全的本能、灵活性和随机应变的能力,不至于去同现实直接交锋,不至于用他的主角维特的方式毁灭自己,相反地,他经过一些巧妙的阶段,树立了和解的世界观,并在这次向

---

[*] 本文初次发表于一九三一年第五期《成长》杂志。译自《卢那察尔斯基八卷集》第六卷。

社会交出他的阵地时保留着足够的余裕来为自己造成一个形象，它有点过于庄严肃穆和建筑物似的匀称整齐，但又是丰富而魁伟，具有世界历史意义。

当歌德年事已高，便来了新的一代德国资产阶级青年，他们要急于挣脱明哲的、调和折中的古典主义的枷锁，冲出稳健的客观性这个白雪皑皑的寒冷地区，他们一部分被资本主义继续前进的步伐所惊醒，一部分则作为小资产阶级的苗裔而对资本提出抗议，他们发展了一种新式的诗歌，不过它在某种程度上恰恰使人想起了歌德本人青年时代的飞翔。

以史雷格尔①、蒂克②和诺瓦利斯③为首的浪漫派，正好是同样拿自由的个人去对抗一切社会道德，正好是同样心潮澎湃和大胆抗议；然而他们浮在它面上的那个阶级——手工业和商业界的庸俗的小资产阶级——没有能力真正支持他们。他们觉得，发展得愈来愈强大的资本主义，即大资产阶级，是一股敌对的力量；它背后的无产阶级，他们当然是无论如何也看不清的。因此到了最后，如同那种时代的小资产阶级类型常有的情形一样，他们惶惑而软弱，以至倒向了反动派。他们的个人主义、他们那个要靠自身独力奋斗的油然而生的习见的抱负，在有些人当中产生了无结果的讽刺和自己力不从心的感觉，在另一些人当中则（有时是通过同样的讽刺）造成了神秘主义倾向。

天主教的"魔鬼"就是在这里窥伺着他们，他们终于像后来尼采论华格纳时愤然说过的，"落到……落到了十字架底下。"

可是我们已经讲过，德国资本主义的增长引起小资产阶级的贫困和破产。其中一小部分凑巧变成了大资产阶级；无产阶级出

---

① 弗·史雷格尔(1772—1829)，作家和评论家，德国浪漫主义理论的奠基人。晚年思想带有浓厚的神秘色彩。
② 鲁·蒂克(1773—1853)，德国浪漫主义作家，晚年倾向现实主义。
③ 诺瓦利斯(1772—1801)，德国浪漫主义诗人。

现了;大城市的作用增加了;经济生活像脉搏似的跳动起来,使人能够通过各种"精神"上层建筑的结构觉察到它。可以预料,同一个小资产阶级的一部分人会开始感到一个铁器时代①、一个新德国正在临近,以后我们将不胜惊讶地看见,在旧德国的原址上兴起的,一方面是俾斯麦和克虏伯的德国,另一方面又是社会民主主义的和随后的共产主义的德国。

正是浪漫主义者中间锐气最盛才具最高的亨利希·海涅,比别人更早更明显地感觉到这个新的、现实主义的、清醒的同时又是战斗的时期的来临;他认识得很清楚,正在到来的时代将使政治变成一项居于统治地位而且极其严酷复杂的因素。他懂得,政治著作家和评论家将起一种特殊的作用;他透过还不成熟的共产主义形式体察到未来的无产阶级胜利,由于认识它的正义性而对它深感同情,虽然他是用惶恐不安的眼光去看待它的临近的。海涅身上最进步、同我们最接近的东西,正是他的政治评论,它在他那本谈"法国实况"的书和德国哲学史②以及《阿塔·特洛尔》③一类政治讽刺作品中,都以稳妥的见解、辛辣机智的文笔、强大敏锐同时又是活跃的智慧,令人惊叹。至于海涅对共产主义的态度,他的两重性是毫无疑义的事,两重性对于一个处在他那时期和境况的人是很可以原谅的,在各个不同的时代,它又由赫尔岑和勃柳索夫这类人物几乎完全重复了一遍。在《路苔齐亚》一书法文版序言里海涅写过,共产主义的胜利将是"无知的偶像破坏者"的统治。

"他们将用他们的粗糙的手,无情地打碎我心中珍惜的美丽的大理石雕像,破坏诗人如此爱重的奇幻的艺术珍玩。他们将砍伐我的夹竹桃林,在那里种起土豆来。"等等。

---

① 喻"铁血宰相"俾斯麦和克虏伯军火钢铁公司。
② 即《法国情况》(一八三二年)和《论德国宗教和哲学的历史》。
③ 长诗《阿塔·特洛尔》(一八四三年)主要是讽刺当时德国文学中褊狭浅薄的小资产阶级过激派及其代表白尔尼。

海涅又立刻说,毕竟人人都有吃饭的权利,所以必须破坏那个不是建立在这一简单明了的基础上面的世界:"让他们去打碎使无辜者死亡,利己主义得逞和人剥削人的旧世界吧。"①但无论如何不能把海涅其人干脆说成是政治家,说成是写出了一部就文采和思想深度而言都十分惊人的德国哲学史的思想家。

海涅首先是一个诗人,而且多半是抒情诗人。

其实,他在写政论时也仍然是诗人。他为人非常灵敏;除了他的天生的、生物学意味上的灵敏之外,还要加上他那个时代的人心涣散,他生活其中的社会的紊乱无章。他的周围和他自己心里有许多矛盾在互相斗争;正因此,他的神经才变得那么敏锐,敏锐得有时简直使他痛苦。

环境粗俗丑恶,不能不加以嘲笑,笑声间或被勃发的愤怒和一阵阵的忧戚悲郁所打断。可是能用什么去对抗这个恶劣阴暗的现实呢?暂时没有这样的实力。一八三〇年革命刚刚叫海涅振作起来,但是接踵而至的失败、新的高涨和新的失败却把他变成怀疑论者,使他不大相信某些真正强大的自由力量正在临近。而当时,任何理想主义、任何高调都不啻是一种可笑的哗唢棒。况且海涅亲眼看见知识分子的抗议起了变化,时而变为空虚的幻想,他们希望在它的大麻的毒烟中忘怀一切;时而变为更坏的东西,即宗教狂热;最后,时而又变为孤傲的悲观主义或苦笑。后者对海涅特别贴近;他的苦笑虽然含有苦味,却是响亮和快乐的;他醉心于他的笑,又让别人醉心于他的笑的乐曲。他笑宗教上的无谓的努力,笑幻想家,笑悲天悯人之士,他用嘲讽的大笑的激流去冲洗可憎的现实;他更把炽热明亮的讽刺的火花喷射到所谓"高等典型"身上,却也不怜惜他自己。还有一点,也是造

---

① 《路苔齐亚。关于政治、艺术和人民生活的报导》(一八四〇至一八四三年)法文版序言(一八五四年)。

成他内心的复调音乐的原因。我们已经看到,他准备相当高兴地接受未来无产阶级的严酷的胜利,但同时,他又唯恐这种——照他所爱用的说法——犹太教徒的粗豪、这个对正义的渴望会用它铜打的双脚去践踏生活的花朵,而海涅自己,按照他的用语,是像希腊人似的喜欢这些花朵的。① 一份莫大的、多彩的、雅致的个人幸福,就是海涅的心愿;他觉得,无论是资产阶级的现实或未来的共产主义,都不会带给他这份幸福。海涅清楚地懂得,他身上的这个两重性与不很和谐的多弦齐奏,并不是什么雄伟壮丽的东西,而是社会的必然产物。

他在下文中以天才的力量表述了这一点:"亲爱的读者,你不要埋怨不谐调,不谐调是自然的,因为世界本身被撕成了两半。诗人的心是世界的中心,所以它在我们这样的时代不能不破碎和发出哀号。谁若夸耀说仿佛他的心是完整的,那他简直是在招认他的心又平庸又冷酷。我的心上却贯穿着一条世界大裂缝,我知道,伟大的众神既然授给我一顶诗人的荆冠,就慷慨地赋予了我比所有其他人更多的仁慈。如果在古代,在中世纪,我们都是完整的人;当时连诗人们也有一个完整的灵魂。在我们今天,模仿他们便是虚伪,这样的模仿者要受到狠狠的批判,并且逃不脱普遍的嘲笑。"②

海涅很关心极其广阔的社会问题和更为广阔的世界观,他尤其热忱地孜孜于直接的感受:生活中的具体遭遇、爱情、友谊、虚荣心、自然欣赏、事物的美、旅行、突如其来的情绪等等。这一切在他的抒情诗里也得到反映。有时——如像在著名的《歌集》中——

---

① 海涅认为,以气质论,人可以分成两类,一类是古希腊人、乐观愉快,朝气蓬勃,奉行现实主义;另一类为拿撒勒人、基督徒或犹太教徒,禁欲,褊狭,狂信,反对艺术,如此等等。这里所谓希腊人,犹太教徒等并非指民族或宗教信仰而言。

② 见《旅行速写》中《珞珈浴场》一章。

那是直截了当的浪漫气派、幻想诗或者音调优美的自白、所经历的瞬间的反映,有时则是一些色彩缤纷、完整精妙的长诗和故事,透过它们的珍贵的纵横交错的花纹,可以看出饱含深情的内心感受。在这两种场合,首先引人注目的仍旧是那怀疑态度,仍旧是那讽刺。海涅刚刚展翅高飞,又故意翻着筋斗迅速降落到生活的底层;当海涅谈着最温柔的爱情时,会突然提出尖酸刻薄的指责;他用俗事打断幻想,在庄严的场面插进喜剧性的狂悖行为,等等。他任何时候都不愿做个始终如一的人,他不愿也不能坚持到底;他完全像四月的天气一样变化无常;既然他是严肃和温柔的,他就唯恐招人揶揄,于是他自己赶快先笑,然而在发狠和调侃之际,他又唯恐显得偏颇和粗暴,于是情绪猛地一转,变为感伤、忧愁、诚恳动人了。海涅描写一切事物、情况和人,都要通过他这面五彩斑斓并且显出颜色变幻的个性和气质的三棱镜;就这方面说,他是一位真正的伟大的印象主义者。

一个恢弘的灵魂,同样丰饶地秉有着智慧和情感,无限善良宽厚,又无限凶狠褊狭,犹如泼妇;它事无巨细都能感觉和反映,——这个灵魂对音乐禀赋极高,同时又清醒而有批判力,——这便是海涅的意识。不过直到今天他站在我们面前时,身上还布满着明亮的太阳光点和浓重的阴影;他是一个生不逢时的人,然而他甚至能利用那个过渡性的历史时刻的不谐调,创造出一宗独特的财富,以它的色彩的繁多令人惊叹。

革命和社会主义的清教徒,不仅是白尔尼,还有,举例来说,李卜克内西[①],都爱指摘海涅的这种希腊式的优雅、这种貌似轻浮的反复无常。我记不清是哪一年,当时还年轻的威廉·李卜克内西(卡尔的父亲)去伦敦看望马克思,他向马克思炫耀说,他路过巴

---

① 威廉·李卜克内西(1826—1900),国际工人运动的活动家,德国社会民主党的缔造者和领导人之一。

黎时不愿会见海涅,因为那是一个政治声誉可疑的人①。但是马克思很生气,狠狠地申斥了这名学生,把他嘲笑了一番,对他说,由于他那目光短浅的道德上的苛求,他失去了同当代最聪明的人物晤谈的机会。

我们可以轻易地原谅海涅的不坚定、他的怀疑和下降;整个反动派如此痛恨他,即使为了这一点,我们也得原谅他。要知道,甚至共和制的德国都还下不了决心给这个人竖立一块纪念碑,而他的名字却是德国文学中五六个最伟大的名字之一。且不说排犹运动的败类的嘀嘀咕咕的大合唱,②整个反动派、贵族阶级、整个金玉满堂的大资产阶级、一切浑身尘垢只求苟安的俗物都把海涅看作魔鬼的子孙。可是在一个长时期内,也许一直到大地上存在着被海涅描叙得那么不正确的社会主义的人和社会主义光明时代的那一天,每个人只要打开他那富于思想的诗和富于音乐性的散文的书卷,就会从中获得无穷的乐趣——同大地所曾产生的最具多样性、最丰饶和最奇突的天才之一交谈的乐趣。

---

① 指海涅向路易-菲力浦和基佐政府领取津贴事。马克思对这件事的态度,见一八五五年一月十七日致恩格斯信,《马克思恩格斯全集》第二八卷,第四二〇至四二一页。

② 海涅是犹太人。

日出和日落之前[*]

庆祝霍普特曼七十寿辰

1

德国虽然不完全一致地、不是用一个调子、但毕竟是隆重地庆祝了它当代最大的诗人盖尔哈特·霍普特曼的七十寿辰。

恰好在他的寿辰前夕,年高望重的诗人献给德国文学和德国剧院一部题名《日落之前》的新的优秀剧本[①],从而为这个喜庆日子大大增添了光彩。

作者选用这一标题,显然是要在他这部迄今为止的最后作品同那篇成了他的写作事业的暴风雨式开端、叫做《日出之前》的剧本之间,建立某种互相呼应的关系。我们也想在霍普特曼戏剧创作中最初同最后的产品之间作出某种类比;这个类比是有教益的。

不过我们认为,应当先从社会和文化方面,至少用简短的言词,来提出我们对于意义重大的人物盖·霍普特曼的总评价。[②]

---

[*] 本文初次发表于一九三二年十一月二十五日《消息报》。根据《卢那察尔斯基八卷集》第六卷并参照《卢那察尔斯基文学论文集》译出。
[①] 《日落之前》作于一九三一年,次年二月由柏林德意志剧院首次公演。
[②] 我打算在我即将完成的专文《盖·霍普特曼与沃·歌德。文学史类比试作》中,对作者及其创作加以总的评述。——卢那察尔斯基注。(原编者按:这篇文章并未写成。)

2

德国末代皇帝威廉二世曾公开表示,说霍普特曼是"德意志民族精神的毒害者"。他经常迫害作者,尽其所能地糟蹋他。①

这当然很好。这应该作为一大优点写进对作者的评价中。可惜威廉对霍普特曼的态度,与其说是表明作者思想先进和社会政治热情强烈,倒不如说是表明这个废皇的短视、粗野和愚昧反动。

《前进报》②在其论霍普特曼的文章里,引用了德皇的首相封·标洛③一段对霍普特曼赞颂备至的评语,可是连该报也不能不点出,出自浅薄无聊、善于沾光取巧的标洛口中的高度赞赏,未必能使今天的寿星感到很荣幸。确实,在霍普特曼的景仰者中间,我们可以找出很多实质上非常保守的人物和集团。

霍普特曼曾经是革命者吗?就某个意义说,他是。他是一群小资产阶级文学领袖中的巨擘,他们走着爱弥尔·左拉的路子,竭力把自然主义的无情的诚实和严酷的真实性接种到德国文学上来。他和阿尔诺·霍尔茨以及他当时的其他战友在艺术镜子里反映的真正的生活画面,都是十足的"丑脸",而这些作家带着尖刻的冷笑来回敬被激怒的同时代人时所用的词句,则近似俄罗斯谚语"脸丑别怨镜子"。

然而在这里不能不想起普列汉诺夫对"纯艺术"的骑士们所作的评述。④

---

① 例如,一八九六年十月,威廉亲自撤销了关于授予霍普特曼以"席勒奖金"的决定。
② 《前进报》,一八九一至一九三三年间德国社会民主党的中央机关报。
③ 柏·封·标洛(1849—1929),一九〇〇至一九〇九年的德国首相。
④ 以下几段的大意出自《艺术与社会生活》,引号中的一段也并非普列汉诺夫的原话。关于左拉和霍普特曼的论述是卢那察尔斯基本人的见解。

普列汉诺夫断定,竭诚拥护和往往狂热地忠于"为艺术而艺术"的人,总是一些同现实处于深刻的不协调状态的小资产阶级代表。

这种同现实不协调也是左拉和霍普特曼所固有的,——这就是他们的革命性。

不过普列汉诺夫马上又补充道,这种不协调只关涉到社会生活的个别令人愤慨的表现,也可以说,只关涉到社会的丑恶的表层。"为艺术而艺术"的骑士们并不追问这些蠢事和苦难的深刻原因,他们没有力量去批透反面现象的深刻根源,去怀疑资产阶级社会的基础本身并起而反对之。

"问题在于,"普列汉诺夫说,"这些作家批判个别特点的时候,其实仍然停留在资产阶级社会的框框里。"

这便是他们的不幸。不久以前,我们的同志亨利·巴比塞在他关于爱弥尔·左拉的专著中对此有过精当的论述。

普列汉诺夫说,正由于它的肤浅,由于缺乏真正的战斗精神和创作纲领,自然主义仍旧使读者深为不满,于是各种浪漫主义和神秘主义及其悠思幻想与奋激情绪往往取而代之,但它们同样只是肤浅地反对生活,同样不能上升到实际革命的立场。

霍普特曼之所以饶有兴趣,除了其他原因以外,还因为在他个人身上发生了这一取代过程:我们知道霍普特曼是自然主义者,也知道霍普特曼是幻想家。但在这两方面,他都始终是一个害怕触动资产阶级社会基础的不彻底的批判者。

霍普特曼为人一向谨慎。他的不幸就在于,他素来不但表面谨慎,——不愿招惹警察和爱国志士——而且骨子里也谨慎。

讲到表面谨慎,那么应该为霍普特曼说句公道话,他并没有一直坚持这个方针;他有时是"孟浪"的。读者立刻会从霍普特曼第一部青年时代的剧本的例子上看到这一点,可是在《织工》里,在霍普特曼专为一八一三年"解放战争"一百周年纪念而写的《喜庆演剧》里和一些其他的场合,也有不少的"孟浪"气概。每逢霍普特曼显得孟浪的时候,他都等于把一朵永不凋谢的玫瑰编进了他的诗人花冠,而反动派在这些场合对他的肆意咒骂,过上几年就在整个先进欧洲的心目中变成了他的一枚枚勋章。

但是我们已经说过,不幸的是,霍普特曼骨子里也素来谨慎。他同他的小市民、同一部分牧师活动、同真正有点无聊的旧知识分子及其感伤情调,仍然有着紧密的联系。

即便在霍普特曼最大胆的飞翔中,他的脚上仿佛还是残留着一条线,连他的翅膀的振动也拉不断它:他的阶级出身使他终于想起了自己,不得不回到地下来。无论他怎样把他那亲爱的鸽子窝涂成天蓝色,无论他怎样让自己和别人相信这实际上便是天空的高处,而鸽子窝确确实实只不过是鸽子窝罢了,霍普特曼不可能成为一只使高尔基借以歌颂"勇士的狂热精神"的山鹰①。

虽然如此,霍普特曼作为一个的确赋有诗才的、真正人道的很重要的人物,却常常在他周围的环境中感到深深的苦闷。你把耳朵贴近他这篇或那篇作品的心脏,有时可以听出诗人自己的心脏的呻吟,它表明他身体内有一团烈火在燃烧,总想冒到外面来。霍普特曼的近作也是这样。

3

不过我们将忠实地遵照时间的顺序,从剧本《日出之前》谈起。

《日出之前》是一篇五幕社会剧,写成于四十四年以前,一八八九年十月二十日由"自由剧场协会"首次上演。当时霍普特曼属于一个有才能的青年人的小团体,它同社会处于深刻的不协调

---

① 见高尔基的《鹰之歌》。

状态,可是没有找到同社会决裂的革命途径。这是一群典型的左拉主义者。"我们的职责是在艺术上十分真实地反映生活,不怕任何丑恶现象,"他们说,"至于该从这里得出什么政治规律,却完全不干我们的事了。"

高高的、头发浅红的病态青年霍普特曼在整个团体中极受尊敬,而且唤起了希望。有些人认为他像席勒,另一些人注意到他那"歌德式的侧影",但他还没有写出任何真正有价值的东西。现在却传来了第一个响亮的和音,那就是我们所谈论的剧本。

晚些时候,在禁演《织工》的丑事以后,霍普特曼向审查该剧的问题的法院声明说,他丝毫无意把这个反映工人穷困和工人起义的剧本作为激发下层群众抗议的号召,而只是作为一篇"表示恻隐之心的戏剧",只是作为"对上层阶级的警告,好让他们注意一下穷人的苦难",——他这样声明是十分真诚的。

他第一部青年时代的戏剧首先是在形式方面引起了他的兴趣:他醉心于那粗实的素材,并且要无限真实地予以表现。可是霍普特曼用漆黑的颜色,才气磅礴地描绘一个毁于酒精中毒的家庭的生活时,却没有上升到任何社会性的概括。一个剧中人的台词所流露的各色各样的幻想,和一种类似包含在剧名本身中的许诺(说是红日终将喷薄而出)的东西,并未使情况有所改变。

虽然如此,资产阶级世界却长期感到不安和愤恨。资产阶级报刊断言,"作者其人生有一副明摆着的犯罪的凶相,这号人只能写出叛乱的同时也是肮脏的剧本。"他被称为无政府主义者、本世纪最不道德的剧作家、酒馆诗人,甚至干脆是蠢猪。一个批评者宣称,霍普特曼企图将德国的剧院变成妓院。

据在场的汉施坦①报导,公演时不断地发出敲打声和口哨声,当作者出现在幕前的时候,立刻扬起一阵江翻海沸似的喧闹,由于

---

① 阿・汉施坦(1861—1904),德国剧评家,剧作家和诗人。

这位青年革新家的拥护者们用鼓掌和高声喝彩去反击他那为数众多的仇人,闹得就更加厉害了。

这是德国戏剧界最轰动的丑事之一,类似维克多·雨果的《欧那尼》在巴黎的那次著名的演出。

然而开端是清清楚楚的。从那里已经可以听出一个和音,其中包含着很大的真诚、坚决走良心和文学信念所提示的道路的愿望,而同时,这个开端也表现了作者缺乏他终生短缺的真正的革命急进主义。

4

现在霍普特曼七十岁了。

生活对他很厚爱。他是一位博学多才的、总之不仅为他本国而且为全世界正式公认的伟大现代作家,一位年事虽高却仍然朝气蓬勃的、充满着思想、充满着创造力的人物。

"生活的厚爱"决不是恒久不变的。霍普特曼的文学生活和私生活遇到过许多裂口、许多苦难。但我们此刻感兴趣的不是这个:我们想听一听七十高龄的霍普特曼的乐曲,了解一下他做出的生活总结。

霍普特曼的新剧本《日落之前》在文学和演出方面都非常卓越。它获得很大的成功。它为他的寿辰镀了一层金。仿佛一轮落日真是以它的彩霞装饰了这个伟大文才的晚熟的成果。

柏林的克劳斯[①]和维也纳的亚宁格斯[②],在扮演玛蒂阿斯·克劳森这一博得同情的、按其全部观念说又是新鲜的角色时,得到了惊人的成功。

---

① 威·克劳斯(1884—1959),德国戏剧演员。
② 爱·亚宁格斯(1886—1950),奥地利戏剧和电影演员。

这一切,已经足够使剧本引起俄国公众的兴趣了。

但是剧情却令人颇为失望。

故事里讲一个七十岁的枢密商业顾问,也就是极大的资本家,他被写成一个具有高度的优美文化的、精神境界很开阔的人和一份巨大家业的建立者。

克劳森在七十岁时(像歌德一样)热烈地爱上年轻的姑娘、北方人英肯·彼特斯,并且也在姑娘的年轻豪爽的心里唤起了热烈的感情,她爱的是他的温存、他的才具,决不是他的金钱。

情势的发展比歌德七十岁时的遭遇来得顺利,歌德的母亲谨慎持重,谢绝了那位激起他迟暮的热情的年轻姑娘许婚的表示。

而在这里,我们并没有看到同样的阻力。

不过剧本的实质在于,玛蒂阿斯·克劳森的继承人连有关这门"可怕的婚事"的念头都不能容忍,虽然其中有些人是敬爱和崇拜他的。他们由资本家的女婿、粗暴、庸俗、贪心、弄权的资产者埃利希·克兰罗特领头,被狡诈无耻而外表彬彬有礼的法学家哈涅费尔特唆使着(顺便提提,他的成就全靠老头),竟然起诉说要对克劳森实行监护。

因为克劳森是拥有强大的意志和清明的智慧的人物,他的朋友们一时一刻也不怀疑他将胜诉。可是德国有一条荒谬的法律——如果继承人要对一家公司的老板,一个老人,提出类似的诉讼,那么在法院审理期间,他将暂时丧失他的全部权利,而听凭保护人之类来摆布。这一次,不顾信义的哈涅费尔特就应该成为保护人。

这条法律的确荒谬。不过,假如霍普特曼写出这整篇热情盈溢的大剧本仅仅是为了维护一班阔老头,使他们不致遭受他们本阶级所制定的荒唐法律的侵害,那可太奇怪了。

但是,假如我们把整个表面的剧情看得过于认真,那也未免有些奇怪。有人说,仿佛霍普特曼本人的生活中发生过一点类似的情况。然而这很不可靠。倒毋宁说是一个资财百万的出版家的故事使他想起了这个题材,此人在老年时候娶了一名年轻妇女,可以说,他在诉讼中确实是被反对这门婚事的继承人辖制过,虽然他们的全部财产都出于公司老板的恩赐。

不,霍普特曼的剧本的基本感召力不在这里。

当你揭开外表,开始探求实质的时候,就忽然有一幅图画逐渐显露出来,使任何留心的同情的眼睛都看得见它。

霍普特曼在我们面前描绘了一个什么样的世界呢?

他的同情全在克劳森老头一边。值得注意的是,他根本不问他那巨大的家财是怎样捞来的。在霍普特曼心目中,大资本家本身决不是什么反面现象。

但问题在于克劳森是有创造力的人物。他建立了巨大的家业。不仅如此,他还具有诗意的和明哲的世界观。这是一个高贵丰富的性格。这首先是一个拥有非常多方面的和精湛的文化素养的人。

那么究竟是谁在毁灭他?谁在玷污他那老年人的、可又是蓬勃强烈的热情?谁胆敢宣布他是呆子?是谁将他迫害致死,贬低他的尊严,把这位新的李尔王弄到发疯的地步?

是他的子女。

怎么?我们在这里碰到了李尔再世?这里是否只谈了子女忘恩负义?

当然不是。

这里写了两代人:一代被写成有创造力的、可以说近乎伟大的人;另一代则写成可怜、平庸、贪心的资产阶级分子,也就是构成现代社会的一个阶级即支配阶级的那些男女资产阶级分子。

我们曾经看到,最讲究纤巧的文化人阿那托尔·法朗士怎样在老年时向社会主义,甚至向共产主义突飞猛进,因为他感觉统治阶级粗暴而愚昧,在它控制下的人类文化正在趋于毁灭。我们不久以前看到,当代文化素养最高的人物、曾长期拥护不抗恶论的罗曼·罗兰怎样庄严地声明,他要转入积极的革命家的阵营,以便拯救人类文化,摆脱将它导致灭亡的资本主义魔爪。我们又看到,大不列颠文化素养最高的人物肖伯纳怎样声明说,如果他对不朽的列宁及其信徒所建立的新世界的指望落了空,那么他就要怀着对人的未来的绝望心情与世长辞了。

最近还有一个从事文化工作的知识分子的著名领袖、最注重精雅的安德烈·纪德声明说,他全心全意拥护苏联的"试验",准备为它献出自己的生命,因为假如共产主义不能胜利,黑夜便要来到人间。

我们说过,霍普特曼是一个表面上和骨子里都谨慎的人,我们未必能盼到他有一天去诅咒资产阶级旧世界,而欢迎无产阶级的、没有阶级的、真正属于人类的新世界。

但是当一个具有高度文化、可以称得上"人"的老资产者被他的不肖子女即现代资本家的典型代表们所迫害,在送终的卧榻上辗转不安,服下毒药,不断地重复说:"Mich dürstet……mich dürstet……nach Untergang"("我渴望……我渴望……灭亡"),而这篇带着巨大的热情写出来的、如此激动人心的剧本又用了个不祥的名称"日落之前",——这时候,我们应该想一想它的内在乐曲,或者像我们说过的,听一听它的心脏的跳动。这颗心告诉我们:"寒冷的黄昏正在到来,落日隐没到地平线下,光明越来越少。不久以前'老爷'们中间还有些真正的人,可是领导阶级退化了,小商人、庸碌之辈掌了权,法律纵容着他们。你们从这个例子可以看出,一切都在走下坡路,走向深渊:黑夜来了。我,享有荣誉的老诗人,有时真想把这个冷却中的世界撇下不管,我本人正如我的同年和英雄克劳森,心里产生了一种苦闷的对灭亡的渴望。"

这就是霍普特曼的新剧本的内在和音。它是悲怆的。我们更爱欢乐雄壮的音调,因为我们是属于下一个早晨的人。然而我们对这位大作家的正直的悲怆表示尊重,从他的近作里可以听到一片低沉的绝望的呻吟,它不敢也不能转化为激发积极抗议的号召,但它毕竟是一次痛苦而正直的消极抗议。

无论资产阶级如何赞赏(类似标洛的赞赏)霍普特曼,我们完全能够对它大喝道:"你们撒谎,他不是你们的人!"同时,可惜我们还不能说:"他是我们的人!"

柏林,十一月十四日

增补

罗曼·罗兰六十寿辰[*]

罗曼·罗兰是当前一个极有意思的人物,是既不跟资产阶级世界或共产主义世界同道、然而也不加入第二国际的那一部分知识分子的威望最高的代表。如果从"谁不和我们一道,谁就是反对我们"[①]的论点来看待这一类型的人,那么,罗曼·罗兰当然要算我们的敌人了。我不赞成对知识分子的代表抱这样的看法,我想,"谁不和资产阶级一道,谁就还有希望"的口号也许更为正确。

这个口号使我们随时都势必承担一定的工作,或者说得更准确些,势必作一定的思想斗争。

不过我一时一刻也没有忘记,并且希望别人不要忘记,以罗曼·罗兰今天的立场而论,他是一个有害的思想家。

他并不单纯是一个受动的对象,如同某些才分优异的作家似的,不去深究政治问题,只是被形形色色的社会政治磁极所吸引,时而被引到这一边,时而又引到那一边。不,罗曼·罗兰表现出一种异乎寻常的能动性,他至今还不时对准军国主义乃至资本主义

---

[*] 本篇作于一九二六年二月,作者生前未发表。现存的打字稿上标有"为《共青团真理报》作"字样。译自《卢那察尔斯基八卷集》第五卷。

[①] 列宁和斯大林都说过这样的话,分别见高尔基的《列宁》中译本一九七七年版第四五页,《斯大林全集》第一卷第二三二页。

的最基本的原则,给予有力的打击,但同时,他又极力设法批评和削弱我们的宣传,——特别因为我们的宣传是面向知识分子的。他从防御转向进攻,努力在接近共产主义的知识分子队伍中招募他那托尔斯泰式的和平主义信徒。

因此,从某一点来看,对罗曼·罗兰作思想斗争是必不可少的,虽然,我要再讲一遍,我并不认为他和他的总司令部已经没有希望了。情况可能好转,就是说,罗曼·罗兰和他的集团也会成为我们最亲密的同路人。现在的罗曼·罗兰既是这样,目前我们只好这样来评价他。

但一个人除了是具体的个人以外,同时又是一个将多种因素集于一身的、社会的人,他一生中创造的精神财富乃是一份社会力量,它往往比生物学意义上的个人存在的时间长久得多,它发挥作用时所遵循的途径和方向,有时完全不同于眼下这一具体的个人在工作中所遵循的。

罗曼·罗兰还是一个青年人的时候,就以正直、严肃、能深入检查自己和周围整个文化生活等原则的体现者而著称。拿破仑三世的法兰西和巴黎公社覆灭之后出现的那一代人产生过一批最爱思索、几乎是苦苦思索的代表,罗曼·罗兰也是其中之一。起初他推断自己可能拥有强大的音乐才能,希望选定这门行业,以后才逐渐判明:他对音乐的理解力,比作曲和表演的天赋大得多。罗曼·罗兰便把他的工作重心转移到音乐理论和音乐史的领域中去。他在歌剧史方面的大型学术著作[①]使他获得了巴黎大学的教席,然而罗曼·罗兰是一个拙劣的教师。公开讲课令他感到苦恼,于是他很快离去了。但同时,他的音乐史专

---

① 指《歌剧史》(一八九五年)。

文开始问世,后来集为两册,并已译成俄文:《古代音乐家》和《当代音乐家》①。这两本书以其对每个乐坛人物的理解之深、文笔之美,而主要的是,以其对每一音乐精品之著名创作者的——如果可以这样说的话——内心哲学的感人肺腑的描述,至今仍然具有历史意义。

晚些时候,罗曼·罗兰的《贝多芬传》又巍然高耸在这批优秀传记和评论集之上,那是——如果可以这样说的话——艺术伦理学方面我所知道的最大的力作之一。再晚些时候,罗曼·罗兰还继续采用他这种通过创作者的作品及其留下的文献来向我们揭示内心世界的做法,绘制了米开朗基罗和托尔斯泰的两幅辉煌的历史肖像②。

这些具有特殊价值的著作,在任何马克思主义者创作一部深刻的音乐(以及一般艺术)批评史的时候当然也要加以使用。它们是慢慢地逐步臻于成熟的,但一开始就已经引起人们(主要是音乐界)对罗曼·罗兰的注意了。

罗曼·罗兰为德雷福斯事件所震撼,他当然是站在进步阵营一边。这个时期他大概在考虑那部规模宏大的小说《约翰·克利斯朵夫》了。当时罗曼·罗兰正醉心于贝多芬。为了给他想要审讯并在很大程度上予以判刑定罪的他周围的整个法国提供一位英雄,他虚构了这样一篇故事:他想出一个非常近似贝多芬但又属于我们现代的人物的传记;他仿佛用艺术手法创造了一个贝多芬第二,虽然略有改变,但主要还是从这位天才的总经历中来吸取素材。罗曼·罗兰让他的约翰·克利斯朵夫生活在我们的时代——

---

① 《古代音乐家》和《当代音乐家》(均一九〇八年)的俄译本分别出版于一九二五和一九二三年,由思想出版社刊行。
② 指《米开朗基罗传》和《托尔斯泰传》。

主要住在法国,一部分时间住在其他欧洲国家(德国、瑞士)——而且展现出一幅宏伟的图画,画名可以叫做:约翰·克利斯朵夫的一生、他的创作、他的环境。作者对文化立下了一项真正的功勋。凡是可能使一个先进的西欧知识分子激动不安的问题,几乎都包罗在这部小说中。这里有最精细的艺术性的篇页,例如约翰·克利斯朵夫的童年;这里有对于作为一个人和一个艺术家的主角的内心感受的深刻分析;有一系列人物肖像,同主角类似或相反的典型,它们主要也是用同样的方法来塑造的:其基础总是一个现在或过去的真人,后来则配合小说本身的总目标,在描写他的性格时作一些特别的变动;在这里,我们还看到对当代音乐的发展、对艺术的社会意义的精彩分析;这里还有一幅幅对现代生活的鞭挞性的讽刺画。难怪普列汉诺夫要毫不犹豫地称颂罗曼·罗兰是伟大的欧洲作家了。[1]

然而这部卷帙浩繁的大型小说(似乎已全部译成俄文[2])并未立刻为法国人所重视。他们觉得它文笔太滞重,真知灼见太少,太不适于作轻松读物,太少顾及世世代代精炼出来的法语修辞规则。连阿那托尔·法朗士那样的天才,都认为《约翰·克利斯朵夫》这部小说沉闷乏味。[3] 我们对此不必惊奇,天才如托尔斯泰,也认为莎士比亚的悲剧和但丁的《神曲》沉闷乏味啊。[4]

可是不能不指出《约翰·克利斯朵夫》的一些真正实质性的缺点。第一,恐怕可以说,罗曼·罗兰忽视了他周围的蓬蓬勃勃的

---

[1] 在普列汉诺夫公开刊印的著作中找不到类似的评语。
[2] 《约翰·克利斯朵夫》的第一个俄文全译本出版于一九一八至一九二三年。
[3] 马尔塞·列·戈夫:《一九一四至一九二四年的阿那托尔·法朗士》。
[4] 托尔斯泰对莎士比亚戏剧和《神曲》的否定态度,分别见于他的《论莎士比亚和戏剧》(一九〇三至一九〇四年)和《什么是艺术?》(一八九七至一八九八年)。

革命。他没有认清无产阶级和无产阶级运动；甚至更糟——他还让他笔下最有意思的人物之一奥里维去参与运动，并在其中丧生，而这件事却被写成一支荒唐的插曲，从这里只能得出一个结论：不论我们的社会多么丑恶，不论对社会作斗争是多么必要，但革命毕竟是一种最不妥善和最无益的斗争形式。虽然书中对革命的方法不无道义上的同情，只要掺杂这么一点令人不快的指责，就等于在蜂蜜里倒进一匙焦油了。另一缺点是约翰·克利斯朵夫内心的宗教信仰的增长。当然，这位英雄排斥各色各样的宗教，他是一个思想完全解放、怀有强烈反教会情绪、受过科学教育的知识分子；然而约翰·克利斯朵夫却把他的内心感受，把一个斗争中的、正直勇敢的天才的感受，理解成为来自某种玄妙莫测的、扬善惩恶的战斗力量的天启似的东西。每逢谈起这位玄妙莫测的上帝如何惠然降临，间或赐福给这个总是悲愤的、连续作战的音乐家的时候，罗曼·罗兰甚至上升到非同寻常的激情，写出了几乎拥有《圣经》的力量的精彩篇页。这就使得小说带有某种神秘主义的性质，而神秘主义当然又大大有损于小说。罗兰笔下的约翰·克利斯朵夫的上帝不完全是托尔斯泰的上帝。托尔斯泰的上帝是农民的上帝；这位上帝恐怕可以说是足不出户，只把人们的灵魂吸引到自己身边，映照出它们的各个阴暗的侧面，如同阳光映照污秽的玻璃一样。罗曼·罗兰的上帝要都市化得多，他斗争，他本身是革命者，他通过他的使徒和宠幸来改造世界，一步步战胜只顾实利的保守思想。实在说，他把一切促成真正进步的善良意志（姑且这么说吧）的团结统一，不分时间和空间，都加以人格化了。但在列举了这一切保留条件之后，还是应该说，我们的弗拉基米尔·伊里奇用来谴责任何一般造神说（即便是隐喻的、譬喻性的神）的那些锋利的话,对这位上帝当然也是适用的。①

但这部小说仍然有其重大的意义,它今后也会在许多方面给从事创作的那一部分新老知识分子的创造性灵魂②提供营养。评价和诠释这部小说,至今还是国际马克思主义评论界一项极其重要的任务。

罗曼·罗兰那本谈人民戏剧问题的优秀著作③也属于这一时期。对于罗曼·罗兰的个别论点可以不同意,但总的来说,这本书的确是才气焕发,符合实际,而且带有革命精神。

罗曼·罗兰本人也试图创作戏剧。他的《丹东》在当时的资产阶级法国似乎是一个空前大胆的创举。饶勒斯观看首次公演时曾对舞台上的丹东狂热鼓掌。我们本来打算在十月革命后立即上

---

① 关于约翰·克利斯朵夫等的"个人奋斗"问题,卢那察尔斯基在《社会活动家罗曼·罗兰》(一九三〇年)一文中也曾论及:

"当然,我们决不企求在目前培养出一种谐和的人来,这样的人只能是将来的社会主义世界的天然公民。我们需要的是战斗意义上的共产主义者——争取社会主义的战士和社会主义建设者。虽然如此,但就在我们锻炼战士的工作上,我们同罗曼·罗兰之间也有一些接合点,只要我们能批判地对待他,他可以对我们有所补益。我们和他使用着相似的语言。罗曼·罗兰宣传坚强的个人,不过那是不脱离社会的,甚至准备为了信念而牺牲自己的个人,这种人勤劳刻苦,十分严肃,能广泛掌握现代生活和历史生活的前景,这种人对于以抗拒社会邪恶为职志的一切思想言行充满着热爱,这种人对于不分性别和民族的各色人等满怀着深深的敬意,然而又善于狠狠地蔑视利己主义、愚昧狭隘、假仁假义、残暴的剥削者本能等等,并且积极反对过去的黑暗势力的压迫,包括资本主义在内。

"是的,这一切都得到罗曼·罗兰的好感,他准备效法这一切,而由于罗曼·罗兰是一位最大的艺术家,所以当他像在著名长篇小说《约翰·克利斯朵夫》中所做的那样,宣传这种理想的个人,塑造这类人物的初步典型,用这个观点去评价形形色色的典型和现象的时候,他对我们是非常有益的。"(《卢那察尔斯基八卷集》第六卷,第十七至二〇页)

② 这是罗兰常用的一个词,例如他在《母与子》导言中说:约翰·克利斯朵夫和《母与子》女主角安乃德都"属于创造性的灵魂的伟大族类"。

③ 指《人民戏剧》(一九〇三年)一书,其中选收了一九〇〇至一九〇三年罗曼·罗兰发表的有关文章。

演这个剧本,但是又撤下了。这在那个时期是完全可以理解的,因为罗曼·罗兰是一个不彻底的革命者,在当时的气氛下,他的《丹东》大有社会革命党人的味道。但由于《丹东》具有一部艺术性的革命戏剧的一些很重要的成分(当然只是成分而已),而现在我们对我们本国的丹东派(当然,说得更准确些就是吉伦特派)的斗争又早已结束,这部戏剧也可以在我们的舞台上得到一席地位。因为我们当然决不应该在我们的演剧中抱绝对的正统派观点。我们需要有才气的剧本,即使它偏离了我们认为是正道的东西。艺术只能这样成长,只能一边成长,一边犯错误,出偏差,从过失等等中学习。

罗曼·罗兰的其他剧本,包括正在莫斯科小型剧院之一上演的那个剧本①,我觉得也同等重要。从艺术上说,他那篇幅不大的剧本《群狼》使人感到很大的兴趣。虽然这个剧本异常真实地反映了某些革命典型,它的内在意图又是从左拉在德雷福斯事件期间的政治功勋中得到启发的结果,但当年柯尔希剧院要求上演时,我曾加以劝阻。当时它可能给人一个印象,像是对一般人民革命的某种讽刺。目前这个方面同样已成过去,所以《群狼》应该对我们苏联的观众演出,成为广泛的马克思主义、共产主义评论的对象。我再讲一遍,这个剧本艺术性很强,就某一点来说,它会产生极强烈的效果。

大战以前,罗曼·罗兰的创作就是这个样子。它没有迅速获得法国的公认,罗曼·罗兰的声誉来自国外,来自德国、英国、意大利,甚至多多少少也是来自俄国。但是大战爆发后,这个已经相当隆盛的荣誉受到了重大的打击。

大战一开始,罗曼·罗兰就从法国出奔瑞士,②干脆说是为了

---

① 大概指《时间会来到的》一剧,一九二五至一九二六年之交的戏剧节在莫斯科小剧院戏剧学校上演过。
② 罗兰在大战爆发前就已去瑞士。见本书第五〇四页注②。

免得遭毒打或杀害,往好里讲也是免得下监狱。他立刻谴责欧战是罪行,立刻站在一个欧洲人、一个反护国主义者的立场,写了热烈的告德国人书,而且得到德国文化界优秀人物同样热烈的响应,——总之,他引起了一场暴风雨般的、和平主义性质的示威。当然,他的《非战》①一书有很多小市民知识分子的特点,但总的来看,它表现了对人类文化的热爱、各族人民友好思想的激情和作为一个公民的大勇。法国的沙文主义者们围攻了罗曼·罗兰。有代表性的是,直到现在,当罗曼·罗兰提请法兰西喜剧院演出他的一个新剧本②,而这家剧院的院长也同意把它向剧团朗诵一遍的时候,该院指导委员会的大多数委员竟拒不出席朗诵会;还有一些杂志公然宣称,法国的国家剧场不能上演叛徒的剧作。这是今年发生的事。法国沙文主义者就是这样爱报复的。

罗曼·罗兰在他热烈的反战斗争中大大接近了革命派。战争初年我在日内瓦访问他,同他相识。③ 我们之间立刻发生一场热烈的争论。开头我向罗曼·罗兰表达了敬爱之忱,因为他是一位伟大的作家,他的作品令我感到莫大的愉快,并且正是由于我的介绍,他的名字已为我国广大读者群所熟知;接着,我们拨转话头,对这场战争一致表示愤恨和鄙视,又谈到支持好战精神的整个道地的文人帮派。可是后来我们便猛然分道扬镳了。罗曼·罗兰说,他同情昆塔尔和齐美尔瓦尔得会议,同情列宁,甚至希望工人的国际主义取得进展和胜利,他说资产阶级完全是罪有应得。他以钦佩的口吻谈起李卜克内西,但同时他又坚决认为我们④对战争的

---

① 即《超出混战》。
② 指《爱与死的搏斗》。
③ 一九三一年罗兰在《向过去告别》一文中回忆道:"一九一五年一月底,未来的苏联教育人民委员安那托里·卢那察尔斯基来访问我。我可以说,对我来讲,他是未来的大使——未来的俄国革命的使者。他以安详的态度、明确的语言同我谈论俄国革命,预言战争一结束,革命一定爆发。"
④ 指布尔什维克。

看法势必导致一场新的战争,它将从另一个方向来毁掉人类。我说这将是马克思所讲的唯一正义的神圣的战争,罗曼·罗兰针对我的意见,顽强地、头头是道地反复申述:任何战争都不可能是正当的,任何战争都不可能是神圣的;他像谢德林笔下那个著名的信奉理想主义的鲫鱼一样,出于一种虔诚的好心肠,憨态可掬地继续叨唠说,只有堂堂正正的言论和堂堂正正的工作才能拯救和平。

罗曼·罗兰还是一个大学生、一个默默无闻的青年的时候,就给托尔斯泰写过一封引人注目的信。托尔斯泰察觉到来信人的分量,给罗曼·罗兰回了一封同样引人注目的、托尔斯泰式的长信①。似乎可以说,和平主义的老教皇把手按在新教皇头上,授给他封号了,当时②我已经觉得罗曼·罗兰正是一位知识界的和平主义教皇,现在③他果然就是这样的教皇。

这个分歧最初并未妨碍我们共同工作,可是有关赤色恐怖的流言传到罗曼·罗兰那里的时候,分歧加深了。他当然不能了解采取恐怖手段的环境和意义。赤色恐怖挡住了他的视线,使他看不见整个革命;他的观点,譬如说,同我们的柯罗连科的观点是一致的。这并未妨碍罗曼·罗兰写出他那个不一定能用来上演,然而充满着义愤的讽刺剧《里吕里》④,它把资产阶级及其宗教和知识分子鞭挞得鲜血淋漓。

但对于罗曼·罗兰有代表性的是,《里吕里》的结尾竟是完全的绝望,好像掉进了一个黑漆漆的窟窿里一样。

罗曼·罗兰已经发表的著作(一部分写于战后)在艺术方面

---

① 罗兰初次给托尔斯泰写信在一八八七年四月十六日,当时他还是高等师范学校的学生。他在信上提出许多与艺术有关的问题,他不了解托尔斯泰为什么要谴责艺术。因为未得回音,一八八七年九月他再度去信。同年十月三日,托尔斯泰用法文作复,这封回信在法国发表于一九〇二年。
② 当指卢那察尔斯基读到托尔斯泰这封信的时候。
③ 指一九一五年卢那察尔斯基访问罗兰的时候。
④ 《里吕里》出版于一九二六年。

569

有时很值得敬佩(例如《哥拉·布勒尼翁》),可是就作者的思想而论却没有什么进步。

亚洲一部分知识分子同情莫斯科和我国的事业,却荒谬地把这份同情和某种亚细亚主义混为一谈,而亚细亚主义似乎又是同破坏一般欧洲文明的想法紧密相联的,因此,近来罗曼·罗兰对此抱反对态度。您要知道,他正在真心诚意地汇集欧洲人的力量从文化上保卫欧洲,以抵御由东方攻过来的野蛮势力。不过在这东方野蛮势力中,他当然要以极大的热情欢迎甘地的消极和平主义的半革命的主张。

我们同罗曼·罗兰的思想分歧最严重的时刻,是他同巴比塞冲突的时候。我们应该全文发表罗曼·罗兰和巴比塞的公开信,因为他们两个都在信中作了异常鲜明的剖白,——各人为各人的信仰。巴比塞立论时是一个彻底的革命者、共产主义者,罗曼·罗兰则是一个彻底的改良主义者、和平主义者。于是我们再一次看到了今天的罗曼·罗兰,他今天的作用和立场我在本文开篇处已经说过了。

罗曼·罗兰是一个非常有意思的人物,是欧洲最大的知识分子之一。他创作过许多有力的、光辉而真实的东西,然而他陷进了十足的知识分子思想作风的泥沼。人到六十岁已难于改变。罗曼·罗兰周围有许多崇拜者,也有许多青年。即便我们不能将这个优秀人才从他那托尔斯泰的偏见中引拨出来,我们大概总还可以为他的许多精神上的儿女开辟一些道路,使他们走出罗兰的软乎乎的泥沼,登上我们的高峰。待到我们战胜罗兰式的和平主义以后再来提起这个正直而有才能的人,我们也许就会自动地为他大讲好话了。不过就在对他作斗争的时候,我们也不妨为了我们的目的,借用他所创造的财富中的个别成分。

巴黎正在出版一本庆祝罗曼·罗兰六十寿辰的特辑[①],据内

---

① 指《欧罗巴》杂志庆祝罗兰六十寿辰特辑。

容简介上说,应邀参与其事的是欧洲的名流。这本特辑的编者也曾向我征稿,这对于我当然是一大荣幸……为了答谢这次邀请,我决定写一篇谈罗曼·罗兰的文章①供专辑刊用。它稍稍打破了一条常规——喜庆日子只能恭维受庆贺的人。我却把我们对罗曼·罗兰的想法和盘托出了。

---

① 这篇文章题名《我认为罗曼·罗兰是个怎样的人?》。

在罗曼·罗兰家[*]

我很久不见罗曼·罗兰了。

罗曼·罗兰的住处离日内瓦不满一百公里[①],但我几次去日内瓦[②]都未能相见。有时是我太忙,有时是罗曼·罗兰在生病。直到现在我们才终于约好见见面,于是我就在四月二十四这个相当阴沉的日子,和两位同志一道坐上汽车,绕过日内瓦湖前去看他。

我完全确信,虽然长期离别,我们不仅没有互相疏远,反而大大接近了。我们的书信往来也可以证明这一点,但更重要得多的首先是罗兰最近几年的全部活动。

我满心欢喜地读过这个人的近作:他那杰出的大型的第二种贝多芬传[③]、他那本令人心醉的书《贝多芬与歌德》,以及他论述恩培多克勒和斯宾诺莎的近著[④]。这些书无不证明了它们的作者的

---

[*] 本文初次发表于一九三二年五月三十日《探照灯》杂志第九、十期合刊。节译自《卢那察尔斯基八卷集》第六卷。

[①] 当时罗曼·罗兰住在维尔纳芙(一译新城)的奥尔珈别墅。

[②] 一九二七至一九三○年间,卢那察尔斯基作为苏联代表团的成员,多次赴日内瓦参加裁军会议筹备会的工作。一九三二年又前去参加第一次国际裁军会议。

[③] 一九○三年罗兰写过一种小型的贝多芬传。此处是指他的多卷本《贝多芬的伟大创作时期》的开头部分;下述《歌德与贝多芬》(一九三○年)是这部巨著的第二卷。

[④] 恩培多克勒(约公元前490—前430),古希腊唯物主义哲学家,医生,政治活动家。罗兰分别论述恩培多克勒和斯宾诺莎的两篇专著于一九三一年合成一册出版。

惊人敏锐、他对文化的广泛兴趣、他的思想感情的深刻和写作技巧的高度圆熟。

这些书,再加上罗曼·罗兰原先的传记著作和音乐史著作,使我认为有充分理由倡议把他提名为我们苏联科学院荣誉院士候选人。① ……

但更能说明罗曼·罗兰同我们接近的还不是他这些文化史和哲学新作,而是他在政治上的决定性的长足进展。

大家知道,罗曼·罗兰一向同情社会主义,并且很快就成为我国革命原则的维护者之一。可是他那带几分托尔斯泰主义精神的十足的和平主义观点,大大阻碍了他去完全接近列宁主义世界观和列宁式的共产主义实践。

然而各种事态发展向敏锐的罗曼·罗兰证明,该诅咒的资本主义制度必然要重新把战争的惨祸强加于人类;事件的整个进程也在他眼前证实,反动派正在举行越来越具有决战性的进攻。他由此得出一条结论:再容忍下去是不行了,正由于爱人类,每个勇敢的人才不得不加入反对资产阶级制度的坚定战士的行列,对资产阶级宣布神圣的战争,而不否定暴力是为新世界接生的助产士。

这一点,罗曼·罗兰已经向全世界大胆而明确地宣告过了。② ……

罗曼·罗兰很惋惜我们未能在一个美好的晴天看到"他的自然环境"。不过维尔纳芙即便在阴天也很迷人,你会翻然大悟,为什么这位逐渐老迈的战士、思想家和诗人要挑中这个山水环抱、长满茂盛的花木的角落,挑中这个可爱的幽静的角落来作为庇护所,以免他过多地耗费体力,同时使他能够把他绰有余裕的精神力量用于他的主要目标——深入钻研极其细致的人类文化问题,为捍

---

① 罗兰于一九三二年当选为苏联科学院荣誉院士。
② 见罗兰《给苏联对外文化协会的信》以及他称之为"忏悔录"的《向过去告别》等文。

卫代表人类未来的幼芽、反对黑暗势力而奋斗。

首先,我对我们这位知名朋友的健康状况本身获得了一个非常愉快的印象。

虽然他已年逾花甲,但从外表看无论如何不能称他为老人。

他从青年时代起便有点驼背,可是身材仍然很高,他的动作又充满着活力,丝毫不会使人联想到他的高龄,至于他那张神采奕奕的脸,连同它的线条刚健的侧影和突出的下垂的眉毛,就更是如此了。从正面看去,他的脸色有几分严峻,时时充满了刚强坚毅的气概,两眼瞪瞪注视着,改变着面部表情的深浅程度。罗曼·罗兰的一切都说明智慧和毅力在他身上占了优势,说明他有一股很大的精神力量。而这又再好不过地证明了他的整个身体确实硬朗,还能对社会有所作为。

罗曼·罗兰的谈话同他留在人家心目中的这些印象正相符合。他的思想异常新颖而集中。他如饥似渴地想知道世上发生的一切重要事情。罗曼·罗兰从他那处于青山绿水之间的角落机警地注视着现实,特别是政治方面的现实。啊,他完全不像那些感情用事的、轻信的、人道主义与和平主义的先知和信徒!他不相信任何好听的空话。他甚而不单只限于就形形色色的政府和党派的活动讲讲批评意见。他向马克思主义学会了用自己的分析来戳穿这些表面现象。他阅读传播不广的文件刊本,它们能够给他揭示资产阶级世界的内在推动力,大托拉斯之间的相互关系,各种卑污的、掠夺得来的利益的错杂结合,这种结合全不顾情义与天良,它实际上在支配着政府,决定着它们的政策。

我们的主人就这次会议①和今天整个政治形势表示了意见,我们不但无法提出异议,并且津津有味地听了他的全部论据,在其中发现许多新鲜精辟的东西。

---

① 第一次国际裁军会议。

总之,罗曼·罗兰对当前的局势极其担心,唯恐资本主义把战争——而且是对它的主要敌人苏联的战争——当作摆脱危机和困境的天然出路。因此他以极大的焦虑观察着远东事件①。

他对我们谈到,亨利·巴比塞有意在瑞士召开一次世界反战斗争大会②,与会者有进步人类中最重要的明智之士以及工人组织的代表——主要是同战争关系最密切的工会的代表,如五金、化工、装卸等等工人。

我们的政治性的谈话延续了很久。我们甚至可能使罗曼·罗兰有点疲劳了。但是他一再请求我们留下。临别时,他答应日内就把他关于时局危急的"告警的呼声"③给我们寄来。

我们向这个亲近的人告别。我们为这次会见感到愉快。当代最大的人物能走向同时代的伟大思想是一件好事,虽然他们有时候任重而道远,但毕竟迈着正确的步子走来了。

---

① 指日本帝国主义侵占我国东北后对苏联的挑衅。
② 当时巴比塞正在筹备世界反战大会。这次大会于一九三二年八月二十七至二十九日改在阿姆斯特丹举行。
③ 指罗兰的呼吁书《祖国在危急中!》和《反战。全体集合!》。

译 后 记

> 无论我们做过的事情中有多少渣滓和错误，我们总能以我们在历史上所起的作用而自豪，并且无所畏惧地把自己交给后代去评判，对于他们的裁决没有丝毫的怀疑。
>
> 卢那察尔斯基:《符·加·柯罗连科》,1918 年

十九世纪八十至九十年代，是俄国人民解放史上一个重要的转折点。原先的革命主力民粹派，在"到民间去"运动和个人恐怖活动这两场反专制的大搏斗相继失败后，逐渐蜕化变质。从民粹派分化出来的普列汉诺夫等人，于一八八三年在日内瓦建立起"劳动解放社"，他们反戈一击，深刻批判了民粹派的理论和实践，为科学社会主义在俄国的传播扫清了道路。一八九五年，列宁在彼得堡成立"工人阶级解放斗争协会"，比普列汉诺夫及其战友更前进一大步，头一次使马克思主义同俄国工人运动结合起来。从此，俄国解放运动由平民知识分子时期转入一个新的时期，即无产阶级时期；从此，马克思主义发展中出现一个新的阶段，即列宁的阶段。

安那托里·瓦西里耶维奇·卢那察尔斯基(1875—1933)正是在这个新的历史阶段展开他最初的革命活动的。

卢那察尔斯基出生于乌克兰波尔塔瓦市一个开明的高级官员家庭，他从十七岁起参加基辅秘密学生团体举办的马克思主义自学小组，并在郊区的铁路工人和手工业者中间进行革命宣传。一八九五年加入俄国社会民主工党，同年进瑞士苏黎世大学自然科学哲学系，受业于经验批判主义即马赫主义的创始人之一理·阿

芬那留斯，认为在哲学领域内，"经验批判主义是通往马克思所建筑的堡垒的一个最好的阶梯。"①但同时，卢那察尔斯基又和普列汉诺夫及"劳动解放社"成员阿克雪里罗德有密切联系，他在普列汉诺夫指点下研究了十八世纪法国唯物主义和十九世纪德国古典哲学。在艺术史和艺术理论方面，他也从普列汉诺夫的谈话中得到很多"真正富于营养的决定性的东西"②。马克思主义和经验批判主义这两种对立因素的互相消长，成为此后多年他的思想演变中一个特点。

一八九八年，卢那察尔斯基返回俄国，重建被警察破坏的莫斯科党组织。次年以"在工人中进行反政府的宣传"③的罪名被捕，在监狱中和俄国北部流放地卡卢加、沃洛格达以及托契玛总共度过约六年之久。

一九〇四年流刑期满，卢那察尔斯基根据列宁的建议，前往日内瓦协助列宁创办布尔什维克秘密周报《前进报》和稍晚的《无产者报》，又经常仆仆奔走于瑞士、法国、德国、比利时和意大利之间，在俄国侨民和留学生的集会上发表演说，如克鲁普斯卡娅所记述的，"把他的全部才能、全部力量献给捍卫正确的马克思主义路线的斗争，献给反对孟什维主义的斗争。"④"从那时起，弗拉基米尔·伊里奇便对卢那察尔斯基很好，因有他在旁边而感到愉快，甚至在同前进报派分手的时期对他还是相当偏爱。"⑤在一九〇五年第三次党代表大会上，卢那察尔斯基受列宁嘱托，做了关于当时俄

---

① 《革命往事回忆录》。见卢那察尔斯基的文集《回忆和印象》第二十页，苏维埃俄罗斯出版社，一九六八年。
② 《同格奥尔基·瓦连廷诺维奇·普列汉诺夫的几次会见》。《回忆和印象》第六一页。
③ 特利丰诺夫：《卢那察尔斯基与苏联文学》第十四页，文学出版社，一九七四年。
④ 转引自叶尔金《卢那察尔斯基传》第四四页，青年近卫军出版社，一九六七年。
⑤ 克鲁普斯卡娅：《列宁回忆录》第一〇四页，人民出版社，一九七二年。

国革命的关键问题——武装起义问题的重要报告。半年以后回彼得堡,在列宁领导下编辑合法的布尔什维克报纸《新生活报》和后来的《浪潮报》、《前进报》、《回声报》,并对工人和学生广泛展开宣传鼓动,再度入狱。

一九〇七年初,政局逆转,卢那察尔斯基被迫撇下祖国和家室,开始长达十年的流亡生活。

在斯托雷平反动时期,卢那察尔斯基逐步离开列宁的革命路线和布尔什维克的行列,加入了波格丹诺夫为首的变相的召回派——前进报派,参与过该派在意大利喀普里岛和波伦亚所办短期党校的教学工作。他不理解在革命低潮时期应当利用合法组织来同人民保持联系,积聚力量,以利再战,却断言"主要的是必须支持无产阶级的高昂情绪,不让这场举世闻名的革命的气氛消亡下去。"①他当时提出的"造神说",清清楚楚地说明了他这种看法是形"左"而实右。他认为人类具有一股集体的潜在力,到了社会主义时代,这股潜在力将得到充分发挥,创造出各种奇迹;他主张把这潜在力"加以神化,给它加上荣耀的光轮,以便更强烈地爱它。"②因此神"就是人类、完美的社会主义的人类"③,以这个神为中心的新的宗教则是"人类的宗教、劳动的宗教"④。普列汉诺夫的《论俄国的所谓宗教探寻》一文,尖锐地批评了卢那察尔斯基的错误。列宁更在《唯物主义和经验批判主义》中严正指出:"我们决不能用作者⑤的'善良意图'、他的话的'特殊含义'来为这些可

---

① 《革命往事回忆录》。《回忆和印象》第四一至四二页。
② 卢那察尔斯基:《无神论》。见《马克思主义哲学概论》,一九〇八年。
③ 卢那察尔斯基:《谈〈知识〉文集第二三辑》。见《文学的瓦解》第二册,一九〇九年。
④ 卢那察尔斯基:《宗教与社会主义》第一部,一九〇八年。
⑤ 卢那察尔斯基。

耻言论辩护",他的"人类最高潜在力的神化"也像波格丹诺夫的经验批判主义一样颠倒了主体和客体的相互关系,用"无限扩大了的、抽象的、神化了的、僵死的、'一般心理的东西'来代换"客观的物质世界,因而必须向他作"同志式的斗争"。① 列宁又在给高尔基的信上点明了"造神说"的危害:"您美化了神的观念,也就是美化了他们②用来束缚落后的工人和农民的锁链。"③

可是列宁对高尔基表示,他相信卢那察尔斯基会迷途知返:"他的个人主义没有那两位④多。一个天赋异常丰厚的人。我对他'有偏爱'……您知道,我很喜欢他,是个杰出的同志!他有一种法国人式的光芒。他的轻率也是法国式的,这轻率来自他的唯美主义。"⑤

卢那察尔斯基没有辜负列宁的信任。一九一二年,他完全脱离前进报派,又开始为《真理报》等布尔什维克报刊撰稿了。

第一次世界大战期间,卢那察尔斯基坚定地站在无产阶级国际主义的立场,谴责了普列汉诺夫等人的护国主义观点。罗曼·罗兰在《向过去告别》中回顾一九一五年一月卢那察尔斯基来访的情况道:"他以安详的态度、明确的语言同我谈论俄国革命,预言战争一结束,革命一定爆发。"一九一七年二月革命后,卢那察尔斯基迅速赶回彼得格勒,投入火热的斗争,再一次被捕下狱。不久他在组织上正式回到布尔什维克的队伍里,积极参加了十月革命。

十月革命胜利的当天夜间,具有伟大历史意义的全俄苏维埃

---

① 《列宁选集》第二卷,第三五二至三五三页。
② 指反动派。
③ 《列宁全集》第三五卷,第一一二页。
④ 波格丹诺夫和巴扎罗夫。
⑤ 高尔基:《列宁》。

第二次代表大会开幕。卢那察尔斯基在会上宣读了列宁起草的《告工人、士兵和农民书》，庄严宣告全部政权转入苏维埃手中。次日，以列宁为首的工农政府成立，列宁立即任命卢那察尔斯基为人民委员会所属十二个部之中的教育人民委员部的人民委员（部长），掌管全国学校教育、社会教育、文学、戏剧、电影、音乐、美术、出版等工作。

卢那察尔斯基在这个重要岗位上连续战斗了十二年，在贯彻党的方针政策，改造和发展教育事业，建立工农知识分子队伍，引导老知识分子为苏维埃政权服务，争取西方作家和艺术家，批判继承文化遗产，提倡文艺创作多样化和各种流派、风格及手法争鸣竞艳，鼓励一切有益的探索和创辟，发现和扶植新进作者等许多方面作出了显著的成绩，此外又亲自在高等院校讲授本国和西欧文学史，主编刊物和作家文集，在国内外享有广大的声誉。他的任务甚至远远超出了文化教育的范围。一九一八至一九二〇年内战期间，他作为革命军事会议的特派员，经常亲临前线和战区从事宣传与组织工作，照克鲁普斯卡娅的说法，他"对军事还算是一个小小的专家"①。从一九二七年起，他在外交事务上也花了不少的精力。

卢那察尔斯基在教育人民委员任期内也犯过一些错误。建国初年他曾给未来派提供广阔的活动场所，起用他们担任艺术机构的领导职位。一九二〇年十月，他没有坚决反击波格丹诺夫把持的无产阶级文化协会提出的、脱离党的领导的狂妄要求，受到列宁的批评。但个别失误自然不能淹没他的贡献。过了四个月，列宁在《论教育人民委员部的工作》一文中，重申了党对他的信赖和器重。

一九二九年，卢那察尔斯基离开教育人民委员部，改任苏联中

---

① 《列宁回忆录》第四四三页。

央执行委员会所属学术委员会主席。次年以满票当选科学院院士,当时院士中几乎还没有共产党员。一九三一年起任科学院主席团委员和列宁格勒科学院俄罗斯文学研究所所长,同时兼任莫斯科共产主义学院文学艺术和语言研究所所长、《苏联大百科全书》文艺和语言部分以及《文学百科全书》的主编。

长期的紧张生活严重地损耗了卢那察尔斯基的体力,晚年心脏病加剧,一目失明。一九三三年,他被委派为苏联驻西班牙第一任大使,赴任途中病逝法国南部滨海小城门通,卒年五十八岁。联共(布)中央发布讣告,称颂他是"功勋卓著的老布尔什维克革命家、杰出的苏联社会主义文化建设者。"他的青铜骨灰盒埋在克里姆林宫的宫墙内,同其他最优秀的共产主义战士的遗骸一起,供广大人民凭吊。

卢那察尔斯基的革命业绩和丰富的阅历,使高尔基一再敦促他写一部自传,以教育年轻的一代。一九三二年十月高尔基为此给他写信说:"您度过了艰苦而又光辉的一生,做过巨大的工作。您曾长期——几乎是终生——跟列宁以及最杰出、最光辉的同志们并肩行进。……作为一位语言艺术家,您能驾驭语言,只要您愿意这样做。这一切并不是恭维话……"这段情辞恳切的评语,正好为我们勾出了卢那察尔斯基的一个侧影。

卢那察尔斯基一生的著作,门类繁多,范围广泛,涉及了哲学、历史、教育、科学、外交、宗教、建筑、文艺等各个方面。在文艺领域内,撇开他的二十八个剧本、一些诗作和翻译不谈,仅以论著而言,他就在先后三十年间写了有关本国和西方的文学、戏剧、音乐、舞蹈、绘画、雕塑、电影及美学的文章共约两千种,其中论述托尔斯泰、高尔基和罗曼·罗兰的各达三十来篇。他不是坐而论道的评论家。他基本上是一个实践家;行有余力,而后为文,或者说,为文是他的行动的一部分。他的著作大都是在地下工作的余暇,在监狱里,在流放地,在亡命国外的时候写成的;十月革命以后,则是在内战的烽火中,在繁忙的国务和社会活动之余,利用星期例假的零碎时光,更多的是牺牲正常的睡眠和休息,临时急就的。① 这些著作,价值高低不一。有的经过几十年的检验,至今仍然保持着生动的现实意义;有的只适用于当时,事过境迁之后已经失效;还有的则即使对当时来说也并不正确。同卢那察尔斯基的政治活动的记录一样,他的文艺观也经历过一条漫长曲折的发展道路。

他最早的论文《俄国的浮士德》、《人生悲剧与神术》等发表于一九〇二年,从此他一直把文艺评论当作他的副业。在一九〇五至一九〇七年革命的准备时期,他在许多著作中提出"艺术与革命"这个重大问题,着重阐明积极的生活态度和依靠无产阶级变革现实的必要,屡次对安德烈夫等人的悲观主义和颓废主义痛下针砭。可是那时候卢那察尔斯基还没有摆脱唯心主义的谬误,这在他的《实证美学的基础》(一九〇四年)里表现得最为突出。本书吸收了阿芬那留斯的经验批判主义和车尔尼雪夫斯基的人类学原则等各种哲学和美学观点,宣称人(离开具体的社会性和阶级性的人)是"衡量一切事物的尺度",过分强调人的主观作用,并用生理特点和机体能力来论证其艺术活动和审美感情,结果美学成了"生物学的最重要的部门之一"。

在这次革命的高潮期间,卢那察尔斯基写了《马克思主义与美学。艺术对话录》(一九〇五年),指出艺术的前途如何,要看它同无产阶级的联系密切到什么程度而定。一九〇七年发表的《社会民主主义艺术创作的任务》,宣布党性原则是艺术创作的根本原则,阐述了新的无产阶级艺术的主要特征,首先提出"无产阶级现实主义"的方法。

---

① 在他的作品中,只有少数文章,而且是短篇文章,才是他亲手写成,其余都是由他口述,请他的亲人(十月革命前)或速记员(革命后)笔录的,其中一部分在发表前甚至未经他本人过目。

对高尔基的《母亲》抱什么态度,对于当时的评论家是一场考验。这部小说在资产阶级论客中间引起疯狂的叫嚣,连普列汉诺夫也为"扮演社会主义宣传家角色的高尔基"惋惜,断言"他的那些政论因素强烈的作品也都是失败的,例如……《母亲》。"①卢那察尔斯基固然对《母亲》的艺术价值估计不足,却在一九〇八年《现代俄国文学概论》一文中针对颓废派女诗人吉比乌斯的诬蔑,用大量事实证明《母亲》已在国外获得非凡的成功。次年他又在《谈〈知识〉文集第二三辑》里写道,《母亲》和高尔基的剧本《敌人》"尽管还有缺点,却都是杰出的作品,它们在无产阶级艺术发展中的意义,总有一天会被注意到的。"

一九〇八年以后一段时期,卢那察尔斯基的文艺著作受到了"造神说"的影响。就在那篇《谈〈知识〉文集第二三辑》里,他把高尔基的宣传"造神说"的小说《忏悔》同《母亲》相提并论,甚至写道:"就艺术意义而论,《忏悔》比《母亲》更高得多。"一九一一年的《天才与饥馑》和一九一三年的《年轻的法国诗歌》,也带有"造神说"的印记。

列宁向高尔基表示要争取卢那察尔斯基"在美学上脱离波格丹诺夫"②。卢那察尔斯基的《论无产阶级文学的信》(一九一四年)证实了列宁对他的殷切期望。作者以饱满的革命激情,力图将发展先进艺术的任务同工人的政治斗争直接联系起来;仿佛要同梅林、拉法格和沃罗夫斯基争辩,他肯定资本主义社会里确实存在着优秀的无产阶级文学,例如尼克索便"比较接近无产阶级创作的理想"。

第一次世界大战期间,卢那察尔斯基在《诗歌与战争》、《梅特林克对战争的想法》等著作中,揭露和谴责了文学上的资产阶级

---

① 普列汉诺夫:《论俄国的所谓宗教探寻》。
② 《列宁全集》第三五卷,第七二页。

民族主义和沙文主义的表现者梅特林克、安德烈夫等。

可是,卢那察尔斯基的文艺论著,到十月革命以后才进入更成熟、稳定的阶段。

俄国三个主要的早期马克思主义文艺评论家当中,普列汉诺夫在十月革命前几年已经停止他的理论活动;沃罗夫斯基的文学工作鼎盛时期是一九〇七至一九一二年,革命后他几乎完全搁笔,加之早在一九二三年就不幸殉难了;只有卢那察尔斯基一人得以亲身参加苏联文艺的理论建设和创作实践,积下丰富的经验,并且发挥了巨大的作用。这同他对列宁主义的逐步深入的领会,同列宁本人对他的热情指引和严格要求有密切的关系。

在二十年代的苏联,普列汉诺夫被公认为马克思主义文艺学的鼻祖和无可争议的权威。直到二十年代末,拉普的一个领导人叶尔米洛夫还提出了"维护普列汉诺夫的正统"的口号。列宁关于文艺的重要教导还没有被辑录、整理、研究,许多人不了解列宁的著作对这个领域的指导意义。

卢那察尔斯基十分尊重普列汉诺夫作为马克思主义艺术社会学奠基人之一的历史功绩,他公正地承认,"普列汉诺夫学说中的基本的东西,将始终是马克思主义思想的一项坚实的成就。"[①]他自己的不少论著,便是普列汉诺夫美学体系的承续和发展。然而他断定,"我们向列宁学习的那种方法,比普列汉诺夫的方法准确得多",必须"在列宁的有关言论的烛照下重新检查普列汉诺夫的艺术学"[②]。卢那察尔斯基比他的同时代人更早地认识到列宁对文艺学的珍贵贡献。他的长篇专著《列宁与文艺学》(一九三二年)概括了他多年来的学习心得,这在苏联是头一次有系统地记

---

① 《文学评论家普列汉诺夫》。
② 《文学遗产》第八二辑,第一〇一页。

述和阐发列宁的文艺思想,并为三十年代初期开始的列宁文艺论著的研究工作打下了基础。

卢那察尔斯基"追随弗拉基米尔·伊里奇的巨人的脚印"①,力求把文学现象摆在一定的历史范围之内,摆在具体的时间和社会环境之内加以考察,同时用阶级斗争作为基本的指针,因而他能在看似迷离混沌的复杂情势中发现规律性,比较确切地说明作家和作品的历史价值与现实意义。当他论述十九世纪俄国文学的时候,总是要联系到封建农奴制的衰落、资产阶级的兴起和对旧秩序的冲击、俄国资本主义发展的普鲁士式的道路、工人阶级的诞生和壮大。这些社会大变动通过作家所属的阶级,说得更精确些,通过该阶级中他所隶属的那个阶层或集团,对他的思想感情和人物形象等等,起了决定性的影响。例如,格利包耶陀夫的《智慧的痛苦》产生在资本主义发轫时的俄国。照卢那察尔斯基的独到的诠释,"智慧"是指新兴资产阶级启蒙学家强调的、被"当做一切现存事物的唯一的裁判者"②的理智、理性。"理性"这面旗帜,表明由贵族脱化而来的俄国资产阶级的第一支先锋队已经出现,并且提出了严肃的政治要求,而格利包耶陀夫正是这支先锋队的喉舌。理性的体现者、剧中主角恰茨基使用批判的武器向旧世界挑战,预言新的时代即将到来。但是觉醒过早的理性缺乏一个强大的阶级基础。恰茨基面对着重重阻力,感到深沉的悲伤。因此,同历来流行的见解相反,卢那察尔斯基认为《智慧的痛苦》不是一出喜剧,而是一出悲剧。这样的悲剧并非俄国所特有。后来他又在《莎士比亚人物陪衬下的培根》一文中,进一步发挥了"智慧的痛苦"的命题。

同文艺的阶级性联在一起的是倾向性。不管艺术家本人如何

---

① 《高尔基。创作四十周年纪念》。
② 《社会主义从空想到科学的发展》。《马克思恩格斯选集》第三卷,第四〇七页。

想法,"严格地讲,任何一篇艺术作品都不可能是无倾向的,就是说,不可能没有一定的目的性,不在客观上引起某些社会心理的变化"①。有的作家自以为超然物外,实际上他们的创作却在引导读者脱离生活,逃避生活中发人深思的重大问题;无所为的结果仍是有所为,无倾向的本身便是一种倾向。还有些作家则善于把自己的阶级倾向性完全融化在生动的形象和情节之中,以致连目光敏锐的普列汉诺夫(《再论托尔斯泰》)和沃罗夫斯基(《再论高尔基》)也难免失察,将《战争与和平》这样一部具有明显的倾向性和论战性的小说视为纯艺术的珍品。强烈的倾向性不一定导致艺术水平的降低,如谢德林和车尔尼雪夫斯基。有错误倾向的创作也未必都平庸,如陀思妥耶夫斯基或托尔斯泰。

卢那察尔斯基强调社会和阶级对文学的制约,却并不把这种制约加以绝对化。首先,就创作过程来说,文学是客体和主体相融合的结晶。他以为泰纳的三大要素决定论的一个缺点,便在于抹煞了作家个人的作用。卢那察尔斯基没有让自己的文论变成社会学图解,他注意到作家的创作个性,即作品所表现的作者个人的特点。但这些特点不应该夸大:"如果我们分析一下作者的个性,那么我们就会看出,个性中足足有四分之三是取决于他从小得到的生活印象的。"②卢那察尔斯基正是根据这样的理解,阐明了众说纷纭的有关陀思妥耶夫斯基害羊痫风的问题。

其次,卢那察尔斯基认为,不但处于青春期的资产阶级的伟大作家莫里哀和歌德有时能超越本阶级的局限,接近当时全民的或全人类的理想,而且人类本来有一些共同的情趣,诸如自然欣赏、爱情陶醉之类。普希金"完满、和谐、优美地表现了俄国自然和人类感情中的基本的东西,几乎是内心生活各方面的基本的东

---

① 《文学评论家普列汉诺夫》。
② 《艺术家托尔斯泰》。

西"①;当后期托尔斯泰"抒发他自己的感受,极力用来感染别人的时候,他当然要选择多多少少带有全人类性的东西,而不是阶级的东西"②。但卢那察尔斯基不用笼统抽象的人道主义作为衡量一切作家和作品的价值标准,他分别情况,对人道主义作了具体的剖析。这既是一种实事求是的理论上的阐述,又是那个战斗时期的政治上的需要。在普希金时代,"在警察和地主横行的漫漫黑夜宣传人道"③自然具有进步意义。卢那察尔斯基赞扬十月革命前柯罗连科小说中的"美好的人道主义思想",称他为"一个装纳细致入微的人道精神的精美容器"④,以至成了"托尔斯泰死后俄国文学的良心的化身"⑤。可是革命以后,柯罗连科却要求在真枪实弹的严酷的内战中普遍施行仁爱的准则,把将来才能实现的事移到了现在,甚至几乎像他当年看待沙皇暴政那样来看待无产阶级政权,因而受到卢那察尔斯基的批评。二十年代上半期罗曼·罗兰以人道主义为核心的和平主义宣传,极力用婉言劝说,用范例的感召等等代替尖锐的斗争,同样是对革命有害的;后来他才逐步克服这个弱点。

  文学不只是历史过程的反映,还可以有效地促进或阻碍这一过程。如果说,沃罗夫斯基认为文艺的基本功能在于它的认识价值,那么卢那察尔斯基就更注重它的教育作用:"艺术不但使人认识事物,它还影响人们的意识,打动他们的感情,确定他们的愿望。"⑥同普列汉诺夫相反,他格外推许车尔尼雪夫斯基的让艺术成为"生活教科书"的论点。普列汉诺夫在批驳民粹派的"思想支

---

① 《亚历山大·塞尔盖耶维奇·普希金》(一九二二年)。
② 《论托尔斯泰的创作》。
③ 《涅克拉索夫与诗人在生活中的地位》。
④ 《符·加·柯罗连科》。
⑤ 一九一六年八月二十六日卢那察尔斯基致罗曼·罗兰信。
⑥ 《文学是一种政治武器》。

配世界"的主观主义理论、确立马克思主义艺术社会学的期间有时矫枉过正,忽视了意识对存在、行动对过程的反作用,依他看来,评论家的职责是从社会学角度探究作品所由产生的根源("起源论"),揭示作者的思想以及这些思想怎样在艺术形式中得到体现,而不是说明该作品的社会功效①,更不是点出文艺应该如何如何。卢那察尔斯基将文艺看成改造生活、培养新人的有力武器,他反复说,真正的评论除了追溯根源以外,还必须指出作品对当时和后世的读者,特别是对社会主义国家的读者,有过或会有什么意义和损益。他的每一篇作家论,差不多都具体地列举了他们的可供借鉴的方面和应该排斥的方面。

在有关创作方法的论述中,卢那察尔斯基仍然保持着他的强烈的现实感,同时又显出了他的广阔的视野和雄大的气魄。他赞扬那些"从现实出发,笔锋所及,处处回答重大的迫切问题"②的作家,但生活的多样性决定了作家反映生活的途径的多样性,所以现实主义应该"是一个广泛的艺术范畴"③。只要一种艺术形式"具有很大的、内在的、现实主义的真确性,它在外表上无论怎样不像真实都可以"④。他并不把霍夫曼、威尔斯、普鲁斯特等排除在现实主义作家之外。社会主义现实主义同样"是一个广泛的纲领,它包括着我们现有的许多不同的手法,也包括我们还在觅取中的种种手法"⑤,而浪漫主义更是社会主义现实主义的一个不可短缺的组成部分,甚至是同它并列的一种创作方法。在社会主义现实主义的口号提出以前几年,卢那察尔斯基早已在《维克多·雨果》

---

① 虽然普列汉诺夫自己在论托尔斯泰、民粹派作家和高尔基等人的文章中并未严格遵守这一"客观性"的原则。
② 《亚·谢·格利包耶陀夫》。
③ 《梅耶霍德剧院》。
④ 《社会主义现实主义》。
⑤ 同上。

一文中指出:"我们不会放弃现实主义道路,但我们也不会脱离浪漫主义。"他曾多次批评苏联作家和评论家忽视乃至敌视浪漫主义的偏向。他是从他对现实的辩证观点,从他对共产主义理想的深刻信念来看待这种浪漫主义的。他主张无产阶级作家要如实反映生活,包括站在人民的立场去揭露和讽刺社会主义社会的阴暗面。然而生活在不断地发展,文学也应该沿着现实本身铺设的道路不断前进,因此"作家所表现的就不只是现有的东西,还有正在形成以及我们认为应当形成的东西"①,在这个意义上,浪漫主义"只不过是跃升到更大的高度并且表现得磅礴有力的现实主义而已"②。卢那察尔斯基自从一九〇九年写出《小市民与个人主义》起,一直确信,高尔基和其他社会主义作家的浪漫主义作品的基础是现实主义。

在处理文学遗产的时候,卢那察尔斯基历来坚持批判继承的原则。对于作家的世界观或政治经历中的重大缺陷,资产阶级文艺学家或故意回避,或轻描淡写,甚至穿凿附会,极力文饰。卢那察尔斯基不掩盖这些矛盾,他笔下的作家形象要复杂得多。他不讳言普希金、别林斯基、歌德、席勒等曾经同现实妥协,他不是简单地用个人的性格,而是用普鲁士式的资本主义发展道路下俄、德两国资产阶级的软弱性去加以说明。他看到,涅克拉索夫是爱人民的诗人,愤怒和复仇的诗人,泼辣尖刻的讽刺诗人,但又是由于自己在斗争中有过畏缩、绝望和自私的时刻而感到极大的悔恨的诗人。卢那察尔斯基又敏锐地发现,在马雅可夫斯基的诗歌中,除了雄壮豪迈的主旋律之外,还存在着柔弱感伤的音调;这种两重人格不但有损他的创作的深度,甚而导致了他的悲剧性的自杀。对于罗曼·罗兰、肖伯纳、威尔斯等要求进步的作家,卢那察尔斯基的

---

① 《艺术家高尔基》。
② 《萧索时期的天才》。

态度很鲜明:"我们欢庆他们加入我们的队伍,然而这并不是说,我们自己要迈出步子前去迎合他们的动摇、暧昧和机会主义。"①

可是卢那察尔斯基坚决反对未来派、无产阶级文化派、拉普派和其他极"左"派对文化遗产的虚无主义论点②。他以可贵的胆识顶住这股持续十多年的逆流,从社会主义文化建设的需要出发,在继承遗产上做了大量的工作,取得了众所周知的优异成绩。

关键是,卢那察尔斯基不但善于发现矛盾,并且善于总观全局,抓住矛盾的主要方面,分清主流和支流,所以他对遗产既能毫不留情地批判,又能理直气壮地继承。他在《列宁与文艺学》中阐发列宁的哲学思想时说道:"把'对立面的统一'的问题运用到某个作家的创作上,就是要弄清这个创作的内在矛盾,并确定矛盾里面的主导的、起组织作用的因素。"他对过去和同时代作家的功过,基本上是根据这个方针来评判的。

对作品艺术性的评价是二十年代苏联文艺学中最薄弱的一环,卢那察尔斯基在这里也有不少补偏救弊的劳绩。他深刻地缕

---

① 〔评谢·谢·季纳莫夫《肖伯纳》一书〕。
② 例如,无产阶级文化派诗人符·基利洛夫(1890—1943)在轰动一时的诗作《我们》(一九一七年)中扬言:"为了我们的明天,我们要烧掉拉斐尔,拆毁博物馆,踩死艺术之花。"马雅可夫斯基则自称是基利洛夫在"反拉斐尔之流的战役中"的"同一团队的战友",号召向普希金和"其他古典文学大将"进攻。稍后,马雅可夫斯基在谈到未来派的团体"列夫"时又宣称:"活的'列夫'胜过死的列夫·托尔斯泰。"一九二八年托尔斯泰诞辰一百周年时,苏联政府决定由卢那察尔斯基主持出版规模宏大的托尔斯泰全集。而老布尔什维克、以研究谢德林著称的奥里明斯基,竟在报上发表文章严厉谴责卢那察尔斯基,断言托尔斯泰是反革命作家,重印他的作品乃是政治上极端可耻的事。二十年代下半期到三十年代初,以现代文艺学中唯一的马克思主义正统派自命的彼烈威尔泽夫派,抓住高尔基的一些错误,肆意夸大,根本否认他是无产阶级作家,他们的观点一度占了上风。彼烈威尔泽夫亲自断定高尔基是"小市民艺术家",又斩钉截铁地说:"任何科学、任何思想改造都不可能使他变成其他社会集团的艺术家。"一九二八年,卢那察尔斯基热烈欢迎高尔基从意大利回国参加社会主义建设,曾被很多人讥为"保护文物"。

述和分析过陀思妥耶夫斯基、托尔斯泰、柯罗连科、契诃夫、高尔基、马雅可夫斯基等人的艺术成就,有时更将同时代的或创作上相近或相反的几个作家并列在一起,经过对照,使各人的特色益发显豁。他不把思想和艺术截然分开,像普列汉诺夫那样简单地否定思想家托尔斯泰而肯定艺术家托尔斯泰,因为思想家托尔斯泰的学说对资产阶级制度作了强有力的批判,不能笼统地予以贬责;而托尔斯泰的艺术作品也不应全盘接受,因为作品中包含着他的思想。卢那察尔斯基在《评论家普希金》中指出,评论家必须"把美学标准和社会标准结合起来","真正的、名副其实的评论一定要包含这两个因素,而且这里说是两个因素,是不完全正确的。美学评论和社会评论实际上是一个东西,或者至少是一个东西的两面。"美学因素不仅仅和艺术形式有关,不只是意味着如何表现,还涉及了表现什么的问题。

卢那察尔斯基本人的写作手法和风格也很值得一提。他的文学论著,有时信笔铺排,汪洋恣肆,有时却大题小做,用寥寥数千字概括了作家及其时代的基本面貌(《安·巴·契诃夫在我们今天》、《萧索时期的天才》、《日出和日落之前》等)。不管是长篇还是短论,大都写得富于战斗热情,而不仅仅诉诸读者的理智。他似乎不喜欢冷冰冰的、不动声色的"零度风格"。他有过宣传鼓动和艺术创作的丰富经验,行文深入浅出,善于使思想化为形象,使论说语言变成艺术语言。在他的笔下,形象的感染力不亚于逻辑的说服力,这正符合他所要求的:"马克思主义的评论既是科学著作,同时又是具有独特艺术性的著作。"[①]一个恰当的比喻,比长篇大论更能说明问题。他在《社会主义现实主义》中用盖房子的事来批判客观主义的创作方法,是人们经常引用的一个例子。至于说将来"普希金宝库里留存的每一颗种子,会在每个公民的生活

[①] 《马克思主义评论任务提纲》。

中长出一朵社会主义的玫瑰或者一串社会主义的葡萄"①之类的话,则未免有点引喻失义了。

卢那察尔斯基在苏维埃时期的文艺论著当然有其缺点错误,他本人也不把他的见解看作不易之论。十月革命初年,他一度支持未来派的某些形式主义的"创新",为他们的作品集《黑麦的话》写序,赞扬他们富有热情和青年气概。他后来的一部分文章,又带上了流行于二十年代至三十年代中期的庸俗社会学的若干痕迹。他爱作抽象的历史类比,在建国早期尤其如此。不顾时代和阶级的差异,以今人今事比附古人古事,有时候容易造成思想上的混乱。他对于车尔尼雪夫斯基倡导的"合理的利己主义"的本质和在上世纪六十年代所起的作用做了透彻的阐释,却又从中引申出了"良好的无产阶级利己主义"②;尽管这种"利己主义"有其特殊的涵义,但这样来表述无产阶级的道德观,毕竟是不确切的。

在有些问题上,卢那察尔斯基经过长期的探索和摇摆才获得比较正确的结论。前面说过,他的《实证美学的基础》等早年著作夸大了生理条件或生物学因素对人、对艺术和审美力的影响。这个偏向在《论托尔斯泰的创作》、《艺术史上的社会学因素和病理学因素》等文章中还有所表现,到三十年代初期才纠正过来。一九二二年他所写的《科学性的艺术著作概论》,批评了那种认为思想性有损艺术性,艺术作品完全来自直觉的观点。但事隔两年,即一九二四年,在反对"纯理性主义者"的论战中,他又片面突出直觉、非理智的东西在艺术创作中的重要性③,几乎回到他原先的批评对象的立场上去了。可是通过对车尔尼雪夫斯基、谢德林和乌斯宾斯基的小说的研究,通过对无产阶级文学创作方法的探讨,他

---

① 《亚历山大·塞尔盖耶维奇·普希金》(一九三〇年)。
② 《尼·加·车尔尼雪夫斯基的长篇小说》。
③ 文集《文学剪影》第一五二页,一九二五年。

的论点有了改变,于是我们才看到他后期那一系列维护文学的思想性和倾向性的篇章。

卢那察尔斯基的诸如此类的错误和反复,对我们也可以作为一种鉴戒。总的讲来,正如鲁迅所说,卢那察尔斯基"是革命者,也是艺术家、批评家",①他"在现代批评界地位之重要,已可以无须多说了。"②

蒋　路
据一九七八年四月旧作修订

---

① 《艺术论》小序,《鲁迅译文集》第六卷,第三页,一九五八年。
② 《奔流》编校后记,《集外集》。《鲁迅全集》第七卷,第五三七页,一九七三年。